Sue Grafton, geboren in Louisville, Kentucky / USA, lebt in Santa Barbara, Kalifornien. 1982 erschien ihr erster Kriminalroman, ›A wie Alibi‹. Mit ihrer alphabetischen Romanserie um die kalifornische Privatdetektivin Kinsey Millhone wurde sie in wenigen Jahren zu einer der renommiertesten Kriminalschriftstellerinnen des angloamerikanischen Sprachraums.

H wie Haß Kinsey Millhone, die zweimal geschiedene Ex-Polizistin mit Mut und Einfühlungsvermögen, soll als Undercover-Agentin eine Bande von Versicherungsbetrügern auffliegen lassen. Was sie herausfindet, reicht für mehrmals lebenslänglich – allerdings nur, wenn sie es schafft, rechtzeitig die Polizei zu kontaktieren.

»Wunderbar hartgesottene Dialoge, manchmal fast lyrische Beschreibungen, ein gelungener Spannungsaufbau, eine verletzliche Heldin – Sue Grafton hat sich in die Liga der großen Kriminalschriftsteller geschrieben«
New York Times

I wie Intrige Kinsey Millhone hat ihren Job bei der Versicherungsgesellschaft verloren und bei einem Rechtsanwalt angeheuert. Als sie dort ihren ersten Fall übernimmt, glaubt sie, die Lösung läge direkt vor ihrer Nase. Ihr Vorgänger sollte herausfinden, ob David Barney vor sechs Jahren wirklich seine Frau umgebracht hat. Doch Kinseys Vorgänger ist tot, und David Barney wurde damals vor Gericht freigesprochen. Isabellas erster Ehemann hat jedoch Zweifel an Barneys Alibi, und in Kürze soll das Gericht in einem Wiederaufnahmeverfahren den Urteilsspruch fällen. Der neue Fall entpuppt sich als wahre Büchse der Pandora. Kinsey macht mehrere Verdächtige aus und noch mehr Motive – die zu der Frage führen, ob der Beziehungsdschungel auch die Gesetze des Dschungels hervorbringt …

Sue Grafton

H wie Haß

I wie Intrige

Zwei Kriminalromane

Aus dem Amerikanischen
von Cornelia Holfelder-von der Tann

Fischer Taschenbuch Verlag

Limitierte Sonderausgabe
Veröffentlicht im Fischer Taschenbuch Verlag GmbH,
Frankfurt am Main, August 1998

Lizenzausgabe mit Genehmigung des
Wolfgang Krüger Verlags, Frankfurt am Main
Die amerikanischen Originalausgaben erschienen
im Verlag Henry Holt and Company, New York,
unter den Titel:
›H Is for Homicide‹

›I Is for Innocent‹

Gesamtherstellung: Clausen & Bosse, Leck
Printed in Germany
ISBN 3-596-50148-2

H wie Haß

Für die Frauengruppe, allen ihren Mitgliedern:

Florence Clark
Sylvia Stallings
Georgina Morin
Penny Craven
Mary Lynn

Caroline Ahlstrand
Mary Slemons

Susan Dyne
Joyce Dobry

Margaret Warner
und Barbara Knox

die an den Montagabenden in den letzten fünf Jahren mit mir Tränen und Triumphe, Wut und Gelächter geteilt haben.

1

Im nachhinein ist es schwer zu sagen, ob die miese Stimmung bei der California Fidelity durch den Tod eines unserer Kollegen aus der Schadensabteilung ausgelöst wurde, oder ob sie daher rührte, daß man uns Gordon Titus vor die Nase setzte, einen »Leistungsmaximierungs-Experten« aus der Hauptstelle in Palm Springs, der herbeordert wurde, um die Bilanzen aufzubessern. Beide Ereignisse trugen zu der allgemeinen Unruhe unter den CF-Angestellten bei, und beide sollten für mich schwerwiegendere Folgen haben, als ich es mir zunächst hätte träumen lassen, zumal mein Arbeitsverhältnis mit der Versicherungsgesellschaft bisher ziemlich locker gewesen war. Wenn ich in meinem Kalender nachsehe, finde ich dort einen kleinen Bleistiftvermerk über die Vorladung zu Gordon Titus, dessen Ankunft uns damals, als Parnell ermordet wurde, gerade ins Haus stand. Nach dieser ersten Besprechung mit Titus hatte ich notiert: »Riesena ...!«, was unser gesamtes Verhältnis kurz und prägnant zusammenfaßt.

Ich war drei Wochen weg gewesen, um für eine Firma in San Diego zu ermitteln. Es ging um einen leitenden Angestellten, dessen Vita, wie es sich ergab, nicht ganz den Tatsachen entsprach. Dieser Job hatte mich im ganzen Staat herumgeführt, und als ich an einem Freitagnachmittag die Sache für beendet erklären konnte, hatte ich einen Scheck über einen Haufen Dollars in der Tasche. Man hatte mir freigestellt, übers Wochenende auf Firmenkosten in San Diego zu bleiben, aber ich erwachte aus unerfindlichen Gründen um drei Uhr morgens mit einer heftigen Sehnsucht nach zu Hause. Auf der

Brüstung des Balkons vor meinem Fenster hockte der Mond wie ein großer, flacher Teller, und das Licht, das mir ins Gesicht fiel, reichte fast zum Lesen. Ich lag da und starrte auf die sachte hin- und herschwingenden Schatten der Palmwedel an der Wand und wußte, daß ich nur einen dringenden Wunsch hatte, nämlich in meinem eigenen Bett zu liegen. Ich hatte die Nase voll von Hotelzimmern und Mahlzeiten irgendwo an der Straße. Ich hatte es satt, mich mit Menschen abgeben zu müssen, die ich nicht kannte und vermutlich nie wiedersehen würde. Ich stieg aus dem Bett, zog mich an und stopfte meine ganze Habe in meinen Matchbeutel. Um halb vier verließ ich das Hotel, und zehn Minuten später war ich auf dem Freeway 405 Richtung Norden, auf dem Heimweg nach Santa Teresa, in meinem neuen (gebrauchten) VW-Käfer, Baujahr 1974, hellblau und mit nur einer winzigkleinen Beule im linken hinteren Kotflügel. Ein echter Klasse-Wagen.

Um diese Tageszeit kommt auf den Schnellstraßen um Los Angeles der Verkehr gerade in Gang. Es war noch nicht viel los, aber jede Auffahrt spuckte ein, zwei Autos dazu, alles Leute, die zur Arbeit nach Norden fuhren. Es war noch dunkel, die Luft köstlich frisch, und rechts und links der Straße driftete Bodennebel über die Banketts wie Rauchschwaden. Zu meiner Rechten stiegen die Hügel sanft zu den Bergen an, und die in die Landschaft geschmiegten Häuserreihen ließen kein Lebenszeichen erkennen. Die Lampen rechts und links tauchten den Highway in ein fast geisterhaftes Licht, und was von der Stadt in der Ferne zu sehen war, wirkte gediegen und heiter. Um diese Stunde fühle ich mich meinen Mit-Automobilisten immer eng verbunden, so als gingen wir alle irgendeiner subversiven Aktivität nach. Viele Fahrer hielten überdimensionale Styropor-Becher mit Kaffee. Einige schafften es sogar, am Steuer Fast-Food hinunterzuschlingen. Durch heruntergelassene Seitenscheiben flogen Fetzen dröhnender Musik zu mir herüber, um dann gleich wieder zu verwehen, wenn die Fahrer an mir vorbeizogen und einscherten. Ein Blick in den Rückspiegel zeigte mir in dem Kabrio hinter mir eine Frau, die mit viel Gefühl und flatternden Haaren ein lippensynchrones Solo schmetterte. Mich packte eine Woge schierer Freude. Es war einer jener Augenblicke, in denen ich plötzlich merkte, wie glücklich ich war. Das Leben war schön. Ich war eine unabhängige Frau, mit einer hübschen Summe Geld in der Tasche und genügend Benzin im Tank, um bis nach Hause zu kommen. Ich war niemandem Rede und Antwort schuldig und im großen und ganzen ungebunden. Ich war gesund, körperlich fit und voller Energie. Ich stellte das Radio an und sang laut den Chor-Refrain von »Amazing Grace« mit, was zwar nicht sonderlich passend war, aber das einzige, was ich finden konnte. Ein Früh-Prediger legte sich ins Zeug, und als ich Ventura erreichte, war meine Seele schon fast gerettet. Wieder einmal vergaß ich, wie oft plötzliche Aufwallungen guten Willens nur Vorboten eines dräuenden Unheils sind.

Die üblichen fünf Stunden Fahrtzeit von San Diego reduzierten sich auf viereinhalb, so daß ich um kurz nach acht in Santa Teresa ankam. Ich fühlte mich immer noch energiegeladen. Ich beschloß, zuerst beim Büro vorbeizufahren und meine Schreibmaschine und die Mappe voller Notizen abzuladen, ehe ich heimwärts strebte. Ich würde kurz bei einem Supermarkt irgendwo am Weg anhalten und gerade soviel einkaufen, daß ich über die nächsten zwei Tage käme. Sobald ich meinen Matchbeutel zu Hause abgeladen hatte, wollte ich nur noch kurz unter die Dusche springen, dann zehn Stunden durchschlafen und gerade rechtzeitig wieder aufstehen, um bei Rosie in meiner Straße einen Happen zu Abend zu essen. Nichts ist so schön dekadent wie ein Tag allein im Bett. Ich würde den Anrufbeantworter anstellen und einen Zettel an die Wohnungstür hängen: »Bitte nicht stören.« Ich konnte es kaum erwarten.

Ich war fest darauf eingestellt, den Parkplatz hinter dem Bürohaus leer vorzufinden. Es war Samstag morgen, und die Geschäfte in der Stadt würden erst um zehn aufmachen. Daher war ich verblüfft, als ich sah, daß das Gelände von Menschen wimmelte. Einige davon waren Polizisten. Mein erster Gedanke war, daß da wohl ein Film gedreht wurde und der Platz abgesperrt worden war, damit die Kameras ungehindert hin- und herfahren konnten. Ein paar Menschengrüppchen standen auf der Straße, und über dem Ganzen lag jenes Flair koordinierter Langeweile, wie es für Dreharbeiten charakteristisch ist. Dann sah ich das typische Absperr-Band, wie es die Polizei am Schauplatz von Verbrechen benutzt, und meine Sinne schalteten auf höchste Alarmstufe. Da der Parkplatz nicht befahrbar war, stellte ich den Wagen am Bordstein ab. Ich nahm meine Pistole aus meiner Handtasche, steckte sie in meine Aktenmappe hinten auf dem Rücksitz, schloß die Wagentüren ab und ging auf den uniformierten Beamten zu, der beim Parkschein-Automaten stand. Er sah mich forschend an und versuchte offensichtlich, sich eine Meinung zu bilden, ob ich hier irgend etwas zu suchen hatte. Er war ein nettaussehender Mann in den Dreißigern, mit einem langen, schmalen Gesicht, haselnußbraunen Augen, kurzgeschorenem hellbraunem Haar und einem kleinen Schnauzbärtchen. Sein höfliches Lächeln entblößte eine fehlende Ecke an einem seiner Vorderzähne. Er war wohl entweder in eine Schlägerei verwickelt gewesen, oder aber er hatte seine Schneidezähne für irgend etwas benutzt, wovor ihn seine Mutter immer gewarnt hatte. »Kann ich Ihnen helfen?«

Ich sah an dem dreistöckigen Gebäude empor, das im Erdgeschoß hauptsächlich Läden und darüber Büros beherbergte. Ich versuchte, wie eine ganz besonders gesetzestreue Bürgerin auszusehen und nicht wie eine freischaffende Privatdetektivin mit einem Hang zum Schwindeln. »Tag. Was ist denn hier los? Ich arbeite in diesem Haus und wollte eigentlich gerne rein.«

»Wir sind in zwanzig Minuten fertig. Haben Sie ein Büro da drinnen?«

»Ich gehöre zu der Versicherungsfirma im zweiten Stock. Was war denn? Einbruch?«

Die Haselnußaugen musterten mich von Kopf bis Fuß, und ich sah, wie sich die innere Warnanlage einschaltete. Er war nicht gewillt, irgendwelche Informationen von sich zu geben, ohne zu wissen, wer ich war. »Können Sie sich ausweisen?«

»Klar. Ich muß nur eben meine Brieftasche rausholen«, sagte ich. Bloß nicht riskieren, daß er noch dachte, ich wollte eine Waffe ziehen. Polizisten am Tatort sind manchmal nervöse Burschen, die plötzliche Bewegungen gar nicht mögen. Ich hielt ihm meine Brieftasche so hin, daß er meinen kalifornischen Führerschein und in dem Fach darunter die Fotokopie meiner Detektiv-Lizenz sehen konnte. »Ich komme gerade von außerhalb zurück und wollte nur ein paar Sachen hierlassen, ehe ich nach Hause fahre.« Ich war selbst einmal bei der Polizei, aber ich habe immer noch die Tendenz, Bullen von mir aus Dinge zu erzählen, die sie überhaupt nichts angehen.

Er sah sich die Papiere kurz an. »Hm. Ich glaube nicht, daß man Sie reinlassen wird, aber Sie können ja trotzdem mal fragen«, sagte er und deutete auf einen Zivilbeamten mit einem Notiz-Brett in der Hand. »Wenden Sie sich an Sergeant Hollingshead.«

Ich hatte nach wie vor keinen Schimmer, was denn eigentlich los sein mochte, und probierte es noch einmal. »Ist bei dem Juwelier eingebrochen worden?«

»Mord.«

»Ach?«

Auf dem Parkplatz konnte ich einen Schwarm von Polizeibeamten an der Stelle agieren sehen, wo wohl die Leiche liegen mußte. Auf die Entfernung war zwar nichts auszumachen, aber die Aktivität konzentrierte sich an einer Stelle. »Wer ist denn für die Sache zuständig? Zufällig Lieutenant Dolan?«

»Ganz recht. Sie können es beim Laborwagen versuchen, wenn Sie mit ihm reden wollen. Er ist gerade dorthin gegangen.«

»Danke.« Ich überquerte den Parkplatz, und mein Blick huschte zu den Sanitätern hinüber, die gerade am Zusammenpacken waren. Der Polizeifotograf und ein Typ mit einem Notizbuch, der offenbar eine Tatortskizze machte, vermaßen die Entfernung zwischen einem kleinen Zierstrauch und dem Opfer, das ich jetzt erkennen konnte. Es lag bäuchlings auf dem Asphalt. Von der Schuhgröße her ein Mann. Jemand hatte die Leiche mit einer Plane zugedeckt, aber man sah noch die Sohlen der Nike-Turnschuhe, an den Zehenspitzen eng beisammen, zu den Hacken hin V-förmig gespreizt.

Lieutenant Dolan erschien und marschierte in meine Richtung. Als unsere Wege sich kreuzten, wechselten wir einen mechanischen Händedruck und ein paar banal-freundliche Worte. Bei ihm ist es völlig sinnlos, gleich mit den naheliegenden Fragen herauszuplatzen. Dolan würde mir so viel oder so wenig erzählen, wie es ihm paßte, und zwar dann, wenn es ihm beliebte. Neugier macht ihn nur stur, und Bohren aktiviert bei ihm eine angeborene Reizbarkeit. Lieutenant Dolan ist Ende fünfzig und, nach dem, was ich gehört habe, nicht mehr weit von der Pensionierung entfernt. Er hat eine ziemliche Glatze und hängende Tränensäcke und trägt stets einen verknautschten grauen Anzug. Ein Mensch, den ich bewundere, auch wenn unser Verhältnis über die Jahre nicht immer spannungsfrei war. Er schätzt Privatdetektive nicht besonders. Er hält sie für eine nutzlose Spezies, gerade noch tolerabel, solange sie ihm nicht in die Quere kommen. Als Polizist ist er gescheit, gewissenhaft, unermüdlich und überaus scharfsinnig. In Gegenwart von Zivilisten gibt er sich meist sehr kurzangebunden, aber aus Situationen auf dem Revier, unter Kollegen, habe ich eine Ahnung von der Herzlichkeit und Großzügigkeit, derentwegen seine Untergebenen für ihn durchs Feuer gehen – auch wenn er sich offenbar nicht sonderlich bemüßigt fühlt, diese Qualitäten vor mir zu demonstrieren. An diesem Morgen schien er jedoch einigermaßen freundlich, was immer verdächtig ist.

»Wer ist der Mann?« fragte ich schließlich.

»Keine Ahnung. Wir haben ihn noch nicht identifiziert. Möchten Sie ihn sich mal ansehen?« Er stapfte in Richtung der Leiche davon und bedeutete mir mit einer knappen Kopfbewegung, ihm zu folgen. Mir begann das Herz im Hals zu schlagen, und ich spürte, wie mir das Blut ins Gesicht schoß. Ein seltsamer Ahnungsschauer erfaßte mich. Auf einmal wußte ich, wer der Tote war. Vielleicht war es das vertraute Reifenmuster der Turnschuhsohlen, das Elastikbündchen der knall-pinkfarbenen Jogginghose, der kleine Streifen bloßer, dunkler Haut. Ich nahm den Anblick mit einem merkwürdigen Déjà-vu-Gefühl in mir auf. »Wie ist es passiert?«

»Er wurde aus nächster Nähe erschossen, vermutlich irgendwann nach Mitternacht. Ein Jogger hat die Leiche um sechs Uhr fünfzehn entdeckt und uns gerufen. Bisher haben wir weder die Waffe noch irgendwelche Zeugen. Seine Brieftasche fehlt, ebenso seine Uhr und seine Schlüssel.«

Er bückte sich, packte den Rand der Plane, schlug sie zurück und enthüllte einen jungen Schwarzen im Jogginganzug. Als mein Blick das im Profil daliegende Gesicht erfaßte, zog ich einen psychischen Stecker, um meine Gefühle von meinen übrigen inneren Prozessen abzukoppeln. »Er heißt Parnell Perkins. Er ist Schadensschätzer bei der California Fidelity, vor etwa drei Monaten eingestellt. Vorher hat er als Vertreter für eine Versicherungsgesellschaft in Los Angeles gearbeitet.« Die Fluktuation bei Schadensschätzern ist beträchtlich und so normal, daß niemand einen Gedanken darauf verschwendet.

»Hat er Angehörige hier in der Stadt?«

»Nicht daß ich wüßte. Vera Lipton, die Leiterin der Schadensabteilung, war seine unmittelbare Vorgesetzte. Sie müßte seine Personalakte haben.«

»Und was hatten Sie mit ihm zu tun?«

Ich zuckte die Achseln. »Na ja, ich kenne ihn noch nicht lange, aber ich betrachte ihn als guten Freund.« Ein kurzer Schmerz durchzuckte mich, als ich die grammatikalische Zeitform berichtigte. »Er war wirklich ein netter Kerl ... gutmütig und tüchtig. Fast schon zu großzügig. Er hat nicht viel über sein Privatleben geredet, aber das tue ich auch nicht. Wir sind ein paarmal die Woche nach der Arbeit irgendwo einen Schluck trinken gegangen. Und manchmal, wenn wir beide nichts vorhatten, ist dann auch noch ein gemeinsames Essen draus geworden. Ich glaube nicht, daß er Zeit für irgendwelche engeren Beziehungen hatte. Er war ein komischer Typ, im Sinn von lustig, meine ich. Er hat mich immer zum Lachen gebracht.«

Lieutenant Dolan kritzelte mit. Er stellte mir noch ein paar scheinbar zusammenhanglose Fragen über Parnells Arbeitsbereich, berufliche Vorgeschichte, Hobbies, Freundinnen. Außer ein paar oberflächlichen Beobachtungen konnte ich nicht viel dazu sagen, was mir irgendwie seltsam vorkam, weil mir das Ganze so zusetzte. Ich konnte die Augen nicht von Parnell abwenden. Sein Hinterkopf war rund, das Haar fast bis auf die Kopfhaut geschoren. Die Haut in seinem Nacken sah so weich aus. Seine Augen waren offen, starrten blicklos auf den Asphalt. Was ist Leben, daß es in so kurzer Zeit so ganz und gar erlöschen kann? Es schockierte mich, wie restlos die ganze Lebendigkeit, Wärme und Energie aus ihm gewichen waren, von einem Augenblick auf den anderen, für immer. Schluß. Feierabend. Sein Job war beendet. Und wir Zurückgebliebenen hatten jetzt den ganzen Bürokratiekram am Hals, den jeder Tod mit sich bringt, das ganze unpersönliche Getue, das unser Transfer von den Gefilden auf der Erde unter dieselbe mit sich bringt.

Ich sah zu dem Stellplatz, wo Parnell gewöhnlich seinen Wagen geparkt hatte. »Ich frage mich, wo sein Auto geblieben ist. Er ist immer von Colgate hereingefahren. Also müßte es eigentlich irgendwo hier stehen. Ein amerikanischer Wagen, ein Chevrolet, glaube ich, so etwa Baujahr achtzig oder einundachtzig, dunkelblau.«

»Vielleicht gestohlen. Wir werden dem nachgehen. Das Kennzeichen haben Sie nicht zufällig im Kopf?«

»Doch, ich weiß es. Es ist eins von diesen Namens-Nummernschildern – PARNELL. Er hat es sich selbst zum Geburtstag geschenkt, vor einem Monat. Sein Dreißigster.«

»Wissen Sie seine Privatadresse?«

Ich beschrieb Dolan, wo er wohnte. Ich wußte die Hausnummer nicht, aber ich hatte ihn ein paarmal heimgefahren, weil sein Auto beim Kundendienst gewesen war oder er zuviel getrunken hatte, um sich noch ans Steuer zu setzen. Außerdem gab ich Dolan auch noch Veras Privatnummer, die er sich neben ihrem Namen notierte. »Ich habe einen Schlüssel zu den Büroräumen, falls Sie seinen Schreibtisch sehen wollen.«

»Gut. Gehen wir.«

Die ganze folgende Woche war der Mord bei uns Thema Nummer eins. Es hat etwas zutiefst Beunruhigendes, wenn einem das Verbrechen so dicht auf den Leib rückt. Das Schauerlichste an Parnells Tod war, daß niemand eine Erklärung dafür hatte. An ihm war nichts gewesen, was ihn zum Mordopfer prädestiniert hätte. Er war uns immer als ein ganz normaler Mensch erschienen, so wie wir alle.

Unseres Wissens war da nichts in seiner aktuellen Lebenssituation, nichts in seiner Geschichte, nichts in seinem Wesen, was eine Gewalttat hätte provozieren können. Da es keine Verdächtigen gab, wurden wir in unangenehmster Weise auf unsere eigene Verletzlichkeit gestoßen. Uns verfolgte der Gedanke, daß wir womöglich mehr wissen könnten, als uns klar war. Wir diskutierten endlos darüber, in der Hoffnung, so die dunkle Wolke der Angst verscheuchen zu können, die sich im Gefolge dieses Mords über uns gesenkt hatte.

Ich war dagegen auch nicht besser gefeit als die anderen Kollegen. Zwar sind mir von meiner Arbeit her Tötungsverbrechen nichts Fremdes, und meistens lösen sie bei mir keine intensiveren Reaktionen aus, aber mit Parnell war ich befreundet gewesen, und deshalb vermochten mich meine üblichen Abwehrmechanismen – Aktionismus, Wut und ein Hang zum Galgenhumor – nicht vor der Beklemmung zu schützen, die uns alle erfaßte. Ich finde mich zwar manchmal ohne mein Zutun in die Aufklärung von Mordfällen verwickelt, aber es ist nichts, worum ich mich reiße, und ich würde mich normalerweise nie darauf einlassen, ohne daß man mich dafür bezahlt. Da mich niemand auf diesen Fall angesetzt hatte, gedachte ich, mich da herauszuhalten und um meine eigenen Angelegenheiten zu kümmern. Es war ganz klar Sache der Polizei, und ich sagte mir, daß die so schon genug am Hals hatte, auch ohne irgendwelche »Hilfe« meinerseits. Die Tatsache, daß ich eine Privatdetektiv-Lizenz besitze, gibt mir keinerlei Sonderrechte gegenüber dem Normalbürger und ermächtigt mich nicht, mich in Dinge einzumischen, die mich nichts angehen.

Was mich irritierte, war das Schweigen in den Medien. Nach dem ersten Wirbel in der Tagespresse schien das Verbrechen völlig in Vergessenheit zu geraten. In keinem der Lokalmagazine im Fernsehen kam je wieder etwas über den Fortgang der Ermittlungen. Das hieß wohl, daß es weder irgendwelche Spuren noch neue Erkenntnisse gab, aber es war doch seltsam. Und deprimierend, um es milde auszudrücken. Wenn ein Mensch, den man mag, einfach so ermordet wird, dann will man, daß andere betroffen reagieren. Man will sehen, wie den zuständigen Leuten eingeheizt wird und wie etwas passiert. Ohne neue Nahrung erstarben schließlich sogar die Gespräche unter den CF-Kollegen. Die wildlodernden Spekulationen verglommen und wichen dumpfer Bedrücktheit. Eine Invasion von Polizisten ergoß sich in Parnells Büro und packte alles ein, was sich in seinem Schreibtisch fand. Die Fälle, die er zuletzt bearbeitet hatte, wurden auf die Kollegen verteilt. Ein paar Verwandte von ihm kamen von der Ostküste angeflogen, lösten seine Wohnung auf und verfügten über seine persönliche Habe. Der Arbeitsalltag ging weiter. Wo Parnell Perkins gewesen war, klaffte jetzt eine Lücke, und niemand wußte so recht, damit umzugehen. Später sollte ich begreifen, wie die ganzen Puzzle-Stückchen zusammengehörten, aber zu dem Zeitpunkt lagen sie noch nicht einmal auf dem Tisch. Schon wenige Wochen später wurde der Mord von einem neuen Ereignis überlagert: der bevorstehenden Ankunft des Mr. Gordon Titus – Mr. Tight-Ass, der Klemm-Arsch oder auch Korinthenkakker, wie wir ihn bald nennen sollten –, dessen Versetzung in die Hauptstelle für den 15. November anberaumt war. Auch er sollte unwissentlich seinen Teil zum weiteren Fortgang der Ereignisse beitragen.

2

Der Name Gordon Titus geisterte durch die Büros der CF, seit der Vierteljahresbericht von Ende Juni einen extremen Schadensanfall verzeichnet hatte. Sobald bei einer Versicherungsgesellschaft die Verlustrate die Profitrate um mehr als zehn Prozent übersteigt, macht sich die Firmenleitung daran, sämtliche Vorgänge genau unter die Lupe zu nehmen, um herauszufinden, wo der Hase im Pfeffer liegt. Das Faktum, daß wir die Hauptstelle der California Fidelity waren, nahm uns von dieser Praxis nicht aus, und das allgemeine Gefühl war, daß wir drastischen Veränderungsmaßnahmen entgegengingen. Es kursierte das Gerücht, daß Gordon Titus ursprünglich von der Filiale in Palm Springs engagiert worden war, um die Betriebsabläufe zu überprüfen und das Prämienvolumen hochzutreiben. Er hatte seinen Job offenbar (aus der Sicht der Firmenleitung) hervorragend gemacht und dabei eine Menge menschliches Unglück verursacht. In der Welt einer Agatha Christie wäre Gordon Titus vielleicht irgendwann auf dem Boden des Konferenzsaals gefunden worden, mit einem Brieföffner im Herzen. In der wirklichen Welt hingegen finden solche Herren nur selten ein so befriedigendes Ende. Gordon Titus wurde einfach nur nach Santa Teresa versetzt, wo er die gleiche Sorte Unheil stiften sollte.

In der Theorie betraf mich das alles kaum bis gar nicht. Die CF stellt mir einen Büroraum, und dafür führe ich drei- bis viermal im Monat Routinerecherchen für sie durch, etwa bei Verdacht auf Brandstiftung oder fingierte Sterbefälle. Jedes Quartal stelle ich über alle diese suspekten Schadensfälle Material zusammen, das dann zwecks weiterer Ermittlungen an die Zentralstelle zur Verhinderung von Versicherungsbetrug weitergeleitet wird. Zur Zeit ging ich vierzehn verdächtigen Schadensmeldungen nach. Versicherungsbetrug ist ein Geschäft, das den Gesellschaften jährlich Verluste von über zwei Millionen Dollar bringt, die dann wiederum auf die ehrlichen Kunden umgelegt werden – wenn man einmal unterstellt, daß es noch ein paar davon gibt. Lange Jahre in diesem Metier haben mich zu der Einsicht gebracht, daß ein bestimmter Prozentsatz der Bevölkerung dem Drang zum Mogeln einfach nicht widerstehen kann. Diese Neigung zieht sich quer durch alle sozioökonomischen Schichten und eint rassische und ethnische Gruppen, die sich sonst nicht viel zu sagen haben. Versicherungen werden als eine Art Pendant zur staatlichen Lotterie angesehen. Dafür, daß die Leute ein paar Monate ihre Prämien bezahlen, wollen sie dann aber auch den Jackpot einstreichen. Und einige sind sogar bereit, der Wahrscheinlichkeit ein bißchen auf die Sprünge zu helfen, damit sich die Sache amortisiert. Ich habe erlebt, wie Versicherungskunden Diebstähle fingieren und Sachen als gestohlen melden, die sie nie besessen haben. Ich habe erlebt, wie Leute Häuser niederbrennen, Arztrechnungen manipulieren, sich selbst Verletzungen zufügen oder einen Grad von Arbeitsunfähigkeit geltend machen wollen, der in keinem Verhältnis zur tatsächlichen Behinderung steht. Ich habe Meldungen über Eigentumsverluste und Einkommensausfälle, Sach- und Personenschäden gesehen, die nur in der überhitzten Phantasie der Absender existierten. Zum Glück haben die Versicherungsgesellschaften rasch dazugelernt und Vorkehrungen getroffen, um diesen Schwindeleien auf die Spur zu kommen. Teil meines Jobs ist es, die Grundlage für die strafrechtliche Verfolgung solch betrügerischer Forderungen zu liefern. Jetzt, da Gordon Titus jeden Tag in der Tür stehen konnte, wurde mir eine ganze Flut verdächtiger Fälle zugeschoben, und ich sah mich unter Druck, rasch Ergebnisse zu produzieren.

Die letzte dieser suspekten Schadensmeldungen übergab mir Vera an einem Sonntagnachmittag Ende Oktober. Ich war noch rasch im Büro vorbeigefahren, um ein paar Einkommenssteuerunterlagen zu holen, die gleich am Montagmorgen zu meinem Steuerberater mußten. Ich parkte meinen VW wie gewöhnlich auf dem rückwärtigen Parkplatz und nahm die Hintertreppe. Ich marschierte an den dunklen CF-Räumen vorbei, schloß mein Büro auf und ging hinein, um rasch den Anrufbeantworter abzuhören, die Samstagspost durchzuschauen und die Steuerunterlagen im Außenfach meiner Umhängetasche zu verstauen. Als ich auf dem Rückweg wieder an den CF-Büros vorbeikam, bemerkte ich, daß drinnen Licht brannte. Ich blieb stehen und linste durch die Glastüren, weil ich mich fragte, ob vielleicht gerade ein Dieb dabei war, unsere Bürogeräte wegzuschleppen. Vera kreuzte mein Gesichtsfeld. Sie hatte Papiere in der Hand und war offenbar auf dem Weg zum Kopierer. Sie erspähte mich, winkte mir zu und kam in meine Richtung. Sie ist achtunddreißig, alleinstehend und ist vermutlich in meinem Leben das, was einer »besten Freundin« am nächsten kommt. Der Bund mit den Büroschlüsseln steckte noch im Schloß und klimperte und klapperte, als sie aufschloß. »Hallo, meine Liebe. Ich habe dich am Freitagnachmittag gesucht, aber du warst schon weg. Muß nett sein, schon um zwei Feierabend zu machen«, sagte sie, als sie mich hineinließ.

»Wo kommst du denn her? Als ich eben hier vorbeikam, war doch noch alles dunkel.«

Sie schloß die Tür hinter mir ab und setzte ihren Gang zum Kopiergerät fort. Ich trottete hinter ihr her. Sie antwortete mir über die Schulter: »Ich bin nur schnell vorbeigekommen, um den Kopierer zu benutzen. Sag es nicht weiter. Es ist privat. Die Gästeliste für den Empfang.« Sie hob den Deckel des Geräts hoch, legte ein Blatt Papier auf das Sichtfenster und korrigierte die Einstellung. Dann drückte sie die Kopiertaste, und das Gerät setzte sich in Gang. Sie trug eine schwarze Strumpfhose und kniehohe Stiefel zu einem überdimensionalen Sweatshirt, das ihr bis knapp unter den Schritt reichte. Sie bemerkte meinen Blick. »Ich weiß. Sieht aus, als hätte ich die Hosen vergessen. Ich bin auf dem Weg zu Neil, aber ich wollte das hier eben noch schnell erledigen. Was hast du vor? Magst du noch auf einen Drink mitkommen?«

»Danke, lieber nicht. Ich habe noch zu tun.«

»Übrigens hast du den großen Moment verpaßt. Der sagenhafte Mr. Titus ist am Freitagnachmittag aufgetaucht, mit drei eigenen handverlesenen Adjutanten. Zwei Vertreter und ein Schadensschätzer mußten gehen, um ihnen Platz zu machen.«

»Das ist doch nicht dein Ernst! Wer denn?«

»Tony Marsden, Jack Cantheas und Letty Bing.«

»Letty? Die wird doch bestimmt prozessieren?«

»Das hoffe ich aufrichtig.«

»Ich dachte, er sollte frühestens in zwei Wochen kommen.«

»Kleine Überraschung. Als nächste bin dann wohl ich fällig.«

»Ach, das glaubst du doch selbst nicht. Du machst deinen Job doch ganz prima.«

»Ja, klar. Deswegen waren wir auch sechshunderttausend Dollar in den Miesen.«

»Das war doch Andy Motyckas Schuld, nicht deine.«

»Ach, was soll's! Ich heirate bald. Ich kann mir was anderes suchen. So toll habe ich diesen Job sowieso nie gefunden. Was machen die Einkäufe?«

»Welche Einkäufe?« fragte ich verdutzt. Ich war immer noch bei dem CF-Desaster.

»Für die Hochzeit. Dein Kleid.«

»Ah, jaaa. Für die Hochzeit. Ich habe ein Kleid.«

»Quatsch. Du besitzt nur ein einziges Kleid, und das ist schwarz. Du bist Brautjungfer, nicht Sargträger.« Vera und ihr Liebster wollten in sechs Tagen heiraten, an Halloween. Alle hatten ihr wegen des Termins ins Gewissen geredet, aber sie beharrte darauf und berief sich auf den Widerstreit zwischen ihrem eingefleischten Zynismus und ihrer sentimentalen Ader. Sie hatte nie vorgehabt zu heiraten. Sie hatte (wie sie sagte) seit dem Alter von zwölf Jahren ein reges Liebesleben und unzählige Männer durchgemacht. Und obwohl sie ganz versessen auf ihren Zukünftigen war, wollte sie der Konvention ein Schnippchen schlagen. Ich fand ein schwarzes Kleid absolut perfekt für eine Halloween-Hochzeit. Nach dem Empfang konnten wir ja von Haus zu Haus ziehen und Leute erschrecken und Süßigkeiten kassieren und danach vielleicht die Beute teilen.

Ich wollte allerdings die Option auf die Hershey Kisses und die Tootsie Rolls.

»Außerdem hast du das verdammte Kleid schon fünf Jahre«, setzte sie nach.

»Sechs.«

»Und als du es das letzte Mal anhattest, hast du gesagt, es riecht total vermodert.«

»Ich habe es gewaschen!«

»Kinsey, du kannst kein sechs Jahre altes stinkendes Kleid zu meiner Hochzeit anziehen. Du hast versprochen, du kaufst dir ein neues.«

»Ich *tu's* ja.«

Sie sah mich skeptisch an. »Wo willst du denn danach suchen? Doch wohl nicht im K-Markt.«

»Ich würde nie in den K-Markt gehen. Wie kommst du denn darauf?«

»Also, wo dann?«

Ich sah sie unsicher an und suchte nach einer Antwort, die sie zufriedenstellen würde. Ich wußte, mein Zögern würde bei ihr nur als Aufforderung ankommen, sich einzumischen und mich herumzukommandieren, aber um ehrlich zu sein, ich hatte nicht die blasseste Ahnung, was für ein Kleid ich kaufen sollte. Ich war noch nie Brautjungfer gewesen. Ich hatte keinen Schimmer, was diese Mädels tragen. Sicher irgendwas total Unpraktisches, mit Riesenrüschen überall.

Und sie mischte sich ein. »Ich helfe dir«, sagte sie, als hätte sie es mit einer Debilen zu tun.

»Wirklich? Das ist toll.«

Vera verdrehte die Augen, aber ich wußte, sie war entzückt, daß ich die Sache aus der Hand gab. Alle Leute sind immer ganz wild darauf, mein Privatleben für mich zu regeln. Offenbar meinen sie, daß ich es selbst nicht auf die Reihe kriege. »Am Freitag. Nach der Arbeit«, sagte sie.

»Danke. Wir können ja hinterher zusammen essen gehen, auf meine Rechnung.«

»Ich *will* keinen doppelten Cheeseburger«, sagte sie.

Ich wischte alle weiteren Einwände mit einem Winken beiseite und wandte mich Richtung Tür. »Also dann bis morgen. Läßt du mich bitte raus?«

»Warte noch eine Minute, dann gehe ich auch. Hol dir doch in der Zwischenzeit die Akte, die ich dir am Freitag geben wollte. In dem Ordner in dem Kasten ›Ausgänge‹. Die Dame heißt Bibianna Diaz. Wenn du sie packen kannst, stehen wir ja vielleicht alle ein bißchen besser da.«

Also marschierte ich in die gläserne Zelle, in der sie in ihrer Eigenschaft als Leiterin der Schadensabteilung residiert. Ich fand die Akte Diaz ganz oben auf dem Stapel. »Hab sie!« rief ich.

»Du kannst ja mal mit Mary Bellflower reden, wenn du reingeguckt hast. Eigentlich war Parnell dafür zuständig, aber sie hat den Fall aussortiert.«

»Ich dachte, die Bullen hätten alle seine Akten mitgenommen.«

»Die da war aber nicht bei den Akten auf seinem Schreibtisch. Er hatte sie einen Monat vorher Mary gegeben, deshalb haben die Bullen sie gar nicht zu Gesicht gekriegt.« Sie kam wieder zum Vorschein und suchte, die Fotokopien zwischen die Zähne geklemmt, nach ihren Autoschlüsseln.

»Ich will erst mal versuchen, mir die Dame anzusehen, bevor ich mit Mary rede. Dann habe ich wenigstens schon mal eine blasse Vorstellung«, sagte ich.

»Auch gut. Du kannst es angehen, wie du möchtest.« Vera knipste das Licht hinter sich aus, ließ uns aus der Tür und schloß ab. »Falls du irgendwelche Fragen hast – ich bin um zehn wieder daheim.«

Wir gingen plaudernd die Treppe hinunter. Unsere Autos standen ganz allein auf dem Parkplatz, Seite an Seite. »Oh, noch etwas«, sagte sie, als sie ihre Wagentür aufschloß. »Titus wünscht dich gleich morgen früh zu sehen.«

Ich starrte sie über das Wagendach hinweg an. »Mich? Aber warum denn? Ich arbeite doch gar nicht für ihn.«

»Wer weiß? Vielleicht betrachtet er dich als ›elementaren Bestandteil des Teams‹. So redet er nämlich. Dieses ganze blöde Bla-Bla. Widerlich.« Sie öffnete die Wagentür, schlüpfte auf den Fahrersitz und kurbelte das Beifahrerfenster herunter. »Mach's gut.«

»Du auch.«

Ich stieg in meinen Wagen, und mein Magen fühlte sich jetzt schon an wie aus Stein. Ich wollte Gordon Titus überhaupt nicht sehen, und schon gar nicht morgen früh. Was für ein Wochenanfang ...

Der Parkplatz war so gut wie leer und das Stadtzentrum ruhig. Wir fuhren gleichzeitig los, in entgegengesetzte Richtungen. Die Läden hatten alle zu, aber die Lichter entlang der State Street und die Fußgängergrüppchen verliehen dieser ansonsten verlassenen Geschäftsgegend noch einen Hauch von Leben. Santa Teresa ist ein Ort, wo man auch nach Ladenschluß noch bummeln kann, ohne (übermäßige) Angst haben zu müssen. In der Touristensaison wimmelt es auf den Straßen von Menschen, und selbst in den toten Monaten hat diese Stadt noch etwas Harmloses. Ich war einen Moment lang versucht, eben noch schnell in einem der kleinen Restaurants einen Happen essen zu gehen, hörte dann aber aus meiner heimischen Küche ein Erdnußbutter-und-Pickle-Sandwich nach mir rufen.

Das Viertel lag völlig dunkel da, als ich den Wagen abstellte und durch das Gartentor trat. In Henrys Küche brannte noch Licht, aber ich widerstand der Verlockung, bei ihm reinzuschauen. Er würde darauf bestehen, mir etwas zu essen vorzusetzen, mir einen anständigen Chardonnay einzuschenken und mich mit dem neuesten Klatsch und Tratsch zu versorgen. Er ist zweiundachtzig und Bäcker im Ruhestand und hat es sich jetzt zur Aufgabe gemacht, die alten Damen in unserem Block mit Gebäck für ihre Tee-Kränzchen zu beliefern. Nebenbei verfaßt er diese kleinen Kreuzworträtselheftchen, die man an Supermarktkassen findet, voller Wortspiele und Bonmots. Und wenn er gerade weder das eine noch das andere tut, dann schimpft er mich wegen meiner Lebensführung, die in seinen Augen nicht nur gefährlich, sondern auch viel zu unkultiviert ist.

Ich schloß meine Wohnungstür auf, trat ein und knipste eine der Tischlampen an. Ich legte meine Handtasche auf die Küchenbar, die meine Kochnische von dem als Wohnzimmer vorgesehenen Teil des Raums abtrennt. Das Haus war total neu wiederaufgebaut worden, nachdem eine Bombenexplosion es dem Erdboden gleichgemacht hatte. Ich hatte bis zur Beendigung der Bauarbeiten bei Henry gewohnt und war an meinem Geburtstag im letzten Mai wieder in mein Apartment eingezogen. Und es war wirklich ein Wunder, wie ein Piratenschiff, überall Teak und Messing, mit einem Bullauge in der Tür und einer Wendeltreppe nach oben unters Dach, wo ich jetzt unter einem sternengesprenkelten Atelierfenster schlafen durfte. Mein Bett war ein Podest mit eingebauten Schubladen. Unten hatte ich meine kleine Koch-Kombüse, eine Nische mit Waschmaschine und Huckepack-Trockner, ein Wohnzimmer mit einem Sofa, das man zum Gästebett aufklappen konnte, und ein kleines Gästebad. Oben befand sich ein Bad mit eingelassener Badewanne, einem Dschungel von Zimmerpflanzen auf dem Fensterbrett und mit Blick durch die Baumwipfel auf ein Zipfelchen Meer.

Überall gab es kleine Nischen und Fächer, Schränke, Klappen und Kleiderhaken. Henry hatte das Ganze selbst entworfen und sich ein diebisches Vergnügen daraus gemacht, meine persönliche Umgebung zu gestalten. Der Teppich war königsblau, das Mobiliar schlicht. Auch nach zwölf Monaten wanderte ich noch wie eine Blinde in meiner Wohnung herum, um alles zu betasten, darüber zu staunen, wie es sich anfühlte, den Holzgeruch einzusaugen. Nach dem Tod meiner Eltern war ich von einer ledigen Tante aufgezogen worden, einer Frau, deren Verhältnis zu mir eher auf theoretischem Anspruch als auf Zuneigung beruhte. Ohne es auszusprechen, vermittelte sie mir das Gefühl, daß ich nur auf Bewährung da war, so wie eine Matratze, die man zurückgibt, wenn die Klumpen sich nicht ausliegen. Man mußte ihr lassen, daß ihre Vorstellungen von Kindererziehung zwar exzentrisch, aber durchaus vernünftig waren und daß ich von dem, was sie mir über die Welt beigebracht hat, sehr profitiert habe. Aber ich habe mich die meiste Zeit meines Lebens als Eindringling gefühlt und immer nur auf Zwischenstation, so lange, bis ich wieder weitermußte. Jetzt jedoch hatte sich meine Innenwelt verändert. Das hier war mein Zuhause, hier war ich daheim. Das Apartment war zwar nur gemietet, aber ich hatte ein Wohnrecht auf Lebenszeit. Das war ein merkwürdiges Gefühl, und ich konnte dem noch nicht recht trauen.

Ich stellte meinen kleinen Schwarz-Weiß-Fernseher an, damit mir der Ton Gesellschaft leistete, während ich herumwerkelte und mir etwas zu essen machte. Ich hockte mich an die Küchenbar, auf einen hohen Barhocker, und kaute mein Sandwich, während ich die Akte durchblätterte, die Vera mir gegeben hatte. Da waren Kopien der Original-Schadensmeldung – ein Autounfall mit Personenschaden ohne Fremdbeteiligung –, ein Bündel Arztrechnungen, ein paar Briefe und eine beigeheftete kurze Zusammenfassung der wichtigsten Punkte. Die Sachbearbeiterin, Mary Bellflower, hatte diese Schadensmeldung aus verschiedenen Gründen als suspekt ausgemustert. Die Verletzungsfolgen waren von der ungreifbaren Sorte, subjektiv, unüberprüfbar. Miss Diaz klagte unter anderem über plötzlich einschießende Schmerzen im Nacken, Kopfschmerzen, Benommenheit, Kreuzschmerzen und Verspannungen. Die Reparaturkosten für das Auto waren auf fünfzehnhundert Dollar veranschlagt. Dazu kamen Arztrechnungen über insgesamt zweitausendfünfhundert Dollar (alles Kopien von Kopien, was es durchaus möglich erscheinen ließ, daß sie ein bißchen an den Zahlen herummanipuliert hatte). Zudem machte sie zwölfhundert Dollar Lohnausfall geltend, was insgesamt fünftausendzweihundert Dollar ergab. Ein polizeiliches Unfallprotokoll existierte nicht, und die Sachbearbeiterin war schlau genug gewesen, zu bemerken, daß Miss Diaz ihr Auto erst kurz vor dem Unfall angemeldet und versichert hatte. Verdächtig war auch die Tatsache, daß die Schadensmelderin ein Postfach als Absendeadresse angab. Mary hatte eine Wohnadresse ausfindig gemacht und beigefügt. Ich registrierte, daß sie auch daran gedacht hatte, Kopien von den Umschlägen (mit Poststempel) beizuheften, in denen die Schadensformulare eingegangen waren. Wenn es zu einem Verfahren kam, würden sie als Beweis dafür dienen, daß die US-Post benutzt worden war, womit die Sache zur Bundesangelegenheit würde und auch das FBI auf den Plan treten könnte. Viele Versicherungsbetrüger heuern einen Anwalt an, dessen Job darin besteht, die Versicherung in die Zange zu nehmen und auf eine rasche Abwicklung zu drängen. Miss Diaz hatte (bis jetzt noch) keinen Anwalt eingeschaltet, drängte aber selbst, daß man ihr den Schaden schleunigst ersetzen sollte. Ich begriff nicht, wieso Parnell die Sache an Mary Bellflower weitergegeben hatte. Bei Forderungen dieser Größenordnung ist man normalerweise eher versucht, den Anspruch ohne viel Aufhebens anzuerkennen, um gar nicht erst zu riskieren, daß einem »böswillige Verschleppung« unterstellt wird. Aber da die California Fidelity in letzter Zeit so hohe Verluste zu verbuchen gehabt hatte, fand Maclin Voorhies, der Vize-Präsident, solche Routine-Entscheidungen zur Zeit nicht so gut. Daher hatte man mir die Sache zur Nachprüfung übergeben, wobei diese Mühe jetzt, da Titus auf der Matte stand, vielleicht schon vergeblich war, aber das war nun einmal der Stand der Dinge.

Es war zehn, als ich schließlich das Licht ausmachte und nach oben ging. Ich öffnete eins der Fenster, lehnte den Kopf gegen den Rahmen und ließ die kühle Luft über mein Gesicht streichen. Der Mond stand am Himmel. Der Nachthimmel war klar, und die Sterne funkelten wie lauter kleine Nadelspitzen. Von draußen vor der Küste Nordwest-Kaliforniens näherte sich eine schwache Sturmfront, und für die nächsten Tage waren Schauer angesagt. Aber bislang waren noch keine Anzeichen zu entdecken. Ich hörte das gedämpfte Rauschen der Brandung hinter dem nächsten Häuserblock. Ich kroch unter die Decke, stellte den Radio-Wecker an und starrte hinauf zum Dachfenster. Es kam ein Country-Song, Willie Nelson mit einer wehmütigen Ballade von Schmerz und Herzeleid. Ich fragte mich, wo Robert Dietz wohl in dieser Nacht stecken mochte. Im vorigen Mai hatte ich selbst einen Privatdetektiv angeheuert, nachdem sich herausgestellt hatte, daß mein Name als einer der vier letzten auf irgend jemandes Abschußliste stand. Ich hatte einen Leibwächter gebraucht und Robert Dietz gefunden. Als sich die Lage wieder entspannt hatte, war er noch drei Monate dageblieben. Jetzt war er seit zwei Monaten weg. Wir waren beide keine großen Briefeschreiber und zu geizig, um öfters zu telefonieren, jetzt, wo er wieder in Deutschland war. Es war mir zu Herzen gegangen, dieses Abreise-Gemisch aus annähernd gleichen Teilen Banalität und Bittersüße.

»Ich bin nicht gut im Abschiednehmen«, hatte ich in der letzten Nacht gesagt.

»Ich bin nicht gut in irgendwas anderem«, hatte er mit seinem schiefen Lächeln gesagt. Ich hatte gedacht, daß es ihm nicht halb so schwerfiel wie mir. Aber das konnte auch falsch gewesen sein. Dietz war nicht der Typ, der seinem Schmerz und seiner Trauer freien Lauf läßt, was noch lange nicht heißt, daß solche Gefühle in ihm nicht existierten.

Das Schlimme an der Liebe ist das Loch, das sie hinterläßt, wenn sie vorbei ist ... das Thema aller Country-und-Western-Songs ...

Dann weiß ich erst wieder, daß es auf einmal sechs Uhr morgens war und mein Wecker piepte wie ein Vögelchen. Ich wälzte mich aus dem Bett und angelte nach meinen Lauf-Klamotten, zog mir meine Jogging-Hose, ein Sweat-Shirt und meine Adidas an. Ich putzte mir noch eben die Zähne und trabte die Wendeltreppe hinunter zur Haustür. Die Sonne war noch nicht aufgegangen, aber die Nacht hatte sich bereits zu einem anthrazitgrauen Dunstschleier gelichtet. Die Morgenluft war feucht und roch nach Eukalyptus. Ich hielt mich am Tor fest, um – mehr pro forma – ein paar Dehnungsübungen zu machen, und nutzte dann das Stück bis zum Cabana Boulevard zum Aufwärmen. Ich frage mich manchmal, warum ich immer noch so gewissenhaft mein Fitneß-Training mache. Paranoia vielleicht ... die Erinnerung an Zeiten, als ich um mein Leben laufen mußte.

Auf dem Radweg angelangt, fiel ich in einen schwerfälligen Trab. Meine Beine fühlten sich hölzern an, und mein Atem ging stoßweise. Die erste Meile ist immer schlimm, alles weitere dann vergleichsweise ein Kinderspiel. Ich schaltete mein Denken ab und öffnete mich meiner Umgebung. Zu meiner Rechten war das anlandende Meer, ein gedämpftes Grollen, so beruhigend wie das Rauschen von Regen. Möwen segelten kreischend über der Brandung. Der Pazifik war wie flüssiger Stahl, die Wellen eine schaumige Masse aus Aluminium und Chrom. Der Sand wurde dort, wo das Wasser wieder abfloß, zum Spiegel und reflektierte den weichen Morgenhimmel. Der Horizont färbte sich lachsrosa von der Sonne, die jetzt langsam hervorkroch. Lange korallenrote Lichtarme reckten sich über der Scheidelinie zwischen Himmel und Wasser, wo sich die ersten Wolken der angekündigten Sturmfront zusammenballten. Die Luft war kalt und gischtig und roch nach Seetang. Nach ein paar Minuten wurden meine Schritte länger, und ich fühlte, wie ein automatischer Rhythmus all meine Bewegungen zu koordinieren begann. Ich wußte nicht, daß dies für Wochen das letzte Mal sein sollte, daß ich zum Laufen kam. Hätte ich es gewußt, hätte ich es wohl noch viel mehr genossen.

3

Irgendwie ahnte ich – schon ehe ich diesen Menschen das erste Mal zu Gesicht bekam –, daß das Verhältnis zwischen Gordon Titus und mir für keinen von uns beiden ein Quell der Freude und der Ermunterung sein würde. Da er das Treffen initiiert hatte, schienen mir meine Alternativen klar. Ich konnte mich vom Büro fernhalten und so unsere erste Begegnung noch hinauszögern, oder aber ich konnte mich fügen und es hinter mich bringen. Auf den ersten Blick schien das letztere klüger. Vielleicht war das Ganze ja nur eine Formalität. Ich wollte nicht, daß er meine mangelnde Begeisterung in die falsche Kehle kriegte. Besser, ich gab mich kooperativ. Wie meine Tante zu sagen pflegte: »Sei immer auf der Seite, wo der Segen herkommt.« Erst als sie schon tot war, fing ich an, mich zu fragen, was das heißen sollte.

Als ich um neun ins Büro kam, wählte ich die Nummer von Darcy Pascoe, der Empfangssekretärin der California Fidelity gleich nebenan. »Hi, Darcy. Hier ist Kinsey. Ich habe gehört, Gordon Titus will mich sprechen. Nach dem, was Vera sagt, ist er ja ein ganz schöner Arsch.«

»Guten Morgen, Miss Millhone. Nett, daß Sie sich melden«, flötete sie.

»Wie reden Sie denn? Steht er direkt neben Ihnen?«

»Ja, ganz recht.«

»Oh, ach so. Würden Sie ihn bitte fragen, wann ich rüberkommen soll? Ich hätte jetzt gerade ein paar Minuten, falls es ihm paßt.«

»Einen Augenblick, bitte.«

Sie legte mich so lange auf die Warteleitung, wie es dauerte, meine

Anfrage zu übermitteln und ihm eine Antwort zu entlocken. Dann klickte es, und sie war wieder dran. »Jetzt gleich wäre sehr recht.«

»Ich kann es kaum erwarten.«

Ich legte auf. Das kriege ich schon hin, dachte ich. Jeder muß damit klarkommen, an irgendwelchen Punkten der Macht anderer Leute ausgeliefert zu sein. Also muß man eben hin und wieder jemandem in den Arsch kriechen. Was soll's? Entweder man arrangiert sich rechtzeitig damit, oder man endet als verschrobener Querulant und Außenseiter. Auf dem Weg zur Tür blieb ich einen Moment vor dem Wandspiegel stehen, um meine Erscheinung zu inspizieren. Ich fand mich ganz passabel. Jeans, Rollkragenpullover, keinen Dreck im Gesicht, nichts Grünes zwischen den Zähnen. Make-up trage ich nicht, also brauche ich mir nie Gedanken zu machen, ob irgendwas verklebt oder verschmiert ist. Die Haare hatte ich mir immer selbst geschnitten, aber seit einiger Zeit ließ ich sie wachsen, so daß sie jetzt schulterlang waren und nur ein ganz klein wenig ungleich. Ich brauchte nur den Kopf ein bißchen schiefzulegen, dann egalisierte sich das.

Mit solchermaßen eingezogenem Kopf betrat ich den Glaskasten, den Gordon Titus offensichtlich für seine kleinen Kennenlern-Parties mit den Beschäftigten benutzte. Veras Büro lag gleich daneben, und ich konnte sie an ihrem Schreibtisch sitzen und zu mir herüberschielen sehen. Sie trug ein gedecktes graues Kostüm mit einer schlichten weißen Bluse und das Haar zu einem Knoten zurückgezurrt. Mr. Titus erhob sich, um mich zu begrüßen, und wir schüttelten uns über den Schreibtisch hinweg die Hände. »Miss Millhone.«

»Guten Tag. Freut mich, Sie kennenzulernen«, sagte ich.

Sein Händedruck war angemessen männlich-kernig, aber nicht zu fest und gerade lang genug, um aufrichtig gemeint zu wirken. Ich muß sagen, auf den ersten Blick war ich angenehm überrascht. Ich hatte ihn mir grau und vertrocknet, steif und korrekt vorgestellt. Er war jünger, als ich erwartet hatte, höchstens zweiundvierzig. Er hatte ein glattes, gutrasiertes Gesicht, blaue Augen und modisch geschnittenes, frühzeitig ergrautes Haar. Er trug keinen Anzug, sondern Gabardinehosen und ein blaues Izod-Hemd. Er schien von mir weniger angetan. Ich merkte an seinem Blick, daß meine Berufskleidung ihn etwas schockierte. Aber es gelang ihm ganz gut, es zu verbergen. Vielleicht dachte er ja, ich sei früher gekommen, um vor der Arbeit der Putzfrau mit den Böden zu helfen.

»Nehmen Sie Platz«, sagte er. Kein Lächeln, keine Höflichkeitsfloskeln, kein Small-Talk.

Ich setzte mich.

Er auch. »Wir haben uns die Berichte angesehen, die Sie in den letzten sechs Monaten vorgelegt haben. Ordentliche Arbeit«, sagte er. Ich fühlte förmlich das »aber« über uns in der Luft schweben. Sein Blick wanderte über das beschriebene Blatt, das er vor sich liegen hatte. Er blätterte rasch einen Stapel Zettel durch, der an den vorderen Deckel eines Aktenordners geheftet war. Offenbar wollte er mir signalisieren, daß er Unterlagen über mich hatte und alles wußte, bis zurück zu dem Tag, als ich das erste Mal in der Grundschule hatte kotzen müssen. Er hatte einen gelben Notizblock vor sich, auf dem er mit dem Füllfederhalter weitere Notizen machte. Seine Schrift war präzise, die Buchstaben eckig mit Betonung der Unterlängen. Hier und dort hatte die Feder das Papier aufgerissen. Ich konnte mir vorstellen, wie seine Gedanken vornewegeilten, während seine Hand hinterherhinkte und unansehnliche Löcher bohrte. Er hatte nicht vergessen, wie man sich ordentlich Stichpunkte notierte. Die Hauptpunkte waren römisch beziffert, die Unterpunkte säuberlich eingerückt. Wahrscheinlich arbeitete sein Gehirn genauso, die großen Kategorien vornean, die untergeordneten Dinge sorgfältig versetzt darunter. Er klappte den Ordner zu und legte ihn beiseite. Er wandte mir nunmehr seine volle Aufmerksamkeit zu.

Ich dachte, es sei jetzt wohl an der Zeit, zur Sache zu kommen und die Prozedur abzukürzen. »Ich weiß nicht, ob Sie darüber informiert sind, aber ich gehöre nicht direkt zur Belegschaft«, sagte ich. »Ich bin als freie Mitarbeiterin für die Firma tätig.«

Sein Lächeln war nicht sonderlich herzlich. »Das ist mir bewußt. Aber es gibt da dennoch ein paar kleine Dinge, die wir im betrieblichen Zusammenhang klären müssen. Ich denke, Sie werden verstehen, daß wir uns bei einer Überprüfung wie dieser ein Gesamtbild verschaffen müssen.«

»Natürlich.«

Er studierte das erste und zweite Blatt seines Notizblocks.

Ich sah verstohlen auf meine Uhr, indem ich vorgab, das Band zu justieren.

Ohne aufzuschauen sagte er: »Haben Sie noch mehr leidige Termine?«

»Ich habe eine Schadensanzeige, die ich überprüfen muß. Ich sollte draußen sein und der Sache nachgehen.«

Er sah mich an. Sein Körper war absolut reglos. Seine blauen Augen bohrten sich ohne das kleinste Wimpernzucken in meine. Er sah gut aus, aber so maskenhaft, so ausdruckslos, daß ich mich fragte, ob er vielleicht einen Schlaganfall gehabt hatte oder einen Unfall, bei dem alle seine Gesichtsmuskeln durchtrennt worden waren.

Ich bemühte mich, ihm eine ebenso unbewegte Miene darzubieten. Ich bin selbst jemand, der nicht gern lange um den heißen Brei herumschleicht. Ich will es wissen.

Er nahm seinen Füller wieder in die Hand und wandte sich Punkt eins, Zeile eins, seiner Liste zu. »Mir ist nicht klar, wem Sie eigentlich unterstellt sind. Vielleicht können Sie mir das erläutern.«

Ach, herrjeh. »Das wechselt«, sagte ich freundlich. »Rechenschaftspflichtig bin ich Mac Voorhies, aber die Fälle werden mir gewöhnlich von den jeweiligen Schadensschätzern übergeben.« Sobald ich den Mund aufmachte, begann er zu schreiben. Ich bin (in aller Bescheidenheit) ziemlich gut darin, Geschriebenes auf dem Kopf zu lesen, aber er benutzte seine eigenen Kürzel. Ich hielt inne. Er hörte auf zu schreiben. Ich schwieg.

Er sah mich wieder an. »Pardon. Das habe ich nicht ganz verstanden. Können Sie mir das Prozedere erläutern? Aus der Akte wird es nicht klar.«

»Normalerweise werde ich angerufen. Oder einer der Schadensschätzer weist mich auf einen bestimmten Fall hin. Ich schaue zwei- bis dreimal in der Woche hier rein.« Er schaffte es, genauso schnell zu schreiben, wie ich sprach. Ich schwieg. Sein Füllfederhalter verharrte.

»Zusätzlich zu den Besprechungen?« fragte er.

»Welchen Besprechungen?«

»Ich nehme doch an, Sie nehmen an den regelmäßigen Belegschaftsbesprechungen teil. Etat-Fragen. Umsätze ...«

»Das habe ich noch nie getan.«

Er ging seine Notizen durch, schlug ein, zwei Blätter um. Er zog die Stirn in Falten, aber ich hätte schwören können, daß seine Ratlosigkeit nur gespielt war. »Ich kann Ihr 206er nicht finden.«

»Ach«, sagte ich. »Das wundert mich.« Ich hatte keine blasse Ahnung, was ein 206er war, aber ich fand, es sollte ruhig sein Problem bleiben, da er davon angefangen hatte.

Er schob mir über den Schreibtisch ein Formular zu. »Um Ihr Gedächtnis aufzufrischen«, sagte er.

Das Blatt enthielt jede Menge Felder zum Ausfüllen. Daten, Uhrzeiten, Personalnummern, Kilometerstände, ganz offensichtlich ein formelles Berichtsblatt, in das ich jeden Pups und jeden Rülpser während meiner Arbeitszeit eintragen sollte. Ich gab ihm das Formular kommentarlos zurück. Da würde ich nicht mitspielen. Und wenn er sich auf den Kopf stellte.

Er machte sich wieder Notizen, die Nase über den Block gebeugt. »Ich muß Sie bitten, uns die Durchschläge aus Ihren Akten auszuhändigen, damit wir unsere Unterlagen auf Vordermann bringen können. Wir werden dann einen Termin ausmachen, um sie gemeinsam durchzugehen.«

»Wozu?«

»Wir brauchen Belege über Ihre Arbeitseinteilung, damit wir Ihr Honorar berechnen können«, sagte er, als sei es die klarste Sache der Welt.

»Das kann ich Ihnen auch so sagen. Dreißig Dollar die Stunde plus Spesen.«

Er schaffte es, Erstaunen zum Ausdruck zu bringen, ohne auch nur eine Augenbraue zu heben. »Abzüglich der Miete für Ihren Büroraum natürlich«, sagte er.

»*Statt* Miete für meinen Büroraum.«

Totenstille.

Schließlich sagte er: »Das kann nicht sein.«

»Das war von Anfang an mein Arrangement mit der CF.«

»Das ist völlig ausgeschlossen.«

»Es ist seit sechs Jahren so, und bisher hat sich noch nie jemand beschwert.«

Er hob die Feder vom Papier. »Nun, dann werden wir zusehen müssen, wie wir das korrigieren.«

»*Was* korrigieren? Das ist unsere Vereinbarung. Ich bin damit zufrieden. Und die CF kann damit auch zufrieden sein.«

»Haben Sie irgendein Problem, Miss Millhone?«

»Nein, nicht das geringste. Warum?«

»Ich glaube, ich verstehe Ihre Einstellung nicht ganz«, sagte er.

»Meine Einstellung ist ganz simpel. Ich sehe nicht ein, wieso ich mich auf diesen ganzen Bürokratiekram einlassen soll. Ich bin nicht bei Ihnen angestellt. Ich bin eine freie Mitarbeiterin. Wenn Ihnen meine Arbeit nicht paßt, dann suchen Sie sich jemand anderen.«

»Ich verstehe.« Er steckte die Kappe auf seinen Füllfederhalter. Er begann abrupt und mit forschen Bewegungen, seine Papiere zusammenzupacken. »Vielleicht sprechen wir ein andermal weiter. Wenn Sie etwas ruhiger sind.«

Ich sagte: »Gut. Vielleicht sind Sie dann ja auch ruhiger. Ich muß jetzt sowieso an meine Arbeit gehen.«

Er trat vor mir aus dem Glaskasten hinaus und steuerte geradewegs auf Macs Büro zu. Alle CF-Angestellten in Sichtweite waren emsig und mit konzentriertester Miene bei der Arbeit.

Ich legte den ganzen Vorgang in einem inneren Schubkasten ab. Ich würde dafür büßen müssen, aber im Moment war mir das schnuppe.

Bibianna Diaz' angebliche Adresse entpuppte sich als ein unbebautes Grundstück. Ich saß in meinem Auto und starrte verdattert auf das Geviert aus nacktem Erdboden, den hier und dort ein paar Büschel Unkraut, Palmen, Steinbrocken und in der Sonne blinkende

Flaschen zierten. Ein Kondom baumelte schlaff von einer umgestürzten Palme wie die abgestreifte Haut einer anämischen Schlange. Ich überprüfte noch einmal die Angaben aus der Akte und anschließend die Hausnummern auf der anderen Straßenseite. Nichts zu wollen. Ich klappte das Handschuhfach auf, zog einen Stadtplan heraus, breitete ihn auf dem Steuerrad aus und überflog die alphabetisch aufgelisteten Straßennamen auf der Rückseite. Es gab keine andere Straße, keine Avenue, keinen Drive gleichen oder auch nur ähnlichen Namens. Ich hatte die Diaz-Akte vor meinem Treffen mit Titus im Büro liegenlassen, deshalb hatte ich jetzt nur ein paar handschriftliche Notizen bei mir. Ich dachte, ich sollte vielleicht doch mal mit Mary Bellflower reden. Vielleicht hatte sie ja noch irgendwelche anderen Kontaktmöglichkeiten auf Lager. Ich ließ den Wagen an und steuerte mit einem seltsamen Gefühl der Befriedigung Richtung Stadt. Die nichtexistierende Adresse stützte den Verdacht, daß Miss Diaz schwindelte, und das animierte die latente Kriminelle in mir. Mit Gaunern kann ich, um es auf Neu-Kalifornisch zu sagen, innerlich »mitschwingen«. Ehrlichen Leuten hinterherzuschnüffeln macht nicht halb so viel Spaß.

Ich sichtete einen Münzfernsprecher auf der Ausfahrtseite einer Tankstelle. Ich fuhr raus und ließ auftanken, während ich Mary bei der CF anrief und ihr erzählte, was Sache war. »Haben Sie vielleicht noch eine andere Adresse von dieser Dame?« fragte ich sie.

»Oh, Kinsey, Sie Ärmste. Ich habe von Ihrer Unterredung mit Gordon Titus gehört. Sie müssen ihm ja ganz schön zugesetzt haben. Er hat bei Mac drinnen so laut rumgebrüllt, daß ich es bis hierher hören konnte.«

»Ich konnte nicht anders«, sagte ich. »Ich hatte fest vor, mich anständig zu benehmen, aber dann ist es mir einfach rausgerutscht.«

»Ach, Sie armes Ding.«

»So schlimm ist es ja vielleicht auch wieder nicht«, sagte ich. »Was glauben Sie?«

»Ich weiß nicht. Ich habe ihn nur mit dem Vizepräsidenten weggehen sehen, und er schien ziemlich wütend. Er hat Darcy aufgetragen, seine Anrufe anzunehmen. Sobald er aus der Tür war, fiel der Spannungspegel gleich um die Hälfte.«

»Wie könnt ihr das nur alles einstecken? Dieser Wichser. Hat er schon mit Ihnen geredet?«

»Nein, aber ich kann es mir nicht leisten, meinen Job zu verlieren, Kinsey. Ich habe jetzt gerade Anspruch auf Mutterschaftsleistungen. Ich hoffe, daß ich bald schwanger werde, und in Peters Firma ist in der Hinsicht nichts drin.«

»Na, ich würde mir diesen Quatsch nicht bieten lassen«, sagte ich. »Natürlich werden sie mich feuern, aber was soll's? Ich werde es überleben.«

Mary lachte. »Vielleicht hilft es ja was, wenn Sie diese Geschichte auf die Reihe kriegen.«

»Hoffen wir's. Haben Sie noch eine andere Adresse in den Unterlagen?«

»Ich bezweifle es, aber ich kann ja mal nachsehen. Augenblickchen.« Ich hörte Mary in mein Ohr atmen, während sie die Akte durchblätterte. Zögernd sagte sie: »Nein, nichts zu finden. Aber wissen Sie, wir haben bisher noch keine Kopie des Polizei-Protokolls. Vielleicht hat sie dort ja ihre richtige Adresse angegeben.«

»Gute Idee«, sagte ich. »Ich kann ja noch eben beim Revier vorbeifahren. Was ist mit der Telefonnummer? Können wir damit was anfangen?« Ich hatte das neueste Polk-Verzeichnis in meinem Büro liegen, das in einem Teil die Einwohner nach Straßen und Hausnummern aufführt und in einem anderen die Telefonnummern der Reihenfolge nach auflistet. Wenn man ein korrektes Stückchen Information hat, kommt man oft durch Hin- und Herchecken weiter.

Sie sagte: »Bringt nichts. Ist nicht eingetragen.«

»Oh, na prächtig. Ein verdächtiges Subjekt mit einer nicht registrierten Telefonnummer. Das liebe ich. Und das Kennzeichen des Wagens? Vielleicht ist da ja was zu machen.«

»Damit kann ich dienen.« Mary suchte die Nummer von Bibiannas Mazda und gab sie mir durch. »Und, Kinsey, wenn Sie die Adresse rauskriegen, lassen Sie's mich sofort wissen. Ich habe hier ein paar Formulare liegen, die ich ihr dringend schicken muß, sonst kriegt Mac endgültig einen Anfall. Und man kann kein Einschreiben an eine Postfachadresse schicken.«

»Stimmt«, sagte ich. »Übrigens – warum hat Parnell diese Sache nicht selbst bearbeitet?«

»Keine Ahnung. Ich nehme an, er war einfach überlastet.«

»Möglich«, sagte ich achselzuckend. »Na, ich werde Sie jedenfalls anrufen, sobald ich irgend etwas weiß. Ich habe sowieso vor, später noch mal im Büro vorbeizuschauen, um die neuesten Nachträge für die Akten dazulassen.«

»Viel Glück.«

Nachdem wir eingehängt hatten, machte ich mir rasch noch ein paar Notizen. Ich fischte in meinem Portemonnaie nach weiteren Münzen und wählte versuchsweise die Nummer von Bibiannas Arbeitsstelle, einer Reinigung in der Vaquero Avenue.

Der Mann, der auf der anderen Seite abnahm, war ungeduldig und kurz angebunden, wahrscheinlich sein chronischer Grundzustand. Man hörte ihm die überschüssige Magensäure an, und ich sah ihn sich nach jedem Essen neutralisierende Kautabletten in den Mund schieben wie Pfefferminzdragees. Als ich nach Bibianna Diaz fragte, sagte er, sie sei nicht da. Punkt.

Als nichts weiter kam, gab ich ihm ein Stichwort: »Rechnen Sie denn damit, daß sie demnächst wiederkommt?«

»Ich rechne mit gar nix«, blaffte er zurück. »Sie hat gesagt, sie bleibt die ganze Woche weg. Wegen Rückenschmerzen, hat sie gesagt. Und ich werd mir den Teufel tun, was zu sagen, wenn jemand was mit'm Rücken hat. Eh ich weiß, wie mir geschieht, hab ich noch 'ne gottverdammte Entschädigungsklage am Hals. Was glauben Sie, was mich das kostet? So blöd bin ich nicht. Wer sind Sie?«

»Ihre Cousine, Ruth. Ich bin gerade auf dem Weg nach Los Angeles, und ich habe ihr versprochen, sie zu besuchen, wenn ich hier vorbeikomme. Könnten Sie mir vielleicht ihre Privatadresse geben? Sie hat sie mir letzte Woche am Telefon gesagt, aber ich habe mein Adreßbuch zu Hause liegen lassen.«

»Nee. Tut mir leid. Nix drin. Und wollen Sie wissen, wieso? Weil ich Sie nich' kenne. Könnt' ja jeder kommen. Geht nich' gegen Sie, aber woher soll ich wissen, daß Sie nich' rumlaufen und junge Mädels mit dem Schlachtermesser abstechen? Verstehen Sie, was ich meine? Ich rücke die Adresse von jemandem raus, der hier arbeitet, und schon bin ich für alles verantwortlich, was passiert. Einbruch, Belästigung, Vergewaltigung. Nee, nee. Nix da. So halt ich's, und dabei bleibt's.« Er klang wie ein Mann in den Sechzigern, dem ständig die Gerichtsbarkeit im Nacken saß.

Ich wollte noch etwas sagen, aber er knallte den Hörer auf. Ich schnitt eine Grimasse in die Muschel, wie ich fand, eine reife und effektive Form, meinen Ärger herauszulassen. Ich zahlte das Benzin, stieg in meinen VW und fuhr zur Polizei, wo ich elf Dollar für eine Kopie des Unfall-Protokolls blechen mußte. Darin stand die gleiche nicht-existente Adresse wie in meinen Unterlagen. Ich kannte die Zivilangestellte nicht, die mich abfertigte, und konnte sie nicht dazu bewegen zu prüfen, ob sich nicht noch irgendwas über Bibianna herausfinden ließ.

Ich ließ den Wagen vor dem Revier stehen und ging zu Fuß den halben Block bis zum Gerichtsgebäude, wo ich es beim Sekretariat der höheren Instanz versuchte. Ich forschte im Urteilsregister nach irgendeiner Spur einer Miss Bibianna Diaz. Nichts. Schade. Es hätte mich enorm aufgemuntert, darauf zu stoßen, daß sie irgendwann schon einmal wegen eines schwerwiegenderen Delikts verknackt worden war. Auch ohne sie je gesehen zu haben, ging ich inzwischen fest davon aus, daß sie kein Unschuldslamm war. Ich wollte ihre Adresse, und ich konnte einfach nicht glauben, daß es keine bürokratische Fährte geben sollte. Ich fand nichts beim Stadtgericht, nichts im Wählerregister. Ich versuchte es bei der Staatsanwaltschaft, wo mir eine Freundin von mir versicherte, daß Bibianna weder mit irgendwelchen Unterhaltszahlungen im Verzug noch sonstwie aktenkundig war. Wieder ein Schuß in den Ofen. Ich hatte jetzt so ziemlich alle Möglichkeiten erschöpft, die mir einfielen.

Ich ging wieder zu meinem Wagen und fuhr über die Schnellstraße zum County Sheriff's Department. Ich stellte das Auto auf dem kleinen Parkplatz vor dem Gebäude ab und marschierte durch die Glastür in eine kleine Anmeldung, wo ich mich in das Besucherregister eintrug. Ich ging ein kurzes Stück den Flur entlang, zu einem Kabuff, an dessen Tür »Strafregister und Haftbefehle« stand. Die diensthabende Zivilangestellte wirkte nicht gerade wie eine ideale Quelle für vertrauliche Informationen. Ich schätzte sie auf Anfang dreißig, etwa mein Alter. Ihr Kopf war von einer Pyramide aus dichtgekräuseltem Blondhaar umgeben und ihr Zahnfleisch viel zu breit im Vergleich zur Größe ihrer Zähne. Sie bemerkte, wie mein Blick an ihrem dentalen Ungemach hängenblieb, und kniff verlegen die Lippen zusammen. Ich hielt Ausschau nach einem Namensschild, aber sie trug keins.

»Könnten Sie über den Computer feststellen, ob diese Frau hier jemals in Santa Teresa festgenommen wurde?« Ich griff mir den Block mit Notizzetteln vom Tresen und malte Bibiannas Namen und Geburtsdatum darauf. Ich nahm meine Brieftasche heraus und legte die Fotokopie meiner Lizenz neben den Zettel.

Ihre blassen Augen sahen mich jetzt erstmals wirklich an. »Es ist uns nicht gestattet, solche Informationen herauszugeben. Die Justizbehörden haben da sehr strenge Richtlinien.«

»Sehr beruhigend«, sagte ich. »Aber vielleicht hilft es ja, wenn ich Ihnen erzähle, worum es geht. Ich stelle Ermittlungen über diese Bibianna Diaz an, weil der Verdacht auf Versicherungsbetrug besteht, und die Versicherungsgesellschaft, für die ich arbeite – die California Fidelity – muß wissen, ob sie vorbestraft ist.«

Sie verarbeitete meine Worte, und ich sah, wie sie innerlich sorgsam eine Antwort formulierte. Sie war nicht die Schnellste, die Gute. Sie operierte mit jener Sorte bürokratischer Bedächtigkeit, die zielsicher darauf angelegt ist, rechtschaffene Bürger (wie mich) auf die Palme zu treiben. »Wenn sie schon einmal rechtskräftig verurteilt wurde, können Sie es beim Gericht erfahren. Es steht in den öffentlich einsehbaren Akten.«

»Das ist mir bekannt. Ich habe dort schon nachgesehen. Aber mich interessiert, ob es schon einmal zu einer Festnahme oder einer Feststellung der Personalien gekommen ist, ohne daß formell Anklage erhoben wurde.«

»Wenn sie nie angeklagt oder verurteilt worden ist, wäre jede Festnahme nichtig. Das ist eine Frage des Datenschutzes.«

»Das verstehe ich vollkommen«, sagte ich. »Aber angenommen, sie wurde schon mal wegen Einbruch- oder Diebstahlverdachts festgenommen, und die Staatsanwaltschaft hat befunden, daß sie ihr nichts ...«

»Dann geht Sie das nichts an. Wenn ihr noch nie offiziell etwas zur Last gelegt wurde –«

»Ich hab's kapiert«, sagte ich. Es bringt nichts, sich mit den Fliegengewichten dieser Welt einzulassen. Es bereitet ihnen viel zu viel Genugtuung, einen immer wieder auflaufen zu lassen. Ich schwieg einen Moment und versuchte, mich erst mal wieder in den Griff zu kriegen. Situationen wie diese wecken in mir einen alten und tiefsitzenden Wunsch zu beißen. Ich sah den halbmondförmigen Abdruck meiner Zähne im Fleisch ihres Unterarms, das anschwellen und alle Regenbogenfarben annehmen würde. Man würde sie gegen Tetanus impfen müssen und gegen Tollwut. Und vielleicht würde ihr Herrchen sich dafür entscheiden, sie einschläfern zu lassen. Ich lächelte höflich. »Ach, wissen Sie, vielleicht können wir die Dinge ja ein bißchen vereinfachen. Alles, was ich brauche, ist eine aktuelle Adresse. Könnten Sie nicht mal nachsehen?«

»Nein.«

»Warum nicht?«

»Weil wir nicht befugt sind, solche Informationen herauszugeben.«

»Und was ist mit dem Recht auf Informationsfreiheit?« sagte ich.

»Was soll damit sein?«

»Gibt es hier jemand anderen, an den ich mich wenden kann?«

Meine Hartnäckigkeit gefiel ihr nicht. Mein Ton auch nicht. Und auch sonst gefiel ihr nichts an mir, und das beruhte voll und ganz auf Gegenseitigkeit. Erst Gordon Titus, und jetzt noch sie. An manchen Tagen lohnt es sich wirklich nicht aufzustehen. Sie verschwand, ohne mich eines weiteren Wortes zu würdigen, und kam wenige Augenblicke später mit einer Beamtin zurück, die nett, aber unnachgiebig war. Ich spielte das ganze leidige Spiel noch mal von vorn durch und erreichte gar nichts.

»Na, trotzdem vielen Dank. War mir ein echtes Vergnügen«, sagte ich.

Ich setzte mich in meinen Wagen draußen auf dem Parkplatz und versuchte herauszufinden, was ich als nächstes tun sollte. Das kommt dabei heraus, wenn ich die Wahrheit sage, dachte ich empört. Kein Wunder, wenn ich mich gezwungen sehe, zu Lug und Trug und Diebstahl zu greifen. Mit Ehrlichkeit kommt man nicht weiter, schon gar nicht bei diesen Recht-und-Ordnungs-Typen. Ich sah auf das Polizei-Protokoll neben mir auf dem Beifahrersitz. Ich wartete, bis mein Frust sich etwas gelegt hatte, und nahm es mir dann vor.

Nach Bibiannas Aussage am Unfallort war sie mit dreißig Meilen den Valdesto-Boulevard in südlicher Richtung entlanggefahren, als sie plötzlich eine Vollbremsung hatte machen müssen, weil eine Katze vor ihr über die Fahrbahn gelaufen war. Der Wagen war seitlich weggeschleudert und auf ein parkendes Auto gekracht. Zeugen gab es natürlich keine. Die herbeigerufenen Sanitäter hatten sie zuerst nur wegen leichter Prellungen und Schürfwunden versorgt und sie dann, als sie über Nacken- und Rückenschmerzen geklagt hatte, zum Röntgen in die Ambulanz des St.-Terry-Krankenhauses gebracht. Ich fragte mich, ob die Krankenhaus-Verwaltung vielleicht ihre richtige Adresse hatte. Außerdem war offenbar ja auch noch die Versicherung des Halters des gerammten Wagens betroffen.

Es konnte sein, daß der dortige Sachbearbeiter irgend etwas in seinen Akten hatte. *Irgendwo* mußte Bibianna schließlich leben, und ich war wild entschlossen, ihr auf die Spur zu kommen. Ich fuhr zurück ins Büro und tätigte die entsprechenden Telefonate, die mich keinen Zentimeter weiterbrachten. Ich rief auch noch kurz bei Mary Bellflower an und sagte ihr, ich sei noch an der Sache dran.

Um Viertel nach zwei schob ich die ganze Geschichte ärgerlich beiseite, um den Rest des Tages auf Routine-Schreibkram zu verwenden. Ich wußte, ich konnte es mir nicht leisten, mich an Bibianna Diaz festzubeißen. Mit Gordon Titus im Nacken mußte ich zusehen, daß ich vorankam. Ich wühlte mich weiter durch den Papierkram, aber auch wenn ich mich auf andere Sachen konzentrierte, fühlte ich die Geschichte an mir zerren. Da war etwas, was mich nicht losließ. Es ist zwar im Grund keine große Sache, wenn ein Sachbearbeiter eine Akte an eine Kollegin weitergibt, aber Parnell war tot, und das war wohl der Unterschied.

4

Am nächsten Morgen schlüpfte ich nach dem Duschen in meine Allzweck-Uniform. Ich hatte mir dieses Outfit vor Jahren von einem Ex-Ganoven schneidern lassen, der an den großen Maschinen in irgendeinem Bundesgefängnis nähen gelernt hatte. Die Hose war blaugrau und unvorteilhaft, mit einem hellblauen Streifen entlang der Außennaht. Das dazu passende blaue Hemd hatte auf dem Ärmel ein kreisrundes Stück Klett-Material, auf dem normalerweise ein Stoffabzeichen mit der Aufschrift »Energie- und Wasserversorgung Süd-Kalifornien« saß. Die Schuhe, ein Relikt aus meinen Polizeitagen, waren schwarz und sahen aus, als könnte ich darin nur schwer die Füße vom Boden hochkriegen. Dazu noch ein Notiz-Brett und ein gewichtiger Schlüsselbund, und ich konnte als fast alles durchgehen. Gewöhnlich gab ich vor, die Wasseruhr abzulesen oder nach Lecks in der Gasleitung zu fahnden oder sonst irgendein offizielles Amt zu versehen, das es erfordert, in anderer Leute Gartensträuchern herumzukriechen und an ihren Alarmanlagen herumzufingern. Heute wählte ich ein Blumenzustelldienst-Abzeichen. Dann machte ich mich auf den Weg zum nächsten Blumenladen, wo ich sechsunddreißig Dollar für ein Riesenbouquet hinblätterte. Ich erstand eine kitschige Genesungskarte, unterschrieb sie mit einem erfundenen Namen und rief bei der Reinigung an, wo Bibianna arbeitete. Diesmal war eine Frau am Apparat.

»Oh, hallo!« sagte ich. »Könnte ich bitte den Chef sprechen?«

»Hier ist die Reinigungsfirma. Er ist gerade auf dem Weg in die andere Filiale«, sagte sie. »Möchten Sie die Nummer?«

»Gern.«

Sie gab mir die Nummer langsam durch, und ich wiederholte sie, als würde ich sie mir notieren. Sie konnte mich ja nicht sehen.

»Danke«, sagte ich. Ich legte auf und stieg rasch in meinen Wagen. Die Blumen deponierte ich auf dem Beifahrersitz. Ich fuhr zu der Reinigung. Direkt davor war eine hübsche grüne Bordsteinzone: fünfzehn Minuten freies Parken. Ich schloß den Wagen ab und ging hinein. Ich wartete kurz am Ladentisch. Es roch nach Waschmitteln, feuchter Baumwolle, Chemikalien und Dampf. Der Raum hinter der Ladentheke war ein Wald aus Textilien in durchsichtigen Plastiksäcken. Links von mir expedierte ein ausgeklügeltes elektronisches System Kleidungsstücke eine kompliziert geschlängelte Schiene entlang, die in sich geschlossen war, so daß jedes Stück an Bord an der Haltestation in Empfang genommen werden konnte, wenn man die richtige Nummer eingab.

Auf der rechten Seite hingen an einem Gewirr von Röhren lauter Kleidungsstücke, die gerade gebügelt wurden. In meinem Gesichtsfeld arbeiteten zehn Frauen, die meisten Chicanas, an Maschinen, deren Funktion ich nur erahnen konnte. Aus einem Radio, das auf einen spanischsprachigen Sender eingestellt war, dröhnte eine aufgepeppte Version eines Linda-Ronstadt-Songs. Zwei der Frauen sangen mit, während sie virtuos Herrenhemden durch die vor ihnen stehenden Maschinen laufen ließen. Der synkopische Rhythmus der Dampfpressen, die Hemden-Bügelmaschinen, die Dampfwolken – das alles wirkte wie das perfekte Setting für eine Musical-Szene.

Schließlich bemerkte mich eine der beiden singenden Frauen. Sie erhob sich von ihrer Maschine und kam an den Ladentisch. Sie war klein und kompakt, mit einem runden Gesicht, Augen wie braune Smarties und dickem, dunklem Haar, das von einem Haarnetz zurückgehalten wurde. Ihre weite Goldsatin-Bluse war mit Ziermünzen benäht. Sie sah auf den Blumenstrauß. »Sind die für mich?«

Ich musterte die Begleitkarte. »Sind Sie Bibianna Diaz?«

»Nee. Die ist die Woche nicht da.«

»Sie kommt gar nicht her?«

Die Frau schüttelte den Kopf. »Hat was am Rücken. Von ihrem Autounfall. War schon vor ... hmmm, zwei Monaten, würd' ich sagen. Aber es plagt sie immer noch. Flammt immer wieder auf, sagt sie. So schlimm. Kann kaum laufen. Der Chef hat ihr gesagt, bleiben Sie bloß daheim. Will keine Klage an den Hals kriegen. Ist das von einem Verehrer?«

Ich drehte die Karte um und hielt sie gegen das Licht. »Sieht aus wie eine Genesungskarte, wenn Sie mich fragen. Mist. Was soll ich jetzt machen?«

»Bringen Sie's ihr doch nach Hause«, meinte sie.

»Geht nicht. Er hat nur diese Adresse hier angegeben. Sie wissen nicht zufällig, wo sie wohnt?«

»Nee. Bin noch nie bei ihr gewesen«, sagte die Frau. Sie wandte sich an eine der anderen. »He, Lupe. Weißt du Bibiannas Adresse?«

Die zweite Frau schüttelte den Kopf, aber eine dritte sprudelte los: »Irgendwo am Castano. Nummer weiß ich nicht, aber vorn ist so ein großes braunes Haus, und ihrs steht dahinter. So ein kleiner Bungalow, richtig süß. Zwischen Huerto und Arroyo Street.«

Die Frau hinter dem Ladentisch wandte sich jetzt wieder mir zu. »Wissen Sie, wo sie meint?«

»Ich werd's schon finden«, sagte ich. »Danke. Sie haben mir sehr geholfen.«

»Ich bin Graciela. Sie können dem Burschen sagen, er soll mal bei mir vorbeikommen, wenn er sie satt hat. Ich hab alles, was sie hat. Nur bißchen anders aufgeteilt.«

Ich lächelte. »Das werd' ich tun.«

Die zweite Bibianna-Adresse entpuppte sich als eine ziemlich verrottete Hütte hinter einem ziemlich verrotteten braunen Haus in einem sichtlich heruntergekommenen Wohnviertel. Ich entdeckte das Haus im Vorbeifahren, kurvte einmal um den Block und parkte dann auf der gegenüberliegenden Straßenseite. Ich blieb im Wagen sitzen und musterte das Anwesen. Das Grundstück war schmal und lang und von ausladenden Magnolien, Zederzypressen und Kiefern beschirmt. Es gab nirgends ein Fitzelchen Gras, und was an Vegetation vorhanden war, mußte dringend gestutzt werden. An der Grenze zum rechten Nachbargrundstück führte eine rissige

Asphalt-Einfahrt entlang. In dem größeren Haus zur Straße hin hatte jemand als Vorhangersatz schlaffe geblümte Bettlaken vor die Fenster genagelt.

In der Einfahrt war kein Auto zu sehen. Laut Schadensanzeige war ihr 78er Mazda noch in der Werkstatt, wo (unter anderem) die rechte Tür erneuert werden sollte. Ich wartete zwanzig Minuten, ohne daß sich irgendwas tat. Ich drehte mich um und angelte nach dem abschließbaren Aktenköfferchen, in dem ich für Situationen wie diese ein Sortiment falscher Ausweise aufbewahrte. Ich entnahm ihm einen Satz Papiere auf den Namen »Hannah Moore«, säuberlich in einer Plastik-Klapphülle verstaut: einen kalifornischen Führerschein mit meiner Personenbeschreibung und einem Foto von mir, einen Sozialversicherungs-Ausweis, eine Visa-Karte und eine Tank-Kreditkarte von Chevron. »Hannah Moore« besaß sogar einen Bibliotheksausweis als Zeichen eines gewissen Bildungsniveaus. Ich schob meine Umhängetasche unter den Vordersitz und steckte die Papiere in meine Hosentasche. Ich stieg aus, schloß den Wagen ab, überquerte die Straße und marschierte die Einfahrt entlang.

Die großen Bäume tauchten das Grundstück in unangenehm kühlen Schatten, und ich bereute es, daß ich nicht daran gedacht hatte, eine Windjacke oder ein Sweatshirt mitzunehmen. Bibiannas Domizil war ein verlottertes braunes Schindelhäuschen, der ideale Snack für einen hungrigen Termitenschwarm. Ich erklomm die zwei breiten, knarrenden Holzstufen zu einer winzigen, vollgerümpelten Vorderveranda. Das Flügelfenster auf der rechten Seite war mit einer Bahn aus rotem Baumwollstoff verhängt. Ich versuchte, daran vorbeizulinsen, konnte aber nicht viel erkennen. Drinnen schien alles ruhig, und ich sah auch kein Licht. Ich klopfte an die Vordertür und nutzte das Warten, um die unmittelbare Umgebung des Eingangs zu inspizieren. Neben der Haustür war ein Metallbriefkasten an die Holzschindeln genagelt. Sieben adressierte und frankierte Briefe guckten halb aus dem Auffangkorb, offensichtlich dort deponiert, damit der Postbote sie mitnahm. Bis jetzt hatte noch niemand auf mein Klopfen reagiert. Das Häuschen wirkte verlassen, und ich bildete mir ein, den schwachen Muffelgeruch wahrzunehmen, den manche Behausungen schon nach kürzester Abwesenheit ihrer Bewohner verströmen. Ich klopfte noch einmal und wartete ein paar endlose Minuten, ehe ich befand, daß wirklich niemand daheim war. Ich sah möglichst beiläufig zu dem großen Haus hinüber, aber auch dort war kein Lebenszeichen zu bemerken, kein vorwurfsvolles Gesicht hinter den Scheiben zu entdecken. Ich streckte die Hand aus und blätterte sachte mit den Fingerspitzen durch die Briefe. Als kein Alarm ertönte, nahm ich den ganzen Stapel heraus, um ihn in aller Ruhe durchzusehen. Vier Briefe waren Überweisungen, für Telefon, Gas, Wasser und eine an ein Kaufhaus. Dann waren da noch zwei größere Umschläge, einer an die Aetna Versicherung und der andere an die Allstate adressiert und beide mit der Absenderangabe »Lola Flores«. Heiliger Strohsack, was da wohl drin ist, dachte ich. Diese Gauner kriegen den Hals einfach nicht voll. Es sah ganz so aus, als sei die California Fidelity nicht das einzige Opfer. Das siebte Poststück war offenbar ein persönlicher Brief, an eine Adresse in Los Angeles gerichtet. Ich pickte ihn heraus, faltete ihn zusammen und schob ihn mir vorn in den Schlüpfer. Schimpf und Schande. Das war ein schwerwiegendes Delikt – das Klauen von Briefen, nicht das mit der Unterhose. Ich steckte die restlichen Briefe wieder zurück. Mühsam den Impuls zum Rennen unterdrückend, schlenderte ich wieder die Stufen hinunter, die Einfahrt entlang und über die Straße zu meinem Auto.

Ich öffnete die rechte Tür und warf das Notiz-Brett auf den Beifahrersitz, wobei ich um Haaresbreite das Bouquet verfehlte, und sah mich noch einmal um. Ich entdeckte einen Mini-Markt an der Ecke Huerto und Arroyo Street, etwa zehn Häuser weiter rechts. Ich marschierte hin, in der Hoffnung, ein Telefon zu finden. Das Geschäft war ein kleiner »Mom-und Pop«-Laden, das Schaufenster mit selbstgemalten Werbe-Plakaten für Bier, Zigaretten und Hundefutter bepflastert. Drinnen war es schummrig, und der unebene Holzboden war mit Sägemehl bedeckt, das aussah, als sei es noch vom Bau des Hauses übrig. Das Angebot bestand hauptsächlich aus einem Sammelsurium von Konserven, das keinem ersichtlichen

Ordnungsprinzip unterstand. Die zwei schmalen Gänge flankierten freistehende Warenregale, vollgepfropft mit allen möglichen Dingen, von Pampers über Pudding bis hin zu Rasenpflege-Produkten. Auf der Schaufensterseite sichtete ich eine Getränke-Kühlbox und eine Krypta-artige Gefrierkammer, gefüllt mit Tiefkühlgemüse, Fruchtsäften und Eis. »Mom« stand vorn am Kassentisch in einer weißen Rundum-Schürze, eine halbgerauchte Zigarette in der einen Hand. Sie war schätzungsweise fünfundsechzig, mit einer steifgesprayten Blondhaarfrisur und einem breiten Schorf-Schnauzer dort, wo man ihr die Oberlippenfältchen weggeschliffen hatte. Ihre Gesichtshaut war gestrafft und hinter den Ohren festgezurrt, was ihren Augen einen Ausdruck permanenten Staunens verlieh.

»Haben Sie ein Münztelefon?«

»Hinten beim Lager«, sagte sie, mit der Zigarette in die gemeinte Richtung gestikulierend. Ein halber Zoll Asche fiel ab und rutschte über ihre Schürzenfront.

Ich schob vier Fünf-Cent-Stücke in den Münzschlitz und rief Mary Bellflower an, um ihr die mühsam errungene Adresse der guten Bibianna durchzugeben.

»Danke. Das ist toll«, sagte sie. »Da kann ich ja endlich den Stapel Formulare abschicken, den ich hier liegen habe. Kommen Sie noch mal ins Büro?«

»Ja, aber es dauert noch ein bißchen. Ich dachte mir, ich treibe mich noch ein Weilchen hier herum und warte, ob Bibianna auftaucht.«

»Na gut, aber kommen Sie doch später noch mal vorbei. Dann können wir gemeinsam überlegen, wie es weitergehen soll.«

»Ist Gordon Titus schon zurück?«

»Nein. Noch nicht. Vielleicht haben Sie ihn ja in die Flucht geschlagen.«

»Das bezweifle ich«, sagte ich. Als ich den Hörer einhängte, fiel ein Fünf-Cent-Stück in den Rückgabeschlitz. Ein echter Glückstag. Links von mir befand sich eine Fleischtheke mit einer schrägen Glasfront. Darüber hing ein Schild, das für das Imbißgericht des

Tages warb: Chilibohnen, Kohlsalat und ein Tri-Tip-Sandwich für 2 Dollar 39. Es duftete göttlich. Tri-Tip ist offenbar eine regionale Spezialität, ein Fleischstück vom Rind, von dem anderswo noch nie jemand gehört hat. In Abständen versuchen irgendwelche Lokaljournalisten, dem Ursprung dieser Bezeichnung nachzugehen. Den jeweiligen Artikel ergänzt dann jedes Mal das Schaubild einer Muh-Kuh im Profil, in das sämtliche Fleischstücke eingezeichnet sind. Tri-Tip sitzt am Vorderende, gleich hinter der Wamme. Es wird gewöhnlich gegrillt, in Scheiben geschnitten und mit hausgemachter Salsa in einem Brötchen oder mit ein paar Stengelchen frischem Koriander in einer Tortilla serviert.

»Pop« tauchte jetzt aus der Gefrierkammer auf. Ein winterlicher Eishauch wehte hinter ihm her. Er war ein massiger Mann in den Sechzigern, mit einem gutmütigen Gesicht und milden Augen. »Was darf ich Ihnen geben?«

»Wenn's geht, einmal Tri-Tip zum Mitnehmen.«

Er blinzelte mir zu, lächelte kurz und machte wortlos meine Bestellung zurecht.

Das Sandwich in der Hand balancierend, fischte ich ein Pepsi Light aus der Kühlbox, um dann vorn an der Kasse zu bezahlen. Ich ging zu meinem Auto zurück und verspeiste mein gediegenes Mahl, wobei ich sorgsam darauf achtete, mir nicht die Uniform mit Salsa zu verkleckern. Die Blumen, die mit jeder Minute schlapper wurden, erfüllten den Innenraum meines VW mit der Atmosphäre einer Einsegnungshalle. Ich behielt Bibiannas Einfahrt zwei Stunden lang im Auge und übte mich im Zen des Observierens. Von vielen Detektiv-Büros werden Observierungsdienste viel teurer berechnet als alle anderen Leistungen, weil sie so sterbenslangweilig sind. Es tat sich nichts. Niemand kam. Kein Licht ging an. Ich dachte, wenn ich vorhatte, das Haus noch länger zu beobachten, würde ich wohl gut daran tun, dem zuständigen Streifenpolizisten Bescheid zu sagen. Außerdem wäre es vielleicht klüger, mir ein anderes Auto zu borgen und mir einen Vorwand auszudenken, weshalb ich hier herumlungerte. Der Postbote kam zu Fuß vorbei, nahm die Briefe aus Bibiannas Briefkasten mit und hinterließ an ihrer Stelle eine Handvoll Post. Ich hätte viel dafür gegeben, kurz nachsehen zu können, wer ihr da schrieb, aber ich wollte mein Glück nicht überstrapazieren. Wo steckte die gute Frau? Wenn sie solche Rückenschmerzen hatte, wieso war sie dann den ganzen Tag weg? Vielleicht war sie ja beim Chiropraktiker, um sich die Wirbel einrichten oder den Hals einrenken zu lassen. Um drei Uhr ließ ich den Wagen an, um wieder in Richtung Zentrum zurückzufahren.

Bei der California Fidelity angekommen, beglückte ich Darcy an ihrem Empfangstisch mit dem Blumenbouquet. Sie war so taktvoll, meinen kleinen Zusammenstoß mit Titus nicht zu erwähnen. Ihr Blick blieb kurz an meiner Kleidung hängen. »Sind Sie jetzt bei der Air-Force?«

»Ich mag diesen Uniform-Look.«

»Die Schuhe da sehen aus, als wären sie bei einem Thai-Boxkampf absolut tödlich«, bemerkte sie. »Falls Sie wegen Mary gekommen sind – sie hat gerade Kundschaft, aber Sie können ja schon mal nach hinten gehen.«

Mary war im Mai als Schadenssachbearbeiterin eingestellt worden, nachdem Jewel Cavaletto in Rente gegangen war. Man hatte ihr den Schreibtisch zugewiesen, an dem Vera gesessen hatte, ehe sie nach vorn in den Glaskasten aufgerückt war. Mary war gescheit, aber noch unerfahren, ein junges Ding von vierundzwanzig, mit der Sorte Gesicht, die gerade für den dritten Platz bei einem regionalen Schönheitswettbewerb ausreicht. Ich rechnete es ihr hoch an, daß sie die Diaz-Sache weitergeleitet hatte. Sie hatte einen guten Blick, und wenn sie lange genug aushielt, würde sie irgendwann ein echter Gewinn für die Firma sein. Sie war seit drei Monaten mit einem Verkäufer unseres lokalen Nissan-Händlers verheiratet und interessierte sich brennend für Veras Hochzeitspläne. Eine ihrer eigenen Hochzeitseinladungen (vom Wind sanft gewiegte Gänseblümchen zwischen Grashalmen vor einem zartrosa Hintergrund) stand in einem Messingrähmchen auf ihrem Schreibtisch. Wo Vera einst die neueste Nummer der *Cosmopolitan* unter ihren Aktenstapeln versteckt hatte, las Mary jetzt die Zeitschrift *Brides*, die offenbar alles von der Verlobung bis zum Ende des ersten Ehejahrs abdeckte. Anfangs hatte Mary mich nach meinen Spezial-Kochrezepten gefragt, bis Vera sie aufgeklärt hatte. Jetzt betrachtete sie mich immer mit dem ganzen penetranten Mitleid frischverheirateter Leute für eingefleischte Singles.

Ich schwatzte noch ein paar Minuten mit Darcy und machte mich dann auf den Weg nach hinten zu Marys Arbeitsplatz, wobei ich unterwegs noch ein paar anderen Kollegen hallo sagte. Die Kunde von meinem Scharmützel mit Titus hatte sich offenbar schon verbreitet und mir eine gewisse Popularität eingetragen, die sicher die Zeit überdauern würde, bis sie mich hinauswarfen – maximal einen Tag. Marys Klienten, ein Mann und eine Frau, waren gerade am Gehen, als ich bei ihrem Kabuff ankam. Die Frau war in den Dreißigern, mit einem zerrupften, gebleichten Schopf, der entfernt auf Punk machte. Sie trug einen harten schwarzen Lidstrich und sichtlich falsche Wimpern. Ihre gemusterte schwarze Strumpfhose und die ordinären Sling-Pumps mit den Stilettoabsätzen paßten irgendwie nicht zu dem streng geschnittenen Business-Kostüm. Sie schien mich weit weniger beachtenswert zu finden als ich sie, denn sie sah kaum in meine Richtung, als sie in dem schmalen Gang zwischen den Kabuffs an mir vorbeiging. Ihr Begleiter schlenderte gemächlich hinter ihr her, und schon sein Gang signalisierte schiere Arroganz. Er hatte die Hände in den Taschen und gab sich überhaupt als die Lässigkeit in Person, aber ich hätte schwören können, daß er jemand war, der sich streng unter Kontrolle hatte. Sein dunkles Haar war glatt zurückgekämmt. Er hatte dicke Brauen über großen, dunklen Augen, ausgeprägte Wangenknochen und ein Schnauzbärtchen, das so getrimmt war, daß es seitlich um seinen Mund herunterzurinnen schien. Er war bestimmt fast einsneunzig groß, und die Polster seines karierten Sakkos betonten seine wuchtigen Schultern noch. Er sah aus wie der finstere Adlatus des Oberschurken in einer Vorabend-Serie. Er versuchte zwar im letzten Moment noch, mir auszuweichen, rempelte mich aber trotzdem an. Er fing mich am Arm auf und strebte mit einem gemurmelten »Oh, Verzeihung« weiter den Flut entlang. Ich bekam eine Wolke des Haarwassers in die Nase, das er benutzte, um seine Haare zu glätten. Ich starrte den beiden nach, während ich in Marys Kabuff trat.

Sie war nicht an ihrem Schreibtisch, erschien aber im nächsten Moment, die Augen starr auf einen randvoll mit Wasser gefüllten Blechbecher geheftet. Sie trug einen roten Kaschmirpullover mit hochgeschobenen Ärmeln. Ihr Teint war frisch und klar, und sie strahlte vor Gesundheit. Alle Farben an ihr schienen direkt aus Illustrierten-Reklamen entsprungen. »So, da wären wir«, sagte sie. Dann sah sie auf. Sie schien verdutzt. »Ach, sind sie schon weg? Die beiden, die eben hier waren?«

»Sie sind gerade vor einer halben Sekunde über den Flur gegangen.«

Sie lugte aus der Tür, konnte aber keine Spur mehr von ihnen entdecken. »Also, das ist aber merkwürdig. Sie hat gesagt, sie fühlt sich nicht wohl. Deshalb bin ich ihr ein Glas Wasser holen gegangen.«

»Ich fand, sie sah ganz gesund aus.«

Mary klappte vor Verblüffung der Unterkiefer hinunter, und sie stellte den Becher mit dem Wasser auf ihrem Schreibtisch ab. »Schade, daß sie nicht mehr da sind. Ich hatte gehofft, Sie könnten noch mit ihnen reden.«

»Worüber?«

Sie schüttelte den Kopf. »Sie arbeiten für die Zentralstelle zur Verhinderung von Versicherungsbetrug. Das heißt, sie zumindest. Er ist Ermittler bei der kalifornischen Versicherungsaufsicht.« Sie gab mir die Visitenkarte der Frau.

»*Der?* Sind Sie sicher?«

»Er hat letzten Monat dort angefangen. Sie lernt ihn gerade an.«

»Er sah eher aus wie ein Gangster.«

Sie lachte verlegen, als ob sie sich jetzt, da ich es angesprochen hatte, für sein Äußeres verantwortlich fühlte. »Ja, was? Das liegt bestimmt an diesem geschmacklosen Jackett. Ich würde Peter niemals in so einem Ding in der Öffentlichkeit rumlaufen lassen. Setzen Sie sich doch. Haben Sie mit Bibianna Diaz gesprochen? Herrjeh, wo habe ich nur die Akte hingepackt?« Sie setzte sich hin und fing an, einen Stapel dicker Aktenordner auf ihrem Schreibtisch durchzusehen.

»Nein. Sie ist immer noch nicht da. Das nächste Mal nehme ich meine Kamera mit. Vielleicht erwische ich sie ja dabei, wie sie auf dem Rasen Flic-Flacs schlägt.« Ich erzählte ihr von »Lola Flores« und den beiden Versicherungsgesellschaften. »Bibianna hat offensichtlich unter dem Namen Lola Flores noch andere krumme Dinger laufen. Wer weiß, wie viele Schadensanzeigen sie gleichzeitig losgelassen hat.«

Mary war gebührend empört. »Großer Gott, das ist ja nicht zu glauben. Ich werde mich gleich dahinterklemmen und den Leuten Bescheid sagen.«

»Sorgen Sie dafür, daß Sie alle Vorgänge, die diese Dame betreffen, sorgfältig dokumentieren. Wenn wir die Unterlagen an die Zentralstelle weiterleiten, können die ihre auch hinschicken. Das gibt bestimmt einigen Wirbel.«

Ich war mit einem Teil meiner Gedanken immer noch bei dem Pärchen, das mir gerade entgegengekommen war. Ich sah mir die Karte der Frau noch einmal an. Das Emblem der Zentralstelle – mit den Buchstaben ICPI – sah echt aus, so ähnlich wie ein Set-Deckchen mit einem kompletten Gedeck. Nach dieser Karte war sie Karen Hedgepath von einem Ermittlungsbüro in Los Angeles. Das Problem war nur, daß sie überhaupt nicht aussah wie die ICPI-Ermittler, die ich bisher getroffen hatte. Die meisten von ihnen waren richtige Buchhaltertypen – Krawatte, weißes Hemd, dunkler, konservativer Büro-Anzug. Diese Frau sah aus wie ein Rockstar in Zivil. Ich konnte mir nicht vorstellen, daß der Bezirksleiter die Punk-Frisur dulden würde, von den Stiletto-Schuhen ganz zu schweigen.

»Ah, da ist sie ja«, sagte Mary. Sie extrahierte eine Akte aus der Mitte des Stapels. Der Ordner trug die Beschriftung »Diaz«, und an den vorderen Deckel war ein Notizzettel mit der neuen Anschrift geklammert. Sie angelte auf ihrem Schreibtisch nach einer Rechnung, die an das zugehörige Kuvert geheftet war. »Ich habe gerade einen ganzen Stapel neuer Rechnungen bekommen. Ich nehme an, sie war beim Chiropraktiker.«

»Vermutlich bei einem Subluxations-Spezialisten«, brachte ich den einzigen chiropraktischen Terminus an, den ich kannte.

Sie lochte die Rechnung und heftete sie in den Ordner. »Übrigens waren sie auch wegen Bibianna da. Deshalb wollte ich ja, daß Sie mit ihnen reden. Ich nehme an, das ICPI hat Wind davon bekommen, daß sie hierhergezogen ist. Sie hat letztes Jahr ein paar krumme Dinger in Santa Monica gedreht, und sie haben wohl gehofft, sie über uns aufspüren zu können.«

»Ist ja reizend. Versicherungs-Dinger?«

»So ausdrücklich haben sie es nicht gesagt, aber es muß doch wohl um Versicherungsbetrug gehen, oder nicht?«

Ich dachte noch einmal kurz über die Sache nach. Ich fragte mich, warum eine Angestellte des ICPI wohl jemanden, der für eine andere Institution arbeitete, »anlernen« sollte. Nicht, als würden das ICPI und die Versicherungsaufsicht nicht zusammenarbeiten, aber die Zentralstelle ist keine staatliche Behörde. Und warum sollten Ermittler hierher angereist kommen? Würden sie nicht eher bei der CF anrufen, als die anderthalb Stunden Fahrt auf sich zu nehmen? Das Ganze ergab einfach keinen Sinn. Es sei denn, sie logen. »Haben Sie ihnen diese Adresse gegeben?« fragte ich, auf den Notizzettel deutend.

»Ich habe ihnen überhaupt nichts gegeben. Deshalb war ich ja so erstaunt, als Sie sagten, sie seien schon wieder weg. Ich habe ihnen nur bestätigt, daß wir hier eine Schadensmeldung vorliegen haben, der wir nachgehen. Warum?«

»Sie könnten sie sich beschafft haben, während Sie das Wasser geholt haben. Sie brauchten ja nur den Aktenstapel auf Ihrem Schreibtisch durchzugehen.«

»Ach, hören Sie doch auf. Sie glauben doch nicht im Ernst, daß sie so was getan haben könnten.«

»Wer weiß? Wir können nur hoffen, daß sie echt waren.«

Sie legte sich die Hand aufs Herz, als wollte sie den Fahneneid schwören. »Gott im Himmel, was soll das heißen?«

»Ach, Sie wissen doch selbst, wie das ist. Man kann Leuten auch Visitenkarten geben, die gar nichts zu sagen haben. Das habe ich selbst auch schon getan.«

Mary fühlte sich offenbar in ihrer persönlichen Ehre gekränkt, denn sie schaltete jetzt plötzlich von Ängstlichkeit auf Aktivismus um. »Geben Sie her«, sagte sie. Sie schnappte mir die Karte aus der Hand und klatschte sie vor sich auf den Schreibtisch. Ich sah zu, wie sie die Vorwahl 213 und dann die aufgedruckte Telefonnummer wählte. »Ich bringe mich um, wenn sie nicht die ist, für die sie sich ausgegeben hat.« Sie horchte einen Moment in den Hörer, dann wurde ihr Gesicht lang und länger. Sie hielt mir den Hörer hin, der ein Geräusch von sich gab wie ein Abfall-Zerkleinerer, der eine lebende Ente zermühlt.

»Vielleicht haben Sie sich ja verwählt«, sagte ich aufmunternd.

»Mein Gott, ich kann's nicht fassen, daß ich auf einen so plumpen Trick hereinfalle, aber es ist mir überhaupt nicht in den Sinn gekommen, an ihrer Identität zu zweifeln. Wie konnte ich nur so dumm sein?«

»Ach, nun seien Sie nicht so hart mit sich. Ich bin seit Jahren in diesem Geschäft und lasse mich immer noch oft genug reinlegen. Es liegt nun mal in der Natur des Menschen, erst mal zu vertrauen. Vor allem, wenn man selbst ehrlich ist. Nicht, daß ich so eine grundehrliche Haut wäre, aber Sie wissen schon, was ich meine.«

»Was glauben Sie, was sie vorhaben?«

»Keinen Schimmer«, sagte ich. »Offensichtlich kennen sie Bibianna und ihren Hang zur Mogelei. Die eigentliche Frage ist: Wie sind sie auf uns gekommen? Es gibt doch bestimmt hundert Versicherungs-Agenturen in Santa Teresa. Warum gerade die CF?«

»Das ist ja schrecklich. Mir ist ganz schlecht. Was können sie nur von ihr wollen?«

»Vermutlich nichts Gutes, sonst wären sie wohl direkt damit rausgerückt.«

»Was sollen wir jetzt tun?«

»Ich wüßte nicht, was wir tun könnten, solange wir keine Ahnung haben, was überhaupt läuft. Vielleicht sollten Sie mal die richtige Nummer des ICPI ausfindig machen und nachfragen, ob die hinter der Diaz her sind.«

Ich hielt den Zettel hoch.

»Ich werde so lange versuchen, an sie heranzukommen. Dann sehen wir weiter.«

5

Ich fuhr nach Hause und zog die Uniform aus. Ich nahm die falschen Papiere aus der Tasche der Uniformhose und schob sie in die Tasche meiner Jeans. Dann zog ich die Jeans an und dazu einen marineblauen Rollkragenpullover. Ich schlüpfte in Frotteesocken und Tennisschuhe und machte mich wieder auf den Weg zu Bibiannas Haus.

Ich konnte nur hoffen, daß Mary Bellflowers Naivität Miss Diaz nicht in Gefahr gebracht hatte. In der Einfahrt stand immer noch kein Wagen, und von dem Pärchen, das ich bei der CF getroffen hatte, war auch nichts zu sehen. Hatten sie die Adresse auf dem Stadtplan gesucht und sich sofort auf die Socken gemacht? Sie hatten etwa dreißig Minuten Vorsprung vor mir, also konnte es gut sein, daß sie jetzt gerade in dem Häuschen waren oder sogar schon wieder weg. *Falls* sie wirklich fix genug gewesen waren, die Adresse zu klauen. Ein paar Autos fuhren vorbei, aber in keinem sah ich ein bekanntes Gesicht. Zum zweiten Mal an diesem Tag ließ ich mein Auto abgeschlossen an der Straße stehen, um die Einfahrt entlangzugehen. Es war jetzt halb fünf, und in dem Häuschen brannte Licht. Als ich näherkam, stieg mir ein verlockender Duft nach heißem Olivenöl und Zwiebeln und Knoblauch in die Nase. Ich stieg die breiten Holzstufen hinauf. Diesmal konnte ich von drinnen die heitere Erkennungsmelodie einer komischen Fernsehserie hören, wahrscheinlich eine Wiederholung in einem der Kabelprogramme.

Ich klopfte an die Eingangstür, die gleich darauf von einer etwa fünfundzwanzigjährigen mexikanisch aussehenden Frau geöffnet wurde. Sie war barfuß und trug eine rote Satin-Hemdhose und darüber einen kurzen, roten, in der Taille locker zugeschlungenen Satin-Morgenrock. Sie war schlank – oder besser: zierlich – mit makelloser olivfarbener Haut und großen, dunklen Augen in einem herzförmigen Gesichtchen. Sie hielt zwei Schildpatt-Haarnadeln zwischen den Zähnen, als hätte ich sie gerade beim Frisieren gestört. Dunkles Haar hing ihr wie ein Tuch über den halben Rücken, und ein paar seidige Strähnen hatten sich über die rechte Schulter nach vorn verirrt. Während ich sie noch ansah, drehte sie das Haar zu einem Strang zusammen. Sie wand es zu einem raffinierten Knoten, den sie mit den beiden Haarnadeln feststeckte. »Ja?«

Mein dringlichstes Verlangen war es, mich auf die Zehenspitzen hochzurecken und über ihre Schultern in den Raum hinter ihr zu spähen. Das Häuschen bestand eigentlich nur aus einem großen Raum. Zur Abtrennung der verschiedenen Funktionsbereiche dienten grellbunt gefärbte Stoffsegel, die sich in dem Luftzug von der offenen Tür bewegten. Ein giftgrünes Segel grenzte den Wohnraum von der Küche ab, ein knallblaues entzog den größten Teil eines Messing-Bettgestells dem Besucherblick, über den Fenstern waren Bahn-Endstücke von lila Baumwollstoff befestigt, die um seitlich montierte Messinghaken geschlungen waren. Ich hatte diesen Tip bereits in einer Frauenzeitschrift bei meinem Zahnarzt gesehen, aber noch nie in seiner wirkungsvollen Umsetzung bewundern dürfen. Das Mobiliar war ein wildes Sammelsurium aus Korbmöbeln und Sperrmüllstücken. Schalartige Auflagen aus blau-lila Baumwollstoff veredelten die durchgewetzten Armlehnen und verliehen dem Ganzen etwas Einheitliches. Der Effekt war verblüffend und suggerierte Kühnheit und Selbstvertrauen.

Ich merkte erst jetzt, daß ich mir gar keinen Vorwand zurechtgelegt hatte. Aber zum Glück bin ich ein alter Hase im Erfinden von Ausreden, und ich spürte, wie sich schon eine auf meiner Zunge formierte. »Tut mir leid, wenn ich Sie störe«, sagte ich. »Ich ... äh ... bin auf der Suche nach einer Wohnung hier in der Gegend, und man hat mir gesagt, Sie würden vielleicht demnächst ausziehen.«

Ihr Blick war mißtrauisch und ihr Ton brüsk. »Wer hat das gesagt?«

»Ach je, das weiß ich nicht mehr. Irgendwer aus der Nachbarschaft. Ich habe das Gefühl, daß ich schon tagelang hier herumrenne und überall anklopfe.«

»Warum wollen Sie denn grade hier wohnen? Das ist eine traurige Gegend.«

»Weil ich nicht weit von hier arbeite«, sagte ich, darauf hoffend, daß sie nicht nachfragen würde, wo. Ich würde mich notfalls wohl als Serviererin ausgeben, aber mir fiel ums Verrecken kein Restaurant in der Nähe ein.

Sie sah mich an. »Stimmt. Ich hoffe wirklich, daß ich bald hier wegkomme. Ich erwarte ein bißchen Geld, das demnächst kommen müßte.«

»Das ist ja toll. Darf ich vielleicht noch mal nachfragen?«

Sie sagte achselzuckend: »Klar, wenn Sie meinen. Ich würde Ihnen die Wohnung ja zeigen, aber es ist grade ziemlich unaufgeräumt. Es ist nur ein Raum, aber für einen allein reicht es. Haben Sie Möbel?«

»Na ja, ein paar.«

»Der Vermieter ist mit so was ziemlich großzügig. Das meiste, was drin ist, lasse ich da, wenn ich ausziehe. Aber Sie brauchen ein Bett.«

»Das habe ich«, sagte ich. »Hätten Sie mir vielleicht was zu schreiben? Dann kann ich mir Ihren Namen und Ihre Telefonnummer notieren und vielleicht in ein paar Wochen noch mal anrufen.«

»Augenblick«, sagte sie. Sie schloß die Tür und erschien gleich darauf mit einem Stückchen Papier und einem Stift wieder. Ich sah sie erwartungsvoll an.

Sie reckte den Kopf, damit sie sehen konnte, was ich schrieb. »Diaz. Bibianna, mit zwei *n*.«

»Danke.«

Ich verabschiedete mich und fuhr nach Hause. Dort hatte ich endlich die Zeit, mir den Brief anzusehen, den ich aus Bibiannas Briefkasten geklaut hatte. Ich notierte mir Namen und Anschrift der Adressatin, einer gewissen Gina Diaz in Culver City, Kalifornien. Wahrscheinlich ihre Mutter oder Schwester. Ich entnahm der

Schublade meines Schreibtischs eine Spraydose mit einer chemischen Mixtur, die Papier für dreißig bis sechzig Sekunden durchsichtig macht. Man braucht das Zeug nur auf einen Umschlag zu sprühen und kann dann den Inhalt lesen, ohne sich erst mit Wasserdampf abmühen zu müssen. Natürlich steht auf der Dose die strikte Warnung, daß jeder Verstoß gegen das Postgeheimnis im Rahmen der Postbeförderung durch die Post der Vereinigten Staaten mit bis zu fünf Jahren Gefängnis und/oder einer Geldstrafe von 2000 Dollar bestraft wird. Du lieber Himmel, ich sollte mir wirklich ein kleines Sparkonto anlegen, für den Fall, daß ich irgendwann doch einmal bei meinen Machenschaften erwischt werde.

Ich drückte auf den Sprühknopf und nebelte den Umschlag ein. Dann hielt ich ihn gegen das Licht. Der Schrieb lautete: »Hi, Ma. Mir geht es soweit gut. Geld muß jeden Tag eintrudeln. Bitte sag Raymond nicht, daß Du was von mir gehört hast. Liebe Grüße, B.«

Ich sah zu, wie der Umschlag wieder undurchsichtig wurde, ohne daß irgendeine Spur von Verfärbung oder Geruch zurückblieb. Ich ging raus auf die Straße und klemmte den Brief in meinen Briefkasten, damit der Postbote ihn am nächsten Tag mitnahm. Dann ging ich wieder zurück in mein Apartment, um rasch bei Mary Bellflower anzurufen. Ich erwischte sie noch, als sie gerade ihren Kram zusammenpackte. »Haben Sie schon was vom ICPI erfahren?«

»Noch nicht. Ich warte immer noch, daß sie mich zurückrufen.«

»Halten Sie mich auf dem laufenden«, sagte ich.

»Mach' ich.«

Ich setzte Kaffee auf und stieg die Wendeltreppe hinauf in meinen Dachraum. Ich zog mich ein weiteres Mal um. Diesmal wählte ich ein schwarzes Trägerhemd, enge, knöchellange schwarze Hosen, kurze weiße Söckchen mit Spitzenbündchen und ausgelatschte halbhohe schwarze Pumps. Ich toupierte mir die Haare und machte mir mit einem Gummiband ein Schwänzchen, das als kleiner Puschel in die Höhe stand. Ich legte (ziemlich dilettantisch, wie ich gestehen muß) Lidschatten, Wimperntusche, Rouge und knallig roten Lippenstift auf. Dann klipste ich mir Hängeohrringe an, Riesendinger mit roten Klunkern, die niemand, der auch nur einigermaßen bei Verstand war, je für Rubine halten konnte. Zuletzt besprühte ich meinen ganzen Oberkörper mit billigem Parfüm. Ich musterte mich im Badezimmerspiegel. Ich wandte mich halb ab und schielte über meine hochgezogene Schulter, wobei ich einen Schmollmund zog. Absolut verführerisch ... richtig nuttig! Ich hatte gar nicht gewußt, was alles in mir steckte.

Ich klackerte die Wendeltreppe hinunter in meine Kochnische und machte mir ein Oliven-und-Piment-Käse-Sandwich, das ich in eine Alu-Vesperbox packte. Außerdem rüstete ich mich noch mit zwei Graham-Crackern, einer Thermosflasche mit heißem Kaffee und einem Dick-Francis-Schmöker. Ich griff meine schwarze Lederjacke, steckte die falschen »Hannah Moore«-Papiere in meine Hosentasche und schnappte meine Autoschlüssel. Dann fuhr ich wieder zurück in Bibiannas Straße, wo ich das Auto ein paar Häuser weiter abstellte. Ich stieg aus dem Auto und marschierte zu dem Mini-Markt, um abermals das Münztelefon zu benutzen. Die Fleischtheke war diesmal geschlossen, und der gute »Pop« füllte die Regale auf. Von »Mom« war nichts zu sehen.

Ich warf zwei Zehn-Cent-Münzen ein und wählte Bibiannas Nummer. Als sie nach zweimaligem Tuten abnahm, fragte ich mit zugehaltener Nase, ob ich Mame sprechen könnte. Ich hörte mich an wie das arme Erkältungsopfer in einem Werbe-Spot für ein Antihistamin-Nasenspray.

»Wen?«

»Mame.«

»Da sind Sie falsch verbunden.«

»Oh, tut mir leid«, sagte ich. Ich ging wieder zu meinem Auto und richtete mich darin häuslich ein.

Von meinem Standort aus konnte ich die Mündung der Einfahrt, einen großen Teil des vorderen braunen Hauses und ein Stück Garten sehen, aber nichts von Bibiannas Häuschen, das zu weit hinten lag. Meine Theorie war, daß sie, wenn sie das Haus verließ, irgendwo vorn an der Straße auftauchen mußte und ich ihr dann, je nach Einschätzung der Situation, mit dem Auto oder zu Fuß folgen konnte. Ich hatte keine Ahnung, ob sie noch weggehen würde, und wenn ja, wohin, aber sie war mir eher wie ein rastloser Mensch vorgekommen, und ich hoffte, sie würde einen Anlaß finden, sich noch mal aus ihrer Bude wegzurühren, und sei es auch nur zum Laden an der Ecke, um sich einen Sechserpack zu holen. Ich stellte das Radio an und bekam gerade noch die Halb-Sechs-Uhr-Nachrichten mit. Das mit dem Regen klang jetzt schon nach mehr als nur einem vagen Gerücht. Ich steckte den Kopf aus dem Wagenfenster und sah himmelwärts. Eine rasch dunkler werdende Wolkendecke erweckte den Anschein von plötzlich hereinbrechender Dämmerung. Der Wind frischte auf und blies einen vertrockneten Palmwedel die Straße entlang. Insgeheim wünschte ich mir, jetzt nach Hause fahren und mich für die Nacht gemütlich in meiner Wohnung einigeln zu können, statt hier zu sitzen und hinter Bibianna Diaz herzuspionieren. Ich drehte den Radioknopf von Sender zu Sender und kam so in den Genuß eines rotierenden Potpourris von Pop-Songs, die alle irgendwie gleich klangen. Ich hielt ein Auge auf die Einfahrt und las mit dem anderen in meinem Buch, aber es wurde so rasch dunkel, daß ich nicht mehr viel erkennen konnte. Die Straßenlaternen gingen an, und die Blätter der Bäume nahmen ein lacklederartig glänzendes Dunkelgrün an. Um die Abendessenszeit belebte sich die Gegend. Leute kamen von der Arbeit nach Hause, Lichter gingen an.

Die Observierung von nur einem Auto aus gilt allgemein als die unergiebigste Methode aus der Trickkiste eines Privatdetektivs. Um nicht aufzufallen, muß man sich so weit weg postieren, daß es schwer ist, die betreffende Person oder Wohnung im Blick zu behalten, ohne die ganze Zeit hinzustarren. Und falls Bibianna von einem Wagen abgeholt wurde, standen die Chancen fünfzig zu fünfzig, daß ich mit der Nase in der richtigen Richtung parkte. Wenn ich mich vertan hatte, war ich lackiert. Eine plötzliche Hundertachtzig-Grad-Wende in einer Wohngegend ist sehr auffällig und mit großer Sicherheit dazu angetan, den Fahrer, dem man folgen will, zu alarmieren. Bei der Observierung von zwei Autos aus kann man sich wenigstens die Richtungen aufteilen, was das Risiko reduziert, daß die betreffende Person Verdacht schöpft. Aber leider war ich in diesem Fall nicht autorisiert, noch jemanden hinzuzuziehen. Sicher hatte mich Gordon Titus *in absentia* sowieso längst gefeuert. Es schien mir von daher nicht der Zeitpunkt, um einen Vorschuß zu bitten. Also mußte ich mich an die Billig-Methode halten und versuchen, Kontakt zu der Dame herzustellen, um herauszufinden, was sie trieb. Die wichtigste Voraussetzung für die erfolgreiche strafrechtliche Verfolgung solcher Fälle ist eine komplette, hieb- und stichfeste Akte. Ehe die CF die Unterlagen an die Versicherungs-Betrugs-Zentrale weiterleitet, braucht sie Beweise für die Unrichtigkeit der Angaben und die betrügerische Absicht sowie Belege dafür, daß die Versicherung sich bei der Gewährung von Schadensersatz auf die Angaben des Versicherten gestützt hat und daß die Zahlung erfolgt ist. Falls Bibianna nicht nur die California Fidelity, sondern auch die Aetna und die Allstate auszunehmen versuchte, würde vermutlich eigens ein Schriftsachverständiger hinzugezogen werden müssen, um den Nachweis zu erbringen, daß alle diese Schadensanzeigen tatsächlich von ihrer Hand stammten, selbst wenn sich auf sämtlichen Formularen identische Fingerabdrücke finden würden. Beim Versicherungsbetrug ist, wie bei so vielen Delikten, der Job des Täters eindeutig leichter als unserer.

Um sieben Uhr fünfundzwanzig aß ich, um gegen die Langeweile anzugehen, mein Sandwich und die beiden Graham-Cracker. Es war jetzt ganz dunkel, und in der Luft lag ein feiner Nieselschleier, der den Asphalt kaum benetzte. Ich ließ zweimal für kurze Zeit den Motor an, damit es im Wagen ein bißchen wärmer wurde. In einen Apartment-Komplex ein kleines Stück weiter wurde eine Pizza geliefert. Der Duft nach Peperoni und geschmolzenem Mozzarella, der kurz herüberwehte, trieb mir beinahe die Tränen in die Augen. Eine alte Dame in Morgenrock und Schal spazierte mit einem angeleinten Cockerspaniel an mir vorüber. Autos fuhren in beiden Richtungen vorbei, aber keins bremste, und von Bibianna war nichts zu sehen. Um neun fand ich mich tief in meinen Sitz gerutscht, die Knie gegen das Steuer gestützt, kurz vor dem Einnicken. Die beiden aus der CF-Etage waren nicht aufgetaucht, und ich war schon dabei, sie endgültig abzuschreiben. Entweder hatten sie keine Ahnung, wo Bibianna Diaz jetzt wohnte, oder aber sie wollten doch nichts Dringendes von ihr. Ich konnte mir nicht denken, wieso sie sich die Mühe gemacht haben sollten, ihr hinterherzuspüren, wenn sie die Sache dann einfach auf sich beruhen ließen. Vielleicht hatte sie ja irgendwas verschreckt. Ich fragte mich, ob sie vielleicht selbst irgendwo hier in der Nähe in einem parkenden Wagen saßen und warteten.

Aber dann, um Viertel vor zehn, erschien plötzlich Bibianna in der Einfahrt. Sie trug wieder Rot, ein enganliegendes unterhemdartiges Kleid, das ihr bis zur Mitte der Oberschenkel reichte. Dazu eine dunkle Strumpfhose und rote Stöckelschuhe. Für eine so zierliche Person hatte sie unglaublich lange und wohlgeformte Beine, die sie groß wirken ließen, obgleich sie bestimmt nicht mehr als einsfünfundfünfzig maß. Sie hatte die eine Hand in der Tasche eines offenen, narbigen, braunen Leder-Blousons vergraben. Mit der anderen hielt sie sich ein Stück Zeitung über den Kopf, um ihre Frisur vor dem Nieselregen zu beschirmen. Sie kehrte mir das Gesicht zu, bemerkte mich aber offenbar nicht. Fünf Minuten später kam ein Taxi angefahren. Es hielt genau vor ihr. Sie stieg ein. Ich ließ meinen Käfer an, während sie die Taxi-Tür zuschlug und sich auf dem Rücksitz zurechtsetzte. Ich fuhr an und schaltete die Scheinwerfer erst in dem Moment ein, als das Taxi sich in Bewegung setzte, weil ich hoffte, so als Teil des fließenden Verkehrs zu erscheinen.

Wir fuhren gemächlich durch kleinere Straßen zum Cabana Boulevard, der breiten Avenue, die sich am Strand entlangzieht. Hier kannte ich mich aus, und ich dachte mir, daß sie wohl entweder zu dem großen Bar-Restaurant draußen auf der Mole wollte oder aber zu einer der zwielichtigen Bars am unteren Ende der State Street. Letzteres erwies sich als richtig. Das Taxi hielt vor einem eher miesen Schuppen mit dem schönen Namen »Zur Räucherkammer«. Der Laden war vor einiger Zeit zweimal wegen Alkoholausschanks an Minderjährige dichtgemacht worden, und der Vorbesitzer hatte deshalb seine Lizenz verloren. Inzwischen war das Lokal verkauft und unter neuer Bewirtschaftung wieder eröffnet worden. Ich fuhr ein Stück weiter und verfolgte Bibianna im Rückspiegel bis zum Eingang. Ich bog links ab, fuhr einmal um den Block und dann auf den Parkplatz, wo ich meinen VW in eine halb-legale Lücke ganz an der Mauer quetschte. Als ich, wegen des Geniesels den Kopf einziehend, meinen Wagen abschloß, spürte ich, wie der Asphalt von der dröhnenden Musik aus dem Lokal vibrierte. Ich sog meine Lungen ein letztes Mal mit frischer Luft voll und ging hinein.

Gleich hinter der Tür berappte ich die fünf Dollar Eintritt. Dafür erhielt ich auf den einen Handrücken einen lila Stempel, der besagte, daß ich freie Getränkeauswahl hatte. Die Räucherkammer sah aus, als sei sie ursprünglich für industrielle Zwecke erbaut und dann ohne große Konzessionen an die Ästhetik in ein Lokal umgewandelt worden. Der Raum war tunnelartig und schmucklos, mit einem Betonboden und in den schummrigen Regionen mit sichtbaren Stahlstreben unter der Decke. Parallel zur Wand auf der rechten Seite erstreckte sich eine gut sechs Meter lange Bar, belagert von einem dreifachen Kordon von Typen, die aussahen wie den Fahndungsplakaten im Postamt entsprungen. Es roch nach Bier und Zigarettenqualm, und gelegentlich wehte durch den Seitenausgang eine Dope-Wolke herein. Die gesamte Beleuchtung war blau. Es spielte eine Live-Band, bestehend aus fünf Knaben, die wie eine Halbstarkenclique wirkten und sich anhörten, als sollten sie lieber in irgend jemandes Garage üben. Die Musik war ein direkt auf den Unterleib abzielendes Inferno aus wummernden Bässen, vibrierendem Synthesizer, immergleichen Akkorden und Texten, die sich als obszön entpuppten, wenn es einem gelang, die Worte aus dem ohrenbetäubenden elektronischen Gejaule herauszuhören. Die Tanzfläche bestand aus einem transportablen Holzpodest von vielleicht sieben Metern Seitenlänge, auf dem sich zuckende Körper mit schweißgebadeten Gesichtern drängten.

Dieses Lokal war eins der Reviere der C-Klassen-Singles. Hier gab es keine Yuppies, keine höheren Töchter, keine Geschäftsleute auf der Suche nach einem originellen Ambiente, keine milchgesichtigen College-Knaben. Das hier war ein Aufreiß-Schuppen für Leder-Typen und Billig-Nutten, die es für eine warme Mahlzeit mit jedem trieben. Schlägereien und Messerstechereien gehörten zum Normalbetrieb, und die uniformierten Streifenpolizisten patrouillierten so oft durch das Gedränge, daß sie schon als Stammgäste behandelt wurden. Den unerträglichen Lärmpegel interpunktierte immer wieder ein lautes *Wumm!* gefolgt von lautem Gelächter. Die Bar war berühmt für eine Spezialität namens »Slammer«: Tequila mit 7-Up in einem altmodischen Glas. Der Drink wurde unter einer ausgebreiteten Stoffserviette serviert, die dann mit Wucht auf das hölzerne Tablett geklatscht wurde. Durch den Schlag verquirlten sich der Tequila und das 7-Up zu einem hochprozentigen Gemisch, das der Gast in einem Zug hinunterzukippen hatte. In der Regel lag die Kapazitätsgrenze bei zwei Slammern pro Nase. Danach mußten die meisten Frauen zum Auto geschleppt werden. Männer überkam nach dreien der Drang, Stühle zu zerschmettern oder Glasscheiben einzuschlagen.

Während ich mir zentimeterweise und unter ständigem »Pardon«, »Entschuldigung« und »Oh, tut mir leid« meinen Weg auf die andere Seite der Bar bahnte, spürte ich immer wieder eine anonyme Hand auf meinem Hinterteil. Ich fand schließlich ein freies Plätzchen und okkupierte es vorläufig, indem ich mich gegen die Wand lehnte wie alle anderen auch. Ich orderte ein Bier bei einer vorbeikommenden Bar-Maid, die in einen exakt in die Popo-Falte geschmiegten neonorangefarbenen Body gewandet war. Ihre Hinterbacken quollen heraus wie wassergefüllte Ballons. Einen Sitzplatz gab es nicht, also blieb ich stehen, wo ich stand, gegen einen Metallträger gekeilt, und musterte das Gedränge.

Ich sichtete Bibianna auf der Tanzfläche, wo sie mit bemerkenswerter Ausdauer und Anmut zu dem stampfenden Einheiz-Gedudel ihre Hüften kreisen ließ. Die Augen der Männer um sie herum folgten jedem Beben, jedem Zucken. Das blaue Licht und der Olivton ihrer Haut verbanden sich zu einem überirdischen Strahlen, das das glatte Oval ihres Gesichts über den prallen Brüsten in dem tiefen Ausschnitt ihres Trikotkleids schmeichelhaft zur Geltung brachte. Ihr Kleid, das jetzt mehr lila als rot zu schimmern schien, umspannte eng den flachen Bauch, die schmalen Hüften und schlanken Schenkel. Als der Song zu Ende war, verließ sie, das dunkle Haar in den Nacken werfend, ohne einen Blick zurück die Tanzfläche. Ihr sichtlich außer Atem geratener Partner sah ihr bewundernd nach.

Sie machte sich jetzt daran, eine Runde durch das Lokal zu drehen. Sie war hier offensichtlich wohlbekannt und blieb immer wieder stehen, um mit irgendwelchen Männern lachend ein paar Worte zu wechseln. Als ich mir ausrechnete, daß sie gleich an mir vorüberkommen mußte, postierte ich mich möglichst auffällig, während ich so tat, als hätte ich sie gar nicht bemerkt. Vergeblich. Ehe sie mich erreicht hatte, schwenkte sie ab, und ich sah sie auf den kleinen Gang zustreben, an dem die Toiletten lagen. Ich drängelte mich, unwirsche Reaktionen provozierend, ebenfalls dorthin.

Als ich bei der Damentoilette anlangte, war Bibianna bereits in einer der Kabinen verschwunden. Ich stellte mich vor den Spiegel und machte mir an meiner Puschelfrisur zu schaffen, bis die Spülung ging und Bibianna herauskam. Sie trat an das Waschbecken neben meinem und betrachtete mich abwesend im Spiegel. Ich spürte den kleinen Ruck des Erkennens mehr, als daß ich ihn sah. Sie sagte: »Hey.«

Ich sah sie verdutzt an.

»Sind Sie nicht heute nachmittag bei mir gewesen wegen meiner Wohnung?«

Ich guckte höflich und nahm dann meinen Aha-Moment. »Oh, hallo! Ich hab' gar nicht gemerkt, daß Sie das sind. So ein Zufall. Das ist ja irre. Wie geht's?«

»Mir geht's gut. Was macht die Wohnungssuche? Schon was gefunden?«

Ich verzog das Gesicht. »Nichts Richtiges. Ich hätte da eventuell was an der Hand, einen Block von Ihnen weg, aber es ist nicht halb so schön wie Ihr Haus.«

Bibianna holte ihren Lippenstift heraus. Sie malte sich einen roten Bogen auf die Unterlippe und bewegte dann die aufeinandergepreßten Lippen, bis sich die Farbe gleichmäßig verteilt hatte. Ich hielt mich an ihr Vorbild und werkelte auch ein bißchen an mir herum.

Sie schob den Lippenstift in die Hülse. »Sind Sie schon öfters hiergewesen?«

Ich sagte achselzuckend: »Ein paarmal. Früher, aber seit der

Neueröffnung noch nicht. Ziemlich nervig, finden Sie nicht? Ich steh' nicht so drauf, wenn mich dauernd jemand angrabscht, sobald ich mich bewege.«

Sie musterte mich kurz. »Ist wohl Gewohnheitssache. Mich stört's nicht.« Sie wandte ihre Aufmerksamkeit jetzt ihrem eigenen Spiegelbild zu und beugte sich vor, um die Haarsträhnen um ihr Gesicht zurechtzudrapieren. Dann prüfte sie ihr Augen-Make-up. Nach einer letzten strengen Inspektion wandte sie sich wieder mir zu. »Ich hoffe, Sie nehmen's mir nicht übel, wenn ich das sage, aber diese Frisur und das ganze Styling sind total daneben.«

»Ach?« Ich sah an mir herunter und fühlte, wie mich Verzweiflung packte. Was ist nur an mir, daß ich immer solche Bemerkungen herausfordere? Da halte ich mich selbst für die große, abgebrühte Privatdetektivin, während andere Leute in mir offenbar ein armes Wurm sehen, das dringend der Bemutterung bedarf.

»Darf ich Ihnen mal einen Tip geben?« fragte sie.

»Von mir aus gern«, sagte ich.

Ehe ich mich's versah, zog sie mir das Gummi aus den Haaren. Sie griff in ihre Handtasche und holte eine Plastiktube mit einem schmoddrigen Zeug hervor, das sie zwischen ihren Händen verrieb und mir dann ins Haar massierte. Ich fühlte mich wie ein Hund im Hundesalon, aber das Ergebnis gefiel mir. Meine Locken wirkten jetzt leicht feucht und andeutungsweise gewellt. Gemeinsam begutachteten wir mein Spiegelbild.

Bibianna verzog nachdenklich den Mund. »Schon besser«, sagte sie. »Haben Sie vielleicht ein Tuch dabei?«

Ich schüttelte den Kopf.

»Na, mal sehen.« Sie begann, in ihrer Handtasche zu gründeln, und förderte dabei einen Joint zutage. »Möchten Sie?« fragte sie nebenbei.

Ich schüttelte den Kopf. »Danke, ich hab' schon vorhin draußen auf dem Parkplatz einen geraucht, bevor ich reingekommen bin.«

Sie steckte das Dope ohne weiteren Kommentar wieder weg und kramte konzentriert die verschiedenen Fächer ihrer voluminösen Tasche durch. »Na, bitte. Wie wär's denn damit?« Sie holte ein quadratisches, limonengrünes Seidentuch heraus und verzog dann das Gesicht. »Nee, das ist nichts. Die Farbe steht Ihnen nicht. Nehmen Sie mal die Ohrringe ab. Das bringt schon viel.«

Woher wissen Frauen solche Sachen? Und wieso weiß ich das nicht? Ich nahm die Talmi-Klunker ab und massierte mir erleichtert die Ohrläppchen.

In der Zwischenzeit hatte sie noch ein zweites Tuch zutage gefördert, diesmal in grellem Pink. Sie hielt es mir vors Kinn und musterte mich kritisch. Ich dachte, sie erwartete vielleicht, daß ich drauf spuckte, damit sie mir das Gesicht schrubben konnte, aber sie legte das Ding irgendwie raffiniert zusammen und band es mir um den Hals. Auf der Stelle kamen meine natürlichen Farben besser zur Geltung.

»Große Klasse. Was jetzt?«

»Jetzt kommen Sie mit mir. Ich werde Ihnen die schlimmsten Idioten vom Leib halten.«

6

Ich folgte ihr ins Getümmel wie ein Soldat seinem Offizier in die erste Schlacht. Männeraugen begutachteten uns von Kopf bis Fuß, taxierten uns nach der Größe unserer Titten und Hintern und dem mutmaßlichen Grad unserer Verfügbarkeit. Bibianna erntete eine Menge Geschnalze und Gepfeife, eine unmißverständliche Handbewegung und diverse unsittliche Anträge, die sie zu amüsieren schienen – jedenfalls warf sie den Typen, die ihrer Bewunderung am lautesten Luft machten, gepfefferte Bemerkungen an den Kopf. Sie war unbekümmert und gutmütig und hatte ein ansteckendes, quecksilbriges Lachen.

Die Band legte wieder los, und Bibianna begann, im Gehen zu tanzen, mit den Fingern zu schnippen und sich mit einem Beckenstoß hier und einem Hüftschwung da ihren Weg durch die Menge zu bahnen. Sie ließ den Blick über die Gesichter schweifen, und ich fragte mich, wen sie wohl suchte. Das Rätsel sollte sich bald lösen. Sie drehte noch einen Zahn weiter auf – wie der plötzliche Stromschub vor einem Elektrizitätsausfall. Ihr Körper schien eine spürbare Hitze abzustrahlen.

»Warten Sie mal kurz«, sagte sie. »Ich bin gleich wieder da.«

Ein blonder Typ löste sich aus der Horde an der Bar. Er hatte lockiges Haar, eine Metallbrille, ein Schnauzbärtchen und ein ausgeprägtes Kinn, und seine Mundwinkel waren zu einem leisen Lächeln nach oben gezogen. Ich merkte, daß ich seine äußeren Kennzeichen registrierte wie ein Streifenpolizist die eines Verdächtigen. Ich kannte den Mann. Er war mittelgroß, breitschultrig und schmalhüftig und trug Jeans und ein enganliegendes schwarzes

Polohemd mit kurzen Ärmeln, die sich über den wohlentwickelten Oberarmmuskeln stauten. Tate. Der verrückte Jimmy. Wie viele Jahre war es her, daß wir uns das letzte Mal gesehen hatten? Er betrachtete Bibianna mit Besitzermiene, die Daumen so in die Gürtelschlaufen gehakt, daß seine Hände die Wölbung unter der Vorderfront seiner Hose einzurahmen schienen. Sein Macho-Gehabe wurde durch Selbstironie gebrochen, eine unwiderstehliche Mischung aus Humor und Selbsterkenntnis. Ich beobachtete, wie er auf Bibianna zukam und sie jetzt schon in eine Art wortloses Vorspiel verwickelte. Niemand sonst schien sie zu beachten. Sie näherten sich der Tanzfläche von benachbarten Seiten, um sich irgendwo in der Mitte zu treffen, als sei jede Bewegung choreographisch genau festgelegt. Wenn das kein Balzritual war.

An einem Tisch standen jetzt Leute auf, und ich schnappte mir einen der freien Stühle. Ich drapierte meine Jacke abschreckungshalber über die Lehne des Nachbarstuhls. Als ich wieder zur Tanzfläche hinüberschaute, war Bibianna nicht mehr zu sehen, aber ich erhaschte einen Schimmer ihres roten Kleids in dem Gewoge und ab und zu für einen Moment das Gesicht ihres Partners. Ich hatte ihn früher in einem völlig anderen Kontext erlebt, und es gelang mir nicht so ganz, meine Wahrnehmung von damals mit diesem Bild übereinzubringen. Sein Haar war früher kürzer gewesen, und der Schnauzer war neu, aber die Ausstrahlung war dieselbe. Jimmy Tate war Polizist – oder inzwischen wohl eher Ex-Polizist, wenn die Gerüchte stimmten. Unsere Wege hatten sich das erste Mal in der Grundschule gekreuzt – in der fünften Klasse, als wir für ein halbes Jahr Seelengefährten gewesen waren, zusammengeschweißt durch einen geheimen Pakt, den wir mit einem Zungenkuß besiegelt hatten. Ganz hochfeierlich. Jimmy war, wie man so schön sagt, ein »Problemkind« gewesen. Ich weiß nicht genau, was mit seinen Eltern war, aber er war bei verschiedenen Pflegeeltern aufgewachsen, da ihn zuerst eine und später dann auch die nächste Familie wieder abgeschoben hatte. Er galt schon mit acht als »unverbesserlich«. Er war rebellisch und hatte einen Hang zu Faustkämpfen, die mit blutigen Nasen endeten. Er war ein notorischer Schulschwänzer, und da ich damals selbst viel schwänzte, entspann sich zwischen uns ein seltsames Band. Ich war zwar in vielerlei Hinsicht ein schüchternes Kind, hatte aber durchaus auch eine wilde Seite, geboren aus der Trauer über den Verlust meiner Eltern mit fünf. Meine Auflehnung erwuchs aus Angst, Jimmys aus Wut, aber das äußere Resultat war das gleiche. Ich konnte das Leid und die Zartheit sehen, die sich unter seinem Trotz verbargen. Vielleicht habe ich ihn sogar auf meine unschuldige, vorpubertäre Weise geliebt. Er war, als wir uns kennenlernten, gemessen an meinen elf Jahren mindestens zwanzig, ein gebeutelter junger Mensch, der nie gelernt hatte, was Selbstbeherrschung war. Mehr als einmal war er mir beigesprungen, indem er irgendeinen tyrannischen Fünftkläßler, der mich zu drangsalieren versuchte, kurzerhand windelweich prügelte. Ich erinnerte mich noch gut an das berauschende Gefühl, wenn wir zusammen aus dem Schulhof entwischten, freiheitstrunken, obwohl wir wußten, daß dieses Glück von kurzer Dauer sein würde. Er brachte mir das Rauchen bei, versuchte, mich mit Aspirin und Cola high zu machen, zeigte mir den Unterschied zwischen Jungen und Mädchen. Ich weiß noch genau, mit welcher Mischung aus Erheiterung und Mitleid ich reagierte, als ich begriff, daß alle Jungen mit so einem Ding geschlagen waren, das aussah wie ein irrtümlich zwischen die Beine geratener Daumen. Schließlich erklärte Jimmys Pflegemutter, daß sie nicht mehr mit ihm fertig würde, und er kam an irgendeinen Ort, wohin man damals unerwünschte Halbwüchsige abschob. Vermutlich ins Erziehungsheim.

Ich hatte ihn acht Jahre nicht gesehen, als er zu meinem Erstaunen an meinem ersten Tag an der Polizeischule ebenfalls dort anrückte. Inzwischen schwang in seiner Rauhbeinigkeit etwas Manisches. Er war ein hübscher Bursche, trank viel und war immer auf Achse. Wie er es geschafft hat, an der Polizeischule angenommen zu werden, ist mir ein Rätsel. Die Bewerber werden einer strengen psychologischen Begutachtung unterzogen, bei der die ungeeigneten und die instabilen normalerweise sehr schnell durchs Sieb fallen.

Entweder war er den listigen Fragen der Kommission geschickt entschlüpft, oder aber er gehörte zu den seltenen Menschen, deren Persönlichkeitsschwächen in Prüfungssituationen nicht zutage treten. Seine Noten waren meistens hart an der Grenze, aber er versäumte nie den Unterricht, und seine Kämpfernatur, die durch Konkurrenz angespornt wurde, hielt ihn bei der Stange. Er war klug genug, seine Hitzigkeit zu drosseln, wenn es darauf ankam, konnte sich aber nie lange im Zaum halten. Irgendwie schaffte er es, zusammen mit uns übrigen die Abschlußprüfung zu bestehen, aber er schrammte ständig auf irgendeine Weise hart an der Katastrophe entlang. Ich hielt mich ihm gegenüber auf Distanz, da ich damals zu sehr auf mein eigenes Fortkommen erpicht war, um zu riskieren, daß sein Ruf auf mich abfärbte.

Er bewarb sich genau wie ich bei der Stadtpolizei von Santa Teresa, wurde jedoch nicht angenommen. Ich verlor ihn eine Zeitlang aus den Augen und hörte dann, daß er beim County Sheriff's Department von Los Angeles gelandet war. Portionsweise drang die Kunde von seinen Heldenstückchen bis zu uns. Nach Feierabend in der Kneipe erzählten sich die Kollegen von den verrückten Dingen, die Jimmy Tate fertiggebracht hatte. Er war die Sorte Polizist, die man am liebsten bei sich haben wollte, wenn es brenzlig wurde. Wenn es hart auf hart ging, war er absolut furchtlos, als könnte er die Gefahr einfach ausblenden. Bei jedem Wettpissen mit der Unterwelt war er vornean. Seine Aggressivität schien rings um ihn herum ein Kraftfeld zu erzeugen, eine Art Schutzschild. Kollegen hatten mir erzählt, wenn man ihn bei einer Schießerei erlebte, würde einem klar, daß er auf seine Weise genauso gefährlich war wie »die anderen« – die Bankräuber, die Dealer, die Gangs, die Heckenschützen und anderen Irren, die es auf uns Ordnungshüter abgesehen hatten. Leider schoß seine wilde Aggressivität mehr als einmal übers Ziel hinaus. Ich bekam aus Andeutungen mit, daß er Sachen machte, über die man hinterher nicht sprach – weil er einem das Leben gerettet hatte und man in seiner Schuld stand und deshalb so tat, als hätte man nichts gesehen. Schließlich wurde er einer Spezialeinheit zugeteilt, die eigens geschaffen worden war, um die Aktivitäten notorischer Krimineller zu überwachen. Sechs Monate später wurde die Einheit nach einer Reihe fragwürdiger Schießereien aufgelöst. Zwölf Beamte wurden suspendiert, darunter auch Jimmy Tate. Alle durften nach Überprüfung der Vorkommnisse durch den Polizeiausschuß ihren Dienst wieder aufnehmen, aber der große Knall schien nur eine Frage der Zeit.

Vor zwei Jahren war ich dann zufällig in der *L. A. Times* auf seinen Namen gestoßen. Er war bei seiner Wiedereinstellung einer Drogen-Einheit zugeteilt worden, und man bezichtigte ihn jetzt, zusammen mit sechs anderen Beamten, Drogen-Gelder in die eigene Tasche abgezweigt zu haben, ein Skandal, der die ganze Kreispolizei erschütterte. Die ersten Verhöre brachten jeden Tag neue Einzelheiten ans Licht. Fünf der sechs Polizisten kamen vor Gericht, und einer von ihnen jagte sich eine Kugel in den Kopf. Ich bekam durch meine sporadische Lektüre der *L. A. Times* einiges über den Fortgang des Prozesses mit, erfuhr aber nie, wie er ausgegangen war. Es hätte mich nicht überrascht, wenn sie ihn verurteilt hätten. Er war skrupellos und selbstzerstörerisch, aber so seltsam es klingen mag, ich wußte, wenn ich einen Bruder hätte, würde ich wollen, daß er genauso wäre wie Jimmy. Ich meinte damit nicht sein Verhalten und nicht die dahintersteckende zweifelhafte Moral, sondern seine Loyalität und seinen leidenschaftlichen Überlebenswillen. Wir leben in einer Gesellschaft, die sich aufs eingehendste um die Rechte der Kriminellen sorgt, nachdem diese das Leben ihrer Opfer ohne jede Rücksicht zerstört oder ausgelöscht haben. Wenn Jimmy eine Sache in die Hand nahm, wurde der Gerechtigkeit Genüge getan. Nur wurde nicht immer so genau auf die Mittel geachtet.

Jimmy und Bibianna kamen jetzt von der Tanzfläche zurück. Die Band machte Pause, und der Lärmpegel sackte so jäh ab, daß man sich vorkam wie plötzlich ertaubt. Ich fixierte Jimmys Gesicht. Ich wußte, er mußte mich jeden Moment entdecken, und ich wartete auf den Funken des Erkennens in seinen Augen. Bibianna setzte sich an den Tisch. Sie raffte mit der einen Hand ihr Haar hoch und fächelte sich mit der anderen den bloßen Nacken. Sie war außer Atem und lachte, die Wangen hochrot, das Haar an den Schläfen feucht, die dunklen Strähnen zu kleinen Ranken verklebt. »Das ist die Frau, von der ich dir erzählt habe – die bei mir war, wegen der Wohnung,« sagte sie, auf mich zeigend. »Wie war noch mal Ihr Name?«

Jimmy riß seinen Blick von ihrem Gesicht los und ließ ihn mit einem höflichen Lächeln zu meinem wandern. Ich streckte die Hand aus.

»Hallo, Jimmy. Ich bin's. Hannah Moore,« sagte ich. »Du kannst dich doch sicher an mich erinnern.«

Er konnte es ganz offensichtlich, und sein Blick sagte mir, daß diese Erinnerung auch meinen richtigen Namen umfaßte. Was immer er im Augenblick treiben mochte – das Training als Polizist saß zu tief, als daß er mich hätte hochgehen lassen. Er lächelte, nahm meine Hand und ließ mir eine Dosis desselben Spannungsstroms zukommen, den er die ganze Zeit zu Bibianna hatte hinfließen lassen. Er hob meine Hand an die Lippen und küßte mich herzlich auf die Fingerknöchel. »Hey, du bist's! Wie geht's dir? Wir haben uns ja ewig nicht mehr gesehen«, sagte er.

»Ihr zwei kennt euch?« fragte sie.

Er gab mir widerstrebend meine Hand zurück. »Wir waren zusammen auf der Grundschule«, sagte er ohne jede Spur von Zögern, und ich spürte, wie ich freudig errötete, weil das die Verbindung war, die mir wichtig war. Die Polizeischule und alles Folgende – das war Erwachsenenrealität. Dem anderen haftete etwas Magisches an, und deshalb würde es im Buch meiner Erinnerungen immer eine Sonderstellung einnehmen.

Er zog einen zerknitterten Geldschein aus der Hosentasche und sah Bibianna an. »Meine Zigaretten sind alle, Schätzchen. Kannst du mir schnell welche holen?«

Bibianna zögerte gerade lange genug, um ihm zu bedeuten, daß ihre Kooperation ein Geschenk war. Sie lächelte ironisch, sah mich wissend an, steckte den Geldschein zwischen ihre Brüste und setzte sich wortlos in Gang. Jimmys Blick streichelte liebevoll über ihre

Beine und hinauf zu den Hüften. Sie ging mit den raffinierten Beckenbewegungen eines Mannequins, im vollen Bewußtsein ihrer Wirkung. Sie lächelte ihn noch einmal lasziv über die Schulter an und spitzte den Mund halb schmollend, halb verheißungsvoll.

Ich fühlte ein Lachen in mir emporperlen. »Ich kann's nicht fassen, daß ich dich hier wiedertreffe«, sagte ich. »Woher kennst du Bibianna?«

Er lächelte. »Ich habe sie in L. A. bei einer Halloween-Party kennengelernt. Wir haben uns dort noch ein paarmal gesehen, und dann sind wir uns hier zufällig wiederbegegnet.«

»Ich wußte gar nicht, daß du wieder hier bist. Was machst du?«

»Nicht viel«, sagte er. Seine Augen huschten über mein Gesicht, während er mich auszuforschen begann. »Und du? Das letzte, was ich von dir gehört habe, war, daß du den Polizeidienst an den Nagel gehängt hast und bei irgendeiner Detektei arbeitest.«

»Das habe ich am Anfang getan. Inzwischen habe ich selbst eine Lizenz. Jetzt arbeite ich auf eigene Rechnung. Bist du immer noch bei den County Sheriffs in L. A.?«

»Nicht direkt.«

»Was treibst du denn? Das letzte, was ich über dich gehört habe, war diese Prozeß-Geschichte«, sagte ich.

»Tolle Frau, was?« wich er meiner Frage aus.

»Erzähl, Jimmy.«

Er stützte das Kinn auf die Faust und lächelte mich mit den Augen an. »Ich bin im Ruhestand. Ich hab' sie verklagt und zehn Millionen verlangt.«

»Du hast sie *verklagt*?« fragte ich. »Und was war mit dem Prozeß gegen dich?«

Meine Reaktion schien ihn zu sehr belustigen. Er zuckte die Achseln.

»Sie haben mich freigesprochen. So funktioniert das System nun mal. Mal kriegst du sie an den Arsch, mal kriegen sie dich an den Arsch. Ich war krank geschrieben, wegen berufsbedingter Beschwerden und Streß, und bekam mein Krankengeld. Und auf einmal, aus heiterem Himmel, zerren sie mich und ein paar andere vor Gericht wegen krimineller Bandenbildung, Geldwäscherei, Steuerhinterziehung und weiß Gott was noch allem. Sie haben uns durch den Wolf gedreht, und als ich da endlich am anderen Ende wieder raus kam, war mein Krankengeld gestrichen, und sie wollten, daß ich von mir aus den Dienst quittiere. Aber das hat nicht funktioniert. Nicht mit mir. Ich habe mir einen Anwalt gesucht und geklagt.«

»Nachdem sie dich freigesprochen hatten?«

»Ja, verdammt noch mal. Das lasse ich mir doch nicht bieten. Sie sind der Ansicht, daß ich nur aus formalen Gründen davongekommen bin. Ich bin als einziger freigesprochen worden, aber ich hab' die ganze Scheiße genauso über mich ergehen lassen müssen wie die anderen, warum soll ich mich zweimal bestrafen lassen? Das Gericht hat mich für unschuldig erklärt.«

»Warst du's denn?«

»Natürlich nicht, aber das ist nicht der Punkt«, sagte er. »Die Justiz hat mir nichts anhängen können, also ist das Thema erledigt. Egal, ob ich es getan habe oder nicht. Das Gericht sagt, ich bin rein und unschuldig. Das ist es, was zählt.«

»Sie haben dich also gefeuert?«

»Im Effekt ja. Faktisch haben sie mir das Krankengeld gestrichen. Sie fanden, ich mache zu viel Ärger, und wollten mich deshalb loswerden. Also haben sie mir den Hahn abgedreht. Sie meinten, ich hätte nicht die richtige Einstellung. Aber das lasse ich nicht mit mir machen. Also hab' ich sie bluten lassen. Letzte Woche ist es zum Vergleich gekommen. Siebenhundertfünfzigtausend. Wenn das Geld anrollt, sahnt mein Anwalt natürlich noch seinen Teil ab, aber mir bleiben am Ende immer noch dreihundertfünfundsechzigtausend. Meine kleine Alterskasse. Nicht schlecht, was?«

»Phantastisch.«

»Im Moment bin ich allerdings total pleite, aber was will man machen?«

»Und Bibianna? Weiß sie, daß du ein Bulle bist?«

»Weiß sie, daß du Privatdetektivin bist?«

Ich schüttelte den Kopf und sah weg. Sein Lächeln verschwand, als er meinen Gesichtsausdruck bemerkte. »Du bist doch nicht hinter *ihr* her?«

Ich sagte nichts, was Antwort genug war.

»Weswegen?«

Ich dachte, ich könnte ihm ebensogut reinen Wein einschenken. Er würde es früher oder später doch aus mir herausholen. »Versicherungsbetrug«, sagte ich. Ich beobachtete seine Reaktion. Wenn ich mir eingebildet hatte, ihn überraschen zu können, sah ich mich enttäuscht.

»Für wen arbeitest du?«

»Für die California Fidelity.«

»Kannst du ihr was nachweisen?«

»Wahrscheinlich schon. Jedenfalls, wenn ich soweit bin.«

Er wandte die Augen von mir ab und ließ sie zur Juke-Box hinüberwandern. Ich folgte seinem Blick und entdeckte Bibianna. Ein Regenbogen aus buntem Licht spielte über ihr Gesicht. Sie hatte irgendwas an sich – eine dunkle Schönheit, eine bestimmte Form körperlicher Vollkommenheit –, was sie offenbar unwiderstehlich machte. Ich sah sie den Kopf in den Nacken werfen und lachen, wenn der Ton auch nicht bis zu uns drang. Sie flirtete mit dem Schlagzeuger, und ihre eine Hand ruhte – in einer Geste, die gleichzeitig intim und beiläufig war – leicht auf seinem Arm. Der Drummer war groß und hager und hatte ein Gesicht wie ein Collie. Seine eng zusammenstehenden Augen glitzerten von Substanzen, die der menschliche Körper eindeutig nicht selbst produziert. Er starrte auf ihre Brüste und emittierte vermutlich das hohe, freudig erregte Winseln eines Welpen beim Anblick eines Milchtropfens. Sie sah nicht zu uns herüber, aber jedes Wort ihrer Körpersprache sagte, daß sie wußte, wie gespannt Jimmy sie beobachtete. Wie du mir, so ich dir, dachte sie wohl. Sie wandte sich der Juke-Box zu, warf mehrere Münzen ein und drückte achtlos ein paar Tasten. Gleich darauf ertönte ein Gebummere und Gedröhne, irgendein Pop-Song, der nur aus Baß und Schlagzeug bestand. Bibianna ging zur Tanzfläche, den Drummer im Schlepp. Ihm ging fast einer ab vor Aufregung.

»Ich habe Undercover-Arbeit immer gehaßt,« sagte Jimmy, der jetzt die Stimme erheben mußte, um zu mir durchzudringen. Seine Augen hingen immer noch an Bibianna, die inzwischen begonnen hatte, sich zu dem hämmernden Rhythmus zu bewegen und ihr Becken rotieren zu lassen, als absolviere sie eine Aerobic-Übung zur Straffung der Gesäßmuskeln.

Ich trank von meinem Bier und sagte nichts. Ich hatte noch nie mit verdeckten Ermittlungen zu tun gehabt, aber viel darüber gehört – und nichts Gutes.

Seine Augen stellten meine. »Sag ihr, was du vorhast«, forderte er.

»Damit die ganze Sache platzt? Du spinnst. Das werde ich mit Sicherheit nicht tun. Und du wirst ihr besser auch nichts sagen. Das ist mein Revier.«

»Das ist mir klar.«

»Wo ist dann das ›aber‹, Jimmy? Ich kenne diesen Blick.«

»Ich bin total weg von dieser Frau, und ich will nicht, daß sie Ärger kriegt. Ich sage ihr schon seit Monaten, daß diese Sache auffliegen wird. Wenn sie weiß, daß du ihr auf den Fersen bist, wird sie sich da rausziehen.«

»Das ist nicht mein Problem. Sie hat eine betrügerische Forderung an die CF gestellt, und wer weiß, wie viele falsche Schadensanzeigen sie an andere Versicherungen losgelassen hat. Ich werde ihr das Handwerk legen.«

»Sie ist gerade dabei auszusteigen.«

»Natürlich.«

»Nein, es ist wirklich so. Sie hat diese Schadensmeldung vor Monaten eingereicht, aber inzwischen habe ich ihr die Sache ausgeredet. Sie wird es lassen, das schwöre ich dir.«

»Träum süß, Tate. Wenn sie wirklich aussteigen will – warum läßt sie dann nicht die Finger davon?«

»Das tut sie ja.«

»Quatsch! Sie hat uns gerade noch eine Zahlungsaufforderung

zugehen lassen. Sie versucht, uns Dampf zu machen, damit wir möglichst schnell zahlen. Deshalb wurde der Fall ja überhaupt an mich weitergegeben.«

»Das glaube ich nicht.«

»Frag sie.«

Er lächelte jetzt gequält. »Das kann ich ja wohl schlecht tun, ohne ihr zu sagen, was läuft.«

»Dann sieh zu, wie du mit dem Problem klarkommst, bevor ich mein Zeug in der Tasche habe.«

»Das ist alles komplizierter, als es aussieht.«

»Es ist immer alles komplizierter, als es aussieht. Und meistens noch krummer«, antwortete ich.

Jimmys gequälter Blick wanderte wieder zu Bibianna zurück. Er betrachtete sie versunken und rieb sich die Unterlippe mit dem Daumen. Er wollte mir nicht glauben. Seine Vernarrtheit in dieses Mädchen (denn das war sie: ein Mädchen) hatte ihm offenbar den Verstand vernebelt. Nachdem er jahrelang mit Ganoven zu tun gehabt hatte, glaubte er jetzt auf einmal, sie könnte wie auf ein Zauberwort von ihrem Treiben lassen, wenn sie befand, daß sie es wollte. Er hatte vergessen, was für eine Sucht die Kriminalität werden konnte. Wiederholungstäter werden noch häufiger von Entzugserscheinungen als von der Not getrieben.

Ich hatte ihn noch nie so im Bann einer Frau erlebt. Früher waren seine Beziehungen unschwer einzuordnen gewesen: leichtherzige Abenteuer ohne jede emotionale Verstrickung seinerseits. Ein bißchen Lachen, ein bißchen schneller Sex, ein paar gemeinsame Wochen. Für die Frauen war das wohl ein wenig anders. Die, die er sich suchte, waren oft sehr gescheit, aber sie neigten dazu, sich was vorzumachen, und verkündeten am Anfang, sie wollten weiter nichts als ihren Spaß, obwohl sie sich im Handumdrehen tiefer auf ihn einließen und sehr bald anfingen, ihn mit allen Mitteln ködern und halten zu wollen. Der Umschwung zeigte sich in der Art, wie sie ihn ansahen, und in ihrem angestrengten Bemühen, verständnisvoll, nicht-besitzergreifend, fügsam und vernünftig zu sein. Ich habe acht bis zehn solcher Frauen innerhalb von zehn Monaten in sein Leben treten und wieder daraus verschwinden sehen. Sie waren alle schlank, attraktiv, intelligent und tüchtig – Karrierefrauen mit Jobs in der Werbung, im Marketing, beim Fernsehen, Grafikerinnen, Designerinnen. Sie verfielen ihm durch die Bank, betört von seiner Verfügbarkeit, seinem lässigen Charme, seiner sexuellen Ausstrahlung. Sie fingen an, ihn zu umsorgen, für ihn zu kochen, Hemden zu bügeln, ihm auf subtile Weise zu demonstrieren, wieviel angenehmer sein Leben sein könnte, wenn sie immer um ihn wären. Dann begannen sie, ihn über seine bisherigen Beziehungen auszufragen, um dahinterzukommen, was ihre Vorgängerin falsch gemacht hatte, damit sie die betreffenden Verhaltensweisen bei sich ausmerzen konnten. Diese Phase war von kurzer Dauer, da Jimmys Verhalten sich nicht änderte. Ihre Aufopferung trug diesen Frauen nichts ein, es sei denn, einen Anfall von Putzfrauenknie. Er war unverläßlich und promiskuitiv wie eh und je, auch wenn er sich bemühte, höflich zu sein. Er rieb ihnen seine Seitensprünge nicht unter die Nase, machte aber auch kein Geheimnis daraus, da Nicht-Ausschließlichkeit ja die Grundlage der Beziehung gewesen war. Nach und nach wurde die Frau sauer, weil ihr ihre Bemühungen nicht entlohnt wurden. Sie fühlte sich ausgenutzt und ließ ihren Unmut an Jimmy aus, was für ihn wiederum die perfekte Rechtfertigung für den Rückzug war. Meist nach vier Wochen und nie später als nach zwei Monaten ging es dann los: Forderungen, Klagen, kaum unterdrückte Enttäuschung, Vorwürfe. Sobald das passierte, war Jimmy auf und davon, ohne auch nur danke zu sagen. Nie hatte ich ihn eine dieser Frauen so anschauen sehen wie jetzt Bibianna Diaz.

Sie kam an den Tisch zurück und setzte sich provozierend auf Jimmys Schoß, rittlings, das Kleid bis zum Schritt hochgeschoben, die Brüste so dicht vor seinem Gesicht, daß ich schon dachte, er würde gleich hineinbeißen wie in zwei Napfkuchen. Die nächste halbe Stunde verbrachte ich damit, mir einen Hörschaden zu holen, während Jimmy Tate und Bibianna Diaz schwüle Blicke wechselten und es (mehr oder minder) im Sitzen und mit Kleidern miteinander trieben, wobei die Reibungshitze sämtliche Stoffschichten zwischen ihnen versengen mußte. Die Luft roch nach Begierde, so ähnlich wie nasses Gras nach einem Regenguß. Oder wie ein unkastrierter Kater.

Die Band hatte ein Stück beendet und begann ein neues, den ersten langsamen Song dieses Abends. Bibianna ging, um mit jemand anderem zu tanzen. Jimmy schien es nichts auszumachen. Daß auch andere Männer im Lokal etwas von ihr wollten, schmeichelte offenbar seinem Ego. Und mir gab es Gelegenheit, herauszufinden, was in ihm vorging und ob er mir eine Hilfe oder ein Hindernis bei meinem Vorhaben sein würde, mich an Bibianna heranzupirschen. Jimmy streckte mir die Hand hin. »Komm tanzen«, sagte er.

7

Ich legte meine Hand in seine und folgte ihm. Er war einer dieser Männer, die es schaffen, daß man sich auf der Tanzfläche fühlt wie Ginger Rogers, weil sie einem durch den Druck ihrer Hand im Kreuz die vielfältigsten Direktiven übermitteln. Er tanzte mehr oder minder automatisch, während seine Augen rastlos im ganzen Lokal umherschweiften und alles im Blick behielten. Dieses Verhalten kannte ich. Ein Polizist bleibt immer Polizist, ob nach Dienstschluß, im Urlaub oder im Ruhestand. Wer einmal dieses Training absolviert und verinnerlicht hat, wird immer wachsam sein und seine Umgebung ständig auf mögliche ungesetzliche Vorkommnisse kontrollieren. Jimmy mochte als Polizist seine Schwächen haben – und Bestechlichkeit gehörte sicher dazu –, aber ich konnte mir nicht vorstellen, was er anderes mit seinem Leben anfangen sollte. Es fiel mir schwer zu glauben, daß er so selbstzerstörerisch sein sollte, sich den einzigen Job zu verbauen, den er gern tat. Das lag zwar im Prinzip durchaus auf seiner Linie, aber es war dumm. Was sollte er denn sonst machen? Worauf wollte er den Rest seiner Zeit verwenden?

Er spürte, daß es in mir arbeitete, und wandte mir seine Aufmerksamkeit zu. »Warum so still?«

»Ich habe über diese Prozeßgeschichte nachgedacht und mich gefragt, wie du überhaupt in diese Sache hineingerutscht bist.«

»Ich habe meine Straftäterkarriere schon als Jugendlicher begonnen«, sagte er.

»Da warst du zwölf. Du hattest nichts zu verlieren. Ich weiß, daß du Probleme hattest, aber ich habe dich nie für kriminell gehalten.«

»Nimm's nicht so tragisch. Was heißt das schon? Ich bin nicht krimineller als alle anderen. Hör mal zu, Kinsey, du weißt doch, wie das ist. Natürlich habe ich manchmal ein paar Scheine abgezweigt. Verdammt noch mal, das tut doch jeder. Schon an meinem ersten Arbeitstag habe ich mitgekriegt, wie die Jungs ihren Teil eingesackt haben. Das war doch nun wirklich nichts Neues – es war nur besser organisiert. Ich habe doch nicht armen alten Frauen ihre Rente geklaut. Das waren gottverdammte Kokain-Dealer – der absolute Abschaum. Das letzte vom letzten. Das Geld war noch nicht mal legal, aber es war da. Kannst du dir vorstellen, wie das ist, so einen Laden hochgehen zu lassen? Du kommst rein, und da liegen zweihunderttausend Eier – ach, Scheiße noch mal, ein halbe Million – einfach so auf dem Tisch, lauter hübsche Bündel, alle schön ordentlich mit Gummis drum. Es kommt dir vor, als sei es gar nicht echt. Wie Spielgeld. Da kräht doch kein Hahn danach, ob ein Bündel verschwindet. Wer soll schon was sagen? Die Geldwäscher? Quatsch. Die nehmen sowieso nichts bar auf die Hand, weil man ihnen dann nämlich nichts nachweisen kann. Wenn die Kohle schließlich registriert wird, sind es eben zwanzigtausend weniger. Wer weiß schon, wo die geblieben sind? Wen juckt's?«

»Aber nach dem, was in den Zeitungen stand, habt ihr mehr als zwanzigtausend mitgehen lassen. Seid ihr nie auf die Idee gekommen, daß euch jemand eine Falle bauen könnte?«

»Sergeant Renkes hat doch viermal soviel abgesahnt wie wir, warum sollten wir da auf die Idee kommen, daß er uns reinlegen will? So wie es aussah, hatte er doch viel mehr zu verlieren als wir.«

»Aber wieso habt ihr so offen mit dem Geld um euch geworfen?« fragte ich. »In der Zeitung stand was von Rennbooten und Eigentumswohnungen ... Luxuswagen. Von einem Polizistengehalt? Habt ihr nie dran gedacht, daß das auffallen muß?«

Jimmy lachte. »Sagt ja keiner, daß wir besonders schlau waren. Ich wollte auch mal was vom Leben haben. Wir alle, ist ja auch klar, oder? Und dann stellt sich plötzlich raus, das Ganze war eine Falle. Mag ja sein, daß wir da hätten draufkommen können. Jedenfalls hat Bosco sich deswegen die Kugel in den Kopf gejagt. Weil sie uns geleimt hatten und er keinen Ausweg mehr sah. Renkes war der Boß unsrer Einheit... er hat das Spiel angeleiert und uns aufgefordert, alle mitzuspielen, und dann hat er uns hochgehen lassen. Das Ganze war nichts als ein internes Großreinemachen, und Danny Renkes war der Besen.«

»Wußtet ihr denn, daß da was im Busch war?«

»Irgendwie schon, klar. Es wurde seit Monaten so was gemunkelt. Aber niemand wollte es glauben. Ich war damals gerade krankgeschrieben, deshalb war ich nicht dabei, als sie die anderen hochgenommen haben. Aber ich war natürlich auch mit von der Partie gewesen, und Renkes wußte das. Sobald ich zum ersten Mal was läuten hörte, hab' ich sofort rumgefragt, was ich machen soll. Und alle haben mir dasselbe gesagt. Geh in Deckung, Junge. Sieh zu, daß du da rauskommst. Such dir einen Anwalt, bevor die ganze Scheiße über dich reinbricht wie ein Hurrikan. Ich habe mir den gerissensten Kerl in der ganzen Branche genommen. Hat mich alles gekostet, was ich besaß, war aber jeden Penny wert. Wilfred Brentnell. Schon mal von ihm gehört?«

»Wer nicht? Soweit ich weiß, hat er nur einmal eine Sache verloren, und das war hier bei uns. Nikki Five, erinnerst du dich? Ich glaube, das Gericht in Santa Teresa hat sich von seinen Künsten einfach nicht so beeindrucken lassen.«

»Das ist nun mal die Provinz. Der Mann ist ein Fuchs. Einfach genial. In der Szene heißt er ›der krumme Willy‹, weil er mal einen Unfall hatte und einer seiner Finger krumm geblieben ist.«

»Und Renkes? Bist du nicht stinksauer auf ihn?«

»Ach, ich nehm's ihm nicht übel. Ich meine, ich kann verstehen, warum er's getan hat. Ich hätte es zwar nicht getan, aber ich saß ja auch nicht in der Klemme. Ich hatte ja nicht die Staatsanwaltschaft auf dem Hals, die mir einen Deal anbietet.«

»Einen Deal?«

»Na klar. Sie hatten ihn wegen einer anderen Sache am Arsch. Das wußtest du doch, oder nicht?«

Ich schüttelte den Kopf. »Ich habe die Geschichte nur bruchstückhaft mitgekriegt.«

»War aber so. Sie hatten ihn in der Zange. Was Renkes gemacht hat – er ist zusammengeklappt und hat uns verkauft. Er hat kalte Füße gekriegt. Er hätte es auf seine Kappe nehmen sollen, statt uns alle zu verpfeifen. Aber so ist das Leben nun mal.«

Die Musik hörte auf. Wir schoben uns wieder zum Tisch zurück und kamen unterwegs an Bibianna vorbei. Jimmy stieß eine Art tiefen Knurrlaut aus und packte sie am Nacken. Sie drehte sich lächelnd zu ihm um, und er zog sie an sich, in eine von Beckenschubbern begleitete Umklammerung, die wohl seine Besitzrechte geltend machen sollte. Bibianna stieß ihn zurück, aber sie lachte dabei, und es steckte keine Kraft dahinter. Er schlang den Arm um sie und nahm sie in einen zärtlichen Schwitzkasten. Sie küßten sich wieder. Ich fühlte, wie sich meine Augen verdrehten. Wir setzten uns und orderten noch eine Runde Bier.

Der Geräuschpegel stieg, da der Alkohol ein hektisches Tohuwabohu aus Lachen und lautem Gerede entfesselte, durchsetzt mit aggressiven Tönen. Die Luft war grau von Zigarettenrauch, und das Slammer-Gebummer hallte jetzt so stetig durch den Raum wie die Hammerschläge eines Zimmermannstrios. Die Musik setzte wieder ein, diesmal begleitet von Lichteffekten, die offensichtlich darauf angelegt waren, uns alle endgültig in den Wahnsinn zu treiben. Ein betrunkener Tänzer kippte hintenüber und krachte gegen einen der Tische. Stimmen kreischten, ein Stuhl ging zu Bruch, Gläser zerbarsten zu einem Regen aus Scherben und Tequila. Jimmy und Bibianna schienen überhaupt nichts mitzubekommen. Sie waren in eine Art Sitz-Version von Dirty-Dancing versunken und imitierten all diese fürchterlichen Filmszenen, in denen die Liebenden ihre Zungen spielen lassen und sich gegenseitig die Lippen beknabbern. Mit einem Liebespaar zusammensein kann eine harte Prüfung sein, wenn man selbst allein ist. Die Luft knisterte, und zwischen ihren Körpern sprang ein unsichtbarer Funkenbogen hin und her. Sobald sie sich in die Augen sahen, merkte ich förmlich, wie ihre Dessous feucht wurden.

Ich sah auf meine Armbanduhr: Viertel nach elf. Genug. Ich schob geräuschvoll meinen Stuhl zurück. »So, das war's für mich«, sagte ich. »Zeit zum Schlafengehen. Gute Nacht. War ein toller

Abend.« Es dauerte eine Weile, bis ich zu ihnen durchdrang. Jimmy schaffte es schließlich, aus einem Bungee-Kuß aufzutauchen. Er sah mich, noch immer schwer atmend, aus schwerlidrig-erstaunten Augen an.

»Laßt euch nicht stören«, sagte ich.

Die Lust hatte seine Reaktionen verlangsamt, und ich sah, wie er sich mühte, seine Stimme wiederzufinden. »Geh noch nicht«, krächzte er. »Bleib noch. Wir müssen noch reden.«

»Worüber?«

Bibianna mußte sich zwar vorbeugen, um sich verständlich machen zu können, schien aber vergleichsweise klar. »Zu viel Krach hier. Wir gehen noch schnell nach nebenan, einen Happen essen, Kommen Sie doch mit.«

Ich schwankte. Ich hatte einen Großteil des Tages darauf verwandt, diesen Kontakt herzustellen, und es war sicher klug, die Beziehung noch ein wenig zu festigen. Natürlich bestand die Gefahr, daß Jimmy meine wahre Identität aufdeckte, aber ich verließ mich eigentlich darauf, daß er den Mund halten würde. Im Moment schien er sowieso nur das eine im Kopf zu haben. Sie genossen die Vorlust, indem sie das Unausweichliche noch ein bißchen hinausschoben, während ich hier dumm rumsaß. Ach, verdammt, dachte ich, ich lande sowieso allein in meinem Bett, warum dann so eilig? Ich zog meine Lederjacke zu und wartete, bis sie ihre verschiedenen Körperteile entwirrt hatten. Als wir uns durch das Gedränge zum Ausgang zwängten, bekam ich zwei Anträge, die ich aber nicht weiter ernst nahm. Beide Interessenten adressierten mich mit »He, du... du da...« und unterstrichen ihr Anerbieten mit viel Mimik und Gestik. Der eine Knabe sah aus wie sechzehn. Der andere hatte einen großen, vorstehenden Goldzahn.

Wir traten hinaus in einen leichten Regen. Jimmy nahm Bibianna bei der Hand, und sie rannten los. Ich trabte hinterher und holte sie vor dem Eingang des kleinen Restaurants drei Häuser weiter ein. Nach der Total-Beschallung in dem Tanzschuppen war das Café zunächst still wie ein Psycho-Tank. Das *Bourbon Street* war klein, nur ein langer, schmaler Raum, der wie eine New-Orleans-

Theaterkulisse aussah. Die Wände waren aus Mauersteinen, mit lauter falschen Fenstern und Türen, die von hinten beleuchtet waren, damit es aussah, als verberge sich dahinter ein gemütliches Interieur. In Höhe der zweiten Etage sprang eine Galerie von Balkonen hervor, stilecht mit schmiedeeisernen Gittern. Die Pseudo-French-Quarter-Atmosphäre komplettierten Wandlaternen mit schwachen Kerzenbirnen, die wie windgeplagte Flammen flackerten. Künstlicher grüner Efeu rankte sich die Wand empor und sah sehr echt aus. Ich hätte schwören können, daß ich die Brise roch, die in den Blättern zu rascheln schien.

Die Küche war in einem kleinen Nebenraum versteckt. Ein Duft nach *Shrimps étouffées* und gegrilltem Rotfisch hing in der Luft, so, als wehten einem die Gerüche eines Familien-Sonntagsessens in die Nase. Es gab insgesamt siebzehn Tische, die meisten frei und alle mit weißen Papierdecken. Hurrikan-Lampen spendeten ein Licht, das den Gästen schmeichelte und doch zum Essen ausreichte.

Jimmy bestellte Cajun Popcorn – fritierte Langustenstückchen mit einer würzigen Sauce – und anschließend eine Schüssel Jambalaya für uns alle. Bibianna wollte Austern als Vorspeise. Ich sah zu, wie sie über das Menü verhandelten, und fühlte mich merkwürdig passiv. Sie debattierten über die Frage Wein oder Bier und orderten schließlich beides. Sie wurden immer neckischer, während ich merkte, wie ich mich immer unbeteiligter fühlte. Ich knabberte an einem Maisbrötchen und versuchte, herauszufinden, wie spät es jetzt wohl für Dietz sein mochte. In Deutschland war es immer ... wie war das noch ... acht Stunden später? Ich gab mich ein paar unsittlichen Dietz-Phantasien hin, während ich Bibianna und Jimmy wie durch einen durchsichtigen Spiegel beobachtete. Es war offenkundig, daß da mehr lief als nur eine kurze Bumsgeschichte. Jimmy Tate war ein gutaussehender Bursche mit dem sonnigen Charme eines kalifornischen Surfers, und sein Gesicht, das sonst vielleicht zu hübsch gewesen wäre, um einen wirklich anzusprechen, bekam durch die Metallbrille etwas Interessantes. Hübsche Männer haben mich nie gereizt, aber er war eine Ausnahme, vielleicht aufgrund unserer gemeinsamen Geschichte. Er hatte sich in den vierunddreißig Jahren seines Lebens viel zugemutet – Alkohol und Drogen, lange Nächte, Kneipenschlägereien –, und allmählich zeigten sich die ersten Spuren. Ich sah die feinen Linien um seine Augen und tiefere um seinen Mund. Bibiannas Jugend und ihre dunkle südländische Schönheit waren der perfekte Kontrapunkt zu seiner blonden, blauäugigen Attraktivität. Sie schienen wie füreinander gemacht, ein verkrachter Polizist und eine Schwindel-Künstlerin ... beide bereit, den kürzesten Weg zu nehmen, auch wenn es nicht unbedingt der legale war, beide darauf aus, das System für ihre Zwecke zu manipulieren, beide auf der Jagd nach dem schnellen Geld. Sie waren keine schlechten Menschen, aber sie mußten wohl jeder die kriminelle Ader im anderen gewittert haben. Ich fragte mich, was sie zueinander hingezogen haben mochte, ob sie gegenseitig den Hang zur Rebellion und zur Mißachtung von Spielregeln gespürt hatten. Diese Ähnlichkeit sprang zwar nicht sofort ins Auge, aber ich glaube, Liebende haben ein untrügliches Gespür für die Eigenschaften im anderen, die für sie anziehend und fatal zugleich sind.

Als das Essen kam, fielen sie mit der gleichen Gier darüber her wie vorhin übereinander, wobei sie nebenher zu zweit eine Flasche Rotwein niedermachten. Mir war nicht nach noch mehr Alkohol. Ich widmete mich meinem Essen mit jener genießerischen Hingabe, die nur als Sublimierung zu erklären ist. Nach dem vielen Bier war es ganz gut, wenn ich meinem Kopf vor der Heimfahrt noch Gelegenheit gab, ein bißchen klarer zu werden. Das Lokal begann sich jetzt mit hungrigen Nachtschwärmern zu füllen. Der Geräuschpegel stieg, konnte sich aber mit dem von eben nicht einmal ansatzweise messen. Ich bekam diffus mit, wie sich die Tür in meinem Rücken in kurzen Abständen öffnete, um das Mitternachtsvölkchen hereinzulassen – Leute auf der Suche nach einem heißen Kaffee, einem Stück Süßkartoffel-*Pie*. Das Bier machte sich bemerkbar. »Wo sind denn die Toiletten?« Bibianna zeigte auf den rückwärtigen Teil des Lokals. Sie und Tate hatten beide ganz schön einen sitzen, und ich fragte mich, ob ich sie wohl im Interesse der allgemeinen Sicherheit zu Bibianna nach Hause kutschieren sollte.

»Bin gleich wieder da,« sagte ich.

Ich wand mich zwischen den Tischen hindurch und erspähte das Schild, das den Weg zu den Toiletten und den Telefonen wies. Ich zwängte mich durch eine Tür aus Hurrikan-Fensterläden und fand mich in einem kleinen Gang mit der gleichen Flackerbeleuchtung. Am Ende des Gangs flankierten zwei Münztelefone einen Hinterausgang, über dem ein Schild mahnte: DIESE TÜR MUSS WÄHREND DER ÖFFNUNGSZEITEN UNVERSCHLOSSEN BLEIBEN. Zu meiner Rechten entdeckte ich die Türen mit Herren und Damen. Ich ging in Damen. Hier war die Beleuchtung besser. Die Ausstattung bestand aus einer Ablage mit zwei eingelassenen Waschbecken und einem breiten Wandspiegel darüber, einem Papierhandtuch-Spender über einem metallenen Abfalleimer und zwei Toilettenkabinen, von denen eine besetzt war. Ich ging in die andere. Eine nicht ganz bis zum Boden reichende Zwischenwand trennte mich von meiner Nachbarin, deren ausgiebige Verrichtung sich anhörte, als ob jemand eine Literflasche Limonade aus großer Höhe auskippte. Ich betrachtete abwesend ihre Schuhe: gemusterte Strümpfe, Sling-Pumps mit hohen Absätzen. Blinzelnd beugte ich mich näher heran. Diese Schuhe oder ein Paar ganz ähnliche hatte ich heute an der blonden Frau bei der CF gesehen. Nebenan ging die Spülung. Ich arrangierte hastig meine Klamotten, während sie sich die Hände wusch und ein Papierhandtuch aus dem Spender zog. Es raschelte, als sie sich die Hände abtrocknete. Ich betätigte ausgiebig die Spülung, um Zeit zu schinden. Ich traute mich nicht, meine Kabine zu verlassen, bevor sie nicht draußen war, weil ich fürchtete, sie könnte mich wiedererkennen. Dann hörte ich ihre Pfennigabsätze über den Fliesenboden klacken. Sobald sie die Tür hinter sich geschlossen hatte, trat ich heraus. Ich ging rasch zur Tür und steckte vorsichtig den Kopf hinaus. Da war sie, an einem der Münztelefone, gerade dabei, eine größere Zahl von Münzen einzuwerfen. Sie drehte sich zur Wand hin, als wollte sie sichergehen, daß sie nicht belauscht wurde. Es war die Frau, die sich als Karen Hedgepath ausgegeben hatte: stachlige, blonde Punkfrisur, strenges Bürokostüm. Sie kehrte mir ihr Profil zu und hielt sich mit der rechten

Hand das Ohr zu, um sich gegen den Krach aus dem Restaurant abzuschirmen. Aus der Veränderung ihrer Haltung schloß ich, daß am anderen Ende jemand abgenommen hatte. Sie begann, schnell zu sprechen und dabei mit der freien Hand zu gestikulieren. Ich drehte ihr rasch den Rücken zu und eilte ins Restaurant zurück, während sie noch telefonierte. Ein kurzer prüfender Blick bestätigte mir, daß auch der bullige Typ mit dem karierten Sakko anwesend war. Er saß mit dem Rücken zu mir an einem Zweiertisch an der einen Längswand, aber ich erkannte ihn an seinem Jackett und an den Schultern. Er rauchte eine Zigarette, und vor ihm auf dem Tisch konnte ich eine Flasche Rotwein ausmachen.

Unsere Plätze waren so verteilt, daß ich mit dem Gesicht in Richtung Toiletten und mit dem Rücken zum Eingang saß, Bibianna rechts neben mir und Jimmy Tate mir gegenüber. Ich dämpfte meine Stimme und hielt ein wachsames Auge auf die Sturmläden-Tür, für den Fall, daß die Blonde plötzlich auftauchte. Bibianna bemerkte meine Gespanntheit und sah mich neugierig an. Ich hielt ihr die Speisekarte hin und sagte: »Beobachten Sie ganz unauffällig die Tür zu den Toiletten. Dort wird gleich eine blonde Frau herauskommen. Stellen Sie fest, ob Sie sie kennen, aber passen Sie auf, daß sie nichts merkt. Klar?«

»Warum? Was ist denn?« fragte Bibianna.

»Ich habe sie telefonieren hören, draußen vor dem Klo, und sie hat von Ihnen gesprochen.«

»Von mir?«

Jimmy beugte sich vor. »Was soll das?«

Die Blonde trat durch die Sturmläden-Tür. Ihr Blick blieb kurz an unserem Tisch hängen und wanderte dann weiter. »Nicht den Kopf drehen«, flüsterte ich, ohne die Lippen zu bewegen.

Bibiannas Augen huschten zu der Frau hinüber. Sie beherrschte sich, aber ich sah, wie das Leben aus ihrem Gesicht wich. »Verdammter Mist. Ich muß hier raus«, sagte sie.

Ich hielt ihr eine geöffnete Speisekarte hin und zeigte mit dem Finger auf den obersten Posten unter der Rubrik Nachspeisen, die obligatorische Limonentorte. Im Plauderton sagte ich: »Nehmen

Sie Ihre Handtasche und tun Sie so, als wollten Sie zum Klo. Verschwinden Sie durch die Tür am Ende des Gangs und warten Sie dort, wo die kleine Gasse hinter dem Restaurant auf die Straße stößt. Einer von uns wird Sie dort abholen. Lassen Sie Ihre Jacke über dem Stuhl hängen. Es muß so aussehen, als kämen Sie gleich wieder. Okay?«

Jimmys Blick schwenkte von Bibianna zu mir. »Was geht hier vor?«

Bibianna stand auf und angelte nach ihrer Handtasche. Zu spät. Die beiden kamen schon auf uns zu. Die blonde Frau legte mir eine kräftige Hand auf die Schulter und nagelte mich auf meinem Stuhl fest. Der Typ preßte Bibianna eine 45er Browning in den Rücken wie ein Orthopäde, der die Wirbelsäule nach einer verrutschten Bandscheibe sondiert. Ich sah, wie Jimmy nach seiner 38er greifen wollte, aber der Typ schüttelte den Kopf. »Ich kann Sie auch umlegen, wenn's Probleme gibt. Ihre Sache.«

Jimmy legte beide Hände flach auf den Tisch.

Bibianna raffte ihre Jacke und ihre Handtasche an sich. Jimmy und ich sahen hilflos zu, wie die drei sich in Richtung Hintertür entfernten. Jimmys Reflexe in solchen Situationen waren besser als meine. In der Sekunde, als sie verschwunden waren, schoß er wie der Blitz zum Vorderausgang, verfolgt von den irritierten Blicken der Gäste, die er unterwegs angerempelt hatte. Er hatte keine Zeit für Höflichkeiten. Die Vordertür flog mit einem Rumms nach draußen auf, und weg war er. Ich warf ein paar Scheine auf den Tisch und stürzte hinter ihm her.

Als ich draußen ankam, rannte er schon mit fliegenden Ellbogen und gezückter Pistole auf die Ecke zu. Die Straßen waren feucht, die Luft nieselig. Ich lief hinter ihm her, mitten durch eine Pfütze. Ich hörte Reifenquietschen aus dem Gäßchen hinter dem Gebäude, wo die beiden offenbar einen Wagen deponiert hatten. Ich erreichte die Kreuzung wenige Sekunden nach Jimmy. Ein Ford Sedan schoß aus der Mündung des Gäßchens drei Häuser weiter. Ich sah Jimmy wie in Zeitlupe in Stellung gehen und schießen. Das Rückfenster zersprang. Er schoß noch einmal. Der rechte Hinterreifen platzte. Der

Ford brach aus und schleuderte gegen einen am Straßenrand geparkten Lieferwagen. Ich hörte das dumpfe Krachen kollidierender Metallmassen. Die vordere Stoßstange des Ford fiel scheppernd auf den Asphalt, und ein Regen von Glasstückchen ging mit zartem Klimpern nieder. Die wenigen Fußgänger im nächsten Umkreis suchten Deckung, und ich hörte den langgezogenen Schrei einer Frau. Die Vordertüren des Ford flogen fast gleichzeitig auf. Die blonde Frau stieg auf der Beifahrerseite aus, der bullige Typ auf der Fahrerseite, wo er sich umdrehte, hinter der offenen Tür in Deckung ging und zielte. Ich warf mich hin und drückte mich im Schutz einer Reihe von Mülltonnen flach auf den Boden. Der Schußwechsel klang wie das Ploppen von Popcorn in einer geschlossenen Pfanne. Ich zog den Kopf ein, Dreck zwischen den Zähnen, in der Nase eine Mischung aus Müllgestank und dem Geruch von nassem Asphalt. Ich hörte drei weitere Schüsse fallen, von denen einer nicht weit von meinem Kopf Teerstückchen aufspritzen ließ. Ich hatte Angst um Jimmy, aber seltsamerweise auch um Bibianna. Ich hörte jemanden rennen. Irgendwer lebte jedenfalls noch – ich wußte nur nicht, wer. Ich hörte die Schritte leiser werden, dann war Ruhe. Ich stützte mich auf alle viere hoch und kroch hinter ein parkendes Auto. Ich spähte über die Kühlerhaube. Jimmy stand drüben auf der anderen Straßenseite. Dann ließ er sich jäh auf den Bordstein sacken, den Kopf auf den Knien. Von der Blonden war nichts zu sehen. Bibianna klammerte sich, offenbar unverletzt, an den hinteren Kotflügel des Ford und schluchzte hysterisch. Ich richtete mich auf, verblüfft über die plötzliche Stille. Ich ging vorsichtig auf Bibianna zu, weil ich mich fragte, wo wohl der Typ mit dem karierten Sportsakko abgeblieben war.

Ich hörte ein Keuchen, ein gequältes Ächzen, das sowohl nach Schmerz als auch nach äußerster Anstrengung klang. Dann sah ich ihn, auf der anderen Seite des Ford. Er schleppte sich am Boden den Gehweg entlang. Zwischen seinen Schulterblättern war ein feuchter Fleck von hellrotem Blut. Über die linke Seite seines Gesichts strömte Blut aus einer Kopfwunde. Er schien ganz auf sein Unterfangen konzentriert, wild entschlossen, es zu schaffen. Er bewegte sich mit der prekären Koordination eines Krabbelkindes, dessen Gliedmaßen immer wieder gegeneinander arbeiten. Vor Frustration über sein langsames Fortkommen begann er zu weinen. Er war wohl immer jemand gewesen, der sich auf seine körperlichen Kräfte verlassen hatte, der schon allein aufgrund seiner Größe eine gewisse unangefochtene Stellung genoß. Jetzt war seine Körpermasse für ihn ein Hemmschuh, eine Last, die er nicht bewegen konnte. Er legte den Kopf auf den Boden, um sich einen Moment auszuruhen, ehe er sich wieder an sein Zentimeterwerk machte. Eine kleine Menschenmenge hatte sich zusammengeschart, wie Zuschauer am Ziel einer Marathonstrecke. Niemand feuerte ihn an. Die Gesichter waren respektvoll, unsicher, ratlos. Eine Frau trat auf den verletzten Mann zu, hockte sich neben ihn und streckte vorsichtig die Hand aus. Als sie ihn berührte, brach ein dumpfes Geheul aus ihm heraus, kehlig und voller Pein. Es gibt keinen schrecklicheren Laut als die Klage eines Menschen über seinen eigenen Tod. Die Frau hob die Augen und sah die Umstehenden benommen an.

»Hilfe«, rief sie heiser. Sie schaffte es nicht, ihrer Stimme Volumen zu geben. »Helft ihm doch. Kann denn keiner helfen?«

Niemand rührte sich.

Jetzt waren schon die Sirenen zu hören. Jimmy Tate hob den Kopf.

8

Ich ging zu dem Ford hinüber. Die linke hintere Tür stand offen, und Bibianna saß seitwärts auf dem Rücksitz, vornübergebeugt, die Ellbogen auf den Knien. Sie zitterte so heftig, daß sie die Füße nicht auf dem Boden halten konnte. Ihre Pfennigabsätze vollführten einen kleinen Stepptanz auf dem Asphalt, während sie die Hände zwischen den Oberschenkeln festklemmte. Ich dachte zuerst, daß sie vor sich hinsummte, aber es war Stöhnen, das sie zu unterdrücken versuchte, indem sie die Zähne fest zusammenbiß. Ihr Gesicht war kreideweiß. Ich kauerte mich neben sie und legte eine Hand auf die eisige Haut ihres Arms. »Sind Sie okay?«

Sie schüttelte den Kopf, in einer Mischung aus Angst und Resignation. »Ich kann mich einsargen lassen. Ich bin so gut wie tot. Das ist alles meine Schuld. Ich werde dafür büßen müssen.« Ihr Blick irrte zu der Straßenecke hinüber, wo sich jetzt noch mehr Leute versammelt hatten. Tränen stiegen ihr in die Augen, weniger aus Trauer als aus Verzweiflung.

Ich schüttelte sie leicht am Arm. »Wer *ist* das?«

»Das ist Chago. Der Bruder von dem Mann, mit dem ich zusammen war, bevor ich hierhergekommen bin. Er hat gesagt, Raymond hat ihn geschickt, damit er mich zurückbringt.«

»Quatsch. Die wollten Sie nirgends hinbringen. Die wollten Sie umbringen.«

»Ich wollt', ich hätt's hinter mir. Raymond bringt mich sowieso um, wegen Chago. So eine Art Blutrache. Mein Leben ist futsch.«

»Aber ich dachte, Jimmy hat ihn erschossen. Wieso ist es dann Ihre Schuld?«

»Was macht das schon aus? Das kümmert doch Raymond nicht. Ich bin schuld, weil ich weggegangen bin. Ich bin schuld, daß er Chago herschicken mußte. Ich bin schuld, daß der *Wagen* hin ist. So sieht er die Sache.«

»Die Blonde war wohl Chagos Freundin?« fragte ich.

»Seine Frau. Sie heißt Dawna. D-a-w-n-a. Schick, was? Scheiße noch mal, sie bringt mich eigenhändig um, wenn Raymond es nicht vorher tut.«

Jimmy Tate kam jetzt zu uns herüber und legte Bibianna die Hand auf den Nacken. »He, Kleines. Alles in Ordnung?«

Sie nahm seine Hand und preßte sie gegen ihre Wange. »O Gott ... ich hab' solche Angst um dich gehabt.«

Er zog sie auf die Füße, schloß sie in die Arme und murmelte irgendwas Beruhigendes in ihr Haar.

»O Gott, was soll ich nur machen?«

Ein Krankenwagen kam um die Ecke gerast. Die Sirene brach jäh ab, aber das orangerote Warnlicht blinkte weiter. Zwei Sanitäter sprangen heraus, einer mit einem Erste-Hilfe-Koffer. Ich richtete mich auf und beobachtete über die Kühlerhaube des Ford hinweg, wie die beiden zu dem Mann hinüberrannten, der mit dem Gesicht nach unten auf dem Gehweg lag. Seine Kriech-Flucht war abrupt beendet worden. Ich bemerkte, daß er eine lange Schmierspur aus Blut hinter sich zurückgelassen hatte, wie die Schleimspur einer Schnecke. Die Frau, die neben ihm kniete, weinte haltlos. Ich war mir sicher, daß sie ihn nicht gekannt hatte und daß sie weiter nichts mit ihm verband als die Laune des Schicksals, die sie gerade in diesem Moment hier vorbeigeführt hatte. Ihre beiden Begleiter redeten ihr gut zu, aber sie weigerte sich, den Mann loszulassen.

Einer der Sanitäter kniete sich hin und tastete an der Halsschlagader des Mannes nach einem eventuell noch vorhandenen Puls. Er und sein Kollege wechselten einen jener Blicke, die in Fernsehszenen sechs Dialogzeilen ersetzen. Zwei Polizeiwagen kamen mit quietschenden Reifen um die Ecke gekarrt und hielten hinter dem Krankenwagen. Ein uniformierter Polizist stieg aus dem ersten Wagen, und Jimmy Tate ging zu ihm hinüber. Der Beamte im zweiten

Wagen entpuppte sich als Frau. Sie war groß und kräftig und hatte das hellblonde Haar stramm zu einem ordentlichen kleinen Knoten zurückgezurrt. Sie hatte keine Mütze und trug dunkle Diensthosen und eine dunkle Jacke mit dem Abzeichen der Stadtpolizei von Santa Teresa auf den Ärmeln. Sie ging zu den Sanitätern hinüber und unterhielt sich kurz mit ihnen. Ich bemerkte, daß niemand irgendwelche Notfall-Maßnahmen einleitete, was darauf hindeutete, daß der Typ im karierten Sakko bereits aus diesem Leben geschieden war. Die Polizistin ging zu ihrem Streifenwagen zurück und forderte über Funk an, was anzufordern war: den Gerichtsmediziner, die Spurensicherung und Verstärkung nach Code 2 – ohne Sirene. Sie brauchte Hilfe bei der Sicherung des Tatorts. Der Regen hatte wieder eingesetzt, ein feiner, weicher Nässeschleier in der Nachtluft. Die Umstehenden waren verschreckt und still, und niemand machte Anstalten, sich irgendwie einzumischen, aber man mußte jetzt anfangen, die Zeugen zu vernehmen und Namen und Adressen festzuhalten, bevor die Leute unruhig wurden und sich davonmachten.

Bibianna kauerte sich wieder auf dem Rücksitz des Ford zusammen. Lange Minuten vergingen. Sie war in Schweigen versunken, aber als der erste Wagen mit Verstärkung eintraf, regte sie sich. Sie warf einen finsteren Blick zu den beiden Beamten hinüber, die dem schwarz-weißen Gefährt entstiegen. »Ich will mit keinen Bullen reden«, sagte sie. »Ich hasse Bullen. Ich will nicht mit ihnen reden.«

»Bibianna, Sie werden mit ihnen reden müssen. Diese Leute haben versucht, Sie umzubringen. Dort drüben auf dem Gehweg liegt ein Toter ...«

Wut flammte in ihrem Blick auf, und ihre Stimme hob sich um ein paar Grad. »Laßt mich in Ruhe!«

Mehrere Leute drehten sich nach uns um, darunter auch die Streifenpolizistin. Sie kam auf uns zu. Sie legte die Hand auf die linke Hüfte und berührte ihren Schlagstock wie einen Talisman. Als sie herankam, konnte ich ihr Namensschildchen lesen. Officer D. Janofsky. Vermutlich Diane oder Deborah. Wie eine Dorothy sah sie nicht aus. Von nahem konnte ich sehen, daß sie Ende zwanzig war.

Wahrscheinlich neu bei dieser Dienststelle. Ich kannte die meisten Beamten, die hier in der Gegend Dienst taten, aber sie hatte ich noch nie gesehen. Sie schien sehr vorsichtig, und ihr Gesicht war wachsam. Wie viele Polizisten hatte sie gelernt, ihre Gefühle abzuschalten. »Alles klar hier drüben?«

Sie hatte die Frage kaum beendet, als ein dritter Streifenwagen um die Ecke geschlingert kam. Wir beobachteten alle drei, wie er ein Stück weiter zum Stehen kam. Dienstags abends ist es in Santa Teresa gewöhnlich sehr ruhig. Daher war anzunehmen, daß diesen Beamten nicht nur der löbliche Impuls hergetrieben hatte, einer Kollegin zu helfen. Er war wohl auch einfach geil auf ein bißchen Action gewesen. Das hier war besser, als die Obdachlosen drunten an der Bahn zu verscheuchen. Officer Janofsky konzentrierte jetzt ihre Aufmerksamkeit auf Bibianna, deren Gesicht sich dunkler gefärbt hatte. Ich sah aus den Augenwinkeln zu Jimmy hinüber und kapierte – wie Bibianna kurz vor mir —, daß er sich in polizeilichem Gewahrsam befand.

»Sie soll mir vom Hals bleiben«, sagte Bibianna.

»Uns geht's gut«, sagte ich in dem Bemühen, die Situation zu entschärfen.

Officer Janofski ignorierte mich und fixierte Bibianna mit prüfendem Blick. »Kann ich bitte mal Ihren Führerschein sehen.« Sie griff nach ihrer Taschenlampe, als hätte sie vor, damit das verlangte Dokument zu inspizieren. Ich wußte aus Erfahrung, daß eine Taschenlampe dieser Größe eine sehr wirksame Selbstverteidigungs-Waffe abgibt. Mir schwante nichts Gutes.

»Warum?« fragte Bibianna.

»Könnten Sie sich bitte ausweisen, Ma'am?«

»Leck mich«, sagte Bibianna. Sie schaffte es, in diese beiden Worte ein Höchstmaß an gelangweilter Arroganz und Verachtung hineinzulegen. Warum war sie so kiebig? Ich spürte, wie mein eigener Blutdruck stieg, und ich wußte, die Polizistin war kurz vor der Explosion. Das war nicht der Moment für Mätzchen. Für Officer Janofsky mußte es sich so darstellen, als hätte Bibianna den Mann erschossen.

»Sie heißt Diaz«, warf ich ein. »Sie ist noch ganz durcheinander von der Schießerei. Vielleicht kann ich Ihnen ja ein paar Fragen beantworten. Mein Name ist Hannah Moore.« Ich brabbelte drauflos wie eine Blöde, um die Spannung, die in der Luft lag, wenigstens ein bißchen zu verscheuchen. Der Streifenwagen mit Tate an Bord fuhr jetzt los und bahnte sich seinen Weg durch die Gaffer.

Bibianna wandte sich mir zu. »Halten Sie sich da raus. Wo bringen Sie Tate hin?«

»Wahrscheinlich aufs Revier. Ihm passiert nichts. Machen Sie sich darum keine Sorgen. Seien Sie vernünftig. Sie haben schon genügend Probleme am Hals.«

»Würden Sie bitte aussteigen?« sagte die Polizistin. Sie trat einen halben Schritt zurück und baute sich breitbeinig auf.

Ich sagte: »Verdammt, Bibianna, warum tun Sie nicht einfach, was sie sagt? Sie stecken mit einer Titte in der Mangel. Kapieren Sie das denn nicht?«

Bibianna schoß plötzlich aus dem Wagen heraus und versetzte mir einen Stoß, der mich fast umgeworfen hätte. Ich konnte mich gerade noch an der offenen Wagentür festhalten. Bibianna rammte ihre Schulter in den Magen der überrumpelten Polizistin. Officer Janofsky stieß einen unartikulierten Schreckenslaut aus. Bibianna verpaßte ihr einen Fausthieb ins Gesicht, wirbelte herum, holte wieder aus und schrammte meine Schläfe mit einer Faust von der Größe und Form eines Felsbrockens. Das Ding tat *wirklich* weh. Für ein so zierliches Persönchen drosch sie ganz schön zu.

Officer Janofsky ging in Kampfstellung. Noch ehe die beiden anderen Beamten auch nur kapiert hatten, was lief, hatte sie Bibianna gegen den Wagen geschleudert und sie am Handgelenk gepackt. Bei der Polizei lernt man, hochempfindliche kleine Stellen des menschlichen Körpers so zu zwirbeln, daß jeder in die Knie geht. Ich sah, wie Bibianna sich versteifte und das Gesicht verzerrte, als ihre Gegnerin jetzt einen einschlägigen Nerv malträtierte. Officer Janofsky drehte Bibianna mit einem Ruck die Arme auf den Rücken und ließ die Handschellen zuschnappen. Ich fühlte, wie mich Verzweiflung packte. Sie würden sie ins Gefängnis bringen und für den Rest ihres

Lebens dort behalten. Ich begriff in einem Moment plötzlicher Klarheit, daß es nur eine Möglichkeit gab, den Kontakt zu ihr zu erhalten. Ich packte Officer Janofsky am Arm. »He, lassen Sie sie los! So können Sie nicht mit ihr umspringen!«

Officer Janofsky durchbohrte mich mit einem Blick. Sie war auf hundertachtzig und nicht in der Stimmung, sich von jemandem wie mir irgendwelche Frechheiten gefallen zu lassen. »Weg da!« fauchte sie.

»Weg *da*!« fauchte ich zurück. Aus dem Augenwinkel sah ich zwei ihrer Kollegen von rechts auf uns zukommen. Auf geht's, dachte ich, hier kommt der »Widerstand gegen die Staatsgewalt«. Ich holte aus und pflanzte Officer Janofsky meine Faust ins Gesicht. Als ich mich wiederfand, lag ich bäuchlings auf dem Boden, die Arme in Handschellen auf dem Rücken, die rechte Gesichtshälfte gegen den Asphalt gequetscht. Ein Polizistenknie bohrte sich in meinen Rükken. Ich konnte kaum atmen und fürchtete einen Augenblick lang, der Kerl würde mir alle Rippen brechen. Es tat höllisch weh, aber ich bekam noch nicht mal einen Protestlaut heraus. Ich war wirksam außer Gefecht gesetzt, nicht völlig hinüber, aber doch zweifellos reumütig. Nachdem das sichergestellt war, stieg der Typ von mir herunter. Ich blieb ganz still liegen, weil ich keine Lust hatte, mir einen Schlagstockhieb auf den Schädel einzuhandeln. Um meine Lage noch mißlicher zu gestalten, wuchs sich das Geniesel plötzlich zu einem ordentlichen Platzregen aus. Ich fing unwillkürlich an zu stöhnen. Ich hörte Bibianna schreien. Es klang eher nach Empörung als nach Schmerz. Ich hob im Zeitlupentempo den Kopf und sah gerade noch, wie sie Officer Janofsky vor die Kniescheibe trat. Der Adrenalinspiegel der Polizistin hatte ohnehin schon ein ziemliches Niveau erreicht, und ich fürchtete, sie würde mit der Taschenlampe auf Bibianna losgehen. Sie packte sie am Hals und versuchte, einen Würgegriff anzusetzen. Zum Glück intervenierte an diesem Punkt einer ihrer Kollegen. Ich legte die Backe wieder auf den Asphalt und wartete, daß das Melodram zum Schlußpunkt kam. Die aufschlagenden Tropfen spritzten mir ins Gesicht. Ich starrte auf die kleinen Steinchen im Teer und versuchte, aus den akustischen Anhaltspunkten zu erschließen, was um mich herum vor sich ging. Es war wie eine Sportreportage im Radio. Ich wurde es bald leid, mir den Ablauf des Geschehens auszumalen. Wassertropfen kullerten mir quer übers Gesicht und sammelten sich zu einer kleinen Pfütze neben meiner Backe. Ich kam mir vor wie einer dieser Demonstranten, die man immer auf Zeitungsfotos sieht. Ich drehte meinen Kopf um neunzig Grad und stützte das Kinn auf den Boden.

»Äh, Entschuldigung«, sagte ich. »He, hallo!« Es war mühsam, den Kopf so zu halten, also legte ich ihn wieder hin. Mehrere Paar Polizei-Dienstschuhe erschienen in meinem Gesichtsfeld. Ich hoffte, daß keines davon Lieutenant Dolan gehörte. Plötzlich waren je ein Beamter rechts und links von mir. Ich fühlte, wie ich unter den Achseln gepackt wurde. Dann wurde ich angehoben und ohne mein Zutun in die Senkrechte geliftet. Nachdem mich ein paar Hände kurz abgetastet hatten, wurde ich zu einem Polizeiwagen bugsiert und auf den Rücksitz verfrachtet. Die Tür wurde zugeknallt.

Ein Zivilwagen kam aus der Gegenrichtung und vollführte auf dem glitschigen Asphalt eine halbe Schleuderkehre. Ich sah Bill Blair vom gerichtsmedizinischen Institut auf der Fahrerseite aussteigen und einen Moment stehenbleiben, um sich mit ruckenden Schulterbewegungen in seinen Regenmantel zu wursteln. Mit eingezogenem Kopf marschierte er zu dem Toten hinüber, ohne in meine Richtung zu gucken. Allmählich war die ganze Truppe versammelt: zwei Leute von der Baustellensicherung, die Absperrgitter aufstellten und ein Plastikband zogen, die Spurensicherung und der Einsatzleiter in einem eigenen Fahrzeug. Es war wie der Auftakt zu einem Theaterstück. Die Schauspieler betraten die Bühne, jeder mit den nötigen Requisiten, jeder mit seiner kleinen Rolle. Wieder einmal wurde das Drama Mord gegeben.

Ich saß leicht vornübergebeugt und spähte durch das metallene Trenngitter zwischen den Vordersitzen und dem Fond des Polizeiwagens. Es war jetzt 1 Uhr 17, und mein Kopf schmerzte. Der Regen war inzwischen ein Vorhang aus feinen Wasserschnüren, der gegen die Straßenlaternen wehte und zu kleinen Dampfschwaden verpuffte. Das Geräusch war ganz gemütlich, wie Reiskörner, die auf ein Backblech prasseln. Binnen Minuten steigerte sich das Gepladder auf dem Wagendach zu einem steten Trommeln. Eigentlich sitze ich gern im parkenden Auto, wenn es gießt. Es ist so heimelig, und man fühlt sich so geschützt und geborgen – aber das kommt natürlich auf die Umstände an. Die Leute von vorhin standen immer noch auf der dunklen Straße herum und waren alle so bemüht, meinen Anblick zu meiden, als wäre ich aussätzig. Wer hinten in einem Polizeiauto sitzt, sieht automatisch schuldig aus. Der Krankenwagen war zur Seite gefahren, um dem Gerichtsmediziner ungehinderten Zugang zu dem Toten zu ermöglichen. Chago war mit einer gelben Plastikplane zugedeckt. Auf dem Gehsteig war geronnenes Blut, das aussah wie eine klebrige Öllache, und in der Luft lag immer noch ein leiser Pulvergeruch. Der Polizeifunk quäkte unverständliches Zeug. Es hatte Zeiten gegeben, da hatte ich jedes Wort verstanden. Nichts mehr drin. Ich hatte kein Ohr mehr dafür, so wie es einem mit einer Fremdsprache geht, mit der man nichts mehr zu tun hat.

Bibianna wurde gerade von dem inzwischen eingetroffenen Inspektor verhört. Sie war klatschnaß, und das Kleid, das an ihrem Körper klebte, hatte die Farbe von dunklem Blut. Sie schien sich zu beschweren, obgleich ich kein Wort hören konnte. Nach ihrer Schulterhaltung und der Miene des Inspektors zu urteilen, war sie jetzt zahm, aber unkooperativ. Der Inspektor wedelte unwirsch mit der Hand. Der gleiche Beamte, der mich zum Streifenwagen gebracht hatte, bugsierte jetzt Bibianna in meine Richtung. Sie wurde gefilzt, in Anbetracht der Umstände eine lächerliche Formalität. Was für eine Waffe sollte sie denn schon unter dem winzigen Mini-Kleidchen versteckt haben? Die hintere Tür des Polizeiautos wurde aufgerissen, und der Polizist drückte ihr den Kopf herunter und schob sie neben mich auf den Rücksitz. Sie hatte einen Teil ihrer Kräfte wiedererlangt und schnappte nach der Hand des Beamten wie ein tollwütiger Hund. »Nimm deine miesen Pfoten weg, du Arschficker!« schrie sie.

Reizend. Mit solchen Leuten muß man zwangsweise zusammenrücken, wenn man verhaftet wird. Wegen der Handschellen auf dem

Rücken kippte sie halb über mich. Ehe der Polizist die Wagentür schließen konnte, trat sie mit einem ihrer Stilettoabsätze nach ihm. Zu seinem Glück verfehlte sie ihn. Sonst hätte sie ihm glatt einen Fleischfetzen aus dem Oberschenkel gerissen. Er war erstaunlich höflich – wozu sicher auch der Umstand beitrug, daß er ihr unter den Rock gucken konnte –, aber ich merkte, daß er sich beeilte, die Tür zuzukriegen, ehe sie noch einmal zutreten konnte. Sie war ein Satansbraten, durch nichts einzuschüchtern. Einen Moment lang dachte ich, sie würde im Liegen die Fensterscheiben eintreten. Aber sie murmelte jetzt etwas vor sich hin und setzte sich auf.

Sie warf sich mit einer ruckartigen Kopfbewegung die Haare aus dem Gesicht. Ein paar Wassertropfen trafen mich. »Haben Sie das gesehen? Ich hätte draufgehen können! Diese Arschlöcher wollten mich umbringen!« Sie meinte die Polizisten, nicht Chago und die Blonde.

»Die Bullen haben nicht versucht, Sie umzubringen«, sagte ich gereizt. »Was erwarten Sie denn? Sie toben einfach los und hauen einer Beamtin eine rein – was haben Sie denn gedacht, was da passiert?«

»Sie haben's gerade nötig. Sie haben doch zweimal so fest zugelangt wie ich.« Sie maß mich mit einem taxierenden Blick, und ich merkte, daß ihr meine boxerischen Fähigkeiten immerhin ein Fünkchen Bewunderung abnötigten. Sie versuchte jetzt, einen der Polizisten draußen neben dem Auto niederzustarren. »Gott, ich hasse diese Bullenschweine«, bemerkte sie.

»Sie scheinen von Ihnen auch nicht gerade entzückt«, sagte ich.

»Das ist kein Witz! Ich könnte sie anzeigen. Wegen Mißhandlung.«

»Was läuft hier eigentlich ab?«

»Vergessen Sie's. Geht Sie nichts an.«

Sie guckte aus dem Wagenfenster, und ich folgte ihrem Blick. Zwei Polizisten hielten Kriegsrat, vermutlich über unseren Transfer zum Revier. Ich wollte, daß sie endlich voranmachten. Mir war kalt. Mein Hemd war durchweicht, und meine Hosen klebten an meinen Oberschenkeln wie eine Ladung nasser Wäsche. Was aus meiner

Lederjacke geworden war, wußte ich nicht. Wenn sie noch im Restaurant hing, würde sie bestimmt geklaut werden. Meine ausgelatschten Pumps und meine weißen Söckchen waren dreckbespritzt und machten bei jeder Fußbewegung quatschende Geräusche. In meinem Haar hing immer noch der Smoggeruch von abgestandenem Zigarettenqualm. Hinter meinem Rücken schnitten mir die metallenen Handschellen in die geschundenen Gelenke.

Bibiannas Stimmung war umgeschlagen. Sie gab sich jetzt so sachlich-gelassen, als seien Schießereien, Tod und Widerstand gegen die Polizeigewalt für sie etwas Alltägliches. Sie streckte einen Fuß in die Höhe und inspizierte ihren Schuh. »Die Scheißschuhe sind auch hin«, bemerkte sie. »Das ist das Blöde an Wildleder. Einmal damit in den Regen, und schon ist es Matsch. Wenn ich bloß eine Zigarette hätte! Glauben Sie, die nehmen meine Tasche mit?«

»Hoffentlich nicht. Da ist doch wohl noch der Joint drin.«

Das entlockte ihr fast schon ein Lachen. »Oh, stimmt ja. Hab' ich ganz vergessen. Ich hab' echt kein Glück. Was bringt es, sich aus der Scheiße rauszurappeln, wenn doch alles wieder den Bach runter geht?«

Sie lugte hinaus zu den verschiedenen Vertretern des Gesetzes, die da im Regen herumstanden. »He! Macht mal voran, Froschgesichter! Woran hängt's denn noch?« Es war sinnlos, gegen die geschlossenen Scheiben zu brüllen. Einer der Polizisten drehte sich um und sah sie an, aber ich war sicher, daß er kein Wort gehört hatte. »Bullenschwein«, sagte sie freundlich zu ihm. »Hier, du Wichser. Darfst mal gucken.« Sie streckte ein Bein in die Luft. Er sah weg, und Bibianna lachte.

9

Selbst in dem harten Licht der Laternen hatte ihre zarte dunkle Haut noch etwas Strahlendes. Dichte Wimpern, dunkle Augen, ein breiter Mund, auf dem noch immer der feuerrote Lippenstift glänzte. Wie schaffte sie es nur, daß das Zeug so lange draufblieb? Wenn ich mich damit versuchte, blieb er immer am ersten Glas kleben, das ich an die Lippen setzte. Ihrer schimmerte frisch und feucht und gab ihrem Gesicht Farbe. Trotz ihrer unflätigen Worte blitzten ihre Augen belustigt. »Ist doch nicht zu fassen! Die werden dafür bezahlt, daß sie dumm rumstehen«, sagte sie. Dann sah sie mich an. »Wie geht's denn so?«

»Ging mir schon besser. Haben Sie eine Ahnung, wohin Dawna verschwunden ist?«

»Sie wird wohl versucht haben, mit Raymond zu telefonieren. O Mann, der rastet aus, wenn er erfährt, daß Chago tot ist.«

»Was sind das für Leute?«

»Fragen Sie nicht.«

»Was haben Sie denn gemacht, daß die so sauer auf Sie sind?«

»Geht eher drum, was ich nicht gemacht hab'.«

»Schulden Sie ihnen Geld?«

»Von wegen! Sie schulden mir welches. Mir ist schleierhaft, wie sie mich überhaupt aufgestöbert haben. Was haben Sie noch mal gesagt, wie Sie heißen?«

Einen Moment lang konnte ich mich nicht erinnern, welchen Satz falsche Papiere ich eingesteckt hatte. »Hannah Moore.«

Nach einer kurzen, spannungswirksamen Pause fragte sie: »Und wie sonst noch?«

»Wie ›wie sonst noch‹?«

»Haben Sie keinen zweiten Vornamen?«

»Oh, doch, klar«, sagte ich. »Ähm ... Lee.«

Ihre Stimme wurde tonlos. »Das glaub' ich nicht.«

Ich fühlte, wie mein Herz stockte, brachte aber dennoch ein vieldeutiges Murmeln zustande.

»Das ist mir ja noch nie begegnet – jemand mit drei Paar Doppelbuchstaben im Namen. Zwei *n* in Hannah. Zwei *e* in Lee, und die zwei *o* in Moore. Und außerdem ist Hannah noch ein Palindrom, weil man es vorwärts und rückwärts lesen kann. Hat Ihnen schon mal jemand Ihre Zahlen gedeutet?«

»Sie meinen sowas wie Numerologie?«

Sie nickte. »Ist ein Hobby von mir. Ich kann Ihnen ja irgendwann mal ein Horoskop stellen ... dazu brauche ich nur ihr Geburtsdatum. Aber eins kann ich Ihnen auch so schon sagen: Ihre Zahl ist die Sechs. Harmonie und Ausgleich, das ist Ihr Ding, stimmt's? Menschen wie Sie sind dazu gemacht, die goldene Regel unter die Leute zu tragen.«

Ich mußte unwillkürlich lachen. »Ach, wirklich? Woher wissen Sie das?«

Ein uniformierter Polizist kam jetzt mit Bibiannas Handtasche zu unserem Streifenwagen herüber und stieg ein. Während er die Tür zuschlug, sah er mir per Rückspiegel in die Augen. Offenbar war es sein Job, uns in den Knast zu befördern. Er hielt die Tasche hoch. »Gehört das hier einer von Ihnen?«

»Mir«, sagte Bibianna, mit einer Grimasse zu mir. Dreimal durften wir raten, ob der Joint ans Licht kommen würde oder nicht. Wenn ja, saß sie erst recht in der Tinte.

Er pflanzte die Tasche auf den Beifahrersitz. »Wie geht's denn so da hinten?« Er war Ende zwanzig, glattrasiert, mit kurzgeschorenem dunklem Haar. Sein Nacken über dem Uniformkragen sah zart und verletzlich aus, was seine Wirkung auf Bibianna keineswegs verfehlte.

»Uns geht's prima, Sportsfreund. Und wie geht's dir?«

»Mir geht's super.«

»Hast du auch einen Namen?«

»Kip Brainard«, sagte er. »Sie heißen Diaz, stimmt's?«

»Stimmt.«

Er schien leise zu lächeln. Er ließ den Wagen an und fuhr los, wobei er der Zentrale über Funk mitteilte, er sei jetzt mit uns auf dem Weg. Damit war die Konversation beendet. Der Regen klang jetzt, als würde jemand eine Kiste Nägel auf das Wagendach schütten. Die Scheibenwischer fuhren hektisch hin und her, ohne viel auszurichten. Nur die monotonen Funkrufe durchbrachen das Schweigen. Wir erreichten den Freeway und fuhren nach Norden. Die Fenster beschlugen. Die Wärme im Wagen und das einschläfernde Dröhnen des Motors ließen mich fast einnicken.

Wir nahmen die Ausfahrt Espada und bogen dann gleich links ein, in eine Parallelstraße zur Schnellstraße, der wir vielleicht einen knappen Kilometer folgten. Dann ging es nach rechts auf eine Landstraße. Sie führte direkt zum Hintereingang der Kreis-Justizvollzugsanstalt Santa Teresa, Ankömmlingen wie uns besser bekannt als der Knast. Auf der gegenüberliegenden Seite grenzte das Gelände an das County Sheriff's Department, mit dem es einen Parkplatz teilte. Wir hielten vor dem Tor. Kip drückte auf einen Knopf. Über die Gegensprechanlage meldete sich der Kontrollraumbeamte, eine körperlose weibliche Stimme, unterlegt mit viel Rauschen und Knistern.

»Polizei-Transport mit zwei Kundinnen«, sagte er.

Das Tor öffnete sich, und wir fuhren durch. Sobald wir innerhalb der Umzäunung waren, hupte er, und das Tor schloß sich wieder. Wir fuhren ein Stück vor und hielten auf einem mit Gitterdraht umzäunten Asphaltgeviert. Das ganze Areal war gleißend hell erleuchtet, und der Regen umgab jeden Flutlicht-Scheinwerfer mit einem milchigen Hof. Vor uns stand schon ein County Sheriff-Wagen, und wir warteten schweigend, bis der Beamte mit seinem Gefangenen eingelassen worden war. Letzterer war ein sichtlich betrunkener, kaum noch gehfähiger Penner.

Nachdem die beiden verschwunden waren, stellte Kip den Motor ab. Er stieg aus, öffnete die hintere Tür auf meiner Seite und half mir beim Aussteigen, eine schwierige Prozedur, wenn einem die Hände mit Handschellen auf dem Rücken gefesselt sind. »Schön brav sein, ja?« sagte er.

»Keine Sorge. Alles klar.«

Aber er traute mir offenbar nicht, denn er hielt mich weiter am Arm fest und bugsierte mich um den Wagen herum auf Bibiannas Seite. Er öffnete die Tür, half ihr heraus und führte uns dann zu dem Tor. Eine Wachbeamtin erschien, um ihm beizustehen. Von oben kam jetzt ein gleichmäßiger Dauerregen, ein Kälteschock für meinen armen Körper, der auch so schon vor Anspannung zitterte. Noch nie hatte ich mich so nach einer heißen Dusche gesehnt, nach trockenen Kleidern, meinem heimischen Bett. Bibiannas dunkles Haar klebte in langen, triefenden Strähnen an ihrem Kopf, aber es schien sie nicht weiter zu stören. Ihre Aggresssivität von vorhin war jetzt völlig verschwunden. Statt dessen zeigte sie jetzt eine seltsame, fast schon an Zuvorkommenheit grenzende Fügsamkeit.

In diesem Gefängnis führt der Weg zur Aufnahme durch einen Maschendraht-Korridor, der aussieht wie ein Laufgraben für Hunde. Ein Summer ließ uns passieren, vorbei an einem weiteren Kontrollpunkt mit elektronischen Sperranlagen, Kameras und allen Schikanen. Kip führte uns den Gang entlang, und es spritzte um unsere Füße, als wir auf unseren Absätzen über den nassen Asphalt patschten. »Sie kennen die Prozedur?« fragte er.

»Ja, ja. Ist doch immer das gleiche, Knackarsch«, sagte Bibianna.

»Wenn wir uns vielleicht auf ›Officer‹ einigen könnten«, sagte er trocken. »Kann ich daraus schließen, daß Sie alte Hasen sind?«

»Richtig getippt . . . Officer Knackarsch«, sagte sie.

Er beschloß, es durchgehen zu lassen. Ich hielt den Mund. Ich kannte den Ablauf aus meinen Polizei-Zeiten. Merkwürdig, wie anders einem das alles erschien, wenn man der Arme Sünder war.

Wir kamen an eine Metalltür. Kip drückte wieder auf einen Knopf und erklärte noch mal, daß er zwei Festnahmen brachte. Wir warteten, während die Kameras uns inspizierten. Ich kenne das Schaltpult, an dem der Kontrollraum-Beamte sitzt, umgeben von

Schwarz-Weiß-Monitoren, auf denen etwas flimmert, was aussieht wie zwölf sterbenslangweilige Andy-Warhol-Werke gleichzeitig. Ein Summer ließ uns ein. Wir gingen schweigend einen Flur entlang und bogen dann in einen zweiten, der schließlich in der Aufnahme für männliche Häftlinge endete. Ich hoffte, Tate hier irgendwo zu entdecken, aber er war offenbar schon durch die bürokratische Mühle geleiert und in eine Zelle gebracht worden. Der Penner war gerade dabei, heftig schwankend die Taschen seiner zerlumpten Jacke zu leeren. Ich kannte ihn vom Sehen, er gehörte zum Stadtbild. Nachmittags lungerte er meistens vor dem Gerichtsgebäude herum, in hitzige Debatten mit einem unsichtbaren Kompagnon vertieft. Dieser Gefährte wollte offenbar auch jetzt nicht so wie er. Der Aufnahme-Beamte hinter dem Schreibtisch faßte sich in freundliche Geduld. Ich kannte auch den Mann vom Sheriff's Department, kam aber nicht auf seinen Namen. Foley, oder so ähnlich. Ich war zu weit von ihm weg, um sein Namensschildchen lesen zu können, und ich wollte keine unnötige Aufmerksamkeit erregen, indem ich ihm mit zusammengekniffenen Augen auf die Brust starrte.

Ich drehte den Kopf weg und guckte stur nach links, damit er mein Gesicht nicht sah. Es war gut zehn Jahre her, daß ich den Burschen das letzte Mal gesehen hatte, aber ich wollte auf keinen Fall riskieren, daß er mich wiedererkannte und meine Tarnung auffliegen ließ. Wahrscheinlich war das sowieso die reine Selbstschmeichelei. Ich sah ungefähr so respektabel aus wie der Penner, den sie gerade einbuchteten. Ich bildete mir zwar ein, daß ich wenigstens besser roch, aber wer weiß? Mir ist schon öfter aufgefallen, daß wir im Normalfall keine Ahnung haben, wie wir für andere riechen. Fast so, als würde uns unsere Nase aus Selbstschutz einfach ausblenden.

Kip drückte jetzt auf einen Knopf an einer anderen Tür, und kurz darauf erschien eine weitere Wachbeamtin aus dem Frauentrakt. Es wurden Fotos von uns gemacht, so ähnlich wie am Automaten bei Woolworth, ein trauriger Streifen mit verschiedenen Posen, der nach ein paar Minuten aus einem Schlitz an der Außenseite kommt. Ich sah darauf aus wie die Chefin eines Teenie-Porno-Rings, die Sorte Frau, die junge Mädchen mit glattzüngigen Versprechungen von der großen Model-Karriere ins Verderben lockt. Wir wurden in die Frauen-Aufnahme gebracht und zu einer Reihe von Wartezellen geführt. Ich kam in die erste und Bibianna in die zweite. Die Beamtin, die mich begleitet hatte, tastete einmal kurz an mir herunter und nahm mir dann die Handschellen ab.

»Lehnen Sie sich mit den Händen an die Wand«, sagte sie. Ihr Ton war nicht unfreundlich, aber auch nicht besonders herzlich. Wieso auch? Für sie war ich nichts als ein weiteres Exemplar in einem endlosen Strom von Festnahmen.

Ich stand mit dem Gesicht zur Wand, auf die halbausgebreiteten Arme gelehnt, während sie mich noch einmal gründlicher abtastete und sicherstellte, daß ich keine Mini-Waffe in meinem Haar versteckt hatte. Sie erlaubte mir, mich auf eine Bank an der Wand zu setzen, während hinter dem Glasfenster rechts von mir die nötigen Papiere zusammengesucht wurden. Als die Registratur-Beamtin soweit war, mußte ich meine Taschen leeren und meinen falschen Führerschein, meine Schlüssel, meine Uhr, meinen Gürtel und meine schäbigen Schuhe durch den Schlitz hineinreichen. Irgendwie hatte es etwas Rührendes, dieses Häufchen Habseligkeiten, die nicht nur spärlich, sondern auch billig waren. Wir begannen, den Katechismus durchzugehen. Personalien, medizinische Daten. Beschäftigung. Ich erklärte, ich sei arbeitslos, und gab als Beruf »Serviererin« an. Dann folgte die juristische Litanei. Die Beschuldigungen gegen mich lauteten auf Beamtenbeleidigung, ein minderschweres Vergehen, und tätlichen Angriff auf eine Polizeibeamtin, eine Straftat, bei der die Kautionssumme fünftausend Dollar beträgt. Ich ging davon aus, daß Bibianna ungefähr die gleichen Delikte zur Last gelegt wurden. Man wies mich auf die Möglichkeit hin, eine Kaution zu hinterlegen, aber ich lehnte ab, weil ich unterstellte, daß Bibianna es auch nicht tun würde. Es fehlte mir gerade noch, daß ich hier schmoren durfte, während sie eine Möglichkeit fand, auf Kaution wieder freizukommen. Ich wartete darauf, daß die Beamtin über meinen falschen Führerschein stolperte, aber sie schien nichts zu bemerken. Meine wenigen Besitztümer wurden registriert und in eine Art Gefrierbeutel eingeschweißt. Die ganze Prozedur dauerte etwa eine Viertelstunde und brachte mich ziemlich aus dem Lot. Ich fühlte mich merkwürdigerweise weniger gedemütigt als verkannt. Ich wollte mich zu erkennen geben, ihnen versichern, daß ich nicht die war, für die sie mich hielten, sondern eine anständige, gesetzestreue Bürgerin ... im Grunde sogar eine von *ihnen*.

Die Aufnahme-Beamtin war jetzt mit ihrer Arbeit zu Ende. »Falls Sie telefonieren möchten – dort drüben in der Zelle ist ein Münztelefon.«

»Ich weiß sowieso nicht, wen ich anrufen sollte«, sagte ich, von einer absurden Dankbarkeit erfüllt, weil sie alle so freundlich waren. Was hatte ich denn erwartet? Beschimpfungen und Mißhandlungen?

Auf Strümpfen wurde ich jetzt den Gang hinuntergeführt, zur erkennungsdienstlichen Aufnahme. Man nahm meine Fingerabdrücke, und ich wurde noch einmal fotografiert, diesmal von vorn und im Profil. Wenn das so weiterging, hatte ich bald ein kleines Album zum Muttertag zusammen. Es war 2 Uhr 13, als ich schließlich zur Ausnüchterungszelle gebracht wurde, einem Gelaß von etwa fünf mal fünf Metern. Eine magere weißhäutige Frau schlief mit dem Rücken zu mir auf einer Matratze in einer der hinteren Ecken des Raums. Fenster nach draußen gab es nicht. Die ganze Front war vergittert, und in einer kleinen Nische auf der rechten Seite befand sich ein Kübelklo ohne Deckel. Ich habe auch schon Zellen gesehen, wo selbst der Sitz abmontiert ist. Also vertrauten sie wohl darauf, daß wir diesen hier nicht dazu verwenden würden, uns zu erhängen. Der Boden war aus beigen PVC-Fliesen, die Wände aus verputztem Mauerwerk. Über die ganze Breite zog sich eine fest installierte Bank. Mehrere dünne Matratzen lagen zusammengerollt darauf oder lehnten einfach an der Wand. Ich schnappte mir eine und rollte sie auf dem Boden aus.

Bibianna kam wenige Augenblicke später, zusammen mit zwei weiteren Gefangenen, einer schwarzen Frau und einem heulenden weißen Mädchen in einem Ballkleid.

»Hey, Hannah«, sagte Bibianna. »Allgemeines Wiedersehen. Das hier ist Nettie.« Sie wandte sich zu dem jungen Mädchen. »Und wie heißt du, Herzchen?«

»Heather.«

Bibianna sagte: »Heather, das ist Hannah.«

»Freut mich«, murmelte ich beflissen. Ich hatte keinen Schimmer von Knast-Etikette. Die magere Frau drüben in der Ecke bewegte sich unruhig im Schlaf.

Bibianna zog sich eine Matratze von der Bank und schleppte sie zu mir herüber. »Nettie und ich, wir waren schon mal zusammen hier, so vor einem Monat, stimmt's?« Keine Antwort.

Die schwarze Frau sah aus wie Ende dreißig. Sie war groß, mit breiten Schultern und Brüsten wie Torpedos. Ihr dickes Haar war auf die rechte Seite gebürstet und stand dort in einer Masse von ihrem Kopf ab wie vom Sturmwind verweht. Die schwarzen Strähnen hatten einen Grauschimmer vor lauter Spliß. Sie trug Blue jeans, ein großes, loses, weißes T-Shirt und weiße Frotteesocken. Bibianna arrangierte ihre Matratze neben meiner und setzte sich darauf. Sie betrachtete Nettie voller Respekt. »Sie ist hier wegen ›versuchter Körperverletzung‹ und ›Angriff mit einer tödlichen Waffe‹. Sie ist mit einer entwurzelten Palme auf einen besoffenen Penner losgegangen. Ich nehme zwar an, es war eine kleine Palme, aber trotzdem.«

Unsere andere Zellengenossin, das junge weiße Mädchen, war bestimmt kaum zwanzig und trug ein knöchellanges Organza-Kleid und ein kleines Ansteckstäußchen am Handgelenk. Sie weinte so heftig, daß es unmöglich war, etwas aus ihr herauszukriegen. Sie hockte da wie Häufchen Elend und verbarg das Gesicht in den Händen. Sie und Nettie hatten beide eine Fahne. Die schwarze Frau ging rastlos auf und ab und starrte auf Heather, die sich immerzu mit dem Rocksaum die Nase putzte. Schließlich blieb sie stehen, um das Tränenbündel mit dem Fuß anzustupsen: »Was ist denn, daß du so heulen mußt? Jetzt halt mal kurz an und erzähl mir, was los ist.«

Das Mädchen hob ihr ein tränenüberströmtes, vor Schamröte fleckiges Gesicht entgegen. Die Nase war dunkelrosa, das Make-up verschmiert, und das hellblonde Haar löste sich aus einem komplizierten Gebilde auf dem Oberkopf, das aussah, als stammte es vom Friseur. Kleine Stengelchen Schleierkraut steckten darin wie blasse, vertrocknete Ästchen. Sie angelte erst noch mit der Zunge nach einer kinnwärts kullernden Träne und sprudelte dann eine wirre Geschichte hervor: ihr Freund, ein Streit, sie ganz allein und ohne einen Pfennig an der Schnellstraße, zu betrunken, um stehen zu können, ein Streifenwagen der Highway Patrol. Heute war ihr einundzwanzigster Geburtstag und sie saß hier im Gefängnis. Sie hatte auf ihr Kleid gekotzt, das von Lerner's war und schon seit einem halben Jahr zurückgelegt. Und ihr Daddy war im Stadtrat, und sie traute sich nicht, daheim anzurufen. An diesem Punkt angekommen, brach sie wieder in Tränen aus.

Die magere Frau auf der Matratze knurrte: »Soll einem wohl leid tun.«

Nettie wandte sich erbost der Frau zu, die sie offenbar kannte. Sie schoß einen finsteren Blick zu der zusammengerollten Gestalt hinüber. »Kümmer du dich um deinen eigenen Dreck, du Miststück.« Sie tätschelte Heather unbeholfen, sichtlich nicht geübt in Mütterlichkeit, aber voller Mitgefühl. »Armes Kindchen. Ist ja gut. Reg dich nicht auf. Das kommt schon alles wieder in Ordnung ...«

Ich hatte mich auf der Seite ausgestreckt, den Kopf auf die Hand gestützt. Bibianna lag mit dem Rücken an der Wand, die Arme wärmend um die Brust geschlungen. »So ein Idiotenhaufen. Da draußen laufen die Leute rum und bringen sich gegenseitig um, und sie verhaften so eine wie die da. Man faßt es nicht. Sollen doch ihrem Alten Bescheid sagen, daß er kommt und sie hier rausholt. Der ruft doch sowieso an, wenn er merkt, daß sie nicht daheim ist.«

»Wie kommt's eigentlich, daß Sie so sauer auf die Bullen sind?« fragte ich.

Bibianna fuhr sich mit der Hand durchs Haar und warf es aus dem Gesicht. »Weil sie meinen Pop erschossen haben. Meine Mom ist anglo. Er war Latino. Sie haben sich auf der High School getroffen, und sie war total verschossen in ihn. Sie hat sich anbumsen lassen, und sie mußten heiraten, aber es ist gut gegangen.«

»Wieso haben sie ihn erschossen?«

»Wegen nichts. Er war in einem kleinen Einkaufsmarkt und

wollte zwei, drei kleine Sachen mitgehen lassen – ein bißchen abgepacktes Fleisch und ein paar Kaugummis. Der Filialleiter hat ihn erwischt, und es gab ein Gerangel. Irgendein Bulle, der gar nicht im Dienst war, hat seine Knarre gezogen und losgeballert. Und das alles wegen einem Päckchen Hackfleisch und ein paar Chiclets für mich. So was Absurdes. Meine Mutter hat es nie verwunden. Es war schlimm, das mitansehen zu müssen. Sie hat ein halbes Jahr später wieder geheiratet, einen Mann, der sich dann als totaler Scheißkerl entpuppt hat und der sie schlug. Vielleicht war's ja wirklich so was wie Karma – jedenfalls haben die Bullen den auch erschossen. Sie warf ihn in Abständen raus. Er haut ab, und irgendwann steht er dann wieder da, die Reue in Person. Zieht wieder ein, knöpft ihr ihr Geld ab, haut uns grün und blau. Und die meiste Zeit war er betrunken oder voll mit Cola und Kopfschmerztabletten oder sonstwas, was ihm grade unterkam. Und wenn er nicht mit ihr zugange war, hat er an mir rumgemacht. Ich hab' ihm einmal eins mit dem Messer verpaßt, quer übers Gesicht – um ein Haar wär sein Auge draufgegangen. Eines Nachts haben sie ihn erwischt, wie er grade in ein Appartmenthaus eingebrochen ist, zwei Häuser neben uns. Er hat sich da drin verschanzt, mit einem Trommelrevolver. Das ganze Viertel hat nur so gewimmelt von Bullen. Fernsehteams. Spezialkommandos. Tränengas. Die Bullen haben ihn abgeknallt wie einen Hund. Da war ich acht. Das war so ein Gefühl – ich hab nur gedacht, wie oft denn noch?«

»Klingt aber in dem Fall doch eher, als hätten sie euch einen Gefallen getan«, sagte ich.

Sie lächelte bitter, sagte aber nichts.

»Und Ihre Mutter, lebt die noch?«

»Drüben in Los Angeles«, sagte Bibianna. »Und Sie? Haben Sie noch Eltern oder so was?«

»Nicht mehr. Ich bin schon seit Jahren allein. Wie war das? Wollten Sie mir nicht meine Zahlen deuten?« sagte ich.

»Oh, klar. Wann ist Ihr Geburtstag?«

Das Datum auf meinem falschen Ausweis war mein richtiges. »Fünfter Mai«, sagte ich. Ich nannte das Jahr.

»Und ich hock' hier ohne Stift. Hey, Nettie? Hast du was zum Schreiben?«

Nettie schüttelte den Kopf. »Höchstens Lippenpomade.«

Bibianna zuckte die Achseln. »Ach, scheiß drauf. Dann eben so.« Sie befeuchtete ihren Zeigefinger mit Spucke und malte ein großes Trick-Track-Gitter auf den Fußboden. Sie schrieb die Ziffer 5 in die Mitte und erhob sie in die dritte Potenz. Die Zelle war nur schummrig beleuchtet, aber der Fußboden war so dreckig, daß ich das Spukediagramm ohne weiteres erkennen konnte. Sie sagte: »Das ist ja irre. Sehen Sie das? Die Fünf steht für Wandel und Bewegung. Sie haben gleich drei davon. Das ist stark. Reisen und so was, verstehen Sie? Selbstentfaltung. Sie sind ein Mensch, der immer Action braucht, Bewegung. Die Null da heißt, daß es für Sie keine Grenzen gibt. Sie können alles. Ich meine, was Sie auch anfangen, Sie kriegen es hin. Aber Sie können sich leicht verzetteln. Vor allem mit den drei Fünfen da. Macht es schwer für Sie, sich was rauszusuchen. Vom Job her brauchen Sie was, was nicht immer gleich ist. Verstehen Sie, was ich meine? Sie müssen immer da sein, wo was los ist...«

Sie sah mich Bestätigung heischend an.

»Wahnsinn«, sagte ich, weil mir nichts Besseres einfiel.

Nettie warf uns einen tadelnden Blick zu. Sie hatte den Arm um Heather gelegt, die sich Wärme suchend an sie schmiegte. »Wir versuchen hier grade, eine Runde zu schlafen. Könntet ihr vielleicht mal leise sein?«

»'Tschuldigung«, sagte Bibianna. Sie gab das Zahlendeuten auf, streckte sich auf ihrer Matratze aus und versuchte, es sich bequem zu machen. Das Gitter, das sie auf den Boden gemalt hatte, schien in dem Schummerlicht regelrecht zu glimmen. Die Glühbirne in der Zelle blieb offenbar an, aber immerhin war es einigermaßen warm. Von den Gängen draußen kamen Zeichen unverminderter Aktivität: Telefonklingeln, Schritte, Gemurmel, das Zuschlagen einer Zellentür. In Abständen schien ein Wölkchen Zigarettenrauch durch die Lüftungsöffnungen zu dringen. Irgendwo auf dem Stockwerk unter uns lagen die Schlafräume der fünfzig bis sechzig Frauen, die hier jeweils einsaßen. Ich fühlte, wie ich langsam davondriftete. Wenigstens waren wir im Trockenen, und die bösen Schurken konnten uns nichts anhaben. Es sei denn, »sie« wären jemand, der mit uns hier drinnen saß. Ein schöner Gedanke.

»Eins ist gut«, murmelte Bibianna schläfrig.

»Was?«

»Den Joint haben sie nicht gefunden...«

»Sie Glückskind.«

Dann war alles still, bis auf das gelegentliche Rascheln, wenn eine von uns sich auf ihrer Matratze umdrehte. Die magere weiße Frau begann, leise zu schnarchen. Ich lag da und war Bibianna in Gedanken herzlich zugetan. Ich dachte, daß sie mir jetzt immer in Erinnerung bleiben würde, als die Frau, mit der ich das erste Mal eingeknastet worden war, eine Form der Frauensolidarität, die kaum je gewürdigt wird. Noch viel besser hätte ich mich gefühlt, wenn Jimmy Tate uns zur Seite gestanden wäre, obwohl ich nicht recht wußte, was er denn hätte tun können. Jetzt gerade steckte er vermutlich in einer Zelle drüben im Männertrakt, in einem kaum heitereren Ambiente. Der verrückte Jimmy Tate und Bibianna Diaz, was für ein Paar...

10

Das nächste, was ich mitbekam, war das Klimpern eines Schlüsselbunds. Ich riß die Augen auf. Eine Wachbeamtin schloß die Tür auf. Sie war klein und stämmig und sah aus, als brächte sie eine Menge Zeit mit Krafttraining zu. Die vier anderen in der Zelle schliefen noch. Die Wachbeamtin zeigte auf mich. Ich stützte mich verschlafen auf den Ellbogen hoch und strich mir die Haare aus dem Gesicht. Ich zeigte mit dem Finger auf meine Brust – meinte sie mich? Sie wedelte ungeduldig mit der Hand. Offenbar wollte sie, daß ich zur Tür kam. Ich rappelte mich so leise wie möglich hoch. Ich konnte an nichts ablesen, wie spät es sein mochte oder wie lange ich geschlafen hatte. Ich fühlte mich zerschlagen und desorientiert. Sie öffnete wortlos die Tür, und ich schlüpfte hinaus. Ich folgte ihr auf Socken den Gang hinunter und hatte nur den einen Wunsch, mir die Zähne zu putzen.

Ich war mal eine Zeitlang mit einem Polizisten zusammengewesen, der sich einen Schreibtisch von knapp zweifünfzig auf dreidreißig hatte bauen lassen und gern kundtat, daß die Maße die gleichen waren wie die der Zwei-Mann-Zellen im Folsom-Gefängnis. Der Raum, in den ich jetzt gebracht wurde, hatte etwa diese Größe und enthielt einen schlichten Holztisch, drei hölzerne Stühle mit steilen Lehnen und eine Milchglaskugel über einer Glühbirne. Ich hätte wetten können, daß irgendwo ein Tonband installiert war. Ich spähte unter den Tisch. Kein Kabel zu sehen. Ich setzte mich auf einen der Stühle und fragte mich, wie ich es am besten schaffen konnte, einen einigermaßen gesitteten Eindruck zu machen. Ich wußte, ich sah verheerend aus. Meine Haare fühlten sich verfilzt an und standen vermutlich in Büscheln ab. Ich war mir sicher, daß die Wimperntusche und der Lidstrich sich zu jenem Waschbär-Effekt verteilt hatten, den Frauen an sich so schätzen. Das nuttige Outfit, das ich mir zusammengemixt hatte, war nicht nur zerknittert, sondern auch immer noch ein bißchen feucht. Ach, scheiß drauf. Falls sie mich mißhandeln würden, brauchte ich mir wenigstens nichts draus zu machen, wenn ich meine Klamotten vollblutete.

Die Tür ging auf, und herein kam Lieutenant Dolan, begleitet von einem anderen Mann, der wohl ebenfalls ein Zivilbeamter war. Zum ersten Mal seit Beginn dieser ganzen Tortur überkam mich Angst. Dolan war der letzte, von dem ich wollte, daß er mich in diesem Zustand sah. Ich fühlte, wie mir die Schamröte den Hals hinaufkroch. Dolans Begleiter war in den Sechzigern, mit dichtem, zurückgekämmtem Silberhaar, breitem Gesicht, tiefliegenden Augen und nach unten gezogenen Mundwinkeln. Er war größer als Dolan und wesentlich besser in Form, kräftig gebaut, mit ausladenden Schultern und massigen Oberschenkeln. Er trug einen Dreiteiler in gedecktem Glencheckmuster und dazu ein hellblaues Hemd und eine breite, kastanienbraune Krawatte mit einem Blumenmuster, das besser auf einen Sofabezug gepaßt hätte. Er hatte einen Goldring an der rechten Hand und an der linken eine Uhr mit einem breiten Goldarmband. Er raffte sich gar nicht erst zu irgendwelchen Höflichkeiten auf. Falls er irgendeine Meinung über mich hatte, ließ er sie sich nicht anmerken. Zusammen schienen die beiden Männer den Raum auszufüllen.

Lieutenant Dolan steckte den Kopf in den Gang hinaus und sagte irgendwas zu irgendwem. Dann schloß er die Tür. Er rückte sich einen Stuhl ab und setzte sich rittlings darauf. Der andere Mann setzte sich ebenfalls und schlug, nachdem er das eine Hosenbein ein wenig gerafft hatte, die Knie übereinander. Er ließ die großen Hände locker in seinem Schoß ruhen und verzichtete darauf, mich anzusehen.

Verglichen mit ihm wirkte Dolan geradezu munter. »Ich habe uns Kaffee geordert. Sie sehen aus, als könnten Sie welchen gebrauchen.«

»Woher wußten Sie, daß ich hier bin?«

»Ein Polizeibeamter hat Sie erkannt, als Sie hergebracht wurden, und mich benachrichtigt«, erklärte er.

»Wer ist das?« fragte ich mit einem Blick auf den anderen Mann. Ich sah nicht ein, weshalb er den Vorteil der Anonymität genießen sollte. Er wußte offensichtlich, wer ich war und genug über meine Person, um sich unverhohlenem Desinteresse hinzugeben.

»Lieutenant Santos«, sagte Dolan. Santos regte sich nicht. Was war das? Die Woche der stieseligen Männer?

Ich stand auf und beugte mich mit vorgestreckter Hand über den Tisch. »Kinsey Millhone«, sagte ich. »Freut mich, Sie kennenzulernen.«

Er reagierte so langsam, daß ich mich schon fragte, wie weit er die Unhöflichkeit zu treiben gedachte. Wir wechselten einen Händedruck, und er begegnete meinem Blick gerade so lange, daß ich in seinen Augen steinerne Neutralität ausmachen konnte. Ich hatte zunächst gedacht, er hätte etwas gegen mich, sah mich jetzt aber gezwungen, diese Einschätzung zu revidieren. Er hatte überhaupt keine Einstellung zu mir. Vielleicht konnte ich ihm nützlich sein. Er war sich noch nicht darüber im klaren.

Es klopfte an der Tür. Dolan beugte sich hinüber und öffnete sie. Ein Beamter reichte ihm ein Tablett mit drei Styroporbechern mit Kaffee, einer Tüte Milch und ein paar Päckchen Zucker. Dolan dankte ihm und schloß die Tür wieder. Er stellte das Tablett auf den Tisch und reichte mir einen der Becher. Santos griff sich ebenfalls einen. Ich goß Milch in meinen und gab zwei Päckchen Zucker dazu, in der Hoffnung, es würde mich vielleicht noch rechtzeitig ankurbeln. Der Kaffee war zwar nicht heiß, schmeckte aber köstlich, so sanft und süß wie Karamel.

»Was ist mit Jimmy Tate?« fragte ich.

»Im Moment ist er wegen Mord dran. Ein guter Anwalt kann es vielleicht auf Totschlag runterhandeln, aber darauf würde ich mich bei seiner Vorgeschichte nicht verlassen«, erklärte Dolan. »Würden Sie uns vielleicht ein bißchen mehr über diese Schießerei erzählen?«

»Sicher«, sagte ich eilfertig, wobei ich mir darüber im klaren war, daß ich nicht darum herum kommen würde, die Wahrheit ein bißchen zu strapazieren. »Die California Fidelity hat mich beauftragt, mich um Bibianna Diaz zu kümmern, wegen Verdachts auf versuchten Versicherungsbetrug. Ich habe mich bemüht, so weit an sie heranzukommen, daß ich konkrete Beweise in die Hände kriege, aber bisher habe ich nichts weiter zu bieten als ein paar heiße Tips. Der Tote heißt Chago. Er ist der Bruder eines gewissen Raymond Irgendwas, mit dem Bibianna früher mal etwas hatte. Soweit ich weiß, hat Raymond aus irgendwelchen unbekannten Gründen diesen Chago und seine Frau Dawna hierher geschickt, um Bibianna zu kidnappen. Ich kriege nicht aus Bibianna heraus, worum es eigentlich geht, aber sie sind auf jeden Fall fürchterlich sauer...«

Jetzt machte Lieutenant Santos den Mund auf. »Es war geplant, daß sie und Raymond Maldonado heiraten sollten. Sie hat einen Rückzieher gemacht. So was kann er gar nicht leiden.«

»Das glaube ich gern«, sagte ich. »Er hat Chago offenbar angewiesen, sie umzulegen, falls sie nicht spurt.«

Santos rutschte auf seinem Stuhl hin und her und sagte tonlos: »Alles Bluff. Er will sie zurückhaben.«

Ich sah vom einen zum anderen. »Wenn Sie das alles schon wissen, warum fragen Sie mich dann?«

Sie ignorierten mich beide. Ich begriff, daß Aufmüpfigkeit mir nichts bringen würde.

Lieutenant Dolan konsultierte jetzt einen kleinen Spiralblock und blätterte ein Blatt zurück. »Was ist mit Jimmy Tate? Was hat er mit der Sache zu tun?«

»Das weiß ich nicht so genau«, sagte ich. »Offenbar hat er mit Bibianna seit ein paar Monaten eine heiße Beziehung laufen. Es scheint was Ernstes zu sein – jedenfalls im Moment.« Ich schilderte die Ereignisse des gestrigen Tages und fügte hinzu, was ich über den Toten und über Jimmy wußte – im einen Fall nicht viel, im anderen eine ganze Menge. So gern ich Tate mochte, sah ich doch keinen Sinn darin, ihn zu schützen, was die Schießerei betraf. Es gab noch andere Augenzeugen, und ich mußte damit rechnen, daß Dolan schon mit ihnen gesprochen hatte.

Als ich fertig war, fiel erst einmal kein Wort. Ich sah auf meine Hände und merkte, daß ich während des Erzählens systematisch meinen mittlerweile leeren Kaffeebecher zerpflückt hatte. Ich deponierte die Fragmente auf dem Tisch.

»Und Tate hat den Mann erschossen«, sagte Dolan schließlich.

»Na ja, direkt gesehen habe ich es nicht, aber man kann ja wohl davon ausgehen. Er hat zweimal auf den Wagen gefeuert, und nachdem ich mich hingeworfen hatte, fielen noch ein paar weitere Schüsse. Ich glaube nicht, daß Bibianna eine Waffe hatte.«

»Und was ist mit der anderen Frau? Dieser Dawna? Hatte sie eine Pistole?«

»Nach dem, was ich gesehen habe, nicht, jedenfalls nicht in dem Restaurant. Natürlich kann sie eine im Wagen gehabt haben. Ist sie noch nicht aufgetaucht?« Ich rechnete nicht damit, daß Dolan mir antworten würde, aber es gefiel mir, so zu tun, als seien wir gleichgestellte Kollegen. Wir Gesetzeshüter unter uns, bei einem netten kleinen Plausch im Kreisgefängnis.

Zu meiner Überraschung antwortete Dolan tatsächlich. »Sie wurde angeschossen. Nichts Ernstes. Wohl eher ein Querschläger, der sie am Schlüsselbein geschrammt hat. Wir haben sie in einer Telefonzelle ein paar Ecken weiter aufgesammelt. Wahrscheinlich hat sie gerade mit Raymond gesprochen, obwohl sie es nicht zugeben wollte.«

»Ist sie im Krankenhaus?«

»Im Moment ja. Aber wir werden an ihr dranbleiben. Mal sehen, was sie uns erzählen kann.«

»Worüber?«

Lieutenant Dolan schielte zu Lieutenant Santos wie ein Pokerspieler auf das As in seinem Ärmel. Ich hatte das Gefühl, daß Santos eine Entscheidung traf. Sein Gesicht blieb unbewegt, aber irgendeine stumme Verständigung mußte zwischen den beiden stattgefunden haben.

»Ich denke, wir sollten Ihnen besser sagen, was los ist«, sagte er. Seine Stimme war polterig, seine Vortragsweise methodisch. »Sie sind da in eine brenzlige Geschichte hineingetappt.«

»Ach, erzählen Sie.«

Santos kippte seinen Stuhl nach hinten, bis die Lehne an der Wand ruhte, und verschränkte die Arme hinter dem Kopf. »Ich leite eine Sonderkommission, die eingerichtet wurde, um einer Sache nachzugehen, von der wir glauben, daß sie das größte Kraftfahrzeug-Versicherungsbetrugs-Unternehmen ist, das je in Südkalifornien aufgezogen wurde. Sie sind lange genug in diesem Metier, um zu kapieren, was das heißt. Los Angeles ist die Metropole des Kraftfahrzeug-Versicherungsbetrugs in den Vereinigten Staaten. Und jetzt greift diese Seuche auch auf Ventura und Santa Teresa über. Der Ring, mit dem wir es zu tun haben, ist nur einer von Dutzenden, die zusammen pro Jahr etwa fünfhundert Millionen bis eine Milliarde Dollar aus den Versicherungen herausholen. In diesem Fall haben wir es mit fünfzehn Anwälten, zwei Dutzend Ärzten und einem halben Dutzend Chiropraktikern zu tun. Dazu kommt noch ein wechselndes Reservoir von fünfzig bis sechzig Leuten, die dafür rekrutiert werden, die Unfälle zu türken, auf die sich die Forderungen gründen.« Er stieß sich von der Wand ab, so daß die Vorderbeine seines Stuhls ächzend wieder aufsetzten. »Können Sie mir soweit folgen?«

»Oh, vollkommen«, sagte ich.

Er beugte sich vor und legte den einen Arm auf den Tisch. Er taute jetzt zunehmend auf. Er gehörte wohl zu den Leuten, die aufleben, sobald es um ihre Arbeit geht. Ich hatte keine Ahnung, worauf diese Erklärungen hinauslaufen sollten, aber mir war klar, daß er nicht mitten in der Nacht den ganzen Weg von Los Angeles hierher gefahren war, um mit unbewegter Miene seine beruflichen Probleme vor mir auszubreiten. »Wir sind seit zwei Jahren an dieser Sache dran und tragen Stückchen um Stückchen zusammen. Trotzdem sind wir immer noch nicht soweit, daß wir ihnen das Handwerk legen können.«

»Aber wo ist der Zusammenhang?« fragte ich. »Bibianna gehört doch wohl nicht zu diesem Ring, oder?«

»Sie hatte damit zu tun. Raymond Maldonado hat als Schlepper angefangen. Wir glauben, daß er inzwischen zu den Drahtziehern gehört, aber wir können es bisher nicht beweisen. Sie wissen, wie diese Banden arbeiten?«

»Nicht genau«, sagte ich. »Ich habe normalerweise nur mit Amateuren zu tun.«

»Nun ja, die Methoden werden sich wohl nicht so grundlegend unterscheiden«, sagte er. »Heutzutage verzichten auch die Profis meistens auf den ganz großen Coup, um lieber relativ harmlose Summen einzustreichen, die aber insgesamt einen Haufen Geld ausmachen. Sie operieren mit Gesundheitsschäden, die schwer widerlegbar sind, so wie Schleudertrauma oder Kreuzschmerzen ... Sie wissen ja, wie diffizil da der medizinische Nachweis ist.« Er schien nicht wirklich eine Antwort zu erwarten. »Der Job des Schleppers ist es, Fahrzeughalter zu rekrutieren – meistens Leute, die arbeitslos sind und dringend Geld brauchen. Sie schließen durch den Versicherungsagenten des Rings eine Vollkasko-Versicherung für den Wagen ab. Der Schlepper liefert dem Halter des Wagens die Namen von zwei ›Mitfahrern‹, die bei dem Unfall dabei gewesen sein sollen, und auch die Namen der angeblichen Insassen des anderen Autos. Eine Version dieses Tricks nennt sich ›Bullen und Kühe‹ und wird mit zwei Autos inszeniert, die beide mit zum Verein gehören. Der ›Bulle‹ – das ist der versicherte Wagen – rammt die ›Kuh‹, also den nicht versicherten Wagen, der vollbesetzt ist mit Leuten, die alle fiktive Verletzungen erleiden. Das versicherte Auto ist meistens eine alte Schrottkiste, die von der Versicherung unbesehen angenommen wurde.«

»Ich habe schon Fälle erlebt, die von vorn bis hinten erfunden waren – wo es noch nicht mal einen getürkten Unfall gab«, sagte ich.

»Ach, das haben wir auch gehabt. Bei Maldonados Leuten finden manche Unfälle nur auf dem Papier statt, andere werden getürkt. Wir sind diesem Ring überhaupt nur deshalb auf die Spur gekommen, weil immer wieder dieselben Namen in Zusammenhang mit Schadensfällen auftraten, zwischen denen scheinbar keinerlei Verbindung bestand. Derselbe Versicherungsagent, derselbe Anwalt. Schließlich haben wir diese Namen in den Computer gefüttert und Parallelen zu fünfundzwanzig früheren Fällen festgestellt. Die meisten waren offensichtlich frei erfunden. In einem Fall entpuppte sich die Adresse des Geschädigten als die Teergruben von La Brea. In einem anderen war es ein ehemaliges Bus-Depot.«

»Und nach welcher Masche werden die Unfälle inszeniert?« fragte ich.

»Das Verfahren nennt sich ›Prescher und Prellbock‹ und wird mit zwei Wagen praktiziert. Sie ziehen es fünf- bis sechsmal die Woche durch. Die operieren auf normalen Stadtstraßen ...«

»Wieso nicht auf den Schnellstraßen?« fragte ich dazwischen.

Er schüttelte den Kopf. »Zu gefährlich. Sie haben ja keine Lust, dabei draufzugehen. Als erstes suchen sie sich ein Opfer – meistens ein teures Auto oder einen Firmenwagen – irgendeine Karre, die aussieht, als wäre sie gut versichert. Der Prellbock setzt sich vor das Opfer. Auf diesen Straßen zuckeln die Leute alle relativ gemütlich vor sich hin. Auf ein Signal kommt der Prescher von hinten angeflitzt und schneidet den Prellbock, dessen Fahrer voll in die Bremse steigt. Das Opfer kann gar nicht anders, als ihm hintendrauf zu brummen. Der Prescher macht sich davon. Der Prellbock und das Opfer fahren wie zivilisierte Bürger rechts ran und tauschen die Fahrzeugkennzeichen aus. Das Opfer ist in dem Moment ziemlich durcheinander. Es ist schließlich auf einen anderen Wagen aufgefahren und weiß, daß es somit schuld ist. Der Prellbock-Fahrer ist voller Mitgefühl – kein Wunder, er kann sich's ja auch leisten. Er versichert dem Opfer, was es dringend hören möchte – daß es überhaupt nichts dafür kann.«

»Aber seine Versicherung zahlt trotzdem«, sagte ich.

»Sie muß. Wer in diesem Staat einem anderen hintendraufbrummt, haftet automatisch. Na, und dann stellt sich raus, daß der Fahrer des Prellbocks als Folge des Unfalls alle möglichen ›Beschwerden‹ hat. Er geht zu einem Anwalt, und der schickt ihn zum Arzt. Oder er muß zum Chiropraktiker ...«

»Und alle gehören mit zu dem Verein.«

»So ist es«, sagte Lieutenant Santos.

»Und Bibianna ist über Raymond in die Sache reingeraten?«

»Scheint so. Soweit wir bisher in Erfahrung gebracht haben, hat

Raymond sie vor zwei Jahren angeworben, obwohl er sie schon viel länger kennt. Vor einem Jahr wurde dann der Hochzeitstermin festgelegt, aber sie hat ihn aus irgendeinem Grund sitzenlassen. Sie ist verschwunden und kurz darauf in Santa Teresa aufgetaucht. Es scheint, als hätte sie vorgehabt, sich auf anständige Weise durchs Leben zu schlagen, aber es sah finster aus mit Arbeit. Schließlich hat sie einen Job bei einer Reinigung gefunden, aber das ist mies bezahlt, und so konnte sie wohl der Versuchung nicht widerstehen, ein, zwei kleine Dinger auf eigene Faust zu drehen.«

Langsam fügte sich alles zusammen. »Und jetzt habe ich mit meinen Nachforschungen Ihre Ermittlungen gefährdet.«

»Noch nicht, aber Sie sind vielleicht kurz davor. Wir können nicht zulassen, daß Sie uns blindlings dazwischenpfuschen. Aber das ist nicht das einzige Problem. Es sieht so aus, als ob es da irgendwo eine undichte Stelle gibt und entscheidende Informationen zu Raymond durchsickern. Wir hatten schon mindestens dreimal große Razzien geplant, um die Bande auszuheben ... zuletzt in einer Karosseriewerkstatt, die Raymond gehört. Es war alles vorbereitet, Haft- und Durchsuchungsbefehle vorwärts und rückwärts. Aber wie wir hinkommen, ist der Laden längst dichtgemacht, und wir stehen in der leeren Bude – auf dem ganzen Gelände nichts zu finden als ein Montiereisen und eine Pepsi-Dose.«

»Augenblick mal, was haben Sie denn gesucht?«

Lieutenant Santos räusperte sich. »Akten, Unterlagen. Alle Spuren, die wir haben, führen direkt zu Raymond. Natürlich könnten wir ihn kassieren, aber was nützt es, wenn alle Beweise beiseite geschafft oder vernichtet sind und die Staatsanwaltschaft die Sache einstellt?«

»Dann war der ganze Aufwand mit der Razzia also völlig umsonst?«

»Nicht ganz. Wir haben den Oberboß ausgehoben und noch ein halbes Dutzend weitere Mitglieder – ein paar Anwälte und Ärzte, zwei Chiropraktiker. Aber Raymond hat davon profitiert, indem er seinen Anteil an dem Unternehmen ausgedehnt hat. Er hat den Kahlschlag genutzt, um sich das freie Terrain unter den Nagel zu reißen. Natürlich sind wir weiter hinter ihm her, aber wir müssen zuerst dieses Leck stopfen, sonst passiert uns immer wieder dasselbe. Das Problem ist: Da wir nicht wissen, wo das Leck sitzt, wissen wir nicht, wem wir trauen können.«

Lieutenant Dolan war unruhig auf seinem Stuhl hin- und hergerutscht und ergriff jetzt zum ersten Mal wieder das Wort. »So ungern ich das sage – es spricht manches dafür, daß sich die undichte Stelle irgendwo in einer der hiesigen Dienststellen befindet. Wahrscheinlich ist es auch über diesen Kanal zu Raymond durchgedrungen, daß Bibianna in Santa Teresa ist. Sie ist vor etwa einem Monat hier verhaftet worden, und irgend jemand hat sie gegen Kaution herausgeholt.«

Ein Erinnerungsblitz zuckte durch meinen Kopf. »Oh, natürlich. Jetzt fällt mir wieder ein, daß sie davon gesprochen hat. Sie hat eine Heidenangst davor, daß Raymond sie finden könnte.«

»Dazu hat sie auch allen Grund. Der Mann tickt nicht ganz richtig«, bemerkte Santos. »Ich habe schon gesehen, was dabei herauskommt, wenn er selbst Hand anlegt.«

»Aber ich verstehe immer noch nicht ganz, warum Sie mir das alles erzählen.«

Nach kurzem Schweigen ergriff wieder Dolan das Wort. »Wenn wir Sie bei diesen Leuten einschleusen können, kriegen wir sie vielleicht zu fassen.«

Ich starrte ihn verdattert an. »Aber ... das ist doch nicht Ihr Ernst.« Ich sah vom einen zum andern, aber es kam keine Reaktion. »Und wie stellen Sie sich das vor?«

Dolan lächelte, ohne rechte Fröhlichkeit auszustrahlen. »Das Schwierigste haben Sie ja schon geschafft. Sie haben Kontakt zu Bibianna hergestellt, was wir nicht können.«

»Und was nützt das? Ich dachte, sie sei mit Raymond fertig.«

Dolan zuckte die Achseln. »Aber er nicht mit ihr. Wenn Dawna es geschafft hat, ihn zu informieren, ist er jetzt vermutlich schon auf dem Weg hierher. Bleiben Sie einfach an Bibianna dran, vor allem dann, wenn er versuchen sollte, sie nach L. A. zurückzubringen. Wir brauchen Sie mitten drin.«

»Moment mal. Ich bin Dawna doch bei der CF begegnet. Was ist, wenn Sie mich wiedererkennt?«

»Machen Sie sich wegen Dawna keine Gedanken. Die werden wir schon aus dem Verkehr ziehen.«

Ich fuhr mir mit der Hand durch mein Haar, das sich vor lauter Haarspray wie eine Perücke anfühlte. »O Mann, Sie haben wirklich Nerven«, sagte ich. »Ich habe keine blasse Ahnung von Undercover-Arbeit.«

»Wir wollen Sie ja nicht blind ins Messer laufen lassen...«

»Na, das beruhigt mich ja.«

Er überging diese Bemerkung. »Wir würden Sie natürlich gründlich vorbereiten. Und Sie könnten sich darauf verlassen, daß wir noch jemanden vor Ort haben, der immer weiß, wo Sie sind.«

Ich sah wieder vom einen zum anderen. Ich traute ihnen nicht. Ich hatte das Gefühl, daß es da noch etwas gab, was sie mir verheimlichten. »Irgendwie scheint mir, daß Sie das schon probiert haben.«

»Mit wenig Erfolg«, sagte Santos. »Wir glauben, daß eine Frau in dem Fall mehr erreichen kann. Diese Typen haben keine sonderlich hohe Meinung von weiblicher Intelligenz. Und Sie hätten schon einen gewissen Vorschuß, auch wenn Sie keine Chicana sind. Wie ist es? Sind Sie interessiert?«

»Nein.«

Dolan legte die Hand hinters Ohr, als hätte er nicht richtig gehört.

»Darauf werde ich mich nicht einlassen, Lieutenant Dolan. Es ist zehn Jahre her, daß ich bei der Polizei war, und auch damals habe ich nie als Undercover-Agent gearbeitet. Vergessen Sie's. Ich bin dafür nicht ausgebildet, und es ist verdammt gefährlich.«

»Manchmal hat man keine Wahl«, sagte Lieutenant Santos.

»Sie vielleicht nicht. Ich schon.«

Lieutenant Santos kappte den Blickkontakt. »Diese Geschichte gestern bringt Ihnen vermutlich ein Jahr Gefängnis ein. Tätlichkeiten gegen eine Polizeibeamtin sind ein schwerwiegendes Delikt. Wir können Ihnen Ihre Lizenz entziehen lassen.«

Ich starrte ihn an. »Jetzt wollen Sie mir wohl mit Drohungen kommen? Na, wunderbar. Das liebe ich. Aber wissen Sie, was? Ich werde Ihre Dreckarbeit nicht machen. Was kümmert mich dieser Raymond Maldonado!« Ich fühlte, wie der Zorn in mir hochstieg. Ich hasse es, wenn man mich einschüchtern will, und ich reagiere gar nicht dankbar, wenn man mir mit dem Stock kommt, um mich zu motivieren. Wenn jemand etwas von mir will, muß er sich schon was anderes einfallen lassen.

Lieutenant Santos schien diesen Strang weiterverfolgen zu wollen, aber Dolan brachte ihn mit einer unwirschen Handbewegung zum Schweigen. »Lassen Sie uns noch genauer darüber reden, ehe Sie sich entscheiden.«

»Die Antwort heißt ›nein‹.«

Wieder wechselten die beiden Männer einen Blick, den ich nicht recht entziffern konnte. Ganz offensichtlich versuchten sie, alle Register zu ziehen, was mir nur albern erschien, denn ich war fest entschlossen, nicht nachzugeben.

Lieutenant Dolan beugte sich näher zu mir und dämpfte seine Stimme um ein paar Phon. »Eins sollen Sie noch wissen. Dann können Sie von mir aus machen, was Sie wollen. Ihr Freund Parnell Perkins war einer von Raymonds Leuten. Wir glauben, daß Raymond ihn umgelegt hat, aber wir haben keine Beweise.«

»Das glaube ich nicht.«

»Perkins hieß in Wirklichkeit Darryl Weaver. Er war Schadenssachbearbeiter bei einer Versicherung in Compton. Raymond ließ alle seine Forderungen über Weaver laufen, bis die beiden Streit bekamen. Weaver verschwand aus Los Angeles, zog hierher, legte sich einen neuen Namen zu und fing bei der California Fidelity an.«

Plötzlich begriff ich, warum er Bibiannas Akte an Mary Bellflower weitergegeben hatte. Er hatte wahrscheinlich gedacht, daß Raymond und Bibianna wieder zusammen waren und daß Raymond ihm auf die Spur kommen würde, wenn er sich nicht schleunigst etwas einfallen ließ. Beim Anblick von Bibiannas Namen mußte ihm das Herz stehengeblieben sein ...

Lieutenant Santos erwachte jetzt wieder zum Leben und nahm

den Faden auf. »Er erschien vor etwa einem Monat bei uns und bot uns seine Mitarbeit an. Nach dem Mord hat die Polizei von Santa Teresa die Fingerabdrücke identifiziert und uns benachrichtigt, und darum bin ich jetzt hier.«

»Deshalb haben Sie die Mordsache unter den Teppich gekehrt«, sagte ich, »um die ganze Aktion nicht zu gefährden.«

»Genau«, sagte Dolan. »Wir können nicht riskieren, daß Raymond Lunte riecht. Wir haben die Ermittlungen nicht eingestellt, wir führen sie nur dezent weiter.«

Dann war plötzlich völlige Stille. Sie sahen ruhig zu, wie sich das Schweigen akkumulierte. Sie hatten mich am Haken, und sie wußten es. Ich ließ mir Zeit und versuchte, die Konsequenzen zu durchdenken. In meinem Kopf sang eine leise Stimme: Tu's nicht. Tu's nicht. »Wieviel Zeit hat die Sache?« fragte ich.

Dolan sah Santos an. »Wenig. Einen halben Tag höchstens.«

»Was genau sollte ich denn tun?«

»Dreierlei. Die undichte Stelle aufspüren. Herausfinden, wo die Unterlagen sind, und uns Beweise dafür beschaffen, daß Raymond Ihren Kollegen umgebracht hat.«

Santos klinkte sich jetzt wieder ein, und beide trieben mich in den Pferch wie zwei Schäferhunde. »Sie sagen uns einfach, was Sie brauchen. Wir beschaffen Ihnen alles, was Sie wollen.«

Dolan sagte: »Ihr Ziel ist es zunächst, sich von ihnen rekrutieren zu lassen. Dann müssen Sie selbst sehen, wie Sie weiterkommen, ob mit oder ohne Bibiannas Hilfe.«

Ich dachte kurz darüber nach und fragte mich noch einmal, ob es wohl klug war, mich darauf einzulassen. Aber ich fühlte, wie mein Denkapparat trotz aller unausgeräumten Zweifel ansprang. »Also, wenn es um getürkte Unfälle geht ... wäre es doch sicher geschickt, mir eine Versicherungspolice auf den Namen Hannah Moore zu beschaffen.«

»Könnten Sie das über die CF arrangieren?« fragte Dolan.

»Das könnte ich schon, aber es wäre sicher besser, Sie würden das übernehmen. Sie müßten es direkt mit Mac klären, aber selbst dann muß sicher noch alles seinen bürokratischen Gang gehen.«

»Je weniger Leute davon wissen, desto besser. Und außerdem müssen wir uns beeilen«, sagte Dolan.

»Meinen Sie, das wird ein Problem sein?« fragte mich Lieutenant Santos.

Ich sagte: »Ich denke, die CF wird da schon mitmachen.«

»Wir möchten, daß Sie einen Sender tragen«, sagte Lieutenant Santos. »Wir können um neun einen Techniker kommen lassen, der Ihnen einen verpaßt.«

»Und wenn Sie mich durchsuchen?«

Santos sagte: »Das glaube ich nicht, aber wenn – vergessen Sie nicht, wir sind immer in Rufweite.«

Dolan schien zu merken, daß ich noch nicht beruhigt war. »Wenn Sie einen Sender tragen, können wir einen Wagen mit Zivilbeamten einen halben Block entfernt postieren. Wir werden alles tun, um Sie zu schützen. Das ist für uns vielleicht *die* Chance, diesen Leuten das Handwerk zu legen, und wir werden sie uns nicht vermasseln lassen. Noch irgendwelche Fragen?«

»Mir wird bestimmt noch die eine oder andere einfallen.«

Santos sagte: »Die nötigen Informationen können wir Ihnen später noch geben. Jetzt sperren wir Sie erst einmal wieder zu Bibianna. Sobald der Betrieb hier losgeht, werden wir für Sie beide Kaution hinterlegen. Tun Sie so, als ginge das auf Ihr Konto. Es kann nur gut sein, wenn Sie sich diese Frau ein bißchen verpflichten. Wir werden Ihre Entlassung dann so lange hinauszögern, bis der Techniker da ist.«

»Wird es ihr denn nicht komisch vorkommen, wenn sie rauskommt und ich nicht?«

»Ich bin sicher, Sie werden irgendeine Erklärung dafür finden«, sagte Dolan trocken. »Bis dahin sollten Sie mit ihr abgesprochen haben, wie Sie später wieder Verbindung mit ihr aufnehmen können.«

»Und was ist, wenn Raymond schon vorher auftaucht?«

»Dann werden wir uns etwas anderes einfallen lassen. Ach, wo wir gerade davon sprechen . . .« Dolan schrieb mir eine spezielle Telefonnummer auf, über die er jederzeit erreichbar sein würde. Ich steckte den Papierfetzen in eines meiner Söckchen. Er sah auf seine Uhr und erhob sich dann – das Signal, daß die Sitzung aufgehoben war.

Ich stand auf und verabschiedete mich mit einem Händedruck von Lieutenant Santos. »Wie spät haben wir?« fragte ich.

»Vier Uhr zwo.«

»Ich bin nicht mehr sportlich genug, um um diese Zeit noch auf zu sein«, sagte ich. Dann sah ich Dolan an. »Könnten Sie mir einen Gefallen tun? Ich habe meine schwarze Lederjacke in dem Restaurant gelassen, und mein VW steht immer noch auf dem Parkplatz neben der ›Räucherkammer‹. Ich werde sicher nicht vor heute nachmittag hinkommen. Könnten Sie wegen der Jacke nachfragen und die Politesse informieren? Ich möchte keinen Strafzettel und schon gar nicht abgeschleppt werden.«

»Wird gemacht. Mit diesen Politessen ist nicht zu spaßen«, sagte Dolan. Er bleckte die Zähne zu einer Art Lächeln und streckte mir die Hand hin. »Danke.«

»Bis jetzt habe ich ja noch gar nichts getan.«

Die Vollzugsbeamtin führte mich zurück in die Ausnüchterungszelle und sperrte mich ein. Mir war ganz schlecht vor Müdigkeit. Mein Gehirn war überdreht von dem Kaffee und mein Körper bleischwer vor Schlafmangel. Ich schlich zu meiner Matratze, ließ mich dankbar daraufsinken und rollte mich auf der Seite ein, das Gesicht den anderen zugekehrt. Bibianna war wach und fixierte mich mißtrauisch. »Wo sind Sie gewesen?«

»Der Mensch von der Mordkommission wollte ein paar Sachen über die Schießerei wissen.«

»Haben sie Dawna schon?«

»Im Moment ist sie gerade im Krankenhaus, weil sie verletzt ist, aber nur leicht. Tate ist drüben im Männertrakt. Sie sagen, sie wollen ihn wegen Mord drankriegen, aber ich kann mir nicht denken, daß sie das können. Es wird bestimmt auf Totschlag rauslaufen.«

»Schweinehunde.«

»Er wird's überleben.«

»Hm-mm, wird er wohl.« Bibianna schien schon wieder halb weg.

Ich zauderte kurz und nahm dann all meinen Mut zusammen. »Ach, übrigens: während ich eben draußen war, habe ich einen Bürgen angerufen, wegen der Kaution für uns beide. Er wird um acht da sein.«

Ihre Augen klappten blitzartig wieder auf. »Sie wollen mich auch rausholen? Wie kommen Sie dazu? Ich hab' nicht so viel Geld. Das sind doch fünfhundert Dollar!«

»Dann geben Sie's mir eben später irgendwann zurück. Das ist kein Problem.«

Sie sah mich verblüfft an. »Aber wieso dann erst jetzt? Warum haben Sie das nicht gleich gemacht?«

»Mir ist eben erst wieder eingefallen, daß ich noch fünfhundert Dollar auf dem Sparkonto habe. Mein Wagen ist in der Werkstatt. Ich hatte Geld zurückgelegt, um das Getriebe reparieren zu lassen. Aber was soll's. Das kann warten. Was hab' ich davon, wenn ich hier drin hocke?«

Sie nahm mir meine Geschichte noch nicht recht ab. »Ich kann's nicht glauben, daß Sie so was tun.«

Die magere Frau schnauzte jetzt ärgerlich von ihrer Matratze herüber: »Bist du nicht ganz dicht? Nimm's schon an und halt die Klappe.«

Bibianna sah zu der Frau hinüber und mußte trotz aller Zweifel grinsen. Sie musterte mich einen Moment und murmelte dann ein leises »Danke«. Ihre Augen klappten wieder zu. Sie drehte sich auf den Bauch und zog die Arme unter sich, um sie zu wärmen. Gleich darauf war sie eingeschlafen.

Die Luft in der Zelle roch nach schlafenden Menschen: nach feuchten Socken, schlechtem Atem, ungewaschenem Haar. Ich hatte befürchtet, womöglich alle zu wecken, aber niemand rührte sich. Vom Gang draußen drang schwaches Schummerlicht herein. Es war jetzt völlig still. Ich konnte immer noch das Zahlengitter sehen, das Bibianna mit Spucke für mich auf den Fußboden gemalt hatte. Wandel und Bewegung. Na, wenn das nicht stimmte!

11

Was dann passierte, war die Folge eines bürokratischen Fehlers, der nie ganz aufgeklärt werden sollte. Um sechs Uhr kamen plötzlich die Papiere, und Bibianna und ich wurden entlassen. Einfach so. Keine Nachricht von Dolan und Santos, keine Spur von dem Techniker, der mich mit dem Sender ausrüsten sollte. Ich wartete darauf, daß mich die Wachbeamtin zurückrufen würde, um mich unter irgendeinem Vorwand wegzubringen, damit man mich instruieren konnte. Was ging hier vor? Hatte sich der Plan geändert? Mir fiel einfach nichts ein, wie ich meine Entlassung hinauszögern könnte. Es würde mir nichts anderes übrigbleiben, als die Dinge zu nehmen, wie sie kamen. In der Hand trug ich meine Habseligkeiten, noch immer in dem durchsichtigen Plastikbeutel. Sie hatten uns alles wiedergegeben – Schuhe und Gürtel und alle sonstigen potentiellen Selbstmordinstrumente wie beispielsweise Tampons. Ich fühlte mich gräßlich, aber der erste Atemzug an der frischen Luft weckte zumindest einen Teil meiner Lebensgeister wieder. Nach nur vier Stunden Knast hatte die Freiheit bereits etwas Berauschendes.

Der Morgen war kalt und neblig, der Boden noch immer vom Regen der letzten Nacht getränkt. Die schäbigen Hügel rings um das Gefängnis wirkten heiter. Die Vögelein sangen. Der Verkehr schien in Wellen über die Schnellstraße zu branden, ein wohltuendes Geräusch, wie das Meer bei Flut. Ich sehnte mich nach einer Dusche, einem Frühstück, meiner Ruhe. Ich mußte demnächst irgendeinen Vorwand finden, mich von Bibianna abzusetzen, um Dolan anzurufen und herauszufinden, was zum Teufel hier eigentlich gespielt wurde. Aber erst mal würde ich mich an ihre Fersen heften.

Der erste Programmpunkt bestand natürlich darin, irgendwie hier wegzukommen. Ich wühlte in meinem Plastikbeutel und kam mir vor wie gerade aus der Irrenanstalt entlassen. Ich besaß zehn Dollar in bar, die ich für ein Taxi auf den Kopf zu hauen beschloß. Normalerweise bin ich zu geizig, um Taxi zu fahren, aber jetzt hatte ich das Gefühl, daß ich es verdient hatte. Wir marschierten gemeinsam die lange Zufahrt entlang. Ich mußte wohl einen bemerkenswerten Anblick bieten, in meinem Trägerhemd, den zerknitterten schwarzen Hosen und den weißen Söckchen, die jetzt schwarz waren, wo die nassen Pumps abgefärbt hatten. Bibianna sah auch nicht gerade toll aus. Das Rot ihres Kleids war bei Tag wenig schmeichelhaft und paßte nicht zu den Stöckelschuhen, die im Regen völlig die Form verloren hatten. Sie legte im Gehen frischen Lippenstift auf, indem sie sich die aufgeklappte Puderdose vor die Nase hielt. Die Strumpfhose hatte sie ausgezogen, weil sie von den Abenteuern der letzten Nacht voller Laufmaschen war. Ihre Beine sahen im harten Tageslicht bleich und knochig aus, und ihr Kleid hatte am Bauch Akkordeonfalten. Aber dennoch – es gibt Situationen im Leben, in denen man schon vor Begeisterung ausflippt, wenn man sich nur wieder frei bewegen kann. Es lag hinter uns – die Maschendrahtzäune, die ständig brennenden Lichter, die Schlösser, die vergitterten Fenster. Trotz des wunderbaren Freiheitsgefühls fiel mir nichts ein, was ich ihr hätte sagen können. »Vielen Dank ... war wirklich lustig ... müssen wir unbedingt bald wieder machen.« Die normalen Regeln der Höflichkeit schienen mir in diesem Fall irgendwie nicht anwendbar.

Bibianna steckte die Puderdose wieder in ihre Handtasche. Sie wirkte nervös.

»Haben die Bullen Sie eigentlich schon wegen der Schießerei ausgefragt?« wollte ich wissen.

»Noch nicht. Irgend so ein Typ von der Mordkommission will heute zu mir nach Hause kommen.«

»Was wollen Sie ihm erzählen?«

»Ach, das ist sowieso egal. Ich muß hier verschwinden, bevor Raymond auftaucht ...«

Mir selbst war auch ziemlich flattrig. Was zum Teufel wurde hier gespielt? Wo war Dolan? Was sollte ich tun?

Plötzlich krallte sich Bibianna so fest an meinen Arm, daß sich die Nägel in mein Fleisch gruben. »Heiliger Himmel«, flüsterte sie, die Augen starr geradeaus gerichtet.

Ich folgte ihrem Blick und merkte mit Erschrecken, daß er einem dunkelgrünen Ford galt, der ein Stück weiter die Straße hinunter parkte und hinten so tief hing, daß der Auspuff fast auf dem Boden schleifte. Ihre Angst war so deutlich spürbar, daß sich mir die Härchen im Nacken sträubten.

»Wer ist das?«

»Das ist Raymond. O Gott.« Ihre Stimme versagte. Tränen stiegen ihr in die Augen, und aus ihrer Kehle kam ein seltsames Quieken. Ich taxierte blitzschnell die Situation, ohne recht zu wissen, was ich tun sollte. Auch das noch. Dawna mußte es doch geschafft haben, ihn zu benachrichtigen.

Er hatte bis eben am vorderen Kotflügel gelehnt und die vorbeifahrenden Autos beobachtet. Jetzt hatte er uns gesichtet und sich in Marsch gesetzt.

»Ganz ruhig, Bibianna. Keine Panik. Wir laufen zurück zum Gefängnis ...«

Sie schüttelte den Kopf. »Auch wenn uns die Bullen nach Hause bringen – er kriegt mich ja doch. Lassen Sie mich nicht allein. Schwören Sie's mir. Was auch passiert – spielen Sie einfach mit. Bringen Sie ihn bloß nicht in Rage, sonst haut er alles kurz und klein und Sie mit dazu.«

»Ja, klar. Nur mit der Ruhe. Ich geh nicht weg.«

»Versprechen Sie's mir.«

»Ich versprech's.«

Ich merkte erst gar nichts. Auf die Entfernung wirkte der Typ ganz normal. Er war sehr groß und schlank, mit breiten Schultern und schmaler Taille. Er sah aus, wie aus einem Modejournal entsprungen: Ledermantel, Bügelfaltenhosen, spitze schwarze Lacklederschuhe mit Silberkappen an den Zehen, verspiegelte Sonnenbrille. Latino oder Italiener: dunkles Haar, olivfarbene Haut. Ich schätzte ihn auf Anfang dreißig. Er hatte die Hände in den Taschen und kam lässig auf uns zugeschlendert.

Bibiannas Finger waren eiskalt. Sie umkrallte meine Hand, als säßen wir in einem Horrorfilm, in dem gleich der Kerl mit dem Schlachtermesser aus dem Gebüsch springen wird. Äußerlich konnte ich an diesem Mann nichts entdecken, was ihre Reaktion gerechtfertigt hätte.

Als er vor uns stand, nahm er die Sonnenbrille ab. Er hatte dichte, dunkle Wimpern, einen vollen Mund und ein Grübchen im Kinn. Jetzt, aus der Nähe, merkte ich, daß etwas mit ihm nicht stimmte. Seine Augen waren so nach hinten verdreht, daß man nur noch schmale weiße Schlitze sah. Sein Gesicht und sein Körper wurden von einer Serie von Ticks erfaßt – er kniff die Augen zusammen, der eine Mundwinkel zappelte, die Lippen öffneten sich weit, dann ruckte er zweimal heftig mit dem Kopf. Der Effekt war gespenstisch – eine Welle von Zuckungen, die seinen ganzen Körper schüttelten und schließlich in einem Laut kulminierten, der halb Schrei, halb Husten war. Er bewegte den einen Arm, rollte ihn im Schultergelenk, als vollführte er eine Lockerungsübung. In meinem Kopf ertönte ein kleiner Summer, und ich erinnerte mich, daß es irgendeine Krankheit gab, die genau diese Symptome zeitigte – Zuckungen und Schreien. Er selbst verlor kein Wort darüber, und auch Bibianna schien nur auf seine Reaktion auf Chagos Tod fixiert.

»Ich hab's nicht getan. Ich schwör's bei Gott. Ich hab' ihn nicht umgebracht. Oh, bitte, Raymond, ich hatte nichts damit zu tun . . .«

Sein Gesicht war weicher geworden und wirkte jetzt fast sehnsüchtig, als er sie an den Schultern packte und an sich zog und mit den Händen über ihre bloßen Arme strich. »Du weißt gar nicht, wie froh ich bin, dich zu sehen . . .«

Ich bemerkte, wie sie sich versteifte und leicht vor ihm zurückwich, obwohl sie ja offenbar nicht viel tun konnte, ohne irgendeine Art von Ausbruch zu riskieren. Er begann, mit der Nase in ihrem Haar zu wühlen. »Oh, Baby. Mein Engel. Mein Liebling, ich bin ja so froh«, murmelte er mit sanfter Stimme. »Es ist ja so schön, dich wiederzusehen. Ich hab' dich so vermißt, weißt du das?« Er trat ein

Stückchen zurück und umklammerte ihr Kinn so mit den Fingern, daß sie gezwungen war, ihn anzusehen. »Hey, ist ja gut. Ist ja alles in Ordnung. Hab keine Angst.« Sein Blick schwenkte zu mir. »Wer ist das?« Er ruckte wieder zweimal mit dem Kopf.

»Hannah Moore«, sagte ich.

Sie deutete mit einer Kopfbewegung auf ihn. »Das ist Raymond Maldonado.«

Er streckte mir die Hand hin. »Freut mich sehr. Sie müssen entschuldigen. Mein Bruder ist gestern abend erschossen worden.«

Wir begrüßten uns. Seine Hand war weich und warm, sein Griff fest.

»Tut mir leid wegen Ihrem Bruder. Schrecklich.« Die Höflichkeiten verliehen dem Ganzen etwas Unwirkliches.

Raymond sah Bibianna an. »Kommst du?«

»Ich geh' nicht mit, Raymond, auf keinen Fall. Ich bin mit all dem fertig. Ich will nicht wieder nach Los Angeles. Ich hab's dir ja gesagt. Ich hab' nichts damit zu tun, daß ...« Er packte sie am Arm und führte sie in Richtung Wagen. Ich sah, wie sie den Mund verzerrte, weil seine Finger sich schmerzhaft in ihren Ellbogen gruben. Sie brabbelte weiter. Er hob eine Hand, wie um den Redefluß zu stoppen. Sie preßte sich die Finger auf die Lippen. Er drehte das Gesicht zur Seite, zog die eine Schulter hoch, rollte einmal den Kopf herum und holte tief Luft, wobei seine Augen wieder nach oben wegkippten. Sein Kopf ruckte nach rechts, einmal, zweimal. Seine Lider öffneten sich, und seine Augen glitten wieder an ihren Platz – groß, dunkelbraun und klar. Er marschierte weiter auf den Wagen zu.

Ich folgte ihnen unaufgefordert und überdachte rasch die Situation. Hier war der Mann, auf den ich angesetzt war, der leibhaftige Raymond Maldonado. Ich wußte, das war meine große Chance, aber ich war nicht vorbereitet. Wenn ich mich blindlings in die Sache hineinstürzte, riskierte ich, die ganze Operation zum Platzen zu bringen. Ich konnte doch nicht einfach hingehen und auf gut Glück Undercover-Agentin spielen – aber was blieb mir denn anderes übrig? Er marschierte so schnell, daß ich nur im Sturmschritt hinterherkam.

Bibianna schaltete jetzt auf Verzögerungstaktik. »Hör mal, Raymond, ich kann ja vielleicht später nachkommen. Hannah wollte mit zu mir gehen«, sagte sie. »Und wir haben noch ein paar Sachen vor ...«

Er drehte sich zu mir um und lächelte mich an. »Wir heiraten.«

»Heute?«

Er schüttelte den Kopf. »Aber bald. War ja schon alles fix und fertig organisiert, aber sie hat gesagt, sie sei noch nicht soweit. Und eh ich mich's verseh', ist sie auf einmal abgehauen. Einfach so. Ohne mir auch nur einen Zettel zu hinterlassen. Eines Morgens wach' ich auf, und sie ist weg ...«

Bibiannas Gesicht war bleich und eingefallen. »Tut mir leid. Ich wollte dich nicht verletzen, Raymond, aber was sollte ich denn machen? Was sollte ich dir denn sagen? Ich hab's doch versucht ...«

Er hob den einen Zeigefinger an die Lippen und richtete ihn dann vorwurfsvoll auf sie. »Du kannst einen Mann nicht einfach so sitzen lassen, Bibianna.« Er wandte sich mir zu, hob theatralisch die Handfläche zum Himmel und rechtfertigte sich: »Ich liebe diese Frau, schon seit – wie lang ist das jetzt schon? Sechs Jahre? Acht? Was soll ich denn mit ihr machen, he?«

Bibianna schwieg. Ihre Augen waren voller Angst. Ich konnte die Veränderung kaum fassen, die mit ihr vorgegangen war. Ihre ganze Selbstsicherheit, ihre Energie, ihre sexuelle Ausstrahlung – alles wie weggeblasen. Mein Mund wurde ganz trocken, und eine leise Angst kitzelte mich im Kreuz.

Wir waren jetzt bei dem Wagen angekommen. Ein zweiter Mann stieg aus, ein Latino mit einer bis über die Ohren heruntergezogenen dunklen Strickmütze. Seine Augen waren schwarz und so stumpf und trüb wie alte Farbflecken. Er hatte Aknenarben auf den Backen und einen Schnauzer aus etwa vierzehn Haaren, von denen einige aussahen wie von Hand aufgemalt. Er war etwa so groß wie ich. Er trug scharf gebügelte Khakihosen mit unzähligen Knitterfalten im Schoß und ein makellos weißes Unterhemd. Büschel von geradem, dunklem Haar lugten unter seinen Achseln heraus. Seine bloßen Arme waren muskulös und trugen Tätowierungen, die von der Schulter bis zum Handgelenk reichten – rechts einen gut getroffenen Donald Duck, links Daffy Duck.

»He, das verstößt aber gegen das Copyright«, sagte ich, vor Angst schon fast übermütig.

»Das ist Luis«, sagte Raymond.

Er hatte eine Pistole. Er riß den hinteren Wagenschlag auf wie ein perfekter Chauffeur.

Bibianna stemmte sich mit einem Arm gegen den Wagen. »Ich geh' nicht ohne Hannah.«

Raymond guckte verblüfft. »Warum nicht?«

»Sie ist meine Freundin, und ich will, daß sie mitkommt«, sagte sie.

»Aber ich kenn' sie doch gar nicht«, sagte er.

Bibiannas Augen blitzten auf. »Verdammt noch mal! So bist du immer, Raymond! Du sagst, du liebst mich. Du sagst, du tust alles, was ich will. Und wenn ich dich dann mal um was bitte, kommst du immer mit irgendwelchen Abers. Ich hab' es einfach satt!«

»Okay, schon gut. Sie kann mitkommen, wenn sie mag. Ganz wie du willst.«

Bibianna sah mich an, in den Augen ein stummes Flehen. »Bitte. Nur für ein paar Tage.«

Ich hörte mich achselzuckend sagen: »Ich hab' nichts weiter vor.«

Bibianna stieg zuerst ein und rutschte auf die andere Seite durch. Raymond zwängte sich neben sie. Ich zögerte kurz und fragte mich, ob es wirklich so klug war, was ich da tat.

Luis drehte die Pistole so, daß sie auf meine Brust zeigte. Das beschleunigte meinen inneren Klärungsprozeß gewaltig.

Ich glitt auf den Rücksitz. Das Armaturenbrett war mit weißem Plüsch bezogen, auf dem quer über die ganze Breite in Maschinenstickerei »Raymond und Bibianna« stand. Vom Rückspiegel baumelten ein Rosenkranz und ein blutendes Herz Jesu. Das ganze Wageninnere, einschließlich Vorder- und Rücksitzen, war mit weißem Kunstfaser-Teddystoff bezogen. Vorn war ein Autotelefon eingebaut. Es fehlte nur noch eine Sammlung von nickenden Figürchen auf der Hutablage ... oder eine Mini-Jungfrau Maria mit Magnetfüßchen. Schon in der Sekunde, als ich einstieg, wußte ich, daß ich einen Fehler gemacht hatte.

Luis ließ wortlos den Motor an. Das Auspuffgeräusch beim Anfahren klang wie ferne Preßlufthämmer. Er hielt das Steuerrad mit gestreckten Armen und saß ganz zurückgelehnt. Er wendete und raste in Richtung Schnellstraße. Raymonds Zuckungen kamen in Abständen von etwa drei Minuten, manchmal auch weniger. Zuerst beängstigte es mich, zumal niemand ein Wort darüber verlor. Die anderen schienen es als selbstverständlich hinzunehmen. Ich fuhr anfangs jedesmal zusammen, wenn es losging, merkte dann aber mit der Zeit, daß ich mich daran gewöhnte und nur noch darüber staunte, daß jemand mit so was leben mußte. Konnte man denn nichts dagegen tun?

Bibianna schien jetzt in Auseinandersetzungslaune. Vielleicht wollte sie ja etwaigen Annäherungsversuchen entgegenwirken. »Wie hast du von der Sache gestern nacht erfahren?«

»Dawna hat mich angerufen und mir noch einen Teil erzählt, bevor die Bullen sie geschnappt haben. Wer ist der Kerl?«

»Welcher Kerl?«

»Der Kerl, der Chago erschossen hat.«

»Woher soll ich das wissen? Irgendjemand, der in der Kneipe saß und eine Pistole dabeihatte.«

»Dawna hat gesagt, du warst mit ihm zusammen dort.«

»Ich war allein.«

»Sie sagt was anderes.«

»Hat sie das wirklich behauptet? Das ist erstunken und erlogen. Wie soll er denn ausgesehen haben? Hat sie dir das gesagt?«

»Dazu ist sie nicht mehr gekommen. Ein Bullenauto ist vorgefahren, und sie hat aufgelegt. Eine Frau war auch noch dabei, hat sie gesagt.«

»Da hat sie dir was vorgesponnen. Dieses Miststück! Ich war ganz allein da, als Chago plötzlich mit der Kanone aufgetaucht ist. Vielleicht war der Typ ja ein Bulle nach Feierabend, oder einfach nur einer von diesen Normalbürgern, die eine Pistole mit sich rumschleppen.«

Raymonds Gesicht färbte sich dunkler. »Das wär' ja wohl die Höhe. Was ist bloß mit den Leuten los? Es rennen einfach zu viele Idioten mit einer Knarre rum.« Er drehte sich zu mir um. »Jeden Tag steht was in der Zeitung, daß sie wieder jemand umgelegt haben. In der *L. A. Times.* Lesen Sie auch den Polizeibericht? Angst und bange kann einem da werden.« Er blockte mögliche Entgegnungen mit erhobener Hand ab. »Da tönen diese Leute rum, von wegen ›Waffen töten keine Menschen. Menschen töten Menschen.‹ So ein verdammter Blödsinn.«

»Luis hat ja auch eine Pistole«, steuerte ich bei.

»Das ist was anderes. Er ist ein Profi. Er ist so was wie ein Leibwächter. Aber man kann doch nicht zulassen, daß irgend so ein Arschloch in einer Kneipe einfach losballert und meinen Bruder abknallt.«

Dieser Mann hatte sie wirklich nicht alle. Ich guckte stur geradeaus und hielt den Mund, weil ich daran dachte, was Bibianna mir über seine Wutausbrüche gesagt hatte.

Raymond wandte sich jetzt Bibianna zu und fing an, sie zu küssen und dabei mit einer Hemmungslosigkeit ihre Brüste zu bearbeiten, die mir höchst peinlich war. Sie ließ ihn gewähren, signalisierte mir aber über seine Schulter hinweg augenrollend ihre Verzweiflung. Ich sah aus dem Fenster.

Ich beugte mich vor, tippte Luis auf die Schulter und kramte den einzigen spanischen Satz hervor, den ich kenne. »Äh ... *habla usted inglés?*«

»Was soll der Quatsch? Seh ich aus wie ein Idiot?« knurrte er. Sein Englisch war völlig akzentfrei, und ich fragte mich, ob sein Schläger-Outfit vielleicht nur Kostümierung war.

»Oh, äh, könnten Sie vielleicht an der Ecke dort kurz mal halten und mich rauslassen? Ich muß dringend telefonieren.«

Aber die freundliche Bitte zeitigte nicht das gewünschte Ergebnis.

Ich bemühte mich um einen möglichst lockeren Ton, als ich mich jetzt zu Raymond wandte und mich dicht an sein Ohr beugte. »Entschuldigen Sie bitte, Raymond, aber könnten Sie diesem Menschen sagen, er soll mich hier rauslassen?«

Raymond hatte Bibiannas Rock hochgeschoben und war jetzt mit einem Finger unter dem Rand ihres Slips zugange. Es hatte nichts auch nur entfernt Erotisches. Er reklamierte seine Rechte. Ich hörte sie flüstern: »Toll ... Oh, Baby, das ist Wahnsinn.« Sie tat alles, um ihn zu beschwichtigen und seinen Drang zu besänftigen. Der Typ am Steuer fing im Rückspiegel meinen Blick auf und zwinkerte mir verschwörerisch zu. Er stellte das Autoradio an, um die eskalierende Lautkulisse zu übertönen. Salsa-Rhythmen erfüllten den Wagen. Das Ganze war einfach widerlich.

Ich war fest entschlossen, mich aus dem Wagen zu werfen und eine Gehirnerschütterung und Knochenbrüche zu riskieren, nur um diesem Bordell aus Plüsch und Devotionalien zu entkommen. Ich wartete, bis Luis langsamer fahren mußte, weil wir an die Auffahrt zur Schnellstraße kamen, und schob dann unauffällig meine Hand unter den Türhebel. Ich zog. Nichts. Die hinteren Fensterkurbeln waren beide abmontiert. Ich lehnte den Kopf an die getönte Scheibe und starrte hinaus. Ich hörte, wie Raymond hinter mir an seiner Gürtelschließe und seinem Reißverschluß fummelte. Das war ja schlimmer als ein Porno-Video. Ich drehte mich um und starrte sie an.

»Himmelherrgott, *Bibianna*«, sagte ich laut. »Wie *rücksichtsvoll*! Was glaubst du, wie ich mich *fühle*, wenn ich hier danebensitzen darf, während du es mit einem Kerl treibst! Halt gefälligst ein bißchen an dich!«

Raymond wandte mir ein beduseltes Gesicht zu, die Augenlider auf Halbmast. Er kriegte den Mund nicht zu, sein Kinn war lippenstiftverschmiert, und die Haare standen ihm zu Berge. Das ganze Auto roch nach Hormonen, Sexualsäften und Unterhosen. Luis versuchte breit grienend, das Geschehen im Fond im Rückspiegel zu verfolgen.

Ich fuhr ihn grimmig an: »He, du Spanner, was gibt's denn da zu glotzen?« Dann wandte ich mich zu Raymond. »Tut mir leid. Ich weiß, Sie können nichts dafür, wenn diese Menschen keinen Anstand haben.«

Bibianna rappelte sich hoch und tat ihr Möglichstes, ihren Rock wieder an seinen Platz zu zerren. Sie murmelte: »'tschuldigung.« Sie hatte einen großen Knutschfleck am Hals, wo Raymond an ihr herumgelutscht hatte.

Raymond schien tatsächlich betroffen und steckte sein Hemd in die Hose. Er absolvierte wieder eine Serie von Zuckungen, einschließlich Kopfrollen und -rucken.

Ich setzte gleich noch eins drauf. »Ich hab' ihr gesagt, mein Freund sitzt im Knast«, erklärte ich ihm. »Das fehlt mir grade noch, daß ich zugucken muß, wie andere sich amüsieren. Herrgott noch mal, sie hat einfach kein Benehmen.« Ich lehnte mich wieder zurück und fegte mir einen imaginären Fussel von der Hose.

Raymond zog ein Taschentuch heraus und wischte sich einen Teil des Lippenstifts vom Kinn. Er grinste verlegen. »Sie dürfen's ihr nicht übelnehmen. Sie kann nichts dafür. Sie ist nun mal so«, sagte er.

»Ach, ich bin es einfach langsam leid, mir andauernd anhören zu müssen, wie sie mit Ihnen angibt. Sie soll ihren Kram doch für sich behalten.«

»Sie gibt mit mir an?«

»Ach, i wo, Raymond. Das sag' ich nur so, weil ich mich so gern reden höre«, sagte ich. »Ist wohl zuviel verlangt, wenn ich gern mal was zwischen die Zähne schieben würde? Wir haben kein Frühstück gehabt, und ich falle gleich um vor Hunger.«

Raymond beugte sich vor und klopfte Luis mit der Faust auf den Kopf. »He, was ist? Fahr raus. Hast du nicht gehört, was die Dame gesagt hat?«

Raymond musterte mich belustigt und sagte über die Schulter zu Bibianna: »Die ist richtig, deine Freundin hier. Die hat Pfeffer.«

»Das ist kein *Pfeffer*, Raymond. Das ist die nackte Wut«, sagte ich. Bibianna beäugte mich unsicher, aber ich war jetzt richtig in Fahrt. Ich entwickelte den Charakter ›Hannah‹ aus dem Stegreif, und es war tierisch befreiend. Sie war aufbrausend, sarkastisch, direkt und vulgär. Daran würde ich mich gewöhnen können. Die reinste Lizenz zum Auf-den-Putz-Hauen.

Raymond lächelte mich an.

»Hier, Boß?« Luis-mit-den-Comic-Armen hielt vor dem Eingang zu einem McDonald's am oberen Teil der State Street.

»Ist das recht?« fragte mich Raymond. Ihm schien aufrichtig daran gelegen, daß das Restaurant meine Billigung fand.

»Großartig, Raymond. Nichts wie rein.«

Ich verdrückte drei Eier-McMuffins. Wenn es zehn Uhr abends gewesen wäre, hätte ich ein paar Doppel-Cheeseburger vorgezogen. Bibianna konnte nichts essen. Sie saß nur da und knabberte an einer Apfeltasche, während Luis und Raymond in einer Anwandlung von Frankophilie French Toast und Pommes frites orderten und dazu Ahornsirup. Ich hatte in dem schmalen Gang zur Damentoilette ein Telefon entdeckt, aber der Wandapparat hing genau in unser aller Blickfeld. Raymond hatte den einen Arm locker um Bibiannas Schultern gelegt und massierte ihren Oberarm auf eine Art und Weise, die wohl sexy sein sollte. Dieses Geknete lernen die Knaben auf der High School, und es ist sehr irritierend. Bibianna war jetzt wieder passiv, gefügig und duldsam. Ich wollte, daß sie aufmuckte, sich widersetzte, ihm die Zunge rausstreckte. Dafür half ich ihr doch nicht – daß sie vor ihm kroch wie ein geprügelter Hund. Es war Zeit, daß sie wieder selbst für sich einstand. Wenn sie sich benahm wie ein wehrloses Opfer, würde der Kerl sie auch so behandeln.

Ich stand auf. »Ich muß mal wohin. Komm doch mit, Bibianna. Du kannst mir die Haare machen.«

»Ich muß nicht.«

»Ich aber. Würden Sie uns kurz entschuldigen, Raymond? Wir müssen mal eben für kleine Mädchen.«

»Nur zu«, sagte er.

Ich drückte einen Kuß auf meine Zeigefingerspitze und tippte ihm auf die Nase. »Sie sind ein Schatz.«

Er schlüpfte aus der Sitznische, um Bibianna herauszulassen.

12

In der Damentoilette drehte sie den Hahn auf, um sich kaltes Wasser ins Gesicht zu spritzen. Ich zog ein Wegwerf-Handtuch aus dem Spender und gab es ihr. Sie vergrub die untere Gesichtshälfte in dem Papiertuch und starrte sich im Spiegel über dem Waschbecken an. Sie trocknete sich die Hände ab und warf das Papier weg. »Danke für die Sache da im Auto. Himmel noch mal, ich kann das nicht ertragen. Ich hasse ihn wirklich bis aufs Blut.«

»Er ist ja wohl echt verrückt nach dir«, sagte ich.

Sie trat in eine der Kabinen und versuchte, das Fenster über dem Klo zu öffnen. »Mist, verdammter. Zugenagelt. Glaubst du, es gibt noch einen anderen Weg hier raus?«

»Ich weiß nicht. Ich werd' mal nachsehen«, sagte ich. Ich fühlte mich etwas in der Zwickmühle, weil ich Bibianna gern helfen, aber den Draht zu Raymond Maldonado nicht verlieren wollte. Ich ging zur Tür des Vorraums, öffnete sie einen Spalt und spähte ostentativ nach einem Hinterausgang. Alles, was ich sah, war Raymond, der gerade wieder mit seinem Kopfrucken zugange war. Der Münzfernsprecher an der Wand war verführerisch nah, aber wenn ich zu telefonieren versuchte, würde Luis mich unweigerlich entdecken. Ich schloß die Tür wieder. »Was ist denn mit Raymond los?«

»Es wird immer schlimmer«, sagte sie düster. »So hab' ich ihn noch nie erlebt.«

»Hm, aber woher *kommt* das?«

»Es nennt sich TS. Das heißt Tourette-Syndrom, aber was es bedeutet, weiß ich auch nicht genau. Irgendwas mit dem Nervensystem – neurologisch und so. Ich weiß nur, daß er andauernd diese komischen Bewegungen macht und daß er manchmal fürchterliche Wutanfälle kriegt. Er hat Pillen dagegen, aber die will er nicht nehmen, weil er die Nebenwirkungen nicht ertragen kann.«

»Hat er das schon sein ganzes Leben?«

»Ich glaub' schon. Er redet nie viel drüber.«

»Aber tut er denn gar nichts dagegen?«

»Dope hilft, sagt er. Und manchmal drückt er auch.«

»Hast du ihn deswegen verlassen, wegen dem Tourette-Dings?«

»Ich hab' ihn verlassen, weil er ein Scheißkerl ist. Mit dem andern könnte ich leben, aber er wird immer gemeiner. Mit der Krankheit hat das nichts zu tun«, sagte sie. »Herrgott, wir müssen irgendwas finden, wie wir hier rauskommen.« Sie ging in die zweite Toilettenkabine und probierte es mit diesem Fenster. Ebenfalls verrammelt. »Verdammter Mist. Wir müssen es irgendwie anders versuchen. Ich wollte, Tate wär' jetzt da.«

Ich sagte: »Kann ich verstehen. Glaubst du, Raymond weiß, daß du was mit ihm hast?«

»Großer Gott, ich hoffe nicht. Er ist so eifersüchtig, daß er sofort rot sieht.«

»Woher kennst du Tate?«

»Er ist plötzlich bei einem Kostümfest aufgetaucht, letztes Jahr an Halloween. In Bullenuniform. Alle dachten, es sei nur ein Witz, außer mir. Ich rieche Bullen kilometerweit.« Sie nahm eine Bürste aus ihrer Handtasche und bearbeitete ihre Haare damit. »Das mit Jimmy ist was ganz anderes.«

»Das sieht man«, sagte ich. »Scheint, als ob du ihn liebst.«

Zum ersten Mal, seit wir aus dem Gefängnis draußen waren, huschte ein flüchtiges Lächeln über ihr Gesicht. »Muß wohl so sein. Wir haben nämlich vorletzte Woche geheiratet. Deshalb wird meine Wohnung frei. Ich ziehe zu ihm.«

Die Tür flog auf, und ich tat vor Schreck einen regelrechten Satz. Es war Luis, mit seiner 45er und seinem kleinen Grinsebärtchen. »So meine Damen, das war's. Zeit zum Weiterfahren. Haltet euch mal ein bißchen ran. Raymond sagt, ihr seid jetzt lang genug hier drin.«

Ich winkte unwirsch ab. »Ach, Luis, was soll denn das? Macht wohl Spaß, hier in der Gegend rumzurennen und sich wie ein Idiot aufzuführen? Immer mit der Ruhe. Ich muß erst noch Pipi machen, und sie auch.«

Er lief leicht rot an. »Beeilung.«

»Aber klar doch«, sagte ich, während ich auf die erste Kabine zustrebte. Aus dem Augenwinkel sah ich, wie er die Pistole in den Hosenbund steckte und sich aus dem Vorraum verzog. Zehn Minuten später waren wir wieder unterwegs.

So fand ich mich am Morgen des Mittwoch, dem 26. Oktober, im Fond eines tiefergelegten Ford, der über den Freeway 101 raste. Am Montag war Veras Hochzeit, und ich würde sie garantiert verpassen. Wenn Raymond Bibianna umbringen wollte, würde er wohl nicht umhinkönnen, mich ebenfalls umzubringen. An Halloween würde ich mich vermutlich auf dem Dauerparkplatz beim Flughafen von Los Angeles befinden, in irgendeinem fremden Kofferraum. Selbst bei Hitze dauerte es manchmal Tage, bis jemand etwas roch.

Luis fuhr, während Raymond jetzt auf dem Vordersitz saß und am Radio herumspielte. In unregelmäßigen Abständen brachte er seine Ticks hinter sich. Wenn er mit Luis sprach, schienen sich die Zuckungen zu legen, um dann mit doppelter Heftigkeit wieder einzusetzen, sobald er den Mund hielt. Bibianna hatte sich für ein unruhiges Nickerchen auf dem Rücksitz zusammengerollt. Zumindest brauchte sie sich jetzt keine Gedanken wegen irgendwelcher Bullen zu machen, die sie ausquetschen wollten. Ich war total aufgedreht. Meine Müdigkeit war in den letzten paar Stunden auf dem Weg über die absolute Erschöpfung ins gegenteilige Extrem umgeschlagen. Durch meine Arbeit habe ich weiß Gott oft genug mit unangenehmen Menschen zu tun, aber auf Gewalt oder Gefahr für Leib und Leben stehe ich überhaupt nicht. Meine halbjährlichen Zahnarztbesuche sind das Äußerste an Masochismus, was ich mobilisieren kann. Und jetzt saß ich hier, in einem Auto mit diesen *Vatos*, und wußte nicht, wie ich es anstellen sollte, die Nummer anzurufen, die mir Lieutenant Dolan gegeben hatte. Ich vermißte meine geliebte

Handtasche, meine Jacke und meine Pistole. Aber gleichzeitig fühlte ich mich – das muß ich gestehen – ganz außergewöhnlich lebendig. Vielleicht war das ja nur einer dieser Höhenflüge vor dem endgültigen Absturz.

In Oxnard verließen wir die Schnellstraße, um uns jetzt auf dem Highway 1 durch den südöstlichen Teil der Stadt zu winden, vorbei am Naval Construction Battalion Center in Port Hueneme (ausgesprochen »Iu-nie-mie«). Die Straße verlief jetzt parallel zum Meer, dessen dunkles Blaugrün rechts neben uns zu sehen war. Die Strände waren leer, bis auf ein paar Angler, die ihre Köder auswarfen. Der Sand war vom Regen dunkel und verkrustet, aber der Himmel erstrahlte jetzt in einem klaren, wolkenlosen Azurblau. Die Morgensonne hatte den Nebel weggebrannt, und ich konnte bis zum Horizont schauen. Auf der Landseite wehte feiner Erosionssand von rosa-beigen, durch Urgewalten in Falten gepreßte Felsen, und die Berge liefen in blaßgraues Gestrüppland aus, das hier und da durch ein Fleckchen Grün belebt wurde.

Nachdem wir Point Dume passiert hatten, tauchten auf dem immer breiter werdenden Streifen zwischen Straße und Meer die ersten Häuser auf. Mit jeder Meile verdichteten sie sich. Auf der Parkspur reihten sich Kombis und Kleintransporter Stoßstange an Stoßstange, und junge Burschen in Shorts und Thermoprenanzügen luden Surfbretter und Segel ab. Als wir nach Malibu kamen, drängten sich Apartment-, Mehrfamilien- und Einfamilienhäuser dicht nebeneinander, ein wilder architektonischer Mischmasch, der von Châteaus über Strandhäuschen, italienische Villen und Landhäuser im Tudorstil bis hin zu Cape-Cod-Cottages und Beton-Silos alles umfaßte. Die reichen Leute mit Geschmack waren offenbar gerade verhindert gewesen, als die Planungskommission entschieden hatte. (Welche Planungskommission?) Folglich war die Straße jetzt dicht gesäumt von Einzelhandelsgeschäften aller Art, und Schilder warben für Texaco-Benzin, Baustoffe, Bücher, Schuhe, einen Foto-Schnelldienst, ein Jack-in-the-Box-Schnellrestaurant, ein Motel, das Malibu Inn, Spirituosen, Jimmy's Strandgrill, Gebrauchtwagen, Handlesen und Kartenlegen, Shell-Benzin, Immobilien, Arco

Tag & Nacht-Service, ein Reisebüro, noch ein Motel, wieder Spirituosen, Pizza, wieder Immobilien, einen Schlüsseldienst, einen Schuh-Reparatur-Service, den Malibu-Fischmarkt ... ein stilloses Sammelsurium aus Neonreklamen, Plakatwänden und blinkenden Lichtern. Dazwischen wälzte sich ein permanenter Stau aus Edelkarossen Marke Mercedes, BMW und Jaguar.

Wir hielten an der Ampel, wo der Sunset Boulevard am Pacific Coast Highway endet. Die Frau in dem kleinen Sportwagen neben uns äugte mißtrauisch auf Luis' Strickmütze und seine Walt-Disney-Arme. Das stimulierte bei ihm ein obszönes Ansinnen, mit dem er nicht hinterm Berg hielt. Raymond klopfte ihm tadelnd auf den Kopf. Vielleicht trug er ja deshalb die Strickmütze – um den Gehirnschaden auf ein Minimum zu begrenzen.

Luis rieb sich ärgerlich den Kopf. »He, Mann, immer mit der Ruhe.«

»Halt du Ruhe«, blaffte Raymond zurück, mit einem Entschuldigung heischenden Seitenblick auf mich. Ganz offensichtlich betrachtete er mich als die einzig kultivierte Person unter all diesen Plebejern.

Als die Ampel auf Grün sprang, fuhr Luis mit einer Ruck-Serie an, die das ganze Heck ins Wippen brachte. Binnen weniger Minuten gelangten wir vom blühenden Wohlstand in die absolute Trostlosigkeit.

Unser Ziel war ein Küstenbezirk ein paar Kilometer südlich des Flughafens in einer von Armut gezeichneten Gegend. Die östlichen Vorstadtghettos Compton, South Gate und Lynwood waren strikt in verschiedene Bandenreviere unterteilt, auf die sich pro Normalwochenende fünfzehn bis zwanzig Morde verteilten. Hier gab es nichts als eine endlose Wüste aus Betonbauten, besprüht mit den Reviermarkierungen der verschiedenen Gangs in kantigen schwarzen Lettern. Ich wäre gern dabei, wenn die Gelehrten künftiger Zeiten diese Schrifttafeln einmal ausgraben und enträtseln. Selbst die öffentlichen Busse waren verunstaltet – rollende Boten, die die Beleidigungen zwischen den Gangs hin und her trugen. Die Straßen waren mit Müll und alten Reifen übersät. Flaschen und Dosen und alles andere, was sich wieder verflüssigen ließ, hatten die Penner aufgesammelt. Ein zerfleddertes Sofa stand am Bordstein, als ob es auf den Bus wartete. Lustlose Ghetto-Krieger lungerten vor einem Eckladen herum. Auf der Landseite des vierspurigen Boulevards war jede dritte Ladenfront mit Brettern verrammelt. Die noch existierenden Geschäfte schützten ihre mit Werbeplakaten bepflasterten Schaufensterscheiben mit Stahlgittern.

Ich sah einen Burger King, einen Sav-On Drugstore, einen Schallplattenladen mit einem großen GESCHLOSSEN-Schild, eine Poststelle mit einer schlaff von ihrer Stange baumelnden US-Fahne. Auf der Meerseite der Straße erstreckte sich ein ödes Einerlei aus kleinen Holzhäuschen und kastenartigen Apartmentblocks. Die Grundstücke schienen sämtlich aus kahlem Erdboden hinter Maschendrahtzäunen zu bestehen. Die armen Wohnviertel aller mir bekannten Großstädte haben bestimmte Merkmale gemeinsam: halb eingesackte Veranden, abblätternde Farbe, Gras, das extrem widerstandsfähig ist, wenn es überhaupt wächst, unbebaute Grundstücke voller Schutt und Schrott, Pepsi-Cola-Schilder, herumlungernde Kinder, auf Dauer am Bordstein abgestellte Autos mit platten Reifen, leerstehende Häuser, lethargische Männer, die einem aus leeren Augen nachstarren, wenn man vorbeifährt. Gewalt ist die Form von Theater, die sich die Unterprivilegierten leisten können. Der Eintritt ist billig. Geboten wird das immer wieder neue Drama von Leben und Tod, Drogen und Raubüberfällen, Schüssen aus fahrenden Autos, Vergeltungsakten und der Angst der Mütter, die am Rand stehen und zugucken. Und oft genug sind es die Statisten und die Zuschauer, die dem Kugelhagel zum Opfer fallen.

Wir bogen landeinwärts ab und fuhren sechs quadratische Sozialbaublocks geradeaus. Ich fühlte Angst in mir aufsteigen wie gärende Übelkeit.

Als wir bei Raymonds Wohnung ankamen, hatte ich keine Ahnung, in welchem Teil von Los Angeles ich mich befand. Wir parkten vor einem dreistöckigen Apartmenthaus gegenüber von einem Auto-Schrottplatz. Der Apartment-Komplex umfaßte etwa vierzig Wohneinheiten, die sich in versetzten Schichten um einen betonierten Hof gruppierten. Auf den ersten Blick schien das Ganze nicht mal besonders schäbig. Das Viertel hier war nicht halb so heruntergekommen wie viele, die wir durchquert hatten.

Es war jetzt Vormittag, und obgleich noch ein frisches Lüftchen wehte, standen die meisten Wohnungstüren offen. Was ich von den Räumlichkeiten dahinter erspähen konnte, war überfüllt, vollgepfropft und trostlos. In allen Fernsehern schienen englischsprachige Seifenopern zu laufen, während aus den auf den Geräten plazierten Radios spanische Musik dudelte, die in seltsamem Kontrast zu den Bildern aus der Gringo-Welt stand. Überall sah ich Halloween-Dekorationen, aber manche waren schon so alt, daß die Kürbisse bereits schrumpelten und die Krepp-Papier-Skelette eine Staubschicht trugen.

Wir stiegen alle vier über eine Hintertreppe hinauf in den zweiten Stock, wo wir uns nach links wandten und auf ein Apartment zusteuerten, das nach vorn zur Straße hinausging. »Ist das Ihre Wohnung, wo wir jetzt hingehen?« fragte ich Raymond. Er marschierte mit Bibianna unmittelbar vor mir. Luis bildete die Nachhut, für den Fall, daß ich mich absetzen wollte.

»Das hier ist für uns, wenn wir verheiratet sind«, sagte Raymond mit einem scheuen Seitenblick auf Bibianna. Er schien sich plötzlich an etwas zu erinnern und kramte in seiner Hosentasche. Was er zutage förderte, war ein Schlüssel an einem Metallring mit einem großen Plastik-M, wahrscheinlich für Maldonado. Er überreichte ihn Bibianna. Es war wohl als feierlicher Moment gedacht, aber sie würdigte den Schlüssel kaum eines Blicks und steckte ihn mit steinerner Miene in ihre Handtasche. Es machte ihn sichtlich verlegen, daß sie keinerlei Begeisterung für das zeigte, was ihm ein solches Herzensanliegen war.

Das Problem im wirklichen Leben ist, daß es nicht musikalisch untermalt ist. Im Kino weiß man immer, wann es gefährlich wird, weil die Szene mit einem unheildräuenden Akkord unterlegt ist, einer Dissonanz, die vor den Haien im Wasser und den Schurken hinter der Tür warnt. Im wirklichen Leben läuft alles so verdammt still ab, daß man nie genau weiß, wann es brenzlig wird. Es sei denn, man schneit zufällig in ein fremdes Apartment, das voller finsterer Typen mit Haarnetzen ist. Ich persönlich habe noch nie verstanden, wieso ausgerechnet das Haarnetz zum Symbol des Schurken schlechthin geworden ist. Da waren gleich fünf solcher Typen, alle Latinos um die zwanzig und alle in dicken, bis unters Kinn zugeknöpften Pendleton-Wollhemden. Drei hockten am Küchentisch, einer davon mit seiner Freundin auf dem Schoß. Ein zweites Mädchen saß mit lang ausgestreckten bloßen Beinen daneben, den engen Rock bis zur Mitte der Oberschenkel hochgeschoben. Sie rauchte eine Zigarette und übte, mit ihrem knallrot geschminkten Schmollmund Rauchringe hervorzubringen. Zwei Burschen, die lässig an der Wand lehnten, nahmen Haltung an, als Raymond zur Tür hereinkam. An der Wand hing ein selbstgemachtes Schild mit der Aufschrift »R. I. P.« ganz oben, Chagos Namen in Großbuchstaben ganz unten, zwischen einem Paar betender Hände und einem Kruzifix. Daneben hatte jemand mehrere Fotos von Chago an die Wand gepinnt. Außerdem hing da noch etwas, das aussah wie eine Art Nachruf. Zwischen den Zeitungsstapeln auf dem Tisch lag ein Stoß selbstfabrizierter, flugblattartiger Todesanzeigen: Fotokopien eines säuberlich von Hand geschriebenen Texts. Aus den düsteren Mienen und der Zahl der herumstehenden leeren Bierflaschen schloß ich, daß das hier wohl Chagos engster Freundeskreis war und wir mitten in eine improvisierte Totenwache geplatzt waren. Ich sah Raymond an, konnte aber keine Reaktion entdecken. Schmerzte ihn der Tod seines Bruders denn gar nicht?

Ich gab mir alle Mühe, locker und lässig aufzutreten. Was hatte ich schon zu fürchten? Ich war ja schließlich keine Gefangene, sondern Raymonds Gast. Ich würde nur auskundschaften, was Lieutenant Dolan wissen wollte, und mich dann wieder davonmachen. Zugegeben, ich trieb mich normalerweise nicht in Gangster-Kreisen herum, aber ich war doch immer um Aufgeschlossenheit bemüht. Es gab nun einmal kulturelle Unterschiede, andere Normen und Gewohnheiten, von denen ich keinen blassen Schimmer hatte, geschweige denn ein fundiertes Bild. Aber deswegen war ja noch niemand ein schlechter Mensch, nicht wahr? Warum also gleich mit dem Schlimmsten rechnen? *Weil du nicht weißt, was zum Teufel du da tust,* sagte eine leise Stimme in meinem Innern.

Die Luft war grau von Rauchschwaden, die zum Teil von Marihuana herrührten, einem Stoff, mit dem ich seit meiner High-School-Zeit nichts mehr am Hut gehabt hatte (außer während der kurzen Phase, als Daniel Wade in meinem Leben eine Rolle gespielt hatte). Die Innenausstattung bestand, soweit ich das auf den ersten Blick sehen konnte, aus einem königsblauen Plüsch-Teppichboden und jener Sorte Mobiliar, wie es jenseits der mexikanischen Grenze am Straßenrand verkauft wird. (Und auch in Orange County, am Euclid, südlich des Garden Grove Freeway.) Anscheinend hatte Raymond versucht, das Interieur nobler zu gestalten, indem er die gesamte Wand zu meiner Linken mit goldenen Spiegelkacheln bepflastert hatte. Leider waren diese Fliesen jedoch wohl erst kürzlich mit einem Küchenstuhl zerschmettert worden, der jetzt mit verrenkten Chrombeinen in der Ecke lag. Die Scherben waren zum größten Teil weggefegt, aber an der freigelegten Wand konnte ich noch Blutspuren sehen. Sie waren weder hellrot noch feucht, aber es war doch offensichtlich, daß sich hier vor nicht allzu langer Zeit etwas Schreckliches abgespielt hatte. Niemand nahm in irgendeiner Weise Bezug auf die Verwüstung. Raymond zeigte auch keinerlei Neugier, was mich in dem Verdacht bestätigte, daß er selbst der Urheber war. Bibianna registrierte die Spuren, sagte aber nichts, wahrscheinlich, weil sie wußte, daß es so klüger war. Ich riß meine Augen von der Wand los.

Nach rechts sah man in das offene L einer Küche, wo sich auf sämtlichen waagerechten Flächen dreckige Pappteller, Bierflaschen, Aschenbecher und leere Konservendosen türmten. Es roch nach Koriander, Maistortillas und heißem Bratfett. Auf dem Boden standen fünf große, fettfleckige braune Einkaufstüten, aus denen der Müll quoll. Bei der einen bemerkte ich gerade noch ein blitzschnell davonhuschendes Etwas.

Einer der Burschen am Küchentisch hatte vor sich auf der Blechplatte ein Formular liegen, das er mit Bleistift ausfüllte. Sein Gesicht war rot vor Anstrengung. Seine Pistole hatte er lässig als Briefbeschwerer auf einen Stapel bereits ausgefüllter Blätter gelegt. Ich fragte mich flüchtig, ob er vielleicht ein illegaler Einwanderer war, der gefälschte Immigrationspapiere ausfüllte. Seine Silhouette hob sich scharf vor dem hellen Fenster hinter ihm ab. Im Fall eines Bandenüberfalls vom fahrenden Auto aus würde er umgeblasen werden wie ein Blechbär in einer Schießbude. Ich hörte, wie Raymond ihn mit Tomas ansprach, konnte aber den Rest der Unterhaltung nicht verstehen.

Von den beiden Kerlen, die an der Wand lehnten, hatte der eine einen Sony-Walkman am Gürtel und eine Pistole im Hosenbund. Der andere blies einen dumpfen Ton auf einer leeren Dos-Esquis-Bierflasche. Beide sahen Raymond entfernt ähnlich, und ich fragte mich, ob sie wohl Verwandte von ihm waren – Brüder oder Vettern. Alle schienen Bibianna zu kennen, sahen sie aber nicht direkt an. Den Frauen war ihr Auftauchen offenbar eher unangenehm. Sie wechselten einen raschen Blick.

Ich wurde nicht vorgestellt, aber meine Anwesenheit weckte ein gewisses verstohlenes Interesse. Mehrere Männeraugenpaare musterten mich, und irgend jemand machte eine Bemerkung, die alle, die sie verstanden, sehr erheiterte. Luis erschien wieder, ein Dos Esquis in der Hand. Er hockte sich an die Wand, den Unterleib leicht vorgeschoben, den Kopf in den Nacken gelegt und starrte mich über seine Nase an. Seine Haltung hatte etwas Arrogantes. Irgendwie suggerierte sie die überlegene Potenz der Gesetzlosen und Geächteten. Was immer dahintersteckte, der Effekt war jedenfalls, daß ihm niemand sein Vorrecht auf mich streitig machte. Die anderen Typen warfen sich zwar voreinander in Pose, spreizten aber nicht ernsthaft vor mir das Gefieder.

Jetzt entspann sich eine Debatte unter den dreien am Tisch, die offenbar eine Art *Cholo*-Mix aus Spanisch und gebrochenem Englisch sprachen. Ich konnte kein Wort verstehen, aber der Tenor war aggressiv. Raymond brüllte etwas, dessen Bedeutung sich mir zum Glück entzog. Der Typ mit dem Bleistift und den Blättern machte sich wieder an die Arbeit, mit einer mürrischen Miene, die wenig Gutes verhieß.

Bibianna, die der ganze Haufen nicht sonderlich zu beeindrucken schien, warf ihre Handtasche auf einen Sessel und schlüpfte aus ihren Stöckelschuhen. »Ich geh' duschen«, sagte sie. Dann patschte sie barfuß aus dem Zimmer. Raymond ging zum Telefon und drückte, halb mit dem Rücken zu uns, diverse Wähltasten. »Alfredo, ich bin's ...« Er dämpfte seine Stimme so weit, daß ich nichts mehr mitbekam. Von hinten sah ich, wie er beim Sprechen eine rasche Folge von Zuckungen abspulte, fast wie eine Pantomime oder eine Scharade.

Ich befand, daß es wohl am besten wäre, mich unauffällig in eine Ecke zu verdrücken und mir zu überlegen, was ich jetzt tun sollte. Als ich mich nach einer Sitzgelegenheit umsah, vergaß ich mein Programm schlagartig. Vor der Tür, etwa einen Meter von mir entfernt, stand ein Pitbull. Ich weiß nicht, wieso ich den Köter vorher nicht bemerkt hatte, aber jetzt war er da. Er war gescheckt, mit weißer Brust und weißen Beinen. Der Kopf war breit und mächtig, die Ohren unkupiert, aber tütenartig gefaltet wie bei einer Fledermaus. Um den dicken Hals trug er ein Lederhalsband mit Metallstacheln. Hatte das Blut an der Wand etwas mit dem Hund zu tun? An dem Halsband hing ein etwa einen Meter langes Stück Kette, dessen anderes Ende um das eine Bein des riesigen königsblauen Sofas gewickelt war. Der Hund gab ein tiefes, brummendes Knurren von sich und starrte auf meine Kehle. Mein Verhältnis zu Hunden ist schon unter optimalen Umständen nicht das beste. Ich kann mich kaum je für ein Geschöpf erwärmen, das aussieht, als lauere es darauf, mir die Halsschlagader aufzureißen.

Einer der Männer fuhr den Hund auf Spanisch an, aber das Tier schien diese Sprache auch nicht besser zu verstehen als ich. Der Typ, dem sein Haarnetzknoten mitten auf der Stirn saß wie eine Spinne im Spinnennetz, adressierte mich mit einer Kopfbewegung. »Keine plötzliche Bewegung und nicht am Kopf anfassen. Sonst reißt er Ihnen den Arm ab.«

»Wie unangenehm. Wie heißt er denn?« fragte ich, betend, daß sein Name nicht Cujo war.

»Perro«, sagte er, und dann mit einem Grinsen nachzutragen: »Heißt auf Spanisch ›Hund‹.«

»Sind Sie da ganz allein draufgekommen?« fragte ich freundlich.

Alles lachte. Also sprachen sie doch Englisch.

Er lächelte schmallippig. »Er haßt Gringas.«

Ich sah wieder auf den Hund und verlagerte mein Gewicht auf das hintere Bein, um mich vorsichtig zurückzuziehen. Wie konnte der Hund meine ethnische Abstammung erkennen? Er legte die Ohren an und fletschte die Zähne. Er zog die oberen Lefzen so weit zurück, daß ich ihm in die Nase gucken konnte.

»Hey, Perro«, sagte ich singend. »Feiner Hund. Braves Tierchen.« Ich wandte ganz langsam den Blick von ihm ab, weil ich dachte, direkter Augenkontakt sei dem kleinen Burschen vielleicht zu aggressiv. Falsch. Der Hund zerrte an der Kette und brach in ein wildes Gebell aus, das seinen ganzen Körper erbeben ließ. Ich schrie unwillkürlich auf, was die Kerle sehr erheiternd zu finden schienen. Die Couch hoppelte etwa zehn Zentimeter auf mich zu, was mich fast in seine Reichweite brachte. Ich fühlte schon seinen Bell-Atem an meinem Bein wie kleine heiße Windböen. »Äh ... Raymond?«

Raymond, noch immer am Telefon, hob eine Hand, ungehalten über die Störung.

»Könnte bitte jemand den Hund zurückrufen?« wiederholte ich meine Bitte noch einmal ausführlich.

Raymond schnippte mit den Fingern, und der Hund setzte sich hin. Der Typ mit dem Sony-Walkman grinste über meine offensichtliche Erleichterung. Raymond legte eine Hand auf die Sprechmuschel und sagte mit einer ungeduldigen Kopfbewegung in seine Richtung: »Juan, schaff den Hund raus.« Dann wandte er sich an mich: »Möchten Sie ein Bier? Bedienen Sie sich. Wenn Sie mögen, können Sie duschen, sobald Bibianna fertig ist.« Er widmete sich wieder dem Telefon. Ich rührte mich nicht.

Juan zog grummelnd die Pistole aus dem Hosenbund und legte sie auf den Tisch. Er nahm eine Kettenleine von der Armlehne des Sofas und hakte sie an Perros Halsband fest. Der Hund schnappte nach seiner Hand. Juan zog seine Faust zurück, und die beiden starrten sich eine Minute lang in die Augen. Juan war offensichtlich das Alpha-Männchen, denn Perro kuschte schließlich und bestätigte damit meine These, daß Hunde nicht sonderlich klug sind. Ein Schweißtropfen rann langsam meinen Rücken hinunter.

Als der Hund draußen war, nahm ich mir ein Bier. Dann setzte ich mich in einen dicken Polstersessel auf der anderen Seite des Raums. Ich zog die Beine unter mich, für den Fall, daß auf dem Fußboden Ungeziefer herumspazierte. Fürs erste gab es für mich nichts weiter zu tun, als mein Bier zu trinken. Ich legte den Kopf an die Rückenlehne. Die Überreiztheit, die mich im Auto gepackt hatte, war jetzt verpufft, und ich fühlte mich total erschossen und so schwer, als hätte sich die Anspannung in etlichen zusätzlichen Pfunden niedergeschlagen.

13

Ich mußte wohl weggedöst sein, denn ich kam wieder zu mir, als jemand mir die halbleere Bierflasche aus der Hand nahm und mich sanft am Arm rüttelte. Ich fuhr hoch, starrte verdattert auf die Frau vor mir und rang darum, die Orientierung wiederzufinden. Oh, natürlich. Bibianna. Es ging immer noch um diese Schießerei-Geschichte und alles, was damit zusammenhing. Luis und Raymond waren noch in der Wohnung, aber die anderen waren verschwunden.

Bibianna sah jetzt besser aus. Offenbar hatte sie einen Teil ihres Selbstbewußtseins wiedergefunden. Sie trug einen dicken weißen Frottee-Bademantel und einen Handtuchturban. Sie roch nach Seife. Ihr Gesicht war frisch geschrubbt und hatte wieder das gesunde Strahlen der Jugend. Sie ging in die Küche und holte sich ein Bier. Raymond, der noch immer telefonierte, folgte ihr mit den Augen. Einen kurzen Moment überkam mich Mitleid. Er war ein gutaussehender Mann, aber seine unverhohlene Begierde verlieh ihm etwas Hündisches. Jetzt, da Bibianna wieder Oberwasser hatte, kam er zunehmend ins Wanken. Er wirkte bedürftig und unsicher, Eigenschaften, die die meisten Frauen wenig attraktiv finden. Sein Macho-Gehabe von vorhin hatte einen Knacks bekommen. Er mußte gemerkt haben, daß sie sich nicht die Bohne aus ihm machte. Das Blatt hatte sich gewendet, das Machtverhältnis war umgeschlagen.

»Komm. Ich kann dir ein paar Sachen zum Anziehen borgen«, sagte sie.

»Ein Königreich für eine Zahnbürste«, murmelte ich, während wir auf das Schlafzimmer zugingen.

Sie blieb stehen und sah sich nach Luis um, der jetzt in der Küche auf der Arbeitsplatte hockte. »He, lauf mal eben rüber ins Seven-Eleven und hol uns zwei Zahnbürsten.«

Er reagierte nicht. Erst als Raymond unwirsch mit den Fingern schnippte, sprang er von seinem Sitz. Er ging zu Raymond, der ihm ein paar zerknitterte Geldscheine in die Hand drückte. Sobald Luis weg war, sagte Raymond ungehalten zu Bibianna: »He, so brauchst du nicht mit ihm zu reden. Er arbeitet für mich, nicht für dich. Du kannst ihn gefälligst ein bißchen respektvoller behandeln.«

Bibianna verdrehte die Augen und bedeutete mir mit einer Kopfbewegung, ihr ins Schlafzimmer zu folgen.

Auch dieser Raum war im mexikanischen Straßenrand-Stil möbliert. Das King-Size-Bett komplettierten rote Satin-Bettwäsche und eine dicke, duftige Steppdecke. Die Nachttischchen und die Kommode wirkten wie furnierter Preßspan im »spanischen Stil«, das heißt mit schwarzen, schmiedeeisernen Griffen und Angeln bestückt. Bibianna schob die Schranktür auf. »Er hat alle meine Sachen aus meiner anderen Wohnung hierhergeholt. Nicht mal gefragt hat er mich«, sagte sie. »Hier, sieh dir das an. Er glaubt, er kann mich kaufen wie ein Ding.«

Die hölzerne Kleiderstange war dicht vollgehängt, und in dem breiten Fach darüber stapelten sich Pullover, Handtaschen und Schuhe. Sie ging zur Kommode und begann, die Schubladen aufzuziehen. Sie waren voll mit Unterwäsche, das meiste davon neu. Sie suchte mir einen roten Slip heraus, an dem noch das Preisschild hing. Außerdem offerierte sie mir noch einen Büstenhalter, den ich jedoch dankend ablehnte. Was sollte ich Äpfel in Säcke packen, die für Cantaloupe-Melonen dimensioniert waren? Außer der Unterwäsche organisierte sie mir noch ein Paar Sandalen, einen roten Minirock mit passendem rotem Ledergürtel und eine weiße Bauernbluse mit Puffärmeln und einer Zugkordel am Ausschnitt.

Als sie mir die Sachen in die Hand drückte, flüsterte sie: »Hau ab, wenn du kannst.«

»Und was ist mit Raymond?«

»Keine Sorge. Mit dem werd ich schon fertig.«

»Hey, alles klar?«

Raymond stand in der Tür. Er hatte die Lederjacke ausgezogen, und ohne ihre Polstermasse wirkten seine Schultern schmal.

Bibianna fuhr ihn wütend an: »Würdest du bitte die Güte haben? Wir haben Frauensachen zu besprechen, wenn du's unbedingt wissen willst.«

Er sah mich verlegen an.

»Na, dann werd' ich mal duschen gehen«, murmelte ich.

Er streckte mir eine Tüte hin. »Da ist Ihre Zahnbürste.«

»Danke.«

Ich nahm die Tüte und schob mich an ihm vorbei, um mich schleunigst zu verdrücken. Es gibt nichts Schlimmeres, als dabeizusein, wenn ein Paar die Krallen wetzt. Jeder von beiden bemühte sich indirekt, mich auf seine Seite zu ziehen, und diese nonverbalen Rekrutierungsversuche schlugen mir auf den Magen.

Ich ging ins Gästebad und schloß die Tür hinter mir ab. Ich hängte mein Trägerhemd über den Türknauf, damit niemand durchs Schlüsselloch linsen konnte. Meine Zehen krümmten sich angewidert, weil das Bad ungefähr den Charme einer Militärlatrine hatte. Es hat mir nie besonders gelegen, barfuß durch öffentliche Umkleideräume zu spazieren, wo der Boden grundsätzlich mit Haaren, rostigen Haarnadeln und matschigen Kleenex-Klumpen übersät zu sein scheint. Über das Waschbecken will ich lieber schweigen. Die Glastür der Duschkabine war gesprungen und mit Klebeband geflickt, und in der Schiebeschiene klebte seifiger Schmodder. Ein langer, dreieckiger Dreckfleck zog sich vom Brausekopf bis zum Rand der Duschwanne. In der einen Ecke stand eine Plastikflasche mit Billig-Shampoo, und ich nahm sie mit spitzen Fingern und angeekelter Miene an mich.

Ich legte Klopapier auf den Rand der Toilette, bevor ich sie benutzte. Im Sitzen fummelte ich Lieutenant Dolans Telefonnummer aus meinem rechten Söckchen. Ich prägte sie mir ein, zerriß den Zettel in klitzekleine Fetzchen, warf diese ins Klo und spülte. Das Wasser wollte nicht abfließen. Die kleinen Papier-Konfetti kreiselten aufreizend träge herum, während der Wasserspiegel gefährlich dicht unter den Rand stieg. Na, großartig. Gleich würde das Klo überlaufen. Ich wedelte beschwörend mit den Händen und flüsterte: »Weg da ... geh weg.« Endlich floß das Wasser ab, aber es hatte keinen Sinn, einen weiteren Spülversuch zu starten, ehe der Wasserkasten nicht wieder vollgelaufen war. Ich legte das Ohr an den Behälter, hörte aber nichts, was darauf hingedeutet hätte, daß sich etwas tat. Wenn Raymond jetzt hereinplatzte – würde er die Papierfitzelchen herausfischen und wieder zusammenkleben? Bestimmt nicht.

Ich öffnete den Spülkasten. Innen an den Wänden waren mit Klebeband kleine Plastiksäckchen befestigt ... Heroin vermutlich, oder Kokain. Was für ein genialer Einfall. *Darauf* würden die Bullen bestimmt nicht kommen, falls es je eine Razzia geben würde. Ein Beutelchen hatte sich unter dem Schwimmer verklemmt. Ich schob es weg und wackelte an dem Hebel. Der Behälter füllte sich. Schließlich spülte die Spülung mit Getöse – ein Triumph findiger Intelligenz und klempnerischer Grundkenntnisse. Meine geheimen Aufzeichnungen entschwanden Richtung Meer.

Die Dusche war lauwarm, aber ich schaffte es, mich mit einem kleinen Seifenstück mit der Aufschrift »Ramada Inn« abzuseifen.

Ich wusch mir die Haare und wollte sie gerade ausspülen, als plötzlich das heiße Wasser ausging. Ich beendete hastig die Prozedur. Das einzige Handtuch im ganzen Bad war dünn, bretthart und schmuddelig. Ich tupfte mich mit meinem Trägerhemd trocken und zog mich an.

Als ich mit meinen dreckigen Kleidern in der Hand aus dem Bad trat, war die Wohnung still. Ich spähte ins Wohnzimmer. Luis war offensichtlich nach Hause gegangen. Raymond und Bibianna waren nirgends zu sehen. Die Tür zum großen Schlafzimmer war zu, und ich hörte Stimmen hitzig auf Spanisch debattieren. Ich legte mein Ohr an die Tür, konnte aber nichts verstehen. Ich ging ins Wohnzimmer zurück. Perro war wieder am Sofa angebunden und kaute zufrieden auf dem ledernen Teil der Kettenleine, die ihn festhielt. Sobald er mich sah, sprang er auf, einen Kamm von gesträubten Haaren auf dem Rücken. Er senkte den Kopf, und aus seiner Brust stieg wieder das tiefe Knurren. Um zur Wohnungstür zu kommen, hätte ich dicht an ihm vorbeigemußt. Streich es, dachte ich.

Das Tastentelefon hatte vorhin auf dem Couchtisch gestanden. Jetzt war es spurlos verschwunden. Offenbar hatte Raymond den Apparat ausgestöpselt und mit ins Schlafzimmer genommen. Nicht gerade ein besonderer Vertrauensbeweis. Ich retirierte nach der linken Seite, in einen Mini-Flur. Das zweite Schlafzimmer enthielt eine verschlissene braune Couch und eine nackte Matratze mit etlichen unbezogenen Kissen.

Ich trat ans Fenster, das zur Straße hinausging. Ich öffnete die Verriegelung und schaffte es, das Alu-Schiebefenster mit einem Minimum an Quietschen ein Stück zur Seite zu ruckeln. Nicht daß ich akut einen Ausstieg gesucht hätte, aber ich weiß gern, wo ich bin und welche Möglichkeiten es im Notfall gibt. Ich beugte mich dicht an den Spalt heran und schaffte es durch entsprechendes Kopfdrehen, in alle Richtungen zu schauen.

Rechts war nur eine schäbige, nackte Hauswand, eine senkrechte Front von sieben, acht Metern bis zu dem kahlen Bürgersteig. Kein Balkon, keine Holzverkleidung, kein Baum in erreichbarer Nähe. Soweit ich sehen konnte, bestand das Viertel aus *Tacquerias* und Striplokalen, Autowerkstätten und Spielsalons, alles so tot und kaputt wie in einem Kriegsgebiet. Ich sah nach links und entdeckte zu meiner Erleichterung eine eiserne Feuertreppe. Im Notfall war ich wenigstens nicht ganz von der Außenwelt abgeschnitten.

Ich musterte den Raum. Ich war so erschossen, daß ich mich kaum noch auf den Beinen halten konnte. Ich entschied mich für die klumpige Couch, die für meine Körperlänge ein Stück zu kurz war. Ich zog die Knie an und schlang die Arme tröstend um meinen Oberkörper. Was auch immer passieren mochte – ich brauchte dringend eine Runde Schlaf.

Als ich wieder aufwachte, konnte ich am Einfallswinkel des Lichts ablesen, daß es wohl so gegen vier sein mußte. Die Tage waren schon sehr geschrumpft – das Zeichen für den plötzlichen Anbruch des Winters. Um diese Zeit werden alljährlich die Öfen in

Betrieb genommen. Der Ster Eichenholz ist bereits geliefert und gestapelt. Die Kalifornier holen wie auf Verabredung ihre Wollsachen heraus und lamentieren über die Kälte, obwohl es draußen zehn Grad hat – das Frostähnlichste, was wir hier je erreichen.

Es war immer noch still in der Wohnung. Ich stand auf und schlich hinüber zum Wohnzimmer. Perro schnarchte, aber ich hielt es für eine List. Er hoffte wohl, ich würde versuchen, mich heimlich an ihm vorbeizudrücken, damit er plötzlich losspringen und mich am Hintern packen konnte. Ich drückte mich nach links in die Eßecke vor der kombüsenartigen Mini-Küche. Hier hatte ich schon mal kurz den Kopf reingesteckt, um mir ein Bier zu holen, aber ich war nicht dazu gekommen, nach einem eventuellen Ausgang zu forschen. Ich hatte auf eine Hintertür gehofft, aber die Küche entpuppte sich als Sackgasse, und auch sonst schien es keinen anderen Weg nach draußen zu geben.

Ich warf einen Blick auf den Küchentisch, der immer noch voller Papierstapel war. Ich nahm ein Blatt von einem der Stöße und überflog es. Holla! Na, jetzt wußte ich wenigstens, warum der Typ vorhin so unlustig gewesen war. Diese gemeingefährlich aussehenden *Batos Locos* hatten die Bleistifte gewetzt und sich Versicherungsformulare vorgenommen, um dortselbst ein ganzes Sortiment dubioser Verletzungen einzutragen, von denen sie nicht einmal wußten, wie man sie schreibt. »Schläudertrauma« und »Prälungen« und »Schmerzen im untern und obern Rüken«. Einer hatte geschrieben: »Wir furen nach norden als uns das Auto hintendrauf fur, das wir gegen ein Telefonmast krachten. Ich haute mit dem Kopf gegen die Windschuzscheibe und erlit Prälungen. Seit dem Unfal leide ich an Schläudertrauma mit Nakenschmerzen und auserdem schlimen Kopfschmerzen, Dopelsehen und plötzlich einschisenden Schmerzen im Rüken.«

Als behandelnder Arzt war auf den meisten Formularen ein gewisser Dr. A. Vasquez genannt, dicht gefolgt von einem Chiropraktiker namens Fredrick Howard. Bei näherem Hinsehen merkte ich, daß sämtliche »Opfer« identische Schilderungen des »Unfallhergangs« geliefert hatten. Tomas' Tun hatte darin bestanden, denselben Text immer wieder abzukupfern. Vorbereitung hin oder her, meine detektivischen Instinkte erwachten, und ich merkte, wie mich das Jagdfieber packte. Das hier war schon ein Teil von dem, was Dolan und Santos suchten – der Beweis für eine Betrugsaktion großen Stils, und sogar fein säuberlich mit den Namen der Beteiligten versehen. Bislang hatte ich noch keinen Aktenschrank oder dergleichen entdecken können, aber irgendwo mußte Raymond den Papierkram ja lagern. Ich pickte mir auf gut Glück ein ausgefülltes Formular heraus, faltete es rasch zusammen, steckte es in meine Bluse und beförderte es durch Zupfen und Tätscheln eine Etage tiefer. Ich ließ die übrigen Blätter so liegen, wie ich sie vorgefunden hatte, und ging unter leisem Knistern wieder zum Gästeschlafzimmer zurück. Als ich an der Tür war, sah ich Raymond beim Fenster stehen und den Plastikbeutel durchwühlen, in dem ich meine Habseligkeiten aus dem Gefängnis mitgebracht hatte.

»Nur zu. Bedienen Sie sich. Leider hab' ich nur zehn Dollar bei mir«, sagte ich von der Tür aus.

Wenn es ihm peinlich war, daß ich ihn ertappt hatte, ließ er es sich nicht anmerken. Für einen kurzen Moment herrschte Schweigen, und er absolvierte eine Serie von Zuckungen, die wir beide ignorierten. »Wer ist Hannah Moore?«

»Bitte?«

»Hannah Moore ist nicht Ihr richtiger Name.«

»Ach, nein? Na, das ist mir aber neu.« Ich bemühte mich um einen Ton irgendwo zwischen Scherzhaftigkeit und Konsternation.

»Der Führerschein da ist falsch.« Er warf die Karte auf den Boden und wandte seine Aufmerksamkeit den restlichen Dingen in dem Beutel zu.

»Wenn Sie's unbedingt wissen wollen – meinen Führerschein haben sie mir so vor einem Monat abgenommen«, sagte ich kiebig. »Ein Freund hat mir den da organisiert. Haben Sie irgendwelche Probleme damit?« Ich stapfte durchs Zimmer, schnappte mir den Führerschein vom Fußboden und grabschte ihm im selben Schwung den Beutel aus der Hand.

»Ich hab' überhaupt kein Problem«, sagte er. Mein Temperamentsausbruch schien ihn zu belustigen. »Wieso haben sie Ihnen den Führerschein abgeknöpft?«

»Ich bin bei einer Alkoholkontrolle erwischt worden. Schon das zweite Mal seit Juni.«

Ich sah, wie er diese Auskunft verarbeitete, noch nicht sicher, ob er mir glauben sollte. »Und was ist, wenn ein Bulle Sie anhält und Ihre Papiere überprüft?«

»Dann lande ich eben wieder im Gefängnis. Was macht das schon aus?«

»Und wie ist Ihr richtiger Name?«

»Wie ist Ihrer?«

»Wo ist Ihr Auto?«

»Kaputt. Ich muß das Getriebe machen lassen, aber ich hab' nicht die Kohle dazu.«

Wir starrten uns in die Augen. Seine waren groß und dunkelbraun, mit dichten Wimpern. Er hatte dringend eine Rasur nötig, sein Kinn war grau von Stoppeln. Er trug jetzt leger geschnittene, aber gutsitzende Hosen und ein kurzärmliges Seidenhemd in einem Blaugrünton, der seine Augen sehr warm wirken ließ. In Bekleidungsfragen war sein Geschmack eindeutig besser als in Sachen Einrichtung. Ich dachte, daß er wohl ganz schön Geld machen mußte, was ja auch erklärlich war, wenn Santos' Behauptungen stimmten. Raymonds Hals ruckte. Er warf den Kopf herum und schrie etwas, wobei er sich die Hand vor den Mund hielt, als müßte er husten.

Ich hörte die Tür des großen Schlafzimmers aufgehen. Gleich darauf kam Bibianna den Flur entlang. Sie war barfuß und trug ein kurzes, weißes Seidenhemd, das ihre Haut im Kontrast noch dunkler wirken ließ. Sie blieb in der Tür stehen, zündete sich eine Zigarette an und betrachtete mich interessiert. Ihr Blick war nicht recht zu deuten. Sie hatte die Haare auf dem Kopf zu einem schlampigen Knoten geschlungen. Ihre Augen wanderten zu Raymond hinüber. »Wo ist das Telefon?«

»Kaputt.«

»Das stimmt nicht. Du hast ja vorhin noch telefoniert.«

»Jetzt ist es kaputt. Du brauchst es doch nicht.«

»Ich will meine Mutter anrufen.«

»Das hat Zeit«, sagte er.

Sie stieß sich am Türpfosten ab, machte auf dem Absatz kehrt und verschwand den Gang hinunter in Richtung Wohnzimmer.

Er starrte ihr nach. Ein kaum merklicher Tick zuckte um seinen Mund. Er rollte den Kopf und bewegte den rechten Arm im Schultergelenk, um die Spannung zu lösen. Der arme Mann mußte ja abends völlig erschöpft sein. Er schüttelte den Kopf. »Ich begreif' das nicht. Ich hab' doch alles für sie getan. Ich kauf' ihr Kleider. Ich führ' sie schick aus, beschaff' ihr alles, was sie will. Sie braucht doch keinen Finger krumm zu machen. Nicht mal arbeiten muß sie. Ich hab' eine große Kreuzfahrt mit ihr gemacht. Hat sie Ihnen davon erzählt?«

Ich schüttelte den Kopf.

»Fragen Sie sie mal. Sie wird's Ihnen sagen. Da gab es vielleicht ein Essen! Einen Schwan aus Eis, bestimmt zwei Meter groß, und einen Sektbrunnen. Und die Wohnung hab' ich ihr gekauft. Und wissen Sie, was sie sagt? Sie meint, das ist alles Schrott. Sie haßt das Apartment, sagt sie. Was ist denn bloß mit ihr los?« Seine Ratlosigkeit war mit Aggressivität untermischt. »Sagen Sie mir doch, was ich falsch gemacht habe. Sagen Sie mir, was ich noch tun soll.«

»In Beziehungsfragen bin ich nicht gerade eine Expertin.«

»Wissen Sie, was das Problem ist? Ich bin zu nett. Das ist es. Ich bin zu gut zu dieser Frau, aber ich kann nicht anders. So bin ich nun mal. Wir hatten schon alles für die Hochzeit vorbereitet. Hat sie Ihnen davon erzählt?«

»Ich glaube, Sie haben schon davon gesprochen.«

»Sie hat mir das Herz gebrochen, und ich kapier' nicht, warum ...«

»Also, eins kann ich Ihnen sagen, Raymond. Sie dürfen sich nicht an jemanden klammern, der gar nicht hier sein will.«

»Ist das so?« Er musterte mich so eindringlich, daß ich einen Moment lang schon dachte, ich könnte ihn vielleicht wirklich überreden, Bibianna loszulassen. Er schob die Hände in die Hosentaschen, und sein Gesicht wirkte im Dämmerlicht, als ob er vor sich hinbrütete.

»Raymond?« rief Bibianna aus dem Wohnzimmer. »Was ist das?«

»Was?«

Einen Augenblick später kam sie wieder herein, in der Hand ein Schnappmesser mit einem Horngriff. Die Klinge war dunkel von getrocknetem Blut.

Er fixierte das Messer. »Wo hast du das her?«

»Es lag in der Küche auf der Arbeitsplatte. Es ist deins. Ich kenne es.«

Er ignorierte ihre ursprüngliche Frage und streckte nur die Hand aus. Ich dachte an die zerschmetterten Spiegelkacheln und das kaputte Stuhlbein und die Blutspritzer an der Wand. Widerstrebend legte Bibianna das Messer in seine Hand. Sie schien beunruhigt. Das Blatt hatte sich erneut gewendet. Er drückte auf einen Knopf in dem Messergriff, und die Klinge verschwand wieder in ihrem Schlitz. Er steckte das Ding in die Hosentasche. Seine Augenlider zuckten. Sein Kopf ruckte zur Seite, und sein Mund öffnete sich weit.

Sie beobachtete ihn mißtrauisch. »Wo kommt das ganze Blut her?«

»Zieh dich an. Wir gehen essen. Ihr können wir ja etwas mitbringen«, entgegnete er.

Mich packte freudige Erregung. Ich sehnte mich so sehr nach einem unbewachten Stündchen!

»Wieso kann Hannah nicht mitkommen? Sie ist sicher auch schon halbtot vor Hunger.«

»Sie kann sich ja solange schon mal was von dem Chili nehmen. Auf dem Herd steht ein großer Topf.«

Ich sagte so beiläufig wie möglich: »Ist schon gut, Bibianna. Ich bleib' gern hier und leiste dem Hund Gesellschaft.« Ganz so, als wären Perro und ich alte Kumpels. Ich brannte darauf, allein zu sein und Dolan anzurufen, solange ich es noch konnte.

Die beiden verstrickten sich in eine längere Diskussion – wohin gehen, was anziehen? Ob sie nicht lieber auf Luis warten sollten, damit wir zu viert gehen könnten. Ich spürte, wie sich mir vor Anspannung der Magen zusammenkrampfte, aber ich wollte mir auf keinen Fall meine Ungeduld anmerken lassen. Raymond war dafür, auf Luis zu warten, aber Bibianna meinte, sie hätte keine Lust, mit ihm zusammen zu essen, und Raymond machte keinen ernsthaften Druck. Ich trat im Geist von einem Bein aufs andere.

14

Sie gingen schließlich um kurz vor sieben, nach einem quälenden Hin und Her. Perro blieb an seinem Platz bei der Tür, wo er weiter an seiner Leine kaute. Er hatte Zähne, wie man sie sich an einem Dinosaurierskelett denken könnte, perfekt geeignet, Alligatoren und handlichere Säugetiere zu zermalmen. Sobald die Tür hinter ihnen ins Schloß gefallen war, stürzte ich in das Gästeschlafzimmer, wo ich mir zuerst eine Minute Zeit nahm, das Schadensformular aus meinem Dekolleté zu nesteln und unter einem der Couchpolster zu verstecken. Dann machte ich mich auf die Suche nach dem verschwundenen Telefon. Ich begann im großen Schlafzimmer und nahm mir zuerst die Schubladen vor. Es schien mir unwahrscheinlich, daß er den Apparat zwischen Bibiannas Sachen versteckt hatte. Also ersparte ich mir ihre Kommode, um mich ganz auf seine zu konzentrieren. Wahrscheinlich hatte sie auch schon erfolglos gestöbert.

Die Schublade ganz oben links war voller unsortierter Socken und plump gefalteter Taschentücher. Die rechts daneben barg jene Sorte Kleinkram, von der man sich einfach nicht trennen mag: Streichholzbriefchen, Manschettenknöpfe, Krawattennadeln, einen Klemmhalter für Joint-Stummel, Kleingeld, eine Brieftasche, die noch ganz proper aussah, aber keine Kreditkarten mehr enthielt. Ein dünnes, braunes Sparbuch, das ein Guthaben von dreiundvierzigtausend Dollar auswies. Eins tiefer lagen zusammengefaltete Hemden und darunter die Pullover. In einem Karton ganz hinten in der Schublade fand ich zwei Pistolen. Die eine war eine halbautomatische 30er Broomhandle-Mauser im Originalkasten, mit Reservemagazin, Laufreiniger, Test-Zielscheibe und einem Schächtelchen Patronen. Ich beugte mich darüber und schnupperte am Lauf, ohne die Waffe zu berühren. Sie war nicht frisch gereinigt, roch aber auch nicht, als wäre sie kürzlich erst abgefeuert worden. Die zweite Waffe war eine 38er SIG-Sauer P 220-Super, die gut und gern dreihundertfünfzig Dollar kostete. Sollte ich eins von den Dingern an mich nehmen? Nein, nicht jetzt. Das wäre unklug. Unter dem Karton lag ein Sammelsurium von kalifornischen Führerscheinen nebst dazugehörigen Personalausweisen. Ich notierte mir im Geist, daß ich mir diese Papiere bei Gelegenheit noch einmal näher ansehen wollte. Ich legte die Pistolen wieder auf den Ausweishaufen.

Ich durchsuchte Ober- und Unterteil des Schranks, indem ich in allen Stapeln und Haufen stöberte, die groß genug waren, um ein Telefon zu verdecken. Ich lugte unters Bett und in die Nachttischschubladen. Dann ging ich ins zugehörige Bad, das größer war als das Gästebad, aber keineswegs sauberer. Das Medizinschränkchen war zu klein, als daß jemand irgendwas darin hätte verstecken können. Ich wühlte im Wäsche-Puff. Da war das Telefon, ganz unten auf dem Grund. Ich stieß einen kleinen Freudenschrei aus und zog den Apparat unter einem Berg dreckiger Unterwäsche hervor. Ich wußte, im Wohnzimmer war eine Steckdose, aber ich traute mich nicht, es dort einzustöpseln. Luis konnte jede Minute kommen, und ich wollte nicht, daß er mich mit dem Hörer am Ohr ertappte.

Ich suchte über den Fußleisten im Schlafzimmer nach einer zweiten Dose, konnte aber auf den ersten Blick keine entdecken. Ich ließ mich auf alle viere nieder und kroch, das Telefon mitschleppend, die Wände entlang. Ich spähte hinter die Kommoden und die Nachttische. Schließlich entdeckte ich eine Dose hinter dem Riesenbett, ziemlich genau in der Mitte. Indem ich mich platt auf den Bauch legte und mit dem ausgestreckten Arm zwischen den Staubflusen herumfuhrwerkte, gelang es mir, das kleine Nippeldings an der Telefonstrippe in das zugehörige Loch in der Dose zu stecken. Ich lag noch bäuchlings auf dem Boden zwischen Bett und Schrank, als plötzlich der Hund zu bellen begann. Luis. Scheiße! Ich zerrte den Stecker wieder aus der Dose und schleuderte die Schnur unter dem

Bett hervor. Perro bellte so laut, daß ich nicht hören konnte, ob Luis schon in der Wohnung war oder nicht. Ich flitzte ins Bad und wikkelte unterwegs die Schnur um das Telefon.

»Hey! Keiner da?« Er war schon drinnen.

»Luis? Sind Sie's? Ich bin hier im Bad«, rief ich.

Ich schob das Telefon in den Wäsche-Puff und deckte die Dreckwäsche darüber. Dann sah ich in den Spiegel. Ich pflückte mir ein Hundehaar von der Lippe und hatte gerade noch Zeit, mir ein Handtuch um den Kopf zu schlingen, ehe Luis in der Badtür stand. Er trug jetzt ein Flanellhemd. Die langen Ärmel verhüllten seine schmucken Tätowierungen, aber aus den Manschetten ragten noch je ein Paar Entenfüße hervor. Er inspizierte das Bad. Dann sah er mich an. In seinen Augen lag eisiger Argwohn.

»Wo ist Raymond?«

»Er ist mit Bibianna weggegangen.«

»Was haben Sie hier zu suchen?«

»Bibianna hat gesagt, ich könnte mir ihren Fön borgen«, antwortete ich, betend, daß sie einen besaß. Ich sah verstohlen zu dem Wäschepuff hinüber. Eine kleine Kabelschlaufe hing auf der einen Seite heraus. Ich machte einen Schritt zur Seite, um ihm den Blick auf das Ding zu verstellen. »Ich bin gleich fertig.«

Er starrte mich an. Sein Gesicht war oval, mit vorstehenden Wangenknochen und einem kleinen, spitzen Kinn. Die Zähne waren in gutem Zustand, aber er hatte einen unangenehmen schmalen Mund, den das klägliche Bärtchen noch betonte. Seine dunklen, anliegenden Haare endeten hinten in einem kleinen Schwänzchen, das die Wollmütze bisher verhüllt hatte. Er mußte Ende zwanzig sein. »Haben sie was gesagt, wann sie wieder zurück sein wollten?«

»Ich erzähl's Ihnen gleich, ja? Ich möchte nur eben noch schnell meine Haare fertig machen«, sagte ich. Ich griff nach der Badezimmertür, um sie zuzumachen, was ihn zwang, einen kleinen Schritt zurückzutreten. Ich schloß die Tür mit Nachdruck, wartete eine halbe Sekunde und riß sie dann wieder auf. Er fuhr verlegen hoch. Er steckte die Daumen in die Gürtelschlaufen und schlenderte lässig in Richtung Wohnzimmer davon.

»Sehr taktvoll!« rief ich ihm nach. Dann knallte ich unterstreichungshalber die Tür mit Schwung zu. Ich knipste den Fön an, legte ihn auf den Klodeckel und ließ ihn laufen, während ich die Schnur ordentlich um das Telefon wickelte, das Ganze sorgsam wieder so im Wäschepuff verstaute, wie ich es gefunden hatte, und die Wäsche darüber drapierte. Nachdem ich den Deckel sorgfältig plaziert hatte, nahm ich den heulenden Fön an mich. Ich beugte mich vornüber und pustete meine hängenden Haare etwa eine Minute mit dem heißen Luftstrahl durch. Als ich mich wieder aufrichtete, sah ich zwar nicht besser aus, aber anders: wie ein Klettenbusch ohne Blätter. Ich knipste den Fön aus und ging hinüber ins Wohnzimmer.

Es wurde ein friedlicher Abend. Luis schien weder von einem Übermaß an Intellekt noch von Neugier geplagt, so daß sich die Konversation auf ein Minimum beschränkte. Er saß auf dem Nicht-Hund-Ende der Couch und ich im Sessel. Er stellte den Fernseher an. Er hatte eine sehr begrenzte Konzentrationsspanne und eine geringe Komplexitätstoleranz. Ab und zu bekundete er durch sein Verhalten, daß er sich meiner Gegenwart auf eine durchaus wache Weise bewußt war – eine eigenartige Intensität, nicht offen, aber doch greifbar. Seine sexuelle Ausstrahlung war schwer und schwül, wie der Duft von Orangenblüten an einem feuchtwarmen Sommerabend. Er verfolgte mehrere Sendungen gleichzeitig, indem er per Fernbedienung von einem Kanal zum anderen schaltete. Der Hund starrte mich über alle Auto-Verfolgungsjagden und Konserven-Lachsalven unverwandt an, und wenn ihn mein Blick zufällig streifte, schienen sich seine kleinen Äuglein zu verengen.

Um zwanzig nach zehn erschienen Raymond und Bibianna mit einem Rieseneimer Hühnerteile aus irgendeinem Kentucky-Fried-Chicken-Schuppen. Inzwischen hatte ich einen solchen Bärenhunger, daß ich fünf Stücke verdrückte und dazu noch ein Pappschälchen Kartoffelpüree mit brauner Soße, ein Näpfchen Kohlsalat, drei mißgestaltete Brötchen sowie eine Pastete, deren kaum vorhandene Füllung nicht näher spezifizierbar war. Luis aß mit mir und putzte die letzten Reste weg. Um Mitternacht holte Bibianna mir eine Decke, ein Kopfkissen und ein Nachthemd. Ich trottete in den

Raum, den ich inzwischen als mein Zimmer betrachtete, schloß die Tür, streifte meine Kleider ab, schlüpfte in das Nachthemd und machte es mir auf der klumpigen Couch bequem.

Ich fuhr jäh aus dem Schlaf. Zuerst hatte ich keine Ahnung, wo ich mich befand und was los war. Es war mitten in der Nacht. Ich starrte angestrengt ins Dunkel, tastete mit den Augen den Raum ab und kämpfte gegen den Schlafnebel an. Bleiches Licht von einer Straßenlaterne draußen vor dem Fenster malte einen fahlgelben Streifen an die Decke. Es roch leise nach Tortilla-Bratfett. Dann fiel es mir langsam wieder ein. Raymond. Hatte mich ein Geräusch geweckt? Wenn da etwas gewesen war, mußte ich es wohl in einen wirren Traum eingearbeitet haben, der beim Aufwachen verflogen war. Nur das Gefühl war noch da – schwer und beängstigend. Mir war, als sei da jemand im Zimmer. Meine Augen gewöhnten sich allmählich an die Dunkelheit. Ich unterteilte mein Gesichtsfeld in Planquadrate, die ich nacheinander absuchte. Mein Herz stockte und fing dann an zu rasen. Die Zimmertür schien einen kleinen Spalt offen. Luis? Ich strengte meine Augen noch mehr an. War da ein Schatten vor dem helleren Anthrazit des Flurs? Die Tür öffnete sich, ein undeutlicher Streifen, der sich verbreiterte. Ich flüsterte: »Was wollen Sie?«

Schweigen.

Ich hörte Tapsen. Etwas Metallenes schleifte über den Boden. Meine Angst loderte jäh auf. Der Hund. Mir fiel wieder ein, wie er auf dem Lederstück zwischen seiner Gliederleine und der Befestigungskette herumgekaut hatte. Der Himmel mochte wissen, wie lange er schon frei in der Wohnung herumlief. Ich sah das Glimmen der dunklen Augen. Er hielt den Kopf gesenkt. Ich hatte keine Waffe in Reichweite, nichts, womit ich mich hätte verteidigen können. Er schien nach Menschengeruch zu wittern. Wenn ich ganz still liegenblieb, würde er vielleicht das Interesse verlieren und wieder kehrt machen und zu Raymond und Bibiannas Zimmer marschieren. Ich hielt den Atem an. Der Pitbull kam auf meine Couch zu. Ich hörte das Tapp-Tapp seiner Krallen auf den Holzdielen. Ich lag auf der rechten Seite, das Gesicht fast auf einer Höhe mit seinem. Ich hatte den rechten Arm unterm Kopf, aber der linke baumelte über die Kante, weil ich ihn nirgends mehr hatte unterbringen können. Der Hund reckte die Schnauze, bis seine ledrige Nase die Finger meiner linken Hand berührte. Ich fühlte seine Bartborsten über mein Handgelenk streifen. Ich verharrte reglos. Schließlich begann ich, im Zeitlupentempo meine Hand zu entfernen. Ich hörte ihn tief und kehlig knurren. Ich erstarrte und wagte nicht, meine Fingerspitzen noch weiter zurückzuziehen. Er schob sich näher heran, bis seine Schnauze schließlich auf der Couchkante ruhte, genau vor meinem Mund. Er gab einen winselnden Laut von sich. In meinem Kopf herrschte absolute Leere. Ein paar Sekunden später war er zu mir auf die Couch geklettert. Er drängte mich gegen die Rückenpolster und nagelte mich mit seinen knochigen Vorderbeinen fest. Ich legte ihm vorsichtig die Finger zwischen die Ohren. Er leckte meine Hand.

»Ich dachte, du magst es nicht, wenn man dich am Kopf anfaßt«, sagte ich entrüstet. Dem war ganz offensichtlich nicht so. Ich begann, den einen seidigen Ohrlappen zu streicheln. Der Hund hechelte selig. Bald umfing mich seine Körperwärme von der Brust bis zu den Knien. Ich wagte nicht, mich zu beschweren, obgleich er eine üppige Wolke Hundegeruch verbreitete. Das war das erste Mal, daß ich einen Bettgenossen hatte, der nach warmem Schwein roch.

Es ist immer wieder erstaunlich, wie schnell man sich an fremde Umgebungen und neue Situationen gewöhnt. Am Morgen fühlte ich mich in der Wohnung schon ganz heimisch. Bibianna lieh mir ein sauberes T-Shirt zu meinem roten Minirock. Zum Frühstück machte uns Luis Bohnen-und-Käse-Burritos, die wir mit Pepsi hinunterspülten. Inzwischen war die penible Seite meiner Person voll zum Durchbruch gekommen. Ich trieb einen Schwamm und einen Rest Scheuerpulver auf und nahm das Bad in Angriff. Ich schrubbte den Boden, das Waschbecken, das Klo, die Duschwanne und die schmierigen Kacheln in der Duschecke. Dann überzeugte ich Bibianna, daß sie dafür sorgen sollte, daß die Mülltüten aus der Küche verschwanden. Ich scheuerte die Spüle, den Herd und die Arbeitsflächen. Perro Pitbull war wieder auf seinem Platz bei der Tür und hielt Wache. Nach unserem One-Night-Stand tat der Mistkerl doch tatsächlich so, als würde er mich nicht kennen. Sobald ich ihn ansah, knurrte er drohend. Ich erwartete ja nicht unbedingt, daß er mir die Füße leckte, aber ein kleines Zeichen des Wiedererkennens hätte meinem geschundenen Ego gutgetan.

Um neun verließ Raymond ohne ein erklärendes Wort die Wohnung. Bibianna ging wieder ins Bett. Ich fragte mich, ob sie sich wohl mit Tabletten oder Marihuana zudröhnte und sich in den Schlaf flüchtete, um sich Raymonds sexuellen Forderungen zu entziehen.

Luis überraschte mich damit, daß er die Küche übernahm. Offenbar befand er, daß es Zeit zum Kochen war. Vielleicht hatte es ihn ja inspiriert, daß ich den ganzen verkrusteten Dreck von der Herdoberfläche abgekratzt und mit einem Messer die klebrige Schmiere aus den Kachelritzen gepult hatte. Von richtigem Geschirr schien hier noch niemand gehört zu haben. Ich hatte Riesenstapel von billigen Papptellern und zwölf Garnituren Plastikbesteck weggeschmissen. Den noch verbleibenden Plunder – Plastikgläser und verkrustete Küchenutensilien – hatte ich zum Einweichen in die Spüle gelegt, in Wasser, das ich zuvor auf dem Herd heiß gemacht hatte. Jetzt machte sich Luis an die Arbeit. Ich fragte mich flüchtig, ob er insgeheim wohl auch Levitationsübungen veranstaltete, um nicht barfuß auf den schmierigen Badfußboden treten zu müssen. Da ich nichts Besseres zu tun hatte, blieb ich da. Ich lehnte mich gegen die Arbeitsplatte und sah ihm zu.

Bislang verborgene Seiten seiner Person wurden jetzt offenbar. Alles, was er tat, war bedacht und präzise. Er schälte eine Zwiebel. Er zerquetschte Knoblauchzehen mit der Breitseite eines Hackmessers und pulte die Häutchen ab wie Insektenpanzer. Er grillte Chili-Schoten an, putzte und entkernte sie und schnitt sie klein. Der Geruch war scharf, aber appetitanregend. Er war so konzentriert und so völlig von seinem Tun absorbiert wie eine Frau beim Schminken. Können tum hat mich schon immer fasziniert. Er öffnete eine große Dose mit Tomatenstücken und kippte den Inhalt in den von mir gescheuerten Topf. Dann gab er die Zwiebeln, den Knoblauch und die Chilischoten dazu. Sein Vorgehen hatte eine gewisse methodische Eleganz. Es war ganz offensichtlich, daß er diese Handgriffe gelernt hatte, aber wer hatte sie ihm beigebracht? Ein köstlicher Duft stieg auf.

»Was wird das?« fragte ich.

»Enchilada-Soße.«

»Riecht toll.« Ich lehnte an der Arbeitsplatte und überlegte mir, wie ich meine nächste Frage verpacken sollte. »Was wird jetzt eigentlich mit Chago? Gibt es kein Begräbnis?«

Luis widmete sich ganz seinem Kochtopf, um mich nicht ansehen zu müssen. »Raymond hat mit den Bullen geredet. Sie geben die Leiche nicht frei, bevor sie nicht mit der Autopsie fertig sind. Vielleicht morgen, aber genau wollten sie's nicht sagen.«

»Hat er noch mehr Brüder?«

»Juan und Ricardo. Die waren gestern hier.«

»Und die Eltern?«

»Sein Vater wurde verknackt, wegen Kindesmißhandlung. Im Gefängnis haben ihn die andern dann umgebracht, als sie gehört haben, was er mit Raymond gemacht hat.«

»Und was war das?«

Luis sah auf. »Er redet nicht drüber, und ich frag' nicht.« Er wandte sich wieder seinem Kochtopf zu und ließ hypnotisch den Kochlöffel kreisen. »Seine Mutter ist abgehauen, als er sieben oder acht war.«

»Ist er der Älteste?«

»Von den Jungen. Er hat noch drei ältere Schwestern, die ihn auf den Tod hassen. Sie denken, das mit den Eltern war seine Schuld.«

»Was für eine glückliche Kindheit«, sagte ich. »Wie lange kennen Sie ihn denn schon?«

»So sechs, acht Monate. Ich hab' ihn über Jesus kennengelernt. Das ist einer von seinen Leuten.«

Bibianna erschien in der Küchentür, eine Decke um die Schultern gelegt wie eine Indianerin. »Raymond schon wieder da?«

Luis schüttelte den Kopf.

Sie verschwand wieder, und kurz darauf hörte ich die Dusche

rauschen. Luis ließ die Soße auf dem Herd vor sich hinköcheln und schickte sich an, mit dem Hund hinauszugehen. Als er die Kette anhob, bemerkte er das durchgekaute Lederstück. Ich hörte ihn ein besorgtes »Scheiße« murmeln. Ich hielt den Mund, in der Hoffnung, der Hund würde es mir mit einer gewissen Loyalität danken. Luis befestigte die Leine auf irgendeine andere Weise an Perros Halsband, und beide verließen die Wohnung.

Bibianna erschien wieder, diesmal vollständig angezogen. Sie fand einen eselsohrigen Packen Spielkarten und hockte sich neben dem Couchtisch auf den Boden, um eine Patience zu legen. Ich erwog kurz, wieder auf die Suche nach dem Telefon zu gehen, entschied dann aber, Dolan doch lieber nicht anzurufen, solange Bibianna in der Wohnung war. Je weniger sie über mich wußte, desto besser. Ich stellte den Fernseher an. Der Tag fühlte sich schon jetzt irgendwie komisch an – leer, unstrukturiert, sinnlos und reizlos – wie ein Zwangsurlaub in einem Billig-Ferienparadies.

Bibianna schien in ihr Tun versunken, und ich störte sie ungern, aber wir waren so selten allein, und ich mußte dringend ein paar Dinge in Erfahrung bringen.

»Wie oft kriegt er denn seine Ausbrüche?« fragte ich.

Sie sah mich düster an. »Nicht jeden Tag. So zwei-, dreimal die Woche«, sagte sie. »Ich hab' mal mit Chago drüber geredet, und er hat mir erzählt, daß es schon angefangen hat, als Raymond noch klein war. Er hat mit den Augen gekniept, und dann ging die Zuckerei los, und dann kam dieses komische Bellen. Sein Vater hat gedacht, er würd' es absichtlich tun, um Aufmerksamkeit zu schinden. Deshalb hat er ihn geprügelt. Er hat auch noch andere Sachen mit ihm gemacht, für die er dann ins Gefängnis gekommen ist. Der arme Raymond. Er war so zapplig in der Schule, daß er dauernd Scherereien gekriegt hat. Deshalb ist seine Mutter wohl auch abgehauen ...«

»Und seither ist es so? Die ganze Zeit, die du ihn kennst?«

»Es war mal eine Zeitlang besser, aber dann hat es wieder angefangen, noch schlimmer als vorher.«

»Können die Ärzte denn gar nichts machen?«

»Welche Ärzte? Er geht zu keinen Ärzten. Manchmal beruhigt ihn Sex. Oder Alkohol oder Schlaf oder Dope. Einmal hatte er Grippe und vierzig Fieber. Da war alles bestens, nicht das klitzekleinste Zucken. Zwei Tage ging's ihm prima. Dann ging die Grippe wieder weg, und es fing wieder an, diesmal mit diesem Lippengelecke und dem komischen Gemache mit den Händen. Ich will nicht mehr drüber reden. Es zieht mich nur runter.«

Raymond erschien um die Mittagessenszeit, mit einer zusammengefalteten Zeitung unter dem Arm und einer Tüte Doughnuts. Luis und der Hund kamen direkt nach ihm. Wenn Raymond um seinen Bruder trauerte, merkte man es ihm jedenfalls nicht an. Das Gezucke schien mir heute nicht ganz so schlimm, aber ich war mir nicht sicher. Er ging in Abständen aus dem Zimmer, und ich hatte den Verdacht, daß er sich nach nebenan verzog, um Luft abzulassen. Oder um zu fixen. Ich lungerte in meinem Sessel, die bloßen Beine über der Armlehne und mit der einen Sandale schlappend, und war gerade dabei, in eine immens kitschige Seifenoper einzusteigen, als sich beide Männer an den Küchentisch setzten und leise auf Spanisch miteinander redeten. Als die nächste Runde Werbung kam, ging ich in die Küche. Ich nahm mir ein Glas Wasser, blieb dann hinter ihnen stehen und spähte über Raymonds Schulter, um herauszufinden, was sie da trieben. Es war ganz offensichtlich die schiere, penetrante Neugier, schien ihn aber nicht weiter zu stören. Was ich für die Tageszeitung gehalten hatte, entpuppte sich als kostenloses Kleinanzeigenblatt. Luis suchte die Rubrik Autos und faltete die Seiten um. Ich sah auf das Datum. Donnerstag, 27. Oktober. Demnach wohl die druckfrischen Angebote zum Wochenende. Luis übersprang die Lastwagen, Kombis und ausländischen Marken und konzentrierte sich ganz auf die einheimischen Fabrikate.

»Da ist einer«, sagte Luis. Mit einem Neon-Marker umkringelte er eine Offerte über einen 79er Caddy. Ich beugte mich näher heran und las: »Guter Zustand, $ 999. VB.«

»Was heißt VB?« fragte ich. Ich wußte es zwar, wollte aber ein wenig Interesse demonstrieren und hielt es für das Sicherste, mich dumm zu stellen.

»Verhandlungsbasis«, sagte Raymond. »Suchen Sie einen Cadillac?«

»Wer? Ich? Nicht speziell.«

»Der da gefällt mir, der Chrysler Cordoba«, sagte Raymond zu Luis, wobei er auf die nächste Spalte tippte. Luis malte ein wackliges Ei um die Anzeige, die da sagte: »Bj. 77, weiß, Motor/Kar. einwandfr., $ 895/VB.« Unter beiden Annoncen waren Telefonnummern angegeben.

Raymond stand auf, ging hinaus und kam mit dem Telefon zurück. Er stöpselte es in die Dose in der Wand. Ich zog mir einen Stuhl heran und setzte mich. Luis fuhr fort, Anzeigen einzukringeln, während Raymond Anruf um Anruf tätigte, sich eingehend nach dem jeweiligen Wagen erkundigte und die Adresse notierte. Als sie alle Anzeigen durchhatten, stellte er auf einem Blatt Papier eine Liste zusammen.

Raymond sah mich an. »Haben Sie eine Kraftfahrzeugversicherung?«

»Klar.«

»Was für eine?«

Ich sagte achselzuckend: »Was man eben in Kalifornien braucht. Ich hab' mir schon gedacht, daß ich sie vielleicht kündigen sollte, wo mein Auto doch im Moment lahmgelegt ist. Warum?«

»Haben Sie Haftpflicht und Unfall?«

»Was weiß ich. Ich merk' mir doch nicht auswendig, wie mein Auto versichert ist. Die Police liegt drüben in Santa Teresa.«

»Können Sie's nicht bei Ihrer Versicherung erfragen?«

»Na klar. Die brauchen ja nur nachzugucken.«

»Würd' sich ja vielleicht lohnen, Ihr Getriebe reparieren zu lassen, wenn Sie Unfallschutz haben.« Raymond nahm den Telefonhörer ab und hielt ihn mir hin. »Rufen Sie an.«

»Jetzt gleich?«

»Spricht was dagegen?«

»Absolut nichts«, sagte ich mit einem gequälten Lachen. Ich spürte, wie mein Herz zu jagen begann. Das Bummern fühlte sich so heftig an, daß ich unwillkürlich nachsah, ob meine T-Shirt-Front pulste. Mein Kopf war plötzlich völlig leer. Mir fiel weder die Nummer der California Fidelity ein noch die, die Dolan mir gegeben hatte, und ich hätte sowieso nicht gewußt, welche ich wählen sollte. Ich nahm den Hörer.

Ich drückte die Vorwahl 805 und setzte auf meine Reflexe. Meine Finger huschten automatisch über die Tasten und wählten die CF-Nummer, was eine melodische Tonfolge produzierte, die wie »Mary had a Little Lamb« klang. Ich fragte mich, ob Dolan sich wohl schon mit Mac Voorhies ins Benehmen gesetzt hatte. Würde meine Tarnung in wenigen Augenblicken auffliegen?

Es tutete zweimal. Darcy nahm ab. Ich hoffte, daß es nicht wie meine Stimme klang, als ich sagte: »Könnte ich bitte mit Mr. Voorhies sprechen?«

»Einen Augenblick bitte. Ich stelle Sie durch.«

Es klickte. Als Pausenfüller erklang eine sanfte Instrumentalversion von »How High the Moon«. Seltsamerweise drängte sich mir plötzlich der Text auf. Ich dachte an Dawna und fragte mich, wie lange die Polizei sie wohl noch festhalten konnte. Verletzt oder nicht – sie war eine Gefahr.

15

Mac meldete sich: »Voorhies.«

»Guten Tag, Mr. Voorhies. Mein Name ist Hannah Moore. Ich habe eine Kraftfahrzeugversicherung bei Ihnen und hätte gern Genaueres über meinen Versicherungsschutz gewußt.«

Totenstille. Er hatte meine Stimme erkannt. Raymond beugte den Kopf und drehte den Hörer ein wenig, um besser mithören zu können.

Mac zögerte. Ich konnte hören, wie sein Gehirn arbeitete, um dahinterzukommen, was sich da abspielte und was er sagen konnte, ohne mich irgendwie zu kompromittieren. Er kannte mich gut genug, um zu wissen, daß ich so was nicht ohne triftigen Grund tun würde. »Geht es um einen Unfall?« fragte er vorsichtig.

»Mmm – nein. Ich ... äh ... möchte vielleicht den Wagen eines Freundes von mir fahren, und ihm ist das nicht so recht, wenn er nicht weiß, daß ich im Notfall versichert bin.« Raymonds Gesicht war fünfzehn Zentimeter von meinem entfernt. Ich roch sein Rasierwasser und seinen warmen, leicht näselnden Atem.

»Ich verstehe. Ist Ihr Freund auch anwesend?« fragte Mac.

»Ja, ganz recht.«

»Haben Sie vielleicht die Nummer der Police parat?«

»Ah ... nein. Aber der Agent ist Con Dolan.«

Raymond zog sich ein Stückchen zurück und angelte nach einem Blatt Papier. Er kritzelte darauf: »Fragen wegen Unfallschutz!« Er tippte demonstrativ auf den Zettel. Ich wedelte gereizt mit der Hand.

»Also, eigentlich möchte ich vor allem wissen, wie es mit dem Unfallschutz steht«, spezifizierte ich.

Wieder ratloses Schweigen. Ich lächelte Raymond matt zu, während Mac sich räusperte. »Hören Sie, Miss ...«

»Moore.«

»Richtig. Ich denke, es wird das Beste sein, ich setze mich mit Mr. Dolan in Verbindung. Er ist zwar nicht mehr hier in der Firma, aber ich bin sicher, daß er sich noch in der Stadt aufhält. Dann kann ich in unseren Unterlagen nachsehen und Sie zurückrufen. Gibt es vielleicht eine Nummer, unter der Sie heute nachmittag erreichbar sind?«

Raymond zog den Kopf zurück und legte den Zeigefinger auf die Lippen.

Ich sagte: »Nein, das ist zu unsicher. Ich wohne hier bei meinem Bekannten in Los Angeles, aber ich weiß nicht genau, wie lange ich noch im Haus bin. Ich kann Sie ja später noch mal anrufen, wenn Sie mir eine Zeit sagen.«

»Versuchen Sie's doch um fünf. Bis dahin müßte ich eigentlich Bescheid wissen.«

»Danke. Das ist sehr nett von Ihnen.« Ich reichte Raymond den Hörer und er legte ihn auf.

»Was hat er gesagt?«

»Er muß nachgucken. Ich soll ihn heute nachmittag um fünf noch mal anrufen.«

»Aber Sie sind sicher, daß die Versicherung noch in Kraft ist?«

»Das hab' ich doch schon gesagt.«

Raymond und Luis wechselten einen Blick. Raymond sah über seine Schulter auf Bibianna, die immer noch ganz in ihre Patience versunken war. »Hol deine Jacke. Wir gehen.« Dann sagte er zu mir: »Brauchen Sie auch eine Jacke? Sie kann Ihnen ja eine geben.«

»Was haben wir vor?«

»Wir gehen auf Tour.«

»Was immer *das* heißt«, sagte ich.

Wir fuhren den Sepulveda Boulevard hinauf nach Culver City. Luis saß am Steuer. Bibianna hockte mit verschränkten Armen und mürrisch schweigend hinten, während Raymond entweder am Autotelefon hing oder an ihr herumrubbelte und -fingerte und ihr auf die Nerven ging. Er schwadronierte pausenlos von dem vielen Geld, das er für sie zu machen gedachte, von all den Dingen, die er für sie getan hatte, und von seinen großen Plänen für ihre gemeinsame Zukunft. Ich würde dem guten Mann wohl ein paar Nachhilfestunden geben müssen. Er ging die Sache völlig verkehrt an. Ganz abgesehen von der (ihm unbekannten) Tatsache, daß sie bereits Mrs. Jimmy Tate war, würde er sie ohnehin nie dadurch rumkriegen, daß er ihr diesen ganzen Senf erzählte. Keine Frau will dasitzen und sich anhören, wie irgendwelche Männer von sich selbst quatschen. Frauen wollen sich über Dinge unterhalten, die wirklich relevant sind, wie zum Beispiel Gefühle und insbesondere ihre eigenen. Raymond schien zu glauben, er habe sie nur noch nicht ausreichend von der Tiefe seiner Liebe überzeugt. Ich hätte am liebsten dazwischengebrüllt: »Das weiß sie doch alles, Blödmann! Es kümmert sie einen Scheißdreck!«

Wir hielten bei der ersten Adresse.

Der 79er Caddy, ein schwarzer Seville, stand am Bordstein. Der Verkäufer war ein muskulöser Schwarzer mit einer rosa Duschhaube auf dem Kopf, einer tätowierten Träne auf der Wange und einem Goldring im linken Ohr. Ehrenwort, ich erfinde nichts. Er trug ein T-Shirt und tiefsitzende Hüft-Jeans, aus denen oben sein Calvin-Klein-Slip hervorguckte. Er sah richtig niedlich aus, mit seinem Schnauz- und Kinnbärtchen, dem durchtriebenen Grinsen und der kleinen Lücke zwischen den Vorderzähnen. Bibianna blieb im Auto sitzen, während ich ausstieg, mich zu den Männern gesellte und von einem Bein aufs andere trat, während sie ihre zähen Verhandlungen abwickelten. Raymond absolvierte mehrere Zuck-Sequenzen, aber die einzige Reaktion des Typs bestand darin, an ihm vorbeizugucken. Ich begriff, daß Raymond in gewissen Kreisen wie eine Art Mißgeburt behandelt wurde. Ich wollte ihm beispringen und sagte: »Hey, er kann nicht anders, okay?«

Sie einigten sich schließlich auf einen Preis hundert Dollar unter der VB. Raymond wandte sich leicht ab und zog eine dicke Rolle Banknoten hervor, die von einem Gummi zusammengehalten wurde. Er deponierte das Gummi an seinem Handgelenk, während er die Summe abzählte. Der rosa Schein wurde unterschrieben und wechselte den Besitzer, aber ich konnte mir nicht vorstellen, daß Raymond tatsächlich damit zur Anmeldestelle marschieren würde. Man hat immer das Gefühl, daß sich Gewohnheitsverbrecher mit solchen Dingen gar nicht abgeben. Sie tun, was ihnen Spaß macht, während unsereins meint, sich brav an die Spielregeln halten zu müssen.

Sobald die Transaktion vollzogen war, schlenderte der schwarze Typ davon. Raymond und Luis inspizierten den Wagen, der tatsächlich in einigermaßen brauchbarem Zustand schien. Von der Stoßstange platzte das Chrom ab, und die rechte Heckleuchte hatte kein Glas mehr. Die Reifen waren total abgefahren, aber die Karosserie hatte keine größeren Beulen. Das Interieur war grau. Einen Riß im Bezug des Beifahrersitzes hatte jemand säuberlich mit schwarzem Faden zusammengezogen. Der Boden war vorn und hinten mit Fast-Food-Kartons, leeren Limo-Dosen, zerknautschten Zigarettenpäckchen und Zeitungen übersät. Luis nahm sich als erstes ein paar Minuten, um den ganzen Müll in den Rinnstein zu befördern und noch einen kleinen Berg Kippen aus dem Aschenbecher dazuzuschütten.

»Na, wie gefällt er Ihnen?« fragte mich Raymond.

Ich konnte mir nicht denken, wieso meine Meinung von Interesse sein sollte. »Sieht besser aus als alles, was ich je gefahren habe.«

Er steckte einen Finger durch den Schlüsselring und ließ die Schlüssel in seine Hand flippen. »Steigen Sie ein. Bibianna fährt bei ihm mit.«

Ich sah zu dem dunkelgrünen Ford hinüber, in dem Bibianna saß. Sie hockte hoch aufgerichtet auf dem Rücksitz und flocht sich unter Zuhilfenahme des Rückspiegels Zöpfchen in ihr dunkles, glänzendes Haar. »Soll mir recht sein«, sagte ich.

Ich stieg in den Caddy.

Raymond setzte sich ans Steuer und klipste seinen Gurt zu. »Anschnallen«, sagte er. »Es wird gleich scheppern.«

»Ist der Wagen denn versichert? Wir haben das Ding doch gerade erst gekauft«, sagte ich erstaunt.

»Kein Problem. Das kann ich später mit meinem Agenten regeln. Er macht alles, was ich will.«

Ich legte den Gurt an und versuchte, mir meinen Hals in einem Stützkragen vorzustellen.

Der Wagen hatte Automatik, elektrische Türverriegelung und Fensterbedienung und Servo-Bremsen. Raymond drehte den Zündschlüssel, und der Motor sprang tuckernd an. Er stellte den Rückspiegel ein und wartete, bis ein silberner Toyota an uns vorbeigezogen war, um dann auszuparken und loszufahren.

Ich probierte die Fensterbedienung aus. Die Scheiben hoben sich mit leisem Surren. »Und was passiert jetzt?« fragte ich.

»Werden Sie gleich sehen.«

Wir fuhren scheinbar ziellos durch die Gegend, erst auf dem Venice Boulevard durch Palms, dann rechts ab, über den Sepulveda in einen Stadtteil namens Mar Vista. Dieses Viertel bestand aus kleinen Steinbungalows mit kleinen Gärtchen und schlaffen Bäumen, deren Blättern der smogbedingte Sauerstoffmangel sichtlich zusetzte. Raymond beobachtete die Straße wie ein Polizist, der nach Indizien für eine kriminelle Handlung sucht.

»Und worin besteht so eine Tour?«

»Das heißt einfach, daß wir rumfahren, um einen Unfall zu bauen. Der Wagen hier ist eine Schleuder. Ich hab' eine ganze Flotte von Schleudern und eine ganze Crew von Fahrern, die das gleiche tun wie wir jetzt. Und Sie sind ein Geist.«

Ich grinste. »Wieso das?«

»Weil Sie nicht bezahlt werden. Deshalb gibt's Sie gar nicht.«

»Und wieso werd' ich nicht bezahlt?«

»Sie sind in der Ausbildung. Sie sind nur da, um Masse abzugeben.«

»Oh, vielen Dank«, sagte ich. Ich wandte mich ab und sah aus dem Beifahrerfenster. »Und was genau suchen wir?«

Raymond warf einen durchdringenden Blick zu mir herüber. Seine Züge waren scharf von Mißtrauen.

»Ich will ja nur lernen«, sagte ich.

»Ein Opfer«, beantwortete er jetzt meine Frage. »Irgendeinen

Trottel, der ein Stoppschild überfährt oder einfach rückwärts aus der Einfahrt setzt oder ausparkt ...«

»Und dann?«

Er grinste leise. »Dann halten wir drauf. Man muß immer versuchen, ihn seitlich am Heck zu erwischen, weil man da ordentlich was sieht und keinem was passiert.«

Wir fuhren eine Stunde durch die Gegend, konnten aber partout keinen Verkehrssünder finden. Ich sah, daß Raymond langsam die Geduld ausging, aber seltsamerweise überkam ihn in der ganzen Zeit nicht das kleinste Zucken. Vielleicht war die Arbeit ja Balsam für sein Nervenkostüm. »Darf ich mal?« fragte ich.

»Is' das Ihr Ernst?«

»Wenn ich einen erwische, will ich auch Geld. Was ist der Satz?«

»Hundert am Tag.«

»Sie wollen mich wohl verscheißern? Ich wette, Sie machen die dicke Kohle, und ich will einen fairen Anteil.«

»Freches Aas«, sagte er milde.

Wir tauschten die Plätze. Ich mußte zuerst den Fahrersitz ein Stück vorschieben, um an Gas und Bremse heranzukommen. Dann parkte ich aus. Inzwischen waren wir über den Lincoln Boulevard in die Randbezirke von Santa Monica vorgedrungen. Am Pico Boulevard hielt ich mich links, um dann am San Vicente die Ocean Avenue zu nehmen. Raymond hatte nicht weiter darauf geachtet, wo ich hinfuhr, aber jetzt sah er mich erstaunt an. »Wieso nicht Venice?«

»Wieso nicht Beverly Hills?« fragte ich. Zuerst schien ihm der Gedanke nicht zu behagen, aber dann erkannte er wohl die Möglichkeiten. Wir arbeiteten uns bis zum Sunset Boulevard durch und fuhren dann ostwärts, vorbei am Nordrand des wuchernden Universitäts-Geländes. Gleich hinter dem Beverly Hills Hotel bog ich nach rechts in den Rexford Drive. Ich fand es wohltuend, die breiten, von Bäumen gesäumten Straßen entlangzuschnurren. Wir befanden uns jetzt im sogenannten »unteren« Beverly Hills. Die überdimensionalen Häuser nahmen die ganze Grundstücksbreite ein. Überall waren die Rasenflächen grün, die Büsche adrett gestutzt, die Gärtner dabei, versprengte Blätter die Einfahrten entlang zu blasen. Auf dem Grasstreifen zwischen Bürgersteig und Straße standen schattenspendende Bäume: Platanen und dazwischen Eichen. Hohe Zäune schirmten die Tennisplätze hinter den Häusern ab. Da und dort erhaschte ich einen Blick auf einen Swimmingpool mit Poolhäuschen. Die Ampel am Santa Monica Boulevard war grün. Ich steuerte den Caddy gemächlich ins Zentrum der Einkaufsgegend von Beverly Hills.

Ich wußte, daß ich mich rechtlich gesehen auf äußerst dünnem Eis bewegte. Eins war mir von der Polizeischule zum Thema Undercover-Arbeit hängengeblieben: Es war »sittenwidrig«, als Polizeibeamter bei der Begehung von Straftaten mitzuwirken oder andere dazu zu provozieren. Aber zum Glück war ich ja keine Polizistin, und im Ernstfall würde Raymonds Wort gegen meins stehen. Raymond bei ein paar Unfällen zu helfen, schien mir immer noch der schnellste Weg, ihn von meiner Verläßlichkeit zu überzeugen.

Raymond starrte mißmutig aus dem Seitenfenster. »Hier finden Sie nie was.«

»Wetten?« Ich hatte soeben einen Mercedes neueren Typs entdeckt, der gerade im Begriff war, aus einer Parklücke herauszufahren, und brav links blinkte. Es war eine viertürige Limousine, in konservativem Schwarz und mit einem Jux-Nummernschild mit den Lettern BULL MKT. Am Steuer saß eine Frau von etwa vierzig, mit einer blonden Haarhaube und einer großen, runden Sonnenbrille vorn auf der Nasenspitze. Ich bremste den Caddy ab und tat im Geist jetzt schon Abbitte für die Sünden, die ich erst noch begehen würde. Ich hielt und signalisierte ihr mit einem freundlichen Winken, daß ich sie herauslassen wollte. Sie dankte mir mit einer flüchtigen Handbewegung und einem Lächeln, das perfekte Jacket-Kronen entblößte.

»Was *machen* Sie?«

»Ich laß' sie raus«, sagte ich unschuldig.

Sobald sie auf die Spur vor mir ausbog, gab ich Gas, und der Caddy donnerte mit einem dumpfen Krachen auf den linken hinteren Quadranten des Mercedes. Es war wie Box-Auto-Fahren, und ich fühlte die gleiche verrückte Mischung aus schlechtem Gewissen und Erregung. Der Treffer war gut plaziert. Die Frau schrie auf und drehte sich um. Vor Verblüffung hing ihr der Unterkiefer herunter.

Raymond war wie der Blitz aus dem Wagen. »Was machen Sie denn, verdammt noch mal? Sie können doch nicht einfach so rausfahren!«

Ich stieg aus, ging zum Kühler des Caddy und inspizierte den kaputten Scheinwerfer und die rostige Stoßstange. Nicht schlecht. Der Schaden am anderen Auto würde locker auf sechs Riesen kommen. Inzwischen hatte sich die Blonde vom ersten Schock erholt. Sie stieg aus und knallte die Wagentür zu. Sie war im Tennis-Dress: kurzes, weißes Röckchen, grün-weiß geringeltes Polohemd, lange, braune Beine und Söckchen mit knallgrünen Pompons über den makellos weißen Tennisschuhen. Der linke Hinterquadrant des Mercedes, eben noch jungfräulich glänzendes Schwarz, war jetzt durch eine mächtige Delle verunziert. Von dem zerknautschten Kotflügel stand die Chromleiste im Winkel ab wie eine horizontale Antenne. Die hintere Tür würde sich wohl nur mit dem Stemmeisen öffnen lassen. Ich sah ihr Gesicht rot anlaufen, als sie den Schaden in Augenschein nahm. Sie drehte sich zu mir um und fuhr zornig mit dem Zeigefinger auf mich los. »Sie miese Kuh! Sie haben mich doch selbst rausgewinkt!«

»Hat sie nicht!« sagte Raymond.

»Hat sie wohl!«

»Hab' ich nicht!« warf ich ein, um zu demonstrieren, wo ich stand.

Raymond sagte: »Sehen Sie sich mein Auto an! Wir haben den Wagen gerade neu gekauft, und jetzt das!«

»*Ihr* Wagen! Schauen Sie *meinen* an!«

Ich faßte mir an den Nacken, und Raymond wandte sich mir besorgt zu.

»Alles in Ordnung, Schatz?«

»Ich glaub' schon«, sagte ich ohne rechte Überzeugung. Ich rollte den Kopf einmal um seine Achse und stieß einen kleinen Schmerzenslaut aus.

Raymond gab jetzt sein zorniges Gebaren auf und schaltete auf eine beherrschte Gelassenheit um, die auf ihre Weise noch wirksamer war. »Ich hoffe, Sie sind gut versichert, junge Frau ...«

Der ganze Nachmittag stand im Zeichen dieses intermittierenden Crash-Derby. So surreal die Action selbst war, so deprimierend war sie in ihrer Auswirkung. Wir fuhren von Beverly Hills zurück nach Brentwood und über Westwood wieder nach Santa Monica. Wir suchten uns stark befahrene Straßen aus und lauerten auf einen kleinen Verstoß gegen die Verkehrsregeln, eine kurze Unaufmerksamkeit, eine Fehleinschätzung. Raymond führte über alle vier Unfälle, die wir bauten, genauestens Buch. Er notierte Ort und Zeitpunkt sowie Namen und Versicherung des Gegners.

Der Caddy erwies sich als der ideale Rammbock. Verglichen mit dem, was wir unseren vier arglosen Mit-Automobilisten an Schaden zufügten, trug er nur wenig davon. Die Opfer reagierten alle gleich einfältig – verzweifelt, zerknirscht, manchmal auch wütend, aber durchweg mit einer panischen Angst vor kostspieligen gerichtlichen Auseinandersetzungen. Ich spielte meine Rolle – Schock, Empörung und plötzliche Schmerzen im Nacken oder Rücken – leidlich überzeugend, aber ich konnte diese Leute nicht ansehen. Das war keine Art von Trickserei, die mir lag, und ich stand es nur durch, indem ich auf den gleichen inneren Distanzierungsmechanismus rekurrierte, den ich auch einschaltete, wenn ich ein Leichenschauhaus betrat. Raymond interessierte natürlich nur das Versicherungsgeld, das er für die »Schäden« an seinem Wagen und die von uns erlittenen »Verletzungen« kassieren konnte. Seine betrügerischen Fähigkeiten waren durch langjähriges Training bis zur Virtuosität ausgebildet.

Um vier befand er, sehr zu meiner Erleichterung, daß wir für heute genug getan hatten. Bei den ersten beiden Unfällen hatte ich am Steuer gesessen. Dann hatte er mich abgelöst. Jetzt nahm er die nächste Auffahrt auf den Freeway 405. Wir fuhren Richtung Süden, zurück zu unserem Apartment. Ich kam mir vor wie eine Handlungsreisende mit ihrem Chef. Die Fragen, die ich Raymond stellte, waren von jener banal-interessierten Art, wie man sie von einem strebsamen Trainee erwarten würde. »Wie sind Sie denn da drangekommen?« forschte ich, gerade so, als fragte ich nach seinen Qualifikationen für eine Karriere bei der *Encyclopaedia Britannica*.

»Der Boß, bei dem ich angefangen hab, hat's mir gezeigt. Dann ist er eingebuchtet worden, und ich hab' den Laden übernommen.«

»So wie eine Beförderung?«

»Kann man sagen. Genau. Ich hab' einen ganzen Stall von Ärzten und Rechtsanwälten, die den Papierkram machen. Ich brauch' das Ganze nur zu überwachen. Aber in ruhigen Zeiten mach' ich schon mal selbst mit, so wie heute. Ich hab' gern ein bißchen die Finger mit drin.«

»Und Ihr Job ist was? Leute ranzuschaffen, die dann die Forderungen an die Versicherungen stellen?«

»Na klar. Was denken Sie, was wir den ganzen Nachmittag gemacht haben? Momentan hab' ich zehn Mann, die für mich arbeiten, aber das schwankt immer ein bißchen. Es ist schwer, gute Leute zu finden.«

Ich lachte.

»Das glaub' ich.«

»Ich will Ihnen was verraten. Das A und O, wenn Sie's im Leben zu was bringen wollen: Passen Sie genau auf den Mann auf, der unter Ihnen auf der Leiter kommt. Erzählen Sie ihm nichts.«

»Weil er einen sonst am Ende noch ausbootet?«

»Genau. Das ist der Kerl, der drauf wartet, Ihnen ein Messer in den Rücken zu rammen. Nehmen Sie mal Luis. Ich liebe den Jungen wie einen Bruder, aber bestimmte Sachen erzähl' ich ihm nicht, und gewisse Leute kriegt er nie zu sehen. Auf die Weise hab' ich nichts zu befürchten. Verstehen Sie?«

»Man kann wohl ganz gut davon leben?«

Raymond schüttelte den Kopf. »Soll das ein Witz sein oder was? So gutes Geld machen Sie nirgends. Für mich springt so etwa ein Tausender pro Unfall raus. Kommt auf die Verletzungen drauf an. Und der Arzt oder der Chiropraktiker kassiert auch noch mal seine fünfzehnhundert.«

»Hey, das ist ja Wahnsinn. Wie machen die das denn? Schlagen sie was auf die Rechnungen drauf?«

»Manchmal. Oder sie berechnen gleich Sachen, die sie gar nicht gemacht haben. Die Versicherung kommt da sowieso nicht drauf, und der Doc macht seinen Schnitt, so oder so. Und dann ist ja noch der Anwalt mit drin«, sagte er. Er grinste durchtrieben. »Aber der größte Batzen geht natürlich an mich.«

»Weil Sie das ganze Risiko tragen?«

»Weil ich die ganze Kohle vorstrecke. Ich leg' das Geld für die Autos hin, zahl' die Leute im voraus. Kostet mich mindestens fünf, sechs Riesen, bis ich eine Crew auf der Straße hab'. Mal zehn, zwanzig Crews, sieben Tage die Woche. Da läppert sich ganz schön was zusammen.«

»Klingt so«, schloß ich das Thema ab.

Es folgte längeres Schweigen. Ich kam zwar mit der Rechnerei nicht ganz mit, aber soviel war klar: es ging um einen Haufen Geld. Ich lehnte den Kopf zurück. Es war nicht schwer, die Verlockung nachzuvollziehen. Für einen Mann wie Raymond war dieses Geschäft viel lohnender als jeder ehrliche Beruf. Verdammt noch mal, selbst ich konnte als Crash-Fahrerin wesentlich mehr verdienen als in meinem Job. Natürlich hatte die Sache auch ihre Schattenseiten. Von all den Stößen und Schlägen und Angriffen auf meine Nackenwirbel hämmerte es in meinem Kopf, und den Hals konnte ich auch nicht mehr drehen. Ich massierte mir die eine Schulter. Die Muskeln fühlten sich verspannt an.

»Was ist los?«

»Mein Hals ist steif.«

»Kann ich nachfühlen«, sagte er in einer Anwandlung von Selbstironie. Dann sah er mich scharf an: »Echt?«

»Raymond, wir haben vier Autounfälle hinter uns! Beim letzten bin ich fast vom Sitz geflogen. Sie hätten mich auch warnen können.«

»Möchten Sie zum Arzt? Ich kann das arrangieren. Wärmebehandlung, Reizstrom, was Sie wollen. Gehört zum Service.«

»Mal sehen, wie's mir geht, wenn wir wieder zu Hause sind. Wo ist eigentlich Bibianna? Ich hoffe doch, ich bin nicht die einzige, die hier draußen rumgurkt und ihren Hals riskiert.«

»Sie und Luis machen genau das gleiche wie wir.«

»Schön zu hören.«

Er sah mich an und versuchte, meine Stimmung zu taxieren. »Wie gefällt's Ihnen denn soweit?«

»Auf jeden Fall besser, als arbeiten zu gehen.«

Er grinste breit und richtete den Blick wieder auf die Straße. »Muß man doch zugeben, was?«

Wir fuhren zuerst noch zu Buddys Autowerkstatt, schräg gegenüber von Raymonds Wohnung. Die Werkstatt selbst befand sich in der einen Ecke des Geländes, das bis zur nächsten Parallelstraße durchging. In der diagonal gegenüberliegenden Ecke stand ein rostiger Wellblechschuppen, umgeben von einem Chaos aus Chassis-Teilen, Kotflügeln, Stoßstangen, Motoren und Reifen. Ein verlotterter Drahtzaun umschloß ein etwa einen Hektar großes Areal voller Schrottwagen und Haufen verschiedenster Autoteile. Ein Schild besagte: BUDDYS AUTO-VERWERTUNG, GEÖFFNET TGL. AUSSER SO., ABNAHME VON PKWs UND LKWs ZU SPITZENPREISEN, UMFASSENDES ERSATZTEIL-LAGER. Ein großer schwarzer Rottweiler mit einem Kopf wie ein runzliger Baumstumpf lag schlafend im Schatten neben einem Abschleppwagen.

Ich sagte: »Arbeitet Buddy auch für Sie?«

»*Ich bin* Buddy. Der Mann, der den Laden hier macht, heißt Chopper. Bin gleich wieder da«, murmelte er im Aussteigen. Offenbar betrieb Raymond sein »Reparatur«-Geschäft im Zusammenspiel mit einer Auto-Verwertung. Wahrscheinlich wurden die Schleudern hier ausgeschlachtet, wenn ein Maximum an Versicherungsgeld aus ihnen herausgeholt worden war.

Ich wartete, bis er in der Garage verschwunden war, um dann ebenfalls auszusteigen und zu dem Pepsi-Automaten gleich hinter dem Eingang zu schlendern. Ich steckte gemächlich die Münzen in den Schlitz und zog mir ein Pepsi Light. Ich riß die Lasche auf und kippte den Inhalt hinunter. Dabei sah ich mich um. Es war keine Menschenseele zu entdecken, und nichts deutete darauf hin, daß hier irgendwo gearbeitet wurde. Die schräg einfallende Spätnachmittagssonne malte lohfarbene Streifen auf den rissigen Zementboden. Es roch nach Öl, alten Reifen und heißem Metall. Blaue Blechfässer waren zu einer Pyramide aufeinandergestapelt und dienten als Lagerregal für verschiedenartigste rostige Autoteile. Ich konnte Raymond durch die offene Tür eines als Büro gekennzeichneten Raums sehen. Der Flachdachbau war offenbar ein umgebautes kleines Wohnhaus. Als zusätzlicher Büroraum diente ein zwischen Zaun und Werkstatt aufgestellter Trailer. Zwei eingestaubte Lamellenfenster waren schräggestellt, um Luft hereinzulassen. An dem Trailer lehnte eine Holzpalette. Außen an dem improvisierten Büro klebte der Aufkleber einer Alarmanlagen-Firma, aber ich nahm ihn nicht weiter ernst. Der Laden wirkte nicht gerade so, als würde er sich durch besonders wirksame Sicherheitsvorkehrungen auszeichnen.

Raymond hatte offenbar getan, was er zu tun gehabt hatte, und kam jetzt wieder aus der Werkstatt, zusammen mit einem Mann, den er mir als Chopper vorstellte. Er war Anglo, in den Vierzigern, kahlköpfig und vierschrötig. Er atmete schwer, und auf seinem Gesicht standen Schweißperlen.

Ich sagte: »Klasse Hund«, in der Hoffnung, mich bei seinem Herrchen beliebt zu machen.

»Das ist Brutus.« Chopper ließ einen durchdringenden Pfiff los, worauf Brutus pflichtschuldig aufwachte und sich auf die Beine hievte. Das arme Tier war uralt und so arthritisch, daß es sich nur schaukelnd und im Schneckentempo vorwärts bewegte. Von nahem sah ich, daß sein schwarzes Fell wie weiß gepudert schien. Der Hund blieb demütig neben mir stehen. Ich hielt ihm die Hand vor die Schnauze, und er leckte sie. Das verflixte Biest machte mich ganz sentimental.

Raymond und Chopper wechselten noch ein paar Worte. Wir ließen den Wagen stehen und gingen zu Fuß zu dem Apartment-Haus hinüber.

16

Bibianna war schon zu Hause. Sie saß am Küchentisch und versah ihre Fingernägel mit einer knallroten Lackschicht. Sie trug rote Shorts und ein Top mit einem lebhaften Dschungelmuster in Rot, Schwarz, Olivgrün und Weiß. Ihre Haare waren oben auf dem Kopf zu einem glänzenden schneckenförmigen Gebilde verschlungen. Luis war mit dem Hund draußen. Ich wunderte mich, daß Bibianna nicht abgehauen war, solange sie die Möglichkeit dazu gehabt hatte. Raymond hatte vergessen, das Telefon zu verstecken. Er schien es gar nicht zu bemerken, aber Bibianna war es sichtlich bewußt. Sie guckte so geflissentlich an dem Apparat vorbei, daß sie ihn benutzt haben mußte. Ich sah sie fragend an, aber ihr Gesicht verriet nichts. Ich überlegte, wen sie wohl angerufen hatte. Ihre Mutter? Jimmy Tate? Konnte er denn schon wieder draußen sein?

Raymond sah auf seine Armbanduhr. »Hey, gleich fünf. Sie müssen den Versicherungsfritzen anrufen.«

Mein Gespräch mit Mac war kurz. Raymond ließ es mich diesmal abwickeln, ohne sein Ohr mit an den Hörer zu quetschen. Ich meldete mich mit »Hannah Moore«, und Darcy verband mich mit Mac, der mir die Details meines Versicherungsschutzes darlegte und sorgsam darauf achtete, daß alles, was er mir zu sagen hatte, in den Ohren möglicher Mithörer harmlos klang. »Mr. Dolan hat mir versichert, daß Sie bei einem eventuellen Unfall vollen Schutz genießen. Haben Sie seine Nummer noch?«

»Ja, die habe ich. Vielen Dank für die Auskunft. Sehr nett von Ihnen.«

»Ich stehe Ihnen jederzeit zur Verfügung«, sagte er. »Und fahren Sie vorsichtig.«

»Ich tu' mein Bestes.«

Als ich aufgelegt hatte, vervollständigte ich meine Notizen: Policen-Nummer, Rabatt, Haftungsschutz, Unfallschutz, Leistungen bei schwerwiegenden Gesundheitsschäden und im Todesfall. Ich ging davon aus, daß Mac mir eine Spezialpolice auf den Namen »Hannah Moore« ausgestellt hatte, die so markiert war, daß der Computer sofort Alarm schlagen würde, wenn eine Schadensmeldung einging. Ich sagte Raymond die Policen-Nummer und das Ausstellungsdatum, das Mac mir durchgegeben hatte.

Kurz darauf hörte ich draußen auf dem Bürgersteig Perros Tapsen und das pfeifende Geröchel, das daher rührte, daß er an der Leine zerrte. Luis öffnete die Wohnungstür, und der Hund kam munter hereingetänzelt. Irgendwo in seinem Spatzenhirn hatte er wohl doch beschlossen, mich wiederzuerkennen. Er schoß freudig auf mich zu und warf Bibianna bei dem Versuch, über ihren Schoß zu setzen, fast vom Stuhl. Bei mir angelangt, sprang er an mir hoch, um mir die Pfoten auf die Schultern zu legen, so daß wir uns in die Augen sehen konnten. Ich stützte mich mit einer Hand am Küchentisch ab, während er mir mit der Zunge über den Mund schlabberte. Bibianna war kreischend aufgesprungen und streckte die Hände in die Luft, damit er ihr nicht die frischlackierten Nägel ruinierte. Raymond schnippte mit den Fingern, aber der Hund war zu liebestrunken, um zu gehorchen. Raymond schrie etwas und überdeckte es mit einem Husten. Mein Blick fiel gerade in dem Moment auf sein Gesicht, als seine Augen wegkippten. Ein Tick zuckte um seinen Mund und verzog die Unterlippe grotesk nach unten. Sein Kopf fuhr zweimal ruckartig nach links. Der Mund öffnete sich. Der Zorn schien mit ihm durchzugehen. Er stürzte auf den Hund los und landete einen schlecht gezielten Fausthieb auf seiner massigen Schulter. Der Hund knurrte wütend und fuhr seinerseits auf ihn los. Raymond schlug noch einmal zu und traf ihn diesmal auf die Nase. Perro jaulte auf und kroch davon. Ich trat auf Raymond zu und stellte mich in die Bahn seiner rechten Geraden, während Bibianna sich an seine

Brust warf. Raymond schob sie von sich. Er stieß mich zur Seite und hätte sicher ein weiteres Mal auf Perro eingedroschen, wenn nicht Luis inzwischen so klug gewesen wäre, den Hund am Würgehalsband zu packen und zur Tür zu zerren. Raymond stand keuchend da, und unter seinen flatternden Lidern war nur noch ein weißer Schlitz zu sehen. Die Wut und Brutalität in seinem Gesicht waren beängstigend, zumal sich sein Ausbruch ausgerechnet gegen den armen Hund richtete. Perro hatte etwas Trottelig-Naives an sich, das in uns allen Beschützerinstinkte weckte.

Bibianna schob Raymond in einen Sessel. »He, was ist denn mit dir los!«

Raymond massierte sich die Faust und schien langsam wieder zu sich zu kommen. Luis und der Hund verschwanden. Mein Herz begann mit leichter Verspätung, wie wild zu hämmern. Raymond atmete schwer. Ich sah das Kopfrucken. Er vollführte seine Lockerungsbewegungen mit dem rechten Arm und rollte den Kopf um seine Achse. Die Spannung im Raum wich.

Raymonds Augen erfaßten Bibianna, die ihn in seinen Sessel drückte, indem sie sich auf seine Schultern stützte. Sie setzte sich jetzt rittlings auf seinen Schoß und nahm ihn mit ihren makellosen Beinen in die Zange. Es war genau die gleiche Position, in der ich sie vorgestern abend mit Tate gesehen hatte. Kaum zu glauben, daß das noch keine achtundvierzig Stunden her war.

Raymond starrte sie an. »Was ist los? Was ist passiert?«

»Nichts. Alles okay«, sagte sie knapp. »Luis ist mit dem Hund rausgegangen.«

Es war vorbei. Allmählich erkannte ich die Stimmungsumschwünge. Der Wutausbruch hatte seine sexuellen Gelüste stimuliert. Aber noch ehe er ihr mit den Händen die Schenkel hinauffahren konnte, saß sie von ihm ab wie von einem Pferd. Sie zupfte ihre Shorts zurecht und ging zum Fernseher, um sich das Kartenspiel zu schnappen. »Spiel mit mir Gin-Rommé«, sagte sie. »Jeder Punkt fünf Cents.«

Raymond lächelte und tat ihr den Gefallen, wohl in der Überzeugung, daß er sie später schon noch kriegen würde.

Als Luis mit dem Hund zurückkam, lieh mir Bibianna ein Paar Jeans, ein T-Shirt und Tennisschuhe, damit wir essen gehen konnten. Wir marschierten alle vier in die deprimierende Einkaufszone, die gleich an den Apartment-Komplex angrenzte. Wir überquerten ein unbebautes Grundstück und gelangten durch den Hintereingang in ein Restaurant namens *El Pollo Norteno*, was ich mir mit »Das Nordhuhn« übersetzte. Das Lokal war laut, mit PVC-Fliesen auf dem Fußboden und Plastik-Täfelung an den Wänden. Es war eng, fast schon beklemmend mit den Gas-Grillgeräten im Hintergrund. An den Drehspießen steckten unzählige Hühner, braun und saftig, die Haut kroß und glänzend von brutzelndem Fett. Die Geräuschkulisse war eine Strapaze: Mariachi-Musik, begleitet vom unregelmäßigen Wummern der Hackebeile, die die ganzen Hühner in Hälften und Viertel zerteilten. Das Speisenangebot war einer Tafel hinter der Kasse zu entnehmen. Wir bestellten am Tresen, nahmen unsere vier Bier gleich mit und fahndeten nach einem freien Platz. Der Raum war gerammelt voll, und die Gäste quollen bis auf eine improvisierte Holzbohlenterrasse, die vergleichsweise eine Offenbarung war. Hier herrschte weniger Lärm, und die kalte kalifornische Abendluft schien mir die reinste Erholung. Nach wenigen Minuten erschien die Serviererin mit unseren Bestellungen auf einem Tablett. Die Gedecke bestanden aus Papptellern und Plastikbesteck. Wir rissen das Huhn mit den Händen auseinander, häuften die Fleischfetzchen auf weiche Maistortillas und löffelten Pinto-Bohnen und frische Salsa darüber. Es war eine Orgie der fettigen Hände und schmierigen Kinne. Als wir fertig gegessen hatten, übersiedelten wir in eine Bar zwei Häuser weiter. Inzwischen war es neun.

Das *Aztlan* war verraucht, stickig, schlecht beleuchtet und fast ausschließlich von männlichen Latinos bevölkert, deren Blicke aufgrund des üppigen Alkoholkonsums um diese Zeit schon leicht verschwommen waren. Gelächter entlud sich in heiseren Salven. Es klang hinterhältig, aggressionsgeladen und bedrohlich. Unter einer dünnen Deckschicht der Kontrolle gärte Gewalt. Die spanische Musik war so laut aufgedreht, daß Verständigung nur durch ein Gebrüll möglich war, dessen gereizte Untertöne auch die ostentative

Fröhlichkeit nicht zu überdecken vermochte. Ich orientierte mich an Bibianna, die wachsam und vorsichtig wirkte und ihre Sexualität unter Verschluß hielt. Nichts von dem vertrauten Geplauder und Gescherze, das ich vorgestern abend gesehen hatte. Raymond war zu leicht erregbar und hätte ihre Intentionen womöglich mißverstanden. Luis schien sich hier ganz zu Hause zu fühlen. Er schlenderte mit seinem Macho-Gang zur Bar, und vor seinem schneeweißen Unterhemd waren seine bloßen Arme eine Art Zeichentrickfilm: Daffy Duck und Donald Duck in aggressivem Schwarz und Gelb.

Während Luis eine weitere Runde Bier holte, kämpften wir uns durch das Gedränge in die hinteren Regionen. In einem zweiten Raum, der etwa halb so groß war wie der erste, standen drei Pool-Billard-Tische, zwei davon besetzt. Die Filzflächen wirkten wie grüne, grasige Inseln unter Hängelampen-Sonnen. Die dunkle Decke zierten buntblinkende Weihnachts-Lichterketten, die vermutlich das ganze Jahr dort hängen blieben. Raymond fand eine freie Sitznische, und Bibianna schlüpfte hinein. Ich hing ein Stück hinterher, weil ich mich in dem Getümmel hatte abdrängen lassen. Plötzlich fühlte ich mich von einer Hand auf meinem Arm zurückgehalten.

»Hey, Babe. Kommst du mit zum Billardspielen?«

Die Stimme kannte ich.

Ich drehte mich um. Es war Tate.

Ich fühlte, wie mein Herz vor Schreck einen Salto schlug. Was würde Raymond tun, wenn er etwas merkte? Ich sah mich unwillkürlich nach Bibianna um. Sie saß eingequetscht in unserer Nische, mit dem Gesicht zu mir. Sie mußte Tate wohl auch gerade eben erst bemerkt haben, denn ihr Gesicht war ein paar Schattierungen blasser als sonst.

»Laß uns ganz locker zum Billardtisch rübergehen«, sagte Tate durch die Zähne. »Hat Raymond schon rausgekriegt, daß ich es war, der Chago umgelegt hat?«

»Wenn er das wüßte, wärst du ein toter Mann. Sie haben Dawna erwischt, bevor sie ihm alles erzählen konnte. Warum haust du nicht ab, solange du kannst?« murmelte ich.

Tate faßte mich am Arm und manövrierte mich in Richtung Billard. »Du scheinst dich nicht gerade zu freuen, mich zu sehen.«

Ich schloß kurz die Augen. »Großer Gott, Tate. Laß mich. Was *machst* du hier?«

Er packte meine Hand. Ich konnte nicht anders, als ihm zu dem Ständer mit den Queues zu folgen, wo ich zusah, wie er sich eins aussuchte. »Ich mußte Bibianna sehen. Hat sie dir von uns erzählt?«

»Klar. Du hättest's mir auch selber erzählen können – mit etwas mehr Vertrauen.«

»Wann denn? Ich war doch damit beschäftigt, böse Verbrecher zu erschießen.« Er hob das Queue an die Schulter und visierte darüber hinweg wie über einen Gewehrlauf. »Bumm.«

»Woher wußtest du, daß wir hierher kommen würden?«

»Nimm dir ein Queue«, sagte er.

Ich griff mir irgendeins heraus, weil ich zum einen viel zu sehr auf andere Dinge konzentriert war, um heikel zu sein, und weil ich zum anderen sowieso nicht wußte, woran sich die Qualität eines Queues bemaß.

»Nicht das.« Er gab mir ein anderes und fuhr dann im Plauderton fort: »Das hier ist Raymonds Stammkneipe. Man braucht nicht unbedingt ein Sherlock Holmes zu sein, um zu erraten, wo er hingeht. Ach, übrigens: falls Raymond rüberkommt und wissen will, woher wir uns kennen, dann sag ihm einfach die Wahrheit – daß wir zusammen in der Grundschule waren.«

»Wie bist du denn aus dem Knast gekommen? Ich dachte, du wärst total pleite. Wie hoch ist denn die Kaution bei Mord? Doch mindestens zweihunderttausend?«

»Zweihundertfünfzig. Ein Freund von mir aus Montebello hat mit seinem Haus gebürgt. Mein Anwalt hat sie auf hunderttausend runtergehandelt. So bin ich rausgekommen, auf Kaution und mit der Auflage, mich regelmäßig zu melden ...«

»Aber darfst du denn den Kreis Santa Teresa verlassen?«

»Nun laß schon gut sein. Es hat alles seine Ordnung. Ich hab' meinen Bewährungshelfer überredet, daß ich mich nur alle acht Stunden melden muß. Ich hab' ihm gesagt, meine Frau sei krank.

Ich muß morgen früh um sechs wieder in Santa Teresa sein, oder sie buchten mich sofort wieder ein.« Tate legte die Kugeln zurecht und stieß an. Die Kugeln spritzten mit einem satten Klacken auseinander.

»Was muß ich tun? Ich hab' seit Jahren nicht mehr Billard gespielt.«

»Wir spielen mit acht Kugeln. Du bist dran.«

»Du bist witzig«, knurrte ich. »Sag mir, wo ich draufhalten muß, und laß uns weiterreden.«

»Meinst du, ich kann Bibianna allein sprechen?«

»Nein.«

»Kannst du ihr was ausrichten? Sagst du ihr, daß ich tu', was ich kann, um sie da rauszuholen?«

»Klar.«

Wir spielten weiter. Jimmy tat, als ob er mir Billard beibrächte, und ich tat, als ob ich es mir beibringen ließe. Dabei führten wir ein gehetztes Gespräch, das wir mit strahlendem Lächeln unterlegten. Von weitem, so hoffte ich, würde man uns für Bettgefährten in spe halten, und niemand würde meinen, uns umlegen zu müssen. Tate machte die Sache auch noch Spaß. Das war genau die Art Situation, in der er aufblühte – an der Front, unter Feindfeuer, Auge in Auge mit der Gefahr im Namen von Was-weiß-ich-was. Ich hatte das gleiche flaue Gefühl wie vor einer Tetanusspritze. In den nächsten Sekunden würde irgend etwas Schreckliches passieren, und ich sah keinen Weg, dem zu entrinnen.

Tate sagte: »Paßt du wenigstens gut auf sie auf?«

»Darin bin ich Weltklasse«, sagte ich. »Aber ich schwör' dir, das ist das letzte Mal, daß ich irgendeinen Scheiß dieser Art für irgendwen mache.«

Er grinste. »Weil du lieber Arschtritte verteilen würdest.«

»Kluger Junge.«

Tate räumte den Billardkram weg, und wir gingen rüber zu den drei anderen, die in einer Sitznische hockten. Luis stand auf, und ich schlüpfte auf die Bank, gefolgt von Jimmy, der nur Augen für mich zu haben schien. Luis fand einen freien Stuhl und zog ihn an den

Tisch. Das war wohl das erste Mal in meinem Leben, daß ich als »Strohfrau« bei einer gefährlichen Liebschaft fungierte. So versiert ich im Schwindeln bin – ich fand es ganz schön schwer, einen Flirt zu simulieren. Ich kam mir so steif und unecht vor. Das merkte natürlich auch Raymond, dem sein Radar sofort feindliche Geschwader im Anflug meldete. Ich merkte, wie seine Augen mein Gesicht absuchten, und spürte die halb-formulierte Frage. Vielleicht würde er mich ja einfach für hoffnungslos verklemmt halten. Jedenfalls war meine Hölzernheit wohl nicht zu übersehen.

Tate fuhr fort, mich unter Bibiannas wachsamem Blick aufs Unverschämteste anzumachen. Sie heuchelte Gleichgültigkeit, aber ihr Interesse war offenkundig. Abgesehen davon, daß ich fast vor Angst starb, war ich froh, daß Jimmy aufgetaucht war. Ich hatte bisher noch gar nicht gemerkt, wie einsam ich mich fühlte. Natürlich war die Geschichte immer noch gefährlich – und mit ihm hier am Tisch sogar noch brenzliger als vorher –, aber ich wußte doch wenigstens einen Freund in meiner Nähe, und meine langjährige Erfahrung sagte mir, daß er jederzeit sein Leben für mich wagen würde.

Durch Jimmys Anwesenheit animiert, begann Bibianna den rituellen Tanz, wenn auch nicht offen. Sie strich Raymond um den Bart, schob ihren Arm unter seinen, schmiegte sich so an ihn, daß ihre Brust ihn provozierend streifte. Sie und Tate mieden jeden Blickkontakt und sahen so geflissentlich aneinander vorbei, daß ich sie für sehr unhöflich gehalten hätte, wäre mir die wahre Natur ihrer Beziehung nicht bekannt gewesen. Aber dieses Spiel war erst recht riskant. Die Röte stieg ihr in die Wangen. Ich sah das Aufflammen ihrer Sexualität, die wilde, archaische Reaktion auf die Nähe des Mannes, den sie begehrte. Ich konnte mir nicht vorstellen, daß Raymond es nicht mitbekam. Das einzige Indiz für seinen inneren Zustand waren die Zuck-Anfälle, die jetzt im Minutenabstand kamen.

Er fühlte sich ganz offensichtlich als Platzhirsch herausgefordert. Ob er nun merkte, was lief, oder nicht – Tate war in jedem Fall ein männliches Wesen und nicht nur in sein Revier, sondern auch in die unmittelbare Nähe seiner Bibianna vorgedrungen. Raymond blies sich auf und verwickelte Tate in einen Abtausch von Prahlereien und großen Sprüchen, ein verbales Wettpissen. Ich weiß nicht, was unter Frauen das Äquivalent wäre. Ich hörte gar nicht hin, weil es doch nichts weiter war als blödes Brustgetrommel, angeheizt durch Alkohol und Testosteron. Ich mochte lieber gar nicht daran denken, wie Jimmy wohl reagieren würde, wenn er herausfand, daß Bibianna mit Raymond schlief. Die ganze Sache hätte mich vielleicht sogar amüsiert, wenn ich nicht so in meiner Angst gefangen gewesen wäre.

Luis war hellwach. Die ausdruckslose Maske fiel von ihm ab, und ich sah zum ersten Mal eine verschlagene Intelligenz in ihm arbeiten. Hinter seinen toten Augen lauerte ein quicklebendiges Tier, das seine Verstellungskünste nur um so gefährlicher machten. Der Funke erstarb wieder. Luis fläzte sich auf seinen Stuhl, den einen Arm über der Lehne. Er packte seine Bierflasche am Hals, setzte sie an den Mund und leerte sie mit tiefen Zügen. Als er mich das nächste Mal ansah, stand in seinen Augen wieder die alte Arroganz, die ganze Überheblichkeit des starken Mannes gegenüber den minderen Menschenwesen.

Ich dachte schon, der Abend würde nie zu Ende gehen. Die spanische Musik nervte. Sie war entweder laut und frenetisch oder deprimierend. Die Luft war dick von Qualm und Bierdunst. Ich wollte weiter nichts, als in Jimmys Nähe bleiben. Sein sonnengegerbtes Gesicht war meine einzige Zuflucht. Ich bestand darauf, daß er mit mir tanzte, nicht zuletzt, um ihn von Raymond fernzuhalten, der ja nicht auf den Kopf gefallen war. Vor lauter Streß tranken wir alle viel zu viel. Morgen früh würde mir hundeübel sein, aber das war mir im Moment egal. Vielleicht konnte ich mir ja einen ruhigen Tag auf dem Badfußboden machen, den Kopf über der Kloschüssel.

Wir verließen das Lokal um zwei Uhr. Draußen trennten wir uns von Tate. Ich war einfach nur froh, daß wir den Abend heil überstanden hatten, ohne Schlägerei, ohne Streit, ohne Tränen. Luis verließ uns vor dem Haus, um mit dem Cadillac davonzubrummen. Ich ging vor Raymond und Bibianna die Treppe hinauf und wartete oben, bis Raymond aufgeschlossen hatte. Der Hund lag hinter der Tür wie ein Wachsoldat und hob, als ich an ihm vorbeiging, den breiten, knochigen Kopf, um mich anzusehen. Wenigstens hatte er soviel Anstand zu knurren.

Ich verschwand in meinem Zimmer, schlüpfte in mein Nachthemd und ging ins Bad. Die Tür zum großen Schlafzimmer war geschlossen. An der Art, wie Raymond Bibianna angeschaut hatte, war deutlich abzulesen gewesen, daß sein Begierdepegel wieder einmal einen Höchststand erreicht hatte. Um des lieben Friedens willen würde sie sich wohl fügen müssen. Sie tat mir leid. Was konnte schlimmer sein, als mit jemandem schlafen zu müssen, mit dem man gar nicht zusammensein wollte, nur weil man in einer Situation gefangen war, die einem die Intimität aufzwang? Ich wusch mir das Gesicht und putzte mir die Zähne, knipste das Badlicht aus und tappte barfuß zurück in mein Zimmer. Ich öffnete eins der Fenster, beugte mich hinaus und sah noch einmal die Straße entlang, erst in die eine Richtung, dann in die andere. Nichts regte sich. In der Stille der Nacht und im hellen Mondenschein kann selbst die Armut noch Reize entfalten. Das Schäbige wirkt rein und sauber, das Kaputte heil. Der asphaltierte Bürgersteig schimmerte silbern, die Straße ein paar Nuancen dunkler. Ein Auto fuhr langsam vorbei. Jimmy Tate? Trieb ihn der Gedanke um, daß Bibianna mit einem andern schlief? Ich mußte an Daniel denken, meinen Ex-Mann Nummer zwo, dessen Seitensprünge mir solche Qualen bereitet hatten. Später, wenn die Liebe tot ist, kann man sich kaum noch vorstellen, daß einem das so zugesetzt haben soll.

Von drüben hörte ich gedämpftes Bummern: das gegen die Wand schlagende Kopfteil des Riesenbetts. Ich richtete mich auf, schlagartig stocknüchtern, weil ich begriff, daß dies die ideale Gelegenheit war, ein Stück Arbeit getan zu kriegen. Ich mußte mich nur beeilen. Ich schälte mich aus dem Nachthemd, fuhr in meine Jeans, zog mir ein T-Shirt über den Kopf, schlüpfte barfuß in Bibiannas Tennisschuhe und band sie hastig zu. Dann entriegelte ich das Schiebefenster. Ich schob es auf, ohne verhindern zu können, daß der Alu-Rahmen laut die Schiene entlang schrappte.

Die Nachtluft war kalt, und ein leichter Wind strich mir übers Gesicht. Der Durchgang zwischen den Häusern sah dunkel und verlassen aus. Es roch nach Smog und salziger Seeluft, eine berauschende Mischung. Ich stemmte mich auf die Fensterbank hoch und kletterte nach draußen auf den metallenen Verbindungssteg zwischen den Feuertreppen. Der Alkohol, den ich intus hatte, sedierte alle Angst, die ich sonst vielleicht gespürt hätte. Mein Herz pumpte wie wild, und der Effekt war ein enormer Energieschub. Es war ein elektrisierendes Gefühl, etwas zu tun, endlich wieder aktiv zu sein nach all der erzwungenen Passivität.

17

Meine Tennisschuhe machten fast kein Geräusch, als ich mich an Raymonds dunklem Fenster vorbeischlich. Ich hielt den Atem an, aber die zugezogenen Schlafzimmervorhänge strafften sich immer noch rhythmisch unter dem Zug des wackelnden Bett-Kopfteils. Ich tastete mich die Treppe hinunter, wobei das Metall unter meinen Gummisohlen leise klapperte. Unten blieb ich erst mal kurz stehen, um mich zu orientieren. Ich befand mich im schützenden Schatten des Apartment-Komplexes. Es war gleich drei Uhr morgens. Die Straße lag verlassen da, die Nachbarschaft in Stille gehüllt. Selbst auf dem großen Boulevard einen halben Block weiter fuhren nur sporadisch Autos. Der Mond stand hoch und voll über den Häusern. Die Lichter der City von Los Angeles warfen einen aschfahlen Schein an den Himmel, der die Sterne verblassen ließ. Je mehr meine Augen sich an das Dunkel gewöhnten, desto deutlicher nahm ich die klare, bleiche Helligkeit des Mondlichts wahr. Ich trat aus dem Durchgang zwischen Raymonds Haus und dem Nachbargebäude und wandte mich nach links und überquerte, mich immer schön im Schatten haltend, die Straße in Richtung Schrottplatz. Ich tastete mich am Zaun entlang, wobei ich gelegentlich den Lichtkegel einer Straßenlaterne durchqueren mußte. Ich suchte mir eine Stelle in der Mitte des Blocks, wo eine Einfahrt durch den Zaun führte. Das Tor war rechts und links von Unkrautgestrüpp und zerzausten Sträuchern flankiert. Bei Tag wurde die nicht asphaltierte Zufahrt von den Abschleppwagen benutzt, die fahruntüchtige Autowracks herankarrten. Nach Feierabend wurde ein breites Tor vor die Zaunöffnung geschoben, mit einer Kette festgemacht und mit einem Vorhängeschloß gesichert. Ich drückte das Tor so weit auf, wie die Kette es zuließ. Der Spalt war etwa fünfundzwanzig Zentimeter breit. Ich hielt mich an dem Torpfosten fest und steckte mein rechtes Bein durch die Öffnung. Durch Schieben mit dem Hinterteil gelang es mir, den Zaunpfahl noch ein paar Zentimeter wegzudrücken. Ich wand Kopf und Schultern durch den Spalt und schlüpfte dann mit einer Pirouette vollends nach drinnen.

Das Mondlicht übergoß die zerklüfteten Haufen aus rostigem Blech mit einem leichten Metallic-Schimmer. Ich kam mir vor wie in einem Auto-Beinhaus. Einige Wagen hatten sich überschlagen und waren völlig eingedrückt. Andere waren beim Aufprall auf Bäume, Brückenpfeiler oder Telefonmasten in zwei Teile zerfetzt worden. Abgerissenes Chrom und zersplittertes Glas, deformierte Räder und platte Reifen, Motoren, die sich durch Kühlerhauben gespießt hatten, in kaputte Vordersitze gebohrte Steuersäulen – dieser Musterkatalog der Zerstörung beschwor in mir gräßliche Bilder herauf. Jedes dieser Wracks stand für ein Kapitel – oft wohl das letzte – im Leben eines Menschen, für Sirenen und Blaulichter, den Verlust einer geliebten Person oder den Auftakt zu einem Alptraum aus Schmerzen und enormen Kosten.

Ich wartete, bis mein Herz aufgehört hatte, in meinen Ohren zu hämmern, und schlich mich dann die Zufahrt entlang zu den Büroräumen von Buddys Karosseriewerkstatt. Der Abschleppwagen, den ich am Nachmittag gesehen hatte, stand nicht mehr neben dem Trailer, aber Brutus war immer noch da, um zu wachen. Ich sah ihn schwarz und massig vor dem Behelfsbüro liegen. Ich ging in die Hocke, rief ihn sachte an und schnalzte leise in die Stille. Er zog die Beine unter sich, hievte sich in den Stand und kam bedächtig auf mich zugewackelt. Er schien vorsichtig ein Bein vor das andere zu setzen, mit ächzenden Knochen, angetrieben von der Erinnerung an die Kraft seiner Jugend.

Ich streckte die Hand aus, und er beschnüffelte sie mit heiseren Lauten des Erkennens und der Freude. Ich widmete mich ihm ein paar Minuten, um ihn meiner guten Absichten zu versichern. Als ich mich wieder aufgerichtet hatte, begleitete er mich zu dem Trailer, wo er freundlich zusah, wie ich sämtliche Glaslamellen des Fensters aushängte. Ich steckte die Hand durch die Öffnung und ertastete eine solide hölzerne Fläche, die ich für einen unter dem Fenster postierten Schreibtisch hielt. Ich stapelte die Glaslamellen ordentlich auf der Tischplatte.

Dann stemmte ich mich hoch, unter stetem, lobendem Geflüster in Richtung Brutus, der so heftig mit dem Schwanz wedelte, daß er fast umkippte. »Bin gleich wieder da«, sagte ich. Ich fädelte die Beine durchs Fenster und glitt in das pechschwarze Dunkel. Ich saß jetzt auf dem Schreibtisch, wo ich eine Addiermaschine, das Telefon und diverse Büroartikel ertasten konnte, und hängte die Glaslamellen wieder in ihre Metallhalterungen ein.

Dann ließ ich mich von dem Schreibtisch hinunter. Ich blieb erst mal ein paar Minuten stehen, bis meine Augen sich an das Dunkel zu gewöhnen begannen. Normalerweise lasse ich mich ja auf diese kleinen Einbruchs-Nummern nur ein, wenn ich mein Handwerkszeug dabei habe: Taschenlampe und Dietriche, Klebeband und Stemmeisen. Diesmal hatte ich gar nichts, und ich fühlte mich dadurch erheblich gehandikapt. Ich wollte nur rasch die Aktenschränke kontrollieren, um festzustellen, ob Raymond hier irgendwo seine ganzen Papiere aufbewahrte. Sobald ich das geklärt hatte, würde ich mich schleunigst wieder verdrücken. Ich mußte es wohl riskieren, Licht zu machen. Ich hatte den Alarmanlagen-Aufkleber nicht vergessen. War es Raymond zuzutrauen, daß er tatsächlich eine solche Anlage hatte installieren lassen, oder gehörte er zu den Leuten, die glauben, daß es zur Abschreckung genügt, so zu tun als ob? Schwer zu sagen. Er konnte ja manchmal ein echter Recht-und-Ordnungs-Fanatiker sein, wenn es ihm in den Kram paßte.

Ich tastete die Wand ab, bis ich den Schalter fand. Nach kurzem Zögern knipste ich das Licht an. Die Vierzig-Watt-Birne erhellte einen Büroraum von etwa drei mal vier Metern, der bis auf halbe Höhe säuberlich mit Holzimitat verkleidet war. Pin-up-Kalender der letzten sechs Jahre hingen an der Wand über einer Werkbank, auf der ein Stapel Windschutzscheiben lag. Drei Verlängerungskabel schlängelten sich von einer Steckdose in diesem Büroraum durch die offene Tür in den Vorraum. Sämtliche waagerechten Flächen waren mit Kartons und schmierigen Auto-Teilen zugerümpelt. In der gegenüberliegenden Ecke standen zwei metallene Aktenschränkchen. Als ich durch die offene Tür in den Vorraum trat, sah ich aus dem Augenwinkel etwas blinken. Das Infrarot-Auge der Alarmanlage hatte auf meine Körperwärme reagiert und das ganze System in Gang gesetzt.

Eine Sirene, die allemal würdig war, das Ende der Welt anzukündigen, jaulte los, abwechselnd hoch und tief und mit einer Art schrillem Geklingel dazwischen. Wir sind alle von Natur aus darauf programmiert, vor lauten Geräuschen zu erschrecken. Deshalb fuhr ich heftig zusammen, und mein Herz legte den Berggang ein. Gleichzeitig koppelten sich meine Gefühle ab, wie sie es in bestimmten Extremsituationen zu tun pflegen. Ich fragte mich, ob Raymonds Alarmanlage wohl so geschaltet war, daß sie automatisch die Polizei mobilisierte. Ich machte mich wohl besser darauf gefaßt. Ich sah auf meine Armbanduhr. Zwölf nach drei. Ich kalkulierte, daß mir etwa fünf Minuten blieben, bis der Funkwagen da sein würde. Aber das war wahrscheinlich eine Überschätzung unserer Ordnungskräfte. Vielleicht kümmerte sich die Stadtpolizei von Los Angeles ja gar nicht um irgendwelche läppischen Alarme. Oder vielleicht reagierte sie nach dem Eile-mit-Weile-Prinzip. Was wußte ich schon über die Funktionsmechanismen eines großstädtischen Polizeiapparats? Während die Alarmanlage plärrte und schrillte und mit ihrem akustischen Finger auf mich zeigte, ging ich zu dem einen Aktenschrank. Ich öffnete die oberste Schublade. Rechnungen, Autoteile. Ich schob sie zu und probierte die nächste. Noch mehr Rechnungen, Belege, Korrespondenz, leere Formulare. Schublade drei dito. Ich ging gleich zum zweiten Aktenschrank über und arbeitete mich wieder von oben nach unten. Die drei untersten Schubladen waren gerammelt voll mit Aktenordnern, die allesamt Schadensmeldungen enthielten. Ich sah hastig nach den Daten. Die Meldungen schienen über etwa drei Jahre zurückzureichen. Draußen gab

Brutus in Intervallen ein paar heisere Beller von sich, offensichtlich vor Freude darüber, daß ich den Jackpot geknackt hatte. Ich schloß die Aktenschubladen, vergewisserte mich, daß das Lamellenfenster zu war, rückte ein paar Papiere auf dem Schreibtisch zurecht und fegte ein bißchen Dreck von der gedrängten Monatsübersicht, die sich hier dartat. Dann ging ich in den Vorraum und um die Ecke zur Tür, um sie zu öffnen. Ich huschte wieder in den Hauptraum, knipste das Licht aus und tastete mich zur Tür zurück. Ich trat hinaus und zog die Tür fest hinter mir zu, daß das Schloß einschnappte. Die durch die Stille jaulende Alarmsirene schien in der Umgebung weiter kein Interesse geweckt zu haben. Ich fragte mich, ob Raymond sie wohl von schräg gegenüber hören konnte.

Ich rannte los und joggte die Ausfahrt zum Tor hinunter, Brutus im Schlepp. Ich hörte ihn hinter mir herhoppeln und fröhlich hecheln, weil es ihm gelang, die Beine nach einem dunkel erinnerten Schema zu betätigen. Ich sah mich um. Für eine alte Töle legte er ganz schön los. Er war offenbar wild entschlossen, bei meiner kleinen nächtlichen Sause mitzuhalten. Ich erreichte das Tor und drückte dagegen, um die anfängliche Prozedur in umgekehrter Richtung zu wiederholen. Plötzlich hörte ich einen Wagen mit quietschenden Reifen um die Ecke karriolen. Ich drehte den Kopf gerade noch schnell genug, um den schwarz-weißen Funkwagen ins Blickfeld schießen zu sehen. Ich stemmte mich mit aller Macht gegen den Zaunpfahl und wand mich durch die schmale Öffnung.

Da hörte ich hinter mir einen Laut, der wie ein hündischer Tadel klang. Ich sah, daß Brutus sich mit dem Kopf in dem Spalt zwischen Tor und Zaunpfahl verklemmt hatte. Er zerrte rückwärts, aber sein kantiger Schädel und der dicke, muskulöse Hals steckten in der Zaunzwinge. Wagentüren klappten, und ein uniformierter Polizist lief in Richtung Haupteingang, während sein Kollege auf mich zukam.

»Großer Gott«, hauchte ich. Ich ruckte am Tor und drückte gegen den Hundekopf, um ihn zu befreien. Dann hechtete ich in das Gebüsch, wo ich mich zusammenkauerte. Für den Moment schützte mich das dichte Gestrüpp, aber der nahende Polizist suchte jeden

Zentimeter Zaun mit einer hochpotenten Taschenlampe ab. Mittlerweile hatte Brutus auf der Innenseite des Zauns entdeckt, wo ich steckte. Er preßte die Nase gegen das Drahtgitter und produzierte beunruhigte Laute, halb Knurren, halb freudige Bekräftigung unserer nunmehr gefestigten Freundschaft.

Der Polizist drunten an der Büro-Ecke pfiff, und der Beamte auf meiner Seite drehte sich um und eilte den Weg zurück, den er gekommen war. Ich richtete mich auf und zwängte mich aus dem Gesträuch. Dann versuchte ich, mich so langsam und unauffällig wie möglich in die Gegenrichtung zu entfernen. Brutus fing an zu bellen, weil es ihm mißfiel, ausgerechnet dann abgehängt zu werden, wenn es lustig wurde. Am Bordstein stand eine Reihe parkender Wagen. Ich erreichte den ersten, duckte mich dahinter und schlich mich im Schutz der Autos bis an die Ecke. Dann überquerte ich die Straße, um auf der anderen Seite bis zu Raymonds Wohnung zurückzugehen und in den Schatten zwischen den Apartment-Häusern einzutauchen. Über mir sah ich das hell erleuchtete Schlafzimmerfenster. Ich raste die Feuertreppen hinauf, indem ich mich am Geländer hochhievte und drei Stufen auf einmal nahm. Außer Atem huschte ich am Schlafzimmer vorbei zu meinem offenen Fenster. Ich schlüpfte rasch hinein in mein Zimmer, schüttelte die Schuhe ab, stieg hastig aus den Jeans, steckte den Kopf aus der Tür und blinzelte in das jetzt im Flur brennende Licht. Bibianna trat soeben in einem seidenen Morgenmantel aus der Schlafzimmertür. Ich konnte Raymond im Wohnzimmer telefonieren hören.

»Was ist denn los?« fragte ich.

Bibianna verdrehte die Augen. »Ach, die Werkstatt drüben. Falscher Alarm. Manchmal geht das verdammte Ding einfach von alleine los. Chopper ist schon auf dem Weg, aber die Bullen meinen, es ist nichts. Geh' wieder ins Bett.«

Ich schloß die Tür. Der Schlaf wollte lange nicht kommen.

Als ich um halb zehn aufwachte, roch es nach Kaffee. Ich duschte und zog mich an. Die Tür zum großen Schlafzimmer stand offen, und ich sah im Vorbeigehen das ordentlich gemachte Bett. Von

Raymond und Bibianna keine Spur. Ich marschierte ins Wohnzimmer und von dort in die Küche, wo ich Luis als einzigen Anwesenden vorfand. Außer dem Hund, natürlich. Luis beachtete mich nicht weiter. Er stellte einen sauberen Becher auf die Arbeitsplatte, und ich goß mir Kaffee ein.

»Danke«, murmelte ich. Ich setzte mich an den Küchentisch, nachdem ich mich durch eine kurze Inspektion vergewissert hatte, daß er abgewischt war. »Wo ist Bibianna?«

»Sie sind beide weggegangen.«

»Und Sie sind wohl der Babysitter?«

Er antwortete nicht. Ein offener Eierkarton stand auf der Arbeitsplatte. In den vierundzwanzig Stunden, seit ich die Küche geputzt hatte, war sie schon wieder im Chaos versunken. An den Unterschränken lehnten eine Reihe Mülltüten, prall gefüllt mit Bierflaschen und gebrauchten Papptellern. In der Spüle türmten sich dreckige Töpfe und Pfannen. Die Aschenbecher quollen über. Wer rauchte denn hier? Ich hatte noch nie jemanden mit einer Zigarette gesehen. Luis hatte jetzt die einzig saubere Pfanne hervorgeholt und auf die eine Flamme gesetzt. Er begann, Zutaten aus dem Kühlschrank zu holen: Paprikas, Zwiebeln, Chorizo. »Möchten Sie was zum Frühstück?«

»Ja, gern. Soll ich was helfen?«

Er schüttelte den Kopf.

Es schien mir die ideale Gelegenheit, ihn ein bißchen auszuhorchen, aber ich wollte nicht gleich mit der Tür ins Haus fallen und mit dem Betrügerring anfangen. »Ich will ja nicht neugierig sein«, sagte ich, »aber ich dachte, für Raymond wär' die Sache mit seinem Bruder sehr schlimm, und jetzt redet er überhaupt nie davon. Haben sie sich nicht gut verstanden?«

Luis schnitt die Paprikas in Ringe und würfelte dann die Zwiebeln, ohne ein Wort über die chemisch hervorgerufenen Tränen zu verlieren, die ihm über die Wangen rannen. Er sah mich an. »Chago war alles, was er hatte. Raymonds Schwestern haben ihn rausgeschmissen, als er vierzehn war, und von da an hat er allein zurechtkommen müssen. Hat er ja auch prima geschafft, wenn man bedenkt. In der Schule haben sie ihn immer ausgelacht und ihn wegen seiner Krankheit verarscht.«

»Haben Sie ihn denn da schon gekannt?«

»Juan hat's mir erzählt. Ich hätt's ja gern, daß er zum Arzt geht, aber er will nicht. Er glaubt, daß er keine andere Hilfe braucht als Bibianna.«

Ich sah ihn an, weil ich noch mehr erwartete, aber er fand offenbar, daß er genug gesagt hatte. Er schob die Zwiebeln zusammen und wiegte sie mit dem Messer klein. Dann trat er wieder an den Herd. Ich sah zu, wie er ein Stück Butter langsam in der Pfanne kreisen ließ, bis es geschmolzen war. Er gab die Paprikas und die Zwiebeln dazu. Schließlich sprach er weiter. »Woher kennen Sie diesen Jimmy Tate? Ich hab' sein Bild in der Zeitung gesehen. Er ist ein Bulle«, sagte er, das letzte Wort verächtlich ausspielend.

»Ein Ex-Bulle. Von der Grundschule. Wir waren vor langer, langer Zeit mal in Santa Teresa zusammen in einer Klasse.«

»Er ist ein Schnüffler.«

»Quatsch. Das County Sheriff's Department hier in L. A. hat ihn gefeuert, und er ist vor den Kadi gegangen und hat sie verklagt. Die werden ihn bestimmt nicht auf irgendwas ansetzen!«

Luis drehte sich um und zeigte mit dem Messer auf mich. »Ich will Ihnen was sagen. Dieser Tate hat bei uns nichts zu suchen. Ich rieche Schnüffler auf zehn Meilen. Erzählen Sie mir nichts. Ich weiß, was ich sage.«

Ich fühlte, wie ich zögerte und innerlich einen Schritt zurückwich. Auch mir war schon der Gedanke gekommen, ob Jimmy vielleicht heimlich für die Polizei arbeitete. Bei meinem Gespräch mit Dolan und Santos hatte ich zweimal gefragt, ob sie schon jemanden eingeschleust hätten, und beide Male hatten sie nicht reagiert. Tates Klage gegen die Polizeibehörde und seine Verhaftung am Dienstagabend konnten ja auch Tarnung sein. Wenn Luis mißtrauisch war, konnte es nicht lange dauern, bis Raymond auch Verdacht schöpfte, und dann würden sie Tate unter die Lupe nehmen. »Was meint denn Raymond dazu?«

»Er will sich umhören.«

»Oh, das ist gut«, sagte ich. »Da wird er's ja ganz genau erfahren.«

Mein Herz bummerte laut vor Angst. Bei der Polizei hatten sie ja schon den Verdacht, daß da irgendwo eine undichte Stelle war. Wenn irgendwas über mich durchsickerte, war ich geliefert.

Luis zog sich wieder in sich zurück. Er schlitzte die Pelle einer mexikanischen Wurst auf und preßte den fleischigen Inhalt mit einer seltsam bedrohlichen Geste heraus. Gleich darauf mischte sich der Duft des brutzelnden Chorizo unter die übrigen Dünste. Luis schlug acht Eier einhändig in eine Schüssel und rührte sie dann mit einer Gabel schaumig.

Ich wollte mich nicht zu vehement für Jimmy Tate einsetzen, weil ich fürchtete, es könnte sich sonst womöglich jemand wundern, wieso ich so gut Bescheid wußte. Wenn man sich nicht auf dem Boden der Wahrheit bewegt, tut man besser daran, den Mund nicht zu weit aufzureißen. Außerdem war Tates Tarnung – wenn es überhaupt eine war – bestimmt gründlich abgesichert. Dolan und Santos wußten beide nur zu gut, wie wichtig das war. Ich ließ das Thema fallen. Ich hatte Luis ja eigentlich ein bißchen über die Betrügerbande aushorchen wollen, aber jetzt beschloß ich, mein Fragestündchen lieber ausfallen zu lassen. Es fehlte mir gerade noch, Luis' Stahlblick permanent auf mich gerichtet zu wissen.

Wir aßen schweigend unser Omelett. Ich muß gestehen, daß es zu den besten gehörte, die ich je genossen habe. Die paar Bissen, die ich nicht mehr schaffte, stellte ich dem Hund auf den Boden. Perro putzte das Ei mit einem Haps weg und beförderte es mit einer ruckartigen Kopfbewegung seinen Schlund hinunter. Als unser Frühstück beendet war, schrubbte Luis die Pfanne. Mein Job war es, die Pappteller zusammenzuknicken und in den Müll zu werfen.

»Was steht denn heute an?«

»Ich bring' Sie zum Chiropraktiker, wenn Raymond wieder da ist.«

»Wieso müssen wir erst auf ihn warten? Können wir nicht auch mal was allein machen?«

Luis sagte nichts. Ich hielt es für klüger, nicht weiter an ihm herumzubohren. Raymond schien ihm auch nicht mehr zu trauen als mir.

Um zwölf kamen Raymond und Bibianna wieder. Bibiannas Gesicht war blaß und hohlwangig, der Blick, den sie mir zuwarf, angsterfüllt. Irgendwas wollte sie mir signalisieren, aber ich war nicht sicher, was. Raymond hingegen schien bester Laune, wenn ich auch in seinem munteren Zwinkern ein leises Zucken entdeckte. Bibianna zog ihre Jacke aus und warf sie aufs Sofa. In ihrer rechten Armbeuge klebte ein Streifen Heftpflaster. Raymond umklammerte sie von hinten mit einem Bärengriff, eine seltsame Geste als Zärtlichkeit getarnter Aggression.

Er reagierte auf meinen Blick, der kurz das Heftpflaster gestreift hatte und rasch wieder abgeschwenkt war. »Der Bluttest. Wir heiraten, sobald die Genehmigung da ist. Das geht höchstens drei Tage.«

»Herzlichen Glückwunsch«, sagte ich piepsig. »Das ist ja wirklich toll.«

Luis streckte die Hand aus, und er und Raymond absolvierten ein Ritual aus klatschenden Handschlägen, das wohl unter Eingeweihten eine Freudenbekundung darstellte. Bibianna war so vom Glück überwältigt, daß sie das Zimmer verlassen mußte, was dem stets wachsamen Raymond natürlich nicht entging. Ich sah, wie das Zucken sich verstärkte, sein Mund sich öffnete, der Hals zurückschnellte.

Luis schleppte rasch ein paar Flaschen Bier an, vorgeblich um zu feiern, aber wahrscheinlich hoffte er, Raymonds Anfall auf diese Weise im Ansatz kupieren zu können. »Holen Sie sie her. Luis soll uns Sekt holen. Wir wollen anstoßen.«

»Sofort«, murmelte ich, schon auf dem Weg ins Schlafzimmer. Bibianna hockte auf der Bettkante, das Gesicht in den Händen vergraben.

Ich setzte mich neben sie und sah sie wortlos an. Was sollte ich sagen? Sie war mit Jimmy Tate verheiratet. Sie konnte nicht auch noch Raymonds Frau werden. Schließlich fragte ich: »Was willst du jetzt machen?«

Sie sah mich aus leeren Augen an. »Ihn umbringen. Oder mich.« Sie griff nach meiner Hand und drückte sie.

»Ich steh dir bei,« sagte ich.

»Ich weiß«, sagte sie.

18

Luis parkte den Ford auf einem kleinen, verlotterten Parkplatz gleich bei einem ebenerdigen Einkaufszentrum, das, der Hohlblock-und-Glasziegel-Architektur nach zu urteilen, aus den frühen fünfziger Jahren stammte. Die Praxis lag mitten in einer Ladenfront, eingebettet zwischen einem Barbecue-Restaurant und einem Friseur. Eingestaubte beige Vorhänge hinter den Schaufenstern hielten neugierige Passantenblicke ab. Nicht daß es drinnen viel zu sehen gegeben hätte. An den stumpf-blauen Wänden waren metallene Klappstühle aufgereiht. In einem Fernseher in der einen Ecke lief ein spanischsprachiges Video, das die Wundertaten der Chiropraktik pries. Ein ramponiertes Poster mit der Überschrift DIE IRISZONEN zeigte die durch feine speichenartige Striche unterteilten Kreissegmente und ihre verschiedenen irisdiagnostischen Zuständigkeiten, etwa für Diabetes. Der Boden war mit beigen PVC-Fliesen ausgelegt, über die kürzlich jemand einen feuchten Mop gezogen haben mußte, um den Dreck von gestern in Schlieren zu verteilen. Ein Anmeldetresen trennte den Wartebereich von den Behandlungsräumen im hinteren Teil ab. Im Wartezimmer fand ich sechzehn Personen und keine Zeitschriften. Unter meinen Mitpatienten war auch ein Bursche, den ich am Tag meiner Ankunft in Raymonds Wohnung gesehen zu haben glaubte. Ich füllte einen Anmeldezettel mit einem rudimentären Fragebogen zu meiner Krankengeschichte aus und malte dabei automatisch in Druckschrift die ersten drei Buchstaben von »Millhone«, ehe ich meinen Lapsus bemerkte und das *i* und das *l* in die beiden *o*'s von »Moore« umwandelte. Das Formular selbst war in zwei Minuten ausgefüllt, worauf wir alle dasaßen und uns ansahen, während zwei Babys schrien und elf Leute insgesamt vierunddreißig Zigaretten qualmten. Das erzwungene Passiv-Rauchen und die Langeweile genügten, um in mir den dringenden Wunsch zu wecken, das Etablissement fluchtartig zu verlassen. Ich sah auf meine Uhr. Ich saß jetzt eineinhalb Stunden hier. Ich hatte das Gefühl, daß es mir nicht zustand, mich zu beschweren, da ich ja nur da war, um die Versicherung zu behummsen. Ich vertrieb mir die Zeit, indem ich mir ausmalte, wie all die anderen Leute – Schwarze und Latinos, Senioren und Freizeitsportler – im Hinterzimmer wieder in Form gezogen, gerüttelt, geklopft und gebogen wurden. Die, die herauskamen, um zu bezahlen, wirkten erleichtert. Ihre Rücken und Schultern waren gerader. Sie bewegten sich kraftvoller und nahmen riesige Pillengläser mit, in denen ich teure Vitamine oder Kalzium-Präparate vermutete. Viele schlappe und knittrige Dollarnoten wanderten über die Theke zu der zweisprachigen Helferin, einer Frau in den Vierzigern, vielleicht die Gattin des Herrn Doktor.

Als ich an der Reihe war, sah ich auf ihr Namensschildchen, aber es wies sie lediglich als Martha aus. Sie führte mich einen kurzen Flur entlang. Wir passierten die offene Tür eines Raums, der wohl eine Art Büro darstellte. Ich erspähte einen schartigen Eichenholzschreibtisch mit Stapeln von Patientenkarten und kleinen Aufstell-Bilderrähmchen, die vermutlich den Chef im Kreis seiner Lieben zeigten, um seinen Familienstand klarzustellen und Patientinnen mit amourösen Absichten abzuschrecken. Ich wurde in den angrenzenden Untersuchungsraum gebracht und bemerkte mit Interesse die geöffnete Verbindungstür. Ich konnte durch das Büro wieder hinaus auf den Flur schauen, wo sich eine eben vorbeigehende Patientin neugierig nach mir umdrehte. Martha öffnete ein Schränkchen und entnahm ihm einen buntbedruckten Umhang, der aus zwei aneinandergenähten und am Hals mit Gummiband gerafften Stoffrechtecken bestand.

»Schuhe ausziehen und bis auf die Unterhose freimachen, bitte,« sagte sie, während sie mir den Umhang reichte. »Er wird in zehn Minuten da sein.«

»Danke. Ach, äh ... könnten wir vielleicht die andere Tür dort drüben zumachen?« fragte ich.

»Sicher.« Sie ging durch das Büro zu der Tür zum Flur und schloß sie hinter sich.

Ich spürte, wie es mir in den Fingern zu jucken begann.

Heiliger Strohsack. Ich hier ganz allein in diesem Zimmer, und die gesamten Praxisunterlagen dieses kriminellen Knochenbiegers keine drei Meter weiter. Ich inspizierte die Tür zwischen Sprechzimmer und Flur. Im Knauf war ein kleiner Verriegelungsknopf, den ich drückte. Ich zog mich hastig aus und streifte mir den Umhang über. Dann schlich ich barfuß hinüber ins Büro, wo ich die Tür nach draußen ebenfalls verriegelte. Die Wände waren so dünn und so schlecht isoliert, daß sich das Geschehen draußen leicht verfolgen ließ. Ich hörte Dr. Howard das Zimmer auf der anderen Seite des Flurs betreten und die Patientin mit Namen begrüßen, während er die Tür hinter sich schloß. Das Gemurmel war deutlich zu vernehmen, wenn ich auch nicht mitbekam, worum es ging. Ich hielt ein Ohr gespitzt, während ich das Büro so gründlich durchsuchte, wie es die mir noch verbleibenden acht Minuten zuließen. Ich entdeckte eine Schublade voller Schadensmeldungs-Formulare, die auf den ersten Blick in etwa dem zu entsprechen schienen, was ich bei Raymond gefunden hatte. Ich hörte, wie die Tür gegenüber geöffnet wurde und die Stimme des Doktors den Flur hinunter entschwand, während sie der Patientin noch ein paar letzte Ratschläge mit auf den Weg gab. Ich schloß die Schublade, flitzte rasch zur Büro-Flur-Tür und drehte am Knauf. Der Verriegelungsknopf sprang heraus. Ich war gerade wieder auf dem Weg ins Untersuchungszimmer, als mein Blick an einem der kleinen gerahmten Familienfotos auf dem Schreibtisch hängenblieb.

Ich hielt inne und starrte mit zusammengekniffenen Augen auf das Hochzeitsbild einer jungen Frau, von der ich hätte schwören können, daß ich sie schon einmal gesehen hatte. Ich schnappte mir das Doppelrähmchen und arrangierte rasch die übrigen Fotos so, daß die Lücke nicht allzusehr auffiel. Dann huschte ich ins Untersuchungszimmer, wo ich das Bilderrähmchen gerade noch in meiner von Bibianna geborgten Handtasche verstauen konnte, ehe ich den Doktor am Türknauf rütteln hörte.

»Moment!« rief ich. Ich ließ die Verriegelung zurückschnellen und öffnete ihm mit einem verlegenen Grinsen die Tür.

»Entschuldigung«, sagte ich. »Ich habe gar nicht gemerkt, daß abgeschlossen war. Sie sind sicher Dr. Howard?«

»Ganz recht.« Er trat herein und schloß die Tür hinter sich.

Ich widerstand dem Impuls, ihm die Hand zu schütteln. Es erschien mir unangemessen, nachdem ich ihm gerade etwas vom Schreibtisch geklaut hatte. Er war in den Vierzigern und sah ungeheuer sauber aus. Er trug weiße Hosen, einen weißen Kittel und darunter ein schneeweißes Hemd, dessen gestärkter Kragen so steif hochstand, daß er seinen Hals in Falten zu pressen schien. Das dunkle Haar auf seinem Oberkopf wirkte weich. Der Haaransatz war schon ein Stück zurückgewichen, was ihm eine hohe, glatte Stirn bescherte. Er hatte kalte, sanftbraune Augen hinter einer eckigen Schildpattbrille und einen humorlosen, leicht hängenden Mund. Er brachte jetzt mit den Lippen ein mechanisches Lächeln zustande, während das restliche Gesicht starr blieb. Sein Blick war eindringlich und ließ ihn wie jemanden wirken, der aus seinem eigenen schwarzen Herzen direkt in meins sah. Ein Duft nach zermahlenen Gewürzen wehte hinter ihm her, irgendein leises orientalisches Gemisch aus Moschus und Sandelholz.

Er sah auf meine Karte. »Miss Moore. Wo fehlt's denn? Dann klettern Sie doch gleich mal auf den Tisch.«

»Der Nacken«, sagte ich, während ich auf die Liege krabbelte. »Ich hatte einen kleinen Unfall, und Raymond Maldonado meinte, Sie sollten es sich mal ansehen.« Er ging an ein Waschbecken in der einen Ecke und wusch sich die Hände mit einer giftig aussehenden roten Flüssigseife aus einem Wandspender. Der Blick, den er mir zuwarf, war kurz, aber durchdringend. »Das hätten Sie Martha gleich sagen sollen. Da müssen wir röntgen«, sagte er. »Mein Assistent wird das erledigen. Wenn Sie fertig sind, kommen Sie wieder hierher.« Er ging zur Tür und hielt sie mir auf. Ein Instinkt mahnte mich, meine Handtasche mitzunehmen. Ich packte sie und klemmte sie mir unter den Arm, eine Mißtrauensgeste, die ihm nicht entging.

»Sie können Ihre Handtasche ruhig hierlassen, wenn Sie möchten«, sagte er.

»Ach, das geht schon«, murmelte ich, nicht willens, mich freiwillig von ihr zu trennen. Ich sah ihn in meiner Abwesenheit darin wühlen und die gemopsten Fotos finden. Aus den Tiefen meines Gedächtnisses summte es leise, eine kleine Melodie, zu leise, um sie zu identifizieren. Ich war mir sicher, daß ich die Frau auf dem Foto schon einmal gesehen hatte, aber ich hatte keine Ahnung, wo.

Ich tappte barfuß hinter ihm her, über den Flur zu einem Behelfs-Röntgenlabor, das mit ein paar Spanplatten provisorisch abgeteilt war. Das Gerät sah aus wie die Röntgenapparate in den Arztpraxen meiner Kindheit: schwarz und klobig, mit einer Röhre wie ein riesiges Teleobjektiv. Ich sah im Geist die wuchtigen Röntgenstrahlen der fünfziger Jahre in schlecht regulierten Dosen meinen Körper durchbohren. Der Assistent, ein junger Bursche mit einer wackelnden Zigarette im Mund, machte zwei Aufnahmen – eine von der ganzen Wirbelsäule und eine nur von den Halswirbeln. Ich bin eigentlich strikt gegen unnötige Röntgenprozeduren, aber wie gesagt: da ich ja nur schwindelte, konnte ich schlecht protestieren. Ich ging wieder ins Untersuchungszimmer zurück, wo ich abermals eine ganze Weile warten mußte, was ich diesmal jedoch brav auf der papierbedeckten Liege tat. Was wußte ich, ob Dr. Howard mich nicht durch ein verstecktes Guckloch beobachtete. Er kam schließlich und klemmte die entwickelten Röntgenbilder vor einen Leuchtschirm an der Wand. Er erläuterte mir geduldig und mit vielen chiropraktischen Termini technici, wie deformiert meine Wirbelsäule war. Zwar sei der Hals zum Glück nicht gebrochen, aber fast alle anderen Teile meines Rückens bedürften dringend der Behandlung. Er forderte mich auf, mich bäuchlings auf die Liege zu legen, und veranstaltete irgend etwas Wundersames mit mir, was meine Knochen knirschen ließ, als ob jemand Eiswürfel kaute. Er verordnete mir eine längere Behandlungsserie und hielt seine Diagnose mit einem Füller schriftlich fest. Er war Linkshänder, so daß er das Handgelenk oben um die Sätze herumkrümmen mußte, als er seine Therapieempfehlungen notierte. Die Feder kratzte über das Papier. Schon sein Geschreibe sah teuer aus, dachte ich. Die California Fidelity würde für meine Wehwehchen ordentlich blechen müssen.

»Was haben Sie denn mit Raymond zu tun?« fragte er ohne aufzuschauen. Irgend etwas in seinem beiläufigen Ton sagte mir: aufpassen.

»Ich bin eine Freundin von Bibianna, seiner Verlobten.«

»Kennen Sie sie schon lange?«

»Zwei Tage«, sagte ich. »Wir haben gemeinsam eine Nacht im Kreisgefängnis von Santa Teresa verbracht.«

Der durchdringende Blick schwenkte von mir weg, und ich meinte, ein kaum wahrnehmbares Naserümpfen bemerkt zu haben.

Er hielt nicht viel von solchen Halbwelt-Existenzen wie Bibianna und mir und vermutlich auch Raymond Maldonado. »Wie lange sind Sie denn schon hier draußen?« fragte ich.

»Seit ich meine Niederlassungserlaubnis wiederhabe«, sagte er. Seine Offenheit überraschte mich. Vielleicht hatte ich dem Mann ja Unrecht getan. Er öffnete eine Schublade und nahm eine Handvoll Filzstifte verschiedener Sorten und Farben heraus. Er schob mir ein Blatt Papier hin, auf dem sich ganz links eine Spalte mit lauter kleinen Kästchen befand. »Unterschreiben Sie in jeder Zeile mit einem anderen Stift. Wechseln Sie ab, wie es gerade kommt. Die Daten setzen wir dann später ein, wenn wir Ihrer Versicherung die Rechnungen schicken. Wer ist Ihr Versicherungsträger?«

»Die California Fidelity. Ich habe bei dem Büro in Santa Teresa angerufen, und sie haben gemeint, sie schicken die Formulare her.«

»Gut«, sagte er. »Und was arbeiten Sie normalerweise?«

»Ich bin Serviererin.«

»Nicht gut. Das ist Gift für Sie – das viele Stehen, die schweren

Tabletts. Stellen Sie einen Antrag auf Berufsunfähigkeit. Hat mich sehr gefreut«, sagte er. Eine halbe Minute später hörte ich ihn das Sprechzimmer auf der anderen Flurseite betreten.

Als ich die Praxis verließ, war es fünf vor drei. Es war heiß für Ende Oktober. Es roch nach warmer Klimaanlagen-Abluft. Diese Gegend hier war auch nicht viel besser als die, in der Raymond wohnte. Als ich mich dem Ford näherte, beugte sich Luis herüber, um mir die Tür aufzumachen. Ich schlüpfte auf den Beifahrersitz. Was immer Dr. Howard mit mir gemacht hätte – mein Kater war jedenfalls weg. Ich beugte den Kopf nach allen Seiten und testete meinen Nacken. Nicht schlecht. Kein steifer Hals, keine Verspannungen, keine Schmerzen.

Im Wagen roch es nach Hamburgern und kalten Fritten. Auf dem Armaturenbrett stand ein leerer Milk-Shake-Becher, und eine weiße Papiertüte lag auf meinem Sitz. »Hmm, für mich?« fragte ich. Ich lugte, von plötzlichem Hunger gepackt, in die Tüte. »Aber da ist ja nur Müll drin.«

»Ich dachte, Sie hätten keinen Hunger nich' mehr.«

»Sie dachten, ich hätte keinen Hunger nich' mehr?« sagte ich pointiert.

Luis schien verlegen. »Ich dachte, Sie haben gegessen.«

»O ja, natürlich. Ich habe zur gleichen Zeit gegessen wie Sie, und deshalb habe ich jetzt nich' keinen Hunger nich', sondern einen Mordskohldampf.« Ich milderte meinen Ton. Es brachte nichts, deswegen biestig zu werden. »Können wir nicht auf der Heimfahrt irgendwo anhalten und mir was zum Essen holen?«

Er ließ den Motor an und beobachtete den fließenden Verkehr im Rückspiegel. »Raymond hat gesagt, wir sollen sofort zurückkommen, wenn Sie fertig sind. Wir haben noch was zu tun.«

»Und wieso müssen wir immer alles tun, was er sagt?«

Luis sah mich nur an.

Ich mußte an Raymonds Ausbrüche denken. »Schon gut«, sagte ich.

Als wir ankamen, war der Hund draußen am Balkongitter angebunden, und die Wohnungstür stand offen. Sechs bis acht junge

Latinos verteilten sich in der Wohnung. Die meisten hatte ich noch nie gesehen. Bibianna saß auf dem Sofa, über eine Patience auf dem Couchtisch gebeugt. Luis ging in die Küche und holte sich ein Bier. Ich murmelte irgend etwas Entschuldigendes und ging in mein Zimmer, wo ich die geklauten Fotos aus der Handtasche holte. Ich trat ans Fenster und öffnete es leise. Meine Beute war ein mattgoldenes Doppelrähmchen zum Klappen, mit einem Scharnier in der Mitte. Ich nahm die Fotos heraus und warf das Rähmchen aus dem Fenster, nachdem ich mich vergewissert hatte, daß es niemandem auf den Kopf fallen würde. Ich hielt die beiden Fotos ans Licht und musterte sie eingehend. Es waren offizielle Hochzeitsfotos. Das erste war eins jener Gruppenbilder, wie sie nach der Trauung am Altar aufgenommen werden, mit allen Gästen im Halbkreis und Braut und Bräutigam in der Mitte. Außer dem jungen Paar standen da noch sechs junge Frauen in lavendelfarbenen Kleidern, fächerförmig nach links aufgereiht, und sechs junge Burschen im grauen Smoking mit lavendelfarbenem Kummerbund zur rechten Seite hin. Dr. Howard war eindeutig der Brautvater. Die Brautmutter hatte nicht die mindeste Ähnlichkeit mit der Praxishelferin. Da hatte ich schief gelegen. Das zweite Foto war eine Ganzaufnahme der Braut. Sie war die Frau, von der ich glaubte, daß ich sie schon gesehen hatte. Sie stand im Dreiviertel-Profil, die Augen feierlich zu dem Kirchenfenster über ihrem Kopf erhoben, den Brautstrauß in den Armen wiegend. Sie trug ein enganliegendes Satinkleid mit einer Schleppe, die so um ihre Füße drapiert war, daß es aussah, als sei der Stoff zu einer Pfütze zerschmolzen. Ihr blondes Haar wurde von etwas zurückgehalten, das aussah wie ein bräutliches Haarnetz. Das Gesicht, das mich nicht losließ, war in keiner Weise schön, aber sie hatte offensichtlich ein Team von Visagisten engagiert, um jeden einzelnen Zug optimal zur Geltung zu bringen. Ich war mir absolut sicher, daß ich sie erst vor kurzem gesehen hatte, wenn auch nicht so wirkungsvoll zurechtgemacht. Ich starrte angestrengt und ratlos auf das Foto. Es war, als ob man seinen Briefträger in voller Abendgarderobe bei einer Cocktailparty treffen würde. Mir blieb nichts anderes übrig, als mich achselzuckend abzuwenden und die ganze Sache vorerst zu vergessen. Es würde mir schon wieder einfallen, wahrscheinlich dann, wenn ich gerade mit etwas ganz anderem beschäftigt war.

Ich ging an den Schrank, schob die Tür auf und lüpfte den Rand der dunkelblauen Plüsch-Auslegware ein klein wenig an. Ich steckte die Fotos darunter und drückte den Teppich wieder glatt.

Dann marschierte ich zurück ins Wohnzimmer, wo Bibianna noch immer über ihrer Patience brütete. Ich ließ mich im Sessel nieder, schlug die Beine unter und sah ihr zu, wobei ich ein diskretes Auge auf die Jung-Gangster hielt, die sich in einer Art Reihe vor der Küche aufgestellt hatten. Es mußte wohl Zahltag sein. Raymond saß am Tisch, nahm kleine Zettel entgegen und blätterte im Tausch dafür Geldscheine hin. Er war ganz geschäftsmäßig und wickelte die Transaktionen auf Spanisch ab. Ich versuchte, mir möglichst unauffällig die Gesichter einzuprägen, und fragte mich, ob ich sie wohl gegebenenfalls in der Verbrecherkartei wiedererkennen würde. Die beiden einzigen, die ich kannte, waren Raymonds Bruder Juan und der mürrische Tomas, der sich am Tag meiner Ankunft so mit seiner Schreibarbeit gequält hatte. Raymond sah zu mir herüber, und ich senkte rasch die Augen auf die Karten vor mir.

Ich hatte Bibianna inzwischen so oft beim Patiencelegen zugeschaut, daß ich es mir schon fast selbst zutraute. Diesmal war es nicht das übliche Rote-Dame-auf-schwarzen-König-Prinzip. Es ging um Folgen gleicher Farbe, so daß man im Idealfall am Ende nur noch vier Häufchen hatte, für jede Farbe eins, mit allen Karten vom As bis zum König in der richtigen Reihenfolge. Sie blätterte die Karten, die sie auf der Hand hatte, methodisch durch, aber nichts paßte. Sie warf ihr Blatt hin und schob alle Karten zu einem Häufchen zusammen.

»Hast du jetzt vielleicht Lust, mir mein Horoskop zu stellen?«

Sie schüttelte den Kopf. »Die Sachen sind alle bei meiner Mutter, und Raymond läßt mich nicht mit ihr telefonieren. Ich hab' es gestern abend versucht, aber er hat mich mit dem Telefon erwischt und fast totgeprügelt. Dieser Arsch . . .« Sie sah zu Raymond hinüber, der seine Tätigkeit unterbrochen hatte, um sie anzustarren.

Bibianna rutschte nervös hin und her und sah mich an. Dann sagte sie: »Aber ich kann dir aus der Hand lesen. Leg die Hände auf den Tisch.«

»Mit den Handflächen nach unten?«

»Ja. Einfach auf die Platte legen.«

Ich setzte mich richtig hin und beugte mich soweit vor, daß ich meine Hände weisungsgemäß flach auf den Tisch legen konnte. Raymond mußte inzwischen gemerkt haben, daß sie auf ihrem Handlesetrip war, denn er wandte sich wieder seiner Arbeit zu. Bibiannas Blick wurde konzentriert. Sie musterte meine Handrücken, hob dann meine beiden Hände an und drehte sie um. Sie nahm meine rechte Hand in ihre und untersuchte sie sorgfältig und wortlos. Sie ging so professionell zu Werk wie eine Ärztin. Ich glaube nicht an Handlesen, so wenig wie an Numerologie, Astrologie, den Osterhasen oder den Klapperstorch, aber irgend etwas in ihrem Gesicht weckte meine Neugier. »Was ist?« fragte ich.

Sie fuhr mit dem Zeigefinger über meine rechte Handfläche und nahm sich dann noch einmal die linke vor. »Du stehst auf Action. Willst du wissen, woran ich das sehe? Wie du eben die Hände auf den Tisch gelegt hast, war dazwischen noch eine ganze Masse Platz. Unsichere Menschen legen ihre Hände ganz dicht zusammen. Kurze Nägel, spricht für Aggressivität. Keine Rillen, keine Flekken. Das ist gut. Zeigt, daß du gesund bist. Der Hauttyp ist mittel, sagt nicht viel, aber guck mal hier ... wie weit du den Daumen von den Fingern abspreizen kannst. Heißt, daß du eigenständig denkst...«

Ihre Stimme war hypnotisch, und ich fand mich dabei wieder, wie ich ihr ernsthaft zuhörte. Ich hatte irgendein Geschwafel über Lebenslinien und Liebeslinien erwartet, aber soweit kam sie gar nicht. Es ging so plötzlich los, daß ich bis heute nicht weiß, wer angefangen hatte. Ich hörte ein Brüllen und das Scheppern eines umkippenden Stuhls. Als ich aufsah, hatte Raymond Tomas schon am Boden. Er umkrallte seine Kehle und hielt ihm das Schnappmesser an die Backe. Raymonds Gesicht war wutverzerrt. Seine Hände zitterten, während er Tomas' Gurgel zusammenpreßte.

Tomas versuchte röchelnd und aus weit aufgerissenen Augen stierend, sich seinem Klammergriff zu entwinden. Schweißperlen standen ihm auf der Stirn. Ich sah die Messerklinge in seine Backe einsinken. Blut quoll hervor. Raymond starrte es an wie hypnotisiert. Niemand rührte sich. Es schien eine jener Situationen, in denen jedes Einschreiten das Leben des Opfers nur noch mehr gefährdet.

Bibianna flüsterte: »O Gott...« Sie stand auf, ging zu Raymond hin, kniete sich neben ihn und flüsterte ihm ins Ohr. Ich sah, wie er um Kontrolle rang. Er stieß einen Laut aus, der fast wie ein gepreßtes Schluchzen klang, eine Art Schrei tief in der Kehle. Bibianna berührte seine Hand und sprach ernst auf ihn ein: »Nicht, Raymond. Ich flehe dich an. Laß ihn. Er hat es nicht so gemeint. Du tust ihm weh. Bitte...«

Er hob das Messer. Bibianna zog es ihm vorsichtig aus der Hand, während sein Opfer sich mit blutüberströmtem Gesicht wegrollte. Raymond schien zu husten, und sein Zorn verlagerte sich von Tomas auf Bibianna. Er packte sie an den Armen, zerrte sie hoch und stieß sie so heftig gegen die Wand, daß ihr Kopf ein Stückchen Putz losschlug. Er fixierte sie aus drei Zentimetern Entfernung, und das mir mittlerweile so vertraute Zucken hatte jetzt die Hälfte seiner Gesichtsmuskeln erfaßt. Seine Augen kippten nach oben weg, so daß er sie aus den milchig-weißen Schlitzen anzustarren schien. Seine Stimme war nur noch ein Flüstern. »Ich bring dich um, wenn du mir noch mal dazwischenfunkst. Hast du verstanden?«

Bibianna nickte panisch. »Ich tu's nie wieder. Es tut mir leid. Ich wollte nicht...«

Er trat zurück. Das rituelle Husten und Bellen begann, und ich sah ihn mit dem Kopf rucken und die Schulter rollen. Luis hatte sich ein Küchenhandtuch gegriffen und preßte es auf den Schnitt in Tomas' Backe. Es war sofort durchgeweicht. Zwei von den anderen Burschen kamen ihm zur Hilfe, und sie brachten Tomas zur Tür hinaus. Die Wohnung leerte sich blitzartig. Mein Herz hämmerte. Bibianna saß kreideweiß auf dem Sofa. Sie klappte vornüber, kurz vor einer Ohnmacht. Ich ging hin, setzte mich neben sie, tätschelte sie und sprach ihr und mir beruhigend zu. Gleich darauf kam Luis wieder herein. Ich reimte mir zusammen, daß wohl irgend jemand Tomas in die Ambulanz brachte. Raymond schien sich mittlerweile wieder einigermaßen unter Kontrolle zu haben. Bibianna faßte sich und wandte sich mit zitternden Händen wieder ihren Karten zu. Luis wischte das Blut vom Küchenfußboden auf. Wir wußten alle genau, daß es darum ging, die letzten kritischen Momente zu überstehen. Um jede weitere Aufregung zu vermeiden, taten wir, als wäre nichts gewesen, was ein Verschwörer-Gefühl erzeugte. Es fiel kein Wort über Tomas oder den Auslöser für Raymonds Wutanfall.

Raymond ging auf und ab und schnippte unruhig mit den Fingern. Er sagte zu Bibianna: »Hey, hol deine Jacke. Wir gehen raus. Sie auch, Hannah.«

Ich holte meine Jacke. Teufel noch mal, ich wollte mich nicht mit diesem Mann anlegen.

Diesmal nahmen Raymond und ich den Ford, während Luis uns im Cadillac folgte, Bibianna neben ihm auf dem Beifahrersitz. Ich drehte mich um und beobachtete durchs Rückfenster den Caddy, der uns stetig folgte. Luis und Bibianna waren nur dunkle Silhouetten. »Wieso fährt sie bei diesen Touren immer mit ihm?«

»Weil wir uns streiten«, sagte er.

Ich musterte ihn voller Interesse. Er wirkte locker, offen und ruhig. Allmählich begriff ich, daß er nach jedem seiner »Anfälle« für kurze Zeit ganz freundlich war, so als ob ihn der Ausbruch erleichtert hätte. Für ein kurzes Intermezzo wurde er absolut umgänglich, ja, fast schon nett. Er sah gar nicht so übel aus. Er würde sicher eine Frau finden können, die ihn mochte, wenn er nur nicht so auf Bibianna fixiert wäre.

Er fing meinen Blick auf. »Was gibt's denn da zu gucken?« Seine Worte waren unwirsch, aber sein Ton war milde.

»Ich hab' mich nur gefragt, warum Sie eigentlich so versessen auf Bibianna sind. Wieso wollen Sie sie denn unbedingt heiraten, wenn sie doch eindeutig nicht scharf drauf ist?« Ich hielt den Atem an, aber er schien nicht verärgert.

»Ich laß' mich von ihr nicht verarschen. Wenn einer meint, daß er mich für dumm verkaufen kann, dann muß er lernen, daß das nicht läuft. Sie hat noch nicht kapiert, was Sache ist.«

»Was denn? Sie ist doch wieder da. Was wollen Sie denn noch?«

»Ich muß dafür sorgen, daß sie dableibt.«

»Und wie wollen Sie das tun?«

»Ich hab's schon getan«, sagte er. »Sie weiß es nur noch nicht.«

19

Für diesen Nachmittag bestand das Programm der Südkalifornischen Akademie für Auto-Versicherungsbetrugswesen in einem *Crash*-Kurs zum Thema »Prescher und Prellbock« – jener Methode, die mir Dolan und Santos bei unserem kleinen Knast-Kaffeeklatsch bereits in groben Zügen umrissen hatten. Wir fuhren rauf nach West-Los Angeles, an den Rand von Bel Air, und auf dem Sunset Boulevard vom Sepulveda bis zum Beverly Glen Boulevard. Es herrschte dickster Nachmittags-Verkehr, und die Leute, die diese Strecke kannten, schienen mit geschlossenen Augen zu fahren. Sie wechselten ohne zu blinken die Spur und überschritten die Geschwindigkeitsbegrenzung um dreißig oder vierzig Meilen.

Sobald wir uns ein Opfer ausgeguckt hatten, war es an Raymond und mir, uns mit dem »Prellbock« davorzusetzen, während Luis und Bibianna an uns vorbeipreschten. Luis scherte plötzlich vor uns ein. Raymond stieg in die Bremsen, und das arme Opfer hinter uns, das gar nicht so schnell schalten konnte, brummte uns voll hintendrauf. Luis zischte davon, während wir und das Opfer an den Rand fuhren, alle gleichermaßen fassungslos und empört. Es bestand keine Gefahr, daß das Opfer die Polizei rief, denn es wußte so gut wie wir, daß die Stadtpolizei von Los Angeles wegen eines Unfalls nicht kam, wenn es keine Verletzten gab. Es war uns überlassen, unsere Adressen und Telefonnummern und die Namen unserer jeweiligen Versicherungen auszutauschen. Sobald wir dann losgefahren und wieder zu Luis und Bibianna gestoßen waren, suchten wir uns das nächste Opfer. Wir spielten das Ganze viermal durch, und Raymond versicherte mir, daß wir bestimmt schon dreizehntausend Dollar eingefahren hatten.

Was mich beunruhigte – außer dem Streß, den ich meinem Hals zumutete –, war die eigenartige Wandlung meiner inneren Einstellung. Diese Einfaltspinsel, dachte ich. Jeder kriegt, was er verdient. Ich glaubte allmählich auch schon, daß das Opfer selbst schuld hatte, wenn es so dumm und leichtgläubig war und nicht merkte, was gespielt wurde, und unser beruhigendes Gerede für bare Münze nahm. Mich packte jenes heimliche Überlegenheitsgefühl, das wohl jeder gewiefte Betrüger empfindet, wenn er den Köder ausgeworfen hat und das Opfer anbeißt. Ich mußte mich regelrecht zur Ordnung rufen, obwohl ich eigentlich denke, daß es nichts schadet, wenn wir ab und zu daran erinnert werden, daß wir alle keine Engel sind. Am unheimlichsten sind mir die selbstgerechten Moralapostel.

Wir machten um fünf Schluß, nach einer kurzen Konferenz in einem kleinen Park, wo wir zu diesem Zweck angehalten hatten. Mehrere *Nannies* in Arbeitstracht tratschten miteinander, während die ihrer Obhut anvertrauten Kleinkinder auf dem Spielplatz herumtollten. Bibianna setzte sich neben mich auf den Rasen und streifte ihre Schuhe ab. Wir guckten vor uns hin, während Luis und Raymond in der schwindenden Sonne lagen und all die aufregenden Momente dieses Nachmittags noch einmal durchlebten. Es war, wie wenn Männer übers Golfen oder über einen Jagdausflug reden: mit verblüffender Akribie wurde jede Einzelheit wiedergekäut. Dann debattierten wir kurz, ob wir noch einen letzten kleinen Unfall drauflegen sollten, aber niemand hatte mehr große Lust dazu. Ich wollte weiter nichts als ein paar Aspirin und einen weiteren Besuch bei Dr. Howard, damit er meinen Hals wieder in Ordnung brachte.

Raymond meinte, er hätte noch etwas zu erledigen. Wir stiegen wieder ins Auto. Luis und Bibianna setzten sich mit dem Caddy ab, während Raymond in den Beverly Drive einbog und ins Zentrum des Geschäftsviertels von Beverly Hills steuerte. Zwei Blocks weiter bog er rechts ab, auf den Little Santa Monica Boulevard, der parallel zu seinem großen Namensvetter verläuft. Kurz vor dem Wilshire Boulevard bremste er ab, um einen Parkplatz zu suchen. Die Parkuhren waren alle besetzt. Sichtlich ungeduldig bog er in die Einfahrt einer Tiefgarage, die zu einem zwanzigstöckigen Bürohaus gehörte. Wir hielten an dem Parkschein-Automaten, der summte, einmal klackte und das Ticket ausspuckte. Die elektronische Schranke hob sich, und Raymond fuhr gleich in die nächste Parkbox, die eindeutig als Behindertenparkplatz ausgewiesen war. Er ließ die Schlüssel im Zündschloß stecken und öffnete seine Tür.

»Warten Sie hier. Wenn jemand was sagt, fahren Sie woanders hin. Ich bin gleich wieder da.«

Ein vertikaler Hinweispfeil an der Wand zeigte an, daß sich die Aufzüge hinter der gläsernen Doppeltür befanden. Dorthin strebte er jetzt. Seine Absätze klickten über den Asphalt, und das Geräusch hallte von der Zufahrtsrampe gleich links von mir wider. Was hatte er vor?

Sobald er weg war, zog ich die Schlüssel ab. Ich stieg aus, ging ans Heck des Wagens und öffnete den Kofferraum. Er war leer, bis auf das Reserverad und den Wagenheber. Mist. Ich schlüpfte auf meinen Sitz zurück und steckte die Schlüssel wieder ins Zündschloß. Dann beugte ich mich hinüber, um die Seitentasche in der Fahrertür zu inspizieren, aber ich fand nichts weiter als einen zerschlissenen Stadtplan von Los Angeles und ein paar Rabatt-Coupons einer lokalen Pizza-Kette. Die Tasche auf meiner Seite war leer. Das wußte ich schon, weil ich unterwegs dezent nachgesehen hatte. Ich klappte das Handschuhfach auf, das voller Krempel war. Ich kramte mich durch das Sammelsurium aus alten Tankquittungen, kaputten Kugelschreibern, diversen Zulassungen, der Wartungs- und Betriebsanleitung, Werkstattzetteln des Mechanikers, der die regelmäßige Inspektion vornahm. Darin war Raymond gewissenhaft, das mußte ich ihm lassen. In Dreißig-Sekunden-Intervallen kontrollierte ich den Türbereich, wo er verschwunden war. Ich ging davon aus, daß er mit dem Fahrstuhl nach oben in eine der Büroetagen gefahren war. Ich sah den Papierhaufen auf meinem Schoß genauer durch und entdeckte Lappen, einen Flaschenöffner, einen hitzegeschädigten Schoko-Riegel und ein in Folie eingeschweißtes Kondom. Hatten die Leute früher wirklich Handschuhe in ihren Handschuhfächern liegen? Inzwischen konkurriert dieses Plätzchen mit dem Kühlschrank als Deponie für allen möglichen organischen und anorganischen Müll – Indikator eines Reinlichkeitsniveaus, das man besser nicht mal seinen Freunden offenbart. Ich packte den ganzen Kram in das Fach zurück und gab mir Mühe, nicht zu viel Ordnung walten zu lassen. Frust. Ich hatte gehofft, auf irgend etwas zu stoßen. Aber man kann nicht damit rechnen, bei solchen Schnüffelaktionen jedesmal fündig zu werden. Heimliche Durchsuchungen bringen vielleicht in vier von zehn Fällen tatsächlich etwas. Ansonsten befriedigen sie lediglich die menschliche Neugier.

Als ich das Klacken von Raymonds Absätzen nahen hörte, war alles wieder an seinem Platz, und ich toupierte mein Haar im Rückspiegel, den ich zu mir gedreht hatte. Dieses »Hannah Moore«-Dasein zeitigte sichtbare Effekte. Meine »Frisur« bestand jetzt aus ein paar affenscharfen Haarstacheln auf dem Oberkopf. Ich sah aus wie eine Punk-Lady, und ich muß zugeben, es machte mir Spaß. Als nächstes würde ich mir Ohrlöcher stechen lassen und in der Öffentlichkeit Kaugummi kauen, Vulgaritäten, vor denen meine Tante mich immer gewarnt hatte, genau wie vor rotem Nagellack und schmuddligen BH-Trägern.

Raymond öffnete die Autotür und warf das Park-Ticket aufs Armaturenbrett, um sich aus seiner Jacke zu schälen und diese auf dem Rücksitz zu verstauen. Ich nahm das Ticket und war so nett, es für ihn zu halten, wobei ich diesen Anfall von Klein-Mädchen-Artigkeit benutzte, um beiläufig auf den Papierstreifen zu gucken. Auf der Rückseite befand sich statt einer Berechtigungsmarke der Stempel einer Firma Gotlieb, Naples, Hurley und Flushing. Anwälte? Steuerberater? Raymond schnappte mir das Ticket aus der Hand und klemmte es sich zwischen die Zähne, während er den Motor anließ und ausparkte. Was war denn nun schon wieder? Mein Gott, dieser Mann traute mir aber auch kein bißchen. Während wir aus der Garage herausfuhren, sagte ich mir innerlich den Firmennamen wie ein Mantra vor, bis ich ihn mir eingeprägt hatte. Ich würde Dolan darauf ansetzen, falls ich ihn je erreichen konnte.

Wir fuhren heimwärts, mitten durch den Feierabend-Verkehr:

sechs Spuren gerammelt voll mit Managertypen und anderen leitenden Ärschen. Ich war kribblig und angespannt, aber Raymond schien das alles nichts auszumachen. Äußerer Streß setzte ihm längst nicht so zu wie emotionale Aufregungen. Er stellte klassische Musik im Radio ein und drehte sie auf volle Pulle, so daß die Leute in den Autos rechts und links von uns in den Genuß einer Sonate kamen, die fast nur aus falschen Tönen zu bestehen schien. Die Gegend um dieses Stück des Freeway 405 war flach, ein Gewucher von Asphalt und Beton, eine Fabrik an der anderen, aufgelockert durch Öltürme, Stromleitungen und Industrieanlagen unersichtlicher Bestimmung. In der Ferne erhob sich ein unregelmäßiger Staketenzaun aus Schloten schwarz vor dem Horizont, der jetzt aus einem Streifen gespenstisch grün-oranger Sonnenuntergangsbeleuchtung bestand.

Es war schon nach sieben und völlig dunkel, als wir den Wagen in einer Parklücke vor dem Appartmenthaus abstellten. Während wir in den zweiten Stock hinaufstiegen, schlugen mir die Geräusche des häuslichen Lebens entgegen. Wie gewöhnlich standen viele Wohnungstüren offen. Kinder liefen die Galerien entlang, in ein selbsterdachtes Spiel vertieft. Eine Mutter lehnte sich übers Geländer und rief nach einem Kind namens »Eduardo«, das etwa drei zu sein schien. Es protestierte, wahrscheinlich gegen die Demütigung einer so frühen Schlafenszeit.

Kurz nachdem wir zurückgekommen waren, ging Luis unter Mitnahme des Hundes nach Hause. Er hatte als Baby-Sitter für Bibianna fungiert, damit sie nicht entwischte, sobald Raymond ihr den Rücken drehte. Der Fernseher lief. Es kam gerade eine Kabel-Wiederholung von *Leave It to Beaver*, der Bibianna halbherzig folgte, während sie wieder einmal eine Patience legte. Niemand schien Lust zu haben, Abendessen zu machen, was verständlich war, weil wir alle einen harten Tag hinter uns hatten und es schließlich kein Honiglecken war, Autos kaputt zu fahren und Leute einzuseifen. Zu Bibiannas depressiver Stimmung kamen noch Menstruationskrämpfe verschärfend hinzu, und sie begab sich mit einer Wärmflasche ins Bett. Raymond zauberte das Telefon aus seinem derzeitigen

Versteck hervor und orderte chinesisches Essen. Seine Zuckungen hatten wieder eingesetzt, aber inzwischen irritierte mich das nicht mehr weiter. Der Mann hatte viel schwerwiegendere Probleme als dieses Tourette-Dings, mit dem wahrscheinlich die meisten anderen Leute ganz gut zu leben lernten. Sein Soziopathentum hatte damit allenfalls am Rand zu tun.

Während wir beide am Küchentisch saßen und darauf warteten, daß unser Essen kam, führte sich Raymond einen Joint zu Gemüte. Ich nahm mir zwei von den halbausgefüllten Versicherungsformularen, die ich die letzten Tage dort hatte liegen sehen. *Die* Gelegenheit, mich ein bißchen nützlich zu machen, dachte ich. Ich sah vom ersten Formular auf das zweite. »Was ist denn das?« fragte ich, von einem unwiderstehlichen Kicherzwang gepackt. Ich kann nicht dagegen an – manche Schreibfehler reizen mich einfach zum Lachen. »Schlime Prälungen?« Als ich gerade nach dem dritten Formular griff, schnappte mir Raymond die Blätter aus der Hand.

»Ach, Raymond, lassen Sie mich doch mal sehen. So können Sie das doch keiner Versicherung schicken. Da steht ja auf beiden Blättern genau das gleiche drauf.« Ich ließ mich nicht abschrecken und zog ein drittes Blatt aus dem Stapel. »Da, sehen Sie, noch mal. Dasselbe Datum, dieselbe Zeit. Glauben Sie denn, die prüfen das nicht nach? Da werden sie bestimmt drüber stolpern. Hier, wieder das gleiche. Wenn Sie diese Burschen die Formulare ausfüllen lassen, dann doch wenigstens mit etwas mehr Phantasie. Lassen Sie sich ein paar unterschiedliche Geschichten einfallen . . .«

»Hatte ich gerade vor«, sagte er gereizt.

»Lassen Sie mich mal. Das macht mir Spaß«, sagte ich.

Ich dachte zuerst nicht, daß er sich darauf einlassen würde, aber er musterte mein Gesicht, und ich merkte, wie er auf meinen Vorschlag ansprang. Zögernd ließ er das Blatt los, an dem wir beide gezerrt hatten. Ich nahm einen Bleistiftstummel und begann, in Druckschrift die Story eines Autounfalls zu verfassen.

»Machen Sie's nicht zu hochgestochen«, sagte Raymond.

»Keine Angst.«

Ich erfand freihändig mehrere Varianten zu den Crashs, die ich heute nachmittag miterlebt hatte. Ich mußte mich loben. Darin war ich gut. Ich würde ein Vermögen machen, falls ich mich je ernsthaft dem Verbrechen zuwenden sollte. Raymond schien ebenso zu denken. »Woher wissen Sie das ganze Zeug?«

»Ich bin ein vielseitig begabter Mensch«, sagte ich, an meiner Bleistiftspitze leckend. »Nicht spicken. Das macht mich ganz nervös.«

Raymond holte uns je ein kaltes Bier, und wir plauderten, während ich Karambolagen und Blechschäden erfand. Raymond hatte die High School nicht abgeschlossen, während ich volle drei Semester Junior College geschafft hatte, ehe mir die Puste ausgegangen war.

»Warum haben Sie's denn hingeschmissen? Sie sind doch schlau.«

»Schule hat mir nie gefallen«, sagte ich. »Auf der High School habe ich zuviel gekifft, um gut zu sein. Und auf dem College ging es immer nur um Sachen, die mir keinen Spaß gemacht haben. Ich war damals einfach zu rebellisch. Und außerdem war ich auch gar nicht scharf auf irgendeine Karriere. Ich habe nicht eingesehen, warum ich Sachen lernen sollte, die ich gar nicht wissen wollte. Physik, Biologie. Was hat man denn davon? Xyleme, Phloeme – das interessiert mich doch einen Dreck.«

»Mich auch. Vor allem die Phloeme, was?«

»Genau.« Ich lachte, in der Annahme, daß es als Scherz gedacht war.

Er lächelte mich geradezu liebevoll an. »Wenn Bibianna doch mehr so wär' wie Sie«, sagte er.

»Ach, von wegen. Mein Leben ist ein einziger Murks. Zweimal geschieden. Mit Beziehungen bin ich auch nicht besser als sie.«

Er räusperte sich. »Ich will Ihnen was sagen: Frauen taugen einfach nichts. Die meisten Frauen fliegen erst auf einen, weil man ihnen was zu bieten hat. Und dann – wissen Sie, was sie dann machen? Sie hauen ab und lassen einen einfach sitzen. Das begreif ich nicht. Was hab' ich denn gemacht?«

»Ich weiß nicht, was ich dazu sagen soll, Raymond. Mich haben auch schon Männer verlassen, aber deswegen sind sie nicht schlecht. Das ist einfach das Leben.«

»Die Männer haben Sie sitzen lassen?«

»Ein-, zweimal.«

»Naja, wissen Sie ... das ist eben der Unterschied. Wenn mich jemand so enttäuscht hat, wie's mir passiert ist, kann ich schwer wieder vertrauen. Verstehen Sie das?« Er starrte auf seine Bierflasche und pulte mit dem Daumennagel einen Streifen Etikett ab.

Ich fühlte, wie ich innerlich in Hab-Acht-Stellung ging, und ich wählte meine Worte sehr bedachtsam: »Ich will Ihnen was sagen, was mir mal jemand gesagt hat. ›Man kann nicht machen, daß einen jemand liebt, und man kann nicht machen, daß jemand nicht sterben muß.‹«

Er starrte mich an, und seine dunklen Augen glühten beinahe. Wir schwiegen einen Moment, während er meine Worte verdaute. Er schüttelte den Kopf. »Wissen Sie, was ich sag'? Jemand will mich nicht lieben? Dann soll er sterben.«

Um Viertel vor neun kam unser Essen in sechs weißen Pappschälchen. Dabei lagen kleine, flache Plastikpäckchen mit Sojasauce und chinesischem Senf, der so scharf war, daß man Nasenbluten riskierte. Ich schaufelte meinen Teil mit der ganzen gierigen Freßlust in mich hinein, wie sie das Passivrauchen von Marihuana erzeugt. Und das war wohl auch gut so, denn die Gerichte schmeckten alle verflixt gleich. Es waren irgendwelche Gemenge mit einem Haufen Bok Choy und Bambussprossen, und eines schwamm in einer Soße, die mir vorkam wie mit Maisstärke angedickter Orangensirup. Wir schmatzten beide leise vor uns hin und putzten bis auf ein golfballgroßes Klümpchen Reis alles weg. Auf dem Zettel in meinem Fortune-Cookie stand: »Ihr sonniges Gemüt erhellt Ihre ganze Umgebung.« Und bei Raymond hieß es: »Keine zwei Straßen gleichen sich«, was absolut keinen Sinn ergab. Er schien es für eine tiefschürfende Weisheit zu halten, aber seine Augen waren auch schon ganz rosa, und er führte sich gerade einen selbstkreierten, Dope-inspirierten Snack zu – Traubengelee mit altbackenen Mais-Chips. Ich ging ins Bett, aber ehe ich das Licht ausknipste, nahm ich das geklaute Braut-Foto hervor, um es noch einmal zu betrachten. Wer war diese Frau? Ich wußte, es würde mir schon noch einfallen. Es konnte sein, daß die Person, die ich meinte, gar nichts mit dieser ganzen Geschichte zu tun hatte, aber ich glaubte es nicht.

Ich bettete mich auf meiner klumpigen Couch zur Ruhe. Ich sehnte mich nach zu Hause und nach meinem gemütlichen Bett. Ich fühlte leise Angst in meiner Kreuzbeingegend kribbeln. Da war eine altvertraute körperliche Reaktion, die ich zunächst nicht identifizieren konnte – irgendein Stück Kindheit, das die Situation wieder zum Leben erweckte. Ich spürte einen Druck in der Magengegend – kein Schmerz, aber irgend etwas, was sich fast wie Traurigkeit anfühlte. Ich schloß die Augen. Ich sehnte mich nach Schlaf und nach irgend etwas anderem, aber ich wußte nicht, was es war. Meine Augen klappten auf, und plötzlich wußte ich es: ich hatte Heimweh.

Meine Tante hatte mich mit acht ins Sommercamp geschickt, weil es gut für mich sei, »mal rauszukommen«. Heute ist mir klar, daß wohl sie es war, die die Erholung brauchte. Sie erklärte mir, es würde eine herrliche Zeit werden und ich würde mit lauter kleinen Mädchen meines Alters zusammensein. Sie sagte, wir würden schwimmen und reiten und Wanderungen durch die Natur unternehmen und abends am Lagerfeuer Lieder singen.

Details wirbelten über meine innere Leinwand. Das mit den kleinen Mädchen und den Aktivitäten hatte gestimmt. Aber eine ebenso unumstößliche Tatsache war es gewesen, daß ich nach einem halben Tag nicht mehr dableiben wollte. Die Pferde waren groß und voller Fliegen, und zwischen ihren Hinterbacken kamen in Abständen heiße, strohige, runde Dinger heraus. Ihre Nasen waren weich und seidig wie Wildleder, mit kleinen prickligen Stacheln darin. Aber wenn man es am wenigsten erwartete, rissen sie plötzlich die Köpfe hoch, um mit klaviertastengroßen Zähnen nach einem zu schnappen. Die Natur entpuppte sich als steil, staubig, heiß und kratzig. Und der Teil, der nicht trocken und langweilig war, war noch schlimmer. Wir sollten in einem See mit einem indianischen Namen schwimmen, aber der Grund war glitschig und eklig. Die Hälfte der Zeit hatte ich Angst, daß dort drunten im Schmodder kaputte Flaschen lauern könnten. Ein falscher Schritt, und meine zarte Fußsohle würde bis auf die Knochen aufgeschlitzt werden. Und wenn es nicht der Glitsch und die scharfen Steine waren, dann hatte ich Angst vor den Wesen, die da unten durch die modrigen Tiefen glitten und mit ihren Tentakeln träge nach meinen blassen, knochigen Beinen tasteten. Am ersten Abend beim Lagerfeuer sangen wir etwa sechsmal »Kumbayah«, und sie erzählten mir von dem armen Mädchen, das vor zwei Jahren ertrunken war, und von dem anderen, das allergisch auf einen Bienenstich reagiert hatte und beinahe gestorben wäre, und von einem dritten, das von einem Baum gefallen war und sich den Arm gebrochen hatte. Und eine der Betreuerinnen hatte gerade mit ihrem Freund im Auto geknutscht, als im Radio die Warnung vor dem gefährlichen Irren gekommen war, und als sie schnell die Scheibe hochgekurbelt hatten und davongefahren waren, da hatte der eiserne *Haken* im Fenster geklemmt, den er statt der einen Hand hatte. In der Nacht hatte ich mich in den Schlaf geweint, ganz leise, damit es keiner merkte. Am Morgen hatte ich entdeckt, daß ich völlig falsche Shorts dabei hatte, und ich hatte lauter mitleidige Blicke wegen des Gummizugs ertragen müssen. Beim Frühstück war das Rührei rotzig und hatte kleine weiße Dinger darin, von denen das eine Mädchen in meiner Blockhütte behauptete, sie bestünden aus ungeborenen Vögelchen. Und als mir schlecht geworden war und sie mich zur Krankenstation geschickt hatten, war da ein zwölfjähriges Mädchen gewesen, das blutete, aber nicht verletzt war. Es war nur, weil jeden Monat ein totes Baby unten aus ihm herauskam. Zum Mittagessen hatte es Karottensalat mit dunklen Flecken gegeben. Am nächsten Tag war ich wieder weggefahren, nach Hause, und da wollte ich jetzt auch hin. Ich schlief schlecht.

20

Früh am nächsten Morgen rief die Polizei von Santa Teresa an, um mitzuteilen, daß die Autopsie beendet sei. Raymond fuhr zum Bestattungsinstitut, um die Beisetzung in die Wege zu leiten. Der Chef der Bestattungsfirma hatte ihm offenbar am Telefon versichert, er könne Chago bis zum Abend für den letzten Abschied fertigmachen. Der Rosenkranz würde am Sonntagabend in der Kapelle des Bestattungsinstituts stattfinden, die Messe dann am Montagmorgen um zehn Uhr in der Erlösungskirche und die Beerdigung anschließend auf dem Roosevelt-Memorial-Park-Friedhof in Gardena.

Als Raymond wiederkam, konferierte er mit Luis, der kurz darauf mit dem Hund die Wohnung verließ. Offensichtlich machte die Nachricht bereits die Runde. Die beiden Mädchen, die ich am ersten Tag gesehen hatte, erschienen wieder und setzten sich an den Küchentisch, wo sie mit Hilfe eines Knipsers und etlicher bunter Textmarker kleine Papier-Büchlein fabrizierten. Auf der Vorderseite konnte ich in verschnörkelten Zierbuchstaben lesen: »R. I. P. CHAGO.« Je ein Stapel abkopierte Fotos wurde mit Geschriebenem zusammengeheftet. Binnen einer Stunde begannen Chagos Freunde in Zweier- und Dreiergrüppchen einzutrudeln, einige in Begleitung ihrer Frauen oder Freundinnen. Die meisten schienen zu alt, um aktive Gang-Mitglieder zu sein. Drogen, Zigaretten und Alkohol hatten ihren Tribut gefordert und sich in aufgedunsenen Bäuchen und ungesunder Gesichtsfarbe niedergeschlagen. Diese Leute waren Veteranen erbitterter Bandenkriege, Männer von Ende zwanzig, die sich wahrscheinlich glücklich schätzten, überhaupt noch am Leben zu sein. Die Grundstimmung der Versammlung war eine dumpfe Beklommenheit. Eine Trauergemeinde, die zu Ehren eines gefallenen Kameraden zusammenkam. Alles, was ich von Chago mitbekommen hatte, war seine letzte, mühsame Reise zu einer Straßenecke in Santa Teresa. In Regen und Dunkelheit hatte er seine verlöschenden Kräfte nur noch darauf gerichtet, sich heimzuschleppen. Von Raymonds Brüdern Juan und Ricardo war nichts zu sehen, aber Bibianna versicherte mir, sie würden später im Bestattungsinstitut zu uns stoßen. Ich begriff, daß sich dieser letzte Abschied über den Abend hinziehen würde und daß unsere Anwesenheit dabei offenbar unumgänglich war. Ich fühlte mich in dieser ganzen Situation unwohl. Ich hatte Raymonds Bruder nicht gekannt, und ich kannte auch die Leute nicht, die kamen, um ihm die letzte Ehre zu erweisen. Ich wartete nur auf eine Gelegenheit, mich diskret zu entschuldigen und in mein Zimmer zurückzuziehen. Jetzt tat sich etwas an der Wohnungstür. Der Priester erschien, in klerikalem Schwarz mit einem kleinen weißen Kragen-Bindestrich am Hals.

Bibianna beugte sich an mein Ohr und murmelte: »Father Luevanos. Der Gemeindepriester.«

Father Luevanos war in den Sechzigern, ein hagerer Mann mit einem wettergegerbten Gesicht und einer kräuseligen weißen Haarwolke. Er war klein und drahtig, mit schmalen Schultern und langen, dünnen Händen, die er mit himmelwärts gekehrten Handflächen seitlich von sich hielt wie der heilige Franziskus, nur ohne die Vögel. Er schritt durch die Menge und sprach ein paar leise Worte zu jedem seiner Schäfchen. Die Leute behandelten ihn wie einen König und flitzten auseinander, um ihm Platz zu machen. Raymond ging zu ihm. Father Luevanos nahm seine Hände, und die beiden redeten leise in einem Gemisch aus Englisch und Spanisch. Ich sah, wie Raymonds Schmerz unter dem mitfühlenden Zuspruch des Priesters zum Vorschein kam. Er weinte nicht, aber über sein Gesicht huschte eine eigentümliche Serie von Ticks, die aus der Entfernung wie die Zeitraffer-Aufnahme eines Tränenausbruchs wirkte. Ich schloß daraus, daß Chago für Raymond wohl wirklich ein Anker im Leben gewesen sein mußte, vielleicht das einzige Mitglied seiner

Familie, das ihn geliebt und das er wiedergeliebt hatte. Raymond fing meinen Blick auf. Er winkte mich zu sich und stellte mich dem Priester vor. »Sie ist aus Santa Teresa.«

Father Luevanos hielt meine Hände, während wir sprachen. »Freut mich, Ihre Bekanntschaft zu machen. Sie haben eine nette Gemeinde dort droben in Santa Teresa. Seit wann haben Sie Valensuelo gekannt?«

»Wen?«

»Chago«, murmelte Raymond.

»Oh.« Ich fühlte, wie mir die Röte ins Gesicht stieg. »Na ja, eigentlich bin ich eine Freundin von Bibianna.«

Wie auf ihr Stichwort trat jetzt Bibianna zu uns, um den Priester zu begrüßen. Sie hatte sich umgezogen: schwarzer Rock, weiße Bluse und schwarze, hochhackige Schuhe. In ihrem Haar steckte eine rote Satinrose. Ihr Make-up stach scharf von ihrer Blässe ab. »Father...« flüsterte sie. Sie war den Tränen nahe, und ihr Mund begann zu zittern, als er jetzt ihre Hände nahm. Er beugte sich dicht an sie heran und murmelte etwas auf Spanisch. Sie rang offenbar mit dem Impuls, sich ihm anzuvertrauen.

Nachdem Father Luevanos gegangen war, begann sich die allgemeine Stimmung aufzuhellen. Bei aller Trauer hatte der Nachmittag etwas Wohlig-Träges. Die Wohnungstür stand offen, und ein Teil der Gäste hatte sich nach draußen auf die Galerie verzogen. Ein paar Leute hatten Sechserpacks, Chips und Salsa mitgebracht. In die Gespräche mischte sich das Zischen und Ploppen von Kronkorken. Gedämpftes Lachen und Zigarettenrauch stiegen auf. Jemand hatte eine Stahlsaitengitarre dabei und zupfte komplizierte Melodien. Ein neun Monate altes Baby namens Ignatio tat fünf wackelige Schritte und sank dann auf sein windelbewehrtes Hinterteil, hochbefriedigt von dem Apfelmus, das ihm seine Kraftanstrengung eingetragen hatte.

Um halb sechs begann sich die Menge zu verlaufen. Wir sollten schon früher im Bestattungsinstitut sein, damit Raymond seinen Bruder sehen konnte, ehe die anderen kamen. Wir brachen um sechs Uhr auf. Bibianna und ich saßen auf dem Rücksitz. Luis fuhr, und

Raymond saß stumm und aufgewühlt neben ihm. Er drückte ein Bündel an sich, das er aus dem Schlafzimmer mitgebracht hatte. Es war in einen weißen Satinschal eingeschlagen. Die emotionale Belastung hatte eine ganze Flut von Symptomen hervorgerufen, ein permanentes Gezucke und Gerucke, das sich mit seinem Gesichtsausdruck zu einem Bild des Jammers verband. Binnen einer Stunde hatte er sich vom skrupellosen Gangsterboß in ein verängstigtes Kind verwandelt, das hilflos der Qual entgegensah, die es erwartete.

Das Bestattungsinstitut residierte in einer luxuriösen viktorianischen Villa, einem der letzten Zeugnisse der einstigen Pracht und Größe dieser Stadt. Ursprünglich als Ein-Familien-Domizil erbaut, dreigeschossig und mit zahllosen Türmchen und Kaminen bewehrt, zeigte das Haus zur Seite hin eine Front aus rußgeschwärztem Stein und braunen Schindeln. Uralte, zerzauste Palmen und Zedern erhoben sich auf dem Grundstück, das rechts und links von Büro-Betonkästen flankiert wurde. Der Anblick der Fassade erschütterte meinen Realitätsbezug und versetzte mich für einen Sekundenbruchteil, in dem Vergangenheit und Zukunft die Plätze tauschten, in das Jahr 1887.

Das Interieur bestand aus düsteren Fluchten gravitätischer Räume mit hohen Decken, dunkel gebeizter Täfelung, Relieftapeten und indirekter Beleuchtung. Gedämpfte, kaum vernehmliche Orgelklänge erzeugten eine subliminale ernste Feierlichkeit. Das Mobiliar war eine viktorianische Symphonie aus Damast und kunstvoller Holzschnitzerei, mit Ausnahme der metallenen Klappstühle in dem »Trauersaal«, in dem Chago aufgebahrt lag. Der perlgraue Sarg stand in einer Nische auf der anderen Seite des Raums. Die geöffnete Deckelhälfte gab den Blick auf das weißseidene Innere und auf das Profil des Toten frei. Den Katafalk umgaben Arrangements aus großen weißen Gladiolenstengeln und Gebinde aus weißen Nelken, weißen knospigen Rosen und Schleierkraut. Raymond hatte offensichtlich keine Kosten gescheut.

Luis, Bibianna und ich blieben diskret am Eingang zurück, während Raymond, sein Bündel wie eine letzte Gabe vor sich hertragend, an den Sarg trat. Mir wurde klar, daß dies ja das erste Mal war, daß er Chago seit dessen Tod am Dienstagabend sah. Er senkte den Kopf und starrte in den Sarg, wobei sein Gesichtsausdruck von unserem Standort nicht zu erkennen war. Nach einem kurzen Moment bekreuzigte er sich. Ich sah, wie er den weißen Satinschal entfaltete und sich dicht über den Leichnam beugte, aber es war nicht genau auszumachen, was er tat. Gleich darauf trat er von dem Sarg zurück, um sich ein weiteres Mal zu bekreuzigen. Er zog ein Taschentuch hervor, schneuzte sich, wischte sich über die Augen und steckte das Tuch wieder weg. Dann kam er zu uns zurück. Luis streckte den Arm aus und patschte ihn tröstend auf die Schulter. »Das ist hart, Mann«, sagte er kaum hörbar.

Bibianna entfernte sich jetzt von uns. Sie trat zögernd und sichtlich ängstlich an den Sarg. Sie warf einen kurzen Blick auf den Toten und bekreuzigte sich dann. Sie kam wieder zurück, setzte sich und kramte in ihrer Handtasche nach einem Kleenex.

»Wollen Sie ihn sehen?« fragte mich Raymond. In seinen feuchten Augen stand ein Flehen, dem ich mich kaum widersetzen konnte. Für mich hat es etwas Intimes, einen Toten zu betrachten, und da ich diesen Mann gar nicht gekannt hatte, schien es mir ungehörig, mich in das Defilee seiner nächsten Freunde und Angehörigen einzureihen. Aber auf der anderen Seite schien es mir beleidigend, es zu verweigern.

Raymond bemerkte meine Unentschiedenheit und lächelte freundlich. »Kommen Sie. Ist nicht schlimm. Er sieht prima aus.«

Aber das war natürlich Ansichtssache. Ich hatte Chago zweimal gesehen: einmal am Dienstag bei der CF, wo er mich auf dem Gang angerempelt hatte, und dann noch einmal in dem French Quarter-Restaurant, als er Bibianna mit vorgehaltener Pistole gekidnappt hatte. Er war mir groß und massiv erschienen, aber jetzt hatte der Tod ihn schrumpfen lassen. Er sah aus wie Ken aus der Barbie-Puppen-Familie in einem überdimensionalen Verpackungskarton. Er war vielleicht vier oder fünf Jahre jünger als Raymond und genauso gutaussehend. Sein Gesicht war glatt und faltenlos, mit ausgeprägtem Kinn und vorstehenden Wangenknochen. Das Haar hatten sie ihm zu einem glänzenden, dunklen Pagenkopf geföhnt, der seinen Kopf im Verhältnis zu seinen Schultern zu breit wirken ließ. Raymonds Satinbündel hatte offenbar religiöse Gegenstände enthalten. Eine große Bibel mit weißem Stoffeinband lehnte steif vor dem kalkigen Rosa der gefalteten Hände. Über die Finger war ein Rosenkranz drapiert, und ein gerahmtes Kinderfoto lag auf dem kleinen weißen Kissen, auf dem der Kopf ruhte. Das Kissen war satinbezogen und sah aus wie eins von der Sorte, die Frauen benutzen, wenn sie ihre teure Friseur-Frisur nicht verderben wollen. Luis und ich musterten Chago so aufmerksam, wie man ein Baby betrachtet, wenn die stolzen Eltern danebenstehen.

Um sieben kamen die ersten Leute aus dem engeren Kreis, der am Nachmittag in der Wohnung gewesen war. Sie schienen durch Raymonds Anwesenheit eingeschüchtert, wohl weil sie es nicht gewohnt waren, ihn in Jackett und Krawatte zu sehen. Chagos Spezis trugen alle eigens angefertigte T-Shirts mit der Aufschrift »In innigem Gedenken an Chago – R. I. P.« und ihrem eigenen Namen auf der Brust.

Ich setzte mich neben Bibianna, und wir redeten beide so gut wie nichts. Gelegentlich sah uns jemand ins Gesicht, aber niemand sagte ein Wort zu mir. Die Gespräche um mich herum spielten sich vorwiegend auf Spanisch ab, so daß ich nicht mal richtig mithören konnte.

Immer mehr Leute kamen. Von Raymonds Brüdern war immer noch nichts zu sehen, aber ich entdeckte drei Frauen, die ich für seine älteren Schwestern hielt. Sie sahen sich auffallend ähnlich, mit dunklen Augen, vollen Lippen und makellosem Teint. Sie saßen dicht beieinander, schöne Frauen in den Vierzigern, rund und dunkel, wie Nonnen mit ihren Mantillas und ihren Rosenkränzen. Sie wechselten gelegentlich ein paar Worte, aber keine sprach mit Raymond, der geflissentlich demonstrierte, daß sie ihn einen Dreck kümmerten. Einmal ertappte ich ihn allerdings dabei, wie er verstohlen zu ihnen hinübersah. Da wurde mir klar, daß Bibianna nur eine weitere Version dieser Schwestern war, schön und unnahbar, so, wie es wohl auch die Mutter gewesen war. Armer Raymond.

Sooft er die Geschichte auch in irgendwelchen Abwandlungen reinszenieren mochte – er würde doch nie ihre Liebe erringen, und es würde kein Happy-End geben.

Ein Grüppchen von drei weiblichen Trauergästen trat jetzt an Bibianna heran, Chicanas in den Zwanzigern, eine mit einem Baby auf der Hüfte. Ich stand auf und schlich mich in Richtung Tür, wobei ich mich fragte, ob ich wohl irgendwie an ein Telefon gelangen könnte. Aber noch ehe ich den Ausgang erreicht hatte, war Luis neben mir. Er hielt mich am Arm fest. Ich beugte mich an sein Ohr. »Ich wüßte gern, ob es da oben irgendwo eine Toilette gibt.«

»Sie gehen nirgends hin.«

»Oh. Na ja, dann ist es wohl auch nicht so wichtig, ob es eine gibt oder nicht.«

Ich setzte mich wieder auf meinen Stuhl und sah auf meine Armbanduhr. Zehn nach acht. Ich hatte Hunger. Mir war langweilig. Ich war unruhig. Ich hatte Angst. Ich lebte jetzt schon so lange mit permanenten Kampf-oder-Flucht-Impulsen, und der Streß ließ meinen Kopf hämmern und meinen Magen krampfen. Luis klebte an mir wie eine Klette. Die nächsten fünfzig Minuten verbrachte ich damit, mich auf meinem Stuhl zu winden, die Beine bald so, bald so übereinanderzuschlagen und an meinen Haaren herumzufummeln. Zu meiner Unterhaltung prägte ich mir die Gesichter ein, für den Fall, daß ich je jemanden vom Zeugenstand aus würde identifizieren müssen. Um zwanzig nach neun erschien dann endlich der für unseren Saal zuständige schwarzgekleidete Bestattungs-Mensch, um ostentativ auf seine Uhr zu schauen. Raymond begriff und begann, unter den noch verbliebenen Anwesenden die Runde zu machen und sich zu verabschieden.

Auf dem Heimweg setzten wir Luis bei seiner Wohnung ab. Sobald wir zu Hause ankamen, verschwand Raymond im Schlafzimmer, während Bibianna und ich mit Aufräumen begannen. Nicht daß es einer von uns so ein dringendes Anliegen gewesen wäre, aber es gab uns wenigstens etwas zu tun. Aus dem Hintergrund hörten wir, ohne es bewußt aufzunehmen, das Klimpern von Kleingeld, als Raymond den Inhalt seiner Taschen auf die hölzerne Kommode packte. Wir warfen leere Bierdosen in einen Müllsack, kippten randvolle Aschenbecher aus. Raymond trat aus dem Schlafzimmer und ging in das Bad, das normalerweise mir vorbehalten war. Gleich darauf hörte ich die Wasserhähne quietschen. Es bollerte in den Rohren, und Wasser platschte gegen die Duschkacheln wie ein plötzlicher Frühlingsguß.

Ich sah zu Bibianna hinüber. »Wieso duscht er in meinem Bad?«

»Da kann er besser...« Sie machte mit der rechten Hand eine Bewegung zur linken Armbeuge hin.

»Er schießt?«

Mir dämmerte zuerst, was das Klimpern da eben im Schlafzimmer bedeutet hatte. Luis war nicht da. Kein Hund vor der Tür. Sie hörte, wie ich heftig einatmete, und sah mich an.

Ich sagte: »Herrgott, sind wir denn blöd?« Ich huschte rasch ins Schlafzimmer hinüber und griff mir die Wagenschlüssel von der Kommode, wo er sie abgelegt hatte. Ich zögerte und riß dann die Schublade mit den Pistolen auf. Die Schachtel lag noch da, wo ich sie gefunden hatte, auf dem Sortiment von falschen Ausweispapieren. Ich hob den Deckel. Da lag die SIG-Sauer, zusammen mit der Mauser und den Patronen. Ich steckte mir die SIG-Sauer in den Hosenbund. Scheiß auf die Vorteile des Unbewaffnetseins. Lieber nackt durch ein Flughafenterminal spazieren. Sekunden später war ich wieder drüben, mit den Wagenschlüsseln, die ich ihr zuwarf. Die Dusche war verstummt. Ich verstaute die Kanone in Windeseile in meiner Handtasche. Wir hörten die Badtür aufgehen. »Bibianna?«

Sie mühte sich vergeblich, den kleinen Drahtring mit den Caddy-Schlüsseln von dem großen Schlüsselbund abzufummeln. Ihre Hände zitterten so heftig, daß die Schlüssel in ihren Fingern wie Kastagnetten klapperten.

»Nun nimm schon das ganze verdammte Ding!« zischte ich. »Los!«

Plötzlich klingelte das Telefon, und wir fuhren beide erschrocken zusammen, zumal das Geräusch so unerwartet kam. Der Apparat stand unter dem Küchentisch, und der Stecker steckte in der Wandbuchse. Ich schubste Bibianna in Richtung Tür und schnappte mir den Hörer. »Ja?«

Am anderen Ende sagte eine zittrige Frauenstimme: »Bibianna, Gott sei Dank. Lupe hat mir gesagt, daß du wieder da bist. Ich habe versucht, dich in Santa Teresa zu erreichen. Ich war im Krankenhaus... Ich bin –« Der Rest ging in Tränen unter.

»Tut mir leid, aber hier ist Hannah, eine Freundin von Bibianna. Kleine Sekunde. Sie kommt.« Da war etwas im Ton dieser Frau, das schlimmer war als Pein.

Bibianna war mitten im Zimmer stehengeblieben und starrte mich an. Ich streckte ihr den Hörer hin.

Sie bewegte sich wie eine Schlafwandlerin. Ich hätte sie am liebsten in den Hintern getreten, weil mir klar war, daß Raymond das Telefon auch gehört haben mußte. Sie nahm mir den Hörer aus der Hand. »Hallo?«

Ich sah ihr erstarrt zu.

Sie sagte: »Ja? Mom? ...«

Raymond erschien in der Tür, die Haare noch wirr vom hastigen Trockenrubbeln. »Bibianna?« Er war hastig in ein Paar Hosen gefahren und noch mit der Gürtelschnalle zugange. Ich ertappte mich dabei, wie ich seine bloßen Arme nach der Einstichstelle absuchte. Er sagte: »Was ist los? Wer ist da dran?«

Sie wandte sich ab und preßte sich die Hand aufs Ohr, um trotz seines Gefrages weiter hören zu können. Ihre Miene verdüsterte sich, und sie fragte ungläubig: »Was?«

Die Essenz dessen, was ihre Mutter ihr erzählte, war an ihrem Gesicht abzulesen. Ihre Augen wanderten zu der Wand mit den kaputten Spiegelkacheln, wo unter dem zerschlagenen Glas der Verputz hervorsah. Ihre Lippen öffneten sich, und ein Laut entfuhr ihnen. Sie legte die eine Hand an ihre Wange. Irgendwas in ihrem Gesichtsausdruck hieß meinen Magen sich zusammenkrampfen.

Es waren insgesamt nicht mehr als fünfzehn Sekunden vergangen, als Raymond quer durchs Zimmer stapfte und den Hörer an sich riß und aufknallte. Er zerrte die Telefonschnur aus der Dose und feuerte den Apparat an die Wand. Das Plastik-Gehäuse zerbarst und enthüllte die Innereien. Bibiannas entsetzter Blick schnellte von dem Telefon zu seinem Gesicht empor. »Ich weiß, was du mit ihr gemacht hast...«

»Mit wem?«

»Meine Mutter ist im Krankenhaus.«

Raymond zögerte, merkte am Ton ihrer Stimme, daß sie kurz vor dem Ausrasten war. »Was ich gemacht habe? Was habe ich denn gemacht?«

Bibianna bewegte die Lippen. Sie wiederholte immer wieder die gleichen Worte ... zuerst fast tonlos, dann immer lauter. »Du hast ihr das Gesicht zerschlitzt, du Scheißkerl. Du hast ihr das Gesicht zerschlitzt! *Du hast Ginas Gesicht zerschlitzt, hier in dieser Wohnung!* Du hast ihr schönes Gesicht zerschlitzt, du Schwein. *Du Bastard...*«

Sie fuhr auf Raymond los, die Finger zu Klauen gebogen, grub ihm ihre Krallennägel ins Gesicht. Sie warf sich mit solcher Wucht auf ihn, daß er gegen den Tisch taumelte. Einer der Küchenstühle fiel krachend um. Bibianna war mit zwei Sätzen in der Küche, packte den Griff einer Schrankschublade und zog. Raymond stürzte sich auf sie und packte sie von hinten. Er hob sie halb vom Boden und schleppte sie zurück. Bibianna hielt den Schubladengriff fest. Die ganze Lade flutschte heraus, und alle möglichen Küchenutensilien flogen durch die Gegend. Raymond ging zu Boden und zog sie mit. Sie wehrte sich, schaffte es, sich von ihm wegzudrehen, und trat mit ihren Absatzschuhen nach ihm. Die langen Beine wirbelten durch die Luft. Er versuchte, ihr einen Fausthieb zu verpassen, schlug aber daneben. Sie traf ihn mit einem harten Tritt am Brustkorb. Ich hörte das »Pfff«, als die Luft aus ihm entwich. Sie rappelte sich auf alle viere hoch, kroch wieder in die Küche zurück und griff sich ein Messer, das über den Fußboden geschliddert war. Sie warf sich herum und stach zu. Raymonds Hand schoß nach vorn und packte sie. Er umschloß ihr Handgelenk mit stählernem Griff und drückte so fest zu, daß ich dachte, er würde ihr die Knochen zermalmen. Sie schrie auf. Das Messer fiel auf den Boden. Einen Augenblick lagen sie übereinander. Sein Körper begrub den ihren halb unter sich, und sie keuchten beide.

Ihr Gesicht verzog sich. Tränen stiegen ihr in die Augen. »Runter von mir, du Schwein,« sagte sie. Raymond glaubte offenbar, das Schlimmste sei überstanden. Er rappelte sich auf die Füße, streckte ihr die Hand hin und zog sie hoch. Sobald sie stand, trat sie ihm voll zwischen die Beine. Ihre Schuhspitze traf ihn zwar nicht ganz im Zentrum, aber mit solcher Wucht, daß er sich an die Hose faßte und schützend den Oberkörper vorkrümmte. Der Laut, den er dabei von sich gab, war eine unartikulierte Mischung aus Schmerz, Überraschung und Wut.

Ich hatte die Autoschlüssel aus dem Blick verloren. Sie mußten Bibianna irgendwann im Zuge des Gerangels aus der Hand geflogen sein. Ich suchte hastig den Fußboden ab, entdeckte sie in der Nähe der Wand und schnappte sie mir. Ich spielte sie Bibianna mit einem perfekten Tief-Wurf zu. Sie fing sie auf und sauste los. Die Wohnungstür knallte zu, und ich hörte ihre Stöckelabsätze hastig zur Treppe klacken. Dann verlor sich das Geräusch. Ich setzte selbst zu einem Verzweiflungsspurt Richtung Tür an.

Raymond hakte mir von hinten zwischen die Beine. Ich stolperte und konnte gerade noch die Arme vorstrecken, ehe er mich vollends zu Fall brachte. Wir rangen und gaben dabei beide grunzende Laute von uns. Er schlug mit den Fäusten auf mich ein und legte seine ganze Wut in einen Hagel von Hieben, die ich mit x-förmig vor dem Gesicht gekreuzten Armen abfing. Er packte mich an den Haaren und zerrte mich hoch. Er bog mir den rechten Arm auf den Rücken, verdrehte ihn ruckartig nach oben und trieb mich so zur Tür hinaus und die Galerie entlang. Er hatte nichts weiter an als seine Hosen. Seine Brust war rosa von den Hieben, die die bloße Haut getroffen hatten. Ich spürte den heftigen Drang, ihm auf die bloßen Füße zu trampeln, wußte aber, daß er mir dafür den Arm brechen würde.

Draußen vor dem Haus hörte ich Bibianna den Cadillac hochjagen und mit quietschenden Reifen davonschießen. Raymond bugsierte mich zu dem Ford. Er klappte mit einer Hand den Kofferraumdeckel auf, griff sich ein Montiereisen und zerrte mich auf die

Fahrerseite. Er drosch gegen das Seitenfenster, bis genug Glas herausgesplittert war, daß er hineingreifen und den Türknopf hochziehen konnte. Er riß die Tür auf und stieß mich hinein. Dann griff er unter den Vordersitz. Er holte ein paar Schlüssel und eine Pistole hervor. Er entsicherte die Waffe und richtete sie auf mich, um dann mit der linken Hand unter dem Lenkrad herumzugreifen und den Wagen anzulassen.

21

Wir fuhren los. Bibianna hatte nicht mehr als zwei Minuten Vorsprung. Raymond deponierte die Pistole zwischen seinen Schenkeln. Bei fünfzig Meilen brauchte er nicht ernstlich zu fürchten, daß ich mich aus dem fahrenden Wagen werfen könnte. Er stieg aufs Gas und jagte den flatternden Ford auf sechzig, dann auf fünfundsechzig. Straßenlaternen flogen vorüber. Ich saß wie erstarrt da, die Augen auf die Straße geheftet, mit dem gleichen faszinierten Gruseln wie bei einer rasenden Fahrt auf dem Rummelplatz. Nach den konsternierten Gesichtern der Fahrer um uns herum zu urteilen, mußte Bibianna gerade eben bei Rot über die Kreuzungen gebrettert sein.

Raymond schien nicht weiter bekümmert um irgendwelche anderen Autos oder Fußgänger oder so hübsche zivilisatorische Einrichtungen wie Verkehrsampeln und Zebrastreifen. Menschen hechteten vor uns zur Seite, und wir zogen einen Kielwasserstreifen aus wildem Gehupe und Geschimpfe hinter uns her. Raymond griff nach dem Autotelefon und hielt es so gegen das Lenkrad, daß er mit dem Daumen eine Nummer drücken konnte. Er horchte ein, zwei Tut-Intervalle lang in den Hörer. Dann wurde auf der anderen Seite abgenommen.

Er sagte: »Ey, Chopper! Bibianna ist eben mit dem Caddy abgehauen, und ich brauch' ein bißchen Hilfe ... Genau. Sie will am Avalon auf den 405er. Wenn du uns am Harbor verpaßt, versuch's am Crenshaw oder Hawthorne.«

Vom anderen Ende kam offenbar eine Rückfrage.

»Das überlaß' ich dir, Mann«, sagte Raymond. Er hängte ein. Er setzte das Telefon ab, zog die Pistole wieder zwischen seinen Schenkeln hervor und hielt sie mit der rechten Hand, während er mit der linken steuerte.

Wir düsten immer noch über den Avalon Boulevard Richtung Freeway. An der Carson Street war die Ampel grün, und wir rauschten durch. Raymond war jetzt auf sechzig heruntergegangen und bahnte sich seine eigene Spur zwischen den parkenden Autos und den auf die Auffahrt zukriechenden Wagen. Ich stützte mich mit dem einen Arm am Armaturenbrett ab und umklammerte mit dem anderen die Sitzlehne. Ich sah, wie uns die Fahrer vor uns im Rückspiegel sichteten – zuerst den beiläufigen Blick, dann das verdutzte Starren, wenn sie unser Tempo bemerkten und begriffen, daß wir ihnen gleich auf der Stoßstange sitzen würden. Manche gaben Gas und quetschten sich ganz an den Mittelstrich, um uns durchzulassen. Andere nutzten die erstbeste Fluchtmöglichkeit, schlingerten mit quietschenden Reifen in Einfahrten oder auf den Bürgersteig – Hauptsache, sie entkamen aus unserer Bahn. Ich merkte, wie ich stumm mit den Zähnen knirschte, um dann einen spitzen Angstschrei loszulassen, sobald wir wieder an einem Wagen vorbeischossen und es irgendwie sogar schafften.

Raymonds Gesicht war absolut ruhig. Er war ganz gespannte Konzentration. Ich konnte sehen, daß sich seine Pupillen zu stecknadelkopfgroßen Punkten verengt hatten, aber sonst zeigte er keinerlei Anzeichen eines Heroin-Flashs. Vielleicht dosierte er das Zeug ja so vorsichtig, daß er auch dann noch normal funktionieren konnte, wenn er es sich gerade in die Adern gepumpt hatte. Er streifte einen parkenden Wagen. Ich schrie unwillkürlich auf, und mein Kopf flog mit einem Ruck nach hinten, als uns der Bandeneffekt auf die Gegenspur schleuderte. Raymond steuerte gegen. Falls er meine Ausbrüche registrierte, ließ er sich jedenfalls nichts anmerken. Es entging mir nicht, daß ich in dieser extremen Streßsituation genau die gleichen Symptome entfaltete, wie er sie dauernd an den Tag legte. Vielleicht reagierte ja einfach ein Teil seines Nervensystems ständig auf imaginäre Autojagden und Phantom-Crashs, Beinahe-Katastrophen, denen er durch blitzschnelles Agieren entging und die ihm spontane Schreie der Verblüffung, des Erschreckens und Entsetzens entlockten.

Wir rasten jetzt schlingernd rechts auf die Einfädelspur der Auffahrt zum Freeway 405 Richtung Norden. Ich hatte keine Ahnung, woher Raymond wußte, daß Bibianna diesen Weg nehmen würde, aber in dem Moment, als wir uns in den fließenden Verkehr einfädelten, entdeckte ich den schwarzen Caddy kurz vor uns. Es war später Samstagabend, so daß uns nicht der übliche Kriechverkehr erwartete. Ich hielt die Augen starr auf die Straße geheftet und betete stumm für Bibianna. Sie fühlte sich wahrscheinlich in Sicherheit und ahnte nicht, daß er nur acht Wagen hinter ihr war. Er klemmte die Kanone wieder zwischen die Beine, nahm erneut das Autotelefon und drückte mit dem Daumen eine Nummer. Er sprach hastig in die Muschel und gab unsere Koordinaten durch. Ich hörte ihn mit seinem Gegenüber den voraussichtlichen Treffpunkt berechnen. Mein Herz pochte immer noch wild. Ich behielt den Caddy ängstlich im Auge und hielt verzweifelt nach irgendeinem Lebenszeichen der Highway Patrol Ausschau.

Wir hatten gerade die Ausfahrt Rosecrans passiert, als ich es neben uns hupen hörte. Ich sah auf die Nachbarspur hinüber. Es war ein dunkelblauer Chevy. Chopper saß am Steuer. Raymond zeigte auf den Caddy und fuhr sich dann mit dem Zeigefinger quer über die Kehle. Chopper grinste und signalisierte mit erhobenem Daumen, daß das Problem so gut wie erledigt war. Raymond nahm den Fuß vom Gas und ging wieder auf Normaltempo, während der Kerl mit seinem Chevy auf unsere Spur herüberzog und beschleunigte. Ich sah nur noch, wie der Chevy ansetzte, um Bibianna zu überholen. Dabei erhaschte ich einen kurzen Blick auf sein Nummernschild. Ein Schauer lief mir über die Kopfhaut und den Rücken hinunter und ballte sich wie ein eiskaltes Kissen in meinem Kreuz. Auf dem Nummernschild stand PARNELL. Raymond hatte sich den Wagen nach Parnell Perkins' Tod unter den Nagel gerissen und ihn vermutlich dazu benutzt, Versicherungsgelder einzufahren.

Raymond sichtete jetzt einen schwarz-weißen Polizeiwagen auf der Gegenfahrbahn. Vielleicht hatte ja jemand der Polizei seine extravagante Fahrweise gemeldet, denn der Beamte sah alarmiert zu uns herüber, als wir aneinander vorbeirauschten. Raymond zog über zwei Spuren nach rechts hinüber und nahm die nächste Ausfahrt. Selbst wenn der Polizist umkehren würde – wir waren weg. Raymond suchte eine dunkle Seitenstraße und fuhr an den Bordstein. Er lehnte sich zurück und atmete tief aus. Ich zitterte vor Angst und Erleichterung. In meinem Kopf wirbelten Visionen von dem, was Bibianna erwartete, und blutige Bilder von ihrer Mutter, die ich nie gesehen hatte. Ich sah Parnell vor mir, bäuchlings auf dem Asphalt, eine Kugel im Kopf. Ich klemmte die Hände zwischen die Knie. Meine Zähne klapperten, und mein Atem ging stoßweise.

Raymond sah mich verblüfft an. »Was ist denn mit Ihnen los?«

»Lassen Sie mich. Ich will nicht mit Ihnen reden«, sagte ich.

»Ich hab' doch nichts getan. Was hab' ich denn gemacht?«

»Sie haben *nichts getan*? Das ist ja nicht zu fassen ...«

»Das Luder hat meinen Wagen geklaut, und ich bin ihr nachgefahren. Was denn sonst?«

»Sie sind verrückt!«

»*Ich* bin verrückt? Wieso? Weil ich mich von dem kleinen Miststück nicht verschaukeln lasse? Nicht mit mir. Da können Sie Gift drauf nehmen.«

»Und was passiert jetzt?«

»Keine Ahnung.«

Ich setzte mich irritiert auf. »Spielen Sie nicht den Ahnungslosen, Raymond. Was wird Chopper mit ihr machen?«

»Was weiß ich? Bin ich ein gottverdammter Hellseher? Zerbrechen Sie sich nicht den Kopf darüber. Das ist doch nicht Ihr Bier.«

»Und was ist mit ihrer Mutter?«

»Was geht Sie das an? Hören Sie auf, so zu tun, als wär' das alles *meine* Schuld.«

Ich sah ihn verdutzt an. »Wessen Schuld ist es denn?«

»Bibiannas«, sagte er, als sei das sonnenklar.

»Wieso ihre? Sie haben die Frau doch verletzt.«

»Wen? Gina? Sie ist doch noch am Leben, oder? Chago nicht. Mein Bruder ist tot. Was glauben Sie, wer das getan hat?«

»Bibianna nicht«, schnappte ich zurück.

»Eben«, erklärte er geduldig. »Sie hat nichts getan. Sie ist ganz und gar unschuldig, stimmt's? Genau wie er. Auge um Auge. Das steht schon in der Bibel, und darum geht's doch. Herrgott, ich hätt' das Luder umbringen können, aber ich hab's nicht getan. Oder hab ich's vielleicht getan? Und wissen Sie, warum ich's nicht getan hab? Weil ich ein guter Mensch bin. Niemand will mir das glauben. Bibianna muß lernen, daß sie mich nicht für dumm verkaufen kann. Das hab' ich Ihnen ja schon mal gesagt. Glauben Sie vielleicht, ich tu' das gern? Hätt' sie gleich getan, was ich ihr gesagt hab', wär' das alles nicht nötig gewesen.«

»Und was haben Sie ihr gesagt?«

»Daß sie aufhören soll, in der Gegend rumzuschwänzeln, und endlich ernst machen. Sie hätt' mich heiraten sollen, als ich sie gefragt hab'. Ich bin nicht blöd, verstehen Sie? Ich weiß nicht, was jetzt passiert, aber ich bin mit meiner Geduld am Ende. Und das gilt auch für Sie. Kapiert?«

Ich starrte ihn sprachlos an. Seine Sicht der Dinge war so verquer, daß man nicht mit ihm argumentieren konnte. Er schien sich wirklich als armes, unschuldiges Opfer von Geschehnissen zu begreifen, bei denen alle anderen Beteiligten für ihr Verhalten verantwortlich waren und nur er nicht. Wie alle solchen »Opfer«, die mir im Leben begegnet sind, klammerte er sich an die »Ungerechtigkeit«, die ihm widerfahren war, als Rechtfertigung dafür, daß er andere mißhandelte.

Raymond nahm wieder das Autotelefon und drückte eine Nummer. »Ey, Luis. Raymond. Zieh dir was an. Wir kommen dich holen.« Er sah auf seine Uhr. »Zehn Minuten. Und bring den Köter mit.«

Er ließ den Wagen an und fuhr los, zuerst nach links bis zu einer größeren Straße und dann nach Süden. Ich sah aus dem Fenster. Raymond kutschierte gemächlich mit vierzig Meilen dahin. Wir waren jetzt auf dem Sepulveda Boulevard, nicht weit vom Flughafen. Keine tolle Gegend, dachte ich, aber ich würde schon durchkommen, bis ich es schaffen würde, die Polizei zu erreichen. Ich öffnete die Wagentür. Raymond gab Gas.

»Bitte halten Sie an. Ich will aussteigen«, sagte ich.

Er griff wieder nach der Pistole und richtete sie auf mich. »Tür zu.«

Ich tat, was er sagte. Er konzentrierte sich wieder auf die Straße. Im Schein der Straßenlaternen studierte ich sein Profil, das vom Duschen immer noch feuchte Haar, die verstrubbelten Locken, dunklen Augen, langen Wimpern, das Grübchen in seinem Kinn. Die Haut seines nackten Oberkörpers und seiner bloßen Füße war bleich. Ich konnte die feinen Vernarbungen in seinen Armbeugen sehen. Nach dem Fieber der Verfolgungsjagd und dem damit verbundenen Adrenalinschub ließ jetzt offenbar die euphorische Wirkung des Heroins nach. Das Zucken hatte wieder begonnen. Die seltsamen Kurzschlüsse in seinem Nervensystem produzierten eine Serie von Reaktionen, die so wirkten, als bekäme er lauter kleine Stromschläge. Sein Mund öffnete sich, und er warf den Kopf nach rechts. Sein Körper ruckte und hüpfte genauso unkontrolliert wie mein Bein, wenn der Arzt mit dem Gummihämmerchen den Kniereflex prüft. Vielleicht lebte Raymond ja ständig mit lauter kleinen unsichtbaren Gummihämmern, die den ganzen Tag lang in wechselnden Rhythmen auf ihm herumklopften und sämtliche Reflexe prüften ... den Silberhämmerchen eines Heers von Elfen und Feen, die ihn bearbeiteten wie ein Werkstück. Ein falsches Zucken seiner rechten Hand, und er würde mich durchlöchern. Meine eigene Adrenalinwoge war versickert, und ich war einfach nur noch erschöpft.

»Bitte, Raymond, lassen Sie mich gehen. Ich will nach Hause«, sagte ich matt.

»Hier laß' ich Sie nicht raus. Zu gefährlich. Sie würden nicht mal heil bis zur nächsten Ecke kommen.«

Ich wäre fast laut herausgeplatzt angesichts dieser absurden Fürsorglichkeit. Da saß dieser Mensch neben mir, die Pistole im Anschlag und vermutlich bereit, mich umzulegen, aber zu besorgt um meine Sicherheit, um mich in einer dubiosen Gegend allein auf die Straße zu lassen. Raymond drückte jetzt wieder eine Telefonnummer. Er kam mir vor wie ein dynamischer Manager.

Am anderen Ende wurde abgenommen.

»Hallo, n'Abend«, sagte er. »Ich hab' ein Problem. Mir ist gerade mein Auto gestohlen worden ...«

Ich rutschte tief in meinen Sitz, preßte die Knie gegen das Armaturenbrett und verfolgte staunend, wie Raymond der Polizei sein Hilfsersuchen in Sachen Cadillac vortrug. Aus seiner Seite des Gesprächs schloß ich, daß man ihn aufforderte, zum 77. Revier zu fahren und dort Diebstahlsanzeige zu erstatten. Aber er war die Kooperationsbereitschaft in Person, der brave Bürger, der seine gerechte Sache vertrauensvoll in die Hände der Gesetzeshüter legt. Er hängte ein, und wir schwiegen beide den ganzen Weg bis zu Luis' Wohnung.

Wir hielten am Bordstein, und Raymond hupte kurz. Gleich darauf erschien Luis mit Perro an der Leine. Raymond zog die Handbremse an und stieg aus. »Du fährst«, sagte er zu Luis.

Luis verfrachtete den Hund in die Mitte zwischen den Vordersitzen und setzte sich ans Steuer. »Wohin?«

»Polizeirevier.«

Luis fuhr los. Perro lehnte sich an mich und pustete mir seinen stinkenden Hechel-Atem ins Gesicht. Er hätte wohl lieber selbst am Fenster gesessen und den Kopf nach draußen gestreckt und seine Ohren im Fahrtwind flattern lassen.

Luis sah Raymond via Rückspiegel mit verhaltenem Interesse an. »Was ist denn los?«

»Bibianna hat den Caddy geklaut. Wir müssen Anzeige erstatten.«

»Bibianna hat den Caddy geklaut?«

»Ja, ist doch nicht zu fassen, was? Nach alledem, was ich für sie getan habe. Ich hab' Chopper gerufen und hinter ihr hergeschickt. Ich hab' keine Zeit für solchen Kram. Du verstehst schon.«

Luis sagte nichts. Ich sah, wie er einen verstohlenen Seitenblick zu mir herüberwarf. Aber was sollte ich sagen?

Dann waren wir beim 77. Revier. Luis parkte den Wagen am Straßenrand und stieg aus. Er nahm Raymonds Instruktionen durch das hintere Seitenfenster entgegen. »Und die Zulassung?« fragte er.

»Liegt im Wagen«, sagte Raymond gereizt.

»Soll ich ihnen deine Telefonnummer geben?«

»Wie sollen sie mich sonst benachrichtigen, wenn sie den Wagen haben?«

»Ah.«

»Ah«, äffte ihn Raymond nach.

Luis verschwand.

»Schwachkopf«, murmelte Raymond. Er trat gegen meine Sitzlehne. »He, ich hab' immer noch die Kanone in der Hand«, sagte er. »Ich hab' nicht vergessen, was Sie da vorhin gemacht haben.«

Ich wartete mit Raymond im Wagen, durch Perros Masse auf meinem Sitz eingezwängt. Ich hoffte inständig, daß ein Polizist vorbeikommen würde. Dann könnte ich um Hilfe schreien. Mehrere Streifenwagen zischten an uns vorbei, aber niemand schien zu merken, daß diese verwahrloste Gestalt da in dem Auto eine hochwichtige Undercover-Agentin war. Ich starrte zu der keine zwanzig Meter entfernten Wache hinüber.

Luis kam wieder zurück und stieg wortlos ein. Er sah in den Rückspiegel. Ich drehte mich um und merkte erst jetzt, daß Raymond weggedöst war.

Zu Hause mußte Luis ihm die Treppe hinaufhelfen. Ich ging voraus, und der Hund bildete das Schlußlicht. Raymond war wach, schien aber groggy und daneben. Oben schloß Luis auf. Einen Moment lang fiel das Treppenhauslicht auf Raymonds nackten Rücken, und ich sah, daß seine Haut kreuz und quer mit Narben bedeckt war, wie ein weißes Rautenmuster. Die Schnitte waren verheilt, aber nie wieder ganz verschwunden. Die gleichmäßige Anordnung deutete darauf hin, daß da jemand überaus methodisch ans Werk gegangen war.

Drinnen sah ich mich suchend im Wohnzimmer um. Ich hielt Ausschau nach der Handtasche, die ich vorhin hier zurückgelassen hatte. Ich entdeckte sie schließlich auf dem Fußboden, halb unter einem Sessel. Jemand mußte sie im Eifer des Gefechts weggekickt haben. Sie stand offen. Luis hielt jetzt Raymonds Pistole in der Hand und dirigierte mich zum Sofa. Ich setzte mich hin. Von hier aus war der Griff der SIG-Sauer in der Tasche deutlich zu erkennen. Ich zwang mich, nicht hinzusehen. Ich wagte nicht, mich nach der Tasche zu bücken, weil ich Angst hatte, Luis' Blick auf sie zu lenken. Raymond schwankte ins Schlafzimmer.

Ich mußte in dieser Nacht auf dem Sofa schlafen. Perro paßte auf die Wohnungstür auf, während Luis mit Raymonds Pistole in der Hand im Sessel döste und mich bewachte. Die nackte Glühbirne in der Küche glomm schwach wie ein Nachtlicht. Hin und wieder starrten wir uns durch das schummrige Zimmer an, und Luis' Augen verrieten keinerlei Gefühl – so wie der Blick eines Liebhabers, der sich für eine andere entschieden hat. Der Blick, wenn alle gemeinsamen Augenblicke unter einer dicken Schicht von Feindseligkeit und Gleichgültigkeit begraben sind.

Um acht wurde ich von lautem Bummern an der Tür aus dem Schlaf gerissen. Perro begann grimmig zu bellen. Ich erhob mich vom Sofa und tappte mechanisch zur Tür. Aber Luis kam mir zuvor. Er packte den Hund am Halsband und machte auf. Draußen stand Dawna in einem affenscharfen schwarzen Kostüm. Na prächtig. Von wegen keine Gedanken machen! Verstanden sie das unter »aus dem Verkehr ziehen«? Raymond kam aus dem großen Schlafzimmer, gerade dabei, sich ein Hemd anzuziehen. Er war barfuß und immer noch in den zerknitterten Hosen von gestern. »Was ist los?« fragte er.

»Dawna ist da«, sagte Luis.

Als Raymond zur Tür ging, beugte ich mich rasch über den Polstersessel, um meine Handtasche hervorzuziehen und die Klappe über dem Pistolengriff zu schließen.

Luis hatte sich umgedreht. »Hinsetzen.«

»Ich sitz' ja schon«, sagte ich kiebig. Ich hockte mich in den Sessel und spielte die Gelangweilte, während Raymond und Dawna ein paar Begrüßungsworte murmelten. Bei seinem Anblick hatte ihr Gesicht zu beben begonnen. Raymond schloß sie in die Arme und wiegte sie leise. Was, wenn sie mich entdeckte? Mein einziger Trost war meine Handtasche, die jetzt unter meinen Fingerspitzen neben mir im Sessel lag. Luis war in die Küche gegangen, wo er an der

Arbeitsplatte lehnte und versunken einen Joint drehte. Eine nette kleine Dröhnung am Sonntagmorgen. Das war genau das, was wir alle brauchten. Dawna setzte sich aufs Sofa und weinte in Raymonds Taschentuch.

Ihr Gesicht war so weiß wie das einer Figur im Kabuki-Theater, ihr Mund eine knallrote Heulschnute. Ihre Haare waren frisch gebleicht und hatten etwa die Farbe von Schreibmaschinenpapier. Sie standen in Stacheln hoch, als hätte jemand lauter einzelne Büschel genommen und mit der Nagelschere abgeschnitten. Sie sah aus wie ein Albino-Hahn. Ihre Kostümjacke klaffte leicht auseinander, und ich erspähte darunter einen dicken Gaze-Verband, der mit Heftpflaster befestigt war. Sie sah nicht gerade gesund aus, und ich dachte, daß die Verletzung ihr offenbar doch ziemlich zugesetzt hatte. Perro lag neben der Couch und starrte auf den saftigen Teil von Dawnas Bein. Ich musterte sie mit einer Mischung aus gespannter Erwartung und nackter Angst. Sobald sie sich wieder gefaßt hatte, würde sie mich zwangsläufig bemerken. Es war ziemlich wahrscheinlich, daß sie mich wiedererkennen würde, aber was sollte ich machen?

22

Das Schwierigste beim Lügen ist, sich vorzustellen, wie man sich verhalten würde, wenn man ein reines Gewissen hätte. Ich konnte nicht so tun, als hätte ich Dawna Maldonado noch nie gesehen. Wir waren beide Dienstag nacht dabeigewesen, als Chago erschossen wurde. Wie sollte ich sie behandeln? Unter den gegebenen Umständen erschien es mir am klügsten, den Mund zu halten und die Dinge sich entwickeln zu lassen wie beim Stegreif-Theater. Da es sowieso kein Entkommen gab, schlenderte ich, nachdem ich mir die Handtasche unter den Arm geklemmt hatte, zum Küchentisch hinüber. Ich setzte mich und deponierte die Tasche beiläufig neben einem Vorderbein meines Stuhls. Dann nahm ich mir Bibiannas ramponiertes Kartenspiel. Ich mischte und versuchte mich zu erinnern, wie Bibianna ihre Patiencen auszulegen pflegte.

Das Gespräch zwischen Dawna und Raymond hatte sich gerade der Schießerei zugewandt. Just in diesem Moment sichtete sie mich. »Was macht *die* denn hier?«

Na denn, dachte ich. Los geht's.

Raymond schien erschrocken über ihre Reaktion, in der ein deutlich feindseliger Ton geschwungen hatte. »Oh, entschuldige, Dawna. Das ist Hannah. Eine Freundin von Bibianna.«

Dawnas schwarzumrandete Augen waren eisblau und hinterhältig. »Warum fragst du *sie* nicht? Sie war doch an dem Abend mit dabei.«

»*Sie* war dabei?«

»Sie war in dem Restaurant und hat mit ihnen am Tisch gesessen, als ich vom Telefon kam.«

Raymond schien gar nichts mehr zu verstehen. »Du sprichst von Hannah?«

»Herrgott, Raymond. Hab' ich doch eben gesagt, oder nicht?«

Er wandte sich mir zu. »Ich dachte, Sie haben Bibianna im Gefängnis getroffen. Ich dachte, ihr kennt euch aus der Zelle?«

Ich fing an, die Karten auszulegen, als sei nichts. Sieben Karten, die erste aufgedeckt, die anderen sechs mit dem Gesicht nach unten. »Das hab' ich nie behauptet. Sie haben uns zusammen eingebuchtet, aber getroffen hatten wir uns schon vorher, in einer Tanzbar. Ich dachte, das hätte sie Ihnen erzählt oder ich hätt' was gesagt.«

Nächste Runde: ersten Stapel auslassen. Die aufgedeckte Karte auf den zweiten Stapel, die fünf anderen verdeckt. Einfach nur lokker eine Patience legen. Luis war ganz Ohr, aber sorgsam darauf bedacht, keine Aufmerksamkeit auf sich zu ziehen, damit Raymond nicht am Ende noch auf ihn losging.

»Was zum Teufel haben Sie da gemacht, mit ihr und diesem Jimmy Tate?«

Aha, er war also dahintergekommen, daß es Tate gewesen war, vermutlich, weil Dawna ihm den Kerl beschrieben hatte. »Ich hab' gar nichts gemacht. Wir waren nur kurz ein Haus weiter gegangen, um was zu essen, und plötzlich standen diese beiden da.«

»Bibianna war mit Jimmy Tate zusammen?«

Dawna schnaubte: »Großer Gott, Raymond. Bist du schwer von Begriff? Du klingst wie ein Papagei.« Aus dem Augenwinkel konnte ich sehen, wie ungemein sie das Ganze befriedigte. In ihrer Familienkonstellation hatte sie sich vermutlich damit wichtig gemacht, daß sie ständig ihre Geschwister verpetzt hatte.

Raymond ignorierte sie und konzentrierte sich ganz auf mich. »Wieso haben Sie mir nie gesagt, daß Bibianna an dem Abend mit diesem Kerl zusammen war?«

»Jimmy Tate war mit mir da. Wir haben Bibianna in der Bar getroffen und sie gefragt, ob sie noch mitkommt, was essen. Was ist denn daran so schlimm?«

»Ich glaub' Ihnen nicht.«

Ich hörte mit Kartenauslegen auf. »Sie glauben mir nicht?«

»Ich glaube, daß Sie lügen.«

»Jetzt ist aber Schluß, Raymond. Wir kennen uns jetzt ganze fünf Tage. Wie komme ich dazu, mich plötzlich vor Ihnen für irgendwas zu rechtfertigen?«

Raymonds Augen waren glitzrig, seine Stimme einen ganzen Tick zu sanft für meinen Geschmack. »Nach dem, was Dawna sagt, hat Tate meinen Bruder erschossen. Haben Sie das gewußt?«

Uuups. Das hatte ich nun allerdings gewußt. Ich sagte nichts und wunderte mich nur, wieso mein Mund auf einmal so trocken war. Mir fiel keine passende Antwort ein. Ausnahmsweise versagte mein Lügengenerator.

»Reden Sie«, sagte er. »Hat Tate meinen Bruder erschossen?«

Ich versuchte, zwischen den Alternativen zu lavieren, weil ich mich nicht jetzt schon auf einen Kurs festnageln wollte. »Ich weiß nicht«, sagte ich. »Als die Schießerei anfing, hab' ich mich hingeworfen.«

»Sie haben nichts davon gesehen, daß dieser Tate eine Kanone hatte?«

»Na ja, ich wußte, daß er eine hatte, aber ich hab' keine Ahnung, was er damit gemacht hat, weil ich nichts mitgekriegt habe.«

»Und Chago? Sie haben doch gesehen, daß er getroffen war. Was haben Sie gemeint, wer da geschossen hatte?«

»Keinen Schimmer. Ehrlich. Ich hatte keinen blassen Dunst, was passiert war. Ich weiß nur, daß Tate und ich Bibianna getroffen haben und daß wir nach nebenan gegangen sind, um noch was zu essen, und daß dann plötzlich diese beiden vor uns standen und Bibianna mit vorgehaltener Pistole abgeschleppt haben. Und auf einmal knallten Schüsse. Die Bullen kamen. Und Bibianna und ich wurden in den Knast gekarrt ...«

Das war schon etwas sichereres Terrain, da ich ja wußte, daß Dawna ungefähr in dem Moment verschwunden war, als Chago den Treffer abgekriegt haben mußte. Ich ging davon aus, daß sie selbst nicht wußte, was danach passiert war. Überhaupt beunruhigte mich dieses ganze Thema wesentlich weniger als der Gedanke, sie könnte sich an unsere Begegnung bei der CF erinnern.

Sie hatte mein Gesicht gemustert, mit gerunzelter Stirn und einem Blick von der Sorte, die anzeigt, daß die Erinnerung mit einer dicken Wolkendecke verhangen ist. Aber dieser Nebel konnte sich jeden Augenblick lichten. »Sie verarscht dich, Raymond.«

»Überlaß das mir«, sagte er gereizt. Er wandte sich ab, zündete sich eine Zigarette an und musterte mein Gesicht, während er den ersten Zug inhalierte.

Das Telefon klingelte. Wir fuhren alle vier herum und starrten es an. Luis rührte sich als erster und nahm ab. »Hallo?« Er horchte kurz in den Hörer und legte dann die rechte Hand über die Sprechmuschel. »Da ist ein Bulle dran, der sagt, sie haben den Wagen gefunden.«

Raymond nahm den Hörer. »Hallo? ... Ja, am Apparat ... Ist jemand verletzt? Ach, wirklich? Oh, das tut mir leid. Wo? Mmmhmm ... verstehe. Und wo ist der Wagen jetzt? Ja, klar weiß ich, wo das ist ... Ach, tatsächlich? Das ist ja sehr bedauerlich.«

Raymond legte auf und sah Luis an. »Bibianna hatte einen Unfall, oben im Topanga Canyon. Nach dem, was der Bulle gesagt hat, hat Chopper den Caddy die Felsen runterbefördert.«

»Ohne Scheiß, Mann«, sagte Luis.

Ich spürte, wie mir das Herz im Hals bummerte. »Und Bibianna? Ist ihr was passiert?«

Raymond machte eine unwirsche Handbewegung. »Keine Bange. Sie ist im St. John. Los, holen Sie Ihre Jacke. Es gibt was zu tun.« Er grinste Luis an. »Tolle Sache. Der Caddy ist Schrott. Das sind zweitausendfünfhundert Eier.« Er sah mein Gesicht. »Was gucken Sie so? Das Geld steht mir von Rechts wegen zu«, sagte er philisterhaft.

»Und ich?« schaltete sich Dawna ein.

»Du kannst mitkommen, wenn du willst, oder hierbleiben und dich aufs Ohr legen. Du siehst ziemlich geschafft aus. Wir sind in einer Stunde wieder da. Dann fahren wir rüber zum Bestattungsinstitut.«

Sie guckte einen Moment lang unentschieden und gab dann nach. »Geht ihr allein. Ich hau mich eine Runde hin.«

Raymond fuhr viel zu aggressiv für die Verkehrsbedingungen.

Ich saß vorn, eingequetscht zwischen ihm und Luis. Ich stützte mich mit einer Hand am Armaturenbrett ab und stieß unwillkürlich jedesmal einen kleinen Laut aus, wenn Raymond ohne zu blinken die Spur wechselte oder seinem Vordermann fast auf die Stoßstange auffuhr, ehe er ausscherte und mit einem finsteren Blick in den Spiegel vorbeizischte. Er preßte die Zähne zusammen. Sein Gesicht zuckte jetzt eigentlich permanent, und für alle Widrigkeiten dieser Welt mußte irgend jemand anderes herhalten. Selbst Luis wurde es zuviel, und ihm entfuhr ein leises »Jesus«, als Raymond wieder um ein Haar einem Zusammenstoß entgangen war.

Die beiden redeten über mich hinweg, als sei ich Luft. Deshalb dauerte es eine Weile, bis ich kapierte, wovon sie sprachen.

Raymond sagte: »Das dumme Luder ist wohl in Topanga vom 101er abgefahren. Herrgott, wie kann man nur so blöd sein? Das ist doch mitten im Nichts. Kennst du die Strecke?«

»Klar. Wilde Gegend«, sagte Luis.

»Der absolute Horror. Dort sind die Berge steil wie Wände, und neben der Straße geht's gleich senkrecht runter. Sie hätt' in 'ner belebten Gegend bleiben sollen und zusehen, daß sie ein Bullenauto findet. Wer soll ihr denn da draußen helfen? Chopper brauchte nichts weiter zu tun, als abzuwarten, bis sie in einer von den Haarnadelkurven war, und dann *Bumm!*« Raymond machte eine verächtliche Handbewegung. »Der Bulle meint, er hat den Caddy von hinten gerammt und ist dabei hängengeblieben. Schwupp!« Er machte eine Art Tauchbewegung mit der Hand.

Ich starrte Raymond an. »Er ist *mit* runtergerauscht?«

Raymond sah mich an, als hätte ich plötzlich begonnen, Spanisch zu reden. »Was denken Sie denn, wovon wir die ganze Zeit reden? Chopper ist tot, und sie wird's auch nicht mehr lange machen. Geschieht ihr recht. Haben Sie das nicht kapiert? Bibianna ist auf der Dings ... auf der Intensivstation.«

»O nein«, sagte ich.

»He, was soll das? Wollen Sie das vielleicht auch noch mir in die Schuhe schieben? Bibianna klaut meinen Wagen und fährt ihn zu Schrott, und *ich* bin schuld?«

»Himmel noch mal, Raymond, tun Sie doch nicht so. Das ist alles Ihr Werk, und das wissen Sie genau.«

»Treiben Sie's nicht zu weit, he! Ich hab' nichts gemacht!« Raymonds Gesicht färbte sich dunkel, und er raste mit zusammengepreßten Kiefern weiter. Ich fühlte, wie sich in meinem Brustkorb Angst ausbreitete und mir den Magen zusammenpreßte.

Wir fuhren am Santa Monica Freeway vom 405er ab und weiter nach Westen. Wir nahmen die Ausfahrt Cloverfield und hielten dann rechts. Ich war vor Jahren mal im St. John-Krankenhaus gewesen, und soweit ich mich erinnern konnte, war es nicht mehr weit. Irgendwo an der 21. oder 22. Straße, zwischen dem Santa Monica und dem Wilshire Boulevard. Es war jetzt halb elf. Ich wußte, daß sie es auf der Intensivstation normalerweise mit den Besuchszeiten sehr genau nahmen, aber Raymond würde sich schon Zutritt verschaffen.

Wir parkten auf einem der Besucher-Parkplätze und gingen durch einen Torbogen zum Haupteingang. Ein blaugrün gekachelter Brunnen plätscherte laut in der Mitte eines gepflasterten Hofs. Hinter dem Brunnen stand eine Bronze-Büste der Gründerin Irene Dunne. Der Komplex bestand aus massiven, cremefarbenen Kästen, die wohl ursprünglich schlichte Betonblöcke gewesen waren. Jetzt sprang aus der Frontseite ein Säulenvorbau heraus, und rechts und links flankierte je ein Seitenflügel das Hauptgebäude. Dahinter erhob sich ein vielgeschossiger Anbau. Es sah aus, als hätte sich das Krankenhaus nach und nach das ganze verfügbare Gelände und auch noch die angrenzenden Grundstücke einverleibt. Die Umgebung bestand aus eher bescheidenen Einfamilienhäusern im Stil der 50er Jahre. Ein Krankenwagen sauste kurz aufheulend an uns vorüber und dann mit blinkendem Gelblicht und ausgestellter Sirene vor die Notfall-Aufnahme.

Zu beiden Seiten des Hauptaufgangs schwangen sich Rollstuhlrampen empor. Wir marschierten über die Stufen in die Halle mit dem gedämpften kastanienbraunen Teppichboden und dem Gewürznelkengeruch. Links war eine ganze Wand den Namen all derer gewidmet, die sich in finanzieller Hinsicht um die Klinik verdient gemacht hatten. Das Spektrum reichte von Wohltätern über Gönner und Freunde bis hin zu den Kleinspendern, die zu knausrig gewesen waren, um eine eigene Kategorie für sich in Anspruch nehmen zu können. Am entfernten Ende der Wand hing über der Anmeldung ein kolossaler Ölschinken mit einer lockenhaarigen Gestalt, die den Blick gequält zum Himmel erhob.

Raymond fragte an der Information nach der Intensivstation. Ich tröstete mich damit, daß Bibianna wohl bei Bewußtsein gewesen sein mußte, als sie sie hergebracht hatten. Sonst hätte die Polizei ja nicht herausfinden können, wer sie war. Soweit ich wußte, hatte sie keinen Ausweis bei sich gehabt.

Ein Gesprächsfetzen drang von hinten an mein Ohr. Eine Frau sagte: »... und da hab' ich diese Zicke im Sheriffs Department gefragt: ›Was geht euch das an? Wenn sie ihm nichts anhängen können, wie kommt ihr dann dazu, mit seinem Bewährungshelfer zu reden?‹ Das ist doch eine Verletzung der Grundrechte oder wie das heißt ...«

In meinem Kopf schloß sich ein Kontakt. Mir entfuhr ein »Oh«, wie man es von sich gibt, wenn man sich Eiswasser in den Ausschnitt kippt. Plötzlich wußte ich, wer Dr. Howards Tochter war – die Braut auf dem Hochzeitsbild. Natürlich – die Zivilangestellte, an der ich mir im Sheriffs Department die Zähne ausgebissen hatte, als ich wegen Bibiannas Adresse dort gewesen war. Verdammt, ich mußte irgendwie an ein Telefon kommen. Kein Wunder, daß Dolan nach einer undichten Stelle fahndete!

Raymond dirigierte uns zum Aufzug, und wir fuhren in den zweiten Stock. Als wir ausgestiegen waren, gingen wir nach rechts, vorbei an der Wöchnerinnen-Station, wo sich eine frisch entbundene Frau wacklig die Wand entlangtastete. Raymond war in Hochform. Er bewegte sich fix und hatte die Augen überall. Ab und zu sah ich Luis' Blick durch eine geöffnete Tür in ein leeres Zimmer huschen. Ich tat es ihm nach, unfähig, meine Neugier zu zügeln. Aber es gab nicht viel zu sehen. Es roch bereits nach Mittagessen.

Das Stockwerk 2/Südflügel beherbergte hinter einer geschlossenen Doppeltür die Intensivstation, die koronarmedizinische Station, die Koronarchirurgie und die postoperative Versorgung. Ein Schild besagte: UNBEFUGTEN IST DER ZUTRITT NICHT GESTATTET. Daneben hing ein Telefon an der Wand. Offenbar mußte man zuerst anrufen und sich die Erlaubnis einholen, die Station zu betreten. Im angrenzenden Warteraum saßen vier Frauen, die sich unterhielten oder in Illustrierten lasen. Ich erspähte ein Münztelefon, einen Zeitschriftenständer und einen Farbfernseher. Im Flur befand sich ein Trinkwasserbrunnen, und in einer Nische stand die Statue eines Heiligen mit einem nacktärschigen Jesuskind auf dem Arm. Der Fußboden bestand aus quadratischen Gußmarmor-Fliesen mit schmalen Metallstegen dazwischen.

Luis setzte sich auf eine beige Lederbank. Sein Knie zuckte. Eine Laborassistentin trug ein dickes Röhrchen mit dunkelrotem Blut an uns vorbei. Luis stand auf und ging zur Wand hinüber, um sich in die Besuchszeiten zu vertiefen. Das war das erste Mal, daß ich die beiden in einer Situation erlebte, die sie nicht auf die Macho-Tour bewältigen konnten.

Genau wie Luis gehörte offenbar auch Raymond zu den Leuten, denen alles, was mit Krankheit zusammenhängt, unheimlich ist. Er war ganz still und respektvoll. Das Gezucke hatte wieder angefangen, und sein Kopfrucken erinnerte mich jetzt an das erschreckte Zusammenfahren, mit dem ich manchmal im Moment des Einschlafens reagiere. Die Krankenhaus-Menschen, die an uns vorbeigingen, schienen ihn mit einem kurzen diagnostischen Blick abzutasten und sich ansonsten nicht mehr darum zu kümmern, als ich es inzwischen tat. Aus seinem Verhalten schloß ich, daß er wohl als Kind im Krankenhaus gewesen war und dort Prozeduren über sich hatte ergehen lassen müssen, die ihn ängstlich und mißtrauisch gemacht hatten. Er zog kaum merklich den Kopf ein und vergrub die Hände in den Taschen, während er überlegte, was er jetzt tun sollte.

Er wollte gerade den Telefonhörer abnehmen, als sich die Doppeltür öffnete und eine Schwester herauskam. Sie war etwa dreißig, rothaarig, mit einem weißen Hosenanzug und dicksohligen weißen Schuhen. Sie trug ein Schwesternabzeichen, aber kein Häubchen. »Kann ich Ihnen helfen?«

»Ja, äh ... ich bin ... meine Verlobte ist letzte Nacht hier eingeliefert worden. Sie hatte einen Autounfall. Die Polizei hat mir gesagt, daß sie hier ist. Sie heißt Diaz ... Ich hab' gedacht, ich könnte sie vielleicht kurz sehen.«

Sie lächelte freundlich. »Einen Augenblick bitte. Ich werde nachfragen.« Sie ging weiter zum Warteraum, steckte den Kopf durch die Tür und bedeutete einer der Besucherinnen, ihr zu folgen. Die Frau legte ihre Illustrierte hin und verschwand mit der Schwester hinter der Doppeltür. Ich linste durch die Glasscheiben, konnte aber nichts erspähen als ein weiteres Stück Flur und ganz am Ende einen verglasten Raum voller medizinischer Apparaturen. Die Gestalt, die dort lag, war kaum zu sehen, und ich vermochte nicht zu erkennen, ob es Bibianna war oder nicht.

Luis trat von einem Fuß auf den anderen und schnippte leise mit den Fingern. »O Mann, das ist mir zuviel. Ich geh' runter in die Halle. Ihr könnt mich auf dem Rückweg dort wieder auflesen. Vielleicht gibt's hier ja eine Cafeteria. Dann kann ich solange was essen.«

»Tu das«, sagte Raymond.

Luis umschlang seinen Oberkörper mit den Armen. »Soll ich Kaffee herbringen oder so was?«

»Hau endlich ab, Luis. Mach kein Geschiß.«

»Vielleicht komm' ich ja zwischendurch noch mal wieder«, sagte Luis. Er sah mich an und machte dann ein paar Schritte rückwärts, um sich zu vergewissern, daß Raymond keinen ernsthaften Einspruch erhob. Raymond schien mit seinen eigenen Fluchtimpulsen zu kämpfen. Luis drehte sich um und steuerte auf die Aufzüge zu.

Sobald er verschwunden war, berührte ich Raymonds Arm. »Ich mach' mich mal kurz auf die Suche nach der Toilette, okay?«

Die Schwester erschien wieder. »Es wird noch ein paar Minuten dauern. Der Neurologe ist gerade gegangen, aber ich nehme an, er ist noch im Haus. Möchten Sie, daß ich ihn anpiepe?«

»Äh ... ja, wenn Sie so nett wären.«

»Aber natürlich. Sie können sich auch setzen, falls Sie möchten«, sagte sie mit einer Armbewegung in Richtung Warteraum.

»Kommt sie denn wieder auf den Damm?«

»Das kann ich Ihnen wirklich nicht sagen«, erklärte die Schwester. »Sie können mit Dr. Cherbak sprechen, sobald er da ist. Wie war doch gleich Ihr Name?«

»Maldonado. Ich werd' einfach hier warten. Ich will keine Umstände machen ...«

»Dort drüben ist ein Automat, falls Sie Kaffee möchten.«

»Ach, können Sie mir bitte sagen, wo die Toilette ist?« fragte ich. Herrgott, fiel mir denn gar nichts Originelleres ein, um mich von diesen Kerlen abzusetzen?

Die Schwester zeigte den Gang entlang. »Erste Tür.«

Ich ging mit Raymond in den Warteraum. Sobald er sich hingesetzt hatte, sagte ich: »Ich bin gleich wieder da.«

Vor lauter Unbehagen achtete er gar nicht mehr auf mich. Ich entfernte mich langsam, wobei ich mich mühsam beherrschen mußte, um nicht loszurennen. Ich marschierte an der Toilette vorbei und immer geradeaus, auf der Suche nach einem ruhigen Plätzchen und einem Telefon.

Das Stockwerk 2/Südflügel ging ohne merkliche Veränderung in das Stockwerk 2/Hauptgebäude über. Der Fußbodenbelag war immer noch derselbe, und auch die Wände blieben weiter hellblau und hellbeige mit einem Muster aus Schnörkeln oder kleinen Kugelbäumen. Ich merkte, daß ich aus den Regionen des Todes in die der Geburt gelangt war. Schilder wiesen zum Wehenzimmer, zum Kreißsaal, zur Neugeborenenstation und zum Warteraum für junge Väter. Ich hielt Ausschau nach einem Münztelefon und kramte neben der Pistole in meiner Tasche nach Kleingeld. Ich fühlte, wie sich meine Panik mit jeder Sekunde steigerte. Sobald ich Dolan das Wichtigste durchgegeben hatte, würde ich machen, daß ich hier wegkam.

Ich kam an der Anmeldung für das Stockwerk 2/Hauptgebäude vorbei. An der Wand hinter dem Tresen links von mir sah ich lauter Monitore mit grünen Linien, in denen ich lebenswichtige Signale vermutete.

Eine schwarze Krankenschwester, die aus einer Tür mit der Aufschrift »Personalraum« trat, rannte mich fast über den Haufen. Sie trug einen knöchellangen, hinten gebundenen weißen Kittel und einen hochgeschobenen Mundschutz, der auf ihrer Stirn saß wie eine blaßgrüne Beule. Sie war in den Vierzigern, schlank, mit dunklen Augen und einem klaren, glatten Gesicht. »Kann ich Ihnen helfen?«

»Ich hoffe sehr«, sagte ich. »Ich muß Ihnen etwas erklären, und Sie müssen mir bitte vertrauen. Ich bin Privatdetektivin, aus Santa Teresa, und hinter einer Versicherungsbetrugs-Geschichte her. Ich bin mit einem Gangster hier, der jeden Moment hinter mir herkommen kann. Ich muß dringend Lieutenant Dolan in Santa Teresa anrufen. Gibt es hier vielleicht ein Telefon, das ich benutzen kann? Ich schwöre Ihnen, es dauert nicht lange, und es kann mir das Leben retten.«

Sie betrachtete mich mit der leeren Miene eines Menschen, der eine Information auf ihre Glaubwürdigkeit taxiert. Vielleicht war es ja etwas in meinem Ton – die nackte Verzweiflung unter der ernsten Eindringlichkeit. Meine Erscheinung kann es kaum gewesen sein. Ich sagte ausnahmsweise einmal die Wahrheit, und ich bemühte mich, mit jeder Faser meine Aufrichtigkeit zu vermitteln. Sie hörte mir zu, die Augen aufmerksam auf mein Gesicht geheftet. Vielleicht war meine Geschichte aber auch einfach so hanebüchen, daß sie mir nicht zutraute, sie erfunden zu haben. Wortlos zeigte sie auf ein Telefon hinter dem Anmeldetresen.

23

Ich ließ mich über die Krankenhauszentrale nach draußen durchstellen und sagte der Telefonvermittlung, ich wollte ein persönliches Gespräch mit Lieutenant Dolan unter der Rufnummer, die er mir gegeben hatte. Während ich wartete, daß die Verbindung hergestellt wurde, studierte ich das Anschlagbrett, das zu etwa gleichen Teilen Ärztewitzen, Kursankündigungen und Speisekarten von Fastfood-Restaurants mit Lieferservice gewidmet zu sein schien. Ich war halbtot vor Hunger.

Als ich Dolans Stimme hörte, schloß ich die Augen. Ich klopfte mir mit einer Hand erleichtert auf die Brust. »Lieutenant Dolan, hier ist Kinsey Millhone. Ich rufe aus dem St. John-Krankenhaus an und muß mich beeilen.«

»Was gibt's?«

Ich begann zu reden, während meine Gedanken schon vorauseilten und die Information zu strukturieren versuchten. »Also, zuerst mal: Bibianna Diaz liegt hier auf der Intensivstation. Sie ist gestern von einer Bergstraße gedrängt worden –«

»Ich weiß«, warf Dolan ein.

»Sie wissen das schon?«

»Einer von Santos' Leuten hat mich sofort angerufen, als die Meldung kam. Die Klinik hat Order, möglichst höflich zu Raymond zu sein, ihn aber nicht in die Nähe des Krankenbetts zu lassen. Sie wissen, was sie zu tun haben.«

»Oh, Gott sei Dank ist *das* schon mal geregelt«, sagte ich. Ich berichtete ihm rasch alles Wesentliche, unter anderem auch von den Akten, die ich in Buddys Autowerkstatt gefunden hatte. »Ich glaube, ich weiß, wo Ihre undichte Stelle ist.« Ich erzählte ihm von Dr. Howard, dem Chiropraktiker, und dem Foto seiner Tochter. Ich hatte keine Ahnung, wie ihr neuer Familienname lautete, gab ihm aber eine genaue (und boshafte) Beschreibung. In ihrer Position als Zivilangestellte beim County Sheriffs Department hatte sie ideale Möglichkeiten, Informationen auf dem Weg über ihren Vater an Raymond weiterzugeben. Als Bibianna in Santa Teresa das erste Mal verhaftet worden war, hatte Raymond wahrscheinlich sofort davon erfahren. Plötzlich kam mir ein Gedanke. »Lieutenant, wissen Sie irgendwas über die Waffe, mit der Parnell erschossen wurde? Raymond hat eine 30er Broomhandle-Mauser. Ich hab' sie in seiner Kommodenschublade liegen sehen.«

Dolan unterbrach mich. »Vergessen Sie Parnell für den Moment und tun Sie mir einen Gefallen: legen Sie auf und sehen Sie zu, daß Sie schleunigst da rauskommen.«

»Wieso? Was ist denn los?«

»Tate ist wahrscheinlich schon auf dem Gelände. Das Krankenhaus hat ihn gestern spät in der Nacht noch benachrichtigt, und er ist gleich losgefahren. Wenn Raymond merkt, daß er da ist, kommt es mit Sicherheit zum großen Show-Down.«

»Oh, Scheiße.«

Hinter mir kam jetzt eine Ärztin in Chirurgengrün in das Schwesternzimmer. Sie zog sich die Haube herunter und schüttelte matt ihre Haare aus. Sie blieb stehen und musterte mich mit ihrer zerdrückten Frisur und tiefen Erschöpfungsfalten im Gesicht. Ich wußte nicht, ob sie das Telefon wollte oder den Stuhl.

Dolan sagte: »Ich habe jemanden dort drinnen, der Ihnen helfen kann. Augenblick. Da kommt gerade ein Anruf.«

Ich sah Raymond am Anmeldetresen vorbeimarschieren und auf die Aufzüge zusteuern. Wahrscheinlich suchte er mich. Ich konnte nicht auf Dolan warten. »Ich muß weg«, sagte ich ins Nichts. Dann legte ich auf. Jede einzelne Zelle meines Gehirns schrie: mach, daß du wegkommst, aber ich konnte Jimmy Tate nicht einfach alleinlassen. Ich lief aus dem Schwesternzimmer und trabte hinter Raymond her, bis ich ihn eingeholt hatte.

Ich tippte ihm auf die Schulter. »Hey, wo wollen Sie hin?«

Er drehte sich um und sah mich ärgerlich an. »Wo zum Teufel sind Sie gewesen? Ich hab' Sie gesucht.«

»Ich war drüben auf der Neugeborenenstation«, sagte ich.

»Weshalb?«

»Ich liebe Babys. Ich möchte irgendwann auch eins haben. Sie sind so süß, so winzig klein und schrumplig. Wie kleine nackte Vögelchen –«

»Dafür sind wir nicht hier«, raunzte er, obgleich ihn meine Erklärung milder gestimmt zu haben schien. Er packte mich am Arm, drehte mich um meine Achse und bugsierte mich wieder in Richtung Intensivstation.

»Können wir nicht erst mal einen Kaffee trinken gehen?« fragte ich.

»Scheiß drauf. Ich bin so schon kribblig genug.«

Wir waren beim Warteraum der Intensivstation angelangt, und Raymond setzte sich wieder hin. Er nahm sich eine Illustrierte aus dem Ständer neben der Sitzbank und blätterte zerstreut darin herum. Die Seiten raschelten leise durch die Stille. Zwei Frauen saßen am anderen Ende des Raums und beobachteten sein Gezucke mit unverhohlener Neugier.

Raymond sah auf, ertappte sie und starrte sie an, bis sie wegguckten. »Himmel noch mal, ich hasse das, wenn die Leute mich anstarren. Glauben sie denn, ich mach' das aus Spaß?« Er ruckte extra heftig mit dem Kopf und stierte finster zu den beiden Frauen hinüber, die sich vor Verlegenheit wanden.

Ich fragte: »Wie geht's Bibianna? Hat schon jemand was gesagt?«

Er rutschte unruhig auf seinem Stuhl hin und her. »Der Arzt wird angeblich jede Minute kommen und mit uns reden.«

Ich mußte ihn hier weglotsen. In dem Farbfernseher in der Ecke lief einer von diesen Tierfilmen, die hauptsächlich davon handeln, wie eine Spezies eine andere frißt. Der Ton war abgestellt.

Raymond beugte sich vor. »Herrgott, was *machen* die denn so lange?«

»Haben Sie keinen Hunger? Wir können doch runter in die Cafeteria gehen und Luis besuchen. Mir hängt der Magen in den Kniekehlen.«

Er ließ den Kopf baumeln, schüttelte ihn und sah mich dann mit trüber Miene an. »Und wenn sie's nicht schafft?«

Ich verbiß mir jede scharfe Entgegnung. Eine Antwort, die nicht kiebig geklungen hätte, wollte mir nicht einfallen. Ich schwieg. Bei genauerem Überlegen entsprach es nur seiner allgemeinen Verleugnungsstrategie, wenn er jetzt vor Sorge um eine Frau zerfloß, der er vor noch nicht mal vierundzwanzig Stunden einen Mörder auf den Hals gehetzt hatte. Wenn Raymond herausfand, daß Jimmy Tate hier war, würde er die ganze Bude zu Kleinholz machen.

Ich sagte: »Wir drehen noch beide durch, wenn wir die ganze Zeit hier rumsitzen. Es dauert ja nicht lange. Wir werfen nur schnell irgendwas ein und kommen dann gleich zurück. Das kann doch noch eine Stunde dauern, bis die Ärzte wiederkommen.«

»Glauben Sie?«

»Kommen Sie schon. Wenigstens für einen Kaffee.«

Raymond warf die Zeitschrift auf den Tisch und stand auf. Draußen auf dem Flur zögerte er. »Ich sollte vielleicht der Schwester Bescheid sagen, falls der Arzt doch auftaucht.«

»Das kann ich auch machen. Sie können ja schon mal vorgehen und auf den Aufzugknopf drücken.«

Zwei mexikanisch aussehende Schwestern kamen den Korridor entlang.

Vorne beim Treppenhaus tat sich etwas, und wir schauten beide hin. Ein Arzt kam aus dem Reha-Trakt und steuerte auf die Intensivstation zu. Er trug einen wadenlangen weißen Kittel über einem grauen Anzug. Oberhalb der Brusttasche war in blauer Schrift sein voller Name eingestickt. Ein aufgerolltes Stethoskop lugte aus seiner Tasche wie ein kleinkalibriger Gartenschlauch. Er war etwas über fünfzig, mit kurzem grauem Haar und einer randlosen Brille. Er humpelte. Sein rechter Fuß steckte in einem Gehgips, der aussah wie ein Skistiefel. Er bemerkte meinen Blick und lächelte, als wollte er mich um Entschuldigung bitten, lieferte aber keine Erklärung. Ich dachte gleich an irgendeinen Sportunfall, was er wahrscheinlich auch bezweckte. In Wirklichkeit war er bestimmt über einen Rasensprenger gestolpert, als er Blattläuse von seinen Rosen pflücken wollte. »Was kann ich für Sie tun?«

Raymond sagte: »Ich bin wegen Bibianna Diaz da. Sind Sie der Arzt?«

»Der bin ich. Schön, daß Sie da sind, Mr. Tate. Ich bin Dr. Cherbak.« Er schüttelte Raymond die Hand. »Die Schwester hat mir gesagt, daß Sie da sind. Tut mir leid, daß es so lange gedauert hat ...«

Raymonds Lächeln verrutschte. »Mein Name ist Raymond Maldonado. Was hat Tate damit zu schaffen?«

Cherbak zwinkerte unsicher und sah in Bibiannas Karte nach. »Verzeihung. Sie hat gebeten, daß wir ihren Mann benachrichtigen, und da habe ich angenommen ...«

Von meinem Standort aus konnte ich den rosa Notizzettel sehen, der vorne an der Karte klemmte: Schutzgewahrsam. Raymond schien ihn gleichzeitig mit mir entdeckt zu haben.

»Ihren Mann?« wiederholte er. Er starrte den Arzt an, der inzwischen wohl begriff, daß er einen kapitalen Fehler gemacht hatte.

Ich berührte Raymond leicht am Arm und murmelte: »Das war bestimmt ein Mißverständnis, Raymond. Vielleicht hat sie ja Kopfverletzungen. Wer weiß, was sie da geredet hat. Womöglich hat sie halluziniert –«

Raymond schüttelte meine Hand ab. »Halten Sie den Mund!« sagte er. Und dann, an den Arzt gewandt: »Das hat sie gesagt? Jimmy Tate ihr *Mann?* So ein Blödsinn. Ich schlage Ihnen Ihre verdammte Visage ein, wenn Sie so was noch mal behaupten.«

Die beiden Schwestern, die bisher ganz ins Gespräch vertieft gewesen waren, spitzten jetzt plötzlich die Ohren und verfolgten das Geschehen so gespannt wie eine Szene aus einer Krankenhaus-Serie. Ich fühlte, wie die Angst mich durchglühte wie Fieber. »Wir kommen besser später noch mal wieder ...«

»Wie geht's ihr?« fragte Raymond. Er war in Kampfstimmung. Seine Kiefergelenke mahlten vor Anspannung.

»Ich bin nicht befugt –«

»Ich hab' gefragt, wie's ihr geht. Antworten Sie mir gefälligst, Sie Wichser!«

Dr. Cherbak erstarrte. »Ich habe da offensichtlich einen Fehler gemacht«, sagte er. »Wenn Sie kein Angehöriger der Patientin sind, sind mir leider Grenzen gesetzt ...«

Raymond versetzte ihm einen Stoß. »Fehler gemacht! Schieben Sie sich Ihren Fehler in den Arsch! Ich werde diese Frau heiraten, kapiert? Ich. Raymond Maldonado. Ist das klar?«

Dr. Cherbak machte auf dem gipsfreien Absatz kehrt, humpelte eilig auf die Intensivstation zu und zwängte sich durch die Doppeltür. Ich hörte ihn drinnen rufen: »Sofort die Wachleute herholen ...«

Raymond barst krachend durch die Tür und packte ihn von hinten. »Wo ist Bibianna?« schrie er. *»Wo ist sie?«*

Der Arzt verlor das Gleichgewicht, und eine der diensthabenden Schwestern rannte davon. Eine zweite Schwester griff nach dem Telefon, um die Wachleute zu rufen. Raymond zog seine Pistole und richtete sie auf die Schwester, mit steif gestrecktem Arm, zu allem entschlossen. Sie legte den Hörer hin. Er schwenkte die Pistole hin und her, während er weiter in den Korridor vordrang. Ich zog die SIG-Sauer, aber der Arzt stand mir in der Schußlinie. Überall schienen weißgekleidete Menschen herumzustehen.

Ich schrie: *»Tate!«* und rannte los.

Bibianna lag im zweiten Raum. Tate stand bereit, die Pistole in der Hand. Raymond schoß. Ich sah Tate zu Boden gehen.

Raymond kam zurück, genau auf mich zu.

Ich hielt die Waffe mit beiden Händen und schrie »Stehenbleiben!«, aber er wußte, daß ich in dieser Situation nicht abdrücken würde. Es standen zu viele Leute herum, um eine Schießerei zu riskieren. Er stieß mich mit der Schulter beiseite und sprintete los, mit klackernden Absätzen zurück durch die Doppeltür und den Korridor hinunter. Er hatte die Pistole noch in der Hand, rannte aber zu schnell, um richtig zielen zu können. Ich stürzte los, warf mich gegen die Doppeltür und setzte ihm hinterher. Köpfe lugten, angelockt von dem Tumult, aus irgendwelchen Türen und verschwanden blitzartig wieder, sobald sie die Pistolen sahen. Raymond kam an eine Tür mit einem AUSGANG-Schild, packte den Knauf, brach sich Bahn und stürmte die Treppe hinunter. Ich erwischte die Tür im Zurückschwingen und stieß sie mit lautem Krachen wieder auf. Ich hörte Raymonds Schritte hastig die Treppenspirale hinunterklappern. Ich stürzte hinterher, immer drei Stufen auf einmal nehmend, um seinen Vorsprung zu verkürzen. Dann hörte ich, wie er den Ausgang ins Freie erreichte. Als er durch die Tür verschwand, löste er eine Alarmglocke aus, die laut zu schrillen begann.

Ich verdoppelte mein Tempo und stieß die Tür mit der einen Hand auf, während ich mit der anderen die SIG-Sauer hielt. Die plötzliche, blendende Sonne ließ mich zurückprallen. Ich sah Raymond genau vor mir über ein Rasenstück spurten. Wir waren am einen Ende des Krankenhauses, nahe der Arizona Avenue, in einem Viertel aus kleinen Steinhäusern, zwischen denen sich hier und da ein dreistöckiges Gebäude erhob, das noch zur Klinik gehörte. Raymond lief auf die Straße zu, mit fliegenden Beinen und Ellbogen. Ich nahm diffus wahr, daß jemand hinter mir hergerannt kam, hatte aber keine Zeit, mich umzuschauen. Ich holte auf, indem ich meine letzten Reserven mobilisierte. Ich war offensichtlich besser in Form als Raymond, merkte aber, wie meine Lungen pfiffen und brannten. Sechs Tage ohne Training machten sich bemerkbar, aber ich war trotzdem noch ganz schön fit.

Raymond sah sich kurz um und taxierte die Entfernung, die uns noch trennte. Er feuerte einen Schuß ab, der links von mir in eine Palme schlug. Er versuchte, noch einen Zahn zuzulegen, hatte aber einfach nicht mehr die Kraft dazu. Ich war jetzt so dicht hinter ihm, daß sein keuchender Atem mit meinem eins zu werden schien und seine Absätze fast meine Knie trafen. Ich umklammerte die Pistole ganz fest, schleuderte den Arm nach vorn und stieß sie ihm mit aller Macht in den Rücken. Er stolperte und versuchte wild fuchtelnd, sich zu fangen. Er fiel auf den Bauch, und ich landete mit den Knien voran in seinem Kreuz. Die Luft entwich zischend aus seinem Körper, und die Pistole flog ihm aus der Hand. Ich war sofort wieder auf den Beinen und stand mühsam atmend neben ihm. Er drehte sich um, und ich setzte ihm den Lauf meiner Waffe genau zwischen die Augen. Er hob die Hände und wich zentimeterweise zurück. Ein falsches Zucken, und ich würde diesem Schwein das Gehirn wegpusten. Ich war in Weißglut und völlig ausgerastet. Ich schrie: *»Ich bring dich um! Ich bring dich um, du Scheißkerl!«*

Hinter mir sagte eine Stimme: *»Keine Bewegung!«*

Ich fuhr herum.

Es war Luis.

Die Pistole in seiner rechten Hand war direkt auf Raymond gerichtet. In der linken Hand hielt er eine Polizeimarke.

Nachtrag

Als ich wieder nach oben kam, um nach Jimmy zu sehen, waren die Sofort-Maßnahmen schon angerollt, und binnen einer Stunde lag er auf dem Operationstisch. Es war ein Bauchschuß, der offenbar die Milz zerrissen hatte. Bibianna war auch nicht viel besser dran, aber beide kamen durch. Ob sie hinfort bis an ihr Lebensende glücklich und zufrieden lebten, kann ich nicht sagen, denn das Ganze ist erst drei Wochen her. Ich sauste so schnell wie möglich nach Hause nach Santa Teresa und schaffte es gerade noch rechtzeitig zu Veras Hochzeit am Montag, dem Halloween-Abend. Zum Einkaufen kam ich natürlich nicht mehr, und so mußte ich doch auf mein treues Allzweck-Kleid zurückgreifen, das ich aber für den Anlaß perfekt geeignet fand. Vera wollte unbedingt, daß ich einen Begleiter mitbringen sollte, also erschien ich mit Luis, samt Donald und Duffy Duck und allem.

Raymond Maldonado hat sich einen Staranwalt genommen. Im Moment reicht die Anklage gegen ihn von Mord – an Parnell Perkins – über schweren Diebstahl, Versicherungsbetrug und betrügerischen Mißbrauch der Posteinrichtungen bis hin zu einfachem Diebstahl. Inzwischen weiß ich, daß Täter, die am Tourette-Syndrom leiden, für die Justiz eine harte Nuß darstellen. Ich denke, er wird einen Deal herausschlagen, indem er ihnen die Namen einiger anderer Schlüsselfiguren innerhalb des Betrügerrings liefert. Dazu gehören übrigens unter anderem auch drei Anwälte der Firma Gotlieb, Naples, Hurley und Flushing.

Meine schwarze Lederjacke konnte die Polizei nicht auffinden. Vermutlich hat sie sich irgend jemand in der Kneipe unter den Nagel gerissen, kaum daß ich den Rücken gedreht hatte. Ich sag's ja, die Menschen sind alle Ganoven! Und nicht nur der kleine Mann auf der Straße. Ich bin bis jetzt noch nicht für meine Arbeit bezahlt worden. Lieutenant Dolan sagt, er hat meine Rechnung an die Polizeibehörde weitergeleitet, die vermutlich versuchen wird, sie auf die Versicherungsaufsicht abzuwälzen. Ich gebe diesen Gaunern neunzig Tage, um die Sache zu »regulieren«. Dann setze ich meinen Anwalt in Marsch.

So, jetzt ist nur noch eine Frage offen: die nach Gordon Titus und mir. Und die ist leicht zu beantworten: der Armleuchter hat mich gefeuert.

Die Autorin möchte sich für ihre unschätzbare Unterstützung bedanken bei: Steven Humphrey; Ron Warthen, Chefermittler der Betrugsabteilung bei der kalifornischen Versicherungsaufsichtsbehörde; Robert Chambers und Michael Fawcett, Bezirksleiter und Sonderermittler bei der Zentralstelle zur Verhinderung von Versicherungsbetrug; den Polizisten Tony Baker, Terry Bristol, Tom Nelson und Carol Hesson vom Santa Barbara County Sheriff's Department; Sergeant Dave Hybert von der Polizeibehörde von Santa Barbara; dem Verkehrsstreifenbeamten Rick Crook von der kalifornischen Highway Patrol; Lucy Thomas von der Reeves Medical Library und Tokie Shynk, Pflegedienstleiterin in der koronarmedizinischen Abteilung im Santa Barbara Cottage Hospital; Judianne Cooper; Joyce Mackewich; Irene Franotovich; Steven Stone, vorsitzender Richter am Revisionsgerichtshof in Ventura County; Eric S. H. Ching; Austin Duncan von der Gold Coast Autoverwertung und Carter Blackmar.

Besonderer Dank der Autorin gilt auch Adam Seligman und Muriel Seligman, der Presseleiterin der Tourette Syndrome Association.

I wie Intrige

Für meine Enkeltochter Erin – dieses Buch
und ein Herz voller Liebe

1

Zuerst möchte ich Ihnen mitteilen, daß ich nicht die Erfahrung gemacht habe, daß an der Schwelle des Todes das ganze Leben im Zeitraffer noch einmal vor einem abrollt. Kein lockendes weißes Licht am Ende eines Tunnels, keine warme, diffuse Ahnung, daß meine verstorbenen Lieben drüben auf mich warteten. Ich hörte in meinem Inneren nur ein empörtes Stimmchen, das protestierte: »He, nicht doch. Das ist doch wohl nicht ernstgemeint. Soll das wirklich schon *alles* gewesen sein?« Am meisten bereute ich, daß ich am Vorabend nicht wie geplant meine Kommode aufgeräumt hatte. Der Gedanke, daß die Menschen, die dein vorzeitiges Dahinscheiden betrauern, gleichzeitig das unauslöschliche Bild deiner zusammengeknüllten Unterhosen mitnehmen, ist ziemlich unangenehm. Man könnte natürlich die Gültigkeit dieser Beobachtung in Frage stellen, da ich ja damals offensichtlich nicht gestorben bin. Aber dennoch – sehen wir den Dingen ins Auge: Das Leben ist ziemlich trivial, und ich vermute stark, daß uns das Sterben auch keinen großen Zuwachs an Weisheit beschert.

Mein Name ist Kinsey Millhone. Ich bin lizensierte Privatdetektivin in Santa Teresa, einem Ort fünfundneunzig Meilen nördlich von Los Angeles. Die letzten sieben Jahre hatte ich ein eigenes kleines Büro gleich neben der Hauptstelle der California Fidelity-Versicherungsgesellschaft. Mein Abkommen mit der CF gestand mir die Nutzung einer hübschen Eck-Suite zu. Dafür verpflichtete ich mich, auf einer ungeregelten »Nach-Bedarf«-Basis in suspekten Brand- und Todesfällen für sie zu ermitteln. Anfang November hatte dieses Arrangement ein jähes Ende gefunden, nachdem sie einen superdynamischen Leistungs-Maximierungs-Experten aus der Filiale in Palm Springs in die Hauptstelle versetzt hatten.

Ich hatte nicht gedacht, daß ich von dieser Veränderung im Firmenmanagement in irgendeiner Weise betroffen sein würde, da ich ja keine reguläre Angestellte, sondern nur freie Mitarbeiterin war. Doch schon bei meiner ersten (und einzigen) Begegnung mit diesem Herrn entzündete sich eine spontane wechselseitige Antipathie. In der Viertelstunde, die unsere gesamte Beziehung ausmachte, zeigte ich mich unhöflich, widerspenstig und unkooperativ. Und ehe ich mich's versah, fand ich mich mit diversen Pappkartons voller Akten auf der Straße wieder. Ich will gar nicht groß davon reden, daß meine Zusammenarbeit mit der CF in der Zerschlagung eines Betrügerringes gipfelte, der durch fingierte Autounfälle Millionensummen an Versicherungsgeldern kassiert hatte. Alles, was mir das eintrug, war ein verstohlener Händedruck von Mac Voorhies (dem Vizepräsidenten der Gesellschaft und einem bekennenden Hasenfuß), der mir versicherte, er finde diesen Menschen genauso gräßlich wie ich. Diese moralische Unterstützung tat mir zwar wohl, löste aber nicht mein Problem. Ich brauchte Arbeit. Ich brauchte ein Büro, wo ich sie tun konnte. Davon abgesehen, daß ich zu Hause gar nicht den Platz hatte, wäre das auch unprofessionell gewesen. Unter meiner Kundschaft sind manchmal ziemlich unangenehme Zeitgenossen, und ich wollte nicht, daß diese Typen mitkriegten, wo ich wohnte. Ich hatte schon genug am Hals. Nach den letzten deftigen Steuererhöhungen hatte sich mein Hauswirt gezwungen gesehen, meine Miete zu verdoppeln. Das traf ihn noch mehr als mich, aber nach Auskunft seines Steuerberaters blieb ihm nichts anderes übrig. Die Miete war immer noch ganz im Rahmen, und ich konnte mich nicht beklagen, aber die Erhöhung hätte zu keinem ungünstigeren Zeitpunkt kommen können. Meine ganzen Ersparnisse steckten in meinem »neuen« Auto, einem hellblauen VW, Baujahr 74, mit nur einer klitzekleinen Delle im hinteren linken Kotflügel. Meine Lebenshaltungskosten waren bescheiden, aber ich hatte trotzdem am Monatsende keinen Cent übrig.

Es gibt ja die Theorie, daß niemand gefeuert wird, der nicht geheime Freiheitssehnsüchte hat, aber das ist wohl eher so eine Sentenz von Leuten, die gerade an die Luft gesetzt worden sind. Gefeuert zu werden ist die Hölle, vom Demoralisierungseffekt her durchaus auf einer Stufe mit dem Verlassenwerden in der Liebe. Das Selbstwertgefühl schnurrt zusammen, und das Ego macht Pffft wie ein zerstochener Reifen. In den Wochen nach meinem Rausschmiß hatte ich all die Reaktionsstadien kennengelernt, die man nach der Eröffnung einer hoffnungslosen Diagnose durchmacht: Wut, Verleugnung, Feilschen, Suff, unflätiges Reden, Schnupfenanfälle, rüde Gesten, Beklemmungen und plötzliche Eßstörungen. Zudem hatte ich den Urheber der ganzen Misere mit einem steten Strom häßlicher Gedanken überschwemmt. Seit einiger Zeit jedoch fragte ich mich, ob nicht doch etwas dran war an der Sache mit dem unbewußten Wunsch, formlos abserviert zu werden. Vielleicht hatte ich die CF ja einfach satt. Vielleicht war ich ja ausgebrannt. Vielleicht wollte ich einfach mal einen Tapetenwechsel. Wie auch immer – ich begann, mich damit abzufinden, und fühlte schon wieder Optimismus in mir aufsteigen wie Ahornsaft. Es war nicht nur eine Sache des Überlebens. Irgendwie, das wußte ich, würde ich es ihnen *zeigen*.

Fürs erste hatte ich einen Raum im Anwaltsbüro Kingman und Ives gemietet. Lonnie Kingman ist Anfang vierzig, gerade einssechzig groß, zwei Zentner schwer, ein fanatischer Gewichtheber und permanent vollgepumpt mit Steroiden, Testosteron, Vitamin B_{12} und Koffein. Er hat zottelige schwarze Haare wie ein Pony im Fellwechsel. Seine Nase sieht aus, als sei sie ebenso oft gebrochen worden wie meine. Den diversen gerahmten Diplomen an der Wand habe ich entnommen, daß er seinen Bachelor in Harvard, seinen Magister an der Columbia Universität und seinen Doktor *summa cum laude* an der rechtswissenschaftlichen Fakultät von Stanford gemacht hat.

Sein Partner John Ives hält es, trotz durchaus ebenbürtiger akademischer Qualifikationen, mehr mit den stillen, unscheinbaren Seiten des Anwaltsmetiers. Seine Spezialität sind zivilrechtliche Berufungsverfahren, und auf diesem Gebiet gilt er als sehr einfallsreich und gründlich und als Formulierungskünstler in seinen Schriftsätzen. Seit Lonnie und John das Anwaltsbüro vor etwa sechs Jahren gründeten, hat sich der Mitarbeiterstab ständig vergrößert. Derzeit umfaßt er eine Empfangskraft, zwei Sekretärinnen sowie einen Gehilfen, der gleichzeitig als Bote fungiert. Martin Cheltenham, der der Kanzlei als dritter Anwalt, wenn auch nicht als offizieller Sozius angehört, ist Lonnies bester Freund und hat seinen Büroraum ebenso von ihm angemietet wie ich.

Die schicken Prozesse in Santa Teresa gehen offenbar alle an Lonnie Kingman. Bekannt ist er vor allem als Strafverteidiger, aber seine Leidenschaft sind komplexe Verfahren, bei denen es um Zivilklagen im Zusammenhang mit Unfallverletzungen oder Todesfällen geht, und anläßlich einer solchen Sache hatten sich auch unsere Wege gekreuzt. Ich hatte seither öfter für Lonnie gearbeitet und dachte mir, er wäre – abgesehen davon, daß ich seine Dienste gelegentlich selbst benötige – eine gute Referenz. Und aus seiner Sicht konnte es nicht schaden, eine Detektivin auf der Etage zu haben. Wie bei der California Fidelity war ich nicht angestellt, sondern freie Mitarbeiterin. Ich erbrachte bestimmte Leistungen und stellte sie entsprechend in Rechnung. Zur Feier dieses neuen Arrangements erstand ich einen schmucken Tweed-Blazer zu meinem Normalaufzug aus Jeans und Rollkragenpullover. Ich fand mich ganz schön peppig in meinem neuen Outfit.

Es war ein Montag Anfang Dezember, als ich das erste Mal mit dem Mordfall Isabelle Barney in Berührung kam. Ich war an diesem Tag zweimal runter nach Cottonwood gefahren, jeweils gute fünfzehn Kilometer hin und zurück, um einem Zeugen in einem Prozeß wegen Beteiligung an einer Schlägerei eine Vorladung zuzustellen. Das erste Mal war er nicht zu Hause. Beim zweiten Mal erwischte ich ihn, als er, von der Arbeit kommend, gerade in seine Einfahrt einbog. Ich händigte ihm, unter Nichtbeachtung seines Unmuts, die Papiere aus und machte mich wieder davon, das Autoradio voll aufgedreht, um seine wenig feinen Geleitworte zu übertönen. Es waren ein paar Ausdrücke darunter, die ich seit Jahren nicht mehr gehört hatte. Auf dem Rückweg fuhr ich noch beim Büro vorbei.

Die Firma Kingman residiert in einem dreistöckigen Gebäude mit überdachten Autoabstellplätzen zu ebener Erde und zwei Büroetagen darüber. Über die Vorderfront verteilen sich sechs raumhohe, zweiflügelige Glasfenster, die nach innen aufgehen und der Durchlüftung dienen. Jede dieser Türen ins Nichts wird flankiert von hölzernen Läden im sanften Grün oxydierten Kupfers, und die untere Hälfte der Fenster wird von schmiedeeisernen Gittern gesichert, die vor allem dekorativen Zwecken dienen, aber im Notfall wohl auch einen lebensmüden Hund oder das quengelige Kind einer Klientin daran zu hindern vermögen, sich vor lauter Genervtheit hinabzustürzen. Das Gebäude reicht über die ganze Grundstücksbreite und hat rechts eine Tor-Durchfahrt, die zu einem winzigen Parkplatz auf der Rückseite führt. Der einzige Nachteil ist die knauserige Vergabe der Stellplätze. Es gibt sechs Nutzerparteien und zwölf Parkplätze. Da Lonnie der Hausbesitzer ist, hat seine Kanzlei vier belegt: einen für John, einen für Martin, einen für Lonnie und einen für Lonnies Sekretärin Ida Ruth. Die verbleibenden acht wurden nach der Größe der vermieteten Räumlichkeiten aufgeteilt. Uns, die wir leer ausgingen, blieb die Wahl zwischen der Straße und einem der öffentlichen Parkplätze drei Häuserblocks weiter. Die Parkgebühren sind, an Großstadtnormen gemessen, lächerlich, aber bei meinem begrenzten Budget schlagen sie doch zu Buche. Das Bordstein-Parken ist in der Innenstadt zwar gebührenfrei, aber auf neunzig Minuten begrenzt, und die Politessen verpassen einem sofort einen Strafzettel, wenn man auch nur eine Minute überzieht. Folglich brauchte ich eine Menge Zeit, um mein Auto aus einer Parklücke in die nächste zu kutschieren oder herumzukurven und einen Platz zu suchen, der weder reglementiert noch ewig weit weg war. Zum Glück besteht dieses nervtötende Problem aber nur bis achtzehn Uhr.

Jetzt war es achtzehn Uhr fünfzehn, und die vorderen Fenster im obersten Stock waren dunkel, was darauf schließen ließ, daß schon alle Feierabend gemacht hatten. Als ich durch den Torbogen fuhr, sah ich Lonnies Wagen noch auf seinem Platz stehen. Ida Ruths Toyota war nicht mehr da. Also parkte ich in ihrer Box, neben

Lonnies Mercedes. Auf Johns Parkplatz stand eine mir unbekannte hellblaue Jaguar-Limousine. Ich reckte den Kopf aus dem Seitenfenster und linste nach oben. In Lonnies Fenstern war noch Licht, zwei blaßgelbe Rechtecke im schrägen Schatten des Dachs. Offenbar hatte er noch Besuch von einem Klienten.

Die Tage wurden jetzt immer kürzer, und um diese Uhrzeit legte sich ein düsteres Grau über die Stadt. Irgend etwas in der Luft weckte Sehnsüchte nach Kaminfeuer, netter Gesellschaft und einem jener Cocktails, die auf den Anzeigen-Fotos so raffiniert aussehen und die wie Rheuma-Mixtur schmecken. Ich redete mir ein, daß ich noch zu tun hatte, aber das war nur eine Ausrede, um das Nachhausekommen aufzuschieben.

Ich schloß meinen Wagen ab und ging zur Treppe. Sie wand sich einen runden Schacht hinauf, der sich wie ein Schlot durch die Mitte des Gebäudes zog. Es war stockfinster, und ich mußte die kleine Taschenlampe an meinem Schlüsselbund benutzen, um die Stufen zu erkennen. Der Außenflur im dritten Stock war dunkel, aber durch das Milchglas der Eingangstür sah ich Licht vorn bei der Anmeldung. Tagsüber war der gesamte dritte Stock hell und heiter, mit weißen Wänden, goldbraunem Teppichboden, einem Dschungel von Zimmerpflanzen, skandinavischen Möbeln und Kunst in leuchtenden Pastelltönen. Mein Büroraum war vorher eine Kombination aus Besprechungsraum und Teeküche gewesen und enthielt jetzt meinen Schreibtisch nebst Drehstuhl, Aktenschränken, einer kleinen Couch, die notfalls auch als Bett fungieren konnte, einem Telefon und meinem Anrufbeantworter. Ich stand nach wie vor unter »Detekteien« im Branchen-Telefonbuch, und wer unter der alten Nummer anrief, bekam die neue mitgeteilt. In den Wochen seit meinem Umzug waren zwar ein paar Aufträge hereingekleckert, aber ich sah mich doch gezwungen, Zustellungen zu übernehmen, um über die Runden zu kommen. Bei zwanzig Dollar pro Stück würde ich damit nie reich werden, aber an guten Tagen kam ich manchmal immerhin auf einen Hunderter extra. Nicht schlecht, wenn ich es zwischen die eigentlichen Ermittlungstätigkeiten einschieben konnte.

Ich trat leise ein, um Lonnie nicht zu stören, falls er gerade in einer Besprechung war. Seine Bürotür stand offen, und ich sah im Vorbeigehen automatisch hinein. Er redete gerade mit einem Klienten, aber als er mich sah, winkte er. »Kinsey, hätten Sie einen Moment Zeit? Ich habe hier jemanden, mit dem ich Sie gern bekannt machen möchte.«

Ich tappte im Rückwärtsgang wieder zu seiner Tür. Lonnies Klient saß mit dem Rücken zu mir in dem schwarzen Ledersessel. Als Lonnie aufstand, erhob er sich ebenfalls. Er drehte sich zu mir um, während Lonnie uns einander vorstellte. Der Mann hatte, wenn ich mich mal so ausdrücken darf, eine düstere Aura.

»Kenneth Voigt«, sagte Lonnie. »Das ist Kinsey Millhone, die Privatdetektivin, von der ich Ihnen erzählt habe.«

Wir schüttelten uns die Hand und wechselten die üblichen Begrüßungsfloskeln, während wir einander taxierten. Er war Anfang fünfzig, mit dunklem Haar und dunkelbraunen Augen, und zwischen seine Brauen hatte chronischer Mißmut tiefe Furchen gegraben. Seine Züge waren grob, die hohe Stirn durch einen seitwärts gekämmten schütteren Haarzipfel aufgelockert. Er lächelte mich höflich an, ohne daß sich sein Gesicht sonderlich aufgehellt hätte. Auf seiner Stirn glänzte ein Schweißfilm. Noch immer stehend, zog er sein Sportsakko aus und warf es auf die Couch. Darunter trug er ein dunkelgraues, kurzärmliges Polo-Hemd mit drei Knöpfen, von denen der oberste offen stand. Dunkle Haare ringelten sich aus dem Halsausschnitt, und seine Arme waren von einem dunklen Vlies bedeckt. Er hatte schmale Schultern, und seine Armmuskeln waren dünne, unausgebildete Stränge. Ein bißchen Krafttraining hätte er durchaus vertragen können, schon zum Streßabbau. Er zog jetzt ein Taschentuch heraus und tupfte sich Stirn und Oberlippe ab.

»Ich möchte, daß sie mithört«, sagte Lonnie jetzt zu Voigt. »Sie kann heute abend noch die Akten durchgehen und gleich morgen früh anfangen.«

»Von mir aus«, sagte Voigt.

Die beiden setzten sich wieder. Ich hockte mich mit untergeschlagenen Beinen in die eine Sofaecke, durch die Aussicht auf einen Honorarscheck beträchtlich aufgemuntert. Ein Vorteil bei der Arbeit für Lonnie ist, daß er Nassauer gleich ausfiltert.

Lonnie wandte sich an mich, um eine kurze Erklärung vorauszuschicken, ehe sie ihr Gespräch fortsetzten. »Der Privatdetektiv, der bisher für uns gearbeitet hat, ist plötzlich gestorben – Herzinfarkt. Morley Shine, kannten Sie ihn?«

»Natürlich«, sagte ich betroffen, »*Morley* ist tot? Wann ist das passiert?«

»Gestern abend, so gegen acht. Ich war übers Wochenende weg und bin erst nach Mitternacht zurückgekommen. Deshalb habe ich es selbst erst heute morgen telefonisch von Dorothy erfahren.«

Morley Shine war in meiner Erinnerung immer dagewesen, kein enger Freund, aber doch jemand, auf den ich in einer Notlage hätte zählen können. Er und der Detektiv, der mich ausgebildet hatte, waren jahrelang Partner gewesen. Irgendwann hatten sie sich dann überworfen und getrennt weitergemacht. Morley war Ende sechzig gewesen, groß und krummschultrig, mit gut und gern achtzig Pfund Übergewicht, einem runden Grübchengesicht, einem asthmatischen Lachen und gelben Fingern von den vielen Zigaretten, die er rauchte. Er hatte seine Spitzel und Informanten in sämtlichen Strafanstalten des Staates gehabt und jederzeit alle wichtigen Informations-Pools der Gegend anzapfen können. Ich würde Lonnie später noch genauer über seinen Tod ausfragen müssen. Vorerst jedoch konzentrierte ich mich auf Kenneth Voigt, der sehr genau vorbereitet war und einen fliegenden Start anstrebte.

Er sah zu Boden, die Hände locker im Schoß gefaltet. »Meine Ex-Frau wurde vor sechs Jahren umgebracht. Isabelle Barney. Sie erinnern sich an den Fall?«

Der Name sagte mir nichts. »Ich glaube nicht«, murmelte ich.

»Jemand hat die Linse des Spions in ihrer Haustür herausgeschraubt. Er hat geklopft, und als sie das Licht anknipste und durchguckte, hat er eine Achtunddreißiger durch das Loch abgefeuert. Sie war sofort tot.«

Mein Gedächtnis sprang an. »Das war Ihre Frau? Ich erinnere mich gut. Ist das wirklich schon sechs Jahre her?« Beinahe hätte ich noch das einzige weitere Detail genannt, an das ich mich erinnerte: daß es damals geheißen hatte, ihr Ehemann habe sie ermordet, mit dem sie in Trennung lebte. Offenbar nicht Kenneth Voigt, aber wer dann?

Ich sah Lonnie an, der meine Frage mit übersinnlichen Antennen aufgefangen zu haben schien und prompt reagierte. »Der Mann heißt David Barney. Er wurde freigesprochen, falls Sie das wissen wollten.«

Voigt rutschte in seinem Sessel hin und her, als verursache ihm die bloße Nennung dieses Namens bereits Juckreiz. »Dieses Schwein.«

Lonnie sagte: »Erzählen Sie weiter, Ken. Ich wollte Sie nicht unterbrechen. Wo sie schon hier ist, können Sie ihr ja vielleicht ein wenig die Hintergründe erläutern.«

Er schien ein paar Sekunden zu brauchen, um sich wieder zu erinnern, wovon er eben gesprochen hatte. »Wir waren vier Jahre verheiratet ... beide in zweiter Ehe. Unsere Tochter ist jetzt zehn und im Internat. Sie war vier, als Iz umgebracht wurde. Wir hatten Probleme, Isabelle und ich ... nichts Besonderes, aus meiner Sicht. Sie hat eine Affäre mit Barney angefangen. Einen Monat nach unserer Scheidung hat sie ihn geheiratet. Er hatte es nur auf ihr Geld abgesehen. Alle wußten das, nur die arme, naive Iz nicht. Ich meine das nicht beleidigend. Ich habe diese Frau wirklich geliebt, aber sie war nun mal ein Ausbund an Leichtgläubigkeit. Sie war intelligent und talentiert, aber sie hatte absolut kein Selbstwertgefühl, und das machte sie zur leichten Beute für jeden, der ihr ein freundliches Wort schenkte. Sicher kennen Sie diese Sorte Frau. Emotional abhängig, Selbstachtung gleich Null. Sie war Künstlerin, und ich habe ihr Können sehr bewundert, aber es war schwer, mitansehen zu müssen, wie sie ihr Leben weggeworfen hat ...«

Ich merkte, wie ich mich ausklinkte, während er mit seiner Persönlichkeitsanalyse fortfuhr. Seine Verallgemeinerungen über Frauen waren ärgerlich, und er hatte die Geschichte offenbar schon so oft erzählt, daß seine Darstellung leblos und ohne jedes Gefühl blieb. Das Drama drehte sich nicht mehr um sie, sondern nur noch um ihn und um das, was es für ihn bedeutet hatte. Mein Blick wanderte hinüber zu dem Stoß dicker Aktenordner auf Lonnies Schreibtisch. VOIGT/BARNEY konnte ich auf den Rücken lesen. Zwei an der Wand aufeinandergestapelte Kartons enthielten laut Beschriftung noch weitere Unterlagen. Alles, was Voigt sagte, würde sich dort drinnen finden, eine Sammlung unkommentierter Fakten. Es war verrückt – was er sagte, mochte wahr sein, aber es war deshalb noch lange nicht glaubhaft. Manche Leute sind einfach so. Der simpelste Tatsachenbericht klingt aus ihrem Mund falsch. Er sprach noch ein Weilchen weiter, in dichten Sequenzen, die keine Chance zum Einhaken ließen. Ich fragte mich, wie oft Lonnie ihm wohl schon als Publikum gedient haben mochte. Ich merkte, daß er ebenfalls abgeschaltet hatte. Während Kenneth Voigts Mund sich weiter bewegte, ergriff Lonnie einen Bleistift, drehte ihn zwischen den Fingern und klopfte abwechselnd mit der Spitze und dann mit dem Radiergummi auf seinen Notizblock. Ich wandte meine Aufmerksamkeit wieder Ken Voigt zu.

»Wie ist dieser Barney denn aus der Sache rausgekommen?« fragte ich, sobald er Atem holte.

Lonnie schaltete sich ein, offensichtlich erpicht darauf, endlich zum Kern der Sache zu kommen. »Dink Jordan war der Ankläger. Zum Einschlafen. Herrje! Ich meine, der Mann kann wirklich was, aber er hat einfach kein Auftreten. Er dachte, die Fakten sprächen für sich.« Lonnie quittierte die Absurdität dieser Einstellung mit einem verächtlichen Schnauben. »Also prozessieren wir jetzt gegen Barney. Wir fechten die Erbschaft an, wegen Mordes. Ich hasse diesen Kerl. Ich kann ihn nicht ausstehen. In dem Moment, als er sich für nicht schuldig erklärt hat, habe ich zu Ken gesagt, wir sollten dem Mistkerl mit Nagelstiefeln ins Genick springen. Aber ich konnte ihn nicht dazu kriegen. Wir hatten schon Klage erhoben, doch dann konnte Ken sich auf einmal nicht mehr entschließen.«

Voigt zog unbehaglich die Brauen zusammen. »Sie hatten ja recht, Lon. Jetzt sehe ich das auch, aber Sie wissen ja, wie das ist. Francesca – meine Frau – wollte nicht, daß wir das Ganze wieder aufrollen. Es ist schmerzlich für alle Beteiligten ... und für mich wohl am allermeisten. Ich hatte einfach nicht die Kraft.«

Lonnie guckte gequält. Er hatte wenig Verständnis für die begrenzten Kräfte irgendwelcher Leute. *Sein* Job war es, die Dinge anzupacken. Voigts Job war es, ihn zu lassen. »Schon gut. Lassen wir das. Vertan ist vertan. Es hat ein Jahr gedauert, bis er vor der Strafkammer freigesprochen wurde. Seither durfte Ken mitansehen, wie David Barney Isabelles Geld verpraßt. Und Sie können mir glauben, da geht es um eine ganze Menge Geld, das zum größten Teil seiner Tochter Shelby zugefallen wäre, wenn sie Barney verurteilt hätten. Schließlich war der Punkt erreicht, an dem die Familie nicht mehr länger stillhalten konnte. Also kam Ken zu mir, und wir leierten die Sache wieder an. Inzwischen hat aber Barneys Anwalt, ein Typ namens Foss, Antrag auf Klageabweisung wegen Säumnis gestellt. Ich sause also aufs Gericht und strample mich ab. Der Antrag wurde abgelehnt, aber der Richter hat sehr deutlich durchblicken lassen, daß er gar nicht gut auf mich zu sprechen ist.

Und jetzt nutzen dieser Barney und sein Armleuchter von Anwalt natürlich jedes erdenkliche Mittel, um die Sache zu verzögern. Sie feilschen und schachern, wo es nur geht. Wir sind bei der Offenlegung. Der Kerl ist vor der Strafkammer freigesprochen worden, was macht es also schon aus, was er jetzt sagt? Aber er kriegt den Mund nicht auf. Sperrt sich. Und warum? Weil er weiß, daß er schuldig ist. Ach, und dann noch das hier. Hören Sie sich das an. Da taucht auf einmal ein Mann bei Ken auf... stellt sich raus, daß er mit David Barney in der Zelle gesessen hat. Der Bursche hat den Fall verfolgt. Er hat sich den Prozeß angeguckt, nur so, um mitzukriegen, wie die Sache ausgeht, und jetzt erzählt er uns plötzlich, daß Barney den Mord so gut wie zugegeben hat, kaum daß er aus der Tür des Gerichtssaals war. Es hat uns Mühe gekostet, den Mann ausfindig zu machen, deshalb will ich, daß er als allererster vorgeladen wird.«

»Was soll das bringen?« fragte ich. »David Barney kann doch nicht noch mal wegen Mordes vor Gericht gestellt werden.«

»Richtig. Und deshalb schnappen wir ihn uns jetzt von der zivilrechtlichen Seite. Da ist er viel besser zu packen, und das ist ihm auch verdammt klar. Der Kerl stellt sich quer, wo er nur kann. Wir reichen einen Antrag ein. Er hat dreißig Tage Frist, um zu reagieren. Was tut sein infamer Lump von einem Anwalt? Wartet bis zum neunundzwanzigsten Tag und legt dann Einspruch ein. Alles nur, um Zeit zu schinden. Er wirft uns Steine in den Weg, wo er kann.

Wir laden Barney zur Aussage vor, und er beruft sich auf den Schutz vor Selbstbezichtigung nach dem Fünften Zusatzartikel. Wir lassen ihn vorführen. Der Richter *weist ihn an*, auszusagen, weil er keine Rechte aus dem Fünften Zusatzartikel hat. Es besteht keine Gefahr einer Anklageerhebung, weil ja das Verbot der doppelten Strafverfolgung gilt. Also versuchen wir noch einmal, unsere Aussage zu bekommen. Prompt kommt er uns wieder mit dem Fünften Zusatzartikel. Wir könnten ihn wegen Mißachtung eines Gerichtsbefehls drankriegen, aber inzwischen läuft die Verjährungsfrist ab –«

»Lonnie?« sagte ich.

»Wir rackern uns ab, und es kommt nichts dabei raus. Die Fünfjahresfrist ist demnächst um, und es muß endlich etwas passieren. Wir stehen auf der Dringlichkeitsliste und werden vorgezogen, und ausgerechnet jetzt fällt *Morley* tot um –«

»Looonnnie«, sang ich.

Er hielt inne.

»Sagen Sie mir einfach nur, was Sie brauchen, und ich beschaffe es Ihnen.«

Lonnie lachte und warf seinen Bleistift nach mir. »Das ist es, was ich an ihr mag. Kein langes Gefackel«, sagte er zu Voigt. Er schob den Aktenberg zu mir herüber. »Da ist alles, was wir haben, wenn auch ein bißchen chaotisch. Ganz obenauf liegt ein Verzeichnis – vergewissern Sie sich erst einmal, daß alles irgendwo vorhanden ist, ehe Sie an die Arbeit gehen. Wenn Sie das Wesentliche kapiert haben, können wir überlegen, wo noch Löcher sind. Aber jetzt sollten Sie beide sich erst mal ein bißchen kennenlernen. Sie werden in den nächsten vier Wochen viel miteinander zu tun haben.«

Voigt und ich lächelten Lonnie höflich an, ohne einander anzusehen. Er schien von dieser Aussicht kaum begeisterter als ich.

2

Ich hockte noch bis Mitternacht an meinem Schreibtisch. Die gesammelten Unterlagen zum Fall Isabelle Barney quollen aus den beiden Pappkartons, die je über vierzig Pfund wogen. Ich hob mir fast einen Bruch, als ich die Dinger aus Lonnies Büro in meines schleppte. Es war sowieso nicht möglich, das ganze Material in einem Rutsch durchzuarbeiten, also, dachte ich, konnte ich mir ebensogut Zeit lassen. Lonnie hatte nicht übertrieben, als er sagte, die Unterlagen seien chaotisch. Laut Verzeichnis hätte der erste Karton Kopien der Polizeiprotokolle, die Strafprozeß-Protokolle, Lonnies Klageschrift an die Zivilkammer des Bezirksgerichts von Santa Teresa, sämtliche Einwendungen, Antwortschreiben und Gegeneinreden enthalten müssen. Ich konnte nicht einmal sicher sein, daß die Prozeßprotokolle vollständig waren. Was ich an Aktenähnlichem sichtete, war ein solches Sammelsurium, daß es eine Strapaze war, überhaupt etwas zu finden.

Der zweite Karton barg angeblich Kopien sämtlicher Berichte von Morley Shine, eidesstattliche Versicherungen, Protokolle der zahllosen Zeugenaussagen sowie stützendes Material. Na, wunderbar. Ich fand die Namen der Zeugen, mit denen Morley gesprochen hatte, in den Aufstellungen zu den Rechnungen, die er Lonnie seit dem ersten Juni monatlich vorgelegt hatte, aber die dazugehörigen schriftlichen Berichte waren nicht vollständig vorhanden. Offensichtlich hatte er etwa die Hälte der Zeugenladungen für den anstehenden Prozeß zugestellt, aber die meisten dieser Leute hatten bereits im Strafprozeß ausgesagt. Acht unterzeichnete Vorladungen waren samt Beiblatt mit den Zustellungsbestimmungen in einer Mappe abgeheftet. Nichts deutete darauf hin, daß er neue Zeugen bestellt hatte ... es sei denn, die gelben Zustellungsbelege wären anderswo abgelegt worden. Einer handschriftlichen Notiz konnte ich entnehmen, daß es sich bei dem neu aufgetauchten Informanten um einen gewissen Curtis McIntyre handelte, unter dessen angeblicher Telefonnummer kein Anschluß existierte und der unter der letzten bekannten Adresse nicht mehr aufzufinden war. Ich notierte mir als ersten Punkt, den Mann aufzuspüren, wie Lonnie es mir aufgetragen hatte.

Ich überflog seitenweise Vernehmungsprotokolle und machte mir gelegentlich eine Notiz. Wie bei einem Puzzle mußte ich versuchen, mir das Bild auf dem Deckel einzuprägen und dann die Teilchen Stück für Stück zusammenzusetzen. Mir war klar, daß ich in manchem Morleys Vorgehen wiederholen würde, aber was er gemacht hatte, erschien mir doch ein bißchen grobschlächtig, und ich hielt es für besser, noch einmal von vorne anzufangen, zumindest in den kritischen Punkten. Wie ich mit den Lücken in den Unterlagen verfahren sollte, wußte ich nicht genau. Ich war mit den Kartons noch nicht durch, aber es war klar, daß ich alles auseinandernehmen und neu sortieren mußte, so daß es dem Verzeichnis entsprach. Manche Spuren, die Morley verfolgt hatte, führten offensichtlich in eine Sackgasse und konnten sicherlich ausgemustert werden, sofern sich nichts Neues ergab. Die aktuellen Unterlagen mußte er wohl in seinem Büro oder bei sich zu Hause aufbewahrt haben, wie ich es auch tat, solange ich dabei war, Notizen abzutippen und einzuheften.

Die nackten Fakten beliefen sich in etwa auf das, was Kenneth Voigt angedeutet hatte. Isabelle Barney war in der Nacht zum 26. Dezember irgendwann zwischen ein und zwei Uhr gestorben, als jemand aus kürzester Entfernung mit einer Handfeuerwaffe, Kaliber 38, durch den Spion in ihrer Haustür auf sie geschossen hatte. Der Ballistiker sprach von einem »fast aufgesetzten Schuß«, da das Loch in der Tür quasi als Verlängerung des Laufs fungiert und Isabelles Auge beinahe die Türfüllung berührt hatte. Der Schuß hatte das Holz am Rand des Lochs im rechten Winkel zu Isabelle hin herausgefetzt, wobei jedoch vermutlich auch Partikel rückwärts zum Täter geflogen waren. In Klammern merkte der Ballistiker trocken an, daß womöglich auch »Materie« in den Pistolenlauf selbst gedrungen sei und einen zweiten Schuß erschwert, wenn nicht unmöglich gemacht habe. Den Rest des Absatzes übersprang ich.

Das Mündungsfeuer hatte das Holz leicht versengt. Der Bericht vermerkte Pulverspuren um den Lochrand auf der Außenseite der Tür, im Inneren des Lochs sowie am Rand auf der Türinnenseite. Das Holz ringsherum war durch den Druckstoß zersplittert. Das Schrot und die Überreste einer blauen Plastik-Patronenkappe, die aus der Wunde entfernt worden waren, deuteten darauf hin, daß es sich um ein Glaser-Sicherheits-Geschoß gehandelt hatte, ein leichtes Hochgeschwindigkeits-Projektil, bestehend aus Schrotkügelchen in einer zähflüssigen Masse, umhüllt von einem Kupfermantel mit einer Plastikkappe. Wenn das Geschoß auf eine stark wasserhaltige Materie wie beispielsweise Fleisch trifft, löst sich die Plastikkappe, die Kupferhülse wird abgestreift, das Schrot verteilt sich rasch und überträgt die gesamte Wucht des Projektils auf das umgebende Fleisch. Da die einzelnen Kügelchen klein und von geringer Masse sind, geben sie ihre Energie rasch ab, so daß sie im Körper steckenbleiben, daher der Name Sicherheits-Geschoß. Für Umstehende besteht keine Gefährdung durch eine wiederaustretende Kugel, und da sich das Sicherheits-Projektil auch beim Aufprall auf harte Materie (wie etwa Schädelknochen...) auflöst, ist das Risiko von Querschlägern ebenfalls minimal. Kein Entkommen möglich, dachte ich, dieser Mörder hatte zu gut vorgebaut.

Dem Bericht des Pathologen zufolge war das Geschoß zusammen mit Metall- und Holzfragmenten durch das rechte Auge des Opfers eingedrungen. Der Autopsiebericht schilderte physiologisch-detailliert die Gewebezerstörungen, die es angerichtet hatte. Trotz meiner bruchstückhaften Anatomiekenntnisse verstand ich, daß der Tod augenblicklich und daher schmerzlos eingetreten war. Die Maschinerie des Lebens hatte den Dienst versagt, ehe das Nervensystem überhaupt Gelegenheit hatte, den Schmerz zu registrieren, den eine solche Verletzung bedeuten würde.

Es fällt schwer, sich das Vertrauen in seine Mitmenschen zu bewahren, wenn man mit den Spuren ihres Wirkens konfrontiert wird. Ich schaltete meinen Gefühlsapparat ab, während ich die Röntgenaufnahmen und Fotos des Autopsieberichts studierte. Für meine Arbeit ist es wichtig, daß ich, ohne mit der Wimper zu zucken, den Realitäten ins Gesicht sehen kann, aber diese Distanzierung ist nicht ungefährlich. Wenn man sich oft genug innerlich ausklinkt, riskiert man, irgendwann ganz den Zugang zu den eigenen Gefühlen zu verlieren. Es waren insgesamt zehn Farbfotos, alptraumhaft plastische Ansichten brutal zerfetzten Fleisches. Das heißt Tod, machte ich mir klar. So sieht Mord *in natura* aus. Ich habe Mörder getroffen – nette, sanfte, höfliche Menschen –, bei denen die Verdrängung so weit geht, daß man sich nicht vorstellen kann, daß sie eine solche Tat begangen haben sollen. Die Toten sind stumm, aber die Lebenden haben noch eine Stimme, um ihre Unschuld zu beteuern. Oft sind ihre Beteuerungen laut und inbrünstig und unwiderlegbar, da der einzige Mensch, der ihre Schuld bezeugen könnte, für immer zum Schweigen gebracht ist. Vor mir lag Isabelle Barneys letzte Aussage, in der Sprache ihrer tödlichen Wunde, ein erschütterndes Porträt absurder Zerstörung. Ich steckte die Fotos wieder in den Umschlag und machte mich an eine Kopie der Aufzeichnungen, die Dink Jordan Lonnie geschickt hatte.

Dinks richtiger Name war Dinsmore. Er selbst nannte sich Dennis, aber außer ihm tat das niemand. Er war in den Fünfzigern, grau und langweilig, ein Mensch, dem sowohl Energie als auch Humor und Eloquenz völlig abgingen. Als Staatsanwalt war er tüchtig, aber er hatte keinen Sinn fürs Theatralische. Seine Vortragsweise war so langsam und pedantisch, als läse er die gesamte Bibel durch ein Mikroskop. Ich hatte einmal miterlebt, wie er in einem spektakulären Mordprozeß ein Schlußplädoyer hielt, bei dem zwei Schöffen einschliefen und zwei weitere vor Langeweile am Rand des Komas vor sich hin dämmerten.

David Barneys Anwalt war ein gewisser Herb Foss, den ich gar nicht kannte. Lonnie behauptete, er sei ein Armleuchter, aber man mußte ihm immerhin zugute halten, daß er Barney rausgepaukt hatte.

Es gab keine Tatzeugen, und die Mordwaffe war nie gefunden worden, aber es lagen Beweise dafür vor, daß Barney acht Monate vor dem Mord einen 38er Revolver erworben hatte. Er behauptete, die Waffe sei am Labor Day-Wochenende aus seinem Nachttisch verschwunden, als er und seine Frau zu Ehren eines befreundeten Ehepaars aus Los Angeles, Don und Julie Seeger, ein großes Abendessen gegeben hatten. Auf die Frage, warum er damals nicht Anzeige erstattet habe, erklärte er, er habe mit Isabelle darüber gesprochen, und es sei ihr peinlich gewesen, ihre Gäste in diese Diebstahlsgeschichte hineinzuziehen.

Beim Prozeß hatte Isabelles Schwester ausgesagt, die beiden hätten schon seit Monaten von Trennung gesprochen. David Barney bestritt dagegen einen ernsthaften Bruch. Dennoch habe die Sache mit der gestohlenen Pistole zu einem Streit geführt, der schließlich darin gipfelte, daß Isabelle ihm sagte, er solle ausziehen. Was die Chancen der Ehe anbelangte, gingen die Meinungen erheblich auseinander. David Barney behauptete, die Beziehung sei stürmisch, aber stabil gewesen, und Isabelle und er hätten versucht, ihre Differenzen auszuräumen. Außenstehende Beobachter hatten offenbar eher den Eindruck gehabt, die Ehe sei tot, aber das mochte auch Wunschdenken ihrerseits gewesen sein.

Wie auch immer – die Situation spitzte sich rapide zu. David Barney zog am 15. September aus und tat anschließend, was in seiner Macht stand, um Isabelles Zuneigung wieder zu gewinnen. Er rief ständig bei ihr an. Er schickte ihr Blumen. Er schickte Geschenke. Als sie sich beschwerte, weil er sie mit Zudringlichkeiten verfolgte, statt ihr endlich Luft zum Atmen zu lassen, verdoppelte er seine Bemühungen. Er hinterließ allmorgendlich eine einzelne rote Rose auf der Kühlerhaube ihres Wagens. Er deponierte Schmuckstücke auf ihrer Türschwelle, schickte ihr sentimentale Karten. Je heftiger sie ihn zurückwies, desto verbissener traktierte er sie. Im Oktober und November rief er Tag und Nacht bei ihr an, um sofort einzuhängen, wenn sie abnahm. Als sie sich eine neue, nicht registrierte Nummer zulegte, gelang es ihm, diese herauszubekommen. Er rief weiter zu jeder Tages- und Nachtzeit an. Sie kaufte sich einen Anrufbeantworter. Er rief an und blockierte die Leitung, bis das Tonband abgelaufen war. Sie erzählte Freunden, sie fühle sich belagert.

Unterdes hatte er sich ein Haus im selben schicken Teil von Horton Ravine gemietet. Wenn sie aus dem Haus ging, folgte er ihr. Wenn sie zu Hause war, parkte er auf der anderen Straßenseite, um durch ein Fernglas genauestens zu beobachten, wer wann aus- und einging: Besucher, Handwerker, die Haushaltshilfe. Isabelle benachrichtigte die Polizei. Sie erstattete Anzeige. Schließlich erwirkte ihr Anwalt eine einstweilige Verfügung, die ihm jede telefonische und schriftliche Kontaktaufnahme sowie jeden Aufenthalt im Umkreis von zweihundert Metern um ihre Person, ihr Haus und ihr Auto untersagte. Seine Entschlossenheit schien tatsächlich gebrochen, aber inzwischen hatte die ständige Verfolgung Wirkung gezeigt: Isabelle hatte Angst.

Um die Weihnachtszeit war sie ein nervliches Wrack. Sie aß kaum, schlief schlecht, litt unter übersteigerter Nervosität, Panikattacken, Zittern. Sie war blaß und abgemagert. Sie trank zu viel. Es regte sie auf, Menschen um sich zu haben, und es machte ihr Angst, allein zu sein. Sie schickte die vierjährige Shelby zu ihrem Vater. Ken Voigt hatte wieder geheiratet, obgleich einige Zeugen meinten, er habe die Scheidung von ihr nie wirklich verwunden. Isabelle nahm Beruhigungsmittel, um über den Tag zu kommen. Abends schluckte sie Schlaftabletten. Schließlich gelang es den Seegers, sie dazu zu bewegen, ihre Koffer zu packen und ein paar Tage mit ihnen nach San Francisco zu fahren. Als sie auf dem Weg nach Santa Teresa waren, um sie abzuholen, streikte die elektronische Einspritzpumpe ihres Wagens. Sie riefen an und hinterließen die Nachricht, daß sie sich verspäten würden.

Von Mitternacht bis ca. 0 Uhr 45 führte Isabelle, nervös und aufgeregt wegen der bevorstehenden Reise, ein längeres Telefongespräch mit einer alten College-Freundin, die jetzt in Seattle lebte. Kurz danach hörte sie ein Klopfen an der Haustür. Sie ging nach unten, in der Annahme, die Seegers seien eingetroffen. Sie war vollständig angezogen und rauchte eine Zigarette. Ihr Gepäck stand in der Diele parat. Sie knipste das Licht draußen vor der Tür an und spähte durch den Spion, ehe sie öffnete. Statt in die Gesichter ihrer Freunde, sah sie in den Lauf der Achtunddreißiger, die ihr das Leben auslöschte. Die Seegers kamen um 2 Uhr 20 an und stellten fest, daß einiges nicht stimmte. Sie alarmierten Isabelles Schwester, die in einem kleinen Häuschen auf demselben Grundstück wohnte. Sie ließ sie mit ihrem Schlüssel durch den Hintereingang hinein. Die Alarmanlage rings um das Haus war eingeschaltet. Als sie Isabelle fanden, riefen die Seegers sofort die Polizei. Beim Eintreffen des Gerichtsmediziners war Isabelles Körpertemperatur auf 36,7° abgesunken. Nach der Moritzschen Formel, unter Einbeziehung der Temperatur in der Diele, ihres Körpergewichts, ihrer Kleidung sowie der Temperatur und Leitfähigkeit des Marmorbodens, auf dem sie lag, setzte der Gerichtsmediziner den Todeszeitpunkt grob zwischen ein und zwei Uhr an.

Am nächsten Mittag wurde David Barney verhaftet und wegen Mordes unter Anklage gestellt. Er erklärte sich für unschuldig. Bereits zu diesem frühen Zeitpunkt war klar, daß das Belastungsmaterial gegen ihn sich im großen und ganzen auf Indizien beschränkte. Nun sind jedoch im Staat Kalifornien für die beiden entscheidenden Momente eines Tötungsdelikts – den Tod des Opfers und das Vorliegen einer »kriminellen Einwirkung« – sowohl direkte als auch indirekte Beweise zulässig. Mord ersten Grades kann auch festgestellt werden, wenn keine Leiche gefunden, kein direkter Todesnachweis erbracht werden kann und kein Geständnis vorliegt. David Barney hatte einen Ehevertrag unterschrieben, der seine finanzielle Abfindung im Scheidungsfall einschränkte. Zudem war er der Hauptbegünstigte der verschiedenen Lebensversicherungen, und als Isabelles Witwer erbte er den gemeinsamen Anteil der Firma, der auf zweikommasechs Millionen Dollar geschätzt wurde. David Barney hatte für die Tatzeit kein stichfestes Alibi. Dink Jordan hielt die Beweislage für mehr als ausreichend.

Aber nach drei Verhandlungswochen, einem sechsstündigen

Schlußplädoyer und zwei Tagen Beratung erkannten die Geschworenen auf Freispruch. David Barney verließ den Gerichtssaal nicht nur als freier, sondern auch als reicher Mann. Später bekannten einige der Geschworenen, sie hielten ihn mit großer Wahrscheinlichkeit für den Täter, aber es sei der Anklage eben nicht gelungen, jeden vernünftigen Zweifel auszuräumen. Lonnie Kingmans Absicht war es, durch die Erbschaftsanfechtung die Sache noch einmal vor dem Zivilgericht aufzurollen, wo eine überwiegende Wahrscheinlichkeit der Schuld ausreicht und nicht nach der *in-dubio*-Formel des Strafrechts verfahren wird. Soweit ich die Sache durchschaute, würde der Kläger, Kenneth Voigt, trotzdem beweisen müssen, daß David Barney Isabelle getötet hatte, und zwar vorsätzlich. Doch die Beschränkung des Schuldkriteriums auf die »überwiegende Wahrscheinlichkeit« würde in diesem Fall die Beweisführung erleichtern. Hier stand nicht Barneys Freiheit auf dem Spiel, sondern der materielle Nutzen, den er aus dem Verbrechen gezogen hatte. Falls er Isabelle wegen ihres Geldes umgebracht hatte, würde ihm zumindest sein Profit abgeknöpft werden.

Ich merkte, daß ich schon zum dritten Mal hintereinander gähnte. Meine Hände klebten, und ich war an dem Punkt, wo meine Gedanken beim Lesen abzuschweifen begannen. Morley Shines Vorgehen war ziemlich schlampig gewesen, und ich wurde richtig ärgerlich auf den armen Mann. Es gibt nichts Ärgerlicheres als das Chaos anderer Leute. Ich ließ die Akten liegen, wie sie lagen, verließ mein Büro und schloß die Tür ab. Ich trat hinaus auf den Korridor des dritten Stocks und schloß hinter mir ab.

Mein Wagen war der einzige auf dem Parkplatz. Ich bog nach rechts aus und fuhr in Richtung Stadt, dann an der State Street links ab und heimwärts, durch das menschenleere, gut beleuchtete Zentrum von Santa Teresa. Die meisten Häuser sind hier nur zweistöckig, spanischer Baustil der flachen Sorte, wegen der häufigen Erdbeben. Allein im Sommer 1968 gab es hier eine Serie von sechsundsechzig Beben zwischen den Stärken 1,5 und 5,2 auf der Richter-Skala, wobei letzteres immerhin ausreicht, um die Hälfte des Wassers aus dem Swimming-pool schwappen zu lassen.

Ich fühlte eine kurze Woge des Bedauerns in mir aufsteigen, als ich an meinem alten Büro in der State Street Nr. 903 vorbeifuhr. Inzwischen war dort sicher schon jemand anderes eingezogen. Ich würde mit Vera, der Leiterin der Schadensabteilung bei der CF, reden müssen, um in Erfahrung zu bringen, was sich in den letzten Wochen getan hatte. Ich hatte sie nicht mehr gesehen, seit sie und Neil am Halloween-Abend geheiratet hatten. Als Nebeneffekt meines Rausschmisses verlor ich den Kontakt zu einer Menge Leuten, die ich kannte – Darcy Pascoe, Mary Bellflower. Die Vorstellung, Weihnachten in meiner neuen Umgebung hinter mich bringen zu sollen, erschien mir irgendwie seltsam.

An der Kreuzung Anaconda Boulevard und Highway 101 hätte ich um ein Haar die rote Ampel überfahren. Ich trat auf die Bremse, stellte den Motor ab und wartete die vier Minuten, bis die Ampel wieder grün wurde. Der Highway war völlig tot, nur leere Asphaltspuren nach beiden Seiten. Endlich sprang die Ampel um, und ich schoß über die Kreuzung und bog rechts ab, in den Cabana Boulevard, der parallel zum Strand verläuft, dann noch einmal rechts in den Bay Boulevard und schließlich links in meine schmale, baumgesäumte Straße, die aus Einfamilienhäusern und einigen wenigen Mehrparteien-Gebäuden besteht. Ich fand einen Parkplatz zwei Häuser von meiner Wohnung entfernt. Ich schloß den Wagen ab und musterte aus Gewohnheit die dunkel daliegende Nachbarschaft. Ich bin um diese Zeit gern alleine draußen, auch wenn ich mich bemühe, wachsam zu sein und angemessene Vorsicht walten zu lassen. Ich öffnete die Gartenpforte, wobei ich sie anhob, um das Quietschen zu vermeiden.

Meine Wohnung war ursprünglich eine Einzelgarage mit einem überdachten Gang zum Haupthaus, der später dann in einen Wintergarten umgewandelt wurde. Der gesamte Anbau war nach einer Bombenexplosion neu errichtet worden, und so besaß ich jetzt einen Extra-Schlafraum und ein zweites Bad unterm Dach. Meine Außenbeleuchtung brannte, eine Aufmerksamkeit meines Vermieters Henry Pitts, der nie zu Bett geht, ohne aus seinem Fenster zu spähen, um zu sehen, ob ich auch heil wieder zu Hause angelangt bin.

Ich schloß hinter mir ab und absolvierte meine abendliche Routine und verriegelte sämtliche Türen und Fenster. Ich stellte mir zur Gesellschaft meinen kleinen Schwarzweiß-Fernseher an, während ich aufräumte. Da ich normalerweise tagsüber weg bin, mache ich die Hausarbeit oft abends. Es kommt schon mal vor, daß ich um Mitternacht staubsauge oder um zwei Uhr morgens einkaufen gehe. Da ich allein lebe, ist es einfach, die Wohnung einigermaßen in Ordnung zu halten, aber alle drei, vier Monate veranstalte ich einen systematischen Rundum-Putz, wobei ich in Etappen vorgehe. In dieser Nacht lag ich, obgleich ich sogar noch die Küche schrubbte, um eins im Bett.

Am Dienstag morgen wachte ich um sechs auf. Ich zog meinen Jogging-Anzug an und schnürte meine Nikes mit einer Spezial-Doppelschleife zu. Ich putzte mir die Zähne, klatschte mir ein wenig Wasser ins Gesicht und fuhr mit nassen Fingern durch mein plattgedrücktes Haar. Mein Joggen war ziemlich mechanisch, mehr Form als Inhalt, aber danach hatte ich wenigstens ein paar Energien mobilisiert. Ich nutzte die Zeit, um mich auf den Tag einzustimmen, eine Art Bewegungs-Meditation, die ebenso dem Sammeln meiner Gedanken wie der Koordination meiner Gliedmaßen diente. Mir war dunkel bewußt, daß ich in letzter Zeit nicht sonderlich gut auf mich aufgepaßt hatte ... eine Kombination aus Streß, unregelmäßigem Schlaf und zuviel *Junk-Food*. Höchste Zeit, mich wieder auf Vordermann zu bringen.

Ich duschte und zog mich an, aß ein Schüsselchen Müsli mit Magermilch und fuhr wieder in mein Büro.

Als ich an Ida Ruths Schreibtisch vorbeikam, blieb ich stehen, um ein bißchen mit ihr über ihr Wochenende zu plaudern, das für gewöhnlich aus Wandertouren, Geländeritten und haarsträubenden Kletterpartien bestand. Ida Ruth ist fünfunddreißig und unverheiratet, eine robuste Vegetarierin mit windzerzaustem Blondhaar und sonnengebleichten Brauen, breiten Wangenknochen und einem durch kein Make-up gedämpften rötlich-frischen Teint. Obgleich immer gut angezogen, wirkt sie doch, als trüge sie am liebsten Flanellhemden, Hosen und Wanderstiefel. »Wenn Sie Lonnie sprechen wollen, flitzen Sie besser gleich rein. Er hat in zehn Minuten einen Gerichtstermin.«

»Danke. Mach' ich.«

Ich fand ihn an seinem Schreibtisch. Er hatte das Jackett abgelegt und die Hemdsärmel aufgerollt. Sein Schlips saß schief, und sein Zottelhaar stand von seinem Kopf ab wie überfälliger Weizen. Durch die Fenster hinter ihm sah ich blauen Himmel und zartlilagraue Berge im Hintergrund. Es war ein herrlicher Tag. Ein dichtes Geranke von leuchtend magentaroten Bougainvillea überzog eine weiße Backsteinmauer zwei Häuser weiter.

»Wie steht's?« fragte er.

»Ganz gut. Ich bin noch nicht ganz durch mit den Kartons, aber es scheint mir alles ziemlich chaotisch.«

»Na ja, Ablage war nie Morleys starke Steite.«

»Frauen können so was von Natur aus viel besser«, sagte ich trocken.

Lonnie lächelte, während er sich etwas notierte, wahrscheinlich zu dem Fall, mit dem er gerade beschäftigt war. »Wir sollten mal übers Geld reden. Wie ist Ihr Stundensatz?«

»Was hat Morley berechnet?«

»Die üblichen fünfzig«, sagte er locker.

Er hatte ein Schubfach aufgezogen und kramte in seinen Akten, so daß er mein Gesicht nicht sehen konnte. Morley hatte fünfzig gekriegt? Unglaublich. Entweder waren Männer unverschämt oder Frauen doof. Was wohl? dachte ich. Ich hatte immer dreißig Dollar pro Stunde plus Kilometergeld genommen. Aber ich faßte mich rasch. »Legen Sie fünf drauf, und ich berechne keine Fahrtkosten.«

»In Ordnung«, sagte er.

»Irgendwelche Instruktionen?«

»Sie haben freie Hand. Carte Blanche.«

»Im Ernst?«

»Absolut. Sie können es angehen, wie Sie wollen. Solange Sie keine krummen Sachen machen«, setzte er schnell hinzu. »Nichts wäre Barneys Anwalt lieber, als uns nachzuweisen, daß wir irgendwelchen Dreck am Stecken haben. Also keine unfeinen Tricks.«

»Das macht ja gar keinen Spaß.«

»Aber es garantiert, daß Sie vor Gericht aussagen können, ohne aus dem Saal zu fliegen, und darauf kommt es an.«

Er sah auf seine Uhr. »Ich muß los.« Er schnappte sich sein Jackett vom Bügel und schlüpfte hinein. Er rückte seinen Schlips gerade, schloß seine Aktenmappe und war schon halb aus der Tür.

»Lonnie, Moment noch. Womit soll ich anfangen?«

Er lächelte. »Treiben Sie einen Zeugen auf, der den Kerl am Tatort gesehen hat.«

»Oh, na klar«, sagte ich in den leeren Raum.

Ich setzte mich hin und las weitere fünf Pfund ungeordneter Informationen. Vielleicht konnte ich ja Ida Ruth bezirzen, mir beim Sortieren der Unterlagen zu helfen. Verglichen mit dem zweiten war der erste Karton geradezu musterhaft. Meine erste Aufgabe war es wohl, herauszufinden, was Morley Shine an Unterlagen zu Hause aufbewahrt hatte. Ehe ich losfuhr, erledigte ich noch ein paar organisatorische Telefonate. Ich hatte ein ziemlich klares Gefühl dafür, mit wem ich reden wollte, also galt es vor allem, ein paar Termine zu vereinbaren. Ich erreichte Isabelles Schwester Simone, die sich bereit erklärte, mich um die Mittagszeit bei sich zu Hause zu empfangen. Außerdem sprach ich kurz mit einer gewissen Yolanda Weidmann, der Frau von Isabelles früherem Chef. Mr. Weidmann sei da, habe aber zu tun und werde noch bis drei beschäftigt sein. Deshalb schlug sie vor, ich solle doch am späteren Nachmittag vorbeikommen. Die dritte Person, bei der ich anrief, war Isabelles langjährige beste Freundin, Rhe Parsons. Sie war nicht zu Hause, aber ich hinterließ auf ihrem Anrufbeantworter meinen Namen und meine Nummer und die Ankündigung, daß ich es wieder versuchen würde.

3

Da das Polizeirevier nur ein paar Häuser weiter lag, beschloß ich, mit Lieutenant Dolan von der Mordkommission anzufangen. Er lag mit Magen-Darmgrippe zu Hause, aber Sergeant Cordero war da. Ich entdeckte Lieutenant Becker in einer Ecke, ganz mit einem Mann beschäftigt, den ich für einen Verdächtigen hielt, ein Weißer in den Zwanzigern, offenbar mürrisch und unkooperativ. Becker kannte ich besser als Cordero, aber wenn ich wartete, bis er frei war, würde er mich über meine Beziehung zu Jonah Robb von der Vermißtenabteilung ausquetschen. Ich hatte Jonah seit sechs oder acht Monaten nicht mehr gesehen und wollte im Moment keinen Kontakt herstellen.

Sheri Cordero war in dieser Abteilung eine Art Kalb mit zwei Köpfen. Als Frau und Hispano-Amerikanerin schaffte sie es, gleich zwei Minderheiten anzugehören. Sie war neunundzwanzig, klein, drall, gescheit, hart im Nehmen und schroff auf eine Art, die ich nicht recht definieren konnte. Sie wurde nie wirklich bissig, aber ihre männlichen Kollegen fühlten sich in ihrer Gegenwart immer ein bißchen ungemütlich. Ich verstand ihre Situation. Die Polizei von Santa Teresa ist schon besser als der Durchschnitt, aber es ist nicht leicht, Frau und gleichzeitig Cop zu sein. Kein Wunder, wenn es Sheri ein bißchen an Humor fehlte. Sie war gerade mitten in einem Telefongespräch, das sie auf Spanisch weiterführte, als ich hereinkam. Ich ließ mich auf dem Chrom-Kunstlederstuhl neben ihrem Schreibtisch nieder. Sie reckte einen Finger in die Höhe, um mir anzudeuten, daß sie gleich Zeit für mich haben werde. Auf ihrem Schreibtisch stand ein kleiner künstlicher Weihnachtsbaum.

Er war mit kleinen Zucker-Spazierstöcken behängt, und ich nahm mir einen. Bei jemandem zu sitzen, der gerade telefoniert, hat den Vorteil, daß man die betreffende Person in aller Ruhe beobachten kann, ohne unhöflich zu erscheinen. Ich wickelte das Spazierstöckchen aus und warf das Zellophan in den Papierkorb. Sheri war offensichtlich ganz bei der Sache und gestikulierte heftig, um ihre Worte zu unterstreichen. Sie hatte ein nettes, eher unscheinbares Gesicht und war kaum geschminkt. An einem Schneidezahn fehlte eine Ecke, was ihrer ansonsten eher strengen Miene eine lustige Note verlieh. Während ich sie ansah, begann sie, auf einem Notizblock herumzukrakeln – einen Cowboy mit einem Cartoon-Messer in der Brust.

Sie beendete ihr Telefonat und wandte sich ohne sichtbares Umschalten mir zu. »Ja?«

»Ich wollte zu Lieutenant Dolan, aber Emerald sagt, er sei krank.«

»Er hat dieses verflixte Virus, das zur Zeit umgeht. Haben Sie's schon gehabt? Ich war eine ganze Woche außer Gefecht. Die reinste Pest.«

»Bisher bin ich noch verschont geblieben«, sagte ich. »Wie lange ist er schon krank?«

»Erst zwei Tage. Er wird zurückkommen und aussehen wie der leibhaftige Tod. Kann ich irgendwas für Sie tun?«

»Wahrscheinlich schon. Ich ermittle für Lonnie Kingman in einer Erbsache. David Barney ist der Beklagte. Ich wollte mal hören, was damals so hinter den Kulissen geredet wurde. Waren Sie da schon hier?«

»Ich war damals noch in der Einsatzzentrale, aber ich habe es mitgekriegt. Mann, die waren ganz schön sauer, als er davonkam. Sah ganz danach aus, daß er's war, aber sie konnten die Geschworenen nicht rumkriegen. Frust ist gar kein Ausdruck. Lieutenant Dolan war so wütend, daß er Nägel hätte zerbeißen können.«

»Wie ich höre, soll David Barneys damaliger Zellengenosse behaupten, Barney habe ihm gleich nach der Urteilsverkündung die Sache so gut wie gestanden.«

»Sie meinen Curtis McIntyre. Der sitzt im Bezirksgefängnis, und wenn Sie mit ihm reden wollen, tun Sie's besser schnell. Er kommt diese Woche raus, weil er seine neunzig Tage wegen Körperverletzung abgesessen hat«, sagte sie. »Wissen Sie schon von Morley Shine?«

»Lonnie hat es mir gestern abend gesagt, aber nur kurz. Wie ist es denn passiert?«

»Nach dem, was ich gehört habe, ist er einfach tot umgekippt. Er hatte wohl im Bett gelegen, auch mit diesem verdammten Infekt, aber er fühlte sich offenbar besser. Er hatte gerade zu Abend gegessen. Sie kennen ja Morley. Eine Mahlzeit auszulassen, war für ihn das Schlimmste. Er ist vom Tisch aufgestanden und tot umgefallen.«

»Hatte er denn Herzbeschwerden?«

»Schon seit Jahren, aber er hat sie nie ernst genommen. Ich meine, er war zwar in Behandlung, aber es schien ihn ziemlich kalt zu lassen. Er hat immer nur Witze darüber gemacht.«

»Wirklich traurig«, sagte ich. »Er wird mir fehlen.«

»Mir auch. Wundert mich selbst, wie sehr mir das zusetzt. Bei der Dienstbesprechung hat mir jemand gesagt, Morley Shine ist gestorben. Ich bin in Tränen ausgebrochen. Hat mich selbst überrascht. Wir standen uns nicht besonders nah. Wir haben uns drüben im Gericht immer miteinander unterhalten, wenn ich darauf gewartet habe, in irgendeiner Sache als Zeugin aufgerufen zu werden. Er war ja immer dort und hat eine Camel nach der anderen geraucht und Fritos gemampft oder irgendwas aus dem Automaten. Macht mich ganz krank, daß die alten Knaben alle plötzlich tot umfallen. Wieso hat er nicht besser auf sich aufgepaßt?«

Ihr Telefon klingelte, und gleich darauf war sie schon wieder völlig von ihrem Gespräch absorbiert. Ich winkte ihr kurz zu und verließ ihren Schreibtisch. Sie hatte mir im wesentlichen gesagt, was ich wissen wollte. Die Cops waren von David Barneys Schuld überzeugt. Das war zwar kein Beweis, aber immerhin ein weiteres Stück Meinungsbild.

Ich ging noch eben beim Archiv vorbei und fragte Emerald, ob ich mal telefonieren könne. Ich rief Ida Ruth an und bat sie, mir für den späteren Vormittag einen Besuchstermin bei Curtis McIntyre im Gefängnis zu organisieren. Normalerweise ist dort nur am Sonntag nachmittag von eins bis drei Besuchszeit, aber da ich in Lonnie Kingmans Auftrag stand, konnte ich jederzeit mit ihm reden. Ach ja, die Vorteile der offiziellen Mission. Ich hatte so viele Jahre damit zugebracht, mich in den Büschen herumzudrücken, daß ich mich kaum daran gewöhnen konnte.

Nachdem das geregelt war, fragte ich sie nach Morleys Privatadresse. Morley hatte in Colgate gewohnt, das im Norden an Santa Teresa grenzt. Colgate besteht hauptsächlich aus »Leicht«-Industrie und Neubau-Siedlungen, mit diversen Geschäften entlang der Hauptstraße. Wo es früher nichts als Ackerland und Zitrushaine gegeben hatte, waren inzwischen Tankstellen, Bowling-Hallen, Bestattungsinstitute, Drive-in-Kinos, Motels, Schnellrestaurants, Teppichboden- und Supermärkte aus dem Boden gestampft worden, ohne erkennbare Rücksicht auf Ästhetik oder ein städtebauliches Konzept.

Morley und seine Frau Dorothy besaßen ein bescheidenes Häuschen in einer der ältesten Siedlungen zwischen dem South Peterson Highway und den Bergen. Ich vermutete, daß es in den fünfziger Jahren erbaut worden war, noch ehe die Baufirmen die Tricks individueller Außengestaltung entdeckten. Hier war das Holzwerk im Schweizer Chalet-Stil entweder schmutzig braun oder blau gestrichen, und die Doppelgaragen ragten vorn heraus und dominierten den Zugang. Die Fenster hatten Holzläden, passend zu den hölzernen Blumenkästen mit Hänge-Stiefmütterchen, die sich bei näherem Hinsehen allesamt als künstlich entpuppten. Die ganze Nachbarschaft schien auf dem absteigenden Ast, von den unkrautfleckigen Rasenstücken bis zu den rissigen Einfahrten, wo auf jedem zweiten Grundstück ein aufgebocktes Auto stand. Die Weihnachtsdekorationen machten es irgendwie nur noch schlimmer. Die meisten Häuser waren mit bunten Lichterketten geschmückt. Einer der Morleyschen Nachbarn schien mit dem Haus gegenüber in heftiger Konkurrenz zu stehen. In beiden Gärten war jedes verfügbare Fleckchen mit einschlägigem Zierrat bestückt, von Plastik-Weihnachtsmännern bis hin zu Plastik-Drei-Königen.

Es war Dienstag morgen. Morley war Sonntag abend gestorben, und obwohl ich Hemmungen hatte, in dieser Situation zu stören, schien es mir doch wichtig, zu bergen, was ich an Papieren finden konnte, ehe irgendein wohlmeinender Angehöriger alles in den Müll warf. Ich klopfte an die Haustür und wartete. Morley hatte nie sonderlich auf Äußerlichkeiten geachtet, und das Haus machte einen ziemlich verlotterten Eindruck. Die blaue Farbe des Geländers, ohnehin ungleichmäßig, blätterte ab. Ich hatte das deprimierende Gefühl, alles genau zu kennen. Ich konnte mir das muffige Interieur genau vorstellen: die gesprungenen Kacheln in der Küche, die buckligen PVC-Fliesen auf dem Fußboden, die Auslegeware mit den Trampelpfaden, wo sich der Dreck nicht mehr entfernen ließ, verzogene Alu-Fensterrahmen, rostige Armaturen im Bad. Ein zerbeulter, grüner, viertüriger Mercury stand auf dem Gras neben der Einfahrt. Ich identifizierte ihn gleich als Morleys Wagen, ohne daß ich genau hätte sagen können, weshalb. Es war einfach die Art Schrottkiste, die zu ihm paßte. Er hatte den Wagen vermutlich schon zig Jahre und hätte ihn sicher ohne zu zögern weiter gefahren, bis der Motor am Ende gewesen wäre. In der Einfahrt stand ein neuer roter Ford mit dem Namen einer lokalen Autovermietung auf dem Nummernschild. Wahrscheinlich jemand von außerhalb . . .

»Ja?« Die Frau war klein, Mitte sechzig, und wirkte energisch und tüchtig. Sie trug eine rosageblümte langärmlige Bluse, einen Tweedrock, Strumpfhosen und Slipper. Ihr graues Haar war unauffällig frisiert, ihr Gesicht nur leicht geschminkt. Sie trocknete sich die Hände an einem Geschirrtuch ab und sah mich fragend an.

»Hi. Mein Name ist Kinsey Millhone. Sind Sie Mrs. Shine?«

»Ich bin Dorothys Schwester, Louise Mendelberg. Mr. Shine ist vorgestern gestorben.«

»Das habe ich gehört, und es tut mir leid, daß ich Sie stören muß. Aber er hat zuletzt für einen Rechtsanwalt Lonnie Kingman gearbeitet, und ich bin gebeten worden, den Fall zu übernehmen. Komme ich gerade in einem ungünstigen Moment?«

»Einen günstigen Moment gibt es wohl kaum, wenn gerade jemand gestorben ist«, erwiderte sie spitz. Ich hatte eine Person vor mir, die den Tod nicht ernstlich an sich heranließ. Sie würde zwar immer kommen und den Abwasch machen und das Wohnzimmer aufräumen, aber vermutlich nicht viel Zeit auf die Auswahl der Lieder für den Trauergottesdienst verwenden.

»Ich will Ihnen nicht unnötig zur Last fallen. Es tut mir sehr leid wegen Morley. Er war ein netter Mensch, und ich mochte ihn gern.«

Sie schüttelte den Kopf. »Ich habe Morley gekannt, seit er und Dorothy sich damals während der Wirtschaftskrise auf dem College begegnet sind. Sicher, wir hatten ihn alle gern, aber er war ja ein solcher Sturkopf. All die Zigaretten und sein Übergewicht und der viele Alkohol. Man verkraftet das ja in einem gewissen Maß, solange man jung ist, aber in seinem Alter? O nein, Ma'am. Wir haben ihn immer wieder gewarnt, aber meinen Sie, er hätte auf uns gehört? Keine Spur. Sie hätten ihn am Sonntag sehen sollen. Wie er aussah – fürchterlich. Der Arzt meint, die Grippe hat den Herzanfall noch verschlimmert. Das Elektrolyten-Gleichgewicht oder sowas.« Sie schüttelte wieder den Kopf und verstummte.

»Wie geht es Ihrer Schwester?«

»Nicht besonders, um ehrlich zu sein. Deswegen bin ich ja ursprünglich von Fresno heruntergekommen. Ich wollte ein paar Wochen aushelfen, um sie ein bißchen zu entlasten. Sie wissen ja wohl, daß sie seit Monaten krank ist.«

»Das wußte ich nicht«, sagte ich.

»Aber ja, sie ist völlig am Ende. Letzten Juni haben sie festgestellt, daß sie Magenkrebs hat. Sie hatte eine große Operation und kriegt seither immer wieder Chemotherapie. Sie ist nur noch Haut und Knochen und behält nichts mehr bei sich. Morley hat von nichts anderem mehr geredet, und jetzt hat es ihn zuerst erwischt.«

»Wird eine Autopsie gemacht?«

»Ich weiß nicht, ob sie da was veranlaßt hat. Er war ja noch vor einer Woche beim Arzt. Dorothy wollte ja schon immer, daß er Diät halten sollte, und er hatte sich endlich darauf eingelassen. Unter den Umständen ist eine Autopsie nicht nötig, aber Sie wissen ja, wie die Ärzte sind. Sie brennen darauf, zu schnippeln und zu stochern. Sie tut mir so leid.«

Ich gab ein paar mitfühlende Laute von mir.

Sie machte eine brüske Handbewegung. »Na ja, genug geredet. Ich nehme an, Sie sind gekommen, um sich sein Arbeitszimmer anzusehen. Am besten, Sie kommen rein, und ich zeige es Ihnen. Nehmen Sie ruhig mit, was Sie wollen, und wenn noch etwas ist, können Sie gern wiederkommen und es sich holen.«

»Danke. Ich kann Ihnen ja eine Liste dalassen, was ich mitgenommen habe.«

Sie wischte mein Anerbieten beiseite. »Nicht nötig. Wir kennen Mr. Kingman seit vielen Jahren.«

Ich trat in die Diele. Louise marschierte einen kurzen Flur hinunter, und ich folgte ihr. Keine Spur von Weihnachten. Vielleicht war es ja angesichts der Krankheit von Mrs. Shine ganz erleichternd, daß nach Morleys Tod in diesem Jahr keine weihnachtlichen Bemühungen anstanden. Es roch nach Hühnersuppe. »Hatte Morley noch ein Büro hier in Colgate?«

»Ja, aber seit es Dorothy so schlecht ging, hat er das meiste hier gemacht. Soweit ich weiß, ist er allerdings meistens morgens hingefahren, um seine Post zu holen. Wollten Sie sich dort auch umsehen?« Sie öffnete eine Tür zu einem Raum, der wohl ursprünglich ein Schlafzimmer gewesen, dann aber mittels eines Schreibtischs und einiger Aktenschränke in ein Büro umgewandelt worden war. Die Wände waren beige gestrichen, und der beige Florteppichboden war genauso schäbig, wie ich ihn mir vorgestellt hatte.

»Das habe ich mir überlegt. Wenn ich die Akten hier nicht finde, heißt das ja wahrscheinlich, daß er sie im Büro hatte. Könnte ich denn irgendwie einen Schlüssel bekommen?«

»Ich weiß nicht, wo er die Schlüssel hatte, aber ich werde Dorothy fragen. Du liebe Güte«, sagte sie, während sie sich umsah. »Kein Wunder, daß Morley hier niemanden reinlassen wollte.«

Der Raum war ziemlich kühl und angefüllt mit dem Chaos eines Menschen, der bei der Handhabung seiner Angelegenheiten nach keinem bekannten System verfahren war. Ob er wohl seinen

Schreibtisch aufgeräumt hätte, wenn er gewußt hätte, daß er tot umfallen würde? Unwahrscheinlich, dachte ich. »Ich werde fotokopieren, was ich brauche, und die Akten so bald wie möglich wiederbringen. Ist morgen früh jemand hier?«

»Was ist denn morgen? Mittwoch? Soweit ich weiß, ja. Und wenn nicht, können Sie einfach ums Haus gehen und die Sachen auf dem Trockner hinten im Wirtschaftsraum abstellen. Wir lassen die Tür meistens auf, für die Zugehfrau und die Krankenschwester. Ich werde Ihnen den Schlüssel zur Morleys Büro besorgen. Dorothy weiß bestimmt, wo er ist.«

»Danke.«

Während ich darauf wartete, daß sie wiederkam, drehte ich eine Runde durch den Raum, um ein erstes Gefühl für Morleys Ablagemethoden zu bekommen. Er mußte wohl zwischendurch Anläufe unternommen haben, sich zu organisieren, da er Ordner mit den Aufschriften »Vorgänge«, »Anhängig« und »Aktuell« angelegt hatte. Zwei trugen den Vermerk »Erledigen«, einer die Mahnung »Dringend«, und eine Faltmappe war mit »Wiedervorlage« gekennzeichnet. Der jeweilige Inhalt schien überholt, wild zusammengewürfelt, chaotisch wie das ganze Zimmer.

Louise kam wieder herein, einen Schlüsselbund in der Hand. »Am besten, Sie nehmen sie alle mit«, sagte sie. »Weiß der Himmel, welcher welcher ist.«

»Brauchen Sie sie denn nicht?«

»Ich kann mir nicht vorstellen, wozu. Wenn Sie so nett wären, sie morgen einfach hier zu hinterlegen. Ach ja, ich habe Ihnen eine große Einkaufstüte mitgebracht, für den Fall, daß Sie die Sachen zusammenpacken wollen.«

»Gibt es einen Trauergottesdienst?«

»Die Trauerfeier ist Freitag morgen, im Wynington-Blake-Bestattungsinstitut hier in Colgate. Ich weiß nicht, ob Dorothy die Kraft hat. Wir warten so lange, weil Morleys Bruder aus Süd-Korea kommt. Er ist Projektingenieur bei den Pionieren in Camp Casey. Er kann nicht vor Donnerstag abend in Santa Teresa sein. Wir haben den Gottesdienst für Freitag, zehn Uhr, angesetzt. Ich weiß, Frank wird kaputt sein wegen der Zeitumstellung, aber länger konnten wir es wirklich nicht hinausschieben.«

»Ich wüde gern kommen«, sagte ich.

»Das wäre sehr nett«, sagte sie. »Ich weiß, daß es ihn freuen würde. Sie finden ja selbst hinaus, wenn Sie fertig sind. Ich muß Dorothy jetzt ihre Spritze geben.«

Ich bedankte mich noch einmal, aber sie strebte bereits der nächsten Pflicht entgegen. Sie lächelte mich freundlich an und schloß die Tür hinter sich.

Die nächsten dreißig Minuten verbrachte ich damit, sämtliche Akten aufzustöbern, die nach menschlichem Ermessen irgend etwas zu dem Mord an Isabelle und dem anstehenden Zivilprozeß enthalten konnten. Lonnie hätte einen Anfall gekriegt, wenn er gewußt hätte, wie schlampig Morley an die Sache herangegangen war. In gewisser Weise bemißt sich die Qualität der Ermittlungsarbeit an der Sorgfalt im Umgang mit dem Papierkram. Ohne penible Dokumentation riskiert man leicht, sich im Zeugenstand zum Narren zu machen. Nichts freut den gegnerischen Anwalt mehr als die Entdeckung, daß ein Ermittler nicht sauber Buch geführt hat.

Ich packte eins nach dem anderen in die Einkaufstasche – seinen Kalender, seinen Terminplaner. Ich durchsuchte seine Schubladen und seine Ein- und Ausgangskästen. Ich vergewisserte mich, daß nicht noch eine versprengte Akte irgendwo hinter den Möbeln steckte. Als ich einigermaßen überzeugt war, alle einschlägigen Unterlagen eingesammelt zu haben, steckte ich seinen Schlüsselbund in meine Schultertasche. Dann zog ich die Tür des Arbeitszimmers hinter mir zu. Vom anderen Ende des Flurs hörte ich Gemurmel. Louise und Dorothy unterhielten sich.

Auf dem Weg zur Vordertür kam ich am Eingang zum Wohnzimmer vorbei. Ich machte einen kleinen, unautorisierten Abstecher zu dem Ungetüm, das wohl Morleys Lehnsessel gewesen sein mußte: der Bezug aus uraltem, rissigem Leder, die Polsterung, die die Umrisse seiner mächtigen Figur nachgeformt hatte. Da stand ein geleerter Aschenbecher, auf einem Tischchen noch die klebrigen Ringe seiner Whiskeygläser. Passionierte Schnüfflerin, die ich bin, untersuchte ich rasch die Schublade des Tischchens und die Sesselritzen. Nichts, natürlich, aber mir war wohler so.

Meine nächste Station war Morleys Büro, das in einer kleinen Nebenstraße im Geschäftsviertel von Colgate lag. Dieses ehemalige Wohnviertel beherbergte jetzt lauter kleine Firmen: Installationsbetriebe, Autozubehörfirmen, Arztpraxen und Maklerbüros. Die früheren Einfamilien-Holzbungalows waren alle nach dem gleichen Muster erbaut. Das Wohnzimmer diente jetzt als Geschäftsraum einer Versicherung oder dergleichen. Im Falle von Morleys Büroadresse war es ein Schönheitssalon, der ihm einen nach hinten gelegenen Raum mit Bad vermietet hatte. Ich ging um das Haus herum zum Seiteneingang. Zwei Stufen führten zu einem überdachten Betonabsatz. Die Eingangstür zum Büro hatte im oberen Teil eine große Milchglasscheibe, durch die ich nichts sehen konnte. Morleys Name stand rechts neben der Tür, auf einem schmalen Schildchen, das aussah, als hätte es seine Frau zur Firmengründung für ihn gravieren lassen. Ich probierte Schlüssel um Schlüssel, aber keiner paßte. Ich drehte noch einmal am Türknauf. Die Bude war fester verrammelt als jedes Gefängnis. Ohne groß nachzudenken, ging ich nach hinten, um zu sehen, ob das Fenster offen war. Da fiel mir ein, daß ich mich ja an die Spielregeln halten sollte. So ein Mist, dachte ich. Ich war im Auftrag hier. Ich war berechtigt, die Akten einzusehen, aber nicht, das Schloß zu knakken. Das war doch irgendwie nicht richtig. Wozu dann die ganze langjährige Einbruchspraxis?

Ich ging wieder nach vorn und betrat, ganz gesetzestreue Bürgerin, den Schönheitssalon. Die Fenster waren mit künstlichen Schneewehen dekoriert, und zwei Weihnachtsengelchen spannten ein Spruchband mit der Aufschrift *Fröhliche Weihnachten* quer über die Scheibe. In der einen Ecke stand ein großer, geschmückter Weihnachtsbaum mit ein paar bunten Päckchen darunter. Es gab insgesamt vier Behandlungsplätze, aber nur drei waren besetzt. Auf dem einen bekam gerade eine Frau in den Vierzigern mit einem Plastikumhang eine Dauerwelle verpaßt. Die Kosmetikerin hatte das feuchte Haar in Partien aufgeteilt und drehte es auf hühnerknochenfeine Lockenwickler. Die Dauerwellflüssigkeit verbreitete einen Geruch nach faulen Eiern. In der zweiten Nische saß eine Frau mit einer perforierten Bademütze auf dem Kopf, und die Schönheitsspezialistin zog mit einer Art Häkelnadel dünne Haarsträhnen durch die Gummihaut. Der Frau liefen Tränen über die Wangen, aber sie schwatzte munter mit der Kosmetikerin, als sei das Ganze ein alltägliches Ereignis. Zu meiner Rechten machte sich eine Maniküre an einer Kundin zu schaffen, die sich die Fingernägel kaugummirosa lackieren ließ.

In der rückwärtigen Wand sah ich eine Holztür, die vermutlich zu Morleys Büro führte. Im hinteren Teil des Raums war eine Frau damit beschäftigt, Handtücher zu falten und ordentlich zu stapeln. Als sie mich unschlüssig dastehen sah, kam sie nach vorn. Auf ihrem Namensschildchen stand »Betty«. Angesichts ihres Berufs erstaunte es mich, daß sie keine schickere Frisur trug. Sie war offensichtlich einem dieser (gewöhnlich männlichen) Sado-Coiffeure in die Hände gefallen, die sich ein Vergnügen daraus machen, die Frisuren von über fünfzigjährigen Frauen zu verschandeln. Der Schnitt, der ihr angetan worden war, bestand aus einem rasierten Hinterkopf und einer krausen Tolle vor der Stirn und ließ ihren Hals plump und ihr Gesicht ängstlich wirken. Sie schnupperte und rümpfte die Nase: »Puh! Wenn sie schlau genug sind, Menschen auf den Mond zu schießen, wieso schaffen sie's dann nicht, eine Dauerwelle zu fabrizieren, die nicht stinkt?« Sie fischte einen Plastikumhang vom nächststehenden Stuhl und taxierte mich mit geübtem Auge. »Junge, Junge, da haben Sie recht. Ihr Haar ist wirklich ein Notfall. Nehmen Sie Platz.«

Ich sah mich um, um zu ergründen, mit wem sie sprach. »Wer, ich?«

»Haben Sie nicht eben angerufen?«

»Nein, ich wollte ins Büro von Morley Shine, aber es ist abgeschlossen.«

»Ach, tut mir leid, daß ich Ihnen das sagen muß, junge Frau, aber Morley ist vor ein paar Tagen gestorben.«

»Ich weiß. Verzeihung, ich hätte mich vorstellen sollen.« Ich nahm meinen Ausweis heraus und hielt ihn ihr hin.

Sie studierte ihn kurz, runzelte die Stirn und zeigte auf meinen Namen. »Wie spricht sich das aus?«

»Kinsey«, sagte ich.

»Nein, der Nachname. So wie *Baloney?*«

»Nein, nicht wie *Baloney*. *Mill*-hone.«

»Oh, *Mill*-hone«, sprach sie mir brav nach. »Ich dachte, es heißt Mill-*hony,* so wie das Frühstücksfleisch.« Sie sah wieder auf die Kopie meiner Detektiv-Lizenz. »Sind Sie vielleicht aus Los Angeles?«

»Nein, ich bin von hier.«

Sie sah auf mein Haar. »Ich dachte, das ist vielleicht eine von diesen neuen Mode-Frisuren, die sie dort am Melrose machen. Asymmetrisch, nennen sie das, Ellipsenform, oder so ähnlich. Sieht meistens aus, wie von einem Deckenventilator abgesäbelt.« Sie lachte über ihren Scherz und klopfte sich auf die Brust.

Ich beugte mich zurück, um mich im nächsten Spiegel sehen zu können. Ich sah wirklich etwas seltsam aus. Ich ließ mein Haar seit einigen Monaten wachsen, und es war auf der einen Seite eindeutig länger als auf der anderen. Außerdem wirkte es ein bißchen zerrupft, und auf dem Oberkopf stand ein Büschel ab. Unsicherheit überkam mich. »Meinen Sie, ich sollte es schneiden lassen?«

Das entlockte ihr ein schallendes Lachen. »Na, das können Sie laut sagen. Sieht aus, als ob ein Verrückter mit einer Nagelschere dran rumgeschnippelt hätte!«

Ich fand den Vergleich nicht ganz so lustig wie sie. »Vielleicht ein andermal«, sagte ich. Ich beschloß, zur Sache zu kommen, ehe sie mir noch einen Haarschnitt aufschwatzte, den ich hinterher bereuen würde. »Ich arbeite für einen Anwalt namens Lonnie Kingman.«

»Ach, klar kenne ich Lonnie. Seine Frau war in derselben Kirche wie ich. Was hat er damit zu tun?«

»Morley hat für ihn gearbeitet, und jetzt übernehme ich den Fall. Ich würde gern sein Büro sehen.«

»Armer Kerl«, sagte sie. »Die Frau so krank und alles. Er hat hier seit Monaten nur rumgehangen und nie etwas getan, soweit ich mitgekriegt habe.«

»Er hat wohl viel zu Hause gemacht«, sagte ich. »Äh, könnte ich wohl von hier aus in sein Büro kommen? Ich habe die Tür da hinten gesehen. Führt die zu seinen Räumen?«

»Morley hat sie immer benutzt, wenn hinten jemand stand, der Geld wollte.« Sie führte mich nach hinten, was ich als Kooperation deutete.

»Kam das oft vor?« fragte ich. Es fiel mir sehr schwer, meine Nase nicht in anderer Leute Angelegenheiten zu stecken, wenn sie sich so förmlich aufdrängten.

»In letzter Zeit schon.«

»Würde es Ihnen etwas ausmachen, wenn ich reingehe und mir die Akten hole, die ich brauche?«

»Na ja, wieso nicht? Ist sowieso nichts da drin, was sich zu klauen lohnen würde. Gehen Sie ruhig rein, und bedienen Sie sich. Ist nur ein Verriegelungsknopf auf dieser Seite.«

»Danke.«

Ich trat durch die Verbindungstüre in den dahinter gelegenen Raum, das frühere Schlafzimmer. Es roch muffig. Der Teppichboden war schmutzig-braun, vermutlich so gewählt, weil man darauf keinen Dreck sah. Dafür sah man den Staub und die Fusseln um so besser. Ich fand eine kleine Kammer, die Morley als Stauraum für alles mögliche benutzt hatte, ein kleines Bad mit braunem PVC-Boden, ein Klo mit Holzbrille, ein Mini-Waschbecken und eine Duschkabine aus Fiberglas. Einen deprimierenden Moment lang dachte ich, ob ich wohl auch eines Tages so enden würde: als Kleinstadt-Detektivin in einem trübseligen Dreimalvier-Meter-Gelaß, das nach Schwamm und Hausstaubmilben roch. Ich setzte mich auf seinen Drehstuhl und lauschte dem Quietschen, als ich mich zurücklehnte. Ich schnappte mir seinen Monats-Übersichts-Kalender. Ich durchsuchte alle seine Schubladen. Stifte, Kaugummipapierchen, ein Hefter ohne Heftklammern. Er hatte heimlich fettiges Zeug genascht. Im Papierkorb steckte ein zusammengeknickter, flacher, weißer Bäckereikarton. Auf der Pappe war ein großer Fettfleck, und oben drauf lagen die Überbleibsel von irgend etwas Gebackenem. Wahrscheinlich war er jeden Morgen in sein Büro gekommen, um Doughnuts und süße Teilchen zu verdrücken.

Ich stand auf und ging zu dem Aktenschrank an der gegenüberliegenden Wand. Unter »V« wie VOIGT/BARNEY fand ich mehrere mit Papieren vollgepfropfte Aktenordner. Ich nahm sie heraus und stapelte sie auf dem Tisch. Plötzlich wurde hinter mir die Tür aufgestoßen, und ich fuhr zusammen.

Es war Betty aus dem Schönheitssalon. »Finden Sie alles, was Sie brauchen?«

»Ja. Alles bestens. Offenbar hat er die meisten Akten zu Hause gehabt.«

Sie verzog das Gesicht, als sie den Moderduft roch. Sie ging zum Schreibtisch und nahm den Papierkorb an sich. »Das hier nehme ich besser mit. Der Müll wird zwar erst am Freitag geholt, aber ich will keine Ameisen hier drinnen haben. Morley hat sich seine Pizza immer hierher kommen lassen, wo ihn seine Frau nicht überwachen konnte. Ich weiß, angeblich war er auf Diät, aber er kam immer wieder mit Pappschalen vom Chinesen und mit McDonalds-Tüten an. Ich sage Ihnen, der Mann hat was weggeputzt. Stand mir ja nicht zu, was zu sagen, aber er hätte wirklich besser auf sich aufpassen sollen.«

»Da sind Sie heute schon die zweite, die das sagt. Aber man kann die Leute wohl nicht daran hindern, zu leben, wie sie wollen.« Ich nahm die Akten und den Kalender an mich. »Danke fürs Reinlassen. Ich nehme an, daß nächste Woche jemand herkommt und ausräumt.«

»Sie suchen nicht zufällig ein Büro?«

»Nicht so eins«, sagte ich ohne Zögern. Später kam mir der Gedanke, daß ich sie womöglich beleidigt hatte, aber es rutschte mir einfach so heraus. Das letzte, was ich von ihr sah, war ihr Rücken, als sie Morleys Eingangstür öffnete, um den Papierkorb nach draußen zu stellen.

Ich ging zu meinem Auto zurück, deponierte den Aktenstapel auf dem Rücksitz und fuhr wieder zurück nach Santa Teresa, wo ich das Parkhaus neben der Stadtbücherei ansteuerte. Ich schnappte mir ein Notizbrett aus dem Fond, schloß den Wagen ab und marschierte in die Bibliothek. Drinnen ging ich nach unten in den Zeitschriftensaal, wo ich die Aufsicht nach den alten Jahrgängen des *Santa Teresa Dispatch* fragte. Insbesondere interessierten mich die Nachrichtenteile vom 25., 26. und 27. Dezember des Jahres, in dem Isabelle Barney ermordet worden war. Ich ging mit dem Mikrofilm zu einem der Lesegeräte, legte ihn ein und spulte geduldig zurück, bis ich zu dem betreffenden Zeitraum kam. Ich notierte mir die wenigen bedeutsamen Ereignisse jenes Wochenendes. Weihnachten war auf einen Sonntag gefallen. Isabelle war in der Nacht zum Montag gestorben. Vielleicht würde es etwas nützen, dem Gedächtnis der Leute mit ein paar nebensächlichen Fakten auf die Sprünge zu helfen. Ein Unwetter mit schweren Regenfällen hatte über Kalifornien getobt und zu einem Riesenstau auf der nach Norden führenden Spur des Freeway 101 unmittelbar südlich der Stadt geführt. Es hatte eine kleinere Anzahl von Straftaten gegeben, darunter einen tödlichen Unfall mit Fahrerflucht, bei dem ein alter Mann auf der oberen State Street von einem Lieferwagen angefahren worden war. Außerdem einen Raubüberfall auf einen Supermarkt, zwei Einbruchdiebstähle und ein vermutlich auf Brandstiftung zurückgehendes Feuer in den Morgenstunden des 26. Dezember, das ein Foto-Studio zerstört hatte. Weiter notierte ich eine Meldung über einen zweieinhalbjährigen Jungen, der leichte Verletzungen erlitt, als er, allein im Auto zurückgelassen, mit einem 44er Revolver hantierte. Beim Lesen kamen mir selbst Erinnerungsblitze. Ich hatte das Feuer völlig vergessen, obgleich ich auf der Rückfahrt von einer Observation daran vorbeigekommen war. Die lodernden Flammen hatten sich wie eine Fackel gegen den schwarzen Nachthimmel abgehoben. Der Regen hatte Dunstschwaden als surrealen Kontrapunkt dazugeliefert, und ich war erschrocken, als plötzlich James Taylors Version von »Fire and Rain« aus meinem Autoradio gekommen war. Das Erinnerungsfragment erlosch so plötzlich, als hätte es jemand ausgeknipst.

Ich sah den Rest des Films durch, fand aber wenig Aufsehenerregendes. Ich ging wieder an den Anfang zurück und kopierte alles bis auf die Annoncen und die Kleinanzeigen. Ich spulte den Film zurück und packte ihn in die Hülle. Ich zahlte im Vorbeigehen bei der Aufsicht für die Kopien und dachte an die Leute, die ich über ihr Tun und Lassen an jenen Tagen würde ausquetschen müssen. Woran würde ich mich noch erinnern, wenn mich jemand nach der Nacht fragte, in der Isabelle ermordet worden war? Ein Fragment war wieder aufgetaucht, aber ansonsten war da nur ein schwarzes Loch.

4

Ich holte meinen Wagen aus dem Parkhaus und fuhr raus zur Haft- und Besserungsanstalt des Santa Teresa County Sheriff's Department. Morleys Aufzeichnungen über sein Gespräch mit Curtis McIntyre gehörten zu den Unterlagen, die ich im richtigen Ordner gefunden hatte, wenn auch die Vorladung nie zugestellt worden war. Er hatte offenbar Mitte September mit Curtis geredet, und seither hatte niemand mehr nachgehakt. Morleys Notizen zufolge hatte McIntyre in Barneys erster Nacht im Knast mit ihm in einer Zelle gesessen. Er behauptete, es habe sich eine Art Freundschaft entwickelt, mehr von seiner Seite aus als von Barneys. Die Sache habe ihn beschäftigt, da Barney doch offensichtlich jemand gewesen sei, der alles gehabt habe. Da er sonst im Gefängnis immer nur mit armen Schluckern zusammengekommen sei, habe er den Fall in den Zeitungen verfolgt. Als dann der Prozeß angelaufen sei, habe er unbedingt dabei sein wollen. Er und Barney hätten bis zum Tag des Freispruchs kaum miteinander geredet. Als David Barney den Gerichtssaal verlassen habe, sei er auf ihn zugegangen, um ihm zu gratulieren. Da habe Barney jene bewußte Bemerkung gemacht, sinngemäß, daß er gerade mit einem Mord davongekommen sei. Ich konnte den Aufzeichnungen nicht entnehmen, ob Curtis sich dazu noch näher geäußert hatte oder nicht.

Ich parkte vor dem Gefängnis, gegenüber dem Parkplatz des Santa Teresa Sheriff's Department mit seiner Flotte von schwarzweißen Streifenwagen. Ich marschierte die Zufahrt hinauf und durch den Haupteingang in die kleine Vorhalle, wo ich an den L-förmigen Anmeldeschalter mit dem Trennglas trat. Ich hatte sechs Wochen zuvor eine Nacht im Gefängnis verbracht und war froh, diesmal in legaler Mission zu kommen. Es war sehr viel angenehmer, durch die Vordertür hereinzuspazieren, als von einem Beamten durch den Hintereingang geführt zu werden.

Ich meldete mich an und füllte einen Besucher-Passierschein aus. Die Frau hinter dem Schalter nahm das Formular und verschwand. Ich wartete in der Eingangshalle und studierte die Anschlagtafel, während sie durchgab, daß jemand Curtis in den Besuchsraum bringen solle. An der Wand neben dem öffentlichen Münzfernsprecher waren alle empfehlenswerteren Kautions-Bürgen sowie die Taxi-Unternehmen von Santa Teresa aufgelistet. Verhaftet zu werden ist meist ein unerwarteter Schlag. Wenn man dann gegen Kaution wieder rauskommt und kein Auto hat, weil es konfisziert wurde, sitzt man hier fest – ein zusätzlicher Schlag nach einer demütigenden Nacht.

Die Frau hinter dem Schalter machte mir ein Zeichen. »Ihr Klient kommt gleich rauf. Kabine zwo.«

»Danke.«

Ich überquerte den kurzen Flur und ging durch die Tür zu den Sprech-Kabinen. Es gab in diesem Trakt nur drei, so angeordnet, daß die Häftlinge unter vier Augen mit ihren Anwälten, Bewährungshelfern oder sonstigen legitimierten Besuchern sprechen konnten. Ich trat in den zweiten »Raum«, der etwa einszwanzig breit war. Die Ausstattung bestand aus einem gläsernen Sprechfenster über einer Art Tresen und einer Fußstange, wie man sie in Bars findet. Ich trat an den Tresen, stützte die Ellbogen auf die Platte und einen Fuß auf die Stange. Hinter der Scheibe war ein Gelaß, das genauso aussah wie meines, mit einer Tür in der Rückwand, durch die die Häftlinge hereingeführt wurden. Kurz darauf ging die Tür auf, und Curtis McIntyre wurde hereingebracht. Er schien erstaunt über den außerplanmäßigen Besuch und verblüfft, als er mich sah, denn wahrscheinlich hatte er seinen Anwalt erwartet.

Er war achtundzwanzig, hager, mit langem Oberkörper und so schmalen Hüften, daß seine Hose kaum Halt fand. Er sah gut aus in der blauen Gefängniskluft. Das Hemd war kurzärmlig und gab lange, glatte Arme frei, der perfekte Untergrund für einen tätowierten Drachen. Irgend jemand mußte Curtis wohl erzählt haben, er habe seelenvolle Augen, denn er schien wild entschlossen, mir tief und bedeutungsvoll in die meinen zu sehen. Er war glattrasiert, mit einem unschuldigen Gesicht (für einen verurteilten Straftäter). Sein Haar war schlecht geschnitten, was nicht weiter verwunderlich war, da er ja seit Monaten im Gefängnis saß. Aber ich konnte mir nicht vorstellen, daß er selbst unter optimalen Umständen regelmäßig zum Schneiden und Föhnen einen Friseur aufsuchte.

Ich stellte mich vor und erklärte den Zweck meines Hierseins, nämlich, eine schriftliche Aussage von ihm zu bekommen. »Soweit ich Mr. Shines Aufzeichnungen entnehmen konnte, haben Sie David Barney in der ersten Nacht nach seiner Verhaftung in einer Zelle kennengelernt.«

»Sind Sie allein?«

Ich sah hinter mich. »Wer, ich?«

Er lächelte die Sorte Lächeln, die man vor dem Spiegel üben muß, und bohrte seinen Blick in meine Augen. »Sie haben mich schon verstanden.«

»Was hat das damit zu tun?«

Seine Stimme nahm jenen für streunende Hunde und Frauen reservierten sanften Gut-Zurede-Ton an. »Ach, kommen Sie. Sagen Sie's mir. Ich bin ein netter Kerl.«

Ich sagte: »Ich bezweifle nicht, daß Sie ein netter Mensch sind, aber das geht Sie nichts an.«

Das belustigte ihn. »Wieso haben Sie Angst, es zu sagen? Finden Sie mich attraktiv? Ich finde Sie nämlich attraktiv.«

»Hm, Sie sind sehr offen, und ich weiß das zu schätzen, Curtis. Aber, äh, könnten Sie mir jetzt vielleicht von Ihrer Bekanntschaft mit David Barney erzählen?«

Er lächelte schwach. »Immer hübsch sachlich. Das gefällt mir. Sie nehmen sich selbst ernst.«

»Stimmt. Und ich hoffe, Sie nehmen mich auch ernst.«

Er räusperte sich und schlug einen nüchternen Ton an, sichtlich bemüht, einen guten Eindruck zu machen. »Wir waren in einer

Zelle, er und ich. Er ist an einem Dienstag verhaftet worden, und wir sind erst am Mittwoch nachmittag vor den Richter gekommen. Schien ganz nett, der Typ. Als sein Prozeß anfing, war ich gerade draußen. Also hab' ich mir gedacht, ich setz' mich rein und guck' mir an, was da läuft.«

»Haben Sie beide nach seiner Verhaftung über den Mord gesprochen?«

»Nee, nicht richtig. Er war ziemlich fertig. Konnte ich auch verstehen. Die Frau erschossen, ins Auge, häßliche Sache. Ich frag' mich, wer so was tut«, sagte er. »Aber wie's scheint, war er's ja wohl selbst.«

»Worüber haben Sie geredet?«

»Ich weiß nicht. Nichts Besonderes. Er hat gefragt, wieso ich hier drin sei und solche Sachen, und was ich glaube, was für einen Richter wir bei der Anklagevernehmung am nächsten Tag kriegen würden. Ich hab' ihm einen Schnellkurs gegeben, welche Richter gemein sind, und das sind die meisten. Na ja, der eine Typ ist locker, aber die anderen sind ganz schön scharf.«

»Und weiter?«

»Nichts weiter.«

»Und das war für Sie Grund genug, sich den ganzen Prozeß anzuhören?«

»Nicht den ganzen. Haben Sie sich schon mal einen ganzen Prozeß angehört? Todlangweilig, was? Ich bin froh, daß ich kein Rechtsanwalt bin.«

»Das glaube ich.« Ich überflog meine Notizen. »Ich habe die Aussage gelesen, die Mr. Kingman –«

»Sind Sie allein?«

»Das haben Sie mich schon mal gefragt.«

»Ich wette, Sie sind's. Wollen Sie wissen, woher ich das weiß?« Er klopfte sich gegen die Schläfe. »Ich kann hellsehen.«

»Nun, dann können Sie mir wahrscheinlich auch sagen, was ich Sie als nächstes fragen werde.«

Er grinste errötend. »Nicht ganz. So gut kenn' ich Sie nicht, aber ich würd's gern.«

»Vielleicht reicht Ihre Intuition ja aus, um mir ein paar Fragen zu beantworten.«

»Ich will's gern versuchen. Werd' mich bemühen. Schießen Sie los. Ich bin ganz Ohr.« Er senkte den Kopf, und sein Gesicht wurde ernst.

»Erzählen Sie mir noch mal, was er zu Ihnen gesagt hat, nachdem der Freispruch verkündet worden war.«

»Also... Moment mal. Wie er rauskommt, sagt er so was wie... ›Hey, Mann. Wie geht's? Was sagen Sie dazu? Sehen Sie jetzt, wieso sich ein teurer Anwalt lohnt?‹ Und ich sage: ›Klar, Mann. Spitze. Ich hab' nie geglaubt, daß Sie's gewesen sind.‹ Da grinst er über sein ganzes Arsch – 'tschuldigung – über beide Backen. Er beugt sich dicht an mich ran und sagt: ›Ha, ha, die haben wir ganz schön reingelegt.‹«

Das schien mir ein äußerst unglaubwürdiger Dialog. Ich kannte David Barney nicht, aber ich konnte mir nicht vorstellen, daß er so redete. Ich musterte Curtis' Gesicht. »Und was haben Sie daraus geschlossen?«

»Daraus hab' ich geschlossen, daß er's war. Haben Sie einen Freund?«

»Er ist Polizist.«

»Sie verschaukeln mich. Das glaub' ich nicht. Wie heißt er?«

»Lieutenant Dolan.«

»Was macht er?«

»Mordkommission, Stadtpolizei Santa Teresa.«

»Gehen Sie nie mit anderen Männern aus?«

»Dazu ist er viel zu eifersüchtig. Er würde Ihnen den Kopf abreißen, wenn er wüßte, daß Sie sich an mich ranmachen. Haben Sie sonst je mit David Barney gesprochen?«

»Außer im Bau und im Gericht? Glaube nicht. Nur die beiden Male.«

»Es kommt mir komisch vor, daß er so was gesagt haben soll.«

»Wieso? Das möcht' ich wissen.« Er stützte das Kinn auf die Faust, offenbar bereit, mich in einen längeren Disput zu verwickeln.

»Der Mann kennt Sie doch kaum, Curtis. Wieso sollte er Ihnen etwas so Wichtiges anvertrauen? Noch dazu mitten im Gericht...«, ich legte die eine Hand ans Ohr, »wo das Pochen des Richterhammers noch nicht ganz verklungen ist.«

Curtis runzelte nachdenklich die Stirn. »Das müssen Sie *ihn* fragen, aber wenn Sie mich fragen, würd' ich sagen, weil er wußte, daß ich aus dem Knast kam. Vielleicht hat er mir einfach mehr getraut als seinen hochgestochenen Freunden. Und wieso sollte er's mir nicht sagen? Der Prozeß war doch vorbei. Was sollten sie denn schon machen? Selbst wenn es jemand mitgekriegt hätte, hätten sie ihm doch nicht mehr ans Leder gekonnt, weil sie ihn ja nicht zweimal vor Gericht stellen können.«

»Wo hat sich dieser Wortwechsel abgespielt?«

»Gleich vor der Tür. Abteilung sechs. Er kam raus, und ich hab' ihm auf die Schulter geklopft und die Hand geschüttelt –«

»Und die Journalisten? War er denn in dem Moment nicht von Reportern umlagert?«

»Klar doch, und wie. War alles voll. Sie haben seinen Namen gerufen, ihm Mikrophone unter die Nase gehalten und ihn gefragt, wie er sich fühlt.«

Ich merkte, wie meine Skepsis wuchs. »Und mitten in dem ganzen Rummel hat er das gesagt?«

»Ja, so war's. Er hat sich zu mir hingebeugt und mir ins Ohr geflüstert, genau wie ich gesagt habe. Sind Sie Privatdetektivin?

Ich zuckte im Geist mit den Schultern und fing an, seine Aussage schriftlich festzuhalten. »Das ist mein Job.«

»Das heißt, wenn ich hier rauskomme und ein Problem habe, kann ich Sie im Telefonbuch finden?«

Ich achtete nicht sonderlich auf ihn, da ich damit beschäftigt war, seine Worte in eine schriftliche Form zu bringen. »Theoretisch schon.« Wenn du lesen kannst.

»Wieviel nehmen Sie für so was? Was kostet das?«

»Kommt darauf an, worum es geht.«

»Nur so etwa?«

»Dreihundert die Stunde«, log ich automatisch. Fünfzig würde er am Ende noch berappen können.

»Ey, Mann, das glaub' ich nicht.«

»Plus Spesen.«

»Verdammt, das kann doch nicht sein. Wollen Sie mich verarschen oder was? Dreihundert die *Stunde*? Jede Stunde, die Sie arbeiten?«

»So ist es.«

»Da machen Sie ja eine Menge Geld. Für eine Frau? Heiliger Strohsack«, sagte er. »Könnten Sie mir nich' was pumpen? Fünfzig oder hundert. Nur bis ich draußen bin, dann kann ich's Ihnen zurückzahlen.«

»Ich finde, Männer sollten sich von Frauen kein Geld leihen.«

»Von wem soll ich mir's denn sonst leihen? Ich kenn' keine Männer, die Kohle haben. Außer, sie sind Drogen-Bosse oder so was. Und hier in Santa Teresa gibt's noch nicht mal richtig dicke Fische. Hier gibt's höchstens Heringe.« Er lachte verächtlich. »Haben Sie eine Kanone?«

»Natürlich«, sagte ich.

Er erhob sich halb von seinem Sitz und spähte durch die Glasscheibe, als hätte ich womöglich einen Trommelrevolver an der Hüfte hängen. »Hey, zeigen Sie mal her.«

»Ich habe sie nicht dabei.«

»Wo ist sie?«

»In meinem Büro. Ich habe sie immer dort liegen, für den Fall, daß jemand seine Rechnung nicht bezahlen will. Können Sie das hier mal durchlesen und schauen, ob es Ihre Schilderung des Gesprächs mit Mr. Barney zutreffend wiedergibt?« Ich schob das Blatt samt Stift unter der Glasscheibe durch.

Er sah kaum darauf. »So in etwa schon. Hey, Sie können ja toll Druckschrift schreiben.«

»Ich war ein As in der Grundschule«, sagte ich. »Dürfte ich Sie um Ihre Unterschrift bitten?«

»Wieso?«

»Damit wir eine schriftliche Zeugenaussage von Ihnen haben. Dann können wir vor Gericht Ihr Gedächtnis wieder auffrischen, falls Sie bis dahin etwas vergessen.«

Er kritzelte seine Unterschrift darunter und gab mir das Blatt zurück. »Fragen Sie mich ruhig noch mehr«, sagte er. »Ich sag' Ihnen alles.«

»Das ist nett. Vielen Dank. Wenn ich noch eine Frage habe, werde ich mich mit Ihnen in Verbindung setzen.«

Nachdem ich Curtis verlassen hatte, setzte ich mich in mein Auto. Ich beobachtete, wie die Polizeiwagen kamen und losfuhren. Das war einfach zu perfekt, um wahr zu sein. Da war dieser Curtis McIntyre, der munter Nägel zu Barneys Sarg lieferte, aber was er sagte, klang einfach nicht stimmig. David Barney weigerte sich, irgend etwas zu sagen, fast fünf Jahre nach der Tat und zwei Jahre nach seinem Freispruch. Nach dem, was Lonnie erzählte, war es schon ein Kraftakt gewesen, ihm auch nur die harmloseste Information aus der Nase zu ziehen. Wieso sollte er einem Tropf wie Curtis ein spontanes Geständnis ins Ohr flüstern? Ach ja, die Widersprüche der menschlichen Natur waren ein ewiges Rätsel. Ich ließ den Wagen an und fuhr vom Parkplatz.

Den Akten zufolge wohnte Isabelle Barneys Schwester, Simone Orr, noch immer auf dem Barneyschen Grundstück in Horton Ravine, einem der beiden Edel-Wohnviertel von Santa Teresa. Werbebroschüren des Verkehrsamts nennen Horton Ravine ein »funkelndes Juwel in parkartiger Umgebung«, woraus man entnehmen kann, wie dick solche Prospekte auftragen. Nach Norden hin ragen die Santa Ynez-Berge in den Himmel. Im Süden erstreckt sich der Pazifische Ozean. Das Panorama wird stets »atemberaubend«, »phantastisch« oder »einmalig« genannt.

Immobilienanzeigen, die diese Gegend preisen, strotzen von Worten wie »Lieblichkeit« und »Ruhe«. Jedem Substantiv ist ein Adjektiv beigefügt, das ihm das rechte Flair verleihen soll. Die »luxuriösen, gepflegten« Grundstücke sind groß, im Schnitt bestimmt fünf Morgen, mit Pferdekoppeln. Die »gediegenen, geräumigen« Häuser stehen ein gutes Stück abseits der Straße, die sich durch die mit Lorbeer, Platanen, immergrünen Eichen und Zypressen »gezierten« Hügel windet. Jede Menge *zieren* und *inmitten*.

Ich merkte, wie ich im Werbe-Jargon vor mich hin rhapsodierte, während ich meinen Weg suchte, die lange, geschwungene Zufahrt entlang, zu dem stattlichen, geschützten Portal dieses klassisch-mediterranen Anwesens mit seinem weiten Panorama-Blick auf die heiteren Berge und den glitzernden Ozean. Ich fuhr in den prächtigen Steinplatten-Hof und parkte meinen gebrauchten VW in einer Lücke zwischen einem Lincoln und einem Beamer. Ich stieg aus, betrat einen mauerumfriedeten Garten und ging den mosaikgepflasterten, überdachten Zugangsweg entlang. Das gesamte Vier-Morgen-Areal zierten vielfältige Stauden, üppige Farne und importierte Palmen, und dazu zwei Gärtner, die vierhundert Meter Schlauch herumschleppten.

Ich hatte mich bei Simone telefonisch angemeldet, und sie hatte mir genau erklärt, wie ich zu ihrem kleinen Häuschen kam, das auf dem unteren Grundstücksteil lag, inmitten üppiger Rasenflächen und diverser Nebengebäude wie Poolhäuschen und Geräteschuppen. Ich umrundete den Ostflügel des Hauses, das, wie mir erläutert worden war, von einem bekannten hiesigen Architekten stammte, dessen Namen ich noch nie gehört hatte. Ich überquerte die im spanischen Stil geflieste Terrasse mit individuell gestaltetem, schwarzgrundigem Pool, Lavagestein-Wasserfall, Planschbecken und Koi-Bassin, umgeben von niedrigen, perfekt gestutzten Lantana- und Eibenhecken. Ich ging eine Treppe hinunter und folgte einem Plattenweg zu einem an den Hügel gekauerten flachen Holzhäuschen.

Das Haus war winzig, bretterverschalt, mit einem steilen Schindeldach und einer Bohlenterrasse an drei Seiten. Außen war es shaker-blau, mit Weiß abgesetzt. Die höher gelegene Partie sämtlicher Außenwände bildeten Holzrahmen-Fenster. Die obere Hälfte der zweiteiligen Tür stand offen. In Santa Teresa kann der Dezember so sein wie in anderen Teilen der Staaten der Frühling – graue Tage, ein bißchen Regen, aber zwischendurch eine Menge blauer Himmel.

Ich blieb stehen, hingerissen von dem Anblick. Ich habe eine Schwäche für kleine, geschlossene Räume, eine kaum verhohlene

Sehnsucht nach der Rückkehr in den Mutterleib. Als ich nach dem Tod meiner Eltern zu meiner unverheirateten Tante kam, richtete ich mir in einem riesigen Karton ein eigenes Plätzchen ein. Ich war gerade erst fünf, aber ich erinnere mich noch, mit welcher Hingabe ich dieses kleine Wellpappe-Refugium einrichtete. Der Boden war mit Kopfkissen ausgelegt. Ich hatte eine Decke und eine Lampe mit einem dicken blauen Keramikfuß und einer Sechzig-Watt-Birne, die meine Höhle auf tropische Temperaturen aufheizte. Hier pflegte ich auf dem Rücken zu liegen und endlos Bilderbücher zu lesen. Meine Lieblingsgeschichte handelte von einem Mädchen, das einen winzigen Däumling namens Twig entdeckte, der in einer umgestülpten Tomatensaft-Dose lebte. Phantasien innerhalb der Phantasie. Ich kann mich nicht erinnern, daß ich geweint hätte. Vier Monate lang fraß ich mich durch meine aus der Bücherei geliehenen Bücher, ein kleines, geschlossenes System, dazu geschaffen, mit der Trauer fertig zu werden. Ich aß Käse- und Gürkchen-Sandwichs, wie sie meine Mutter gemacht hatte. Ich machte sie selbst, weil sie ganz richtig sein mußten. Manchmal nahm ich statt Käse Erdnußbutter, und das war gut. Meine Tante ging ihren eigenen Beschäftigungen nach und ließ mich ungestört meine Gefühle durcharbeiten. Meine Eltern starben am Memorial Day, Ende Mai. Im Herbst kam ich in die Schule...

»Sind Sie Kinsey?«

Ich drehte mich um und sah die Frau an, als erwachte ich aus tiefem Schlaf. »Die bin ich. Und Sie sind wohl Simone?«

»Genau. Freut mich.« Sie hatte eine Gartenschere in der einen Hand und in der anderen einen flachen Korb voller frischgeschnittener Blumen, den sie jetzt absetzte. Sie lächelte kurz, während sie mir die Hand hinstreckte. Ich schätzte sie auf Ende dreißig bis Anfang vierzig. Sie war etwas kleiner als ich, breitschultrig und untersetzt, was sie jedoch durch ihre Kleidung geschickt kaschierte. Ihr Haar war rötlich-blond, an den Wurzeln eine winzige Nuance dunkler, schulterlang geschnitten und dauergewellt. Ihr Gesicht war breit, der Mund ebenfalls. Die Augen unscheinbar-blau, mit getuschten Wimpern und feinen, rötlichen Brauen. Sie trug ein

Ensemble in einem geometrischen Schwarz-Weiß-Muster: eine Jacke aus Waschseide über einer langen schwarzen Tunika und einen weiten Rock, der bis auf die schwarzen Wildlederstiefel reichte. Sie hatte kurze, stumpfe Finger und farblos lackierte Nägel. Sie trug keinen Schmuck und kaum Make-up. Ich merkte erst jetzt, daß sie sich auf einen Stock stützte. Ich sah zu, wie sie ihn von der einen Hand in die andere nahm. Sie suchte einen festen Stand und verlagerte einen Teil ihres Gewichts auf den Stock, während sie sich herunterbeugte, um den Korb zu ihren Füßen aufzunehmen.

»Die müssen ins Wasser. Kommen Sie rein.« Sie öffnete den unteren Teil der Tür, und ich folgte ihr.

Ich sagte: »Tut mir leid, daß ich Sie noch mal mit der Sache belästigen muß. Ich weiß, daß Sie vor ein paar Monaten mit Morley Shine gesprochen haben. Ich nehme an, Sie haben gehört, daß er tot ist.«

»Ich habe heute morgen den Nachruf in der Zeitung gelesen. Ich habe sofort bei Lonnie angerufen, und er meinte, Sie würden sich bei mir melden.« Sie ging hinüber zu der kleinen, gekachelten Küchentheke, die gleichzeitig als Arbeitsfläche und, im Verbund mit den beiden darunter verstauten Hockern, als Frühstücksbar diente. Sie hängte den Stock über die Kante, nahm einen durchsichtigen Glaskrug aus dem Schrank und füllte ihn mit Leitungswasser. Sie bündelte die Blumen zu einem hübschen Strauß, steckte ihn in die improvisierte Vase, stellte dann das ganze Arrangement auf die Fensterbank und trocknete sich die Hände an einem Handtuch.

»Setzen Sie sich doch«, sagte sie. Sie zog den einen Hocker hervor und ließ sich darauf nieder, während ich mir den anderen nahm.

»Ich werde mich bemühen, Ihre Zeit nicht allzu lange in Anspruch zu nehmen«, sagte ich.

»Hören Sie, wenn es dazu beiträgt, daß dieser Scheißkerl überführt wird, können Sie meine Zeit so lange in Anspruch nehmen, wie Sie wollen.«

»Ist das nicht ein bißchen ungemütlich, so auf demselben Grundstück zusammenzuleben, nur ein paar hundert Meter auseinander?«

»Das will ich hoffen«, sagte sie. Die tiefe Bitterkeit in ihrer Stimme schien sich sogar auf die Tonhöhe auszuwirken. Sie sah zu dem großen Haus hinüber. »Wenn es für mich ungemütlich ist, können Sie sich vorstellen, wie es erst für ihn sein muß. Ich weiß, es treibt ihm die Galle hoch, daß ich mich nicht vertreiben lasse. Nichts würde er lieber tun, als mich zu zwingen, von hier zu verschwinden.«

»Kann er das?«

»Nicht, solange ich noch ein Wörtchen mitzureden habe. Izzy hat mir das Häuschen vererbt. Das stand in ihrem Testament. Sie und Kenneth haben das Anwesen vor vielen Jahren gekauft. Sie haben ein kleines Vermögen dafür hingelegt. Als die Ehe zerbrach, fiel es im Zuge der Güteraufteilung ihr zu. Sie ließ es als ihr Alleineigentum eintragen, als sie David heiratete. Außerdem hat sie auf einem Ehevertrag bestanden.«

»Klingt sehr geschäftsmäßig. Hat sie das bei den anderen auch so gemacht?«

»Das brauchte sie nicht. Die ersten beiden hatten Geld. Kenneth war ihr zweiter Mann. Bei David war es anders. Jeder hat sie gewarnt, er sei hinter ihrem Geld her. Ich glaube, der Ehevertrag sollte der Beweis dafür sein, daß das nicht stimmte. Ein Witz.«

»Also hat er überhaupt keinen Anspruch auf dieses Haus?«

Simone schüttelte den Kopf. »Sie hat ihr Testament noch einmal geändert und ihm den lebenslangen Nießbrauch eingeräumt. Wenn er stirbt – was hoffentlich bald der Fall sein wird –, fällt es an seine Tochter Shelby. Das kleine Häuschen gehört mir – solange ich lebe natürlich nur. Wenn ich sterbe, fällt es in die Erbmasse zurück.«

»Und da haben Sie keine Angst?«

»Vor David? Nicht die geringste. Er ist einmal mit einem Mord davongekommen, aber der Mann ist ja nicht dumm. Er braucht doch weiter nichts zu tun als abzuwarten. Wenn er den Zivilprozeß gewinnt, gehört doch alles ihm, oder nicht?«

»Sieht so aus.«

»Vielleicht kommt er ja so rein wie eine Rose aus der ganzen Sache heraus. Warum in aller Welt sollte er das aufs Spiel setzen?

Wenn mir etwas zustößt, ist er doch der erste, den sie unter die Lupe nehmen.«

»Und wenn er verliert?«

»Ich vermute, daß er sich dann sofort in die Schweiz absetzen würde. Wahrscheinlich schafft er längst Geld beiseite. Er ist zu klug, um noch einen Mord zu begehen. Was würde ihm das nützen?«

»Aber wieso hat Isabelle das alles so arrangiert? Das heißt doch, das Schicksal herauszufordern. Soweit ich es verstehe, hat sie mit dem Ehevertrag und dem Testament geradezu den Kopf in die Schlinge gesteckt.«

»Sie hat diesen Mann geliebt. Sie wollte, daß für ihn gesorgt ist. Aber sie war auch realistisch. Er war ihr dritter Mann, und sie wollte nicht ausgenommen werden. Sehen Sie es doch mal von ihrem Standpunkt aus. Wenn Sie jemanden heiraten, denken Sie doch nicht, daß er Sie *umbringen* könnte. Sonst würden Sie ihn doch nie heiraten.« Ihr Blick wanderte zu ihrer Armbanduhr. »O je, fast eins. Ich weiß nicht, wie's Ihnen geht, aber ich sterbe vor Hunger. Haben Sie schon zu Mittag gegessen?«

»Kümmern Sie sich nicht um mich«, sagte ich. »Ich halte Sie bestimmt nicht mehr lange auf. Ich werde mir auf dem Rückweg ins Büro irgendwo ein paar Bissen genehmigen.«

»Aber es ist wirklich kein Problem. Bitte essen Sie doch mit mir. Ich mache nur Sandwiches. Ich würde mich freuen.«

Die Einladung klang aufrichtig, und ich lächelte. »Tja, dann nehme ich gern an.«

5

Sie ging auf die andere Seite in ihre Mini-Küche und begann, Lebensmittel aus dem Mini-Kühlschrank zu nehmen.

»Kann ich was helfen?«

»Nein, danke. Für zwei Leute ist gar kein Platz zum Hantieren. Die Männer sind immer froh darüber, es sei denn, Kochen ist ihre große Leidenschaft. In dem Fall übernehmen sie das Regiment, und ich setze mich dort drüben hin, wo Sie jetzt sitzen.«

Ich drehte mich auf meinem Hocker um und musterte den Raum in meinem Rücken. »Tolles Haus«, bemerkte ich.

Sie errötete geschmeichelt. »Gefällt's Ihnen? Isabelles Entwurf... der Start ihrer Karriere.«

»Sie war Architektin? Das wußte ich gar nicht.«

»Na ja, eigentlich nicht, aber sie hat sich als Architektin betätigt. Sehen Sie sich ruhig um. Es sind nur fünfunddreißig Quadratmeter.«

»Mehr nicht? Sieht größer aus.« Ich trat hinaus auf die Eingangsveranda, um das Verhältnis von Grundriß und Innenraum zu studieren. Da die Fenster weit offenstanden, konnte ich mich bequem weiter mit Simone unterhalten, während ich um das Häuschen herumging. Es wirkte wie eine Miniatur, ein kleines Spielhaus für Erwachsene. Es schien für allen Komfort gesorgt, ohne überflüssigen Luxus oder Platzverschwendung. Sogar ein kleiner Kaminabzug war da. Ich steckte den Kopf zum Fenster herein und sah den Mini-Kamin. Viele Flächen, darunter die Kaminplatte, die Fensterbänke und die Arbeitsplatten in der Küche, waren mit handgemalten blauweißen Blumen-Kacheln gefliest. »Wirklich wunderschön.«

Simone lächelte mich an.

Ich zog den Kopf wieder aus dem Fenster und umrundete den Garten. Jedes Sonnenfleckchen war mit Kräutern bepflanzt. Der Duft von Rosmarin und Thymian wehte zu mir herüber. Das Haus stand auf einer halbmondförmigen, grasbewachsenen Terrasse. Darunter fiel der Hang steil ab, zu einem Dickicht aus immergrüner Eiche und Chaparral. Der Blick ging bis zu den Bergen jenseits von Santa Teresa. Ich trat wieder durch die einzige Tür, die in die Küche führte. »Sie müssen mal zu mir kommen. Meine Wohnung ist von der Art her sehr ähnlich. Ein gemütliches kleines Versteck.«

Ich setzte meine Besichtigungstour fort, während sie ein paar Scheiben von einem Laib Weißbrot abschnitt. Mit wenigen Schritten durchmaß ich das ganze Haus. Die Möbel waren alt: ein roher Kiefernholztisch, zwei Stühle mit geflochtener Sitzfläche, ein Eckschrank mit welligen, blaugetönten Glasscheiben, ein Messingbett mit einer Patchwork-Tagesdecke in verschiedenen Weißtönen. Das kleine Bad war der einzige abgeschlossene Raum. Der Rest bestand im Grunde genommen in einem großen Zimmer mit verschiedenen Funktionsbereichen. Alles war offen, luftig, ordentlich, hell, jedes Detail war perfekt, wie eine Illustration in einem schicken Wohn-Magazin. Aus den vorderen und seitlichen Fenstern hatte man einen schönen Blick, während hinter dem Haus der Hang steil zum Haupthaus anstieg.

Ich zog mir einen Hocker an die Arbeitsfläche heran und sah zu, wie sie Sandwiches machte. Sie stellte Teller, Bestecke und blauweiße Stoffservietten vor mich hin. Ich deckte den Tisch. »Wie hat sie das hingekriegt, wenn sie keine Architektin war?«

»Sie hat eine Art unbezahlte Lehre bei einem hiesigen Architekten gemacht. Fragen Sie mich nicht, wie sie das geschafft hat oder warum er sich darauf einließ. Sie ist einfach hingegangen, wann es ihr paßte, und hat gemacht, wozu sie Lust hatte.«

»Kein schlechter Handel«, sagte ich.

»Dort hat sie auch David kennengelernt. Er hat in derselben Firma gearbeitet. Ihr Chef war Peter Weidmann. Haben Sie schon mit ihm gesprochen?«

»Nein, aber ich will gleich nachher zu ihm.«

»Oh, das ist gut. Er und Yolanda wohnen ganz in der Nähe. Nur eine Meile von hier. Er ist sehr nett, mittlerweile im Ruhestand. Er hat Isabelle eine Menge beigebracht. Sie war künstlerisch veranlagt, aber es fehlte ihr sehr an Disziplin. Sie war begabt, aber eine schreckliche Dilettantin – voller großartiger Ideen, aber extrem unzuverlässig, wenn es an die Umsetzung ging. Sie verlor immer sehr schnell das Interesse – bis sie hiermit anfing.«

»Was heißt ›hiermit‹?«

»Sie entwarf Mini-Häuschen. Meines war das erste. Irgendwie hat das *Santa Teresa Magazine* davon erfahren und eine Foto-Reportage gebracht. Die Resonanz war unglaublich. Alle wollten eins.«

»Für Gäste?«

»Oder für halbwüchsige Kinder, angeheiratete Verwandte, als Atelier oder als Refugium. Das Tolle ist ja, daß man sich so ein Häuschen einfach in eine Gartenecke stellen kann ... wenn man die Behördenfritzen rumkriegt. Sie und David sind aus Peters Firma ausgestiegen, als die Sache anlief. Sie haben sich selbständig gemacht und über Nacht ein Vermögen verdient. Alle Zeitschriften schrieben über sie, von den Schickeria-Magazinen bis zu den Massenblättern. *Architectural Digest, House & Garden, Parade*. Außerdem hat sie lauter Preise gewonnen. Es war wirklich verblüffend.«

»Und David? Welche Rolle spielte er dabei?«

»Ach, sie brauchte ihn. Sie war viel zu unpraktisch, was das Geschäftliche anging. Sie hatte die Ideen, machte die ersten Grobskizzen und die Rohentwürfe. David war ausgebildeter Architekt. Also war er für das Konkrete zuständig, die Zeichnungen, Pläne, Modelle, diese Dinge. Er machte auch die Werbung, die ganze Vermarktung ... die Knochenarbeit letztlich. Hat Ihnen das noch niemand erzählt?«

»Kein Wort«, sagte ich. »Ich habe Ken Voigt gestern abend zum ersten Mal getroffen, und er hat nur kurz über Isabelle gesprochen. Wie ich schon am Telefon sagte: Ich habe die Akten gelesen, aber die Einzelheiten kenne ich nicht. Wie stand Barney dazu, daß sie den ganzen Ruhm einheimste?«

»Wahrscheinlich hat es ihn geärgert, aber was sollte er machen? Er hat es nicht sonderlich weit gebracht. Und Peter Weidmann auch nicht.«

Simone kam jetzt mit einem Krug Eistee und einer Platte mit Sandwiches an den Tisch. Wir setzten uns zum Essen. Das grobe Brot war dünn geschnitten und gebuttert. Zwischen den Scheiben hingen grüne Blätter heraus wie Zierpflanzen über eine Gartenmauer.

»Brunnenkresse«, sagte sie, als sie meinen Blick sah.

»Oh, prima«, murmelte ich, aber es schmeckte tatsächlich gut – scharf und frisch. »Haben Sie vielleicht ein Foto von ihr?«

»Ja, natürlich. Augenblick, ich hole eins.«

»Bleiben Sie sitzen, das eilt nicht«, sagte ich mit vollem Mund, aber sie war schon auf dem Weg zu ihrem Nachttischchen. Gleich darauf kam sie mit einem Foto in einem silbernen Rahmen zurück.

Sie reichte mir das Bild und setzte sich wieder. »Wir waren Zwillingsschwestern. Zweieiig, nicht eineiig. Sie war neunundzwanzig, als es aufgenommen wurde.«

Ich studierte das Foto. Es war das erste, was ich von Isabelle Barney sah. Sie war hübscher als Simone. Sie hatte ein sanft gerundetes Gesicht und glänzendes, dunkles Haar, das ihr elegant auf die Schultern fiel und ihre breiten Wangenknochen in seidigen Strähnen umrahmte. Ihre Augen waren hellbraun. Sie hatte eine kräftige, kurze Nase und einen breiten Mund und war, wenn überhaupt, nur ganz dezent geschminkt. Sie trug offenbar eine Art T-Shirt mit weitem, rundem Ausschnitt, dunkelbraun wie ihr Haar. Ich nickte unwillkürlich. »Man sieht die Ähnlichkeit. Könnten Sie mir ein bißchen von Ihrer Familie erzählen?«

Ich gab ihr das Bild zurück, und sie stellte es am Tischende auf. Isabelle sah uns ernst zu, während wir weiterredeten. »Unsere Eltern waren beide Künstler und ein bißchen exzentrisch. Mutter hatte ererbtes Vermögen, so daß sie und Daddy nie viel tun mußten. Einmal sind sie im Sommer für einen Sechs-Wochen-Trip nach Europa gefahren und dann schließlich zehn Jahre dortgeblieben.«

»Was haben sie dort gemacht?«

Simone biß von ihrem Sandwich ab und kaute, ehe sie antwortete. »Sich herumgetrieben. Ich weiß es nicht. Sie sind gereist und haben gemalt und gelebt wie Bohemiens. Ich nehme an, sie haben am Rand der besseren Gesellschaft herumgelungert. Als freiwillige Exilanten, wie Hemingway. Bei Ausbruch des Zweiten Weltkrieges sind sie wieder in die Staaten zurückgekehrt und irgendwie in Santa Teresa gelandet. Ich glaube, sie hatten etwas darüber gelesen und gefunden, daß es nett klang. Mittlerweile wurde auch ihr Geld knapp, und Daddy befand, daß er sich besser um die Anlagen kümmern mußte. Er entpuppte sich als Finanzgenie. Als wir geboren wurden, schwammen sie schon wieder im Geld.«

»Wer war denn die Ältere, Sie oder Isabelle?«

Sie nahm einen Schluck von ihrem Eistee und tupfte sich den Mund mit der Serviette ab. »Ich war dreißig Minuten älter. Mutter war vierundvierzig, als wir zur Welt kamen, und niemand ahnte, daß sie Zwillinge bekommen würde. Sie war nie vorher schwanger gewesen und dachte, es seien die Wechseljahre, als ihre Periode ausblieb. Sie war bei den Christian Scientists und weigerte sich bis zum letzten Moment, einen Arzt aufzusuchen. Sie lag fünfzehn Stunden in den Wehen, bis sie Daddy endlich erlaubte, sie ins nächste Krankenhaus zu bringen. Sie war kaum dort, als ich kam. Sie wollte schon wieder vom Tisch hüpfen und nach Hause fahren. Sie dachte, es sei vorbei, und der Arzt dachte es auch. Er erwartete nur noch die Nachgeburt, als Isabelle dann auch noch kam.«

»Leben Ihre Eltern noch?«

Simone schüttelte den Kopf. »Sie sind beide im Abstand von einem Monat gestorben. Wir waren damals neunzehn. Im gleichen Jahr hat Isabelle zum ersten Mal geheiratet.«

»Sind Sie verheiratet?«

»Nein, danke. Ihre Ehen mitzuerleben, war für mich fast so, wie selbst verheiratet zu sein.«

»Voigt war ihr zweiter Mann?«

»Richtig. Der erste starb bei einem Bootsunfall.«

»Wie war das, Zwillingsschwestern zu sein? Waren Sie sich ähnlich?«

»Hm-mmm, überhaupt nicht. Du liebe Güte, verschiedener hätten wir gar nicht sein können. Isabelle hat das Talent geerbt und alle damit verbundenen Untugenden. Künstlerisch war sie enorm begabt, aber es fiel ihr alles so leicht, daß sie es überhaupt nicht ernst nahm. Sobald sie etwas konnte, verlor sie das Interesse. Zeichnen, Malen. Sie hat von allem ein bißchen gemacht. Schmuck, Plastiken. Sie hat Textilien entworfen und tolle Sachen gemacht, aber dann packte sie wieder die Unruhe. Sie war nie zufrieden. Immer wollte sie etwas anderes machen. In gewisser Weise haben die Mini-Häuser sie gerettet, obwohl sie vielleicht auch das gelangweilt hätte, wenn sie am Leben geblieben wäre.«

»Nach dem, was Ken mir sagte, hatte sie Probleme mit ihrem Selbstwertgefühl.«

»Unter anderem. Sie hatte alle möglichen Suchtneigungen. Sie rauchte. Sie trank. Sie nahm bei jeder Gelegenheit irgendwelche Pillen. Sie rauchte ihre zwei, drei Joints am Tag. Eine Zeitlang hat sie Trips eingeworfen.«

»Wie hat sie da noch gearbeitet? Mich würde das fix und fertig machen.«

»Es hat ihr nichts ausgemacht. Außerdem konnte sie sich das ganze Zeug locker leisten, was in gewisser Weise ein Unglück war. Sie brauchte nie wirklich zu arbeiten, weil wir Geld geerbt hatten. Zum Glück hat sie nie mit Kokain angefangen. Sonst hätte sie jeden Cent durchgebracht.«

»War es für Sie nicht sehr schwer, daß sie so unbeherrscht war?«

»Das war für uns alle schwer. Ich war immer die Solide – mütterlich, verantwortungsbewußt. Zumal wir ja noch sehr jung waren, als unsere Eltern starben. Isabelle heiratete, aber ich fühlte mich immer noch als ihre Mutter. Ich habe sie grenzenlos bewundert, aber sie war schwierig. Sie konnte keine dauerhaften Beziehungen eingehen. Sie hatte im täglichen Leben wenig zu geben. Sie war sehr egozentrisch. Immer nur ›ich, ich, ich‹.«

»Narzißtisch«, steuerte ich bei.

»Ja, aber ich will auch nicht, daß ein falscher Eindruck entsteht. Sie hatte auch wundervolle Eigenschaften. Sie war warmherzig und witzig und enorm intelligent. Sie war lustig. Sie genoß ihr Leben. Sie wußte sich zu amüsieren. In dieser Hinsicht habe ich eine Menge von ihr gelernt.«

»Erzählen Sie mir von David Barney.«

»David. Das ist ein harter Brocken«, sagte sie. Dann hielt sie einen Moment inne. »Ich will versuchen, fair zu sein. Ich würde sagen, er ist ein gutaussehender Mann. Charmant. Oberflächlich. Er und seine Frau sind aus Los Angeles hierhergezogen, als er in Peters Firma anfing.«

»Er war verheiratet?«

»Nicht lange.«

»Was ist aus seiner Ex-Frau geworden?«

»Laura? Die lebt immer noch irgendwo hier. Nachdem David sie sitzengelassen hatte, mußte sie arbeiten, wie alle anderen Ex-Gattinnen in dieser Stadt. Du lieber Gott, die Frauen werden doch heutzutage im Scheidungsfall übers Ohr gehauen. Für jeden Mann, der behauptet, daß er von einer Frau »ausgenommen« wurde, zeige ich ihnen auf der Stelle sechs, acht, zehn Frauen, die finanziell ›geleimt‹ wurden. Laura jedenfalls mit Sicherheit.«

»Erzählen Sie weiter.«

»Tja, also, David war ein Snob. Er hatte genauso wenig Lust, sich seine Brötchen zu verdienen, wie Isabelle. Nur, daß ihr die Arbeit als solche Spaß machte, und das war ja auch kein Wunder. Ich meine, sie war plötzlich berühmt, und sie genoß es in vollen Zügen. Er drängte sie, die Firma zu verkaufen, solange sie lief, bevor der Zenit überschritten wäre. Er hatte so einen blödsinnigen Plan im Kopf, irgend etwas mit Fertighäusern und Franchise-Firmen. Ich weiß nicht genau, was es war, aber sie fand es gräßlich. Inzwischen war sie sowieso enttäuscht von dieser Ehe. Sie fühlte sich unterdrückt und erstickt. Sie wollte da raus.«

»Im Scheidungsfall hätte die Firma doch wohl als gemeinsames Eigentum gegolten?«

»Sicher. Sie wäre aufgeteilt worden, und er hätte dumm dagestanden. Wozu brauchte sie ihn denn? Sie hätte leicht ein halbes Dutzend Männer gefunden, die ihn hätten ersetzen können, aber er umgekehrt nicht. Ohne sie war er aufgeschmissen. Aber wenn sie *starb,* würde die Firma ganz an ihn fallen ... so gut wie ganz. Isabelles Teil sollte zwar Shelby erben, aber von einer Vierjährigen hatte David ja nichts zu befürchten. An dem Punkt hatte Isabelle bereits so viele Rohentwürfe gezeichnet, daß er sich ein bequemes Leben machen konnte. Außerdem hat er wohl auf ihre Lebensversicherung spekuliert. Auch davon geht natürlich ein Teil an Shelby, aber er streicht immer noch ein hübsches Sümmchen ein.«

»Wenn er gewinnt«, sagte ich. »Wo steht das Haus, das er bei ihrer Trennung gemietet hat?«

Sie wedelte mit der Hand in Richtung Meer. »Vorn an der Ausfahrt links, dann eine halbe Meile weiter. Ein großes weißes Monstrum, eins dieser modernen Dinger aus Glas und Beton. Es ist so häßlich – Sie können es gar nicht verfehlen.«

»Kann man hinlaufen?«

»Sogar hinkriechen, wenn es sein muß.«

»Waren Sie hier in Ihrem Häuschen, als sie umgebracht wurde?«

»Ja, das schon, aber ich habe keinen Schuß gehört. Sie hatte mich vorher noch angerufen, um mich vorzuwarnen, daß die Seegers später kommen würden. Sie hatten ja Bescheid gesagt, daß sie eine Panne hatten, und sie wollte nicht, daß ich mir Sorgen machte, wenn ich noch Licht bei ihr sah. Wir haben ein Weilchen geschwatzt, und sie klang ganz munter. Sie war zu jener Zeit ja fix und fertig.«

»Wegen seiner Aufdringlichkeit?«

»Und wegen der Streitereien und der Drohungen. Ihr Leben war ein einziger Alptraum, aber sie freute sich auf San Francisco, auf ein bißchen Ablenkung – Einkaufen, Theater, Essengehen.«

»Um wieviel Uhr haben Sie mit ihr gesprochen?«

»Ich glaube, so um neun. Jedenfalls noch nicht sehr spät. Isabelle war eine Nachteule, aber sie wußte, daß ich normalerweise um zehn im Bett lag. Daß etwas nicht stimmte, merkte ich erst, als Don Seeger rüberkam. Er meinte, sie seien besorgt, weil Isabelle nicht aufmachte. Der Spion sei abmontiert und das Loch sehe versengt aus. Ich warf mir einen Morgenrock über, nahm meinen

Schlüssel und ging mit ihm rüber zum Haupthaus. Wir nahmen die Hintertür und fanden Isabelle in der Diele. Ich war wie erstarrt. Völlig betäubt. Gefroren. Es war furchtbar, die schrecklichste Nacht meines Lebens.« Ich sah zum ersten Mal Tränen in ihren Augen, und ihr Gesicht war schmerzverzerrt. Sie kramte in ihrer Tasche nach einem Taschentuch und schneuzte sich. »Entschuldigung«, murmelte sie.

Ich musterte sie einen Moment. »Und Sie glauben also, daß er sie erschossen hat?«

»Ohne jeden Zweifel. Ich weiß nur nicht, wie Sie das beweisen wollen.«

»Ich auch nicht«, sagte ich.

Es war 14 Uhr 34, als ich mich von Simone verabschiedete und zu meinem Wagen zurückging. Vom Meer her zog Nebel auf. Das Nachmittagslicht war schon dämmrig grau, und die Luft war kalt. Mich überkam ein unbehagliches Gefühl, als ich am Haupthaus vorbei mußte. Ich warf einen raschen Blick auf die Fenster zur Hofseite. Im Wohnzimmer brannte Licht, während oben alles dunkel war. Niemand schien mich zu bemerken. Der BMW stand noch am selben Platz. Der Lincoln war weg. Ich schloß meinen Wagen auf und rutschte auf den Sitz. Ich steckte den Schlüssel ins Zündschloß und musterte noch einmal das Haus.

Auf dieser Seite hatte das Obergeschoß eine Loggia, deren rotes Ziegeldach auf einer Reihe weißer Säulen ruhte. Ein Klettergewächs hatte sich die Stützen emporgerankt und zog sich die überhängende Dachkante entlang, filigranes Grün mit weißen Blüten, wahrscheinlich wohlduftend. Der Schatten des Balkons zerschnitt die Eingangstür in zwei Hälften, und die Sicht wurde zudem durch das Geäst der immergrünen Eichen behindert, die sich in dem mauerumfriedeten Vorgarten drängten. Da sich die Zufahrt in einem steilen Bogen hinaufzog, war das Haus selbst von der Straße unten nicht sichtbar. Ein Passant hätte vielleicht jemanden kommen oder gehen sehen können, aber wer war schon nachts um halb zwei unterwegs? Teenager vielleicht, auf dem Heimweg von einer abendlichen Unternehmung. Ich fragte mich, ob es an dem bewußten Abend vielleicht ein Konzert oder ein Theaterstück gegeben hatte, irgendeine Wohltätigkeitsveranstaltung, die die Bewohner der Gegend bis nach Mitternacht hätte aus dem Haus locken können. Ich würde noch einmal die Zeitungen durchsehen müssen. Isabelle war in der Nacht nach Weihnachten erschossen worden, was die Chancen nicht gerade erhöhte. Die Tatsache, daß sich nie jemand gemeldet hatte, machte die Existenz eines Augenzeugen ziemlich unwahrscheinlich.

Ich ließ den Wagen an, legte den Rückwärtsgang ein und bog scharf nach links, damit ich die Ausfahrt vorwärts nehmen konnte. David Barney hatte behauptet, zur Tatzeit eine nächtliche Jogging-Runde gedreht zu haben. Joggen um halb zwei Uhr morgens, in einer stockfinsteren Gegend. Horton Ravine war weitestgehend ländlich – unbeleuchtete waldige Straßenabschnitte und Gehwege. Niemand konnte seine Aussage bestätigen, aber es konnte sie auch niemand widerlegen. Es erleichterte die Sache nicht gerade, daß die Polizei bislang nichts zutage gefördert hatte, was Barney in irgendeiner Weise mit dem Tatort in Verbindung gebracht hätte. Keinen Zeugen, keine Waffe, keine Fingerabdrücke. Wie wollte Lonnie den Kerl drankriegen, wenn er keinerlei Munition hatte?

Ich ließ den VW die Zufahrt hinunterrollen und bog links ab. Ich hielt ein Auge auf den Meilenzähler und das andere auf die Straße und fuhr an etlichen Häusern vorbei, bis ich sah, was ich suchte – das Haus, das David Barney gemietet hatte, nachdem er bei Isabelle ausgezogen war. Es war das architektonische Äquivalent zu einem Zirkuszelt: weißer Gußbeton, mit einem Dach aus keilförmigen Teilen, das sich von einem Mittelpfeiler nach außen spannte. Jedes Dreieck wurde von drei buntgestrichenen Metallstützen getragen. Die meisten Fenster waren unregelmäßig geformt, eigens darauf angelegt, einen bestimmten Ausschnitt des Seeblicks einzufangen. Ich vermutete, daß die Fußböden aus rohem Estrich und die Wasser- und Heizungsrohre offen sichtbar waren. Dazu noch ein paar Trennwände aus Wellplastik und ein Innenhof mit Kunstrasen, und es war genau die Sorte Haus, die *Metropolitain Home* als »geradlinig«, »kompromißlos« oder auch »genial-ikonoklastisch«

bezeichnen würde. »Gnadenlos ungemütlich« träfe es auch. Man muß nur genügend Geld dafür hinlegen, und alles gilt als geschmackvoll.

Ich stellte meinen Wagen auf dem Randstreifen ab und marschierte die Straße entlang zurück. In genau sieben Minuten war ich bei Isabelles Einfahrt angelangt. Bis zum Haus waren es höchstens noch einmal fünf. Wenn man die Strecke nachts zurücklegte und nicht gesehen werden wollte, mußte man sich in die Büsche drücken, wenn ein Auto vorbeikam. Zu Fuß würde einem so spät wohl niemand begegnen. Als ich zu meinem Wagen zurückging, sah ich wieder auf die Uhr. Acht Minuten diesmal, aber ich hatte mich auch nicht beeilt. Ich notierte mir die Namen auf den Briefkästen an der Straße. Vielleicht wußten die Nachbarn irgend etwas, was uns weiterhalf. Um das herauszufinden, würde ich Klinken putzen müssen.

Ich hatte mich für halb vier bei den Weidmanns angemeldet. Also blieben mir noch zwanzig Minuten. Bei den meisten Aufträgen, die ich übernehme, geht es darum, Übeltäter aufzustöbern: Einbrecher, abgetauchte Schuldner, Unterschlagungstäter, Schwindler, Versicherungsbetrüger. Gelegentlich forsche ich auch nach vermißten Personen, aber das Vorgehen ist immer mehr oder weniger gleich: als ob man an einem gestrickten Teil herumzupft, bis man ein loses Fadenende gefunden hat. Man muß nur an der richtigen Stelle ziehen, und das ganze Ding ribbelt sich auf. Aber das hier war etwas anderes. Diesmal war der Bösewicht bekannt. Die Frage war nicht, wer es war, sondern, wie man ihn zur Strecke bringen konnte. Morley Shine hatte schon ausgiebige (wenn auch schlampig durchgeführte) Ermittlungen angestellt und keinerlei Ergebnis zutage gefördert. Jetzt war ich dran, aber was blieb mir noch zu tun? Ich kritzelte auf meinem Notizblock vor mich hin, in der Hoffnung auf einen Geistesblitz. Die meisten meiner Kritzeleien sahen aus wie dicke, fette Gänseeier.

6

Es ist eine langjährige Beobachtung von mir, daß sich die reichen Leute in zwei Gruppen unterteilen: die, die haben, und die, die mehr haben. Was nützt einem der ganze schöne Status, wenn man sich nicht anderen aus der eigenen Peer-Group überlegen fühlen kann? Daß die Reichen ihren eigenen Club bilden, heißt noch lange nicht, daß sie den Wunsch aufgegeben haben, etwas Besonderes zu sein. Nur ist der Kreis der Auserwählten erlesener, sind die Maßstäbe exotischer. Ein Punkt ist die Bewertung des Immobilieneigentums. Villen – von den Einfamilienhäuschen der mittleren Einkommensschichten leicht zu unterscheiden – lassen sich ihrerseits anhand einiger leicht zu merkender Kriterien weiter klassifizieren. Zunächst sind da Größe und Lage des Anwesens zu berücksichtigen. Dann gilt: je länger die Zufahrt, desto mehr Punkte. Das Vorhandensein eines privaten Wachmanns oder eines Rudels scharfer Hunde zählt natürlich mehr als eine schlichte elektronische Alarmanlage, es sei denn, es handelt sich um ein extrem raffiniertes System. In Rechnung zu stellen sind ferner Faktoren wie Gästehäuser, stachelbewehrte Tore, reflektierende Bassins, kunstvoll beschnittene Bäume und Büsche sowie eine üppige Außenbeleuchtung. Natürlich variieren die Punktzahlen von Ort zu Ort, aber keine dieser Kategorien darf bei der Einstufung einer Person ganz außer acht gelassen werden.

Die Weidmanns wohnten an der Lower Road, einer der weniger angesehenen Adressen in Horton Ravine. Trotz des gehobenen Flairs der Gegend war die Hälfte der Häuser ziemlich banal. Das der Weidmanns war ein eher unscheinbarer, einstöckiger, blaßgrüner Steinbau mit schmiedeeisernen Vordachträgern und einem Kunststein-Flachdach. Das Grundstück war groß und hübsch gestaltet, aber das Haus stand zu dicht an der Straße, um viel herzumachen. Angesichts der Tatsache, daß Peter Weidmann Architekt war, hatte ich mehr erwartet: eine aufwendige Außengestaltung, einen Vergnügungspavillon oder einen Hallenpool, irgendwelche Extras, die das ganze Spektrum seiner fachlichen Fähigkeiten demonstrierten. Aber vielleicht war ja genau das der Fall.

Ich parkte auf einem Asphaltstreifen neben dem Haus, ging zum Eingang, klingelte und wartete. Ich hatte mit einem Dienstmädchen gerechnet, aber Mrs. Weidmann öffnete mir selbst. Sie war wohl in den Siebzigern und trug einen flotten schwarzen Velours-Jogginganzug und Rockport-Laufschuhe.

»Mrs. Weidmann? Ich bin Kinsey Millhone«, sagte ich, während ich ihr höflich die Hand hinstreckte.

Sie schien durch meine Geste völlig aus dem Konzept, und es verging ein ziemlich peinlicher Moment, ehe sie mir schließlich die Hand gab. Da lag etwas in ihrem Zögern – Mißfallen oder Ziererei –, das mich innerlich die Stacheln aufstellen ließ. Ihr Haar war eine steife, platinblonde Kappe. Der Mittelscheitel teilte es vorn in zwei starre, widderhornähnliche Kringel. Sie hatte Tränensäcke und Hängelider, was bewirkte, daß die Iris nur noch als Andeutung von Blau erkennbar war. Ihre Haut war pfirsichfarben, ihre Wangen leuchteten pink. Sie sah aus, als hätte sie sich gerade erfolglos einem Streß-Test unterzogen, aber bei näherem Hinsehen erwies sich, daß sie lediglich Make-up und Rouge in einem für ihren Typ viel zu intensiven Ton aufgelegt hatte.

Sie starrte mich an, als wartete sie darauf, daß ich ihr etwas aufzuschwatzen versuchte. »Worum ging es doch gleich? Ich fürchte, es ist mir entfallen.«

»Ich arbeite für Lonnie Kingman, dem Anwalt von Kenneth Voigt im Prozeß gegen David Barney –«

»Ach, ja! Natürlich. Sie wollten mit Peter sprechen, wegen dieser Mordgeschichte. Schrecklich. Sagten Sie nicht, dieser Mann sei gestorben? Wie hieß er doch gleich, dieser Detektiv...« Sie tippte sich mit den Fingern auf die Stirn, als wollte sie ihren Denkapparat stimulieren.

»Morley Shine«, sagte ich.

»Richtig.« Sie senkte die Stimme. »Ein fürchterlicher Mensch. Ich konnte ihn gar nicht leiden.«

»Ach«, sagte ich, innerlich in Verteidigungsstellung gehend. Ich hatte Morley immer für einen guten Detektiv und außerdem für einen netten Menschen gehalten.

Sie rümpfte die Nase, und ihre Mundwinkel verzogen sich nach oben. »Er roch so merkwürdig. Ich bin sicher, der Mann hat getrunken.« Ihre Miene war ein festgefrorenes gequältes Lächeln tiefster Mißbilligung. Das Alter spielt dem menschlichen Gesicht böse Streiche: alle unsere unterdrückten Gefühle kommen zum Vorschein und erstarren zu einer Maske. »Er war mehrmals hier und hat uns lauter alberne Fragen gestellt. Ich hoffe, Sie haben das nicht auch vor.«

»Ich werde Sie ein paar Dinge fragen müssen, aber ich denke, ich werde Ihnen nicht allzu sehr zur Last fallen. Darf ich reinkommen?«

»Natürlich. Entschuldigen Sie meine schlechten Manieren. Peter ist im Garten. Wir können ja draußen plaudern. Ich wollte gerade los, um meine tägliche Runde zu gehen, als Sie gelautet haben, aber das hat auch noch Zeit bis gleich. Tun Sie etwas für Ihre Fitneß?«

»Ich jogge.«

»Joggen ist ganz schlecht. Diese harten Stöße sind Gift für die Knie«, sagte sie. »Gehen ist das einzig Wahre. Ich bin bei Doktor Julian Clifford … Kennen Sie ihn?«

Ich schüttelte den Kopf.

»Ein phantastischer Orthopäde. Und außerdem ein Nachbar und sehr guter Freund von uns. Ich weiß gar nicht, *wie* oft er mir erklärt hat, was diese Leute anrichten, die meinen, sie müßten unbedingt joggen. Einfach absurd.«

»Ach«, sagte ich kleinlaut.

Sie redete im selben Tonfall weiter, argumentierte, obgleich ich ihr gar nichts entgegensetzte. Ich hatte nicht die Absicht, mein Fitneß-Programm wegen einer Person zu ändern, die der Meinung war, daß Morley gestunken hatte. Ihre Schuhe machten keinerlei Geräusch, als wir durch die marmorgeflieste Diele und den Gang zu den hinteren Räumen gingen. Während das Haus von außen streng im Ranch-Stil der fünfziger Jahre gehalten war, herrschte innen orientalisches Gepränge: Perserteppiche, Seiden-Wandschirme, üppig verzierte Spiegel, eine schwarze, mit Perlmutt eingelegte Lackkommode. Zwei identische Cloisonné-Vasen, groß wie Schirmständer. Viele Dinge traten paarweise auf und flankierten irgendeine groteske Scheußlichkeit.

Ich folgte ihr durch die Küche und zur Hintertür hinaus auf eine Betonterrasse, die sich über die gesamte Breite des Hauses zog. Vier flache Stufen führten hinunter zu einem gepflasterten Weg durch einen kleinen Ziergarten. Weiter hinten sah ich ein waldiges Stück, gesprenkelt mit Giftpilzen, die teils einzeln, teils in Hexenringen standen. Es roch dumpf nach Moos und vermodertem Laub. Ein paar Vögel hockten verloren in den Baumkronen und sangen verzweifelt gegen den nahenden Winter an.

Die Terrassenmöbel waren aus Schmiedeeisen, und der Markisenstoff der Sitzpolster war ausgeblichen. Peter Weidmann hielt gerade ein Nickerchen, ein dickes Buch aufgeschlagen auf dem Schoß. Ich hatte es kürzlich in einer Buchhandlung gesehen: Teil Eins der öden Autobiographie irgendeiner prominenten Persönlichkeit, »aufgezeichnet« von einem Schriftsteller, den sie angeheuert hatten, um dem Ganzen einen Hauch von Intelligenz zu verleihen. Wie es schien, hatte Weidmann es bis etwa Seite fünf geschafft. Rings um seinen Stuhl lagen Zigarettenkippen. Wahrscheinlich durfte er im Haus nicht rauchen.

Er wirkte wie jemand, der sein ganzes Leben im Busineß-Anzug zugebracht hat. Jetzt, im Ruhestand, trug er dunkle, steife Jeans und ein kariertes Flanellhemd, noch mit den Verpackungsknicks. Die beiden obersten Knöpfe standen offen und enthüllten ein Stück seines weißen Unterhemds. Warum wirken solche Männer in Freizeitkleidung so verletzlich? Er hatte ein schmales Gesicht mit schwarzen, struppigen Augenbrauen und kurzgeschorenes weißes Haar. Er und Yolanda hatten nach fünfzig Ehejahren ein Stadium erreicht, in dem sie eher wie seine Mutter denn wie seine Frau aussah.

»Das nennt sich aktiver Ruhestand«, sagte sie lachend. »Ich würde mich auch gern zur Ruhe setzen, aber ich war ja nie berufstätig.« Ihr Ton war scherzhaft, die Bemerkung bitter. Der gespielte Humor vermochte die Schärfe nicht recht zu überdecken. Sie stupste ihn an der Schulter, offensichtlich erfreut, daß sie einen Grund hatte, ihn aufzustören. »Da ist jemand für dich, Peter.«

»Ich kann ja später noch einmal wiederkommen. Sie brauchen ihn nicht zu wecken.«

»Das macht ihm nichts aus. So schwer hat er heute noch nicht gearbeitet.« Sie beugte sich dicht über ihn: »Peter.«

Er schreckte hoch, desorientiert und verstört ob der jähen Stimme an seinem Ohr.

»Wir haben Besuch. Es geht um Isabelle und David. Diese junge Dame hier ist Mr. Kingmans Sekretärin.« Sie wandte sich in einem Anfall plötzlicher Besorgnis zu mir um. »Ich hoffe, das ist richtig. Sie sind doch nicht selbst Juristin, oder?«

»Ich bin Privatdetektivin.«

»Sie sahen mir auch nicht wie eine Juristin aus. Wie war doch gleich Ihr Name?«

Mr. Weidmann legte sein Buch weg und stand auf. Er hielt mir die Hand hin. »Peter Weidmann.«

Wir begrüßten uns. »Ich bin Kinsey Millhone. Tut mir leid, daß ich Sie gestört habe.«

»Das macht nichts. Möchten Sie einen Kaffee oder eine Tasse Tee?«

»Nein, danke, im Moment nicht.«

Yolanda sagte zu ihm: »Es ist viel zu kalt, um hier draußen zu sitzen.« Und dann zu mir: »Er hatte diesen Winter schon zwei Infekte, und noch einmal will ich das nicht mitmachen. Ich war fix und fertig von dem ganzen Gerenne und Gemache. Männer sind wie kleine Kinder, wenn sie krank sind.« Dabei zwinkerte sie mir zu. Falls Peter sich ärgerte, würde sie behaupten, sie hätte doch nur Spaß gemacht.

»Ich fürchte, ich bin kein sehr angenehmer Patient«, sagte er.

»Das gehört ja auch nicht unbedingt zu den Dingen, in die man seinen Ehrgeiz setzen sollte«, sagte ich.

Er deutete in Richtung Haus. »Wir können uns ja in meinem Arbeitszimmer unterhalten.«

Wir marschierten als kleine Prozession zurück ins Haus, wo es nach der feuchten Luft draußen beinahe stickig war. Das Arbeitszimmer war klein, und die Möbel wirkten ähnlich heruntergekommen wie die draußen auf der Terrasse. Ich hatte den Verdacht, daß das Haus in »seinen« und in »ihren« Bereich aufgeteilt war. »Ihr« Teil war wohlausgestattet – teuer, überladen, vollgepfropft mit Dingen, die sie wahrscheinlich auf Reisen zusammengesammelt hatten. Yolanda okkupierte das Wohnzimmer, das offizielle Eßzimmer, die Küche, das Frühstückszimmer und vermutlich auch sämtliche Bäder, das Gästezimmer und das Schlafzimmer. Ihm ließ sie die hintere Terrasse und das Arbeitszimmer, wo er sorgsam alles hortete, was sie wegzuwerfen drohte.

Als wir das holzgetäfelte Arbeitszimmer betraten, begann sie sofort, wegen des Zigarettengeruchs mit den Händen zu wedeln und angeekelt das Gesicht zu verziehen. »Um Himmels willen, Peter, das ist ja gräßlich. Ich verstehe nicht, wie du das aushältst.« Sie ging zum Fenster, stieß es auf und fächelte mit einer Zeitung, die sie sich gegriffen hatte, Luft herein.

Ich stehe zwar auch nicht gerade auf Zigarettenrauch, aber angesichts ihres Affentheaters fand ich mich plötzlich auf seiner Seite. »Lassen Sie nur. Es stört mich nicht«, sagte ich.

Sie nahm mit spitzen Fingern einen Aschenbecher und zog eine Grimasse. »Auch wenn es Sie nicht stört – es ist ekelhaft«, sagte sie. »Ich hole schnell den Geruchvertilger.« Sie ging aus dem Zimmer und nahm den anstößigen Aschenbecher mit. Der Spannungspegel fiel um einen Strich. Ich wandte meine Aufmerksamkeit der Wand über dem Kamin zu, wo lauter gerahmte »Star«-Fotos hingen. Ich trat näher heran, um sie mir genauer anzusehen. »Sind Sie das?«

»Hauptsächlich«, sagte er.

Da war Peter Weidmann mit dem Bürgermeister bei einem feierlichen ersten Spatenstich, Isabelle Barney im Hintergrund, Peter bei einem Bankett, wo er eine Art Urkunde erhielt, Peter auf einer Baustelle, zusammen mit dem Chef der Baufirma. Dieses Bild war offenbar in der Lokalzeitung erschienen, denn jemand hatte den Druck ausgeschnitten, gerahmt und neben das Original gehängt. Der Unterschrift zufolge handelte es sich um die Einweihung eines neuen Erholungszentrums. Aus den Autos im Hintergrund schloß ich, daß die Mehrzahl der Fotos aus den frühen siebziger Jahren stammte. Neben den öffentlichen und gewerblichen Projekten hingen da auch Bilder von Wohnhäusern. Zwei Fotos zeigten drittklassige »Filmstars«, deren Domizile er offenbar entworfen und gebaut hatte. Ich nahm mir einen Moment Zeit, um die ganze Galerie zu studieren, ebenso interessiert an Isabelle wie an ihm. Ich sehe gern Leute bei der Arbeit. Das Berufsleben bringt Seiten von uns zum Vorschein, die niemand erahnen würde, der uns nur im »zivilen« Rahmen erlebt.

Mit Helm und Overall wirkte Peter jung und sehr selbstsicher. Das kam nicht nur daher, daß die Bilder schon etliche Jahre alt waren. Es mußte der Höhepunkt seiner Karriere gewesen sein, die Zeit, als alles lief. Er hatte an großen Projekten gearbeitet. Er mußte Anerkennung bekommen, Einfluß, Geld und Freunde gehabt haben. Er wirkte glücklich. Ich sah auf den Mann neben mir, der im Vergleich dazu so dumpf wirkte.

Ich ertappte ihn dabei, wie er auf meine Reaktion lauerte. »Toll«, sagte ich.

Er lächelte. »Ich habe viel Glück gehabt.« Er zeigte auf eines der Fotos. »Sam Eaton, der Senator«, sagte er. »Ich habe ein Haus für ihn und seine Frau Mary Lee gebaut. Das hier ist Harris Angel, der Hollywood-Produzent. Sie haben sicher schon von ihm gehört.«

Ich sagte: »Der Name kommt mir bekannt vor«, obgleich das ganz und gar nicht stimmte.

Yolanda kam mit dem Geruchvertilger zurück. »Maria hat ihn ausgerechnet in den Kühlschrank gestellt«, sagte sie. Sie stellte ihn auf den Tisch und nahm die Kappe ab. Als sich die Duftmischung aus WC-Reiniger und Schuhcreme breitmachte, sehnte ich mich förmlich nach dem kalten Zigarettenqualm.

Ich überflog rasch den Rest des Zimmers. Ein Stapel Zeitungen auf dem Fußboden neben Peters Ledersessel, ein kleinerer Stapel auf der Ottomane, auf dem Tischchen Zeitschriften und Ränder von Geschirr. Ein großer Holztisch stand unter den Fenstern, die zum Garten hinausgingen. Darauf eine alte Reiseschreibmaschine, ein Stapel Bücher und ein zweiter Aschenbecher voller Kippen. Vor dem Tisch ein alter Eßzimmerstuhl und daneben ein zweiter Stuhl, vollgepackt mit Taschenbüchern. Der Papierkorb war voll.

Sie registrierte meinen Blick. »Er arbeitet an einer Baugeschichte von Santa Teresa.« Ich merkte plötzlich, daß sie bei aller Feindseligkeit auch stolz auf ihn war.

»Klingt interessant.«

»Ist nur so eine Spielerei von mir«, warf er ein.

Sie mußte wieder lachen. »Ich kann ihm Arbeit genug geben, wenn er das über hat. Setzen Sie sich doch, falls Sie ein Plätzchen finden. Ich hoffe, Sie können Unordnung verkraften. Ich lasse nicht mal mehr die Putzfrau hier herein. Es ist zu verkommen. Sie kann das ganze Haus in der Zeit machen, die sie bräuchte, um in diesem einen Raum Ordnung zu schaffen.«

Er lächelte verlegen. »Ach, Yolanda, sei nicht ungerecht. Ich mache ja selbst sauber ... manchmal sogar zweimal im Jahr.«

»Dieses Jahr aber nicht«, gab sie ihm eins drauf.

Er ließ das Thema fallen. Er räumte seinen Ledersessel für sie frei und zog für mich einen Eßzimmerstuhl heran. Ich schob ein paar Ordner beiseite, um Platz zum Sitzen zu schaffen.

»Legen Sie die Ordner einfach auf den Boden«, sagte sie.

»Es geht schon.« Ich war das Spielchen langsam leid – ihre Angriffe, seine willige Unterwerfung, meine Pro-Forma-Beteuerungen. »Wollten Sie nicht eine Runde gehen? Ich möchte Sie nicht davon abhalten.«

Ihr Gesichtsausdruck änderte sich. Bei aller Kratzbürstigkeit war sie doch selbst schnell gekränkt. »Natürlich kann ich gehen, wenn ich hier störe.«

»Aber nicht doch. Bleib hier«, sagte er. »Sie ist sicher gekommen, um mit uns beiden zu reden.«

»Wir könnten vielleicht einen Sherry trinken«, sagte sie zögernd.

Er wies auf ihren Stuhl. »Ich mache das schon. Setz du dich einfach nur hin.«

»Bitte machen Sie sich keine Mühe. Ich muß gleich noch woanders hin.« Das stimmte zwar nicht ganz, aber ich war mir nicht sicher, wieviel ich noch verkraften konnte. Ich nahm mein Notizbuch aus der Handtasche und blätterte darin herum. »Lassen Sie mich rasch ein paar Fragen stellen, dann verschwinde ich wieder. Ich möchte Ihre Zeit nicht länger beanspruchen als unbedingt nötig.«

Peter ließ sich in einen Sessel sinken. »Worum genau geht es noch mal?«

Yolanda drehte einen ihrer Ringe so, daß der rautenförmige Diamant genau auf der Mitte des Fingers saß. »Sie müssen Peter entschuldigen. Ich habe es ihm ja erst zweimal erklärt.«

»Es geht um die Weiterführung von Morley Shines Ermittlungen«, sagte ich, ihr weiter keine Beachtung schenkend. »Kurz gesagt – wir versuchen, die Klage zu untermauern. Hatten Sie an dem Tag, als Isabelle starb, mit ihr oder David Kontakt?«

Er sagte: »Ich erinnere mich nicht genau, aber es ist wohl eher unwahrscheinlich.«

»Es ist allerdings unwahrscheinlich. Du warst damals gerade im Krankenhaus, weißt du das nicht mehr? Dein Herzinfarkt war am fünfzehnten Dezember. Du warst bis zum zweiten Januar im St. Terry. Ich hatte Angst, dir von der Sache mit Isabelle zu erzählen, weil ich nicht wollte, daß du dich aufregst.«

In seinen Augen regte sich nichts. »Das stimmt wohl. Ich habe ganz vergessen, daß das alles zur gleichen Zeit war«, sagte er zu ihr. Und dann zu mir: »Sie waren damals schon aus der Firma ausgestiegen und hatten sich selbständig gemacht.«

»Und so viele Kunden mitgenommen, wie sie nur konnten«, warf sie scharf dazwischen.

»Hat es deswegen böses Blut gegeben?«

Yolanda fummelte verkniffen an ihrem Ring herum. »Wenn Sie ihn fragen, selbstverständlich überhaupt nicht, aber natürlich war es so.«

»Aber Yolanda, das stimmt nicht. Ich habe ihr alles Gute gewünscht.«

»Peter haßt Konflikte. Er würde nie jemanden offen zur Rede stellen, schon gar nicht jemanden wie sie. Nach allem, was er für sie getan hatte.«

»Soweit ich weiß, hatte Isabelle die Idee mit den Mini-Häuschen, während sie noch für Sie arbeitete.«

»Das ist richtig.«

»Und die ... wie sagt man ... Urheberrechte? Gehört die Idee in dem Fall nicht Ihnen?«

Peter setzte zu einer Antwort an, aber Yolanda fuhr dazwischen. »Natürlich. Aber er hat sie nicht einmal dieses Formular unterschreiben lassen. Diese Frau hat einfach alles an sich gerafft. Er war nicht bereit, sich durchzusetzen, obgleich ich ihn angefleht habe. Isabelle hat ihn um Millionen geprellt – buchstäblich Millionen ...«

Ich formulierte meine nächste Frage bedachtsam. Mir war klar, daß Peter viel zu rücksichtsvoll war, um mir irgendwie weiterhelfen zu können. Aber Yolanda, die Giftspritze, würde mir bestimmt von Nutzen sein, wenn ich es richtig anpackte. »Sie waren wohl ziemlich wütend.«

»Ich hatte auch allen Grund. Sie war ein verwöhntes, verzogenes –« Sie biß sich auf die Lippen.

»Nur weiter«, sagte ich.

»Yolanda«, sagte Peter mit einem warnenden Blick.

Sie nahm sich zusammen. »Ich will nicht schlecht über sie reden.«

»Das kann ihr nichts mehr anhaben. Wenn ich es richtig sehe, war sie maßlos –«

»Maßlos ist gar kein Ausdruck. Sie war schlichtweg ein Luder!«

Peter beugte sich zu seiner Frau. »Ich denke, wir sollten nicht zulassen, daß so ein einseitiges Bild von ihr entsteht. Du konntest sie vielleicht nicht leiden, aber sie *hatte* Talent.«

»Ja, das hatte sie«, sagte Yolanda errötend. »Und ich glaube – um gerecht zu sein –, daß sie für ihre Probleme zum Teil nichts konnte. Manchmal tat sie mir richtig leid. Sie war neurotisch und überspannt. Diese Frau hatte alles, nur glücklich war sie nicht.

David hat sich an ihr festgebissen wie ein Parasit und sie ausgesaugt.«

Ich wartete, daß noch mehr käme, aber sie schien ihr Pulver verschossen zu haben. Ich sah Peter an. »Sehen Sie das auch so?«

»Es steht mir nicht zu, über sie zu richten.«

»Ich möchte nicht, daß Sie über sie richten. Ich möchte nur Ihre persönliche Meinung hören. Das könnte mir helfen, mir ein Bild zu verschaffen.«

Er dachte kurz über meine Worte nach und fand sie offenbar einleuchtend. »Sie hatte es schwer. Ich weiß nicht, was ich sonst noch sagen soll.«

»Wie lange hat sie für Sie gearbeitet?«

»Gut vier Jahre. Eine Art informelle Ausbildung.«

»Simone sagte mir, sie hätte nicht Architektur studiert«, bemerkte ich.

»Das ist richtig. Isabelle hatte keine offizielle Ausbildung. Sie hatte brillante Ideen. Sie sprudelte über vor Elan. Es war, als kämen ihre Kreativität und ihre selbstzerstörerischen Impulse aus ein und derselben Quelle.«

»War sie manisch-depressiv?«

»Sie schien immer sehr angespannt, und deswegen hat sie wohl auch getrunken«, sagte er.

»Sie hat getrunken, weil sie Alkoholikerin war«, warf Yolanda ein.

»Das wissen wir nicht«, sagte er.

Sie konnte darüber nur lachen und klopfte sich auf die Brust, um ihre Erheiterung zu bezwingen. »Kein Mann wird jemals zugeben, daß eine schöne Frau Fehler hat.«

Wieder spürte ich, wie sich die Spannung in meinem Nacken ballte. »Was für ein Mensch ist David Barney? Er ist ja wohl Architekt. Ist er talentiert?«

Yolanda sagte: »Er ist ein Handwerker mit Ambitionen.«

Peter wischte ihre Antwort beiseite. »Er ist ein ausgezeichneter Techniker«, sagte er.

»Ein Techniker?«

»Das ist keine Kritik.«

»Er ist der Beklagte. Sie können ruhig Kritik an ihm üben.«

»Das möchte ich ungern. Wir sind schließlich Kollegen, auch wenn ich jetzt im Ruhestand bin. Das hier ist eine kleine Stadt. Ich denke, es steht mir nicht zu, mich über sein Können zu äußern.«

»Und wie ist er als Mensch?«

»Ich habe mich auf der persönlichen Ebene nie näher mit ihm befaßt.«

»Ach, Herrgott, Peter! Warum sagst du ihr nicht die Wahrheit? Du kannst den Kerl nicht ausstehen. Niemand kann ihn leiden. Er ist unehrlich und verschlagen. Er manipuliert andere, wo er kann –«

»Yolanda –«

»Hör auf mit deinem ›Yolanda‹! Sie wollte unsere Meinung hören, und ich sage ihr, was ich denke. Du bist immer so bemüht, nett zu sein, daß du es schon gar nicht mehr schaffst, die Wahrheit zu sagen. David Barney ist ein Ekel, Peter wollte, daß wir auch privat Kontakt mit ihm pflegen, und er hat es auch durchgesetzt, gegen meinen Protest. Ich fand, das ging zu weit. Solange die beiden noch in Peters Firma waren, habe ich mich bemüht, höflich zu sein. Mir lag nichts an David, aber ich habe getan, was von mir erwartet wurde. Isabelle hatte der Firma enormen Aufschwung gebracht, und dafür waren wir ihr verbunden. Aber als sie sich dann mit David einließ ... Er war kein guter Einfluß.«

Ich konzentrierte mich wieder. Sie würde eine hervorragende Zeugin abgeben, wenn sie sich ein bißchen zusammennahm. »Wie hat sie es denn geschafft, so viele Aufträge hereinzubringen?«

»Sie hatte eine Menge Geld, und sie verkehrte in den richtigen Kreisen. Die Leute waren beeindruckt von ihr, weil sie allgemein für ihren erlesenen Geschmack bekannt war. Sie war sehr *en vogue*. Wenn sie etwas aufbrachte, übernahmen es alle.«

»Und als sie und David aus der Firma ausschieden, haben sie einen Großteil der Kunden mitgenommen?«

»Das ist nicht ungewöhnlich«, sagte Peter hastig. »Natürlich ist es unangenehm, aber es passiert in jeder Branche.«

»Es war eine Katastrophe«, sagte Yolanda. »Kurz darauf hat

sich Peter zur Ruhe gesetzt. Das letzte Mal, daß wir sie gesehen haben, war bei ihrer Essenseinladung am Labor Day-Wochenende.«

»Als die Pistole verschwand?«

Die beiden wechselten einen Blick. Peter räusperte sich wieder. »Wir haben später davon gehört.«

»Wir haben es mitgekriegt. Sie hatten einen schrecklichen Streit oben im Schlafzimmer. Wir wußten natürlich nicht, worum es ging, aber es kann nur das gewesen sein.«

»Haben Sie eine Vermutung, wer die Pistole genommen haben könnte?«

»Natürlich *er*«, sagte Yolanda, ohne auch nur einen Sekundenbruchteil zu zögern.

7

Ich fuhr noch beim Büro vorbei, um meine Notizen abzutippen. Das Lämpchen an meinem Anrufbeantworter blinkte fröhlich. Ich drückte die Abhörtaste. Es war Isabelles Freundin Rhe Parsons. Sie klang gehetzt und mechanisch, wie jemand, der einen Anruf tätigt, nur um ihn hinter sich zu bringen. Ich wählte ihre Nummer und blätterte in einer der Akten auf meinem Schreibtisch, während das Telefon bei ihr klingelte. Wo sollte ich einen Zeugen hernehmen, der David Barney etwas anhängen konnte? Lonnie war ein Witzbold, aber andererseits – das wäre wirklich ein Coup. Das vierte Klingeln … das fünfte. Ich wollte gerade einhängen, als sich am anderen Ende abrupt jemand meldete. »Ja?«

»Oh, hi. Hier ist Kinsey Millhone. Könnte ich bitte mit Rhe Parsons sprechen?«

»Am Apparat. Wer ist dran?«

»Kinsey Millhone. Ich habe Ihnen eine Nachricht –«

»Ach ja, richtig«, fiel sie mir ins Wort. »Wegen Isabelle. Ich verstehe nicht, was Sie wollen.«

»Ich wende mich an Sie, weil ich weiß, daß Sie vor ein paar Wochen mit Morley Shine gesprochen haben.«

»Mit wem?«

»Dem Privatdetektiv, der die Sache bearbeitet hat. Leider ist er an einem Herz-«

»Ich habe nie mit irgend jemandem über Isabelle geredet.«

»Sie haben nicht mit Morley gesprochen? Er arbeitete für einen Anwalt, der Kenneth Voigt in seinem Prozeß vertritt.«

»Ich weiß von nichts.«

»Tut mir leid. Dann war das wohl eine Fehlinformation. Vielleicht sollte ich Ihnen einfach erklären, worum es geht«, sagte ich. Ich setzte ihr kurz auseinander, was es mit dem Prozeß auf sich hatte und was mein Job bei der Sache war. »Ich verspreche Ihnen, ich werde Ihre Zeit nicht länger in Anspruch nehmen als unbedingt nötig, aber ich würde mich gern kurz mit Ihnen unterhalten.«

»Ich bin völlig gestreßt. Sie hätten wirklich keinen ungünstigeren Zeitpunkt erwischen können«, sagte sie. »Ich bin Bildhauerin und habe in zwei Tagen eine Ausstellung. Dafür geht im Moment jede freie Minute drauf.«

»Wie wär's mit einem Kaffee oder einem Gläschen Wein irgendwann später am Tag? Von mir aus ruhig nach Feierabend. Ich kann mich ganz nach Ihnen richten.«

»Aber muß es denn heute sein? Hat das nicht bis nächste Woche Zeit?«

»Der Gerichtstermin ist bald.« Andere Leute haben auch zu tun, dachte ich.

»Hören Sie, ich will ja nicht gemein sein, aber sie ist seit sechs Jahre tot. Was immer mit David Barney passiert – es macht sie auch nicht wieder lebendig. Was hat das denn für einen Sinn?«

Ich sagte: »Wenn man genau hinsieht, hat überhaupt nichts Sinn. Wir könnten uns alle gegenseitig das Gehirn aus dem Schädel pusten, aber wir tun es nicht. Natürlich bringt es sie nicht wieder zurück, aber sinnlos muß es deswegen noch lange nicht sein.«

Schweigen. Ich wußte, sie wollte nicht, und es widerstrebte mir, sie zu drängen, aber es mußte sein.

Tatsächlich, sie rührte sich, unwillig, aber doch immerhin bereit, mir entgegenzukommen. »Meinetwegen. Ich halte heute abend von sieben bis zehn meinen Zeichenkurs beim Erwachsenen-Bildungswerk. Wenn Sie dort vorbeikommen, können wir reden, während die Teilnehmer arbeiten. Das ist alles, was ich Ihnen anbieten kann.«

»Wunderbar. Das reicht völlig. Ich bin Ihnen sehr dankbar.«

Sie erklärte mir, wo ich sie finden würde. »Raum zehn, ganz hinten.«

»Bis dann.«

Ich kam um 17 Uhr 35 nach Hause und sah, daß in Henrys Küche Licht brannte. Ich ging von meiner Hintertür zu seiner hinüber und linste durch das Fliegengitter. Er saß in seinem Schaukelstuhl bei seinem abendlichen Jack Daniels und las die Zeitung, während das Essen vor sich hin kochte. Der Duft von Bratwurst und Zwiebeln wehte mir entgegen. Henry legte die Zeitung weg. »Kommen Sie rein.«

Ich öffnete die Fliegentür und trat in die Küche. Ein großer Topf mit Wasser begann gerade zu sieden, und ich sah Tomatensoße auf der hinteren Platte köcheln. »Hi, Henry, wie geht's? Was immer da kocht, es riecht göttlich.«

Er hatte bestimmt sein Leben lang gut ausgesehen, aber jetzt, mit dreiundachtzig, war er eine elegante Erscheinung – groß, schlank, mit schneeweißem Haar und blauen Augen, die in seinem gebräunten Gesicht zu leuchten schienen. »Ich will Lasagne machen. William kommt heute abend.« Henrys zwei Jahre älterer Bruder William hatte im August einen Herzinfarkt gehabt und sich immer noch nicht richtig erholt. Henry hatte erwogen, zu ihm nach Michigan zu fahren, dann aber doch beschlossen, den Besuch zu verschieben, bis sich sein Zustand gebessert hatte. Das war nun offenbar eingetreten, denn William hatte ihn angerufen, um sich anzukündigen.

»Stimmt ja. Das hatte ich ganz vergessen. Na, das wird ja spannend. Wie lange will er bleiben?«

»Zwei Wochen. Wenn ich ihn ertragen kann, auch länger. Er wird mir schrecklich auf die Nerven gehen. Körperlich ist er zwar wieder fit, aber er ist seit Monaten total deprimiert. Hängt völlig durch. Lewis sagt, er kreist nur noch um sich selbst. Ich bin sicher, Lewis schickt ihn nur hierher, um sich an mir zu rächen.«

»Was haben Sie ihm denn getan?«

»Keine Ahnung. Das sagt er nicht. Sie wissen ja, wie väterlich Lewis sich manchmal aufspielt. Er will mich immer dazu bringen, in mich zu gehen und über meine Sünden nachzudenken, für den Fall, daß da eine war, von der er nichts weiß. Ich habe ihm 1926 ein Mädchen ausgespannt. Ich vermute, das will er mir jetzt heimzahlen, aber vielleicht ist es auch etwas anderes. Er hat ein Gedächtnis wie ein Elefant und kein Fünkchen Großmut.« Henrys Bruder Lewis war sechsundachtzig. Sein dritter Bruder Charlie war einundneunzig, und seine einzige Schwester würde am einunddreißigsten Dezember vierundneunzig werden. »Aber ich wette, es war gar nicht seine Idee. Wahrscheinlich hat Nell William rausgeworfen. Sie konnte ihn noch nie besonders gut leiden, und jetzt sagt sie, er redet nur noch vom Sterben. Das will sie nicht hören, wo sie doch bald Geburtstag hat. Sie sagt, er macht sie fix und fertig.«

»Wann kommt sein Flugzeug an?«

»Viertel nach acht, falls es nicht vorher abstürzt. Ich dachte, ich mache uns Salat und Lasagne, und danach gehen wir vielleicht noch auf ein Bier zu Rosie. Möchten Sie mit uns essen? Ich habe einen Kirschkuchen zum Nachtisch gebacken. Das heißt, eigentlich habe ich sechs gemacht. Die übrigen fünf kriegt Rosie, für meine Getränkerechnung.« Rosie ist die Wirtin der Kneipe in unserem Viertel, eine Ungarin mit einem unaussprechlichen Nachnamen. Seit Henry sich als Konditor zur Ruhe gesetzt hat, tauscht er seine Produkte gegen alles mögliche ein. Außerdem beliefert er die Teekränzchen in der Nachbarschaft, und die Nachfrage ist rege.

»Geht nicht«, sagte ich. »Ich habe um sieben einen Termin, und es kann später werden. Ich dachte, ich esse noch einen Happen bei Rosie, ehe ich mich aufmache.«

»Vielleicht sehen wir uns ja morgen mal. Ich weiß nicht, wie wir den Tag verbringen werden. Depressive Menschen tun ja nicht viel. Wahrscheinlich werde ich hier herumsitzen und zusehen, wie er sein Elavil schluckt.«

Das Haus, in dem Rosie ihre Kneipe betreibt, sieht aus, als wäre früher dort mal ein Lebensmittelgeschäft gewesen. Von außen ist es schmal und unscheinbar, und der Blick durch die Scheiben wird behindert von abblätternden Reklameaufklebern für Bier und von summenden Neonschildern. Die Kneipe liegt eingezwängt zwischen einer Elektrowerkstatt und einem schummrigen Waschsalon, dessen Kunden bei Rosie unterschlüpfen, um bei einem Bier und einer Zigarette das Ende des Waschgangs abzuwarten. Der Fußboden besteht aus Holzdielen, die Wände aus dunkelmahagoni gebeiztem Furnierholz. Die Sitznischen entlang der Wände sind roh gezimmert und ganz darauf angelegt, daß man sich Splitter holt, wenn man zu schnell hineinrutscht. Es gibt etwa zehn wacklige Tische mit schwarzen Resopalplatten. Während des Essens ist man nicht selten damit beschäftigt, das Wackeln mit Hilfe diverser Streichholzbriefchen und gefalteter Papierservietten abzustellen. Die Beleuchtung ist von der Art, die einen aussehen läßt, als hätte man zuviel Bräunungscreme benutzt.

Das Essen selbst verlief in der Regel ohne Zwischenfälle, wenn man sich erst gefügt hatte und bestellte, was Rosie empfahl. Sie ist eine imposante Erscheinung: in den Sechzigern, Ungarin, mit einem riesigen Busen, eine gnadenlose Handlangerin der *Food*-Mafia. Das Tagesgericht war diesmal *Gulyás*.

»Ich dachte eigentlich eher an einen Salat. Ich brauche was Gesundes, nach all dem vielen *Junk-Food*.«

»Salat für hinterher. Erst gibt *Gulyás*. Ich mache ganz original. Sie werden mögen«, sagte sie. Sie trug bereits die Bestellung in das kleine Notizbuch ein, das sie seit einiger Zeit immer mit sich herumtrug. Ich fragte mich, ob sie dort wohl über alles Buch führte, was ich je bei ihr gegessen hatte. Ich hatte einmal hineinzulinsen versucht, aber sie hatte mir mit ihrem Bleistift eins übergezogen.

»Rosie, ich weiß noch nicht mal, was *Gulyás* ist.«

»Schscht! Ich werde Ihnen sagen.«

»Dann sagen Sie's mir. Ich bin sehr neugierig.«

Sie mußte sich erst in Positur stellen wie eine Konzert-Violinistin. Sie spricht gern ein betont holpriges Englisch, wohl, weil sie denkt, daß es ihr noch mehr Autorität verleiht. »In Ungarn *Gulyás* bedeutet ›Hirt‹. Hirt von Schafe. Diese Gericht stammt aus neunte Jahrhundert. Ist serr gutt. Die Schafhirte kochen die Würfel von Fleisch mit Zwiebel, wenig Flüssigkeit dabei. Keine Paprika, so ich benutze auch nicht. Wenn Flüssigkeit ist verkocht, Fleisch wird an Sonne getrocknet und dann gesteckt in Beutel, was ist gemacht aus runde Ding von Schaf... Wie sagt man...«

»Hoden?«

»Magen.«

»Hmm, vorverdaut. Sehr schmackhaft. Ich nehme es. Den Rest will ich lieber nicht hören.«

»Gutt«, sagte sie zufrieden.

Das Gericht, das sie mir brachte, war das, was meine Tante »Galoschen« zu nennen pflegte: Rindfleischwürfel, mit Zwiebeln geschmort und mit Sauerrahm angedickt. Es war wirklich köstlich, und der saure Salat hinterher der perfekte Kontrast. Rosie gestattete mir ein Glas mittelmäßigen Rotwein, ein paar Brötchen mit Butter und einen Käseteller zum Nachtisch. Das Essen kostete nur neun Dollar, also konnte ich mich nicht beschweren. Ich fragte mich nur dunkel, ob ich vielleicht zu schnell kapituliert hatte.

Während ich meinen Kaffee trank, baute sie sich neben mir auf, um mir ihr Leid zu klagen. Ihr Hilfskellner Miguel, ein mürrischer Bursche von fünfundvierzig, drohte zu gehen, wenn sie nicht seinen Lohn erhöhte. »Ist doch lächerlich. Warum sollte er kriegen mehr? Nur weil er hat gelernt Geschirrwaschen, wie ich ihm habe gezeigt? Er sollte bezahlen mich.«

»Rosie!« sagte ich. »Der Mann hat die Spülerei übernommen, als Ralph vor sechs Monaten gegangen ist. Jetzt macht er zwei Jobs, und dafür sollte er auch bezahlt werden. Außerdem ist bald Weihnachten.«

»Ist leichte Arbeit«, erklärte sie, unbelastet von Idealen wie Fairneß, Gerechtigkeit oder festtäglicher Großzügigkeit.

»Seine letzte Lohnerhöhung ist zwei Jahre her. Das hat er mir selbst erzählt.«

»Sie sind seine Partei, ich sehe schon.«

»Natürlich bin ich das. Er ist eine prima Kraft. Ohne ihn wären Sie doch aufgeschmissen.«

Ihre Miene war stur. »Ich nicht mag Männer, die immer ziehen Flunsch.«

Die Bildungsstätte, wo Rhe Parsons unterrichtete, lag an der Bay Street, jenseits des Freeway, etwa zwei Querstraßen vom St. Terry-

Krankenhaus. Der Komplex, der früher eine Grundschule gewesen war, enthielt ein paar Büroräume, eine kleine Aula und zahllose mobile Klassenräume. Raum Zehn war gleich hinter dem Parkplatz, ein überdimensionales Malatelier mit einer Tür an jedem Ende. Licht fiel von drinnen über den Fußweg. Ich habe eine natürliche Abneigung gegen Bildungsinstitutionen, aber Zeichnen schien mir harmlos – anders als Mathematik oder Chemie. Ich linste hinein.

Der Raum war fast leer, bis auf einige Staffeleien und ein paar hölzerne Stühle mit geraden Lehnen. In der Mitte befand sich ein niedriges Podest, auf dem eine Frau in einem Morgenmantel, offenbar das Modell, auf einem hohen, hölzernen Hocker thronte und in einer Illustrierten las. Überall standen Kursteilnehmer herum. Sie waren zwischen Ende dreißig und über siebzig. In Santa Teresa sind die meisten Erwachsenenbildungskurse kostenlos. Bei einer praktischen Veranstaltung wie dieser werden vielleicht zwei Dollar für Material kassiert, aber der Unterricht ist in der Regel gratis und für jedermann offen. Ich blieb am Ende des Raumes stehen. Hinter mir fuhren weitere Autos auf den Parkplatz. Es war 18 Uhr 52, und immer noch kamen Leute schwatzend hereinspaziert. Ich beobachtete, wie ein paar Frauen zusätzliche Staffeleien aus einem kleinen Materialraum heranschleppten. Jemand hatte eine Kaffeemaschine in Gang gesetzt, und ich sah eine große rosafarbene Konditorei-Schachtel, wahrscheinlich voller Plätzchen, für die Pause zum Kaffee. Aus einem Kassettenrecorder erklang Kitaros *Silk Road*, leise und verführerisch. Es roch nach Ölfarbe und Kreidestaub und frischgebrühtem starken Kaffee.

Das dort mußte Rhe Parsons sein. Sie kam mit einer großen Papierrolle und einer Schachtel Stifte aus einem Kämmerchen: Jeans und ein Arbeitshemd aus Baumwollköper mit aufgerollten Ärmeln, ein Päckchen Zigaretten in der linken Brusttasche. Kein Make-up, kein BH. Sie trug solide Ledersandalen und einen handgemachten Ledergürtel. Ihr Haar war dunkel und hinten zu einem Zopf geflochten, der ihr über den halben Rücken hing. Ich schätzte sie auf Ende dreißig und fragte mich, ob sie wohl damals in Woodstock dabeigewesen war. Ich hatte Videos von dem Konzert gesehen und konnte sie mir gut vorstellen, wie sie barfuß durch den Matsch tanzte, splitternackt, mit einem Joint, hüftlangem offenen Haar und aufgemalten Gänseblümchen auf den Wangen. Mit den Jahren war eine gewisse Genervtheit über sie gekommen, was den Besten unter uns passiert. Sie deponierte die Pinsel auf einer Ablage und trug die Papierrolle zu einem großen Arbeitstisch, wo sie sich daran machte, mit einem Riesen-Papierschneider gleichgroße Stücke abzutrennen. Etliche Kursteilnehmer ohne eigene Zeichenblöcke stellten sich in einer Zick-Zack-Schlange an. Rhe mußte meinen Blick gespürt haben. Sie sah auf, sichtete mich und machte dann weiter. Ich ging quer durch den Raum auf sie zu und stellte mich vor. Sie hätte nicht freundlicher sein können. Vielleicht ging es ihr wie so vielen notorisch mißgelaunten Leuten, und ihre Gereiztheit verflog von einer Sekunde auf die andere und machte einer sonnigeren Seite ihres Wesens Platz.

»Tut mir leid, wenn ich am Telefon etwas kurz angebunden war. Ich muß nur eben noch dies hier in Gang bringen, dann können wir uns draußen vor der Tür unterhalten.« Sie sah auf ihre Uhr, die sie auf der Innenseite des Handgelenks trug. Es war Punkt sieben. Sie klatschte einmal in die Hände. »Okay, Leute. Fangen wir an. Wir bezahlen Linda schließlich nach Stunden. Als erstes machen wir heute ein paar rasche Skizzen, jeweils eine Minute. Das Ganze ist eine Lockerungsübung, also kümmern Sie sich nicht um Kleinigkeiten. Erfassen Sie das Ganze. Nutzen Sie das Blatt aus. Ich will keine klitzekleinen pedantischen Bildchen sehen. Betsy wird auf die Zeit achten. Wenn es klingelt, das nächste Blatt nehmen und neu anfangen. Noch Fragen? Okay. Viel Spaß.«

Es gab ein kurzes Hin und Her, bis die Spätankömmlinge freie Staffeleien gefunden hatten. Das Modell hüpfte vom Hocker, ließ den Morgenmantel fallen und nahm eine Pose ein: vornüber gebeugt, die Hände auf den Hocker gestützt, der Rücken eine anmutige Kurve. Es war tröstlich, daß sie aussah wie eine gewöhnliche Sterbliche – rund und mißproportioniert, Bauch und Brust vom Kinderkriegen erschlafft. Die Frau neben mir musterte das Modell kurz und begann dann zu zeichnen. Fasziniert sah ich zu, wie sie die Linie der Schulter einfing, den Bogen der Wirbelsäule. Die Stille im Raum war ein Kontrast für das lyrische Plätschern der Musik.

Rhe beobachtete mich. Ihre Augen waren khakigrün, ihre Brauen ungezupft. Sie steuerte auf den Hinterausgang zu, und ich folgte ihr. Die Nachtluft war fünf Grad kühler als der Raum. Sie lehnte sich an eine der Dachstützen, nahm eine Zigarette heraus und zündete sie an. »Zeichnen Sie? Sie haben so interessiert geguckt.«

»Können Sie den Leuten wirklich beibringen, wie man das macht?«

»Natürlich. Möchten Sie's lernen?«

Ich lachte. »Ich weiß nicht. Es macht mich kribbelig. Ich habe noch nie irgendwas Künstlerisches gemacht.«

»Sie sollten es mal probieren. Ich wette, es würde Ihnen gefallen. Im Herbstsemester mache ich einen Grundkurs. Das hier ist Aktzeichnen, für Leute mit einigen Vorkenntnissen. Glauben Sie mir. Sie könnten es im Nu lernen.« Ihr Blick schweifte über den Parkplatz.

»Erwarten Sie jemanden?«

Sie sah mich wieder an. »Meine Tochter kommt gleich vorbei. Sie will sich meinen Wagen leihen. Wenn Sie solange dableiben, könnten Sie mich vielleicht nachher nach Hause bringen.«

»Klar. Kann ich machen.«

Sie kam wieder auf ihr Thema zurück, vielleicht, um das Gespräch über Isabelle noch hinauszuschieben. »Ich zeichne, seit ich zwölf war. Ich erinnere mich noch genau, wie es angefangen hat. In der sechsten Klasse. Wir haben eine Exkursion gemacht, in einen kleinen Park mit einem Bassin. Alle anderen malten den Springbrunnen mit diesen kleinen Strichmännchen drumherum. Ich habe die Zwischenräume des Stacheldrahtzauns gezeichnet. Mein Bild sah wirklich naturgetreu aus. Die anderen Bilder sahen alle aus wie von Sechstklässlern gemalt. Es war wie eine optische Täuschung ... irgendwas hat sich verschoben. Ich merkte, wie mein Gehirn plötzlich einen anderen Gang einlegte, und ich mußte lachen. Von da an war ich so eine Art Wunderkind, der Star in meiner Klasse. Ich konnte alles zeichnen.«

»Darum beneide ich Sie. Ich stelle mir das immer wunderbar vor. Kann ich Sie jetzt wegen Isabelle fragen? Sie sagten, Ihre Zeit sei knapp.«

Sie sah jetzt weg, und ihre Stimme sackte ein bißchen ab. »Von mir aus. Wieso nicht? Ich habe heute nachmittag mit Simone gesprochen, und sie hat mir gesagt, worum es geht.«

»Tut mir leid, daß ich wegen Morley Shine nicht richtig informiert war. Seinen Akten zufolge müßte er mit Ihnen geredet haben. Ich wollte nur noch ein paar Dinge ergänzen.«

Sie zuckte die Achseln. »Ich habe nie von ihm gehört, was nur gut ist. Es wäre mir wirklich *sehr* lästig gewesen, zweimal das gleiche zu erzählen. Aber was möchten Sie denn von mir wissen?«

»Wie haben Sie Isabelle kennengelernt?«

»An der Uni. Wir haben einen Kurs in Drucktechniken absolviert. Ich war damals achtzehn, unverheiratet, mit einem kleinen Kind am Hals. Tippy war zwei. Ich wußte, wer ihr Vater war. Er ist immer mal eingesprungen und hat mir auch finanziell geholfen, aber er war nicht der Typ, den ich je geheiratet hätte ...«

Ich sah einen Dope-Dealer vor mir, auf dem einen Nasenflügel einen kleinen Rubin, der aussah wie ein billiges Glitzersteinchen, das wallende ungewaschene Haar schulterlang.

»... Isabelle war gerade neunzehn geworden und verlobt, mit diesem Burschen, der später bei dem Bootsunfall umgekommen ist. Wir waren beide viel zu jung für den ganzen Schlamassel, aber es hat uns zusammengeschweißt. Wir waren vierzehn Jahre lang Freundinnen. Sie fehlt mir sehr.«

»Sind Sie mit Simone auch befreundet?«

»In gewisser Weise schon, aber nicht so wie mit Isabelle. Für Schwestern waren sie ganz schön verschieden ... extrem sogar. Iz war ein besonderer Mensch. Das war sie wirklich. Enorm begabt.« Sie hielt inne, um ein letztes Mal an ihrem Zigarettenstummel zu ziehen, ehe sie ihn auf den Parkplatz schnippte. »Tip hat Isabelle vergöttert. Sie war für sie eine Art zweite Mutter. Sie hat Iz Sachen erzählt, die sie mir nicht erzählen wollte. Ist auch gut so, wenn Sie mich fragen. Ich glaube, es gibt Dinge, die Mütter über ihre Kinder nicht unbedingt wissen sollten.« Sie unterbrach sich und hob den einen Zeigefinger. »Augenblick, ich will mal kurz nachsehen, was meine Leute machen.«

Sie trat an die Tür und schaute in den Kursraum. Ich sah, wie ihr einer der Teilnehmer, ein etwa sechzigjähriger Mann, sein verwirrtes Gesicht zuwandte. Er hob schüchtern die Hand. »Kleinen Moment«, sagte sie. »Ich muß wohl was tun für mein Geld.«

Der Mann, der sie zu sich gerufen hatte, ließ eine umständliche Frage vom Stapel. Rhe begleitete ihre Antwort mit Gesten, die an Taubstummensprache erinnerten. Was immer sie erklärte – er schien es erst mal nicht zu kapieren. Das Modell hatte die Pose gewechselt und saß jetzt auf dem Hocker, den einen nackten Fuß auf der oberen Quersprosse. Ich sah den Winkel ihrer Hüfte und die Linie, wo die Sitzfläche ihren Hintern plattdrückte. Rhe war weitergegangen. Ich wartete, daß sie ihre Runde von Staffelei zu Staffelei beendete.

Ich hörte Schritte hinter mir und drehte mich um. Eine junge Frau in engen Jeans und hochhackigen Cowboystiefeln kam auf mich zu. Sie trug ein Westernhemd und eine große Ledertasche über der Schulter wie eine Postbotin. Sie sah aus wie eine plumpere Ausgabe von Rhe, obgleich sich ihre Züge mit fortschreitender Reife wahrscheinlich verfeinern würden. Im Augenblick wirkte sie wie eine grobe Bleistiftskizze für ein Öl-Porträt. Ihr Gesicht war breit, die Wangen noch vom letzten Babyspeck gerundet, aber sie hatte die gleichen grünen Augen, den gleichen langen, dunklen Zopf. Ich schätzte sie auf etwa zwanzig. Aufgeweckt und voller Energie. Sie lächelte mich an.

»Ist meine Mutter da drin?«

»Sie kommt gleich wieder. Sind Sie Tippy?«

»Ja«, sagte sie überrascht. »Kennen wir uns?«

»Ich habe mich gerade mit Ihrer Mutter unterhalten, und sie sagte, daß Sie kommen würden. Ich heiße Kinsey.«

»Unterrichten Sie auch hier?«

Ich schüttelte den Kopf. »Ich bin Privatdetektivin.«

Sie verzog den Mund zu einem halben Lächeln und wartete offenbar auf die Pointe. »Echt?«

»Echt.«

»Cool. Und was machen Sie als Privatdetektivin?«

»Ich arbeite für einen Anwalt in einer Gerichtssache.«

Ihr Lächeln verschwand. »Geht es um meine Tante Isabelle?«

»Ja.«

»Ich dachte, der Prozeß sei schon gewesen, und der Typ sei freigesprochen worden?«

»Wir versuchen es noch einmal. Diesmal von einer anderen Seite. Wenn wir Glück haben, kriegen wir ihn dran.«

Tippys Miene war düster. »Ich konnte ihn nie leiden. Dieser Fiesling.«

»Woran erinnern Sie sich noch?«

Sie verzog das Gesicht ... Zögern, Widerstreben, vielleicht ein Hauch von Trauer. »Nicht viel, nur daß wir alle geheult haben. Wochenlang. Es war schrecklich. Ich war sechzehn, als es passierte. Sie war nicht meine richtige Tante, aber ich hatte sie sehr gern.«

Rhe kam wieder aus dem Kursraum, ihren Schlüsselbund in der Hand. »Hi, Baby. Ich dachte mir schon, daß du's bist. Wie ich sehe, hast du mit Miss Millhone schon Bekanntschaft geschlossen.«

Tippy küßte ihre Mutter auf die Wange. »Wir haben nur auf dich gewartet. Du siehst müde aus.«

»Es geht mir gut. Wie war's bei der Arbeit?«

»Gut. Corey sagt, ich kriege vielleicht eine Lohnerhöhung, aber nur so was wie drei Prozent.«

»Übertreib's mal nicht. Das ist doch toll«, sagte Rhe. »Wann sollst du Karen abholen?«

»Vor einer Viertelstunde. Ich bin schon zu spät dran.«

Tippy und ich sahen zu, wie Rhe den Wagenschlüssel vom Ring abmachte. Dann zeigte sie auf den Parkplatz. »Dritte Reihe links. Ich will den Wagen um Mitternacht wiederhaben.«

»Aber es ist erst um viertel vor zu Ende!« protestierte Tippy.

»Also so bald wie möglich danach. Und verfahr nicht wieder das ganze Benzin, so wie letztes Mal.«

»Da war er schon leer, als du ihn mir gegeben hast!«

»Könntest du bitte tun, was ich sage?«

»Wieso? Hast du noch eine Verabredung?« fragte Tippy schelmisch.

»Tippy ...«

»Ich hab' ja nur Spaß gemacht«, sagte sie. Sie schnappte sich den Schlüssel aus der Hand ihrer Mutter und marschierte mit klakkenden Absätzen über den Parkplatz davon.

»Nett von dir, Mom. Ich hoffe, es ist dir nicht allzu lästig«, rief Rhe der davonstrebenden Gestalt hinterher. »Vielen Dank, liebe Mutter.«

»Gern geschehen«, rief Tippy zurück.

Rhe schüttelte den Kopf mit jenem gespielten Unmut, den nur zutiefst entzückte Eltern an den Tag legen. »Zwanzig Jahre lang sie egoistische Monster, und dann gehen sie weg und heiraten.«

»Sie hören das bestimmt ständig, aber Sie sehen wirklich nicht aus wie ihre *Mutter*.«

Rhe lächelte. »Ich war sechzehn, als ich sie bekam.«

»Sie scheint sehr gut drauf zu sein.«

»Das ist sie auch, dank AA. Da ist sie mit sechzehn hingegangen.«

»Zu den Anonymen Alkoholikern? Im Ernst?«

»Sie hat mit dem Trinken angefangen, als sie zehn war. Ich mußte arbeiten, um uns zu ernähren, und die Frau, die sie betreut hat, war Alkoholikerin. Tip ist immer nach der Schule hingegangen und hat sich bei jeder Gelegenheit über ihr Bier hergemacht. Ich hatte keine Ahnung! Ich Schaf denke, es ist alles prima, weil mein Kind so brav und fügsam ist. Sie hat sich nie beklagt. Sie hat nie gemault, wenn ich zu spät kam oder sie über Nacht dalassen mußte. Ich hatte Freundinnen, die auch alleinerziehend waren. Bei ihnen war immer die Hölle los. Aber meine kleine Tippy nicht. Sie war so problemlos. Sie kam in der Schule nicht gut mit und war dauernd ›krank‹, aber sonst schien alles bestens. Ich glaube, ich habe es nicht wahrhaben wollen, denn inzwischen weiß ich, daß sie die Hälfte der Zeit blau oder verkatert war.«

»Ein Glück, daß sie die Kurve gekriegt hat.«

»Das hatte auch mit Izzys Tod zu tun. Es war ein schlimmer Schlag für uns. Dadurch sind wir uns nähergekommen. Wir haben beide unsere beste Freundin verloren, aber wenigstens hat es uns wieder zusammengebracht.«

»Wie haben Sie gemerkt, was los war?«

»Sie war an dem Punkt, wo sie so viel trank, daß es mir gar nicht entgehen konnte. Als sie auf die High School kam, war sie völlig hinüber. Sie nahm Tabletten. Rauchte Dope. Sie hatte seit einem halben Jahr den Führerschein und schon zwei Unfälle gebaut. Außerdem hat sie alles geklaut, was nicht niet- und nagelfest war. Das war in dem Herbst, ehe Isabelle dann nach Weihnachten umgebracht wurde. Tippy hatte gerade ihr Junior-Jahr begonnen und schwänzte dauernd den Unterricht und versiebte sämtliche Klassenarbeiten. Ich kam damit nicht klar. Ich habe sie rausgeworfen, und sie ist zu ihrem Vater gezogen. Als Iz tot war, kam sie wieder zurück.« Sie hielt inne, um sich eine neue Zigarette anzuzünden. »Herrje, wieso erzähle ich Ihnen das alles? Hören Sie, ich muß wieder in meinen Kurs. Würde es Ihnen viel ausmachen, auf mich zu warten? Ich würde wirklich gern mitfahren, wenn sich das machen ließe.«

»Sicher. Gern.«

8

Ich fuhr sie nach dem Kurs um halb elf nach Hause. Die meisten Teilnehmer waren schon um fünf nach zehn verschwunden, und von dem dunklen Parkplatz ergoß sich ein Schwall von Autos mit schwenkenden Scheinwerferlichtern und brummenden Motoren. Ich erbot mich, ihr beim Aufräumen zu helfen, aber sie meinte, es ginge schneller, wenn sie es alleine mache. Ich wanderte durch den Raum und sah mich um, während sie die Kaffeekanne leerte und ausspülte, das Zeichenzubehör wegräumte und schließlich die Lichter ausknipste. Sie schloß hinter uns ab, und wir steuerten auf meinen VW zu, der jetzt ganz allein auf dem Parkplatz stand.

Als wir durch den Torbogen hinausfuhren, sagte sie: »Ich wohne in Montebello. Ich hoffe, das ist kein allzu großer Umweg für Sie.«

»Keine Sorge. Ich wohne am Albanil, nicht weit vom Strand. Ich kann über den Cabana zurückfahren, das ist keine große Sache.«

Ich bog rechts ein, auf den Bay Boulevard, und dann noch mal rechts, auf den Missile, und zwei Straßen weiter auf den Freeway. Sie gab mir noch ein paar genauere Direktiven. Dann plauderten wir über zwei Meilen zwanglos miteinander, während ich mir überlegte, was ich wohl aus ihr herausbekommen könnte. »Wie haben Sie damals von Isabelles Tod erfahren?«

»Die Bullen haben mich um halb drei in der Nacht angerufen und es mir gesagt. Sie haben mich gefragt, ob ich kommen könnte, um bei Simone zu bleiben. Ich habe mir etwas übergeworfen und mich ins Auto gesetzt und bin hingerast. Ich stand total unter Schock. Beim Fahren habe ich die ganze Zeit vor mich hin geredet wie eine Verrückte. Geweint habe ich erst, als ich dort war und

Simones Gesicht gesehen habe. Die Seegers waren völlig am Ende. Sie haben immer wieder dasselbe erzählt. Ich weiß nicht, wer von uns am schlimmsten dran war. Ich glaube, ich. Simone war wie betäubt und gar nicht richtig da, bis David auftauchte. Da war es dann ganz aus. Sie geriet völlig außer sich.«

»Ach ja, richtig. Er hat behauptet, er sei joggen gewesen, mitten in der Nacht. Haben Sie ihm das abgenommen?«

»Ach Gott, ich weiß nicht. Ja und nein. Er ging seit Jahren nachts laufen. Er meinte, dann sei es ruhiger und man habe nicht das Problem mit dem vielen Verkehr und den Abgasen. Ich glaube, er litt an Schlaflosigkeit und geisterte immer im Hause herum.«

»Und wenn er nicht schlafen konnte, ging er joggen, um zur Ruhe zu kommen?«

»Ja, schon, aber andererseits – in der Mordnacht klang es doch sehr an den Haaren herbeigezogen.« Sie bohrte mit einem Finger in einem imaginären Grübchen in ihrer Wange. »So ein Zufall. Ich bin gerade auf meiner Zwei-Uhr-Runde hier vorbeigejoggt.«

»Simone hat mir gesagt, daß er damals ein Stück weiter die Straße runter wohnte.«

Sie zog eine Grimasse. »In diesem gräßlichen Haus. Der Polizei hat er erzählt, er sei gerade auf dem Heimweg gewesen und habe das Licht bei Isabelle gesehen und nachsehen wollen, was los sei.«

»Schien er sehr betroffen?«

»Na ja, das würde ich nicht sagen, aber ihn schien ja sowieso nichts zu berühren. Das war eine ihrer Hauptklagen. Er sei ein Roboter ohne Emotionen.«

»Sie sagten, Simone geriet außer sich. Was meinen Sie damit?«

»Sie wurde hysterisch, als er auftauchte. Sie war fest davon überzeugt, daß er Isabelle umgebracht hatte. Sie hatte die ganze Zeit schon gesagt, diese Geschichte mit der geklauten Pistole sei Quatsch. Wir waren alle schon unzählige Male bei den Barneys im Haus gewesen. Warum um Himmels willen hätte einer von uns plötzlich nach oben schleichen und Davids Achtunddreißiger klauen sollen? Sie war der Meinung, es sei ein Manöver gewesen. Und da hatte sie ja wohl auch recht.«

»Sie waren also auch bei dem Essen am Labor Day-Wochenende, als die Pistole verschwand?«

»Klar. Ich war da und alle anderen auch. Peter und Yolanda Weidmann, die Seegers, die Voigts.«

»Kenneth war dort? Isabelles Ex-Mann mit seiner Frau?«

»Aber ja. Die Etikette von heute. Alle eine große, glückliche Familie, außer Francesca natürlich. Das ist Kenneths Frau, die große Dulderin. Eine richtige Märtyrerin. Ich denke manchmal, Isabelle hat sie nur eingeladen, um sie zu piesacken. Dabei hätte sich Francesca ja auch einfach weigern können.«

»Was war das Problem?«

»Sie wußte, daß Ken immer noch an Isabelle hing. Schließlich war Iz diejenige, die Schluß gemacht hatte. Um darüber wegzukommen, hat er dann Francesca geheiratet.«

»Klingt wie eine Seifenoper.«

»Es kommt noch schlimmer«, sagte Rhe. »Francesca ist wunderschön. Haben Sie sie schon gesehen?« Ich schüttelte den Kopf, und sie fuhr fort: »Wie ein Model, ein perfektes Gesicht und ein Körper, für den man alles drangeben würde. Aber sie ist wahnsinnig unsicher, sucht sich immer Männer, die auf Distanz bleiben. Verstehen Sie, was ich meine? Ken war ideal, weil sie wußte, daß sie ihn nie wirklich ganz für sich haben würde.«

Ich sagte: »Eine Frage: gestern abend habe ich seine Version gehört, und er behauptet, *Isabelle* sei so unsicher gewesen. Stimmt das?«

»Nicht aus meiner Sicht, aber vielleicht hat sie sich Männern gegenüber von einer anderen Seite gezeigt«, antwortete sie. Sie zeigte auf eine Reihe von Einfahrten vor uns auf der linken Seite. »Die erste«, sagte sie.

Wir waren in dem Teil von Montebello, der auch »die Slums« genannt wird und wo ein Haus nur 280 000 Dollar kostet. Ich hielt vor einem kleinen, weiß verputzten Steinhäuschen. Rhe öffnete die Wagentür und stieg aus. »Ich würde Sie ja noch auf ein Glas Wein hereinbitten, aber ich muß wirklich an die Arbeit. Ich werde wohl die halbe Nacht arbeiten müssen.«

»Schon gut. Machen Sie sich deswegen keine Gedanken. Ich bin todmüde. Ich danke Ihnen, daß Sie sich die Zeit genommen haben«, sagte ich. »Ach, übrigens, wo ist denn die Ausstellung?«

»In der Axminster Gallery. Freitag abend um sieben ist ein Sektempfang. Schauen Sie doch vorbei, wenn Sie können.«

»Das werde ich tun.«

»Und danke fürs Nachhausebringen. Wenn Sie noch Fragen haben, können Sie sich ja an mich wenden.«

Bei Henry war alles dunkel, als ich nach Hause kam. Auf meinem Anrufbeantworter war keine Nachricht. Zur Entspannung ging ich daran, das Wohnzimmer aufzuräumen und das untere Bad saubermachen. Putzen hat eine therapeutische Wirkung – die ganze Aktivität der rechten Gehirnhälfte, Abstauben und Saugen, Abwaschen, Betten beziehen. Mir sind schon viele wichtige Erkenntnisse gekommen, während ich mit der Klobürste in der Hand dastand und zusah, wie der Reiniger in der Schüssel kreiselte. Morgen abend würde ich mich staubwischenderweise die Wendeltreppe hinaufarbeiten und dann das Zimmer unter dem Dach und das obere Bad in Angriff nehmen.

Ich schlief gut, stand um sechs auf, drehte meine übliche Laufrunde und absolvierte fast automatisch meine Morgenroutine. Auf dem Weg ins Büro hielt ich bei der Bäckerei und holte mir einen Riesen-Styroporbecher *Caffé latte* mit Deckel. Ich mußte mein Auto zwei Straßen entfernt abstellen, und bis ich bei meinem Schreibtisch anlangte, hatte der Kaffee gerade die richtige Trinktemperatur. Während ich ihn schlürfte, starrte ich von meinem Stuhl aus auf die überall herumliegenden Aktenordner. Ich mußte System in die Sache bringen, um überhaupt dahinterzukommen, was Sache war. Ich kippte den halben Kaffee hinunter und stellte den Becher weg.

Ich schob die Ärmel hoch und machte mich an mein Ordnungswerk. Ich packte die beiden Kartons aus sowie die braune Einkaufstüte mit Unterlagen, die ich bei Morley zu Hause eingesammelt hatte, und legte die Akten aus seinem Büro noch dazu. Ich ordnete alles alphabetisch und rekonstruierte dann mühsam die Reihenfolge der Berichte, wobei ich mich hauptsächlich an Morleys Rechnungen hielt. Ein paarmal (so auch bei Rhe Parsons) stand ein Name auf seiner Rechnung, ohne daß eine zugehörige Akte existierte. Zu »Francesca V.«, worunter ich die jetzige Mrs. Voigt vermutete, fand ich zwar eine säuberlich gekennzeichnete Mappe, jedoch ohne Bericht. Das gleiche galt auch für eine gewisse Laura Barney, wohl Davids Ex-Frau. Hatte Morley mit ihnen gesprochen oder nicht? Die ehemalige Mrs. Barney war offenbar in irgendeiner Funktion an der Santa Teresa Medical Clinic beschäftigt. Morley hatte eine Telefonnummer notiert, aber nichts verriet, ob er sie erreicht hatte oder nicht. Er hatte sechzig Stunden Befragungstätigkeit abgerechnet, in einigen Fällen auch noch mit Spesenquittungen, aber an Material war nicht viel dabei herausgekommen. Ich schrieb mir alle Namen auf, zu denen weder weitere Notizen noch ein schriftlicher Bericht existierten.

Um halb elf hatte ich siebzehn Namen auf meiner Liste. Zwei nahm ich mir als erste Stichprobe vor. Zuerst rief ich Francesca an, die sofort abnahm und kühl und reserviert klang.

Ich stellte mich vor und vergewisserte mich zunächst, daß sie wirklich Kenneth Voigts Frau war. »Ich ordne gerade ein paar Unterlagen und habe mir gedacht, Sie könnten sich vielleicht erinnern, wann Sie mit Morley Shine gesprochen haben.«

»Ich habe gar nicht mit ihm gesprochen.«

»Überhaupt nicht?«

»Ich fürchte nein. Er hat vor drei Wochen bei mir angerufen und eine Nachricht hinterlassen. Ich rief zurück, und wir haben einen Termin ausgemacht, aber dann war er aus irgendeinem Grund verhindert. Ich habe gerade gestern Kenneth deswegen gefragt. Es kam mir irgendwie merkwürdig vor. Nachdem ich beim ersten Prozeß ausgesagt habe, bin ich davon ausgegangen, daß ich auch beim zweiten Mal vorgeladen würde.«

Ich sah auf Morleys Vermerk, der doch augenscheinlich besagte, daß ein Gespräch stattgefunden hatte. »Am besten, wir treffen uns sobald wie möglich.«

»Bleiben Sie einen Moment dran. Ich hole eben meinen Kalender.« Sie legte den Hörer hin, und ich hörte das Klacken von Absätzen auf Hartholz. Dann kam sie wieder, und es raschelte durchs Telefon. »Heute nachmittag habe ich keine Zeit. Wie wäre es mit heute abend?«

»Von mir aus gern. Wann?«

»Ginge es um sieben? Kenneth kommt normalerweise nicht vor neun nach Hause, aber er muß ja nicht unbedingt dabei sein.«

»Es wäre mir sogar lieber, mit Ihnen allein zu sprechen.«

»Gut. Dann sehen wir uns um sieben.«

Als nächstes probierte ich die Klinik, wo ich an die Anmeldung geriet. Die Stimme, die sich meldete, klang jung.

»Santa Teresa Medical Clinic, Schwester Ursa. Was kann ich für Sie tun?«

Ich sagte: »Ich hätte gern gewußt, ob bei Ihnen in der Klinik eine gewisse Laura Barney arbeitet?«

»Mrs. Barney? Klar. Einen Moment, ich hole sie.«

Ich wurde kurz auf die Warteleitung gelegt.

»Hier ist Mrs. Barney.«

Ich nannte meinen Namen und erklärte, wie schon bei meinem Telefonat mit Francesca, wer ich war und warum ich anrief. »Konnen Sie mir sagen, ob Sie in den letzten Wochen mit Morley Shine gesprochen haben?«

»Es war so, daß wir für letzten Samstag verabredet waren, aber er ist nicht erschienen. Ich war sehr ärgerlich, weil ich extra meine Pläne umgeworfen hatte, um ihn zu treffen.«

»Hat er angedeutet, was er von Ihnen wissen wollte?«

»Nicht konkret, aber ich bin davon ausgegangen, daß es mit diesem anstehenden Prozeß zu tun hat. Ich war mit dem Mann verheiratet, der im Strafrechtsverfahren freigesprochen wurde.«

»David Barney.«

»Genau. Wir waren drei Jahre verheiratet.«

»Ich würde gern mit Ihnen reden. Könnten wir noch für diese Woche etwas ausmachen?« Im Hintergrund klingelte eindringlich ein anderes Telefon.

»Ich bin gewöhnlich bis fünf hier. Wenn Sie morgen um diese Zeit vorbeikommen, müßte es möglich sein.«

»Halb fünf oder fünf?«

»Geht beides.«

»Prima. Ich versuche, um halb fünf da zu sein. Jetzt lasse ich Sie aber an Ihr anderes Telefon gehen.«

Sie bedankte sich und legte auf.

Ich nahm mir meine Liste wieder vor und rief weitere neun willkürlich herausgepickte Personen an. Niemand hatte irgend etwas mit Morley Shine zu tun gehabt. Das sah nicht gut aus. Ich rief Ida Ruth im Vorzimmer an. »Ist Lonnie noch auf dem Gericht?«

»Soweit ich weiß, ja.«

»Wann kommt er wieder?«

»Zu Mittag, hat er gesagt, aber manchmal stürzt er ja statt Mittag zu essen auch gleich in die juristische Bibliothek. Wieso, was ist? Soll ich ihm etwas ausrichten?«

In meiner Brust verdichtete sich ein ungutes Gefühl. »Ich geh' besser selbst rüber und rede mit ihm. Welcher Saal, hat er das gesagt?«

»Richter Whitty, Abteilung fünf. Was ist los, Kinsey? Sie klingen so seltsam.«

»Erzähl' ich Ihnen später. Ich bin noch nicht ganz soweit.«

Ich ging die zwei Straßen hinüber zum Gericht. Es war ein klarer, sonniger Tag, und ein leichter Wind zauste den Rasen um das Gerichtsgebäude. Das Gebäude ist im mediterranen Stil errichtet, mit Türmchen, Sandsteinbögen und offenen Galerien. Die Anlagen ringsherum bestehen aus einer bunten Mischung aus magentaroten Bougainvillea, roten Flaschenputzern, Zederzypressen und importierten Palmen. Ein Saum von Bodendeckern am Rand des Gehwegs verströmte einen schweren Duft.

Ich ging die breiten Betonstufen hinauf, durch die dekorative Holztür. Der Flur war leer, der Boden mit glänzenden, unregelmäßigen Steinfliesen in der Farbe von geronnenem Blut ausgelegt. Die hohen Decken waren von Hand mit einem Schablonenmuster verziert und von dunklen Balken durchzogen. Die Beleuchtung bestand aus imitierten schmiedeeisernen spanischen Laternen, und die Fenster waren mit stabilen Gittern gesichert. Das Ganze hätte ein ehemaliges Kloster sein können, überall kühle, schmucklose Flächen. Als ich vorbeiging, öffnete sich die Tür zum Geschworenenzimmer, und die Laienrichter strömten hinaus auf den Flur und erfüllten ihn mit Fußgetrappel und Stimmengemurmel. Gleich darauf hörte ich das Quietschen der Klotüren in den Toiletten auf der anderen Seite des Flurs. Abteilung fünf lag zwei Türen weiter auf der rechten Seite, und das Leuchtschild über der Tür zeigte an, daß die Sitzung noch im Gange war. Ich öffnete leise die Tür und schlüpfte auf einen Platz ganz hinten.

Lonnie und der gegnerische Anwalt waren gerade bei einem Vorverfahrenstermin, und ihre Stimmen klangen in der warmen Luft wie das Gebrumm dicker, fetter Hummeln. Der Richter war damit beschäftigt, ein Schiedsverfahren anzuberaumen und den Termin für den Schiedsvorschlag und einen weiteren Einigungsversuch festzulegen. Wie gewöhnlich staunte ich darüber, daß menschliche Schicksale durch ein Verfahren entschieden werden konnten, das von außen gesehen so langweilig wirkte. Als der Richter die Mittagspause verkündete, wartete ich an der Tür. Ich lenkte Lonnies Aufmerksamkeit auf mich, als er sich umdrehte und auf die kleine Schwingtür zusteuerte, die den Zuschauerraum vom Gericht abtrennte. Er musterte kurz mein Gesicht und sagte dann: »Was ist los?«

»Lassen Sie uns nach draußen gehen, wo wir ungestört reden können. Sie werden nicht erfreut sein.«

Wir marschierten wortlos nebeneinander her, mit klackenden Schritten den Flur entlang, die Betonstufen hinunter und zum Vorderausgang hinaus auf die Straße. Wir zogen uns gerade so weit auf den Rasen zurück, daß uns niemand hören konnte. Er wandte sich mir zu und sah mich an, und ich legte los.

»Mir fällt kein Weg ein, es Ihnen schonend beizubringen, also komme ich gleich zur Sache. Es hat sich herausgestellt, daß Morleys Akten mehr als chaotisch sind. Die Hälfte der Berichte fehlt, und was da ist, ist auch suspekt.«

»Was heißt das?«

Ich holte tief Luft. »Ich glaube, er hat Ihnen Arbeit berechnet, die er nie geleistet hat.«

Lonnie guckte verdutzt, während der Sinn meiner Worte zu ihm durchsickerte. »Sie nehmen mich auf den Arm.«

»Lonnie, er war herzkrank, und seine Frau hat Krebs. Wie ich es sehe, brauchte er dringend Geld, aber er hatte wohl weder die Zeit noch die Kraft, viel zu arbeiten.«

»Wie hat er sich gedacht, daß er damit durchkommen würde? Wir haben in nicht mal vier Wochen einen Gerichtstermin. Hat er im Ernst geglaubt, ich würde nichts *merken*?« fragte er. »Ach, Teufel noch mal, was rede ich da? Ich *habe* nichts gemerkt, oder?«

Ich zuckte die Achseln. »Sonst hat er ja, soweit ich gehört habe, immer ausgezeichnete Arbeit geleistet.« Ein schwacher Trost für einen Anwalt, der Gefahr lief, bei der Verhandlung dazustehen und nichts Nennenswertes in der Hand zu haben.

Lonnie wurde blaß. Offenbar stand ihm dasselbe Bild vor Augen. »Herrgott, was hat er sich dabei gedacht?«

»Wer weiß, was er gedacht hat. Vielleicht hat er ja gehofft, daß es auffliegt.«

»Wie schlimm ist es?«

»Na ja, Sie haben immer noch die Zeugen aus dem Strafprozeß. Offenbar hat er die meisten von ihnen vorgeladen, in der Hinsicht gibt es also keinen Grund zur Aufregung. Aber ich fürchte, etwa die Hälfte der Zeugen auf der neuen Liste haben nie etwas von ihm gehört. Ich kann mich natürlich täuschen. Ich habe nur ein paar Stichproben gemacht. Ich gehe lediglich von der Zahl der Berichte aus, die ich nirgends finde.«

Lonnie schloß die Augen und fuhr sich mit der Hand über das Gesicht. »Verschonen Sie mich ...«

»Hören Sie, wir haben noch etwas Zeit. Ich kann mich an die Arbeit machen und besorgen, was fehlt, aber wenn irgendeine Komplikation auftaucht, sieht es böse aus. Vielleicht kommt man ja an manche von diesen Leuten gar nicht mehr ran.«

»Herrgott, das ist alles meine Schuld. Ich war mit dieser anderen

Sache völlig ausgelastet und bin gar nicht auf die Idee gekommen, an seiner Arbeit zu zweifeln. Was ich gesehen habe, schien in Ordnung zu sein. Ich wußte, daß er hinterherhing, aber was er mir gegeben hat, sah prima aus.«

»Ja, was da ist, ist auch prima. Das Problem ist das, was nicht da ist.«

»Wie lange werden Sie brauchen?«

»Zwei Wochen mindestens. Ich wollte nur, daß Sie wissen, was los ist. Über die Feiertage werden sicher viele Leute beschäftigt oder verreist sein.«

»Tun Sie Ihr Möglichstes. Um zwei muß ich nach Santa Maria, zu einer zweitägigen Verhandlung. Ich bin Freitag spät wieder da, komme aber erst am Montagmorgen wieder ins Büro. Dann können wir alles besprechen.«

»Wollen Sie über Nacht dort bleiben?«

»Ich denke, ja. Ich könnte abends zurückkommen, wenn es sein müßte, aber es stinkt mir, jedesmal die Stunde Fahrzeit dranzuhängen. Nach einem ganzen Tag am Gericht habe ich nur den einen Wunsch, irgendwo einen Happen zu essen und mich aufs Ohr zu legen. Für den Notfall hat Ida Ruth die Motel-Nummer. Tun Sie in der Zwischenzeit, was Sie können, ja?«

»Klar.«

Ich ging in die Kanzlei zurück. Als ich an Lonnies Bürotür vorbeikam, sah ich Ida Ruth telefonieren. Sie erspähte mich und winkte mich zu sich. Sie legte den Anrufer auf die Warteleitung und bedeckte dann die Sprechmuschel mit der Hand, als wollte sie noch zusätzlich dämpfen, was sich auf dieser Seite der Leitung tat. »Ich weiß nicht, wer dieser Mensch ist, aber er will Sie sprechen.«

»Was will er?«

»Er hat gerade den Nachruf auf Morley in der Zeitung gelesen. Er sagt, er muß dringend mit demjenigen sprechen, der seine Arbeit übernommen hat.«

»Ich gehe eben rüber an meinen Schreibtisch und nehme dort ab. Vielleicht hat er irgendwelche Informationen für uns. Welche Leitung?«

Sie streckte zwei Finger hoch.

Ich trabte den Flur entlang, zog meine Bürotür hinter mir zu, legte meine Handtasche ab, angelte nach dem Apparat und drückte Leitung zwei, die hektisch blinkte. »Hier Kinsey Millhone. Was kann ich für Sie tun?«

»Ich habe in der Zeitung gelesen, daß Morley Shine tot ist. Was ist denn passiert?« Die Stimme war wohlmoduliert, der Ton vorsichtig.

»Er hatte einen Herzinfarkt. Wer spricht denn bitte?

Pause. »Ich weiß nicht, ob das wichtig ist.«

»Wenn Sie mit mir reden wollen, schon«, sagte ich.

Erneute Pause. »Mein Name ist David Barney.«

Mein Herz tat einen jähen Bummerschlag. »Tut mir leid, aber ich bin die falsche Person, wenn Sie etwas über Morley Shine wissen wollen –«

Er fiel mir ins Wort: »Hören Sie. Hören Sie mich an. Da ist irgend etwas Komisches im Gang. Ich habe letzten Mittwoch mit ihm gesprochen –«

»Morley hat Sie angerufen?«

»Nein, Ma'am. Ich habe ihn angerufen. Ich hatte gehört, daß irgendein Knastbruder namens Curtis McIntyre gegen mich aussagen will. Er behauptet, ich hätte zu ihm gesagt, daß ich meine Frau getötet habe, aber das ist kompletter Blödsinn, und ich kann es auch beweisen.«

»Ich denke, wir sollten dieses Gespräch auf der Stelle beenden.«

»Aber ich sage Ihnen –«

»Sagen Sie es Ihrem Anwalt. Wir haben nichts miteinander zu besprechen.«

»Ich habe es meinem Anwalt gesagt. Ich habe es auch Morley Shine gesagt, und Sie sehen ja, was mit ihm passiert ist.«

Ich verstummte für eine halbe Sekunde. »Was soll das heißen?«

»Vielleicht war der Bursche ja zu dicht an der Wahrheit dran.«

Ich verdrehte die Augen. »Wollen Sie damit sagen, er sei ermordet worden?«

»Ist doch möglich.«

»Das ist Leben auf dem Mars auch, aber es ist nicht wahrscheinlich. Warum sollte irgend jemand Morley Shine ermorden wollen?«

»Vielleicht hat er ja etwas gefunden, das mich entlastet hätte.«

»Ach, tatsächlich? Was denn zum Beispiel?«

»McIntyre behauptet doch, er hätte an dem Tag, als ich freigesprochen wurde, vor dem Gerichtssaal mit mir gesprochen, richtig?«

Ich sagte nichts.

»Richtig?« fragte er wieder. Ich hasse Leute, die nach jedem Satz auf einer Reaktion bestehen.

»Schießen Sie los«, sagte ich.

»Der Wichser war zu dem Zeitpunkt im Knast. Das war am einundzwanzigsten Mai. Schauen Sie mal ins Strafregister. Da werden Sie's schwarz auf weiß finden. Genau das habe ich Morley Shine am Mittwoch vormittag auch gesagt, und er hat gemeint, er würde mal nachsehen.«

»Mr. Barney, ich halte es nicht für richtig, wenn wir beide in dieser Weise miteinander reden. Ich arbeite für die Gegenseite. Ich bin der Feind, ist Ihnen das klar?«

»Ich will Ihnen ja nur meine Seite darlegen.«

Ich hielt den Hörer von mir weg und plinkerte ihn ungläubig an. »Weiß Ihr Anwalt, was Sie hier machen?«

»Zum Teufel damit. Zum Teufel mit ihm. Anwälte stehen mir bis obenhin, mein eigener eingeschlossen. Wir hätten das alles schon vor Jahren klären können, wenn irgend jemand den Anstand besessen hätte, mir zuzuhören.« Und das von einem Mann, der seiner Frau ins Auge geschossen hatte.

»Aber Sie haben doch die Justiz, wenn Sie wollen, daß Ihnen jemand zuhört. Genau darum geht es doch. Sie sagen dies, und Kenneth Voigt sagt etwas anderes. Der Richter hört beide Seiten an und die Geschworenen ebenfalls.«

»Aber Sie nicht.«

»Nein, ich nicht, weil es nicht meine Aufgabe ist«, sagte ich gereizt.

»Selbst wenn ich die Wahrheit sage?«

»Darüber hat das Gericht zu befinden. Das ist nicht mein Job.

Mein Job ist es, Informationen zu sammeln. Lonnie Kingmans Job ist es, die Fakten dem Gericht zu unterbreiten. Was sollte es Ihnen bringen, mir irgend etwas zu erzählen? Das ist blödsinnig.«

»Herrgott! Jemand muß mir doch helfen.« Seine Stimme brach vor Erregung. Ich hörte, wie meine noch frostiger wurde.

»Reden Sie mit Ihrem Anwalt. Er hat Sie von einer *Mordanklage* freigekriegt ... bis jetzt jedenfalls. Ich an Ihrer Stelle würde mir da nicht alles verpfuschen.«

»Könnten wir uns treffen ... nur ganz kurz?«

»Nein, ich kann mich nicht mit Ihnen treffen!«

»Lady, ich flehe Sie an. Nur fünf Minuten.«

»Ich werde jetzt einhängen, Mr. Barney. Das geht so nicht.«

»Ich brauche Hilfe.«

»Dann beschaffen Sie sich welche. Meine Dienste sind schon gebucht.«

Ich legte den Hörer auf und zog ruckartig die Hand zurück. War der Mann übergeschnappt? Das hatte ich noch nie gehört: daß ein Beklagter versuchte, die Gegenseite für sich zu gewinnen. Angenommen, der Kerl rückte mir in seiner Verzweiflung auf die Pelle? Ich griff wieder zum Telefon und rief Ida Ruth an.

»Was gibt's?«

»Der Kerl, der eben angerufen hat – haben Sie ihm meinen Namen gesagt?«

»Natürlich nicht. So etwas würde ich nie tun«, sagte sie.

»O Scheiße, jetzt fällt's mir wieder ein. Ich habe ihn selbst gesagt.«

9

Ich nahm den Hörer wieder ab und versuchte, Sergeant Cordero bei der Mordkommission zu erreichen. Sie war nicht da, und Lieutenant Becker war am Apparat. »Hi, hier ist Kinsey. Ich brauche eine Information und hatte gehofft, Sheri könnte mir helfen.«

»Sie kommt erst nach drei wieder, aber vielleicht kann ich ja was für Sie tun. Worum geht's?«

»Ich wollte sie bitten, im Bezirksgefängnis anzurufen und zu veranlassen, daß sich mal jemand die Entlassungsformulare eines Burschen namens Curtis McIntyre anguckt.«

»Augenblick. Ich brauche nur einen Stift. McIntyre war der Name?«

»Genau. Das ist ein Informant, den Lonnie Kingman vor Gericht als Zeugen befragen will. Ich muß wissen, ob er am einundzwanzigsten Mai vor fünf Jahren im Gefängnis saß. Das ist der Tag, an dem er angeblich mit dem Beklagten gesprochen haben will. Ich kann mir die Information auch auf dem offiziellen Weg beschaffen, aber es ist wahrscheinlich nur ein Schlag ins Wasser, und ich habe keine Lust, den ganzen Aufwand auf mich zu nehmen.«

»Kann nicht so schwer sein, das rauszukriegen. Ich rufe Sie wieder an, wenn ich es habe, wird aber vielleicht ein Weilchen dauern. Ich hoffe, es ist nicht brandeilig.«

»Je schneller, desto besser.«

»Ist das nicht immer so?« meinte Lieutenant Becker.

Als ich wieder aufgelegt hatte, dachte ich über die Situation nach. Ich überlegte, ob es keinen schnelleren Weg gab, die Sache nachzuprüfen. Natürlich konnte ich bis zum Nachmittag warten, aber die Sache würde mir ständig im Kopf herumspuken. David Barneys Anruf hatte mich beunruhigt und aus dem Konzept gebracht. Ich hatte keine Lust, meine Zeit damit zu verschwenden, etwas zu überprüfen, was er sich vermutlich nur ausgedacht hatte. Aber auf der anderen Seite baute Lonnie auf Curtis McIntyres Zeugenaussage. Wenn Curtis McIntyre log, waren wir aufgeschmissen, vor allem, wenn sich gleichzeitig auch noch Morleys Recherchen in Luft auflösten. Das war mein erster Job für Lonnie. Ich konnte es mir nicht gut leisten, schon wieder gefeuert zu werden.

Ich ließ noch einmal mein Gespräch mit Curtis im Gefängnis Revue passieren. Seiner Darstellung nach hatte er David Barney am Tag des Freispruchs unmittelbar vor der Tür des Gerichtssaals abgefangen. Auf David Barneys Anwalt Herb Foss könnte ich wohl kaum zählen, wenn es darum ging, Curtis Aussage zu untermauern, aber vielleicht gab es einen anderen Zeugen für diese Begegnung? All die vielen Journalisten mit ihren Kameras und Mikrophonen.

Ich schnappte mir meine Jacke und meine Umhängetasche, verließ die Kanzlei und trabte zwei Ecken weiter zu der Nebenstraße, wo es mir schließlich gelungen war, mein Auto in eine freie Parklücke zu quetschen. Ich nahm den Capilla Boulevard zur anderen Seite der Stadt, mitten durch das Geschäftsviertel, und fuhr den Berg jenseits des Freeway hinauf.

KEST-TV lag noch auf dieser Bergseite. Von dem Steilabhang, auf dem das Sendergebäude thronte, hatte man ein halbkreisförmiges Panorama über Santa Teresa vor sich: auf der einen Seite Berge, auf der anderen den Pazifik. Es gab Stellplätze für etwa fünfzig Autos, und ich parkte meinen Wagen in einer als Besucherparkplatz ausgewiesenen Stellfläche. Ich stieg aus und blieb kurz stehen, um den Blick zu genießen. Der Wind strich durch das trockene Gras auf dem Hang. In der Ferne erstreckte sich das helle Meer bis zum Horizont. Es sah glatt aus und seltsam flach.

Ich mußte an die Geschichte denken, die mir einmal ein Meeresarchäologe erzählt hatte. Er hatte gesagt, es gebe Hinweise auf primitive menschliche Siedlungen dort draußen, die jetzt unter Wasser lagen, ursprünglich aber an sumpfigen Flußmündungen oder Arroyos errichtet worden waren. Im Lauf der Zeit hatte das Meer immer wieder Gefäßscherben, Mörser, Muschelschmuck und andere Gegenstände angespült, wahrscheinlich von alten Friedhöfen und Mülldeponien entlang der mittlerweile versunkenen Küste. Die Legenden der Chumash-Indianer berichten, daß einmal das Meer zurückgewichen und über Stunden draußen geblieben sei. Ein Haus sei an der Wasserlinie aufgetaucht ... ein, zwei Meilen weit draußen ... eine wundersame Hütte. Die Leute seien am Strand zusammengelaufen, unter staunendem Gemurmel. Dann sei das Wasser noch weiter zurückgewichen, und ein zweites Haus aufgetaucht, aber die Augenzeugen hätten sich zu sehr gefürchtet, um näher heranzugehen. Nach und nach sei das Wasser wiedergekommen, und die beiden Gebäude seien in der langsam steigenden Flut verschwunden.

Die Geschichte hatte etwas Gespenstisches – Geister des Holozän, die für einen Moment eine längst allen Blicken entzogene Wohnstätte freilegten. Ich hatte mich schon manches Mal gefragt, ob ich mich wohl über das freigelegte Stück Meeresboden dort hinausgetraut hätte. Etwa eine halbe Meile weit draußen fiel der Grund ab wie die Flanke eines Gebirges, und unterseeische Felsenkliffs stürzten steil ab zu einem Canyon. Ich stellte mir die Sedimentschicht auf dem Grund des Ozeans vor, dumpfgrau wegen des fehlenden Lichts, uneben und pockennarbig von all den stumpfen, steinigen Schätzen. Die Zeit deckt die Wahrheit zu, und an der Oberfläche weist nicht einmal mehr ein leichtes Gekräusel auf all die Ebenen und Täler in der Tiefe hin. Auch jetzt, nur sechs Jahre nach diesem Mord, war vieles verschüttet und versunken. An mir war es, die Fundstücke aufzusammeln, die an die Gestade der Gegenwart gespült wurden, beunruhigt bei dem Gedanken an die unentdeckten Schätze dort unten, wo man sie gerade nicht mehr erreichen konnte.

Ich drehte mich um und ging ins Sendergebäude, einem einstökkigen Steinbau, unscheinbar sandfarben verputzt und strotzend von Antennen aller Art. In der Eingangshalle empfingen mich ein hellblauer Teppichboden und die Sorte »Schwedenmöbel«, wie man sie in einem gehobenen Studentenzimmer findet. Die Weihnachtsdekoration wurde gerade angebracht: ein künstlicher Baum in der einen Ecke, auf einem Stuhl ein Stapel Kartons mit Schmuck. An der Wand zu meiner Rechten waren diverse Fernsehpreise ausgestellt wie Bowling-Trophäen. In einem Farbfernseher lief eine Vormittags-Spielshow, bei der es offenbar darum ging, eine Reihe prominenter Persönlichkeiten zu erraten, die mit Vornamen allesamt Andy hießen.

An der Anmeldung saß ein hübsches Mädchen mit langem dunklen Haar und lebhaftem Make-up. Auf ihrem Namensschildchen stand »Tanya Alvarez«. »Rooney!« rief sie, die Augen auf den Fernseher geheftet. Ich wandte mich um und sah auf den Bildschirm. »Andy Rooney« war richtig, und das Publikum applaudierte. Jetzt kam der nächste Hinweis, und sie sagte: »Ach, verflixt, wer ist das? Wie heißt er doch gleich? Andy Warhol!« Wieder richtig, und sie errötete vor Befriedigung. Sie sah zu mir herüber. »Ich könnte bei dieser Show ein Vermögen machen, aber wahrscheinlich käme gerade an dem Tag irgendein Gebiet, von dem ich keine Ahnung habe. Kugelfische oder exotische Pflanzen. Kann ich Ihnen helfen?«

»Ich weiß nicht. Ich würde mir gern altes Nachrichtenmaterial von vor fünf Jahren ansehen, falls Sie so etwas haben.«

»Aus unserem Archiv?«

»So hatte ich es mir gedacht. Es geht um das Urteil in einem Mordprozeß hier in Santa Teresa, und ich nehme ziemlich sicher an, daß Sie darüber berichtet haben.«

»Augenblick. Ich werde mal nachsehen, ob Ihnen jemand dahinten weiterhelfen kann.« Sie wählte ins Innere des Gebäudes durch und schilderte dem Jemand am Apparat mein Anliegen. »Leland kommt in fünf Minuten«, sagte sie.

Ich dankte ihr und vertrieb mir die Wartezeit, indem ich ein wenig herumwanderte, vom Vordereingang, der zum Parkplatz hinausging, zu der automatischen Glastür am anderen Ende der Empfangshalle, die den Blick auf eine große Terrasse mit weißen Gußplastik-Stühlen freigab. Um die Terrasse zog sich wie im 3D-

Kino das Panorama der Stadt. Ich konnte mir vorstellen, wie die Beschäftigten des Senders dort draußen in der heißen Sonne Mittagspause machten – die Frauen mit dezent hochgezogenem Rock, die Männer ohne Hemd. Eine große Antennenschüssel beherrschte das Blickfeld. Die Luft sah von hier oben dunstig aus ...

»Ich bin Leland. Was kann ich für Sie tun?«

Der Typ, der durch die Tür hinter mir aufgetaucht war, mußte Ende zwanzig sein und hatte bestimmt einen Zentner Übergewicht. Ein Mop aus braunen Locken umrahmte ein Baby-Face mit Drahtbrille, klaren, blauen Augen und roten Backen ohne jeden Bartwuchs. Mit einem Namen wie Leland war er wirklich geschlagen. Er sah aus wie jene Sorte kleiner Jungen, die vom ersten Schultag an von den Mitschülern gepiesackt werden: zu intelligent und zu dick, um von den unbedachten Grausamkeiten der anderen Mittelschichtskinder verschont zu bleiben.

Ich stellte mich vor, und wir gaben uns die Hand. Ich erklärte so kurz und bündig wie möglich, warum ich hier war. »Und da dachte ich mir, wenn am Tag des Freispruchs Reporter der lokalen Medien anwesend waren, müßte doch vermutlich auch gefilmt worden sein, wie Barney aus dem Gerichtssaal kam.«

»Okay«, sagte er.

»›Okay‹, war eigentlich nicht die Antwort, die ich hören wollte, Leland. Ich hatte gehofft, es gäbe eine Möglichkeit, die alten Nachrichtenspots durchzusehen.«

Leland sah mich verständnislos an. Ich wünschte, die Arbeit eines Privatdetektivs wäre so einfach, wie es im Fernsehen immer dargestellt wird. Ich habe noch nie ein Sicherheitsschloß mit meiner Kreditkarte geöffnet. Ich schaffe es noch nicht einmal, sie in die Türritze zu zwängen, ohne daß sie kaputtgeht. Und was sollte sie bewirken, wenn man sie drinnen hat? Bei den meisten Schlössern, die ich in meinem Leben gesehen habe, ist die schräge Seite des Schnappers *innen*, so daß es gar nicht möglich ist, eine Kreditkarte daran entlangzuschieben und das Ding zurückzudrücken. Und wenn die schräge Seite schon mal außen ist, macht das Schließblech das Einführen selbst des flexibelsten Instruments einfach unmöglich. Genauso unerbittlich schien sich auch Leland zu sperren.

»Wo liegt das Problem? Heben Sie das Zeug nicht auf?«

»Das schon. Ich bin mir sicher, daß wir eine Kopie des Spots haben, den Sie suchen. Die Bänder sind nach Thema und Datum katalogisiert und mit Querverweisen auf Karteikarten erfaßt.«

»Sie haben sie nicht im Computer?«

In seinem Kopfschütteln schwang ein Hauch von Befriedigung. »Die Logistik der Archivierung spielt keine Rolle, weil ich Ihnen das Band ohne offizielle gerichtliche Anordnung sowieso nicht zeigen darf.«

»Ich arbeite für einen Anwalt. Ich kann eine gerichtliche Anordnung beschaffen. Gar kein Problem.«

»Dann tun Sie's. Ich kann warten.«

»Das glaube ich, aber ich nicht. Ich brauche die Information so schnell wie möglich.«

»Das ist Ihr Problem. Ich kann Ihnen das Band nicht zeigen, solange Sie keine gerichtliche Anordnung haben.«

»Aber wenn ich sie doch später beschaffen kann, wo liegt denn da der Unterschied? Ich bin zur Einsichtnahme berechtigt. Das ist doch der Punkt, oder?«

»Kein Wisch, keine Einsicht. Das ist der Punkt«, sagte er.

Ich kapierte allmählich, warum ihn seine imaginären Klassenkameraden so gerne peinigten. »Vielleicht versuchen wir's mal so?« Ich zog ein Karteifoto von Curtis McIntyre hervor. »Sie könnten sich doch das Band ansehen und mir sagen, ob dieser Mann da drauf ist. Das ist alles, was ich wissen will.«

Er starrte mich mit jener ausdruckslosen Miene an, die alle erbsenzählenden Bürokraten aufsetzen, während sie sich überlegen, wie wahrscheinlich es ist, daß sie gefeuert werden, wenn sie ja sagen. »Warum wollen Sie das wissen? Ich habe vorhin nicht richtig zugehört.«

»Dieser Mensch behauptet, er hätte kurz nach der Urteilsverkündung in einem Mordprozeß mit dem Freigesprochenen geredet. Er sagt, es sei gefilmt worden, als der Mann aus dem Gerichtssaal kam. Das heißt, wenn er die Wahrheit sagt, müßte er auf den Aufnahmen deutlich zu erkennen sein, nicht wahr?«

»Jaaa«, sagte er langsam. Ich merkte, daß er dachte, da sei irgendein Trick dabei.

»Das ist keine Verletzung irgendwelcher Grundrechte«, sagte ich sachlich-argumentativ. »Könnten Sie nicht mal kurz nachsehen?«

Er streckte mir die Hand hin. Ich gab ihm das Karteifoto von Curtis. Er hielt die Hand noch immer ausgestreckt.

Ich starrte ihn einen Moment lang an. »Oh«, sagte ich. Ich öffnete meine Handtasche und zückte meine Brieftasche. Ich fischte einen Zwanziger heraus und drückte ihn ihm in die Hand. Seine Miene veränderte sich nicht merklich, aber mir war klar, daß er beleidigt war. Den gleichen Blick würde man von einem New Yorker Taxifahrer ernten, wenn man ihm ein Zehn-Cent-Stück als Trinkgeld anböte.

Ich blätterte einen weiteren Zwanziger hin. Keine Reaktion. Ich sagte: »So jung und schon so korrupt.«

»Eine Schande, nicht wahr?« erwiderte er.

Ich legte noch einen Schein drauf.

Er schloß die Hand. »Kommen Sie mit.«

Er wandte sich um und verschwand durch den Durchgang in einen schmalen Korridor. Ich folgte ihm wortlos. Rechts und links gingen Büroräume ab. Gelegentlich passierten wir andere Mitarbeiter in Jeans und Reeboks, aber niemand schien sonderlich beschäftigt. Die Räume wirkten vollgepfropft und verwinkelt, mit zu viel knorzigem Kiefernfurnier an den Wänden und zu vielen billig gerahmten Fotos und Urkunden. Das gesamte Gebäude schien einer Do-It-Yourself-Heimverschönerung anheimgefallen, die es später unmöglich macht, es wieder zu verkaufen.

Am jenseitigen Ende des Ganges gelangten wir in einen kleinen Beton-Blinddarmfortsatz mit einer Treppe, die nach oben ins Dachgeschoß führte. In dem Kabuff stand rechterhand ein altmodischer hölzerner Aktenschrank mit einem kleineren Kartei-Aufsatz. Er zog das Schubfach für das fragliche Jahr heraus und begann, die Karteikarten durchzublättern, wobei er zunächst von dem Namen Barney ausging. »Die *Field-Tapes* haben wir nicht«, bemerkte er, während er weitersuchte.

»Was sind Field-Tapes?«

»Das wären die ganzen zwanzig Minuten Rohmaterial, die unser Mann gefilmt hat. Wir heben nur die anderthalb bis zwei Minuten Endfassung auf, die tatsächlich über den Äther gehen.«

»Ach. Na ja, das würde mir auch schon helfen.«

»Es sei denn, der Typ, den Sie suchen, hätte sich erst dann an den Verdächtigen rangemacht und mit ihm gesprochen, als die Kameras nicht mehr liefen.«

»Leider wahr«, sagte ich.

»Nee. Nichts«, sagte er. »Na gut, sehen wir mal weiter. Unter was könnte es noch stehen?« Er probierte es unter »Mord«, »Prozesse« und »Gerichtsnotizen«, aber Isabelle Barney war nirgends aufgeführt.

»Versuchen Sie's mal unter ›Tötungsdelikte‹«, schlug ich vor.

»Oh, heißer Tip.« Er suchte unter T. Da war es, mit einer Nummer daneben, die sich wohl auf das zugehörige Videoband bezog. Wir stiegen die schmale Treppe hinauf und traten durch eine Tür, die so niedrig war, daß wir die Köpfe einziehen mußten. Drinnen erwartete uns ein Labyrinth aus kleinen, mannshohen Kämmerchen, deren Wände mit säuberlich beschrifteten, senkrecht eingeordneten Videokassetten vollgestellt waren. Leland suchte und fand die Bänder, die wir wollten. Dann führte er mich wieder nach unten und rechts um die Ecke, wo sich vier Kabinen mit Video-Apparaturen befanden. Er schaltete das erste Gerät an und legte das Band ein. Der erste Spot erschien auf dem Schirm vor uns. Leland drückte die Schnellvorlauf-Taste. Ich sah die Nachrichten des betreffenden Jahres vorbeirauschen wie die Geschichte der menschlichen Zivilisation in zwei Minuten, alles putzmunter und zackig. Ich erspähte eine Standaufnahme von Isabelle Barney. »Das ist sie«, rief ich.

Leland spulte das Band ein Stück zurück und ließ es dann mit Normalgeschwindigkeit ablaufen. Ein Nachrichtensprecher, den ich seit Jahren nicht mehr gesehen hatte, kommentierte jetzt auf einmal eine Serie zusammenmontierter Filmschnipsel, die schlaglichtartig Isabelles Tod, David Barneys Verhaftung und den anschließenden Prozeß illustrierten. Der Freispruch wirkte in dieser kondensierten Form als ein Ergebnis prompter und reibungslos funktionierender Wahrheitsfindung – wohlformuliert, flüssig vorgetragen, im Namen von Recht und Freiheit. David Barney war zu sehen, wie er aus dem Gerichtssaal kam, offenbar etwas benommen.

»Stop. Das will ich sehen.«

Leland hielt das Band an und ließ mich das Bild eingehend studieren. Barney war in den Vierzigern, mit zurückgekämmtem, hellbraunem, welligem Haar. Er hatte Falten auf der Stirn und um die Augenwinkel, eine gerade Nase und ein verkrampftes Grinsen über künstlich-ebenmäßigen Zähnen, ein energisches Kinn und kräftige Hände mit stumpf geschnittenen Fingernägeln. Er war etwas mehr als mittelgroß. Sein Anwalt wirkte im Vergleich zu ihm sehr groß, grau und düster.

»Danke«, sagte ich. Ich merkte erst jetzt, daß ich den Atem angehalten hatte. Leland drückte auf die Abspieltaste, und die Nachrichten wechselten gleich darauf zu einem völlig anderen Thema über. Er gab mir Curtis McIntyres Karteifoto wieder. »Nichts von ihm zu sehen.«

Für das Geld, das ich ihm gegeben hatte, hätte er wenigstens Enttäuschung heucheln können. »Kann es am Kamerawinkel liegen?« fragte ich.

»Wir haben die Totale und die Nahaufnahme. Sie haben ja gesehen, wie sie allein durch die Tür kommen. Nach dem, was wir hier drauf haben, ist niemand zu ihm hingegangen. Aber wie gesagt, der Typ kann ihn ja angesprochen haben, als nicht mehr gefilmt wurde.«

»Na gut, vielen Dank«, sagte ich. »Dann muß ich mich wohl auf meine andere Quelle stützen.«

Ich ging zu meinem Wagen zurück, ohne recht zu wissen, was ich jetzt tun sollte. Falls sich bestätigte, daß Curtis McIntyre gesessen hatte, wollte ich ihn zur Rede stellen, aber noch war es nicht soweit. Theoretisch hatte ich noch etliche Leute zu befragen, aber

David Barneys Anruf hatte mich aus der Bahn geworfen. Ich wollte meine Zeit nicht darauf verwenden, sein Alibi zu untermauern, aber wenn das, was er sagte, stimmte, würden wir ziemlich dumm dastehen.

Ich fuhr die gewundene Straße auf der anderen Bergseite hinunter, bog nach rechts in den Promontory Drive ein, folgte der Küstenstraße und gelangte von hinten wieder nach Horton Ravine. Die nächsten anderthalb Stunden benutzte ich dazu, die Nachbarschaft abzuklappern, um herauszufinden, ob jemand in der Mordnacht zufällig draußen gewesen war. Es war nicht gerade ein berauschendes Gefühl, mich in David Barneys unmittelbarer Nähe zu tummeln, aber ich sah keine andere Möglichkeit, mir Informationen zu beschaffen. So etwas telefonisch anzugehen, kann man gleich bleibenlassen. Damit gibt man den Leuten nur die Möglichkeit, einfach einzuhängen, Geschichten zu erfinden oder sich aufzuspielen.

Ein Nachbar war weggezogen, ein anderer gestorben. Eine Frau, die auf einem Nachbargrundstück wohnte, meinte, einen Knall gehört zu haben, hatte sich damals aber nicht weiter darum gekümmert und später Zweifel bekommen, ob es nicht doch etwas anderes gewesen sei. Was zum Beispiel, dachte ich. Vielleicht bin ich ja besonders paranoid, aber wenn ich etwa höre, das wie ein Schuß klingt, sehe ich immer auf die Uhr, um den genauen Zeitpunkt festzuhalten.

Von den Bewohnern der übrigen acht an diesem Straßenstück verstreut liegenden Häuser war niemand in der fraglichen Nacht draußen gewesen, und keiner hatte etwas gesehen. Ich hatte den Eindruck, daß das alles viel zu lange her war, um noch einen Gedanken wert zu sein. Ein Mord, der sechs Jahre zurückliegt, beschäftigt die Phantasie nicht mehr. Sie hatten alle ihre Version der Geschichte schon zu oft erzählt.

Ich fuhr zum Mittagessen nach Hause und ging zuerst kurz in meine Wohnung, um den Anrufbeantworter abzuhören. Es war nichts drauf. Dann ging ich nach nebenan zu Henry. Ich war gespannt auf William.

Henry stand in der Küche, die Arme bis zu den Ellbogen mit Vollweizenmehl bepudert. Er knetete Brotteig. Kleine Klümpchen klebten an seinen Fingern wie Holzkitt. Normalerweise hatten Henrys Backvorbereitungen etwas Meditatives – methodisch, routiniert, beruhigend für den Betrachter. Heute dagegen wirkte sein Geknete grimmig, und in seinem Blick lag etwas Gehetztes. Neben ihm an der Arbeitsplatte stand ein Mann, der sein Zwillingsbruder hätte sein können: groß und schlank, mit dem gleichen schneeweißen Haar, den gleichen blauen Augen, den gleichen aristokratischen Zügen. Die Ähnlichkeit sprang sofort ins Auge. Doch die Unterschiede waren fundamental, fielen aber erst beim zweiten Hinsehen auf.

Henry trug ein Hawaii-Hemd, weiße Shorts und Sandalen, und seine langen Gliedmaßen waren so sehnig und sonnengebräunt wie die eines Langstreckenläufers. William trug einen dreiteiligen Nadelstreifenanzug, ein gestärktes weißes Hemd und eine Krawatte. Seine Haltung war sehr aufrecht, fast steif, als müßte er damit eine allgemeine Schwäche kompensieren, von der ich bei Henry nie etwas gemerkt hatte. William hielt eine Broschüre in der leicht zittrigen Hand und tippte mit einer Gabel auf einen Längsschnitt des menschlichen Herzens. Er hielt inne, damit wir einander vorgestellt werden konnten, und wir gingen durch die einschlägigen Floskeln. »Also, wo war ich?« fragte er.

Henry sah mich ausdruckslos an. »William hat mir gerade die medizinischen Prozeduren nach seinem Herzinfarkt erläutert.«

»Ganz recht. Das wird Sie interessieren«, sagte William zu mir. »Ich nehme an, Ihre Anatomiekenntnisse sind genauso rudimentär wie seine.«

»Eine Prüfung würde ich sicher nicht bestehen«, sagte ich.

»Das war bei mir genauso« erwiderte William, »bis zu diesem Vorfall. Schau her, Henry, das wirst du dir bestimmt genauer ansehen wollen.«

»Ich weiß nicht«, sagte Henry.

»Siehst du, die rechte Herzkammer nimmt das Blut auf, das aus dem Körper kommt, und pumpt es durch die Lunge, wo das Kohlendioxyd und andere Abfallstoffe gegen Sauerstoff ausgetauscht werden. Die linke Kammer nimmt das sauerstoffreiche Blut aus der Lunge auf und pumpt es durch die Aorta wieder hinaus in den Körper ...« Das Schaubild sah aus wie der Plan einer Parkanlage mit durch schraffierte Pfeile markierten Einbahnstraßen. »Wenn diese Arterien verstopfen, wird es problematisch.« William tippte nachdrücklich mit seiner Gabel auf das Diagramm. »Das ist so, wie wenn ein Felsrutsch eine Straße blockiert. Der Verkehr wird aufgehalten, und es entsteht ein böser Stau.« Er blätterte eine Seite weiter, das Heftchen vor der Brust wie ein Vorschullehrer, der den Kindern etwas vorliest. Das nächste Schaubild war ein Querschnitt durch ein Herzkranzgefäß, das aussah wie ein mit Flusen verstopfter Staubsaugerschlauch.

Henry unterbrach ihn. »Haben Sie schon zu Mittag gegessen?«

»Deshalb bin ich hergekommen.«

»Im Kühlschrank ist Thunfisch. Sie können uns ein paar Sandwiches machen. Ißt du Thunfisch, William?«

»Ich mußte es aufgeben. Thun ist sowieso schon ein sehr fetter Fisch, und dann noch Mayonnaise ...« Er schüttelte den Kopf. »Für mich nicht, danke. Ich werde mir eine von den natriumarmen Suppen warmmachen, die ich mitgebracht habe. Ich möchte ihm keine Mühe machen, das habe ich ihm auch gesagt. Es gibt nichts Schlimmeres, als den eigenen Angehörigen zur Last zu fallen. Ein krankes Herz ist noch lange kein Todesurteil. Mäßigung heißt das Schlüsselwort. Körperliche Betätigung in Maßen, richtige Ernährung, ausreichend Ruhe ... es gibt keinen Grund, weshalb ich nicht neunzig werden sollte.«

»In unserer Familie werden alle über neunzig«, sagte Henry schroff. Er patschte die Brotlaibe zurecht und legte sie nacheinander in eine Reihe gefetteter Backformen.

Ich hörte ein leises Ping.

William nahm seine Taschenuhr heraus und schnippte den Dekkel auf. »Zeit für meine Pillen«, sagte er. »Ich denke, ich werde jetzt meine Medikamente nehmen und mich dann in meinem Zimmer ein wenig ausruhen, um den Streß durch den Jet-Lag auszugleichen. Ich hoffe, Sie entschuldigen mich, Miss Millhone. Es war mir ein Vergnügen, Ihre Bekanntschaft zu machen.«

»Ganz meinerseits, William.«

Wir gaben uns wieder die Hand. Der Vortrag über die Risiken fettreicher Ernährung schien seine Kräfte ein wenig gestärkt zu haben.

Während ich die Sandwiches zubereitete, schob Henry sechs Laibe Brot in den Ofen. Wir trauten uns nicht, etwas zu sagen, da wir hörten, wie William sich im Bad ein Glas Wasser holte und dann wieder in sein Zimmer zurückging. Wir setzten uns zum Essen.

»Man darf wohl davon ausgehen, daß das zwei sehr lange Wochen werden«, murmelte Henry.

Ich ging zum Kühlschrank, nahm zwei Pepsi Light heraus und brachte sie mit an den Tisch. Henry öffnete beide und schob mir dann eines wieder hin. Während wir aßen, informierte ich ihn über den Stand meiner Ermittlungen, zum einen, weil er es gern hatte, wenn ich ihm von meiner Arbeit erzählte, und zum andern, weil ich immer wieder feststelle, daß es mir hilft, meine Gedanken zu ordnen, wenn ich höre, was ich zu sagen habe.

»Und wie ist Ihr Gefühl, was diesen Barney anbelangt?« fragte er.

Ich zuckte die Achseln. »Der Mann ist ein Widerling, aber von Kenneth Voigt bin ich auch nicht gerade angetan. Ein unangenehmer Mensch. Na ja, zum Glück richtet sich die Justiz nicht nach meiner persönlichen Meinung.«

»Glauben Sie, daß dieser Informant die Wahrheit sagt?«

»Ich werde schon viel mehr wissen, wenn klar ist, wo er am einundzwanzigsten Mai war«, sagte ich.

»Warum sollte er lügen? Zumal, wenn es sich so leicht überprüfen läßt? Wenn er wirklich im Gefängnis gesessen hat, brauchen Sie doch, wenn ich es richtig sehe, nur hinzugehen und in seinen Akten nachzusehen.«

»Aber warum sollte David Barney lügen, wenn da doch genau das gleiche gilt? Anscheinend ist bisher niemand auf den Gedanken gekommen, diese Datumsgeschichte zu überprüfen –«

»Es sei denn, Morley Shine hätte es getan, ehe er starb.« Henry imitierte die Achtung-bedeutsamer-Moment-Musik eines Radiohörspiels: »Da-da-da.«

Ich lächelte, den Mund zu voll mit Thunfisch-Sandwich, um eine Antwort herauszubringen. »Na, großartig. Das hat mir gerade noch gefehlt«, sagte ich, sobald ich dazu in der Lage war. »Ich mache meinen Job ordentlich und segne ebenfalls das Zeitliche.« Ich wischte mir den Mund mit einer Papierserviette ab und nahm einen Schluck Pepsi.

Henry machte eine wegwerfende Handbewegung. »Das war sicher nur ein Vernebelungsmanöver von Barney.«

»Ich hoffe sehr, daß es so ist. Ich weiß wirklich nicht, was ich machen soll, wenn sich herausstellt, daß an diesem ganzen Zeug etwas dran ist.«

Berühmte letzte Worte. Ehe ich aufbrach, rief ich Lieutenant Becker an, um nachzufragen, ob er schon etwas vom Gefängnisregister gehört hatte.

»Ich habe eben mit ihnen telefoniert. Der Mann hat recht. Curtis McIntyre ist an dem Tag wegen eines Einbruchsdelikts zur Anklagevernehmung vorgeführt worden. Er könnte natürlich auf dem Weg zum Haftrichter im Gang an Barney vorbeigekommen sein, aber dann wäre er mit den anderen Gefangenen zusammengekettet gewesen. Er hätte unmöglich mit ihm reden können.«

»Ich sollte wohl herausfinden, was hier gespielt wird«, sagte ich.

»Dann tun Sie's besser schnell. McIntyre ist heute früh um sechs aus der Haft entlassen worden.«

10

Ich eilte zurück ins Büro und rief Sergeant Hixon an, eine Freundin von mir im Bezirksgefängnis. Sie sah in Curtis McIntyres Haftakte nach und gab mir die Adresse durch, die er seinem letzten Bewährungshelfer genannt hatte. Curtis schien jeweils einen Teil des Jahres von der mietfreien Wohnmöglichkeit zu profitieren, die das Santa Teresa County Sheriffs Department bot – für ihn wahrscheinlich so etwas wie ein Time-Share-Ferienappartment auf Hawaii. Wenn er nicht gerade die Gratis-Mahlzeiten und die Volleyballanlagen der Bezirksstrafanstalt nutzte, bewohnte er offenbar ein Zimmer im Thrifty Motel (»tage-, wochen-, monatweise ... mit Kochgelegenheit«) an der oberen State Street.

Ich parkte meinen VW auf der gegenüberliegenden Straßenseite und musterte das Etablissement, das, wie ein kurzer Überschlag ergab, in bequemer Gehweite des Gefängnisses lag. Curtis brauchte bei der Entlassung noch nicht einmal das Geld für ein Taxi zu berappen. Ich dachte mir, daß er wohl in dem einzigen Zimmer wohnen mußte, vor dem kein klappriger Wagen stand. Die übrigen Bewohner verfügten über ein Sortiment von Chevies und zehn Jahre alten Cadillacs, die bevorzugten Vehikel von Auto-Versicherungsbetrügern, was sie ja vielleicht auch waren. Curtis war noch nicht lange genug auf freiem Fuß, um schon wieder illegalen Aktivitäten nachzugehen. Nun ja, vielleicht Verunreinigung städtischer Anlagen, unsittliches Verhalten oder Spucken in der Öffentlichkeit, aber nichts *Ernstes*.

Das Thrifty Motel wirkte wie eine jener Absteigen, die schon Bonny und Clyde als Unterschlupf dienten. Es war L-förmig, aus

Hohlblocksteinen gebaut und in jenem eigentümlichen Grün gestrichen, das Eigelb annimmt, wenn es zu lange gekocht wird. Es hatte insgesamt zwölf Zimmer, jedes mit einer kleinen Eingangsveranda, die kaum größer war als eine Fußmatte. Jemand hatte Stiefmütterchen in lauter Kaffeedosen der gleichen Marke gepflanzt und jeweils zwei oder drei davon um die Treppenstufen arrangiert. Das Büro am Eingang wurde dominiert von einem Cola-Automaten, und die Frontscheibe war mit Faksimiles aller gängigen Kreditkarten bepflastert.

Ich wollte gerade die Straße überqueren und nachsehen, ob er da war, als ich ihn aus genau dem Raum treten sah, den ich ihm im stillen zugeordnet hatte. Er wirkte ausgeruht und frischrasiert und trug Jeans, ein weißes T-Shirt und eine Jeans-Jacke. Er fuhr sich mit einem Kamm durchs Haar, das noch duschfeucht war und sich um seine Ohren kringelte. Er rauchte und kaute gleichzeitig Kaugummi, eine herb-frische Duftkomposition für den Atem. Ich ließ den VW an und folgte ihm in einiger Entfernung.

Ich behielt ihn im Auge, während er in westlicher Richtung davonschlenderte und etliche kleinere Geschäfte passierte: eine Pizza-Bude, eine Tankstelle, eine Transporter-Vermietung, einen Laden für Heimwerker- und einen für Gartenbedarf. Dahinter, wo die Straße eine leichte Linkskurve machte, lag ein Bar-Grillrestaurant namens Wander Inn. Die Tür stand offen. Curtis schnippte seine Zigarette auf den Bürgersteig und verschwand im Eingang. Ich fuhr auf den Schotterparkplatz hinter dem Gebäude und parkte auf einem von zehn freien Stellplätzen. Ich ging durch den Hintereingang, vorbei an den Toiletten und an der Küche, wo ich den Mann am Fritierbecken ein Drahtsieb voller goldgelber Pommes frites trockenschütteln sah.

Das Lokal war ganz Plastik und Bierdunst, illuminiert von einem breiten Strahl Tageslicht, das zur Vordertür hereinfiel. Schon um diese Uhrzeit hüllte der Zigarettenqualm alles in einen leichten Nebelschleier wie auf alten Fotos. Das einzig Bunte waren die grellen Grundfarben des Flippers, auf dem eine Barbarella mit riesigen Spitzkegelbrüsten im hautengen Raumanzug und schenkelhohen gelben Stiefeln breitbeinig auf dem Erdball ritt. Hinter ihr schoß ein großes, rotes Dildo-förmiges Raumschiff in Richtung Mond.

An der Bar wandten sechs Männer die Köpfe nach mir um, aber Curtis war nicht darunter. Ich sichtete ihn in einer Nische, eine Bierflasche an den Lippen. Sein Adamsapfel ruckte auf und ab wie ein Pumpkolben. Er stellte die leere Flasche auf den Tisch und verharrte einen Moment, um eine Serie dröhnender Rülpser zu produzieren wie ein wütender Seelöwe, der sein Weibchen anbellt.

Eine Kellnerin in weißer Bluse, schwarzen Hosen und Tennisschuhen kam aus der Küche, bewehrt mit einem Tablett mit heißem Essen, das sie zu seinem Tisch trug. Ich wartete, bis sie ihm einen Cheeseburger und einen Berg Pommes frites hingestellt hatte, was er beides mit üppigen Dosen Salz und Ketchup überschüttete. Er türmte Salat, Tomatenscheiben, Gürkchen und Zwiebeln auf den Burger, legte dann die obere Brötchenhälfte wieder darauf und quetschte das ganze Gebilde platt. Zum Abbeißen mußte er es mit beiden Händen zum Mund führen. Ich ging zu seiner Nische und schlüpfte ihm gegenüber auf die Bank. Er gab seiner Begeisterung so lebhaft Ausdruck, wie es ihm mit vollem Mund und ketchupverschmierten Lippen möglich war. »Hey, wie geht's? Ist ja toll! Schön, Sie zu sehen. Ist ja ein Ding. Woher wußten Sie, daß ich hier bin?« Er schluckte den Inhalt seiner Backentaschen hinunter und wischte sich mit einer Papierserviette über die untere Gesichtshälfte. Ich reichte ihm eine zweite Serviette aus dem Spender und beobachtete, wie er sich die Finger abputzte, worauf er prompt darauf bestand, mir die Hand zu schütteln. Ich sah keine höfliche Möglichkeit, dem zu entgehen, obwohl mir klar war, daß meine Hand noch eine Stunde nach Zwiebeln riechen würde.

Ich stützte mich auf die verschränkten Unterarme, um weitere Kontakte im Vorfeld abzubiegen. »Curtis, ich muß mit Ihnen reden.«

»Ich hab' Zeit. Möchten Sie ein Bier? Nur zu, ich spendier' Ihnen eins.«

Ohne meine Einwilligung abzuwarten, signalisierte er dem Barkeeper seine Bestellung, indem er seine Bierflasche hochhob und zwei Finger in die Luft reckte. »Möchten Sie auch was essen? Bestellen Sie sich was«, sagte er.

»Ich habe gerade gegessen.«

»Na, dann ein paar Fritten. Bedienen Sie sich. Woher haben Sie gewußt, daß ich wieder draußen bin? Das letzte Mal, als wir uns gesehen haben, saß ich noch im Bau. Sie sehen toll aus.«

»Danke. Sie auch. Das war übrigens gestern«, erinnerte ich ihn.

Curtis sprang auf und ging hinüber an die Bar, um das Bier zu holen. Während er weg war, aß ich ein paar von seinen Pommes frites. Sie waren handgeschnitten, mit Schale, und richtig schön knusprig. Er kam mit dem Bier zurück, und ich sah, wie er Anstalten machte, sich neben mich zu quetschen.

»Nichts da«, sagte ich. Er benahm sich, als seien wir liiert, und die Typen an der Bar äugten neugierig zu uns herüber.

Ich weigerte mich, zur Seite zu rutschen, und er mußte sich wohl oder übel wieder auf seinen alten Platz setzen. Er streckte mir ein Bier entgegen und grinste mich fröhlich an. Curtis schien zu glauben, daß ihm an diesem Nachmittag zu all dem schönen Bier, den Zigaretten und den ganzen gesättigten Fettsäuren auch noch eine nette Begegnung im Bett beschieden war. Er stützte das Kinn auf die Faust und probierte es wieder mit dem seelenvollen Hundebaby-Blick. »Sie werden doch nicht so häßlich zu mir sein?«

»Essen Sie auf, Curtis, und sparen Sie sich diesen Hundeblick. Er löst bei mir nur den Wunsch aus, Ihnen mit der zusammengerollten Zeitung einen Klaps zu geben.«

»Verdammt, Sie sind wirklich süß«, sagte er. Die Liebesgefühle schlugen ihm offenbar auf den Appetit. Er schob seinen Teller weg und zündete sich eine Zigarette an. Er offerierte mir einen Zug, als seien wir postkoitale Bettgenossen.

»Ich bin gar nicht süß. Ich bin eine sehr kratzbürstige Person. Könnten wir jetzt vielleicht zur Sache kommen? Ich habe da ein Problem mit der Geschichte, die Sie mir erzählt haben.«

Er runzelte die Stirn, um Ernst zu demonstrieren. »Wieso?«

»Sie sagten, Sie hätten sich den Prozeß gegen David Barney angesehen –«

»Nicht den ganzen. Das hab' ich ja schon gesagt. Verbrechen sind ja vielleicht was Spannendes, aber die Justiz ist langweilig, finden Sie nicht?«

»Sie sagten, Sie hätten mit David Barney gesprochen, als er gleich nach dem Freispruch aus dem Gerichtssaal kam.«

»Das hab' ich gesagt?«

»Jawohl, das haben Sie gesagt.«

»Weiß ich gar nicht mehr. Und was ist das Problem?«

»Das Problem ist, daß Sie zu dem Zeitpunkt im Gefängnis saßen und auf Ihre Anklagevernehmung wegen Einbruchs gewartet haben.«

»Neee«, sagte er ungläubig. »*Ich* war im Knast?«

»Jawohl, das waren Sie.«

»Na gut, Treffer. Da haben Sie mich drangekriegt. Hatte ich ganz vergessen. Ich hab' da wohl mit dem Datum was durcheinandergebracht, aber der Rest ist die reine Wahrheit.« Er hob die Hand, als wolle er einen Eid ablegen. »Ich schwör's bei Gott.«

»Sparen Sie sich den Quatsch, Curtis, und sagen Sie mir, was hier abläuft. Sie haben nie mit ihm geredet. Das ist doch alles erstunken und erlogen.«

»Moment. Warten Sie mal. Ich hab' mit ihm geredet. Es war nur nicht da, wo ich gesagt hab'.«

»Wo dann?«

»Bei ihm zu Hause.«

»Sie waren bei ihm *zu Hause*? Das ist doch Blödsinn. Wann soll das denn gewesen sein?«

»Weiß nicht. Ein paar Wochen nach dem Prozeß.«

»Ich dachte, da saßen Sie noch im Gefängnis.«

»Nee, da war ich schon wieder draußen, ganz legal und normal. Mein Anwalt hat einen Deal rausgehandelt. Ich hab' mich ... wie sagt man noch mal? Der geringfügigeren Straftat schuldig bekannt.«

»Sparen Sie sich das Wortgeklingel, und erzählen Sie mir, wie es kam, daß Sie zu David Barney nach Hause gegangen sind. Haben Sie ihn angerufen oder er Sie?«

»Weiß ich nicht mehr.«

»Sie *wissen* es nicht mehr?« äffte ich ihn in beißendem Ton nach. Ich wurde allmählich grob, aber Curtis schien es gar nicht zu merken. Er war es vermutlich gewohnt, so behandelt zu werden – von all den wenig zartfühlenden Vertretern der Staatsanwaltschaft, mit denen er im Zuge seiner kurzen, glanzvollen Karriere zu tun gehabt hatte.

»Ich hab' ihn angerufen.«

»Wie sind Sie an seine Telefonnummer gekommen?«

»Über die Auskunft.«

»Was hat Sie dazu bewogen, sich mit ihm in Verbindung zu setzen?«

»Ich dachte, er hat bestimmt nicht viele Freunde. Ich kenn' das ja. Wenn man mal mit dem Gesetz in Konflikt kommt, wollen die Leute nichts mehr von einem wissen. Mit einem Knastbruder wollen sie nichts zu tun haben.«

»Und da dachten Sie sich, er hätte einen Freund nötig und der würden Sie sein. Und wie geht die Geschichte weiter?«

Er guckte verlegen und hatte immerhin den Anstand, sich ein bißchen zu winden. »Na ja, ich wußte ja, wo er wohnt – draußen in Horton Ravine. Und da hab' ich mir gedacht, ein Essen oder ein paar Drinks würden allemal dabei rausspringen. Wir waren ja schließlich Zellengenossen, und ich dachte, er würde mich auf jeden Fall höflich behandeln.«

»Sie sind zu ihm gegangen, um ihn anzupumpen«, sagte ich.

»So könnte man es sagen.«

Das war bislang der einzige Satz aus seinem Mund, der aufrichtig klang.

»Ich war gerade aus dem Knast gekommen. Ich hatte so gut wie nichts auf der Kralle, und dieser Typ hatte jede Menge Kohle. Er ist stinkreich –«

»Schon gut. Das können Sie sich schenken. Beschreiben Sie das Haus.«

»Er hat zu der Zeit in dem Haus von seiner toten Frau gewohnt – dort oben auf dem Hügel, so ein spanisches Ding, mit einem Innenhof und so einer Terrasse mit einem Pool, der so schwarz –«

»Alles klar. Weiter.«

»Ich klingle. Er ist da, und ich sag', ich war gerade in der Gegend und wollte mal reinschauen, um ihm zu gratulieren, daß er aus dieser Mordsache rausgekommen ist. Er sagt, ich soll doch reinkommen, und wir kippen ein paar Drinks –«

»Was haben Sie getrunken?«

»Er hat sich so ein Weibergesöff gemixt, Wodka-Tonic mit irgendwas. Ich hatte Bourbon, mit einem kleinen Schuß Wasser. Klasse-Bourbon, muß ich echt sagen.«

»Sie haben also getrunken ...«

»Genau. Wir haben uns ein paar hinter die Binde gegossen, und er hat der Frau in der Küche gesagt, sie soll uns was zu knabbern bringen. Dieses grüne Zeug. Guacamole und Salsa und solche dreieckigen Chips, die so grau sind. Ich hab' ihn gefragt: ›Was zum Teufel ist das?‹ und er hat gesagt: ›Das sind blaue Mais-Tortilla-Chips‹. Sahen aber mehr grau aus, wenn Sie mich fragen. Wir haben rumgesessen und getrunken und geredet, bis es fast Mitternacht war.«

»Was war mit dem Abendessen?«

»Gab kein Abendessen. Nur das Knabberzeug, deshalb waren wir ja so blau.«

»Und was war dann?«

»Dann hat er das gesagt – daß er sie umgelegt hat.«

»Was genau hat er gesagt?«

»Er hat gesagt, er hat geklingelt und sie ist runtergekommen und hat das Licht über der Tür angeknipst. Er hat gewartet, bis er kein Licht mehr durch den Spion gesehen hat, weil sie das Auge dran hatte. Dann hat er losgeballert. Bumm!«

»Warum haben Sie mir das nicht gleich erzählt?«

»Ich dachte, das kann ich nicht bringen«, sagte er im Brustton moralischer Überzeugung. »Ich meine, ich bin doch hingegangen, um ihn zu fragen, ob er mir Geld leiht. Ich wollte nicht, daß es so aussieht, als ob ich sauer auf ihn wär', weil er mich abgewimmelt hat. Hätte mir doch keiner geglaubt, wenn ich die Sache so erzählt hätte. Außerdem war er ja nett zu mir, und ich wollte nicht als hinterfotziger Arsch dastehen – entschuldigen Sie mein Französisch.«

»Wieso hätte er zugeben sollen, daß er sie getötet hat?«

»Wieso nicht? Wenn er mal freigesprochen ist, können sie ihn doch nicht noch einmal vor Gericht stellen.«

»Nicht vor ein Strafgericht.«

»Na und? Was juckt ihn ein blöder Zivil-Prozeß?«

»Und Sie sind bereit, das vor Gericht zu wiederholen?«

»Von mir aus.«

»Sie werden unter Eid aussagen müssen«, sagte ich, um sicherzustellen, daß ihm wirklich klar war, worum es ging.

»Ich weiß. Nur ...«

»Nur was?«

»Ich hätt' gern ein bißchen was dafür«, sagte er.

»Wie meinen Sie das?«

»Na ja, eine Hand wäscht die andere.«

»Geld wird Ihnen niemand dafür geben.«

»Ich weiß. Ich mein' auch nicht Geld.«

»Was denn?«

»Ich hätt' gern einen kleinen Nachlaß bei meiner Bewährung, so was in der Art.«

»Curtis, ein Geschäft ist nicht drin. Das steht überhaupt nicht in meiner Macht.«

»Ich hab' ja nichts von Geschäft gesagt, aber eine kleine Anerkennung könnt' ich gebrauchen.«

Ich sah ihn lange und ernst an. Warum glaubte ich nichts von dem, was er mir erzählte? Weil er aussah wie jemand, der die Wahrheit nicht einmal erkennen würde, wenn sie ihn ansprang. Ich weiß nicht, was mich zu meiner nächsten Frage trieb. »Curtis, sind Sie je wegen Meineids drangekriegt worden?«

»Meineid?«

»Verdammt noch mal! Sie wissen genau, was Meineid ist. Beantworten Sie einfach meine Frage, und lassen Sie uns weitermachen.«

Er kratzte sich am Kinn und sah mir nicht ganz in die Augen. »*Drangekriegt* nicht.«

»Ach, zum Teufel noch mal«, sagte ich.

Ich zwängte mich aus der Sitzbank, wandte mich ab und marschierte in Richtung Hinterausgang. Ich hörte, wie er aufsprang. Ich drehte mich kurz um und sah, wie er ein paar Scheine auf den Tisch warf und mir nachsetzte. Ich trat auf den Parkplatz, wobei mich die grelle Sonne, die auf den weißen Kies knallte, kurz zurückzucken ließ.

»Hey! Halt, warten Sie! Ich sag' Ihnen die Wahrheit.«

Er griff nach mir, und ich zog meinen Arm weg. »Sie werden im Zeugenstand ein schwaches Bild abgeben«, sagte ich, ohne meine Schritte zu drosseln. »Sie haben eine Menge auf dem Kerbholz, unter anderem auch Meineidsgeschichten –«

»›Geschichten‹ nicht. Nur eine. Na ja, zwei, wenn man diese andere Sache mitzählt.«

»Ich will nichts mehr hören. Sie haben Ihre Geschichte schon einmal umgemodelt. Und Sie werden es wieder tun, wenn Sie das nächste Mal gefragt werden. Barneys Anwalt wird Sie auseinandernehmen.«

»He, ich kapier' nicht, warum Sie so von mir denken«, sagte er. »Nur, weil ich einmal gelogen hab', heißt das noch lange nicht, daß ich nicht auch die Wahrheit sagen kann.«

»Sie können Lüge und Wahrheit noch nicht mal unterscheiden, Curtis. Das ist es, was mir Sorge macht.«

»Ich kann unterscheiden.«

Ich schloß meinen Wagen auf, öffnete die Tür und kurbelte das Fenster herunter, um den Luftwiderstand beim Zumachen zu reduzieren. Ich stieg ein und klappte die Tür zu, wobei ich um ein Haar seine Hand eingeklemmt hätte, die auf dem Rahmen ruhte. Ich öffnete das Handschuhfach, nahm eine meiner Visitenkarten heraus und warf sie ihm durchs Fenster zu. »Rufen Sie mich an, wenn Sie sich entschlossen haben, die Wahrheit zu sagen.«

Ich ließ den Wagen an und preschte, Staub und Kies hinter mir aufwirbelnd, vom Parkplatz.

Ich fuhr zurück zum Büro, das Radio voll aufgedreht. Es war fünf nach halb vier und natürlich gebührenpflichtige Parkzeit. Ich dachte nicht daran, daß Lonnies Parkplatz frei sein mußte, da er ja in Santa Maria war. Ich kurvte durch die Gegend, bei jeder Runde ein Stück weiter weg, um eine Parklücke in noch einigermaßen zumutbarer Entfernung zu finden. Schließlich fand ich ein etwas fragwürdiges Plätzchen, wo meine hintere Stoßstange in eine Einfahrt ragte. Damit riskierte ich zwar einen Strafzettel, aber vielleicht hatten die Politessen ja schon Feierabend.

Den Rest des Nachmittags verbrachte ich mit Kleinkram. Mein Termin mit Laura Barney war zwar erst in einer Stunde, aber im Grunde schlug ich nur die Zeit tot, während ich auf eine Möglichkeit lauerte, mit Lonnie zu reden, der, wie Ida Ruth mir wiederholt versicherte, im Moment leider nicht erreichbar war. Ich lungerte in der Nähe ihres Schreibtischs herum, um auf jeden Fall zur Stelle zu sein, falls er zufällig anrufen sollte. »Er ruft nie an, wenn er zu tun hat«, sagte sie geduldig.

»Rufen Sie ihn jemals an?«

»Wenn ich klug bin, nicht. Er wird sehr ärgerlich, wenn ich's tue.«

»Meinen Sie nicht, er würde es gerne wissen wollen, wenn sich sein Hauptzeuge als Niete entpuppt?«

»Was hat er davon? Jetzt ist diese Sache dran. Er ist mit anderen Dingen beschäftigt. Ich arbeite seit sechs Jahren für ihn, und allmählich kenne ich ihn. Ich kann ihm eine Nachricht hinterlassen, aber er wird sie einfach ignorieren, bis dieser Prozeß vorbei ist.«

»Und was soll ich tun, bis er wieder da ist? Ich kann es mir nicht leisten, Zeit zu verplempern, und ich hasse Leerlauf.«

»Tun Sie, was Sie wollen. Ihn werden Sie vor Montag früh um neun garantiert nicht erreichen.«

Ich sah auf meine Uhr. Es war immer noch Mittwoch, 16 Uhr 05. »Ich habe in einer halben Stunde einen Termin beim St. Terry-Krankenhaus. Danach werde ich dann wahrscheinlich nach Hause fahren und putzen«, sagte ich.

»Wieso putzen? Das sieht Ihnen gar nicht ähnlich.«

»Ich mache alle drei Monate Großputz. Das ist ein Ritual, das ich von meiner Tante übernommen habe. Sämtliche Teppiche klopfen, Bettwäsche an der Luft trocknen ...«

Sie sah mich angewidert an. »Warum machen Sie nicht eine schöne Wanderung in den Los Padres?«

»Ich treibe mich nicht in der freien Natur rum, wenn ich es irgendwie vermeiden kann, Ida Ruth. Dort oben in den Bergen gibt es Zecken, so groß wie Wasserwanzen. Wenn einen so ein Biest am Knöchel erwischt, saugt es einem das ganze Blut aus dem Leib. Und außerdem kriegt man vermutlich auch noch die Beulenpest.«

Sie lachte und machte eine wegwerfende Handbewegung.

Schließlich räumte ich diversen Kleinkram von meinem Schreibtisch und schloß hinter mir ab. Ich war gespannt auf David Barneys Ex-Frau, rechnete aber nicht damit, daß sie mich besonders weiterbringen würde. Ich ging die Treppe hinunter und marschierte die dreieinhalb Blocks zu meinem Wagen. Erfreulicherweise steckte kein Strafzettel an der Windschutzscheibe. Unerfreulicherweise sprang der Motor nicht an, als ich den Anlasser betätigte. Ich brachte ihn zwar dazu, ein eifrig bemühtes, mahlendes Geräusch von sich zu geben, aber er kriegte einfach nicht die Kurve.

Ich stieg aus, ging zum Heck und öffnete die Motorklappe. Ich starrte auf den Motor, als wüßte ich, was ich da vor mir hatte. Das einzige Teil der Auto-Innereien, das ich identifizieren kann, ist der Keilriemen, und der schien ganz okay. Ich bemerkte, daß irgendwelche kleinen Dinger von einem runden Etwas abgegangen waren. Ich sagte: »Oh«, und stöpselte sie wieder fest. Ich wollte gerade wieder einsteigen, als ein Wagen halb in die Einfahrt einbog und stehenblieb. Ich betätigte erneut den Anlasser, und der Motor sprang an.

»Kann ich was helfen?« Der Mann am Steuer hatte sich über den Vordersitz gebeugt und kurbelte das Beifahrerfenster hinunter.

»Nein, danke. Schon in Ordnung. Versperre ich Ihnen die Einfahrt?«

»Kein Problem. Ist ja Platz genug. Was ist es denn? Die Batterie? Soll ich es mir mal ansehen?«

Was sollte das? Der Motor lief. Ich brauchte keine Hilfe. »Danke, aber ich habe schon alles im Griff«, sagte ich. Um meine Worte zu unterstreichen, gab ich Gas. Ich schaltete in den Leerlauf, ratlos, was ich tun sollte. Ich konnte nicht vorwärts ausparken wegen des Wagens vor mir. Rückwärts setzen konnte ich auch nicht, weil mir sein Wagen den Weg versperrte.

Er stellte seinen Motor ab und stieg aus. Ich ließ meinen weitertuckern und überlegte, ob mir wohl noch Zeit blieb, mein Fenster hochzukurbeln, ohne allzu unfreundlich zu erscheinen. Er wirkte allerdings eher harmlos, obgleich mir sein Gesicht irgendwie bekannt vorkam. Ein nett aussehender Mann, Ende vierzig, mit hellbraunem, welligem Haar, an den Schläfen schon leicht ergraut. Gerade Nase, energisches Kinn. Kurzärmliges T-Shirt, legere Hose, die Füße barfuß in Segeltuchschuhen.

»Wohnen Sie hier in der Gegend?« fragte er höflich.

Ich kannte diesen Mann. Ich spürte, wie mein Lächeln erschlaffte. Ich sagte: »Sie sind David Barney.«

Er legte den Arm auf mein Wagendach und beugte sich an mein Fenster. Ich spürte, wie dieser Mann auf subtile Weise in mein Terrain eindrang, obgleich er sich nach wie vor freundlich verhielt. »Hören Sie, ich weiß, das gehört sich nicht. Mir ist klar, daß ich mich danebenbenehme, aber wenn Sie mir nur fünf Minuten zugestehen, werde ich Sie nie wieder belästigen.«

Ich musterte ihn kurz, während ich auf mein inneres Alarmsystem lauschte. Kein Klingeln, kein Heulen, kein Warnzeichen. Am Telefon war mir dieser Kerl gegen den Strich gegangen, aber jetzt, leibhaftig und von nahem besehen, schien er ein ganz normaler Mensch zu sein. Es war hellichter Tag in einem anständigen, bürgerlichen Wohnviertel. Er schien nicht bewaffnet. Was sollte er schon wollen? Mich auf offener Straße niederschießen, einen Monat vor seinem Prozeß? Im Moment hatte ich keine Ahnung, wie meine Ermittlungen weiterlaufen sollten. Vielleicht würde er mir ja irgendeine Inspiration liefern. Ich überdachte kurz die professionelle Seite. Nach dem anwaltlichen Standesrecht ist es einem Anwalt untersagt, direkt mit dem »Mandanten der Gegenseite« zu kommunizieren. Privatdetektive unterliegen diesen strengen Bestimmungen jedoch nicht.

»Fünf Minuten«, sagte ich. »Dann muß ich zu einem Termin.«

Ich erzählte ihm nicht, daß es sich um ein Treffen mit seiner Ex-Frau handelte. Ich stellte den Motor ab und blieb bei halb heruntergekurbeltem Fenster in meinem Wagen sitzen.

Er schloß die Augen und stieß einen tiefen Seufzer aus. »Danke«, sagte er. »Ich hatte nicht damit gerechnet, daß Sie das tun würden. Ich weiß gar nicht, wo ich anfangen soll«, erklärte er. »Zuerst muß ich Ihnen etwas gestehen. Ich habe Ihre Verteilerkappen abgezogen. Das war eine List, und ich entschuldige mich vielmals. Aber ich dachte, anders würde ich Sie nie dazu kriegen, mit mir zu reden.«

»Da lagen Sie richtig«, sagte ich.

Er sah die Straße hinunter und schüttelte den Kopf. »Ist es Ihnen schon mal passiert, daß Sie Ihre Glaubwürdigkeit verloren haben? Das ist ein verblüffendes Phänomen. Da sind Sie ihr Leben lang ein unbescholtener Bürger gewesen, der brav seine Steuern und Rechnungen bezahlt, und auf einmal zählt das nichts mehr, und alles, was Sie sagen, kann gegen Sie verwendet werden. Das ist verrückt ...«

Ich driftete kurz ab, weil ich daran denken mußte, wie vor gar nicht langer Zeit meine eigene Glaubwürdigkeit plötzlich dahin gewesen war und ich von derselben Firma, die mir sechs Jahre lang in allem vertraut hatte, der Annahme von Bestechungsgeldern verdächtigt worden war.

»... habe ich wirklich geglaubt, es sei vorbei. Ich dachte, ich hätte das Schlimmste hinter mir, als ich in dem Strafprozeß freigesprochen worden bin. Ich habe kaum mein Leben wieder, und jetzt soll mir alles entzogen werden, was ich besitze. Ich lebe wie ein Aussätziger. Ich bin geächtet ...« Er richtete sich auf. »Ach, verdammt, lassen wir das«, sagte er. »Ich will kein Mitleid –«

»Was wollen Sie dann?«

»An Ihren Gerechtigkeitssinn appellieren. Dieser McIntyre, Ihr Informant –«

»Woher wissen Sie den Namen?«

»Mein Anwalt hat seine Aussage vorliegen. Ich war völlig am Boden, als ich hörte, was dieser Mensch da erzählt.«

»Es ist mir nicht möglich, mit Ihnen darüber zu debattieren, Mr. Barney. Ich hoffe, Sie verstehen das.«

»Ich weiß. Das verlange ich ja auch gar nicht. Ich bitte Sie lediglich inständig, sich das Ganze noch einmal zu überlegen. Selbst wenn er tatsächlich damals nach dem Urteil im Gerichtsgebäude gewesen sein sollte, wieso hätte ich so etwas zu ihm sagen sollen? Ich müßte ja verrückt sein. Kennen Sie diesen ... wie heißt er doch gleich, Curtis? Ich war mit dem Mann noch nicht einmal vierundzwanzig Stunden in einer Zelle zusammen. Der Kerl ist ein schmieriger kleiner Gauner. Er kommt nach dem Freispruch zu mir, und ich gestehe ihm, daß ich den Mord begangen habe? Das ist doch Irrsinn. Er ist ein Wirrkopf. Sie können ihm das doch nicht abnehmen.«

Ich spürte den absurden Drang, Curtis in Schutz zu nehmen. Ich konnte Barney unmöglich erzählen, daß der Informant seine Geschichte revidiert hatte. Curtis' Aussage konnte uns immer noch nützlich sein, falls wir je dahinterkommen sollten, was wirklich los war. Ich hatte nicht vor, mich auf eine Diskussion über die Details seiner Geschichte einzulassen, so wacklig sie auch scheinen mochte. »Das ist kein besonders gutes Argument«, sagte ich.

Barney fuhr fort: »Denken Sie nur mal darüber nach. Bitte. Wirkt er auf Sie wie der Typ, dem ich meine schwärzesten Geheimnisse anvertrauen würde? Das ist doch ein abgekartetes Spiel. Jemand bezahlt ihn dafür, daß er das sagt –«

»Kommen Sie auf den Punkt. Diese Sache mit dem abgekarteten Spiel ist doch kalter Kaffee. Davon will ich nichts hören.«

»Okay, schon gut. Ich verstehe Ihren Standpunkt. Das war auch nicht das, was ich wollte«, sagte er. »Ich habe es am Telefon schon angesprochen – die Sache mit diesem Shine. Ich war fix und fertig, als ich hörte, daß er tot ist. Das war ein echter Schock für mich, glauben Sie mir. Ich weiß, Sie haben mir das in dem Moment nicht abgenommen, aber es ist wirklich wahr. Ich habe letzte Woche mit ihm gesprochen und ihm dasselbe erzählt, was ich Ihnen jetzt erzähle. Er meinte, er wollte ein paar Sachen überprüfen. Ich dachte, der Mann könnte mir vielleicht helfen. Als ich hörte, daß er gestorben ist, bin ich wirklich erschrocken. Ich habe das Gefühl, daß ich mit einem unsichtbaren Gegner Schach spiele, und er hat gerade einen Zug gemacht. Ich werde immer weiter in die Enge getrieben und sehe keinen Ausweg.«

»Moment mal. Dachten Sie, Morley Shine könnte etwas erreichen, was Ihr Anwalt nicht fertigbringt?«

»Foss mit dieser Sache zu betrauen, war ein Riesenfehler. Zivilprozesse interessieren ihn nicht. Vielleicht ist er ja ausgebrannt, oder er ist es einfach leid, mich zu vertreten. Er verfährt strikt nach Schema und tut, soweit ich sehe, nur das allgemein Übliche. Er hat einen Ermittler drangesetzt – einen von diesen Burschen, die einen Haufen Papierkram produzieren, aber nichts Vertrauenerweckendes tun.«

»Warum entziehen Sie ihm dann nicht das Mandat?«

»Weil man mir dann nur vorwerfen würde, ich wollte das Verfahren sabotieren. Außerdem habe ich kein Geld mehr. Das bißchen, was mir noch bleibt, geht für meinen Anwalt und die laufenden Kosten für das Haus drauf. Ich weiß nicht, was Kenneth Voigt glaubt, was bei der Sache für ihn rauskommt, selbst wenn sein Plan aufgeht.«

»Ich bin nicht bereit, mit Ihnen über die juristische Sachlage zu diskutieren. Das ist sinnlos, Mr. Barney. Ich verstehe, daß Sie Probleme haben –«

»Hey, Sie haben ja recht. Ich wollte das auch gar nicht im einzelnen aufrollen. Der Punkt ist der: wenn die Sache vor Gericht kommt, springt nichts dabei raus als ein Haufen Geld für die beiden Anwälte. Aber Voigt wird nicht lockerlassen. Der Kerl will Blut sehen und würde sich nie mit einem Handschlag und einem dicken Scheck zufriedengeben, selbst wenn ich das Geld hätte. Aber ich will Ihnen eins sagen – ich habe etwas anderes, und zwar ein Alibi.«

»Ach, wirklich«, sagte ich ungerührt.

»Ja, wirklich«, sagte er. »Es ist nicht absolut wasserdicht, aber immerhin ganz schön solide.«

»Warum ist dieses Alibi im Strafprozeß nicht auf den Tisch gekommen? Ich habe die Protokolle gelesen. Ich erinnere mich nicht, daß da je von einem Alibi die Rede gewesen wäre.«

»Dann sollten Sie sich vielleicht hinsetzen und die Protokolle erneut lesen. Da steht die Aussage nämlich schwarz auf weiß drin. Ein gewisser Angeloni. Er hat bezeugt, daß ich meilenweit vom Tatort weg war.«

»Und Sie selbst haben nie zu Ihrer Entlastung ausgesagt?«

Er schüttelte den Kopf. »Foss hat es mir nicht erlaubt. Er wollte nicht, daß die Anklage mich auseinandernimmt, und das war ja ganz geschickt so. Er meinte, es wäre ›kontraproduktiv‹, wenn ich in den Zeugenstand träte. Wahrscheinlich dachte er, ich würde einen schlechten Eindruck auf die Geschworenen machen.«

»Warum erzählen Sie mir das alles?«

»Um die Sache abzubiegen, ehe es zum Prozeß kommt. Die Uhr tickt. Die Zeit ist knapp. Ich denke, es ist meine einzige Chance, dafür zu sorgen, daß Lonnie Kingman weiß, welche Karten wir in der Hand halten. Vielleicht kann er mit Voigt reden und ihn dazu bringen, die Klage zurückzuziehen.«

»Dann soll Herb Foss mit Lonnie reden! Dazu sind Anwälte doch da.«

»Ich habe ihn ja darum gebeten. Aber der Kerl verschaukelt mich nur. Ich bin zu dem Schluß gekommen, daß es Zeit ist, ihn einfach zu umgehen.«

»Heißt das, Sie wollen mir verraten, was *Ihre* Verteidigung in der Hinterhand hat?«

»Ganz recht.«

»Sind Sie lebensmüde?«

»Ich habe Ihnen ja gesagt, ich bin verzweifelt. Ich stehe das nicht noch einmal durch. Sie brauchen sich ja nicht auf mein Wort zu verlassen. Prüfen Sie die Fakten selbst nach«, sagte er. »Also, wollen Sie mich anhören oder nicht?«

Das einzige, was ich wollte, war, meine Stirn gegen das Steuerrad zu schlagen, bis sie blutete. Vielleicht würde mir ja der Schmerz helfen, wieder klar zu denken. Aber ich muß gestehen, er hatte mich am Haken. Zumindest wäre es für Lonnie von großem Vorteil, Herb Foss' Strategie zu kennen, oder nicht? »Herrgott, meinetwegen. Schießen Sie los«, sagte ich.

11

»Hören Sie, ich weiß, es glaubt mir keiner, daß ich joggen war, als Isabelle umgebracht wurde, aber ich kann Ihnen genau sagen, wo ich gewesen bin. Um ein Uhr vierzig war ich an der Süd-Abfahrt Eins-Null-Eins-San Vicente, etwa acht Meilen von ihrem Haus entfernt. Wenn Iz zwischen ein und zwei Uhr erschossen wurde, kann ich unmöglich den Mord begangen und trotzdem zu der Zeit dort an der Kreuzung gewesen sein. Ich meine, ich jogge zwar seit Jahren und bin ziemlich gut in Form, aber *so* gut dann doch nicht.«

»Wieso wissen Sie die Uhrzeit so genau?«

»Ich bin auf Zeit gelaufen. Das mache ich trainingshalber. Und ich will Ihnen sagen, wer noch dort war: Tippy Parsons, Rhes Tochter. Sie fuhr einen kleinen Transporter und war sichtlich durchgedreht. Sie kam die Ausfahrt runtergebrettert und bog links ab, in den San Vicente.«

»Hast sie Sie gesehen?«

»Ich weiß nicht, ob sie es gemerkt hat, aber sie hätte mich beinahe überfahren, als sie aus der Ausfahrt kam. Ich habe auf die Uhr geguckt, weil ich wußte, daß meine Zeit beim Teufel war, und das hat mich geärgert.«

»Hat Sie *irgend jemand* gesehen?«

»Jawohl. Ein Mann, der an einer kaputten Rohrleitung gearbeitet hat. Ein ganzer Reparaturtrupp war dort draußen. Sie erinnern sich vielleicht nicht mehr, aber in dem Jahr hatten wir über Weihnachten schwere Unwetter. Weil der Boden nichts mehr aufnehmen konnte, wurde das Erdreich weggespült, und diese alten Rohre haben sich überall in Wohlgefallen aufgelöst.«

»Sie sagten, Ihr Alibi sei nicht hundertprozentig wasserdicht. Was soll das heißen?«

Er lächelte leise. »Wenn man tot ist oder hinter Gittern sitzt, *dann* ist das wasserdicht. Ein Fuchs wie Kingman findet doch immer eine Möglichkeit, die Tatsachen zu verdrehen. Ich kann nur sagen: Ich war meilenweit weg, und ich habe einen Zeugen. Und zwar einen ehrlichen, rechtschaffenen Mann, nicht so ein Stück Dreck wie dieser dahergelaufene McIntyre.«

»Und was ist mit Tippy? Meines Wissens hat sie nie ein Wort darüber verloren. Warum haben Sie sie nicht zur Rede gestellt?«

»Wozu zum Teufel? Ich dachte, wenn sie mich gesehen hätte, hätte sie wohl inzwischen etwas gesagt. Und selbst wenn sie mich bemerkt hat, stünde doch mein Wort gegen ihres. Sie war damals sechzehn und völlig durch den Wind. Vielleicht hatte sie gerade mit ihrem Freund Schluß gemacht, oder ihre Katze war gestorben. Entscheidend ist doch wohl nur eines: ich war meilenweit weg, als Isabelle umgebracht wurde. Ich wußte gar nicht, was passiert war, bis ich eine Stunde später wieder an ihrem Haus vorbeikam. Da stand alles voller Polizeiautos, und alles war hell erleuchtet –«

»Und die Leute von dem Reparaturtrupp? Werden die Ihre Aussage bestätigen?«

»Ich wüßte nicht, wieso nicht. Der eine hat ja schon ausgesagt. Ein gewisser Angeloni. Er steht auf der Zeugenliste, wahrscheinlich ganz oben. Er hat mich auf jeden Fall gesehen, und ich weiß, daß er das mit dem Lieferwagen mitgekriegt hat. Sie hat mir einen solchen Schrecken eingejagt, daß ich mich erst mal auf den Bordstein setzen mußte, bis sich mein Herzschlag wieder normalisiert hatte. Es hat fünf oder sechs Minuten gedauert, bis ich wieder okay war. Dann habe ich mir gesagt, zum Teufel damit, und bin weitergelaufen, Richtung Heimat.«

»Und das haben Sie der Polizei auch erzählt?«

»Lesen Sie den Bericht. Die Bullen hatten sich nun mal in den Kopf gesetzt, daß ich der Mörder war, und sind dem nicht weiter nachgegangen.«

Ich schwieg einen Moment und fragte mich, was ich davon halten sollte. Noch vor zwei Tagen hätte ich seine Geschichte als schlichten Schwindel abgetan, aber jetzt war ich mir da nicht mehr so sicher. »Ich werde es weitergeben, wenn ich Lonnie das nächste Mal spreche. Das ist alles, was ich tun kann.« Du lieber Himmel, würde ich am Ende noch sein Alibi untermauern müssen?

Er setzte an, noch etwas zu sagen, schien sich dann aber eines Besseren zu besinnen. »Prima. Tun Sie das. Mehr will ich gar nicht. Ich bin froh, daß Sie mich angehört haben«, sagte er. Sein Blick streifte meinen. »Vielen Dank.«

»Schon gut«, sagte ich.

Er ging zu seinem Auto zurück. Ich beobachtete im Rückspiegel, wie er den Motor anließ und rückwärts aus der Einfahrt setzte. Er fuhr los, und ich horchte auf die Geräusche seines Getriebes, als er schaltete. Seltsame Geschichte. Irgend etwas ließ eine kleine Alarmglocke in mir klingeln, aber ich kam nicht dahinter, was es war. War Tippy Parsons wirklich dort an der Kreuzung gewesen? Das mußte sich doch überprüfen lassen. Mir fiel wieder ein, was ich über das Unwetter damals gelesen hatte.

Ich ließ den VW an, parkte aus und fuhr zu meinem Termin mit seiner Ex-Frau.

Die Santa Teresa Medical Clinic, wo Laura Barney arbeitete, war ein kleiner Holzbau im Schatten des zwei Grundstücke weiter gelegenen St. Terry-Krankenhauses. Von außen war sie unscheinbar – fast ein bißchen schäbig –, innen dagegen freundlich, aber man merkte die Finanzknappheit. Die Stühle im Wartezimmer hatten blaue Hartplastiksitze und Metallbeine und waren zu Sechser-Einheiten zusammengeschraubt. Die Wände waren gelb, der Fußboden aus marmorierten PVC-Fliesen, gelbbraun mit weißen Schlieren. Am einen Ende des Raums befand sich ein breiter Anmeldetresen, durch den bogenförmigen Durchbruch auf der anderen Seite sah ich vier Schreibtische, steiflehnige Bürostühle, Telefone, Schreibmaschinen ... keine Spur von High-Tech, Stromliniendesign oder Farbkodierung. Die rückwärtige Wand wurde gesäumt von gelbbraunen Metall-Aktenschränken. Aus dem versprengten Häuflein von Kleinkindern, Schwangeren und weinenden Säuglingen schloß ich, daß es sich um eine Kombination aus Schwangeren- und Säuglingsvorsorge-Einrichtung handeln mußte. Die Sprechstunde war fast zu Ende, und die Patienten, die jetzt noch warteten, wurden wahrscheinlich schon seit einer Stunde vertröstet. Spielzeug und zerlesene Zeitschriften lagen über den Fußboden verstreut.

Ich trat an den Anmeldetresen und erkannte Laura Barney an ihrem Namensschildchen mit der Aufschrift: »Schwester L. Barney«. Sie trug eine weiße Schwesternuniform und weiße Schuhe mit Kreppsohlen. Ich schätzte sie auf Anfang vierzig. Sie war in einem Alter, wo sie immer noch das gleiche frische, ansprechende Äußere präsentieren konnte wie vor zehn Jahren – nur daß es sehr viel mehr Make-up erforderte und der Effekt vermutlich nach ein, zwei Stunden nachließ. Zu dieser Tageszeit waren die verschiedenen Schichten aus Make-up und Puder schon fast durchsichtig, und darunter kam von roten Äderchen durchsetzte Raucherinnen-Haut zum Vorschein. Sie sah aus wie eine Frau, die von den Umständen zur Berufstätigkeit gezwungen wird, und die darüber gar nicht glücklich ist.

Sie war gerade dabei, eine neue Kraft einzuweisen, vermutlich das junge Mädchen, mit dem ich am Telefon gesprochen hatte. Laura zählte Geld auf den Tisch wie ein Bankkassierer, indem sie die Scheine so rasch hinblätterte, daß das Auge kaum mitkam, und sie dabei so drehte, daß sie richtig herum lagen. Wenn einer dazwischen war, der aus der Reihe tanzte, steckte sie ihn rasch an den richtigen Platz. »Alle Scheine müssen mit der gleichen Seite nach oben liegen und der Größe nach sortiert, die kleinsten vorn. Einer, Fünfer, Zehner, Zwanziger«, erklärte sie. »Auf diese Weise passiert es Ihnen nicht, daß Sie versehentlich einen Zehner statt eines Einers herausgeben. Schauen Sie her ...« Sie fächerte die Noten auseinander wie ein Zauberer das Blatt bei einem Kartentrick. Ich erwartete schon, daß sie sagen würde: »Ziehen Sie einen beliebigen Schein ...« Aber sie sagte statt dessen: »Hören Sie zu?«

»Ja, Ma'am.« Die junge Frau war vielleicht neunzehn, mit fünfzehn Pfund Übergewicht, dunklem, lockigem Haar, rot angelaufenen Wangen und dunklen Augen, die von unterdrückten Tränen glitzerten.

Schwester L. Barney öffnete die Kassenschublade wieder und entnahm ihr ein unordentliches Bündel Banknoten, das sie dem Mädchen wortlos hinhielt. Die junge Nachwuchskraft nahm es und begann schüchtern, die Handvoll Scheine durchzublättern, und drehte einen, in einer unbeholfenen Imitation der routinierten Eleganz ihrer Lehrmeisterin, auf die richtige Seite. Mehrere Noten steckten an der verkehrten Stelle, und sie klemmte das Bündel an ihre Brust, während sie sich bemühte, sie in die korrekte Reihenfolge zu bringen. Zwei Fünfer fielen ihr herunter. Sie stammelte eine Entschuldigung und bückte sich rasch, um sie wieder aufzuheben. Laura Barney sah ihr leise lächelnd zu, und aus ihren Augen funkelte der Drang, das Geld an sich zu reißen und es selbst zu machen. Es mußte sie in allen Fingern jucken, zu demonstrieren, wie flink und flüssig eine erfahrene Kassiererin eine so elementare Tätigkeit verrichtete. Unter ihrem gebannten Blick schien das Mädchen noch ungeschickter zu werden.

Sie selbst wirkte energisch und tüchtig. Sie hatte einen Kugelschreiber in der Hand, mit dem sie ungeduldig klickte. Sie verschwendete bestimmt nicht viel Zeit oder Mitgefühl an die Patienten. Rein damit, raus damit. Leistung nur gegen Barzahlung. Ihr Lächeln war freundlich, aber starr und hielt wahrscheinlich gerade die paar Sekunden, die man brauchte, um die Kälte dahinter zu erkennen. Wenn man sich später beim Arzt über sie beschweren wollte, würde man es schwer haben, konkret zu benennen, was man an ihr auszusetzen hatte. Ich hatte schon öfter mit solchen Leuten zu tun gehabt. Sie war ganz Form ohne Inhalt, eine Pedantin in Kleinigkeiten, eine eifrige Hüterin der Vorschriften und Bestimmungen. Sie war eine Schwester, die einem versicherte, die Tetanusspritze würde sich anfühlen wie ein kleiner Bienenstich, während sie einem in Wirklichkeit einen Knubbel von der Größe eines Türknaufs am Arm verpaßte.

Sie sah mich an und setzte sofort wieder das starre Lächeln auf. »Ja?«

»Ich bin Kinsey Millhone«, sagte ich. Ihr Verhalten suggerierte, daß ich mich in ungebührlicher Weise vorgedrängelt hatte. Sie beendete ihre Geld-Sortier-Lektion und rief dann unmittelbar nacheinander zwei Patientinnen auf. »Mrs. Gonzales? Mrs. Russo?«

Zwei Frauen erhoben sich von ihren jeweiligen Stühlen. Die eine trug einen in Tücher gewickelten Säugling im Arm, die andere ein Kleinkind auf der Hüfte. Beide hatten außerdem noch Kinder im Vorschulalter dabei. Laura Barney hielt die hölzerne Schwingtür auf, die den Warteraum von dem Gang trennte, der zu den Sprechzimmern führte. Die beiden Frauen und die zugehörigen Kinder traten an ihr vorbei durch den Durchgang. Das Wartezimmer war nun leer. Sie hielt die Tür noch immer auf. »Würden Sie mir bitte folgen?«

»O ja, natürlich.«

Sie griff sich zwei Patientenkarten, als wollte sie uns mit Speisekarten versehen, und bugsierte uns alle nach hinten, während sie in rasantem Spanisch Instruktionen erteilte. Als alle auf irgendwelche Sprechzimmer verteilt waren, ging sie weiter den Flur hinunter, wobei ihre Kreppsohlen auf den PVC-Fliesen quietschten. Der Raum, in den sie mich führte, war ein drei mal drei Meter großes Gelaß mit einem Fenster, einem schartigen Holzschreibtisch, zwei Stühlen und einer Gegensprechanlage, die Umgebung, in der einem mitgeteilt wird, was die eben durchgeführten Laboruntersuchungen Schreckliches ergeben haben. Sie schloß die Tür und verwies mich auf den einen Stuhl, während sie das Fenster öffnete und sich dann selbst setzte. Sie zog ein Päckchen Virginia Slims und eine Schachtel Streichhölzer aus ihrer Kitteltasche und steckte sich eine Zigarette an. Sie sah verstohlen auf ihre Uhr, während sie so tat, als rückte sie das Armband zurecht. »Sie sind gekommen, um mir Fragen wegen David zu stellen. Was genau wollen Sie denn wissen?«

»Ich nehme an, Sie stehen nicht sonderlich gut mit ihm?«

»Wir kommen prima aus. Ich sehe ihn so gut wie nie.«

»Sie haben auch bei dem Mordprozeß ausgesagt, nicht wahr?«

»Ganz allgemein. Sie brauchten mich, um zu demonstrieren, was für ein skrupelloser Schweinehund er ist. Haben Sie die Protokolle gelesen?«

»Ich bin noch dabei, den ganzen Papierkram durchzugehen. Ich bin erst am Sonntagabend mit der Sache betraut worden. Ich muß noch eine Menge aufarbeiten. Es würde mir sehr helfen, wenn Sie mir vielleicht aus Ihrer Sicht kurz die Fakten darstellen könnten.«

»Fakten. Hmm, mal sehen. Ich habe David bei einer Party kennengelernt ... ja, das war auf den Monat genau vor neun Jahren. Macht sich das nicht gut? Ich habe mich in ihn verliebt, und sechs Wochen später haben wir geheiratet. Wir waren etwa zwei Jahre verheiratet, als ihm eine Stelle in Peter Weidmanns Firma angeboten wurde. Natürlich waren wir begeistert.«

Ich unterbrach sie. »Wie kam das zustande?«

»Über einen Freund von einem Freund. Wir wohnten damals in Los Angeles und wollten gern dort weg. David hörte, daß Peter jemanden suchte, und bewarb sich. Wir waren gerade zwei Monate in Santa Teresa, als Isabelle in den Laden eintrat. David konnte sie anfangs gar nicht leiden. Ich hielt sie für enorm gescheit und begabt. Ich war diejenige, die es betrieben hat, daß wir uns anfreundeten. Ziemlich bald wurde sie Peters Augenstern. Er war sozusagen ihr Mentor. Es hätte David nichts gebracht, mit ihr zu konkurrieren, da sie doch alle renommeeträchtigen Projekte zugeschanzt bekam. Ich habe David empfohlen, sich privat und beruflich gut mit ihr zu stellen. Man kann sagen, ich habe die Beziehung überhaupt erst initiiert.«

»Wie haben Sie herausgefunden, daß die beiden ein Verhältnis hatten?«

»Simone ist irgendeine Bemerkung herausgerutscht. Ich weiß nicht mehr, was es war, aber auf einmal fügte sich alles zusammen. Ich hatte schon seit längerer Zeit gemerkt, daß David sich mir gegenüber distanzierte. Und es war allgemein bekannt, daß Isabelle und Kenneth Probleme hatten. Ich habe nur ein Weilchen gebraucht, um zwei und zwei zusammenzuzählen. Liebe macht blind, Sie wissen ja. Ich habe ihn zur Rede gestellt, ich dumme Gans. Heute wünschte ich, ich hätte den Mund gehalten.«

»Wieso das?«

»Ich habe ihn erst recht in die Sache reingetrieben. Die Beziehung lief nicht lange gut. Wenn ich so schlau gewesen wäre, das Ganze zu ignorieren, wäre es vielleicht einfach von selbst im Sand verlaufen.«

»Glauben Sie, er hat sie umgebracht?«

»Es muß jemand gewesen sein, der sie ziemlich gut kannte.« Die Sprechanlage summte abrupt los. Sie drückte auf den Knopf. »Ja, Doktor?«

Der Doktor klang, als riefe er aus einer öffentlichen Telefonzelle an. »Ich möchte Mrs. Russo untersuchen. Könnten Sie bitte reinkommen?«

Sie sagte »Ja, Sir« zu ihm und dann zu mir: »Ich muß gehen. Wenn sonst noch was ist, muß es warten.«

Sie hielt mir die Tür auf, und ich ging hinaus.

Sie war im Nu verschwunden, und ich mußte selbst nach draußen finden. Ich ging zu meinem Auto zurück und setzte mich hinein. Als erstes fischte ich in den Tiefen meiner ledernen Umhängetasche nach meiner Geldbörse. Ich nahm das ganze Papiergeld heraus und ordnete die Scheine sorgfältig so, daß sie alle mit der gleichen Seite zu mir lagen, die Einer vorn und ein Zwanziger hinten als Schlußlicht.

Ich fuhr zurück zur Kanzlei und parkte meinen Wagen auf Lonnies Platz. Dann erklomm ich, immer zwei Stufen auf einmal nehmend, die Treppe zum dritten Stock. Wenn Ida Ruth erstaunt war, mich schon wieder zu sehen, ließ sie es sich nicht anmerken. Ich schloß mein Büro auf und begann, die Akten durchzugehen, die zwar inzwischen etwas besser geordnet waren, aber immer noch überall herumlagen. Ich fand den Ordner, den ich suchte, und nahm ihn mit an meinen Schreibtisch, wo ich das Licht anknipste und mich auf meinem Drehstuhl niederließ.

Was ich herauszog, waren die Fotokopien der sechs Jahre alten Zeitungsseiten, die ich gemacht hatte, ehe ich losgezogen war, um die Barneysche Nachbarschaft abzuklappern. Ja, da war ausführlich die Rede von den schweren Regenfällen, die über fast ganz

Kalifornien niedergegangen waren. Und es wurde auch erwähnt, daß Einsatztrupps der Stadtwerke Überstunden machen mußten, um der vielen geborstenen Wasserrohre Herr zu werden. Die Wetterverhältnisse hatten auch eine kleine Verbrechenswelle mit sich gebracht – Kriminelle, die wohl infolge des athmosphärischen Umschwungs ein bißchen Amok liefen. Ich blätterte die Seiten durch, überflog Meldung um Meldung. Ich wußte selbst nicht genau, was ich suchte ... ein Bindeglied, irgendeine Verbindung zu damals.

Die Fragen lagen auf der Hand. Wenn Tippy Parsons David Barneys Alibi stützen konnte, warum war sie dann nicht schon vor Jahren mit ihrer Aussage herausgerückt? Natürlich konnte es sein, daß sie gar nicht dort gewesen war. Vielleicht hatte er jemand anderen gesehen, oder er hatte sich die ganze Sache nur ausgedacht, um seinen Kopf aus der Schlinge zu ziehen. Und falls sie *wirklich* dort gewesen war, bestand immer noch die Möglichkeit, daß sie ihn nicht gesehen hatte, aber ihre Anwesenheit würde seiner Darstellung immerhin eine gewisse Glaubhaftigkeit verleihen. Und was war mit diesem Mann, von dem Barney behauptete, er habe die Szene mitbekommen? Welche Rolle spielte er bei alledem?

Ich griff zum Telefon und wählte Rhe Parsons Nummer, in der Hoffnung, sie in ihrem Atelier zu erwischen. Beim siebten Klingeln nahm sie ab, hörbar außer Atem. »Ja?«

»Rhe, hier ist Kinsey Millhone. Tut mir leid, wenn ich Sie störe. Sie klingen, als hätte ich Sie schon wieder mitten aus der Arbeit gerissen.«

»Oh, hi. Machen Sie sich nichts draus. Ist wohl meine eigene Schuld. Ich sollte mir ein schnurloses Telefon zulegen und es mit ins Atelier nehmen. Entschuldigen Sie mein Geschnaufe. Ich bin wirklich nicht in Form. Wie geht es Ihnen?«

»Mir geht es gut, danke. Ist Tippy zufällig da?«

»Nein. Sie arbeitet heute bis sechs. Bei der Langustenbude unten am Pier. Worum geht es denn? Kann ich Ihnen vielleicht weiterhelfen?«

»Vielleicht«, sagte ich. »Ich wollte gern wissen, wo sie in der Nacht war, als Isabelle ermordet wurde.«

»Sie war zu Hause, da bin ich mir ganz sicher. Warum?«

»Ach, es ist wahrscheinlich nichts dran, aber jemand meint, sie in einem Lieferwagen herumfahren gesehen zu haben.«

»Einem Lieferwagen? Tippy hat nie einen Lieferwagen gehabt.«

»Dann muß es wohl ein Irrtum sein. War sie bei Ihnen, als die Polizei angerufen hat?«

»Sie meinen, wegen Isabelles Tod?« Für einen Moment war da ein Zögern in ihrer Stimme, das mir eine Warnung hätte sein sollen, aber vor lauter Konzentration auf meine Frage vergaß ich völlig, daß ich es mit einer *Mutter* zu tun hatte. »Sie wohnte damals bei ihrem Vater«, sagte sie zurückhaltend.

»Richtig. Das sagten Sie ja schon. Jetzt fällt's mir wieder ein. Hatte *er* vielleicht einen Lieferwagen?«

Totenstille. Dann: »Hören Sie, Ihre Andeutungen mißfallen mir sehr.«

»Welche Andeutungen? Ich frage doch nur.«

»Ihre Fragen klingen sehr pointiert. Ich hoffe, Sie wollen nicht unterstellen, daß Tippy irgend etwas mit der Sache mit Iz zu tun hatte.«

»Seien Sie nicht albern, Rhe. Ich würde nie und nimmer so etwas unterstellen. Ich versuche lediglich, eine Aussage zu entkräften. Das ist alles.«

»Was für eine Aussage?«

»Hören Sie, es ist wahrscheinlich nichts dran, und ich möchte mich lieber nicht weiter dazu äußern. Ich kann ja später mit Tippy selbst reden. Das hätte ich gleich tun sollen.«

»Kinsey, wenn irgend jemand irgendwelche Behauptungen über meine Tochter in die Welt setzt, habe ich ein Recht darauf, es zu erfahren. Wer sagt, sie sei unterwegs gewesen? Das ist eine unverschämte Anschuldigung.«

»*Anschuldigung*? Moment mal. Es ist doch wohl kaum eine Anschuldigung, wenn jemand sagt, er habe sie in einem Lieferwagen herumfahren sehen.«

»Wer hat das gesagt?«

»Rhe, es ist mir wirklich nicht möglich, meine Quellen offenzulegen. Ich arbeite für Lonnie Kingman, und diese Information fällt unter das Anwaltsgeheimnis ...« Das stimmte zwar nicht, klang aber gut. Das Anwaltsgeheimnis galt nicht für mich und meinen Umgang mit irgendwelchen Zeugen. Ich konnte hören, wie sie sich zu zügeln versuchte.

»Ich wäre Ihnen sehr dankbar, wenn Sie mir sagen würden, was hier gespielt wird. Ich verspreche, Sie nicht nach Ihren Quellen zu fragen, wenn das *wirklich* so ein Staatsgeheimnis ist.«

Ich ging kurz mit mir zu Rate und befand, daß es keinen Grund gab, ihr die Information selbst vorzuenthalten. »Jemand behauptet, sie in der betreffenden Nacht draußen gesehen zu haben. Ich will nicht behaupten, daß das im Zusammenhang mit Isabelles Tod irgendwie relevant wäre, aber es kam mir merkwürdig vor, daß sie nie etwas davon gesagt hat. Ich dachte, sie hätte Ihnen vielleicht etwas erzählt.«

Rhes Stimme war kontrolliert. »Sie hat nie etwas davon gesagt, weil sie nicht draußen war.«

»Wunderbar. Mehr will ich ja gar nicht wissen.«

»Und selbst wenn, geht Sie das gar nichts an.«

Ich legte im Geist die Hand hinters Ohr. »Was heißt, ›selbst wenn‹?«

»Nichts. Nur so eine Redewendung.«

»Würden Sie ihr sagen, sie möchte mich bitte anrufen?«

»Ich werde ihr nicht sagen, daß sie Sie anrufen soll!«

»Wie Sie wollen, Rhe. Entschuldigen Sie die Störung.« Ich knallte den Hörer auf und spürte, wie mir die Hitze ins Gesicht stieg. Was hatte diese Frau? Ich machte mir eine Notiz wegen einer Vorladung für Tippy, falls das nicht schon passiert war. Ich hatte Barneys Geschichte nicht sonderlich viel Glauben geschenkt, bis ich Rhes Reaktion erlebte.

Ich bat Ruth, mir die kompletten Protokolle des Mordprozesses zu beschaffen. Dann lümmelte ich mich in meinen Drehstuhl, die Füße auf dem Schreibtisch, die Hände vor dem Bauch gefaltet, um über die ganze Entwicklung nachzudenken. Durch Morleys Schlampigkeit und seinen plötzlichen Tod saßen wir ganz schön in der Klemme. Lonnies Hauptzeuge entpuppte sich als windig, und jetzt sah es auch noch so aus, als hätte der Angeklagte tatsächlich ein Alibi. Das würde Lonnie gar nicht gerne hören. Immer noch besser, er erfuhr es jetzt, als am ersten Verhandlungstag, wenn Herb Foss seine Eröffnungsrede an die Geschworenen hielt, aber es würde ihm trotzdem nicht gefallen. Er würde Freitag abend nach Hause kommen und ein schönes Wochenende mit seiner Frau verbringen wollen. Er war seit achtzehn Monaten mit einer *Kenpo*-Karatelehrerin verheiratet, die er erfolgreich in einem Verfahren wegen schwerer Körperverletzung verteidigt hatte. Ich versuche immer noch dahinterzukommen, was Maria eigentlich getan hatte, aber bisher konnte ich nur aus ihm herausholen, daß die strittige Handlung aus einem Vergewaltigungsversuch resultierte und der Mann sich in der Folge aus dem aktiven Leben zurückziehen mußte. Ich zwang meine abschweifenden Gedanken zu der aktuellen Sachlage zurück. Wenn Lonnie am Montag morgen ins Büro spaziert kam, würde die Hölle losbrechen. Und ein Teil des Ärgers würde zwangsläufig mich treffen.

Ich ging noch einmal die Zeugenliste durch, die Lonnie im Zuge der Offenlegung der Prozeßunterlagen erhalten hatte. Ein William Angeloni war dort aufgeführt, obgleich seine Aussage nicht schriftlich niedergelegt worden war. Ich schrieb mir seine Adresse auf, sah im Telefonbuch nach und notierte seine Nummer. Ich nahm den Telefonhörer ab und legte ihn dann wieder auf. Besser, ich ging persönlich hin, dann konnte ich ihn mir gleich anschauen. Vielleicht war er ja irgendein Windhund, den David Barney angeheuert hatte, damit er für ihn log. Ich stopfte ein paar Papiere in meine Aktenmappe und rannte wieder los.

Die besagte Straße lag drüben auf der Westseite, und das Haus war ein kleiner Steinbungalow, der gerade umfassenden Umbaumaßnahmen unterzogen wurde. Teile des Dachs waren abgedeckt, die Außenmauern auf der einen Seite herausgebrochen. Große, milchige Plastikfolien über den Dachsparren schützten die noch intakten Räume. An der einen Außenwand lagerten säuberlich gestapelt

Holz und Hohlblocksteine. Ein großer, dunkelblauer Container stand in der Einfahrt, voll mit Steinschutt und alten, von rostigen Nägeln starrenden Dachlatten. Es schien, als hätten die Arbeiter für heute schon Feierabend gemacht, aber im Hof stand noch ein Mann mit einer Bierdose in der Hand. Ich parkte meinen Wagen auf der anderen Straßenseite, stieg aus und ging hinüber an den Rand des ramponierten Rasens. »Ich suche Bill Angeloni. Sind Sie das zufällig?«

»Das bin ich«, sagte er. Er war Mitte dreißig und extrem gutaussehend – dunkles, glattes Haar, etwas länger und zur Seite gekämmt, dunkle Augen, ausgeprägte Nase, Grübchen und ein männliches Kinn, dessen Bartwuchs beizukommen bestimmt sechs Bahnen mit dem Rasierapparat erforderte. Er trug Jeans, dreckverkrustete Arbeitsstiefel und ein blaues Jeanshemd mit aufgerollten Ärmeln. Die Haare auf seinen Unterarmen waren dunkel und seidig. Er roch nach feuchter Erde und Metall. Er sah aus wie der Hauptdarsteller in einem Film über die tragische Liebe zwischen einer Millionenerbin und einem Wildhüter. Ich mahnte mich, daß es wahrscheinlich ungebührlich wäre, mich an seine Brust zu werfen und meine Nase dortselbst zu vergraben.

»Kinsey Millhone«, stellte ich mich vor. Wir schüttelten uns kurz die Hand, und ich erklärte ihm, in welchem Auftrag ich kam. »Ich hatte gerade eine kleine Unterhaltung mit David Barney, und er erwähnte Ihren Namen.«

Angeloni schüttelte den Kopf. »Ich kann's nicht fassen, daß das arme Schwein schon wieder vor Gericht muß.« Er leerte sein Bier vollends, zerdrückte die Dose und beförderte sie mit einem gekonnten Sprungwurf in den Container, wo sie mit einem Plong landete. Er sagte: »Zwei Punkte«, und imitierte, die Faust vor dem Mund, eine johlende Menge. Er hatte ein sympathisches, offenes Lächeln.

»Diesmal geht's um Mord«, sagte ich.

»Herrje. Aber ich dachte immer, sie könnten einen nicht zweimal wegen derselben Sache drankriegen.«

»Das gilt für Strafverfahren. Das ist jetzt ein Zivilprozeß.«

»Ich bin froh, daß ich nicht an seiner Stelle bin. Möchten Sie ein

Bier? Ich bin gerade von der Arbeit gekommen, und dann brauche ich immer erst ein paar. Dieses Haus ist ein einziger Trümmerhaufen. Vorsicht, hier liegen überall Nägel herum.«

»Klar, ich nehme gern eins«, sagte ich. Ich folgte ihm in Richtung Küche, die durch das Plastik eindeutig zu identifizieren war. Sein Hintern war auch sehr niedlich. »Wie lange geht das schon?«

»Der Umbau? Einen Monat etwa. Wir bauen ein großes Wohnzimmer an und ein paar Schlafzimmer für die Kinder.«

Vergiß es, dachte ich, während wir uns den Weg in die Küche bahnten.

Er nahm zwei Bier aus einem Sechserpack und machte sie beide auf. »Ich muß den Grill anwerfen, bevor Julianna mit der ganzen Kinderschar nach Hause kommt. Mein Koch-Tag heute«, sagte er mit seinem Grübchen-Lächeln.

»Wie viele Kinder haben Sie?«

Er hielt eine Hand hoch und wackelte mit den Fingern.

»Fünf?«

»Und eines in Arbeit. Alles Jungen. Diesmal hätten wir gern ein kleines Mädchen.«

»Sind Sie noch bei den Stadtwerken?«

»Zehn Jahre im Mai«, sagte er. »Und Sie sind Privatdetektivin. Wie ist das denn so?«

Ich plauderte ein wenig über meine Arbeit, während er die Asche aus dem Grill räumte. Er hatte einen kleinen elektrischen Anzünder, den er in ein Verlängerungskabel stöpselte. Dann häufte er Holzkohlenbriketts darauf, die er mit einer langen Zange zurechtrückte. Ich wußte, ich hätte die Sache straffen sollen. Ich brauchte ja weiter nichts als die Bestätigung, daß er Barney in der Mordnacht gesehen hatte – und vielleicht auch noch Tippy Parsons –, aber irgendwie hatten diese häuslichen Tätigkeiten etwas Hypnotisches. Ich war noch nie mit einem Mann zusammengewesen, der meinetwegen einen Grill angeworfen hätte. Glückliche Julianna.

»Könnten Sie mir von der Nacht erzählen, als Sie David Barney gesehen haben?«

»Da gibt's nicht viel zu erzählen. Wir waren draußen und haben die Straße aufgebuddelt, um ein kaputtes Rohr zu finden. Es hatte tagelang geschüttet, aber inzwischen hatte es aufgehört. Ich hörte einen dumpfen Schlag, und als ich hochguckte, sah ich einen Mann im Jogginganzug auf der Straße liegen. Ein kleiner Lieferwagen schoß gerade links um die Ecke in den San Vicente und hatte ihn wohl leicht erwischt. Er rappelte sich auf, humpelte zu uns herüber und setzte sich auf den Bordstein. Er war ein bißchen zittrig, aber nicht verletzt. Vor allem sauer, wie das eben so ist. Wir haben ihm angeboten, einen Krankenwagen zu rufen, aber er wollte nichts davon wissen. Er blieb sitzen, bis er sich einigermaßen gefangen hatte, und lief dann wieder los, langsam und ein bißchen humpelnd. Die ganze Sache hat vielleicht zehn Minuten gedauert.«

»Haben Sie den Fahrer des Lieferwagens gesehen?«

»Nicht so genau. Es war ein junges Mädchen, aber ihr Gesicht habe ich nicht richtig gesehen.«

»Und die Nummer? Haben Sie sich die gemerkt?«

Er zuckte bedauernd die Achseln. »Ich hab' gar nicht dran gedacht. Aber der Lieferwagen war weiß, soviel ist sicher.«

»Wissen Sie die Marke?«

»Ford oder Chevy. Jedenfalls ein Amerikaner.«

»Woher wußten Sie, daß der Mann David Barney war? Hat er sich vorgestellt?«

»In dem Moment nicht. Er hat sich später mit uns in Verbindung gesetzt.«

»Woher wußte er, wer Sie waren?«

»Er hat uns über die Stadtwerke ausfindig gemacht. Mich und meinen Kumpel James. Er wußte ja Datum, Zeit und Ort, deshalb war das nicht weiter schwer.«

»Kann James das alles bestätigen?«

»Klar. Wir haben ja beide mit dem Mann geredet.«

»Und als Mr. Barney sich dann mit Ihnen in Verbindung setzte – wußten Sie da schon von der Ermordung seiner Frau?«

»Ich hatte es in der Zeitung gelesen. Aber der Zusammenhang war mir nicht klar, bis er uns gesagt hat, wer er war. Mein Gott, gräßliche Sache. Haben Sie davon gehört?«

»Deswegen bin ich hier. Der Mann schwört nach wie vor, daß er's nicht war.«

»Na ja, ich seh' auch nicht, wie er's hätte tun sollen. Er war ja meilenweit weg.«

»Erinnern Sie sich noch an die genaue Uhrzeit?«

»Ziemlich genau ein Uhr fünfundvierzig. Vielleicht ein kleines bißchen früher, aber später auf keinen Fall, weil ich noch auf die Uhr geguckt habe, als er wieder losgelaufen ist.«

»Fanden Sie es nicht merkwürdig, daß jemand um halb zwei in der Nacht draußen herumjoggt?«

»Überhaupt nicht. Ich hatte ihn ja schon in der Nacht zuvor die gleiche Strecke laufen sehen. Bei Nachteinsätzen sieht man die seltsamsten Sachen.«

»Sie haben bei dem Mordprozeß ausgesagt?«

»Klar.«

»Und diesmal? Werden Sie wieder aussagen?«

»Aber sicher. Von Herzen gern. Man muß dem armen Kerl doch helfen.«

Ich ging im stillen noch einmal Barneys Geschichte durch und versuchte, mich genau zu erinnern, was er gesagt hatte. »Und die Polizei? Haben die Sie auch befragt?«

»Irgendein Beamter vom Morddezernat hat mich angerufen, und ich habe ihm alles erzählt, was ich wußte. Er hat sich bedankt, und das war das letzte, was ich von ihm gehört habe. Ich will Ihnen was sagen – die konnten ihn nicht leiden. Für sie war er schon schuldig, ehe er vor Gericht stand.«

»Vielen Dank. Das war sehr freundlich von Ihnen. Sie haben mir sehr geholfen. Ich werde mich vielleicht wieder bei Ihnen melden, falls ich noch Fragen habe.« Ich gab ihm meine Karte, für den Fall, daß ihm noch etwas einfiel. Ich setzte mich in mein Auto und machte mir erst mal Notizen, solange ich seine Aussage noch frisch im Gedächtnis hatte.

Ich dachte über Tippy nach, gründelte in meinem Gedächtnis. Nach dem, was Rhe gesagt hatte, mußte das die Zeit ihres Jugendalkoholismus' gewesen sein. Wenn ich mich recht erinnerte, hatte

Rhe sie zu ihrem Vater geschickt, weil sie nicht mehr miteinander klargekommen waren. Woher wollte Rhe dann wissen, ob Tippy in der fraglichen Nacht zu Hause gewesen war oder nicht? Vielleicht sollte ich einfach Tippy fragen und basta. »Das Nächstliegende tun« war schon immer eine meiner zentralen Arbeits-Maximen.

Ich sah auf meine Armbanduhr. Es war fünf nach halb sechs. Die Langusten-Bude lag draußen auf dem Pier – etwa zwei Blocks von meiner Wohnung und nicht sehr weit von Bill Angelonis Haus. Ich fuhr über die Rückseite des Capillo Hill heimwärts. Wenn Tippy in der betreffenden Nacht wirklich unterwegs gewesen war, sah ich keinen Grund, weshalb sie es sechs Jahre später nicht zugeben sollte. Vielleicht hatte sie nur nie jemand danach gefragt. Welch ein aufmunternder Gedanke.

12

Ich parkte vor meinem Haus, ging hinein, warf meine Aktenmappe zur Seite, griff meinen Anorak vom Haken hinter der Tür und ging die zwei Blocks bis zum Kai zu Fuß. Die Sonne war noch nicht ganz untergegangen, aber das Licht war bereits grau. Die Tage waren jetzt von dieser verlängerten Dämmerung gekennzeichnet, in der sich unter den Bäumen schon Dunkel sammelte, während der Himmel noch immer die Farbe von blankem Aluminium hatte. Wenn die Sonne dann schließlich unterging, färbten sich die Wolken lila und blau, und das letzte Licht bohrte sich in roten Strahlen durch die Düsternis. In Kalifornien bewegt sich die Temperatur in den Winternächten gewöhnlich um zehn, zwölf Grad, und dasselbe gilt auch für viele Sommernächte, was es einem gestattet, das ganze Jahr unter einer Steppdecke zu schlafen.

Zu meiner Rechten, etwa vierhundert Meter weiter, umspannte der schlanke Arm der Mole das Hafenbecken, Segelschiffe in seiner Beuge wiegend. Das Meer schlug gegen die Kaimauer, und wuchtige Wellen sprühten Gischt über mich hinweg. Unter meinen Füßen schien sich der Pier zu bewegen, als schöben ihn die Wellen vor sich her. Der Geruch von Kreosot stieg wie Dunstschwaden aus den dunkelglänzend nassen, massigen Holzpfeilern. Das Wasser stand hoch und hatte die Farbe von dunkelblauer Tinte, das silberne Pfahlwerk war von der Nässe verfärbt. Autos fuhren über den Pier, und das Rumpeln loser Bohlen summierte sich zu einem steten Vibrieren über die gesamte Länge. Nebel wälzte sich herein und brachte dumpfigen Tanggeruch mit sich. Dunkle Boote dümpelten gleich vorne im Arme-Leute-Hafen.

Auf dem Kai selbst strahlten die Lichter grell und kalt vor dem tiefen Dunkel des Meeres. Das Yacht Club-Restaurant war hell erleuchtet, die Luft ringsum erfüllt vom appetitlichen Duft nach Fisch und Steaks, frisch vom Holzkohlengrill. Einer der Parkwächter spurtete gerade zum anderen Ende des kleinen Parkplatzes, um einen Wagen vorzufahren. Möwen hockten auf dem Spitzdach des Anglerkiosks, dessen Schindelschrägen von einem schneeweißen Rand aus angesammeltem Vogeldreck gesäumt war. Die Angler waren am Zusammenpacken und klapperten mit ihren Angelkästen, während ein Pelikan perläugig um sie herumwatschelte und immer noch hoffte, daß ein Happen für ihn abfiel.

Zur Stadtseite hin waren die dunklen Hügel mit Lichtpunkten übersät. Der Freeway 101 verlief parallel zum Strand, der auf diesem Stück einen überraschenden Knick in Ost-Westrichtung macht. Hinter den vier Spuren des Freeway staffelten sich die ein- und zweistöckigen Häuser des Geschäftsviertels entlang der State Street, je weiter weg, desto kleiner, wie ein Musterbeispiel für perspektivisches Zeichnen. Die Palmen hoben sich dunkel vor dem künstlichen Licht ab, das jetzt nach und nach das Zentrum in einen fahlgelben Schein tauchte.

Die Sonne war inzwischen verschwunden, aber der Himmel war immer noch nicht ganz dunkel, sondern hatte eher das aschige Anthrazit von verkohltem Holz. Ich war jetzt bei der braungestrichenen Bretterbude angelangt, die den Langusten-Imbiß beherbergt. Acht Holzklapptische und -bänke waren davor auf dem Pier verankert. Die drei Arbeitskräfte, die den Laden schmissen, waren jung, alle um die zwanzig, in Jeans und einheitlichen dunkelblauen T-Shirts, auf denen ein Krebs prangte. Die Front der Bude säumten Seewasser-Aquarien mit lebenden Krebsen und Langusten, die dichtgestapelt aufeinander hockten wie mürrische Meeresspinnen. Außerdem war da eine Schauvitrine mit zerstoßenem Eis und zu grauen, rosa und weißen Reihen drapierten Fischsteaks. Dahinter zog sich der Tresen entlang. Durch eine offene Tür im Hintergrund konnte ich sehen, wie gerade ein riesiger Fisch ausgenommen wurde.

Es war gleich Feierabend, und die drei waren schon am Aufräumen und Putzen. Ich beobachtete Tippy fast eine Minute lang, ehe sie mich bemerkte. Ihre Bewegungen waren energisch, ihr ganzes Auftreten effizient und kompetent. Sie wartete darauf, daß ein Mann vor der Schauvitrine seine Wahl traf. »Letzte Bestellung für heute. Wir müssen in fünf Minuten schließen.«

»Oh, klar. Tut mir leid. Ist mir ganz entgangen, daß es schon so spät ist.« Er trat rasch an das Wasserbassin und zeigte auf das unglückliche Objekt seiner Begierde. Sie steckte den Bestellblock in ihre Tasche und tauchte den Arm in das trübe Wasser. Sie packte die Languste flink von oben, hielt sie ihm zur Inspektion hin, klatschte sie dann auf die Arbeitsplatte, griff sich ein Schlachtermesser und setzte die Spitze unter dem Panzer an, dort, wo der Schwanz aus dem pieksigen Körper austritt. Ich sah zwar noch rechtzeitig weg, hörte aber das dumpfe Geräusch, als sie auf den Messerschaft schlug und dem Tier sauber die Wirbelsäule durchtrennte. Was für eine Art, sich sein Brot zu verdienen. Soviel Tod für einen Hungerlohn. Sie steckte die Languste in den Dampferhitzer, schlug die Tür zu und stellte die Uhr. Dann wandte sie sich mir zu, ohne zu registrieren, wen sie vor sich hatte.

»Bitte?«

»Hi, Tippy. Kinsey Millhone. Wie geht's?«

Ich sah den verspäteten Funken des Erkennens in ihren Augen. »Oh, hi. Meine Mom hat gerade angerufen und gesagt, Sie würden vorbeikommen.« Sie wandte den Kopf. »Corey? Kann ich jetzt gehen? Ich mache morgen die Kasse, wenn du's heute machen kannst.«

»Kein Problem.«

Sie wandte sich dem Mann zu, der auf seine Languste wartete. »Möchten Sie was trinken?«

»Haben Sie Eistee in Dosen?«

Sie nahm die Dose aus der Kühlbox, gab Eis in einen Pappbecher und fischte ein kleines Schälchen Krautsalat aus der Vitrine. Sie schrieb die Gesamtsumme von Hand unten auf den Kassenbon und riß diesen mit einer schwungvollen Bewegung ab. Er reichte ihr einen Zehner, und sie gab ihm mit der gleichen Effizienz das

Wechselgeld heraus. Die Uhr am Kocher begann zu piepen. Sie griff mit einem Küchenhandschuh hinein und klatschte die dampfende Languste auf einen Pappteller. Der Typ hatte kaum sein Essen entgegengenommen, als sie schon die Schürze abband und durch die zweiteilige Tür an der Seite heraustrat.

»Wir können uns an einen von den Tischen setzen, oder wollen Sie lieber woanders hin? Mein Auto steht dort drüben. Sollen wir im Wagen reden?«

»Wir können ja mal in die Richtung gehen. Ich habe wirklich nur ein paar kurze Fragen.«

»Sie wollen wissen, wo ich in der Nacht war, als Tante Isabelle ermordet wurde, stimmt's?«

»Stimmt.« Es wurmte mich, daß Rhe Zeit gehabt hatte, sie vorzuwarnen, aber was hätte ich machen sollen? Selbst wenn ich direkt hergekommen wäre, hätte Rhe Zeit genug gehabt für einen Anruf. Jetzt hatte Tippy die Möglichkeit gehabt, sich eine schlaue Geschichte auszudenken ... falls sie das nötig hatte.

»O Mann, ich habe versucht, mich zu erinnern. Ich denke, ich war bei meinem Dad.«

Ich starrte sie einen Moment an. »Sie wissen es nicht mehr?«

»So konkret nicht. Ich war damals noch auf der High School. Da hatte ich sicher eine Menge Hausaufgaben zu machen oder so was.«

»Hatten Sie nicht Ferien? Das war doch der Tag nach Weihnachten. Die meisten Schüler haben in der Woche zwischen Weihnachten und Neujahr frei.«

Sie runzelte leicht die Stirn. »Kann sein. Wenn Sie's sagen. Ich weiß es wirklich nicht mehr.«

»Haben Sie eine ungefähre Vorstellung, wann Ihre Mutter anrief, um Ihnen die Sache mit Isabelle mitzuteilen?«

»Hm, vielleicht eine Stunde später. So etwa eine Stunde, nachdem es passiert war. Ich weiß, daß sie von Tante Isabelle aus angerufen hat, aber da war sie wohl schon eine Weile bei Simone.«

»Könnte es sein, daß Sie so um eins, halb zwei noch unterwegs waren?«

»Um halb zwei nachts? Sie meinen, ob ich noch aus war?«

»Ja, vielleicht mit einem jungen Mann, oder auch einfach nur so, mit Freunden.«

»Mm-mm. Mein Dad wollte nicht, daß ich so lange wegblieb.«

»War er in dieser Nacht zu Hause?«

»Bestimmt. Wahrscheinlich«, sagte sie.

»Wissen Sie noch, was Ihre Mutter sagte, als sie anrief?«

Sie dachte kurz nach. »Nein, ich glaube nicht. Ich meine, ich weiß noch, daß sie mich geweckt hat und daß sie geweint hat und so.«

»Hat Ihr Vater einen Lieferwagen?«

»Nur in der Firma«, sagte sie. »Er hat einen Malerbetrieb und transportiert seine Ausrüstung in einem Lieferwagen.«

»Hatte er damals schon denselben Lieferwagen?«

»Den hat er, solange ich zurückdenken kann. Jetzt braucht er allerdings einen neuen.«

»Ist der, den er hat, weiß?«

Das ließ sie kurz stutzen. Womöglich eine Fangfrage? »Ja«, sagte sie zögernd. »Wieso?«

»Die Sache ist die«, sagte ich. »Ich habe mit jemandem gesprochen, der sagt, er hätte Sie in der fraglichen Nacht draußen herumfahren sehen, mit einem weißen Lieferwagen.«

»Also, das ist ein Ding. Ich war *nicht weg*«, sagte sie mit einem Hauch von Empörung.

»Und Ihr Vater? Vielleicht hat er den Lieferwagen benutzt?«

»Das glaube ich nicht.«

»Wie heißt er? Ich kann ihn ja fragen. Vielleicht fällt ihm etwas ein.«

»Bitte, nur zu. Meinetwegen. Er heißt Chris White. Er wohnt am West Glen, von meiner Mutter aus gleich um die Kurve.«

»Danke. Das hilft mir sehr.«

Das schien sie zu beunruhigen. »Ach, ja?«

Ich zuckte die Achseln und sagte: »Ja, sicher. Wenn Ihr Vater bestätigen kann, daß Sie zu Hause waren, ist diese andere Sache wohl nur eine Verwechslung.« Ich ließ gerade eben eine Spur von Skepsis in meiner Stimme schwingen, ein kleines Zweifelsvögelchen, das weit weg im Wald zwitscherte. Es verfehlte seine Wirkung nicht.

»Wer war das, der gesagt hat, er hätte mich gesehen?«

»Darüber würde ich mir keine Gedanken machen.« Ich sah auf die Uhr. »Ich lasse Sie jetzt besser gehen.«

»Soll ich Sie heimfahren oder so? Das macht mir nichts aus.« Ganz das hilfsbereite kleine Mädchen.

»Ich bin gleich zu Hause, danke. Ich melde mich später noch einmal.«

»Nacht«, sagte sie. Ihr Abschiedslächeln schien aufgesetzt, einer dieser Strahleversuche, den widersprechende Emotionen sabotieren. Wenn sie nicht aufpaßte, würde sie ihren Stirnrunzel-Falten mit dreißig nur noch mit einer Schönheitsoperation beikommen können. Ich sah ihr nach, und sie bedachte mich mit einem halbherzigen Winken, das ich genauso halbherzig erwiderte. Ich marschierte über den Pier zurück und dachte aus irgendwelchen unerfindlichen Gründen: »Schißhase, Lügennase.«

Mein Abendessen bestand aus Knusper-Flakes und Magermilch. Ich aß an der Spüle stehend, das Schüsselchen in der Hand, und starrte aus dem Fenster. Ich tilgte alles aus meinem Denken, zerrubbelte die Ereignisse des Tages zu einem Wölkchen Staub. Die Sache mit Tippy ließ mich immer noch nicht los, aber es hatte keinen Sinn, irgend etwas forcieren zu wollen. Ich übergab das Ganze meinem Unterbewußtsein zur weiteren Bearbeitung. Was immer es war, was mich irritierte, es würde schon noch an die Oberfläche kommen.

Um 18 Uhr 40 machte ich mich auf den Weg zu meinem Termin bei Francesca Voigt. Wie die meisten Hauptpersonen in diesem Drama wohnten auch sie und Kenneth in Horton Ravine. Ich fuhr den Cabana westwärts und die lange, gewundene Hügelstraße bis über Harley's Beach hinaus, so daß ich von hinten in die Schlucht gelangte, von der der Ortsteil seinen Namen hat. Ursprünglich hatte es hier zwei Ranches von jeweils über dreitausend Morgen gegeben, die um die Mitte des neunzehnten Jahrhunderts ein Kapitän namens Robertson erworben, zusammengelegt und seinerseits an einen Schafzüchter namens Tobias Horton weiterverkauft hatte. Seither war das Land in über 670 Parzellen aufgeteilt worden, die zwischen eineinhalb und fünfzig Morgen groß und durch fast fünfzig Kilometer Straßen und Schleichpfade vernetzt waren. Ein Luftbild hätte gezeigt, daß die beiden Häuser, obgleich scheinbar meilenweit voneinander entfernt, in Wahrheit nur zwei Grundstücke auseinander lagen und weniger durch räumliche Distanz als durch gewundene Straßenkilometer voneinander getrennt waren. Tatsächlich war David Barney nicht der einzige, der ganz in der Nähe von Isabelles Haus wohnte.

Die Voigts lebten auf circa sechs bis acht Hektar, falls die Grundstücksgrenzen identisch mit den Hecken waren, die sich die Straße entlang schlängelten und den Hang hinunter zogen. Die Sträucher und Beete waren durchweg sorgsam gepflegt, und am Rande des Gartens standen Grüppchen von hohen Eukalyptusbäumen. Die Zufahrt beschrieb einen Halbkreis, dessen Zentrum ein dicht bepflanztes Stiefmütterchenbeet bildete, ein Gemisch aus Tiefrot- und Lilatönen, die im Schein der Gartenstrahler leuchteten. Auf der rechten Seite sah ich Pferdeställe, eine Sattelkammer und eine leere Koppel. Die Luft muffelte ein ganz klein wenig nach Stroh, Feuchtigkeit und den verschiedenen Abfallprodukten von Pferden.

Das Haus war flach, weißes Balkenwerk, weißgetünchter Backstein, mit langgezogenen Steinterrassen entlang der Vorderfront und dunkelgrünen Holzläden, die breite, zweiflügelige Fenster flankierten. Ich stellte meinen Wagen in der Zufahrt ab, klingelte und wartete. Ein phlegmatisches weißes Hausmädchen in schwarzer Tracht öffnete mir. Die Frau war meiner Schätzung nach in den Fünfzigern und wirkte aus irgendeinem Grund ausländisch – Gesichtsform, Statur ... ich kam nicht dahinter. Sie sah mir nicht richtig in die Augen. Ihr Blick blieb irgendwo in der Nähe meines Schlüsselbeins hängen und verharrte dort, während ich ihr sagte, wer ich war und daß ich erwartet würde. Sie antwortete nicht, vermittelte aber durch ihre Körpersprache, daß sie meine Erklärungen verstanden hatte.

Ich folgte ihr durch die mit poliertem weißem Marmor ausgelegte Diele und dann über weißen Teppichboden, so dick und so rein wie eine jungfräuliche Schneedecke. Wir durchquerten das Wohnzimmer – Glas und Chrom, kein Nippes, kein Buch. Der Raum schien für eine Familie von Riesen bestimmt. Die Möbel waren alle weiß bezogen und überdimensioniert: breite, klobige Sofas, wuchtige Sessel, der Glas-Couchtisch so groß wie eine Doppelbettmatratze. Auf einer mächtigen Anrichte stand eine Schüssel mit hölzernen Äpfeln vom Kaliber eines Softballs. Der Effekt war eigenartig: ich fühlte mich, wie ich mich mit fünf Jahren gefühlt hatte. Vielleicht war ich ja geschrumpft, ohne es zu merken.

Wir gingen durch einen Flur, durch den locker ein Schneepflug gepaßt hätte. Das Hausmädchen blieb vor einer Tür stehen, klopfte einmal an, öffnete, hielt mir die Tür auf und starrte höflich auf mein Brustbein, während ich an ihr vorbeischlüpfte. Francesca saß an einer Nähmaschine in einem Zimmer, das für gewöhnliche Menschen dimensioniert und buttergelb gestrichen war. Über eine ganze Wand zog sich ein ästhetisch unterteilter, maßgeschreinerter Einbauschrank, dessen offene Türen den Blick auf verschiedene Fächer mit Schnittmustern, Stoffballen, Litzen und Borten sowie Nähzubehör freigaben. Das Zimmer war luftig, die Beleuchtung ausgezeichnet, die hellen Hartholzdielen abgezogen und lackiert.

Francesca war groß und sehr schlank, mit hyperkurzem braunem Haar und fein ziselierten Gesichtszügen. Sie hatte vorstehende Wangenknochen, eine markante Kieferpartie, eine lange, gerade Nase und einen Schmollmund mit einer ausgeprägten Oberlippe. Sie trug weite weiße Hosen aus einem geschmeidig fallenden Material und eine lange, pfirsichfarbene Tunika mit einem schweren Ledergürtel. Ihre Hände waren schmal, die Finger lang, die Nägel konisch gefeilt und lackiert. Sie hatte einen Satz schwerer, silberner Armreifen am Handgelenk, die wie Ketten klirrten und mich in meinem Verdacht bestätigten, daß Glamour eine Bürde ist, die nur schöne Frauen verkraften. Sie sah aus, als würde sie nach Flieder oder frisch geschälten Orangen duften.

Francesca streckte mir lächelnd die Hand hin, und wir stellten uns vor. »Setzen Sie sich. Ich bin gleich fertig. Wenn Sie möchten, kann uns Guda ein Gläschen Wein bringen.«

»Das wäre nett.«

Ich sah mich um und bekam gerade noch mit, wie Gudas Blick zu Francescas Gürtelschnalle hinabglitt. Ich deutete es als Zeichen dafür, daß sie verstanden hatte und gehorchen würde. Sie nickte und schwebte auf ihren Kreppsohlen hinaus. »Spricht sie Englisch?« fragte ich, als die Tür zu war.

»Nicht fließend, aber gut genug. Sie ist Schwedin. Sie ist erst einen Monat bei uns. Die Ärmste. Ich weiß, sie hat Heimweh, aber ich bekomme nicht viel aus ihr heraus.« Sie setzte sich wieder an ihre Maschine und nahm sich eine Bahn hauchdünnen blauen Stoffs vor, die sie an dem einen Ende gereiht hatte. »Ich hoffe, Sie finden mich nicht unhöflich, aber ich lasse ungern ein Stück halbfertig liegen.«

Sie drehte die Stoffbahn mit einer geübten Bewegung um, verstellte einen Knopf und nähte mit Zickzack-Stichen über das andere Ende. Die Nähmaschine gab ein beruhigendes, tiefes Surren von sich. Ich sah ihr zu und hatte das Gefühl, als sei ich stumm. Ich verstand nicht genug vom Nähen, um eine konkrete Frage formulieren zu können, aber Francesca schien meine Neugier zu spüren. »Das wird ein Turban, falls Sie sich fragen, was ich hier mache. Ich entwerfe Kopfbedeckungen für Krebspatientinnen.«

»Wie sind Sie darauf gekommen?«

Sie legte ein Stück Klettband auf den Stoff und nähte es entlang der Kanten fest, indem sie den Antriebshebel der Maschine mit dem Knie bediente. »Ich mußte mich vor zwei Jahren einer Chemotherapie unterziehen, wegen Brustkrebs. Eines Morgens, als ich unter der Dusche stand, fielen mir die Haare in dicken Büscheln aus. Ich hatte in einer Stunde eine Lunch-Verabredung, und da stand ich mit meinem Kahlkopf. Ich band mir einen improvisierten Turban um, aus einem Schal, den ich gerade zur Hand hatte, aber es war nicht gerade der große Hit. Synthetik hält nicht so gut auf der glatten Kopfhaut. Diese Geschäftsidee hat mich während der Chemotherapie aufrechterhalten und wieder auf die Beine gebracht. Komisch, wie so etwas läuft. Die tragischsten Dinge können sich ins Positive wenden, wenn man offen dafür ist.« Sie sah zu mir herüber. »Waren Sie je ernstlich krank?«

»Ich bin zusammengeschlagen worden. Zählt das?«

Sie reagierte nicht mit den üblichen Ausrufen indignierten Entsetzens. Nach dem, was sie durchgemacht hatte, erschien ihr ein schlichter Schlägerei-K.o. wahrscheinlich als mindere Widrigkeit. »Rufen Sie mich an, falls Ihnen das noch einmal passiert. Ich habe Spezial-Kosmetika zum Abdecken von Blutergüssen. Ich führe nämlich eine ganze Produkt-Linie für alle Wechselfälle des Lebens. Die Firma heißt ›Steck's weg‹. Ich bin die Alleineigentümerin.«

»Wie geht es Ihnen jetzt gesundheitlich?«

»Gut. Danke für die Nachfrage. Heutzutage schaffen es viele. Es ist nicht mehr wie früher, als eine Krebsdiagnose noch ein Todesurteil war.« Sie nähte das zweite Stück Klettband fest, stellte das Füßchen hoch, zog das fertige Werk darunter weg und schnitt die Fäden ab. Dann drapierte sie den Turban gekonnt um ihren Kopf. »Na, was sagen Sie?«

»Sehr exotisch«, sagte ich. »Aber *Sie* könnten sich auch Klopapier um den Kopf wickeln und würden immer noch gut aussehen.«

Sie lachte. »Das gefällt mir. Der Einmal-Turban.« Sie notierte es sich im stillen, setzte dann den Turban ab und schüttelte ihr Haar aus. »Fertig. Gehen wir doch nach draußen auf die Terrasse. Wir können ja die Heizung anstellen, wenn es kalt wird.«

Von der breiten Steinterrasse hinter dem Haus sah man über Santa Teresa und bis zu den Bergen. Unter uns brannten schon Straßenlaternen, die das Gitternetz der Straßen nachzeichneten. Wir setzten uns in Korbsessel mit dicken Sitzkissen aus blumengemustertem Chintz. Der Pool war von Strahlern erhellt, ein schimmerndes blaugrünes Rechteck mit einer Druckdüse am einen Ende. Dampfschwaden stiegen von der Oberfläche auf und erzeugten eine milde, chlorhaltige Brise. Das Gras ringsherum wirkte üppig und dunkel, das Haus hinter uns wie ein gelber Leuchtkörper.

Guda erschien mit einer Flasche Chardonnay in einem Kühler,

zwei langstieligen Weingläsern und einem Tablett mit verschiedenen Häppchen. Ich deponierte meine Füße auf einer korbgeflochtenen Ottomane und sprach den kleinen Köstlichkeiten zu. Guda brachte uns Knäcke-Kräcker, so krachig und geschmacksneutral wie Holzschindeln, mit kleinen Häufchen von knoblauchigem Kräuter-Frischkäse garniert. Auf dem Kräcker-Teller hatte sie außerdem noch thunfischgefüllte Cocktail-Tomaten und hausgemachte Blätterteig-Käsesticks arrangiert. Nach meinem üppigen Flocken-Mahl mußte ich mich sehr bezwingen, um mich nicht auf die Häppchen zu stürzen wie ein hungriger Hund. Ich kostete den Wein, eine seidige Mischung aus Apfel und Eiche. Arme, geschundene Privatdetektive leben kaum je so. Wir toben unsere Luxusbedürfnisse auf der Ebene von offenem Tischwein aus. »Sie haben's gut«, sagte ich.

Francesca musterte ihre Umgebung, als sähe sie alles durch meine Augen. »Komisch, daß Sie das sagen. Ich denke daran, Kenneth zu verlassen. Ich werde warten, bis der Prozeß vorbei ist, aber dann wüßte ich nicht, was mich noch halten sollte.«

Dieses Geständnis verblüffte mich. »Im Ernst?«

»Ja, im Ernst. Es ist eine Sache der Prioritäten. Seine Liebe zu gewinnen, erschien mir früher so wichtig. Jetzt merke ich, daß mein Glück überhaupt nichts mit ihm zu tun hat. Er hat zu mir gehalten, über die Operation und die Chemotherapie hinweg, und ich bin ihm sehr dankbar dafür. Ich habe eine Menge Horrorgeschichten gehört, von Ehepartnern, die dem Dauerstreß gegen Krebs nicht gewachsen sind. Ich bin diejenige, die sich verändert hat. Dankbarkeit macht noch keine Ehe. Ich bin eines Morgens aufgewacht und habe gemerkt, daß ich nicht mehr ich selbst bin.«

»Was hat diese Erkenntnis ausgelöst?«

»Nichts Bestimmtes. Das ist, als ob man in einer Dunkelkammer sitzt und plötzlich das Licht angeht.«

»Was wollen Sie tun, wenn Sie ihn verlassen?«

»Ich weiß es nicht genau, aber irgend etwas Simples. Für mich ist dieses Haus wahrscheinlich genauso erstaunlich wie für Sie. Ich bin nicht reich geboren. Mein Vater war Hausmeister in einer

Grundschule, und meine Mutter hat in einer Apotheke gearbeitet und die Regale mit Zahnseide und Gurgellösung aufgefüllt.«

Ich mußte über das Bild lachen. »Aber Sie wirken, als gehörten Sie hierher.«

»Ich weiß nicht recht, ob das ein Kompliment ist. Ich lerne schnell. Als ich Kenneth kennenlernte, habe ich die Leute in seiner Umgebung genau beobachtet. Ich habe herausgefunden, wer wirklich Klasse hatte, und den Betreffenden alles nachgemacht, mit ein paar eigenen Schnörkeln, als persönliche Note. Das ist alles nur eine Reihe von Tricks. Ich könnte es Ihnen an einem Nachmittag beibringen. Es ist ganz amüsant, aber nicht weiter wichtig.«

»Finden Sie es nicht toll, das alles zu haben?«

»In gewisser Weise schon. Ich meine, natürlich ist es nett, aber ich verbringe meine Tage meistens im Nähzimmer. Das könnte ich woanders auch.«

»Ich kann's nicht fassen, daß Sie so etwas sagen. Ich hatte gehört, Kenneth sei für Sie alles.«

»Das habe ich auch gedacht, und das war wohl auch so. Zu Anfang unserer Beziehung war ich total verliebt in ihn. Es war fast schon so etwas wie Besessenheit. Ich hielt ihn für mächtig und stark, klug und verantwortlich. Sehr männlich«, sagte sie mit tiefer Stimme. »Er entsprach genau meinem Idealbild von einem Mann, aber soll ich Ihnen etwas verraten? Er hat sich als ziemlich seicht entpuppt, was nicht heißen soll, daß ich mich für besonders tiefgründig halte. Ich bin eines Morgens aufgewacht und dachte: Was tue ich da? Es ist wirklich mühsam, mit ihm zusammenzusein. Er liest nicht. Er denkt nicht über die Dinge nach. Er hat vorgefaßte Ansichten, aber keine eigenen Ideen. Und die meisten seiner Ansichten bezieht er aus *Time-Magazine*. Er ist emotional so abgeschottet, daß ich mich fühle, als würde ich in der Wüste leben.«

»Das gilt für die meisten Leute, die ich kenne«, sagte ich.

»Kann sein. Vielleicht liegt es ja auch an mir, aber er hat sich in den letzten Jahren wirklich sehr verändert. Er ist so finster und verschlossen. Sie haben ihn doch getroffen, oder? Wie war denn Ihr Eindruck?«

Ich zuckte unverbindlich die Achseln. »Er kam mir ganz okay vor«, sagte ich. Ich hatte den Mann erst einmal gesehen, und wenn ich ihn auch nicht gerade anziehend gefunden hatte, hütete ich mich doch generell davor, mit Leuten über ihre Ehepartner herzuziehen. Wer weiß denn schon, ob sich die beiden nicht noch am selben Abend wieder versöhnen und alles, was ich gesagt hatte, brühwarm weiterberichtet wird? Ich wechselte das Thema. »Apropos Eindruck – wie hat denn Isabelle auf Sie gewirkt? Ich nehme an, das wird auch Gegenstand Ihrer Aussage sein.«

Francesca verzog das Gesicht und schob die Antwort auf, bis sie unsere Weingläser aufgefüllt hatte. »Das und die berühmte Geschichte mit der verschwundenen Pistole. Da waren wir ja alle dabei. Also, Isabelle – sie war in gewisser Weise ein bißchen wie Kenneth – viel Charisma an der Oberfläche, aber nichts dahinter. Sie hatte Talent, aber als Mensch hatte sie wenig Herz.«

»Sie und Kenneth haben zusammengefunden, nachdem sie sich mit David Barney eingelassen hatte?«

»Richtig. Wir lernten uns bei einem Wohltätigkeits-Fest im Canyon Country Club kennen. Ich war mit einer Freundin dort, und irgend jemand hat uns miteinander bekannt gemacht. Isabelle hatte ihn gerade verlassen, und er war wie ein geprügelter kleiner Hund. Sie wissen ja, wie das ist. Es gibt nichts Unwiderstehlicheres als einen hilfsbedürftigen Mann. Ich war hingerissen. Ich stellte ihm nach. Ich dachte, ich müßte sterben, wenn ich ihn nicht bekäme. Man hat mich gewarnt, aber ich wollte nicht hören. Die ganzen sechs Monate, die seine Scheidung dauerte, habe ich ihn umsorgt und getröstet und gehätschelt und umgurrt.«

»Und das hat funktioniert?«

»Oh, ich habe bekommen, was ich wollte. Ich hatte nur nicht viel davon. Wir haben geheiratet, sobald er frei war, aber sein Herz war nicht dabei. Er hing immer noch an ihr, was mich natürlich lange Zeit erst recht an ihn gebunden hat. Ich wußte, er liebte mich nicht, wie hätte ich ihm da widerstehen können? Ich mußte schwänzeln und tänzeln. Ich mußte ihm um jeden Preis gefallen. Aber es hat natürlich alles nichts genützt. Ich meine, im Grunde fliegt er auf

Frauen, die ihn genauso zurückweisen, wie er mich. Ist das nicht tragisch? Er wird sich wahrscheinlich bis über beide Ohren in mich verlieben, sobald ich die Scheidung einreiche.«

»Was war der Grund für Ihre veränderte Einstellung? Der Krebs?«

»Das war *ein* Grund. Der Prozeß hat auch das Seine dazu getan. An einem bestimmten Punkt ist mir aufgegangen, daß das einfach seine Art war, weiter an Isabelle festzuhalten. So kann er immer noch um sie kreisen. Er kann ihretwegen leiden. Und wenn er sie nicht mehr haben kann, will er wenigstens ihr Geld. Darum geht es doch.«

»Und was ist mit der Tochter, Shelby? Welche Rolle spielt sie bei der ganzen Sache?«

»Sie ist ein nettes Kind. Er sieht sie kaum. Sie ist kaum je zu Hause. Ab und zu – so alle zwei, drei Monate – fährt er sie im Internat besuchen. Dann führt er sie einen Tag lang aus, zum Essen, ins Kino, und das ist es auch schon.«

»Ich dachte, der Prozeß fände ihretwegen statt, um sicherzustellen, daß für sie gesorgt ist.«

»Das sagt er, aber es ist einfach lächerlich. Er ist hoch versichert. Wenn ihm etwas passieren würde, bekäme Shelby eine Million Dollar. Was braucht sie denn noch mehr? Er will einfach nicht loslassen, deswegen der Prozeß. Herrje, klingt das gemein?«

»Gar nicht. Ich weiß Ihre Offenheit zu schätzen. Ich hatte, ehrlich gesagt, nicht gedacht, daß Sie mir viel erzählen würden.«

»Ich erzähle Ihnen alles, was Sie wissen möchten. Ich nehme auf diese Menschen keine Rücksicht mehr. Früher dachte ich, ich müsse zu ihnen halten. Es gab Zeiten, da hätte ich kein Wort gesagt. Ich hätte Schuldgefühle gehabt und mich als Verräterin gefühlt. Inzwischen macht mir das nichts mehr aus. Ich sehe sie jetzt so deutlich – wie wenn man kurzsichtig ist und plötzlich Kontaktlinsen kriegt. Es ist auf einmal alles so verblüffend klar.«

»Zum Beispiel?«

»Was ich eben gesagt habe ... Kenneth und seine Besessenheit. Das Schlimmste nach der Trennung war für ihn, sich der Tatsache zu stellen, daß Isabelle hemmungslos narzißtisch war. Jetzt, wo sie tot ist, kann er sich wieder an den Glauben klammern, sie sei einfach vollkommen gewesen.«

»Isabelle und David haben sich bei der Arbeit kennengelernt? In Peter Weidmanns Firma?«

»Genau. Es war ›Liebe auf den ersten Blick‹«, sagte sie, wobei sie mit den Fingern Gänsefüßchen in die Luft malte.

»Glauben Sie, er hat sie umgebracht?«

»David? Ich weiß nicht recht, was ich darauf antworten soll. Während der Prozeß lief, war ich fest davon überzeugt, aber inzwischen erscheint es mir nicht mehr so plausibel. Ich meine, sehen Sie sich die Sache doch mal genauer an. Ist Ihnen schon mal aufgefallen, wie ›weiblich‹ diese Mordmethode war? Es erstaunt mich schon die ganze Zeit, daß das noch niemand angesprochen hat. Das mag vielleicht sexistisch klingen, aber es hat doch schon fast etwas ›Steriles‹, jemanden durch einen Tür-Spion zu erschießen. Vielleicht ist das ja nur ein Vorurteil, aber ich denke, wenn Männer töten, tun sie es gewaltsamer und direkter. Sie würgen oder schlagen oder stechen zu. Das ist geradeheraus. Und wenn sie schießen, dann gehen sie hin und BUMM! Sie ballern ihr Opfer über den Haufen, aber sie schleichen sich nicht heimlich an.«

»Mit anderen Worten: Männer töten Auge in Auge.«

»Genau. Wenn man durch einen Spion schießt, braucht man sich der Wirkung nicht zu stellen. Man muß es nicht mal aushalten, das Blut zu *sehen*, geschweige denn, sich damit zu beflecken. David mag sie ja verfolgt haben, aber er hat es so offenkundig getan, vor Gottes und vor unser aller Augen. Gerichtliche Verfügungen, Polizei, Schreiereien am Telefon. Da müßte ihm doch klar gewesen sein, daß der Verdacht zuallererst auf ihn fällt. Und diese Geschichte mit dem Joggen! So etwas Idiotisches. Glauben Sie mir, der Mann ist clever. Wenn er es gewesen wäre, hätte er sich bestimmt ein besseres Alibi einfallen lassen.«

»Aber worauf wollen Sie hinaus? Sie müssen doch irgendeine Theorie haben, sonst würden Sie das ja wohl nicht sagen.«

»Simone käme auch in Frage.«

»Isabelles *Zwillingsschwester?*«

»Kennen Sie die Geschichte nicht?«

»Ich fürchte, nein«, sagte ich. »Aber ich bin sicher, Sie werden mich aufklären.«

Sie lachte über meinen Ton. »Also, passen Sie auf. Die beiden haben sich nie besonders gut verstanden. Isabelle tat, was ihr gefiel, und Simone war meistens die Dumme. Isabelle hatte alles – jedenfalls äußerlich gesehen: Schönheit, Talent, ein reizendes Kind. Und genau das war der wunde Punkt. Simone wollte ein Kind, mehr als alles auf der Welt. Ihre biologische Uhr stand schon auf Sommerzeit. Ich nehme an, Sie haben sie getroffen?«

»Ich habe gestern mit ihr gesprochen.«

»Ist Ihnen nicht aufgefallen, daß sie hinkt?«

»Doch, natürlich, aber sie hat nicht darüber gesprochen, und ich habe nicht gefragt.«

»Ein schlimmer Unfall. Und Isabelles Schuld. Das war vor sieben Jahren, wenn ich mich recht erinnere, etwa ein Jahr vor Iz' Tod. Iz war betrunken nach Hause gefahren und hatte das Auto in der Einfahrt stehenlassen, ohne die Handbremse anzuziehen. Der Wagen machte sich selbständig und rollte den steilen Hang hinunter, pflügte durch die Büsche und wurde immer schneller. Simone war unten am Briefkasten, und er erwischte sie mit voller Wucht. Zertrümmerte ihr das Becken und den Oberschenkelknochen. Es hieß zuerst, sie würde nie wieder laufen können, aber sie hat es geschafft. Sie haben es ja selbst gesehen. Sie ist wieder ganz gut zu Fuß.«

»Aber mit dem Kinderkriegen war es aus.«

»Richtig. Und was noch dazu kam: sie war damals verlobt, und der Mann hat sie sitzenlassen. Er wollte eine Familie. Punkt, Ende. Das hat Simone den Rest gegeben.«

Ich musterte ihr Gesicht und versuchte, das Gewicht dieser Information abzuschätzen. »Nicht von der Hand zu weisen«, sagte ich.

13

Auf dem Heimweg schaute ich noch bei Rosie vorbei. Ich hänge normalerweise nicht in Lokalen herum, aber ich war unruhig und hatte keine Lust, allein zu sein. Bei Rosie kann ich hinten in einer Nische sitzen und über das Leben meditieren, ohne angestarrt, angemacht, angequatscht oder angepflaumt zu werden. Außerdem dachte ich, nach dem Wein bei Francesca könnte mir ein Kaffee nicht schaden. Nicht, daß ich ihn nötig gehabt hätte, um wieder nüchtern zu werden. Der Wein bei Francesca war so zart und delikat gewesen wie ein Veilchen. Der Weißwein bei Rosie kam aus großen Zwei-Liter-Schraubflaschen, die man hinterher zum Lagern von Benzin und anderen leicht entzündlichen Flüssigkeiten verwenden konnte.

Es war ziemlich viel los. Ein Kegelclub war da, eine lärmende Horde Frauen, die ihren Sieg bei irgendeinem Liga-Turnier feierten. Sie paradierten durch die Gaststube, mit einem Pokal vom Kaliber einer Siegesstatue, unter Johlen und Pfeifen und Trampeln. Eigentlich duldete Rosie keine Krawallmacher, aber die gute Laune der Keglerinnen steckte an, und sie sagte nichts.

Ich nahm einen Becher und goß mir Kaffee aus der Kanne ein, die Rosie hinter der Theke bereithält. Als ich in meine Lieblings-Nische schlüpfte, sah ich Henry hereinkommen. Ich winkte, und er steuerte auf Umwegen auf mich zu. Eine der Kegeldamen fütterte die Jukebox mit Münzen. Musik dröhnte durch den Raum, vermischt mit Zigarettenqualm, Huhus und lautem Gelächter.

Henry glitt auf die Bank mir gegenüber und ließ den Kopf auf die Arme sinken. »Wunderbar. Krach, Whiskey, Rauch, Leben! Ich habe es so satt, mit diesem Hypochonder zusammenzusein. Er macht mich wahnsinnig. Gott ist mein Zeuge. Seine Gesundheitsvorkehrungen haben uns den ganzen Tag beschäftigt. Jede Stunde, auf die Sekunde pünktlich, muß er eine Pille nehmen oder ein Glas Wasser trinken ... um seinen Organismus durchzuspülen. Er macht Joga zur Entspannung. Er macht Gymnastik zum Wachwerden. Er mißt zweimal täglich seinen Blutdruck. Er untersucht seinen Urin mit kleinen Teststreifen auf Zucker und Eiweiß. Er führt ständig Buch über alle seine Körperfunktionen. Jedes kleine Zwikken und Zwacken. Wenn sein Magen gurgelt, ist das ein Symptom. Wenn er einen fahren läßt, gibt er ein Bulletin heraus. Als ob ich es nicht längst gemerkt hätte. Dieser Mensch ist der größte Egomane, Langweiler und Sauertopf, dem ich je begegnet bin, und er ist erst einen Tag hier. Ich kann es nicht fassen. Mein eigener Bruder.«

»Möchten Sie was trinken?«

»Ich getraue mich nicht. Ich könnte nicht mehr aufhören. Sie würden mich zur Ausnüchterung bringen müssen.«

»War er schon immer so?«

Henry nickte trübsinnig. »Es war mir bisher nur nicht so aufgefallen. Oder vielleicht ist es auch mit zunehmender Senilität schlimmer geworden. Ich erinnere mich, als Kind hatte er dauernd diese Unfälle. Er fiel von Bäumen und von Schaukeln. Einmal brach er sich den Arm. Dann das Handgelenk. Er hat sich fast das Auge mit einem Bleistift ausgestochen. Und die ewigen Schnittwunden. Mein Gott, man durfte ihn nicht in die Nähe eines Messers lassen. Er hatte alle möglichen Allergien und die merkwürdigsten Störungen. Er hatte eine spastische Speicheldrüse ... ich schwöre es. Später kam dann eine Phase von zehn Jahren, in der ihm alle inneren Organe rausgenommen wurden. Mandeln und Polypen, der Blinddarm, die Gallenblase, eine Niere, ein knapper Meter Dünndarm. Dieser Mensch hat es sogar fertiggebracht, sich die Milz zu zerreißen. Raus damit. Aus den Teilen, die er abgestoßen hat, hätte man einen kompletten neuen Menschen basteln können.«

Ich sah auf und bemerkte direkt neben mir Rosie, die Henrys

Ausbruch mit gelassener Miene lauschte. »Ist er am Ende mit Nerven?«

»Sein Bruder aus Michigan ist zu Besuch da.«

»Mag er nicht Bruder?«

»Dieser Mensch treibt ihn in den Wahnsinn. Er ist ein Hypochonder.«

Sie wandte sich Henry interessiert zu. »Was ist Problem? Ist er krank?«

»Nein, er ist nicht krank. Er ist total neurotisch.«

»Bringen hierher. Ich kriege hin. Kein Grund für Aufregung.«

»Ich glaube nicht, daß Sie das Problem in seiner ganzen Tragweite erfassen«, sagte ich.

»Ist kein Problem. Ich kriege hin. Wie ist Name von Bruder?«

»Er heißt William.«

Rosie sagte: »William«, während sie etwas in ihr Notizbüchlein schrieb. »Alles klar. Ich kriege hin. Keine Sorge.«

Sie entschwand, und ihr hawaiianisches Flattergewand umwehte sie wie ein Hexenumhang.

»Bilde ich mir das nur ein, oder ist ihr Englisch in letzter Zeit schlechter geworden?« fragte ich.

Henry sah mich mit einem matten Lächeln an.

Ich tätschelte ihm mütterlich die Hand. »Nur Mut. Alles klar. Kein Grund für Aufregung. Sie kriegt hin.«

Ich war schon um zehn zu Hause, aber ich hatte nicht die geringste Lust, noch weiter zu putzen. Ich zog die Schuhe aus und benutzte meine Socken, um im Hinaufgehen halbherzig die Wendeltreppe abzustauben. *Es* wird schon für mich arbeiten, dachte ich. ...

In den frühen Morgenstunden wurde ich durch ein Telegramm meines Unterbewußtseins geweckt. »Lieferwagen«, lautete die Botschaft. Wieso Lieferwagen? Meine Augen klappten auf, und ich starrte auf das Oberlicht über meinem Bett. Der Dachraum war ganz dunkel, aber von der Lichtglocke über der Stadt schimmerte das Oberlicht hell. Die Botschaft hatte mit Tippys Auftauchen an dieser Straßenkreuzung zu tun. Ich hatte über diesen Punkt nachgegrübelt, seit David Barney davon gesprochen hatte. Wenn er sich die ganze Geschichte nur ausdachte, wieso garnierte er sie dann mit ihrem Namen? Sie hätte doch eine Erklärung haben können, wo sie in der betreffenden Nacht gewesen war. Wenn er log, wieso sollte er dann dieses Risiko eingehen? Die Leute vom Reparaturtrupp hatten sie auch gesehen ... na ja, nicht sie, aber den Lieferwagen. Wo sonst war mir das Wort Lieferwagen noch begegnet?

Ich setzte mich auf, schlug die Decke zurück und knipste das Licht an, das mich zuerst geblendet zusammenzucken ließ. In Ermangelung eines Morgenrocks zog ich meinen Trainingsanzug über. Ich tappte barfuß die Treppe hinunter, schaltete die Tischlampe an, suchte meine Aktenmappe und sah den Stapel Ordner durch, den ich aus dem Büro mitgebracht hatte. Ich fand die Faltmappe, die ich suchte, trug sie zum Sofa, setzte mich, schlug die Beine unter und ging die Kopien der alten Nummern der *Santa Teresa Dispatch* durch. Zum dritten Mal in zwei Tagen überflog ich Spalte um Spalte verwischter Druckzeilen. Fünfundzwanzigster Dezember – nichts. Ah! Auf der ersten Seite des Lokalteils vom sechsundzwanzigsten stand die kurze Meldung, die ich schon gesehen hatte, über den Unfall mit Fahrerflucht, der einem alten Mann das Leben gekostet hatte, der aus einem Pflegeheim in der Nähe weggelaufen war. Ein Lieferwagen hatte ihn auf der oberen State Street angefahren, und er war noch am Unfallort gestorben. Der Name des Opfers wurde nicht genannt, da die Benachrichtigung der Angehörigen noch nicht erfolgt war. Leider hatte ich von den Ausgaben der nächsten Woche keine Kopien gemacht, so daß ich die Sache nicht weiterverfolgen konnte.

Ich nahm mir das Telefonbuch vor und sah in den gelben Seiten unter der Rubrik Altenpflege-Einrichtungen nach. Die Unterrubriken waren Wohnheime, Kliniken, Pflegeheime, Altersheime und Sanatorien und enthielten hauptsächlich Verweise auf die jeweils anderen Kategorien. Schließlich fand ich unter Pflegeheime eine umfassende Liste. In der Nähe des Unfallorts gab es nur eine solche Einrichtung. Ich notierte mir die Adresse, drehte dann das Licht wieder aus und ging zurück in mein Bett. Wenn sich herausstellte, daß zwischen diesem Lieferwagen und dem, der Tippys Vater gehörte, ein Zusammenhang bestand, dann war es schon sehr viel erklärlicher, weshalb das Mädchen nicht zugeben wollte, daß es unterwegs gewesen war. Und es würde dafür sprechen, daß David Barney in allem die Wahrheit sagte.

Am Morgen fuhr ich, nachdem ich wie üblich meine fünf Kilometer gelaufen war, gefrühstückt und geduscht hatte, hinaus nach South Rockingham, wo der alte Mann angefahren worden war. Noch um die Jahrhundertwende war South Rockingham nichts als Farmland gewesen, flache Felder mit Bohnen und Walnüssen, wo zur Erntezeit Trupps von Wanderarbeitern mit dampfgetriebenen Maschinen, Küchenbaracken und Wagen voller Schlafzeug angerückt waren. Auf einem alten Foto sieht man etwa dreißig Arbeiter, aufgereiht vor ihren sperrigen, ratternden Maschinen. Die meisten haben Schnurrbärte und finstere Gesichter und tragen bunte Halstücher, langärmlige Hemden, Latzhosen und Filzhüte. Unerschütterlich stehen sie da, auf ihre Heugabeln gelehnt, während eine staubverhangene Mittagssonne auf sie herunterbrennt. Das Land sieht auf solchen Bildern immer platt und erbarmungslos aus. Es gibt nur wenige Bäume, und das Gras, soweit überhaupt vorhanden, ist karg und stoppelig. Spätere Luftaufnahmen zeigen Straßen, die strahlenförmig von einem runden Hügel abgehen wie die Speichen eines Wagenrads. Um die Siedlung herum fügen sich die rechteckigen Parzellen mit jungen Zitrusbäumen zu einer Patchwork-Decke. Heute ist South Rockingham ein Mittelschichts-Wohnviertel aus bescheidenen Einfamilienhäusern, die zur Hälfte aus der Zeit vor 1940 stammen. Der Rest wurde während eines Mini-Booms in der Dekade zwischen 1955 und 1965 errichtet. Jedes Fleckchen Erde ist dicht bewachsen, jedes verfügbare Plätzchen bebaut. Dennoch gilt es als erstrebenswert, hier zu wohnen, weil dieser Ortsteil ruhig, attraktiv und gepflegt ist und über alle nötigen Einrichtungen verfügt.

Ich fand das Pflegeheim: ein einstöckiger Steinbau, auf drei Seiten von Parkflächen umrahmt. Von außen wirkte das Fünfzig-Betten-Haus schlicht und sauber – vermutlich nicht billig. Ich parkte am Bordstein und erklomm die vier Betonstufen zu dem leicht ansteigenden Fußweg. Der Rasen zu beiden Seiten war im Winterschlaf, kurzgeschoren und fleckig-gelb. Eine amerikanische Fahne hing schlaff von einem Mast beim Eingang.

Ich trat durch eine breite Tür in eine komfortabel möblierte Eingangshalle, die im Stil an eine bessere Motel-Kette erinnerte. Von Weihnachten war noch nichts zu bemerken. Die Farbgebung war angenehm: ruhige, gedeckte Blau- und Grüntöne. Es gab eine chintzbezogene Couch und vier dazu passende Polstersessel, die so arrangiert waren, daß sie zu einem gemütlichen Plausch einluden. Die Zeitschriften auf dem Couchtisch waren säuberlich aufgefächert. Die einander überlappenden Titel bildeten einen Bogen, der mit *Vital in die besten Jahre* begann. Für Grün sorgten auch zwei Ficus-Bäume, die sich bei näherem Hinsehen als künstlich entpuppten. Sie konnten beide eine staubwischende Hand gebrauchen, aber wenigstens waren sie nicht anfällig für Spinnmilben und Mehltau.

An der Anmeldung bat ich, den Leiter des Heims sprechen zu dürfen, und man schickte mich zum Büro eines gewissen Mr. Hugo, gleich links, auf der Mitte des Flures. Dieser Trakt war ausschließlich Verwaltungszwecken vorbehalten, von Patienten, Rollstühlen, Fahrbetten oder sonstigem Klinikzubehör keine Spur. Es roch nicht einmal nach Krankenhaus. Ich trug kurz mein Ansinnen vor, und nach fünfminütigem Warten wurde ich von Mr. Hugos persönlicher Sekretärin vorgelassen. Pflegeheim-Direktoren haben offenbar reichlich Lücken in ihrem Terminkalender.

Edward Hugo war schwarz, Mitte sechzig, mit krausem, grauweißem Haar und einem breiten, weißen Oberlippenbart. Seine Haut war glänzend braun, die Farbe von Karamel. Die Falten in seinem Gesicht erinnerten an ein gefaltetes und wieder auseinandergeklapptes Origami-Papier. Er war unaufällig gekleidet, aber irgend etwas in seiner Art erinnerte an obligatorische Smoking-Auftritte bei lokalen Wohltätigkeitsveranstaltungen. Er reichte mir über den Schreibtsich hinweg die Hand und nahm dann wieder

Platz, während ich mich ebenfalls setzte. »Was kann ich für Sie tun?«

»Ich wüßte gern den Namen eines ehemaligen Patienten von Ihnen, der Weihnachten vor sechs Jahren von einem unbekannten Autofahrer angefahren und tödlich verletzt wurde.«

Er nickte. »Ich weiß, wen Sie meinen. Würden Sie mir Ihre Gründe erläutern?«

»Ich versuche, ein Alibi in einer anderen Kriminalsache zu überprüfen. Es würde mir sehr helfen, wenn ich in Erfahrung bringen könnte, ob der Schuldige jemals ermittelt wurde.«

»Ich glaube, nein. Meines Wissens nicht. Die Sache geht mir, offen gestanden, immer noch nach. Der Name des alten Herrn war Noah McKell. Sein Sohn Hartford lebt hier in der Stadt. Ich kann veranlassen, daß Mrs. Rudolph seine Nummer heraussucht, falls Sie mit ihm sprechen wollen.«

Er fuhr in der gleichen Art fort, direkt, freundlich, sachlich, und brachte es fertig, mir in zehn Minuten in sorgsam formulierten Sätzen alle wesentlichen Informationen zu vermitteln. Nach seiner Darstellung hatte sich Noah McKell in jener Nacht von seiner Tropfkanüle und seinem Katheter befreit, seine Straßenkleidung angezogen und sein Einzelzimmer durch das Fenster verlassen.

Das erstaunte mich. »Sind die Fenster nicht gesichert?«

»Das hier ist ein Krankenhaus, Miss Millhone, kein Gefängnis. Vergitterte Fenster wären eine Gefahr, falls je ein Feuer ausbräche. Außerdem sind wir der Meinung, daß die frische Luft und der Blick ins Grüne unseren Patienten guttun. Er hatte sich vorher schon zweimal vom Gelände entfernt, was uns in Anbetracht seiner Verfassung große Sorge bereitete. Wir hatten eine Fixierung zu seinem eigenen Schutz erwogen, konnten uns aber nicht dazu durchringen, und sein Sohn war entschieden dagegen. Wir haben dafür gesorgt, daß das Gitter an seinem Bett hochgeklappt wurde und etwa jede halbe Stunde jemand nach ihm sah. Die diensthabende Schwester ging um ein Uhr fünfzehn zu ihm hinein und entdeckte das leere Bett.

Als wir merkten, daß er weg war, haben wir natürlich unverzüglich entsprechende Maßnahmen ergriffen. Die Polizei wurde alarmiert, und unsere Wachleute hier starteten augenblicklich eine Suchaktion. Ich wurde zu Hause telefonisch benachrichtigt und kam sofort herüber. Ich wohne droben an der Tecolote Road, so daß ich gleich da war. Als ich kam, waren wir bereits von dem Unfall informiert worden. Wir fuhren hin und identifizierten die Leiche.«

»Gab es irgendwelche Zeugen?«

»Eine Frau am Empfang im Gipsy Motel hörte den dumpfen Schlag«, sagte er. »Sie lief hinaus, um zu helfen, aber der alte Mann war schon tot. Sie war es auch, die die Polizei benachrichtigte.«

»Wissen Sie den Namen noch?«

»Nicht auswendig. Mr. McKell wird Ihnen sicher sagen können, wie die Frau hieß. Vielleicht ist sie ja immer noch dort.«

»Ich denke, ich sollte auf jeden Fall mit ihm sprechen. Falls der Fahrer inzwischen ermittelt wurde, brauche ich nicht noch mehr Leute mit meinen Fragen zu belästigen.«

»Ich möchte meinen, er hätte uns Bescheid gesagt, wenn es so wäre. Bitte rufen Sie mich doch an, und lassen Sie es mich wissen, wenn Sie etwas herausfinden. Das würde mich sehr entlasten.«

»Das werde ich tun, Mr. Hugo. Vielen Dank für Ihre Hilfe.«

Ich telefonierte von einer Zelle bei einem Hamburger-Imbiß an der oberen State Street. Es war unsinnig, ins Büro zurückzufahren, wenn die Unfallstelle nur zwei Ecken weiter war. Ich nahm einen Stift und einen Block heraus, um gegebenenfalls Notizen machen zu können.

Am anderen Ende meldete sich eine Männerstimme mit Hartford McKell. Ich erklärte, wer ich war und was ich wollte. Er klang wie ein ziemlich humorloser Mensch – geradeaus, ungeduldig, mit dem Hang, einen zu unterbrechen. Was den Tod seines Vaters betraf, schnitt er jede Beileidsbekundung sofort ab. Die Geschichte schien förmlich aus ihm herauszubrechen, sein Zorn trotz der langen Zeit, die vergangen war, unvermindert. Ich sagte nichts, von gelegentlichen Zwischenfragen abgesehen. Der Fahrer des Wagens war nie ermittelt worden. Die Polizei von Santa Teresa hatte eine gründliche Untersuchung eingeleitet, aber außer den Reifenspuren war am Unfallort nicht viel zu finden gewesen. Die einzige Zeugin – die Motelangestellte, eine gewisse Regina Turner – hatte eine grobe Beschreibung des Lieferwagens geben können, das Kennzeichen jedoch nicht erkennen können. Es war einer jener Unfälle gewesen, die allgemeine Empörung hervorriefen, und McKell hatte fünfundzwanzigtausend Dollar Belohnung für jeden Hinweis ausgesetzt, der zur Ergreifung und Bestrafung des Täters führte. »Ich hatte Pop aus San Francisco hierher geholt. Er hatte einen Schlaganfall, und ich wollte ihn in der Nähe haben. Wissen Sie, wo er hinwollte, wenn er aus dem Heim weglief? Er dachte, er sei immer noch droben in San Francisco, nur ein paar Blocks von seiner Wohnung. Er wollte nach Hause, weil er sich Sorgen um seine Katze machte. Das Tier ist seit fünfzehn Jahren tot, aber Pop wollte sich vergewissern, daß es seiner Katze gutging. Es macht mich rasend, wenn ich daran denke, daß der Mörder ungeschoren davongekommen ist.«

»Ich kann verstehen –«

Er fiel mir ins Wort. »Das kann niemand verstehen, aber eines will ich Ihnen sagen: Man überfährt doch keinen alten Mann und rast dann einfach weiter, ohne sich auch nur umzudrehen.«

»Panik«, sagte ich. »Um ein Uhr morgens sind die Straßen praktisch leer. Der Fahrer hat wahrscheinlich gedacht, nur weg, dann merkt keiner etwas.«

»Was der Kerl sich gedacht hat, ist mir egal. Ich will, daß sie ihn kriegen. Das ist alles, was mich interessiert. Haben Sie etwas, was uns hilft, ihn zu schnappen, oder nicht?«

»Ich bin dran.«

»Finden Sie den Fahrer, und die fünfundzwanzigtausend gehören Ihnen.«

»Ich weiß Ihr Angebot zu schätzen, Mr. McKell, aber das ist nicht mein Hauptinteresse. Ich werde tun, was ich kann.«

Wir beendeten unser Gespräch. Ich setzte mich wieder in mein Auto und fuhr die State Street hinunter, bis zu jener Kreuzung zwei Querstraßen weiter, wo der alte McKell ums Leben gekommen war. An den vier Ecken gab es ein Motel, ein freies Grundstück, ein medizinisches Behandlungszentrum mit viel Grün und einen kleinen Bungalow, der aussah wie ein Privathaus, jetzt aber Maklerbüros beherbergte. Das Gipsy Motel war ein schlichter Block aus Übernachtungseinheiten, mit dem ganzen architektonischen Charme eines Schuhkartons, ringsum von Parkplätzen umgeben. An der Frontseite ragte ein metallener Ziehharmonika-Vorbau heraus. Der zweistöckige Bau stammte offenbar aus den sechziger Jahren und bestand vor allem aus Beton und automatischen Alu-Glas-Gleittüren. Ich stellte meinen Wagen auf dem Parkplatzteil ab, der für die Anmeldung reserviert war. Das Büro war ein Glaskasten mit Fertig-Gitterstores, die die Frühnachmittagssonne aussperrten. Ein blinkendes Neonschild am Eingang besagte abwechselnd *Zimmer frei* und *belegt.*

Die Frau hinter dem Anmeldetresen war groß – nicht Riesen- aber doch Superformat. Sie hatte eine große, wohlgeformte Nase, einen breiten, rosa bemalten Mund und weißblondes Haar, das zu einem hoch auf dem Oberkopf angesetzten, tauartigen Zopf gezwirbelt war. Sie trug eine zartfliederfarbene, schräge Brille, deren Gläser im unteren Teil leicht mit pfirsichfarbenem Make-up verschmiert waren. Ihre Straßenkleidung wurde von einem pinkfarbenen Nylonkittel von der Sorte verdeckt, wie sie Kosmetikerinnen tragen.

Ich nahm eine meiner Karten heraus und legte sie auf den Tresen. »Vielleicht können Sie mir helfen. Ich suche Regina Turner.«

»Ich werd's versuchen. Ich bin Regina Turner. Guten Tag«, sagte sie. Wir gaben uns die Hand. Unser Gespräch wurde erst mal unterbrochen, weil das Telefon klingelte. Sie hielt einen Finger als eine Art Digitalanzeiger in die Höhe, während sie irgendwelche Reservierungen entgegennahm. »Entschuldigen Sie«, sagte sie zu mir, als sie wieder aufgelegt hatte. Sie sah flüchtig auf meine Karte und fixierte dann scharf mein Gesicht. »Ich beantworte keine Fragen über Gäste.«

»Es geht um etwas anderes«, sagte ich. Als ich meine Erklärung zur Hälfte abgespult hatte, merkte ich, daß sie nicht mehr zuhörte.

Offensichtlich hatte sie unser Gespräch innerlich bereits abgehakt. »Sie können mir wohl nicht weiterhelfen«, sagte ich.

»Ich würde es gern«, antwortete sie. »Die Polizei hat mich befragt, gleich nachdem der alte Mann überfahren wurde. Ich war völlig fertig, aber ich habe ihnen alles gesagt, was ich wußte.«

»Hatten Sie in der betreffenden Nacht Dienst?«

»Ich bin fast immer nachts hier. Man kriegt ja heutzutage keine guten Leute mehr, schon gar nicht während der Feiertage. Ich war hier in der Anmeldung, als es passierte. Ich hörte das Quietschen ... ein gräßliches Geräusch. Und dann einen dumpfen Schlag. Dieser Lieferwagen muß mit sechzig Meilen um die Kurve da hinten gedonnert sein. Hat den Alten auf dem Überweg erwischt und regelrecht durch die Luft geschleudert. Sah aus, wie wenn jemand von einem Stier auf die Hörner genommen wird. Sie kennen das doch sicher aus Filmen, oder? Er schlug so hart auf, daß ich es hören konnte. Ich habe aus dem vorderen Fenster geschaut und gesehen, wie der Lieferwagen davongerast ist. Ich habe die Kreuzung genau im Blick. Sie sehen ja selbst. Ich habe die Notrufzentrale angerufen und bin rausgelaufen, um zu sehen, ob ich was tun konnte. Aber als ich ankam, war der arme Mann schon tot und der Lieferwagen verschwunden.«

»Wissen Sie noch die genaue Zeit?«

»Elf Minuten nach eins. Ich hatte damals schon diese kleine Digitaluhr hier auf dem Tresen stehen, und ich erinnere mich, daß sie eins-eins-eins gezeigt hat, weil das nämlich mein Geburtsdatum ist. Der elfte Januar. Ich weiß nicht, wieso, aber so etwas bleibt einem jahrelang im Gedächtnis.«

»Sie haben nicht gesehen, wer den Wagen fuhr?«

»Nein, davon habe ich nichts mitgekriegt. Ich habe nur den Lieferwagen gesehen. Er war weiß, mit so einem dunkelblauen Firmenzeichen auf der einen Seite.«

»Was für ein Zeichen?«

Sie schüttelte den Kopf. »Das kann ich nicht sagen.«

»Das ist schon sehr viel. Jede Kleinigkeit hilft uns weiter«, sagte ich. Es gab wohl nur schlaffe sechstausend weiße Lieferwagen in

Kalifornien. Das Unfallfahrzeug war möglicherweise verschrottet, umgespritzt, verkauft oder über die Staatsgrenze geschafft worden. »Vielen Dank für Ihre Mühe.«

»Wollen Sie ihre Karte wiederhaben?« fragte sie.

»Behalten Sie sie. Ich hoffe, Sie melden sich, falls Ihnen noch etwas einfällt.«

»Ganz bestimmt.«

An der Tür blieb ich noch einmal stehen. »Meinen Sie, Sie könnten den Wagen identifizieren, wenn ich Ihnen ein paar Fotos zeige?«

»Ich glaube schon. Ich kann ihn zwar nicht beschreiben, aber ich denke, ich würde ihn wiedererkennen, wenn ich ihn sähe.«

»Prima. Ich komme noch mal wieder.«

Ich ging zu meinem Auto zurück. Mir war klar, daß ich diesen kleinen Hoffnungsschub erst einmal dämpfen mußte. Es war alles nur Spekulation. Ich bin nicht blöd. Ich wußte wohl, wie groß die Wahrscheinlichkeit war, daß der weiße Lieferwagen, der McKell angefahren hatte, derselbe war, der eine halbe Stunde später und dreizehn Kilometer weiter um ein Haar David Barney erwischt hätte. Es stand zuviel auf dem Spiel, um voreilige Schlüsse zu ziehen. Lieber nach der guten, alten Lehrbuchmethode vorgehen. Der erste Schritt mußte sein, Fotos von mehreren ähnlichen Fahrzeugen zu machen, unter anderem auch von dem Lieferwagen, der Tippys Vater, Chris White, gehörte. Wenn Regina Turner diesen Wagen wiedererkannte, hatte ich einen konkreten Ansatzpunkt. Der zweite Schritt würde natürlich darin bestehen, dahinter zu kommen, wer am Steuer gesessen hatte.

14

Ich fuhr zurück ins Büro und parkte wieder auf Lonnies Platz. Wie üblich nahm ich immer zwei Treppenstufen auf einmal, bis in den dritten Stock, wo ich mich einen Moment keuchend an die Wand lehnte, bis ich wieder zu Atem gekommen war. Ich betrat die Kanzlei durch die unscheinbare, schilderlose Tür auf der Hälfte des Flures. Wir benutzten diesen Ausgang als Abkürzung zu den Toiletten auf der anderen Flurseite. Ursprünglich bestand der dritte Stock aus sechs separaten Büro-Suiten, aber Kingman und Ives haben nach und nach allen verfügbaren Raum vereinnahmt, außer den Klos, die draußen am Korridor liegen, damit sie für die Allgemeinheit zugänglich sind.

Ich schloß meine Tür auf und hörte als erstes meinen Anrufbeantworter ab. Louise Mendelberg hatte angerufen, um zu fragen, ob es vielleicht möglich sei, daß ich Morleys Schlüssel am Nachmittag zurückbrächte. Morleys Bruder wurde demnächst erwartet, und sie wollten, daß er das Auto benutzen konnte. Wenn es mir nicht zuviel Umstände mache, könne ich jederzeit kommen.

Ich beschloß, meinen Schreibtisch aufzuräumen und dann die Akten zu kopieren, die ich aus Morleys Haus mitgenommen hatte, damit ich sie ebenfalls gleich zurückbringen konnte. Ich setzte mich hin und sah die Post durch, packte die Rechnungen auf einen Stapel und stopfte den ganzen Reklame-Mist in den Papierkorb. Ich öffnete die Rechnungen und stellte einen kurzen Überschlag an. Jawohl, ich konnte sie bezahlen. Nein, es war mir nicht möglich, meinen Job an den Nagel zu hängen und von meinen Ersparnissen zu leben, die ohnehin gleich Null waren. Ich prüfte kurz meinen

Kontostand und bezahlte ein, zwei Rechnungen, nur so zum Spaß. Nehmt hin, ihr Gas- und Elektrizitätswerke. Ha, ha, ha! Wieder nichts, Pacific Telephone.

Ich suchte die Akten zusammen und ging nach unten zum Kopierer. Ich brauchte dreißig Minuten, um alles zu kopieren und wieder abzuheften. Ich steckte die Originale in die Einkaufstüte, die Louise mir gegeben hatte, sortierte einen Karton mit Unterlagen aus, um sie zu Hause durchzusehen, holte dann meine 35-Millimeter-Kamera aus der untersten Schublade und lud sie mit einem Farbfilm. Ich nahm mir das Telefonbuch vor und suchte Tippys Vater in den gelben Seiten unter ›Malerfachbetriebe‹. Chris Whites Firma, Olympic Painting, figurierte auf einer ansehnlichen viertelseitigen Kasten-Anzeige, unter Nennung seines Namens, der Firmenadresse, der Telefonnummer und der Lizenznummer sowie des Spektrums der angebotenen Dienstleistungen: »Malerarbeiten aller Art, Druckstrahlverfahren (Wasser wird gestellt), eigene Farbherstellung und -mischung, Tapezierarbeiten.« Ich notierte, was mir für meine Zwecke relevant erschien. Wenn ich die Akten zurückgebracht hatte, würde ich fünf, sechs weiße Lieferwagen suchen und Fotos machen. Ich hielt einen kurzen Schwatz mit Ida Ruth und verließ die Kanzlei durch die gleiche Tür, durch die ich gekommen war, beladen mit der Einkaufstasche und dem Karton.

Die Fahrt nach Colgate war ganz nett. Es war ein klarer, kalter Tag, und ich stellte die Heizung des VW so, daß sie mir heiße Luft auf die Füße blies. Allmählich dachte ich ernsthaft über die Möglichkeit nach, daß David Barney unschuldig war. Bisher waren wir davon ausgegangen, daß er Isabelle erschossen hatte. Er bot sich als Tatverdächtiger an, weil er die Mittel, das Motiv und die Gelegenheit gehabt hätte, sie umzubringen, aber Mord ist oft etwas Unlogisches, geboren aus Leidenschaften, die durch Besessenheit und innere Qual deformiert sind. Emotionen fließen nicht geradlinig. Wie Wasser sickern unsere Gefühle in Ritzen und Spalten, suchen sich die kleinen Nischen der Bedürftigkeit und der ungestillten Sehnsüchte, die feinen Haarrisse in unserem Charakter, die man von außen normalerweise nicht sieht. Wehe, wenn an die Sammelgrube im Grunde unseres Herzens gerührt wird. In ihren eisigen, schwarzen Tiefen hausen seltsame, unberechenbare Kreaturen, die man besser nicht weckt. Bei dieser Ermittlungsarbeit wurde mir wieder einmal die unbehagliche Tatsache bewußt, daß ich mich, indem ich in den trüben Wassern stocherte, den Bestien aussetzte, die dort lauerten.

Morley Shines Einfahrt war leer, der rote Ford-Mietwagen nirgends zu sehen. Der Mercury stand immer noch auf dem Rasen an der Seite. Ich studierte vom Türabsatz aus das Rostfleckenmuster auf dem Kotflügel, während ich abwartete, ob jemand auf mein Klopfen reagierte. Zwei Minuten vergingen. Ich klopfte erneut, diesmal lauter, und hoffte inständig, daß ich nicht Dorothy Shine von ihrem Krankenlager aufscheuchte. Nach fünf Minuten schien es mir gerechtfertigt, davon auszugehen, daß keiner da war. Vielleicht hatte Louise Dorothy zum Arzt gebracht, oder sie hatten beide zum Bestattungsinstitut fahren müssen, um einen Sarg auszusuchen. Louise hatte mir ja gesagt, daß sie die Hintertür immer unabgeschlossen ließen. Also ging ich ums Haus, unter der Überdachung hindurch, die die Garage mit dem Haus verband. Die Tür zum Wirtschaftsraum war nicht nur unverschlossen, sondern lediglich angelehnt. Ich klopfte wieder an die Glasscheibe und wartete dann ein angemessenes Weilchen, für den Fall, daß doch jemand zu Hause war. Ich ließ meinen Blick ziellos über das Grundstück schweifen. Ich fühlte mich leicht deprimiert. Das Ganze wirkte, als würde es bald unter den Hammer kommen. Der hintere Garten war vernachlässigt, das Wintergras verdorrt und verfroren. In den unkrautüberwucherten Beeten, die den Rasen säumten, standen noch die einjährigen Herbstblumen in lieblos gepflanzten Büscheln. Die ehemals sonnengelben Ringelblumen waren jetzt braun, ein Garten von toten Blüten mit schlaffen, welken Blättern. Wahrscheinlich hatte Morley schon seit einem Jahr nicht mehr mit seiner Frau hier draußen gesessen. Ich sah einen gemauerten Grill, dessen Drahtstäbe so viel Rost angesetzt hatten, daß sie sich fast berührten.

Ich schob die Tür ganz auf und trat ein. Ich wußte selbst nicht recht, warum ich solche Skrupel hatte. Normalerweise hätte ich nicht lange gezögert und mich ein bißchen umgesehen, einfach, weil ich neugierig bin und die Gelegenheit günstig war. Aber hier hatte ich irgendwie nicht die Stirn, einfach herumzuschnüffeln. Morley war tot, und was von seinem Leben geblieben war, sollte vor Übergriffen sicher sein. Ich legte die Einkaufstasche wie mir geheißen auf die Waschmaschine. Selbst hier roch es medizinisch, und aus den Tiefen des Hauses hörte ich das Ticken einer Uhr. Ich zog die Tür hinter mir zu und ging wieder nach vorne zur Straße.

Als ich meine Wagenschlüssel herausholte, fiel mir siedendheiß ein, daß ich ja Morleys Schlüssel in der Tasche mit den Akten hatte lassen wollen. Ich machte auf dem Absatz kehrt und eilte im Leichttrab wieder zurück. Als ich an dem Mercury vorbeikam, merkte ich, wie mein Schritt sich verlangsamte. Was da wohl im Kofferraum sein mag, flüsterte mein böses Ich. Und selbst mein gutes meinte, es könne nicht schaden, wenn ich nachsah. Man hatte mir anstandslos Zutritt zu seinen Büroräumen gewährt. Ich hielt seine Schlüssel in der Hand, und im Interesse der Gründlichkeit schien es nur selbstverständlich, daß ich auch sein Fahrzeug inspizierte. Als ich an diesem Punkt meiner Rationalisierungen angekommen war, hatte ich bereits den Kofferraumdeckel hochgeklappt. Ich starrte enttäuscht auf den Reservereifen, den Wagenheber und eine leere Coors-Bierdose, die aussah, als ob sie schon seit Monaten hier drinnen herumrollte.

Ich schloß den Kofferraum und ging zur Fahrertür, schloß sie auf und durchsuchte das Innere des Wagens, wobei ich mit dem Fond begann. Die Sitze waren mit dunkelgrünem Wildlederimitat bezogen und rochen nach Zigarettenrauch und altem Haaröl. Der Geruch ließ für einen Moment Morley vor mir auferstehen, und mich durchzuckte ein plötzlicher Schmerz. »O Gott, Morley, hilf mir«, sagte ich.

Die Inspektion des hinteren Fußraumes erbrachte eine Benzinquittung und eine Haarnadel. Ich wußte nicht genau, was ich suchte ... eine Rechnung, ein Streichholzbriefchen, ein Fahrtenbuch, irgend etwas, was mir Hinweise darauf gab, wo Morley im Zuge seiner Ermittlungen gewesen war und was er gemacht hatte.

Ich schlüpfte auf den Fahrersitz und legte die Hände ums Steuerrad. Ich fühlte mich wie ein Kind. Morleys Beine waren länger gewesen als meine, und ich kam kaum an die Pedale. In den Seitentaschen nichts. Nichts auf dem Armaturenbrett. Ich beugte mich nach rechts, um ins Handschuhfach zu gucken, das voller Krempel war. Das war schon eher nach meinem Geschmack. Lappen, eine Damenhaarbürste, weitere Benzinquittungen (alle aus der Gegend und keine jüngeren Datums), ein Schraubenschlüssel, ein Päckchen Kleenex-Tücher, ein gebrauchtes Scheibenwischerblatt, Versicherungs- und Anmeldebescheinigungen für die letzten sieben Jahre. Ich nahm Stück um Stück heraus, aber nichts schien in irgendeinem Zusammenhang mit diesem Fall zu stehen.

Ich packte alles wieder ins Handschuhfach zurück, wobei ich es gleich noch ordnete. Ich richtete mich auf, legte die Hände wieder um das Steuerrad und stellte mir vor, ich sei Morley. Bei meinen Durchsuchungsaktionen finde ich die Hälfte der Zeit nichts, aber ich gebe die Hoffnung nicht auf. Ich denke immer, es wird schon etwas zum Vorschein kommen, wenn ich nur die richtige Schublade aufziehe, in die richtige Jackentasche greife. Ich prüfte den Aschenbecher: er war immer noch voll. Morley hatte wohl einen Haufen Zeit in dem Mercury verbracht. In diesem Metier, in dem man dauernd unterwegs ist, wird einem der Wagen zum mobilen Büro, zum Patrouillenfahrzeug, zum Observierungsposten, wo man nächtelang auf der Lauer liegt, und zeitweise sogar zum Motel, wenn in der Reisekasse Ebbe ist. Der Mercury war perfekt, alt und unauffällig, genau die Sorte Wagen, die man im Rückspiegel hat, ohne sie wirklich zu registrieren. Ich wandte mich jetzt den Gefilden oberhalb meiner Augenhöhe zu.

Auf die Sonnenblende hatte er einen kunstledernen Vorsatz mit einem Spiegel, einer Tasche für die Sonnenbrille, einem Stift und einem unbenutzt aussehenden Block gesteckt. Das Ding wurde von zwei dünnen Metallklemmen gehalten. Ich griff nach oben und klappte die Blende herunter. Auf der Rückseite hatte Morley einen länglichen Papierstreifen unter eine der Klemmen geschoben. Es war der perfekte Ort, um solche Zettel aufzubewahren: Erledigungslisten, Reinigungsbons, Parkscheine. Der Papierstreifen stammte von der perforierten Verschlußklappe einer Filmtüte von einem Foto-Schnelldienst in einem Einkaufszentrum in Colgate. Er trug eine Nummer, aber kein Datum, so daß er schon seit Monaten dort geklemmt haben konnte. Ich steckte ihn in die Tasche, stieg aus und schloß den Wagen wieder ab. Dann drehte ich meine Strafrunde zum Wirtschaftsraum, um die Schlüssel in der braunen Tasche mit den Akten zu deponieren.

Ich fuhr fünf Straßen weiter zum Einkaufszentrum. Durch das Schaufenster des Foto-Schnelldienstes sah ich einen Asiaten mit Gummihandschuhen Filme aus dem Entwicklerbad fischen. Auf einem Transportband wanderten fertige Abzüge langsam an der einen Seite des Fensters nach vorn und quer vorüber. Ich blieb fasziniert stehen und sah zu, wie eine Geburtstagsparty ihren Lauf nahm: vom Kuchen und den eingepackten Geschenken auf einem Tisch hin zu einer Horde grinsender Gratulanten, die geschniegelt und selbstgefällig dastanden, während sich das überraschte Geburtstagskind im verschwitzten Tennisdress bemühte, gute Miene zu machen. Ich wollte Zeit schinden, das Unvermeidliche hinauszögern. Ich wollte, daß sich der abgegebene Film als die große Offenbarung entpuppte. Ich wollte, daß die Fotos in einem zentralen und bedeutsamen Zusammenhang mit den Ermittlungen standen. Ich wollte Morley weiter für den guten Detektiv halten können, für den ich ihn immer gehalten hatte. Ach, verdammt. Ich schob die Tür auf und trat ein. Besser, ich brachte es hinter mich. Es sprach manches dafür, daß ich gleich eine Serie von Schnappschüssen aus seinem letzten Urlaub in den Händen halten würde.

Im Laden roch es scharf nach Chemikalien. Außer mir war keine Kundschaft da, und der junge Mann, der mich bediente, war im Nu mit der Tüte zur Stelle. Ich zahlte 7 Dollar 65, und er versicherte mir, daß ich für alle Abzüge, die mir nicht gefielen, mein Geld zurückerhalten würde. Ich ließ den Umschlag zu und ging zu meinem Auto. Ich stieg ein und deponierte die Tüte, gegen das Steuerrad gelehnt, auf meinem Schoß. Schließlich riß ich die Klappe auf. Ich ließ die Bilder herausgleiten.

Mir entfuhr ein Laut der Verblüffung ... kein richtiges Wort, nur irgend etwas mit einem hörbaren Ausrufezeichen dahinter.

Es waren insgesamt zwölf Fotos, alle am unteren Rand mit dem Datum vom letzten Freitag gekennzeichnet. Was ich da vor mir hatte, waren sechs weiße Lieferwagen aus jeweils zwei verschiedenen Perspektiven. Einer trug ein dunkelblaues Firmenzeichen aus fünf ineinandergreifenden Ringen. Die Aufschrift lautete Olympic Painting. Darunter stand Chris Whites Name, mit einer Telefonnummer daneben. Morley war auf der gleichen Fährte gewesen wie ich, aber was hatte das zu bedeuten?

Ich ging die Fotos noch einmal durch. Es schien, als hätte er genau das getan, was ich selbst vorgehabt hatte. Er hatte offensichtlich Firmenparkplätze und Gebrauchtwagenhändler abgeklappert und sechs bis sieben Jahre alte weiße Lieferwagen fotografiert, ein paar mit Firmenzeichen, andere ohne. Außer Chris Whites Firmenwagen waren da der Kleintransporter eines Gartenbaubetriebes und der Wagen eines Party-Service mit einem geschlossenen Kasten. Clever gemacht. Die Verschiedenheit der Lieferwagen in dieser Vorführserie erhöhte die Wahrscheinlichkeit, daß unsere einzige Zeugin sich doch noch an konkretere Details erinnerte.

Ich starrte durch die Windschutzscheibe und grübelte, was das alles wohl zu bedeuten hatte. Wenn er bei Regina Turner im Gipsy Motel gewesen war, hatte sie nichts davon gesagt. Aber sie hätte es doch sicher angesprochen, wenn sie zweimal zu ein und demselben Unfall vor sechs Jahren befragt worden wäre. Aber woher konnte er von dem Firmenzeichen und der Farbe des Fahrzeuges gewußt haben, wenn nicht von ihr? Vielleicht hatte ihm David Barney von dem Wagen erzählt, der *ihn* fast erwischt hatte. Vielleicht war Morley auch auf die Idee gekommen, die alten Zeitungen durchzusehen. Vielleicht hatte er sich eine Kopie des Polizeiprotokolls über den tödlichen Fahrerflucht-Unfall beschafft und dann beschlossen, gleich Fotos mitzunehmen, wenn er die einzige Zeugin aufsuchte. Der verantwortliche Beamte am Unfallort hatte sicher die Beschreibung des Fahrzeugs sowie Reginas Namen und Arbeitsadresse aufgenommen. Das Problem war nur, daß ich in den Akten, die ich gefunden hatte, weder auf das Polizeiprotokoll gestoßen war noch auf irgendwelche Zeitungskopien, die darauf hätten schließen lassen, daß er sich für die sonstigen Geschehnisse in der Mordnacht interessiert hatte. Wenn ich an einem Fall arbeite, mache ich immer einen Haufen Notizen. Wenn mir etwas zustieße, würde der nächste, der die Ermittlungen übernahm, gleich wissen, was ich gemacht und was ich vorgehabt hatte. Aber ganz offensichtlich hatte Morley nicht so gearbeitet...

Oder vielleicht doch?

Ich hatte ihn immer für schlau und tüchtig gehalten. Der Mann, der mir dieses Handwerk beigebracht hatte, war in Kleinigkeiten geradezu pedantisch, und da er und Morley Partner gewesen waren, hatte ich immer unterstellt, daß sie diese Arbeitshaltung teilten. Deshalb war ich wahrscheinlich auch so schockiert gewesen, als ich Morleys Büros gesehen hatte. Der chaotische Zustand seiner Unterlagen hatte mich an seiner Professionalität zweifeln lassen. Aber wenn er nun gar nicht so unorganisiert gewesen war, wie es schien?

Ein Bild drängte sich mir plötzlich auf.

Als ich klein war, kursierte bei uns in der Grundschule eine Zeitlang ein neuer Kult-Artikel. Es war ein Wahrsageinstrument, eine »Kristallkugel«, bestehend aus einer geschlossenen Plastikkugel mit einem kleinen Guckfensterchen. Sie war mit einer dunklen Flüssigkeit gefüllt, in der eine Art Würfel mit vielen Seitenflächen schwamm. Darauf standen verschiedene Botschaften. Man stellte eine Frage und drehte die Kugel auf den Kopf. Wenn man sie wieder umdrehte, stieg der Würfel an die Oberfläche, und eine der Aufschriften zeigte nach oben. Das war dann die Antwort auf die gestellte Frage.

Ich spürte, wie aus meinem tiefsten Inneren eine Botschaft emporzusteigen begann. Irgend etwas war hier faul, aber was? Ich mußte daran denken, wie David Barney angedeutet hatte, es sei doch eine erstaunliche Parallelität der Ereignisse, daß Morley gerade jetzt gestorben war. War da etwas dran? Ich konnte dieser Frage im Moment nicht weiter nachgehen, aber sie hatte eindeutig etwas Beunruhigendes. Ich schob den Gedanken weg, ahnte aber schon, daß er sich wie eine Klette in meinem Kopf festsetzen würde.

Immerhin hatte mir Morley mit den Fotos einen Arbeitsschritt erspart, und dafür war ich dankbar. Es tröstete mich, daß wir offensichtlich in die gleiche Richtung gedacht hatten. Ich konnte jetzt direkt zum Gipsy Motel zurückfahren und Regina Turner die Bilder vorlegen.

»Na, das ging aber schnell«, sagte sie, als sie mich sah.

»Ich hatte Glück«, sagte ich. »Ich bin zufällig auf ein paar geeignete Bilder gestoßen.«

»Ich will sie mir gern ansehen.«

»Eine Frage noch. Hat sich bei Ihnen je ein Detektiv namens Morley Shine gemeldet?«

Ihr Gesicht verdüsterte sich einen Moment. »Nein, ich glaube nicht. Nicht, daß ich wüßte. Nein, ganz sicher nicht. Mit Namen bin ich gut – die Gäste, die öfter kommen, mögen es, wenn man sich erinnert –, und der da ist ja ziemlich ausgefallen. Ich würde es bestimmt noch wissen, wenn ich mit ihm gesprochen hätte, noch dazu über diese Sache. Was hat er damit zu tun?«

»Er hat diesen Fall bis vor zwei Tagen bearbeitet. Er ist am Sonntag abend an einem Herzinfarkt gestorben. Deshalb bin ich eingesprungen. Es sieht so aus, als hätte er auch einen Zusammenhang zwischen den beiden Vorfällen vermutet.«

»Was war noch mal der andere? Als Sie vorhin hier waren, sagten Sie etwas von einem Beinahe-Unfall.«

»Ein weißer Lieferwagen hat einen Mann an einer Abfahrt vom Eins-Null-Eins-Süd leicht angefahren. Das war so etwa um ein Uhr fünfundvierzig. Der Mann hat behauptet, er hätte die Fahrerin erkannt, wußte aber nichts von dem anderen Unfall vorher.« Ich hielt den Umschlag hoch. »Morley Shine hat diesen Film hier zum Entwickeln gebracht. Falls er vorhatte, mit Ihnen zu reden, hat er wahrscheinlich noch auf die Fotos gewartet, um sie Ihnen zur Identifikation vorzulegen.« Ich schob ihr den Umschlag über den Tresen.

Sie rückte ihre Brille zurecht und nahm die zwölf Fotos heraus.

Sie studierte sie nachdenklich, prüfte jedes einzelne ganz konzentriert, ehe sie es auf den Tisch legte, wo sich quer über die Schreibunterlage eine Lieferwagen-Karawane formierte. Ich lauerte auf eine Reaktion, aber als sie zu dem Wagen von Tippys Vater kam, passierte gar nichts – keine Regung in ihrem Gesicht, kein Ausdruck der Überraschung oder des Wiedererkennens. Sie musterte die sechs Lieferwagen eingehend und tippte dann mit dem Zeigefinger auf den mit dem Olympic Painting-Zeichen. Sie sagte: »Das ist er.«

»Sind Sie sicher?«

»Ganz sicher.« Sie nahm das Foto und inspizierte es aus nächster Nähe. »Ich hätte nicht gedacht, daß ich den noch einmal wiedersehe.« Sie sah mich an. »Vielleicht kriegt da ja doch noch jemand seine gerechte Strafe. Das wäre wirklich erfreulich.«

Ich sah einen Moment lang Tippy vor mir. »Vielleicht«, sagte ich. »Jedenfalls wird sich die Polizei bei Ihnen melden, sobald ich sie benachrichtigt habe.«

»Wollen Sie jetzt gleich hin?«

Ich schüttelte zögernd den Kopf. »Ich muß erst noch etwas anderes erledigen.«

Ich rief schnell bei dem Langusten-Imbiß an, aber Tippy hatte ihre Schicht getauscht und würde heute nicht kommen. Ich verließ das Motel und fuhr nach Montebello, in der Hoffnung, Tippy zu Haus zu erwischen ... am liebsten, ohne daß ihre Mutter im Hintergrund wachte. Ich hatte diese Frau selbst aufgescheucht. Rhe wußte, daß etwas im Anmarsch war, auch wenn sie den Ernst der Lage wahrscheinlich nicht ahnte.

Der West Glen ist eine der Hauptverkehrsadern durch Montebello, eine gewundene, zweispurige Straße, gesäumt von hohen Hecken und niedrigen Steinmäuerchen. Winden ergossen sich über die Zäune wie blaue Wasserfälle. Die knorrigen Äste der immergrünen Eichen bildeten über mir einen dichten Schirm, Platanen wechselten sich mit Eukalyptusbäumen und Akazien ab. Dichte Büsche leuchtend pinkfarbener Geranien wucherten am Straßenrand wie Unkraut.

Rhe und Tippy bewohnten einen kleinen Drei-Zimmer-Bungalow dicht an der Straße. Ich quetschte meinen Wagen in eine Lücke auf dem Randstreifen, ging über den schmalen Fußweg zur Eingangstür und klingelte. Tippy erschien fast im selben Moment, die Jacke halb übergezogen. Tasche und Wagenschlüssel in der Hand. Sie war ganz offensichtlich im Gehen begriffen. Sie starrte mich verdutzt an, die Hand auf dem Türknauf. »Was wollen Sie denn hier?«

»Ich habe noch ein paar Fragen an Sie, wenn es recht ist«, sagte ich.

Sie zögerte, sah auf die Uhr. Auf ihrem Gesicht spiegelte sich ein kleiner innerer Kampf – Unwille, Ärger und Wohlerzogenheit, die sich gegenseitig niederzuringen versuchten. »O Mann, ich weiß nicht. Ich bin in zwanzig Minuten mit meiner Freundin verabredet. Geht es – können Sie's kurz machen?«

»Sicher. Kann ich reinkommen?«

Sie trat zurück, nicht sonderlich entzückt, aber zu höflich, um es mir zu verwehren. Sie trug Jeans und hochhackige Stiefel, und unter ihrer blauen Jeansjacke schaute ein Stück von einem schwarzen Body hervor. Ihr Haar war diesmal offen und hing ihr bis auf den halben Rücken, die Strähnen vom Flechten noch deutlich gewellt. Ihre Augen waren klar, ihr Gesicht rosig. Irgendwie setzte es mir zu, daß sie so jung aussah.

Ich orientierte mich mit einem kurzen Blick.

Der Wohnteil des Häuschens bestand in einem kombinierten Eß-Wohnzimmer mit einer kleinen offenen Küche im Hintergrund. An den Wänden hingen Original-Kunstwerke, wahrscheinlich Rhes eigene Produktion. Die Böden waren aus mexikanischen Tonfliesen. Die Couch war mit handbemaltem Zeltleinen bezogen – breite Pinselstriche in Himmelblau, Lavendel und Maulwurfsgrau, mit lässig über die ganze Sitzfläche verteilten himmel- und lavendelblauen Kissen. Die übrigen Sitzgelegenheiten waren preisgünstige Mexiko-Importe, karamelfarbenes Leder in einem tonnenförmigen Rattangestell. Es gab einen offenen Kamin, und überall standen große Körbe mit getrockneten Blumen. Von einem Bord in der

Küche hing kupfernes Kochgeschirr. Getrocknete Kräuter baumelten von den Deckenbalken. Durch eine zweiflügelige Glastür sah ich einen kleinen Hof mit einem Pfefferbaum und einer Menge blühender Topfpflanzen.

»Ist Ihre Mutter da?«

»Sie ist einkaufen. Muß jeden Moment wieder da sein. Was wollten Sie denn? Ich habe es wirklich eilig und nicht lange Zeit.«

Ich nahm mir die Freiheit, mich auf die Couch zu setzen, obgleich man nicht behaupten konnte, sie hätte mir einen Platz angeboten. Sie wählte eines der mexikanischen Sitzmöbel und ließ sich ohne große Begeisterung hineinfallen.

Ich streckte ihr kommentarlos die Fotos hin.

»Was ist das?«

»Schauen Sie's sich an.«

Sie öffnete stirnrunzelnd den Umschlag und zog die Fotos heraus. Sie ging sie mit gleichgültiger Miene durch, bis sie zu dem mit dem Olympic-Painting-Lieferwagen kam. Aufgeschreckt sah sie mich an. »Sie haben den Wagen von meinem Dad fotografiert?«

»Diese Bilder hat ein anderer Detektiv gemacht.«

»Weshalb?«

»Der Lieferwagen Ihres Vaters wurde in der Nacht, als Ihre Tante ermordet wurde, zweimal gesehen. Ich nehme an, daß der andere Ermittler diese Bilder einer Zeugin zur Identifikation vorlegen wollte.«

»Zeugin wofür?« Ich meinte, in ihrer Stimme einen erschrockenen Unterton zu hören.

Ich hielt meine Stimme so ruhig und sachlich, wie ich konnte. »Einen Unfall mit Fahrerflucht, bei dem ein alter Mann ums Leben kam. Das war auf der oberen State Street in South Rockingham.«

Sie schien außerstande, die nächste Frage zu stellen, die da hätte lauten müssen: Warum erzählen Sie mir das? Sie wußte, worauf ich hinauswollte.

Ich fuhr fort: »Ich dachte, wir sollten noch einmal darüber sprechen, wo Sie in der fraglichen Nacht waren.«

»Ich habe Ihnen doch schon gesagt, ich war nirgends.«

»Das haben Sie«, sagte ich achzelzuckend. »Dann war es vielleicht Ihr Vater, der den Wagen gefahren hat.«

Wir starrten uns in die Augen. Ich konnte sehen, wie sie ihre Chancen kalkulierte, sich aus dieser Zwickmühle herauszuwinden. Wenn sie nicht zugab, daß sie unterwegs gewesen war, schob sie ihren Vater in die Schußlinie.

»Mein Dad ist nicht gefahren.«

»Dann waren Sie's?«

»Nein!«

»Wer dann?«

»Woher soll ich das wissen? Vielleicht hat jemand den Wagen geklaut und eine kleine Spritztour gemacht.«

»Ach, hören Sie auf, Tippy. Kommen Sie mir nicht damit. Sie waren mit dem Wagen unterwegs, und Sie wissen verdammt genau, daß es so war. Also lassen Sie die Mätzchen und reden Sie.«

»Ich war nicht weg!«

»Hey, nun sehen Sie doch mal den Tatsachen ins Auge. Ich fühle ja mit Ihnen, Mädchen, aber Sie werden nicht umhinkönnen, die Verantwortung für das, was Sie getan haben, auf sich zu nehmen.«

Sie schwieg und starrte zu Boden, sichtlich stur und verstockt. Schließlich sagte sie: »Ich weiß überhaupt nicht, wovon Sie reden.«

Ich gab ihr einen verbalen Schubs. »Was war los? Waren Sie betrunken?«

»Nein.«

»Ihre Mutter hat mir erzählt, daß man Ihnen eine Zeitlang den Führerschein entzogen hat. Hatten Sie den Wagen ohne Erlaubnis genommen?«

»Sie können mir nichts nachweisen.«

»Ach, nein?«

»Wie wollen Sie denn noch irgend etwas beweisen? Das ist sechs Jahre her.«

»Zunächst einmal habe ich zwei Augenzeugen«, sagte ich. »Die eine Person hat Sie von der Unfallstelle wegfahren sehen. Die andere sah Sie kurz darauf an der Ausfahrt Freeway-Süd-San Vicente. Wollen Sie mir nicht erzählen, was damals passiert ist?«

Ihr Blick flackerte nervös, und Röte stieg ihr ins Gesicht. »Ich will einen Anwalt.«

»Warum erzählen Sie mir nicht Ihre Seite der ganzen Geschichte. Ich würde sie gern hören.«

»Ich habe Ihnen nichts zu erzählen«, sagte sie. »Sie können mich nicht zwingen, auch nur ein einziges Wort zu sagen, solange ich keinen Anwalt dabei habe. Das steht im Gesetz.« Sie lehnte sich zurück und verschränkte die Arme.

Ich grinste und verdrehte spöttisch die Augen. »Nein, tut es nicht. Das steht im *Miranda*-Urteil. Die Polizei muß sich daran halten. Ich nicht. Ich bin Privatdetektivin. Für mich gelten andere Spielregeln. Kommen Sie schon, erzählen Sie mir, was los war. Das wird Ihnen guttun.«

»Wieso sollte ich Ihnen irgend etwas erzählen? Ich kann Sie nicht leiden.«

»Lassen Sie mich raten. Sie wohnten damals bei Ihrem Vater, und er war nicht zu Hause, und dann riefen ein paar Freunde an und wollten unbedingt noch etwas unternehmen. Da haben Sie sich den Lieferwagen ausgeliehen und sie abgeholt, und dann sind Sie zu dritt oder viert oder wie vielen auch immer noch ein bißchen herumgezogen, an den Strand, mit ein paar Sechserpacks. Und plötzlich war es Mitternacht, und Ihnen wurde klar, daß Sie sich beeilen mußten, um vor Ihrem Vater zu Hause zu sein. Also haben Sie die anderen heimgefahren. Und als Sie dann selbst nach Hause gebraust sind, haben Sie diesen Mann angefahren. Sie sind in Panik davongerast, weil Sie wußten, sie säßen ganz schön in der Tinte, wenn Sie geschnappt würden. Na, wie ist das? Einigermaßen korrekt?«

Ihr Gesicht war immer noch steinern, aber ich konnte sehen, daß sie gegen die Tränen ankämpfte und sich verzweifelt bemühte, ihre Lippen am Zittern zu hindern.

»Hat Ihnen jemals jemand etwas über den Mann erzählt, den Sie erwischt haben? Er hieß Noah McKell. Er war zweiundneunzig und wohnte in einem Pflegeheim, ein Stück weiter die Straße hinauf. Ihn hatte offenbar die Wanderlust gepackt. Sein Sohn meint, er wollte vermutlich nach Hause. Ist das nicht rührend? Der arme alte Kerl hatte vorher in San Francisco gewohnt. Er dachte wohl, er sei immer noch dort, und machte sich Sorgen um seine Katze. Anscheinend hatte er vergessen, daß die Katze schon seit Jahren tot war. Er wollte nach Hause, um sie zu füttern, ist aber nie angekommen.«

Sie legte einen Finger auf ihre Lippen, als wollte sie sie verschließen. Die Tränen begannen zu fließen. »Ich habe ja versucht, mich zu bessern. Ehrlich. Ich war bei den AA und alles und habe ganz neu angefangen.«

»Das haben Sie, und das ist toll. Aber ab und zu muß sich doch in Ihrem tiefsten Inneren eine Stimme melden, oder nicht? Und irgendwann werden Sie wieder anfangen zu trinken, nur um diese Stimme zum Schweigen zu bringen.«

Ihr Ton glitt jetzt ins Kieksige ab. »O Gott, es tut mir leid. Wirklich. Es tut mir so leid. Es war ein Unfall. Ich wollte es nicht.« Sie umschlang sich selbst mit den Armen, krümmte sich und schluchzte laut wie ein Kind, das sie ja auch war. Ich sah sie voller Mitleid an, machte aber keinen Versuch, sie zu trösten. Es war nicht mein Job, das Leben leichter zu machen. Sollte sie doch die Reue spüren, den ganzen Schmerz, die Schuldgefühle. Ich wußte nicht, ob sie die Sache je in ihrer vollen Tragweite an sich herangelassen hatte. Die Tränen kamen in unkontrollierbaren Wellen, heftige, tiefe Schluchzer, die sie von Kopf bis Fuß zu schütteln schienen. Sie klang eher wie ein heulendes wildes Tier als wie ein von Scham überwältigtes junges Mädchen. Ich ließ es geschehen, kaum fähig, sie anzusehen, bis ihr Schmerz etwas nachließ. Schließlich legte sich der Sturm, wie ein hysterischer Lachanfall, der allmählich verebbt. Sie kramte in ihrer Handtasche herum und zog einen Packen Papiertaschentücher heraus. Sie nahm eines, um sich die Augen zu wischen und die Nase zu schneuzen. »Mein Gott.« Sie umkrallte die Taschentücher und preßte sie gegen ihren Mund. Fast wäre sie wieder in Tränen ausgebrochen, aber sie fing sich. »Ich habe seit der Nacht damals keinen Tropfen Alkohol mehr angerührt. Das war hart.« Jetzt verfiel sie in

Selbstmitleid, vielleicht in der Hoffnung auf Mitgefühl, Erbarmen oder Gnade.

»Das war es sicherlich«, sagte ich, »und ich kann nur sagen: Hut ab. Sie haben schwere Arbeit geleistet. Jetzt ist es an der Zeit, die Wahrheit zu sagen. Sie können nicht einfach alles wegpacken und erwarten, daß eine echte Heilung eintritt.«

»Sie brauchen mir keine Vorträge zu halten.«

»Offenbar doch. Sie hatten sechs Jahre lang Zeit, um darüber nachzudenken, und bisher haben Sie das einzig Richtige nicht getan. Ich will Ihnen etwas sagen: Es wird einen viel besseren Eindruck machen, wenn Sie von sich aus zur Polizei gehen. Ich weiß, daß Sie das alles nicht wollten. Ich glaube Ihnen gern, daß Sie panische Angst hatten, aber die Wahrheit bleibt nun mal die Wahrheit. Ich will Ihnen Bedenkzeit lassen, aber am Freitag werde ich zur Polizei gehen. Wenn Sie klug sind, sehen Sie zu, daß Sie Ihren Hintern hochkriegen und vor mir dort sind.«

Ich stand auf und nahm meine große Ledertasche über die Schulter. Sie machte keine Anstalten, mir zu folgen. An der Haustür drehte ich mich noch einmal zu ihr um. »Noch eins, dann lasse ich Sie mit ihrem Gewissen allein. Haben Sie in der bewußten Nacht David Barney gesehen?«

Sie seufzte. »Ja.«

»Würden Sie das etwas genauer ausführen?«

»Ich bin fast in ihn reingefahren, als ich vom Freeway kam. Ich hörte einen leichten Schlag, und als ich aus dem Seitenfenster sah, starrte er mir genau ins Gesicht.«

»Sie sind sich ja wohl darüber im klaren, daß Sie ihn schon vor Jahren gründlich hätten entlasten können, wenn Sie das zugegeben hätten.« Ich wartete ihre Reaktion nicht ab. Sie fing jetzt an, die Gequälte herauszukehren, und damit wollte ich nichts zu schaffen haben.

15

Nachdem ich Tippy verlassen hatte, fuhr ich kurz zu mir, auf ein schnelles Mittagessen, das ich eher lustlos verdrückte. Es war herzlich wenig im Kühlschrank, und ich sah mich gezwungen, eine Dose Spargelsuppe aufzumachen, die ich ursprünglich wohl gekauft hatte, um sie über irgend etwas anderes zu kippen. Ich habe mir sagen lassen, daß alle Küchennovizen mit diesem alten Trick operieren. Selleriecremesuppe auf Schweinekoteletts, eine Stunde bei 180 Grad überbacken. Champignoncremesuppe auf Hackbraten, gleiche Zeit, gleiche Temperatur. Hühnercremesuppe auf Hühnerbrust, eine halbe Tasse Reis zugeben. Die Variationen sind unerschöpflich, und das Beste ist: wenn man einmal Gäste hat, sieht man sie nie wieder. Außer den oben genannten Gerichten bin ich noch imstande, Rührei und einen ganz passablen Thunfischsalat zuzubereiten, aber das ist auch schon so ziemlich alles. Ich esse haufenweise Sandwiches, Erdnußbutter mit Gürkchen oder Käse mit Gürkchen, um nur zwei Sorten zu nennen. Gerne mag ich auch in Scheiben geschnittene harte Eier auf Vollweizenbrot mit viel Salz und Mayonnaise. Wenn man mich fragt, ist das einzige, was für das Kochen spricht, daß man seine Hände beschäftigen kann, während man über andere Dinge nachdenkt.

Die Sache mit Morleys Tod ließ mich nicht los. Und wenn David Barneys Paranoia berechtigt war? Alles übrige, was er gesagt hatte, stimmte ja. Wenn Morley nun tatsächlich der Wahrheit zu dicht auf der Spur gewesen und deswegen ausgeschaltet worden war? Ich schwankte zwischen dem Impuls, das Ganze als viel zu weit hergeholt zu verwerfen, und dem beunruhigenden Gedanken, daß sich womöglich irgendwo ein raffinierter Mörder ins Fäustchen lachte. Ich dachte beide Gedanken abwechselnd weiter, explorierte ihre Möglichkeiten. Vielleicht hatte das Gespräch mit David Barney Morleys Neugier geweckt. Vielleicht war er ja zufällig über irgend etwas Wichtiges gestolpert. War er zum Schweigen gebracht worden? Ich merkte, wie ich vor diesem Gedanken zurückscheute. Das war so verdammt melodramatisch. Morley war einem Herzinfarkt erlegen. Der Totenschein war von seinem Hausarzt ausgestellt. Zweifellos gab es Substanzen, die die Symptomatik eines Herzstillstands hervorrufen konnten, aber es war kaum vorstellbar, wie ihm jemand ein solches Mittel verabreicht haben sollte. Morley war nicht dumm gewesen. Bei seinen Gesundheitsproblemen hätte er sicher nie irgend etwas eingenommen, was ihm nicht sein Arzt verschrieben hatte. Es kam ja wohl nur Gift in Frage, aber meines Wissens hatte niemand diese Möglichkeit auch nur in Betracht gezogen. Wer war ich, mich einfach einzumischen und seiner kranken Witwe noch mehr Kummer zu bereiten? Sie hatte auch so schon Probleme genug, und alles, was ich vorzubringen hatte, waren vage Vermutungen.

Ich aß meine Suppe auf, wusch das Schüsselchen ab und deponierte es zusammen mit dem einsamen Löffel auf dem Abtropf-Gestell. Wenn ich diesen Zyklus von Flocken und Suppe beibehielt, konnte ich mich eine ganze Woche lang ernähren, ohne mehr Abwasch zu produzieren. Ich wanderte ziellos in meiner Wohnung auf und ab, von Unruhe und Unbehagen getrieben. Ich mußte dringend mit Lonnie reden, sah aber keine Möglichkeit, es sei denn, ich nahm die Stunde Fahrt nach Santa Maria auf mich. Ida Ruth meinte, jede Störung würde ihn nur auf die Palme bringen, aber er mußte doch wohl erfahren, was hier ablief. Sein Fall war ein einziges Chaos, und ich sah nicht, wie ich es sortieren sollte, ehe er wiederkam. Er würde gar nicht gut auf mich zu sprechen sein.

Wir hatten jetzt Donnerstag nachmittag. Morleys Beerdigung war für Freitag angesetzt, und wenn ich Zweifel an der Todesursache anmelden wollte, mußte ich mich beeilen. Wenn sie ihn erst einmal unter der Erde hatten, würde die ganze Angelegenheit mit begraben. Da auf eine natürliche Todesursache erkannt worden war, hatte sich vermutlich niemand die Mühe gemacht, seine letzten Lebenstage zu rekonstruieren. Ich hatte immer noch keine Ahnung, wo er gewesen war und wen er getroffen hatte. Ich wußte nur, daß er die Fotos gemacht hatte. Ich ging davon aus, daß ihn das Gespräch mit David Barney darauf gebracht hatte, aber sicher war auch das nicht. Vielleicht hatte er ja mit Dorothy oder Louise über den Fall geredet.

Ich rief bei den Morleys an. Louise nahm beim ersten Läuten ab. »Hi, Louise. Hier ist Kinsey. Haben Sie die Tasche gefunden?«

»Ja, vielen Dank. Tut mir leid, daß wir nicht da waren, aber Dorothy wollte zum Bestattungsinstitut, um Morley noch einmal zu sehen. Als wir heimkamen, haben wir gleich gemerkt, daß Sie da waren.«

»Wie hält sich Dorothy?«

»Den Umständen entsprechend, ganz gut. Sie ist ein ganz schön zähes altes Hühnchen. Das sind wir beide, wenn's darauf ankommt.«

»Ähm, hören Sie, Louise, ich weiß, es ist lästig, aber könnte ich vielleicht heute nachmittag kurz mit Ihnen beiden reden?«

»Worüber?«

»Das möchte ich Ihnen wirklich lieber persönlich sagen. Kann Dorothy einen kurzen Besuch verkraften?«

Ich hörte sie zögern.

»Es ist wichtig«, sagte ich.

»Augenblick. Ich frage nach.« Sie legte die Hand über die Sprechmuschel, und ich hörte leises Gemurmel. Dann war sie wieder da. »Wenn Sie's kurz machen können«, sagte sie.

»Ich bin in fünfzehn Minuten da.«

Zum dritten Mal in zwei Tagen fuhr ich hinaus nach Colgate zu Morleys Haus. Die Frühnachmittagssonne kam gerade durch. Dezember und Januar sind bei uns wirklich die besten Monate. Im Februar ist es manchmal ziemlich regnerisch und meistens grau. Der Frühling in Santa Teresa ist wie der Frühling überall im Land. Im Frühsommer hüllt uns ständiger Nebel ein, so daß die Tage mit einem hellen Weiß-Grau beginnen und mit einem merkwürdig goldenen Licht enden. Bisher war dieser Dezember eine gelungene Mischung gewesen, ein täglicher sprunghafter Wechsel zwischen Frühling und Sommer.

Louise machte mir auf und führte mich ins Wohnzimmer, wo Dorothy, auf das Sofa gebettet, wartete.

»Ich werde uns eine Kanne Tee machen«, murmelte Louise. Sie entschuldigte sich und ging hinaus. Kurz darauf hörte ich Geschirr klappern.

Dorothy war noch in Rock und Pullover von ihrem Besuch im Bestattungsinstitut. Sie hatte keine Schuhe an, und ihre Beine waren in eine wärmende Decke gehüllt. Ein schmaler Fuß, so fragil wie Porzellan, guckte heraus. Vielleicht hatten sie und Louise ja mehr wie Schwestern ausgesehen, ehe die Krankheit ihr alle Farbe aus dem Gesicht gesogen hatte. Beide waren feinknochig, mit blauen Augen und zarter Haut. Dorothy trug eine platinblonde Perücke in der Art einer nachlässigen Schlafzimmerfrisur. Sie fing meinen Blick auf und griff sich lächelnd an den derangierten Dutt, um ihn ein wenig zu justieren. »Ich wollte schon immer blond sein«, sagte sie wehmütig. Dann streckte sie mir die Hand hin. »Sie sind also Kinsey Millhone. Morley hat mir viel von Ihnen erzählt.« Wir begrüßten uns. Ihre Hand war leicht und kalt und ledrig wie eine Vogelklaue.

»Morley hat von mir gesprochen?« sagte ich überrascht.

»Er hat immer gemeint, Sie könnten es weit bringen, wenn Sie nur lernen würden, Ihre Zunge im Zaum zu halten.«

Ich lachte. »Das gelingt mir immer noch nicht ganz, aber es freut mich. Ich habe es immer bedauert, daß er und Ben ihre Differenzen nicht ausräumen konnten.«

»Dafür waren sie beide viel zu dickschädlig«, sagte sie mit gespielter Empörung. »Morley wußte gar nicht mehr, worüber sie sich eigentlich gestritten hatten. Setzen Sie sich doch. Louise wird uns gleich eine Tasse Tee bringen.«

Ich wählte einen kleinen, mit Gobelinstoff bezogenen Stuhl. »Ich will Ihnen nicht lange zur Last fallen. Ich danke Ihnen, daß ich herkommen durfte. Sie sind bestimmt müde.«

»Ach, das bin ich gewöhnt. Wenn mich die Kräfte verlassen, müssen Sie es mir nachsehen und sich mit Loo weiter unterhalten. Wir waren gerade im Bestattungsinstitut, zum ›letzten Abschied‹, wie sie das nennen.«

»Wie sieht er aus?«

»Nun, ja, *gut* sehen Tote wohl nie aus. Irgendwie wirken sie immer so eingefallen. Ist Ihnen das schon mal aufgefallen? Als hätte man ihnen die Hälfte der Füllung rausgenommen«, sagte sie. Ihr Ton war so nüchtern, als spräche sie über eine alte Matratze und nicht über den Mann, mit dem sie über vierzig Jahre verheiratet gewesen war. »Ich hoffe, das klingt nicht herzlos. Ich habe diesen Mann innig geliebt, und ich kann Ihnen gar nicht sagen, was für ein Schock es war, ihn so plötzlich zu verlieren. Im letzten Jahr haben wir viel über den Tod geredet, aber ich dachte immer, es ginge um meinen.«

Louise kam wieder herein. »Der Tee ist gleich fertig. Solange könnten Sie uns doch schon mal erzählen, was Sie hergeführt hat.« Sie hockte sich auf die Armlehne von Morleys Ledersessel.

»Ich muß ein paar Dinge klären, und ich dachte, Sie könnten mir vielleicht helfen. Hat Morley je mit Ihnen über den Fall gesprochen, an dem er zuletzt gearbeitet hat? Wenn Sie die Hintergründe schon kennen, brauche ich sie Ihnen nicht erst lange zu erläutern.«

Dorothy zupfte ihre Decke zurecht. »Morley hat mir von allen seinen Fällen erzählt. Wenn ich es richtig verstanden habe, war dieser Barney schon mal wegen Mordes vor Gericht. Mit diesem Prozeß will jetzt der Ex-Mann des Opfers versuchen, ihn des Mordes zu überführen, damit ihm die Erbschaft entzogen wird.«

»Genau«, sagte ich. »David Barney hat gestern zweimal mit mir Kontakt aufgenommen. Er sagte, er habe am Mittwoch der letzten Woche mit Morley gesprochen. Er deutete an, Morley habe einigen Punkten nachgehen wollen, die ihn hätten entlasten können. Hat Morley Ihnen gesagt, was er vorhatte? Ich versuche, das Geschehen zu rekonstruieren, und möchte nach Möglichkeit keine voreiligen Schlüsse ziehen.«

»Hm, lassen Sie mich mal nachdenken. Ich weiß, daß dieser Mensch an ihn herangetreten ist, aber Einzelheiten sind mir nicht bekannt. Ich hatte am Mittwoch nachmittag meine Chemotherapie und war in schlechter Verfassung. Normalerweise haben wir abends immer ein bißchen miteinander geredet, aber ich war total erschöpft und mußte ins Bett. Ich habe den ganzen Abend geschlafen und auch noch den halben Donnerstag.«

Ich sah Louise an. »Und Sie? Hat er Ihnen davon erzählt?«

Sie schüttelte den Kopf. »Nichts Konkretes. Nur, daß er mit dem Mann gesprochen habe und ein paar Dinge tun müsse.«

»Meinen Sie, daß er geglaubt hat, was David Barney ihm erzählt hat?«

Louise dachte kurz nach und schüttelte dann den Kopf. »Ich bin mir nicht ganz sicher. Irgendwie muß er ihm wohl schon geglaubt haben, sonst hätte er bestimmt nichts unternommen.«

Dorothy mischte sich ein. »Nein, das kannst du nicht sagen, Loosie. Was dieser Mensch auch erzählt haben mag – Morley hat sich immer bemüht, nach allen Seiten offen zu bleiben. Er hat immer gesagt, es sei blödsinnig, sich auf Annahmen zu verlassen, solange man nicht alle Fakten vorliegen hätte.«

Ich sagte: »Genau das habe ich auch gelernt.« Ich griff in meine Umhängetasche und fischte den Packen Fotos heraus. »Sieht aus, als hätte er die hier irgendwann am Freitag gemacht. Hat er Ihnen gesagt, was er an dem Tag vorhatte?«

»Das kann ich beantworten«, sagte Louise prompt. »Wir haben früh zusammen zu Mittag gegessen. Da er sich ja an seine Diät halten mußte, nahm er die Mahlzeiten lieber zu Hause ein. Da sei die Versuchung nicht so groß, hat er gemeint. Er ging so etwa um zwölf und fuhr raus in sein Büro, um die Post zu holen. Er hatte am frühen Nachmittag einen Termin und war dann den Rest des Tages unterwegs, auf der Suche nach diesen Lieferwagen. Er hat den Film auf dem Heimweg abgegeben und gesagt, er wolle die Fotos am Samstag abholen, aber da ging es ihm ja schon nicht gut. Er hat es wahrscheinlich einfach vergessen.«

»Woher wußte er, was er suchen mußte?«

»Sie meinen, welche Art Lieferwagen? Darüber hat er nichts gesagt. Er dachte, der fragliche Wagen sei womöglich in irgendeinen Unfall verwickelt gewesen, aber er hat nicht gesagt, was für ein Unfall das war oder wie er darauf gekommen ist. Die Beschreibung hatte er aus dem Polizeiprotokoll.«

Ich dachte über den zeitlichen Ablauf nach. Offenbar hatte sich das alles aus seinem Gespräch mit David Barney ergeben. »Was war am Samstag?«

»Sie meinen, bezüglich seiner Arbeit?«

»Ich meine, überhaupt.« Ich sah von Louise zu Dorothy, um sie beide zu ermuntern, meine Frage zu beantworten.

Dorothy reagierte. »Nichts Besonderes. Er fuhr ins Büro und erledigte dort ein paar Sachen. Post und dergleichen, wie es klang.«

»Hatte er einen Termin?«

»Wenn er sich mit jemandem getroffen hat, hat er nichts davon gesagt. Er kam gegen Mittag zurück und hat kaum etwas gegessen. Er hat seine Mahlzeiten gewöhnlich bei mir im Zimmer eingenommen, damit wir in der Zeit zusammensein konnten. Ich habe ihn gefragt, ob ihm nicht gut sei. Er sagte, er habe Kopfschmerzen und sei wohl dabei, irgend etwas auszubrüten. Ich dachte, da wird Louise sich freuen – zwei Kranke auf einmal. Ich habe ihm gesagt, er solle sich hinlegen. Ich konnte es kaum fassen, aber er hat es tatsächlich getan. Dann stellte sich heraus, daß er diese schreckliche Magen-Darm-Grippe hatte, die überall umging. Übelkeit, Erbrechen, Durchfall, Magenkrämpfe.«

»Könnte es auch daher gekommen sein, daß er etwas Schlechtes gegessen hatte?«

»Das kann ich mir kaum vorstellen. Zum Frühstück hatte er nur Flocken mit Magermilch.«

»So etwas hat Morley gegessen? Sieht ihm gar nicht ähnlich«, sagte ich.

Dorothy lachte. »Sein Arzt hatte ihn – auf mein beharrliches Drängen hin – auf Diät gesetzt. Fünfzehnhundert Kalorien am Tag. Zum Mittagessen am Samstag hat er nur ein bißchen Suppe und ein paar Happen trockenen Toast gegessen. Er meinte, ihm sei ein bißchen schlecht und er habe keinen großen Appetit. Am Nachmittag war ihm dann hundeelend. Er hat die halbe Nacht mit dem Kopf über der Kloschüssel gehangen. Wir haben noch gewitzelt, daß wir uns wohl abwechseln müßten, falls es mir schlechter gehen sollte. Am Sonntag morgen fühlte er sich besser, obwohl er gar nicht gut aussah. Seine Gesichtsfarbe war erschreckend, aber das Erbrechen hatte aufgehört, und er konnte immerhin schon ein bißchen Ginger Ale bei sich behalten.«

»Erzählen Sie mir von dem Mittagessen am Sonntag. Hatten Sie es selbst gekocht?«

»Ach Gott, nein, ich koche nie. Ich habe schon seit Monaten nicht mehr gekocht. Kannst du dich noch erinnern, Loosie?«

»Ich habe uns eine kalte Platte gemacht, gedünstete Hühnerbrust mit Salat«, sagte sie. Aus der Küche kam das durchdringende Pfeifen des Wasserkessels. Sie entschuldigte sich und eilte hinaus, während Dorothy den Faden übernahm.

»Mir ging es inzwischen besser. Also habe ich mich zu den beiden gesetzt, um ihnen ein wenig Gesellschaft zu leisten. Er klagte über Schmerzen in der Brust, aber ich dachte, das käme vom Magen. Louise war besorgt, aber ich habe ihn noch aufgezogen. Ich habe vergessen, was ich gesagt habe, aber ich war fest davon überzeugt, daß es nichts Ernstes war. Er schob den Teller weg und stand auf. Er preßte sich die Hand auf die Brust und rang nach Atem. Er machte zwei Schritte und sackte dann zusammen. Er war gleich tot. Wir haben den Krankenwagen gerufen und erst noch Mund-zu-Mund-Beatmung versucht, aber es hatte keinen Sinn mehr.«

»Mrs. Shine, ich weiß nicht, wie ich es sagen soll, aber könnten Sie sich vorstellen, einer Autopsie zuzustimmen? Ich weiß, das ist ein schmerzliches Thema, und Sie sehen vielleicht keine Notwendigkeit, aber mir wäre um vieles wohler, wenn wir bezüglich der Todesursache wirklich Gewißheit hätten.«

»Wieso zweifeln Sie daran?«

»Ich frage mich, ob es nicht sein kann, daß jemand ... äh ... nun ja, an seinem Essen oder seinen Medikamenten herummanipuliert hat.«

Ihre Augen richteten sich mit fast schon leuchtender Klarheit auf mein Gesicht. »Sie glauben, er ist ermordet worden.«

»Ich hätte es gern ausgeschlossen. Das mag völlig unbegründet sein, aber anders werden wir es nie sicher wissen. Wenn er erst einmal beerdigt ist . . .«

»Ich verstehe«, sagte sie. »Ich würde es gern mit Louise besprechen und vielleicht auch noch mit Morleys Bruder, der heute abend kommt.«

»Kann ich Sie am späteren Abend nochmals anrufen? Es tut mir leid, daß ich Sie drängen muß. Ich weiß, das ist eine große Belastung, aber da die Trauerfeier ja schon morgen ist, bleibt nicht mehr viel Zeit.«

»Sie brauchen sich nicht zu entschuldigen«, sagte sie. »Natürlich können Sie anrufen. Im Augenblick denke ich nicht, daß einer Autopsie etwas im Wege steht.«

»Ich würde gern mit der Gerichtsmedizin sprechen, um die Leute schon mal vorzuwarnen, aber ich möchte nichts ohne Ihre Einwilligung tun.«

»Ich habe nichts dagegen.«

»Wogegen?« fragte Louise, die gerade mit einem vollbeladenen Teetablett durch die Tür kam. Sie setzte das Tablett auf dem Couchtisch ab. Dorothy informierte sie, indem sie die Entscheidungsfrage so knapp und präzise resümierte wie vorhin den anstehenden Prozeß.

»Ach, gib ihr doch grünes Licht«, sagte Louise. Sie goß eine Tasse voll und reichte sie mir. »Wenn du es erst mit Frank besprichst, kommt ihr nie zu einem Entschluß.«

Dorothy lächelte. »Das habe ich auch gedacht, aber ich wollte es nicht sagen.« Und zu mir sagte sie: »Tun Sie, was Sie für das Beste halten.«

»Danke.«

Detektiv Burt Walker von der Gerichtsmedizin war ein Mann von Anfang vierzig mit schütterem hellbraunem Haar und einem kurzgetrimmten rotblonden Schnauz- und Backenbart. Sein Gesicht war rund und rötlich, und seine ganze Erscheinung ließ ein skandinavisches Erbteil vermuten. Er trug eine dünne Drahtbrille mit kleinen runden Gläsern. Er war nicht schwer gebaut, wirkte aber wie ein Mann, der mit den Jahren Gewicht ansetzt. Die Pfunde standen ihm gut. Er trug ein braunes Tweed-Jackett, beige Hosen, ein blaues Hemd und einen roten Schlips mit weißen Punkten. Während ich ihm die Umstände erläuterte, saß er vornübergebeugt da, den einen Ellbogen aufgestützt. Seine einzige Reaktion war ein gelegentliches Nicken oder Stirnreiben. Ich legte ihm meine Zweifel dar, konnte aber nicht einschätzen, ob er mich wirklich ernst nahm oder mir nur aus Höflichkeit zuhörte.

Als ich fertig war, sah er mich an. »Was wollen Sie damit sagen?«

Ich zuckte die Achseln. Ich hatte doch Hemmungen, meinen vagen Verdacht unverblümt auszusprechen. »Daß er in Wirklichkeit an irgendeiner Art von Gift gestorben ist.«

»Oder daß es vielleicht ein Gift war, das den tödlichen Herzanfall ausgelöst hat«, sagte Burt.

»Richtig.«

»Hm. Das ist nicht undenkbar«, sagte er langsam. »Klingt, als könnte ihm jemand etwas verabreicht haben. Es besteht wohl nicht die Möglichkeit, daß er es selbst getan hat, weil er verzweifelt oder deprimiert war?«

»Wohl nicht. Seine Frau hat zwar Krebs, aber sie waren vierzig Jahre verheiratet, und er wußte, daß sie ihn brauchte. Er hätte sie nie im Stich gelassen. Soweit ich weiß, hingen Sie sehr aneinander. Wenn er vergiftet wurde, muß es wohl etwas gewesen sein, was er unwissentlich zu sich genommen hat.«

»Haben Sie irgendeine Theorie, um welche Substanz es sich gehandelt haben könnte?«

Ich schüttelte den Kopf. »Ich verstehe nichts von diesen Dingen. Ich habe mit seiner Frau über seine letzten Lebenstage gesprochen, und die erinnert sich an nichts Besonderes. Nichts Auffälliges oder Verdächtiges. Sie sagt, seine Gesichtsfarbe sei erschreckend gewesen, aber ich habe nicht näher nachgefragt, was sie damit meint.«

»Könnte also schon mal nichts Ätzendes gewesen sein, weil man das sofort merkt«, sagte er. Er seufzte, schüttelte den Kopf. »Ich weiß nicht, was ich Ihnen sagen soll. Ich werde keinen Toxikologen daransetzen, nach einer nebulösen ›unbekannten Substanz‹ zu fahnden. Das geht ins Uferlose. Nehmen Sie nur mal die vielen verschiedenen Arzneimittel, Pestizide, Industrieprodukte ... Mannomann ... oder auch nur die Chemikalien, mit denen man im Haushalt hantiert. Nach dem, was Sie sagen – mal angenommen, Sie hätten recht, nur mal theoretisch –, wird das Problem noch dadurch verkompliziert, daß er in so miserabler körperlicher Verfassung war.«

»Haben Sie Morley gekannt?«

Er lachte. »Ja, ich habe Morley gekannt. Prima Kerl, aber er lebte noch immer in den fünfziger Jahren, als man noch dachte, ein halber Liter Alkohol am Tag und drei Päckchen Zigaretten gehörten einfach zum Vergnügen. Bei Leuten wie Morley, deren Leber- und Nierenfunktionen sowieso schon durch Krankheit beeinträchtigt sind, wirken toxische Substanzen jeder Art doppelt stark, weil sie nicht wirksam ausgeschieden werden können, und solche Menschen vertragen daher in der Regel nicht so viel wie ein gesunder Mensch. Ein paar Dinge können wir schon mal ausschließen«, sagte er. »Säuren, Laugen. Wenn ich Sie recht verstehe, hat seine Frau nichts davon gesagt, daß sein Atem auffällig gerochen hätte.«

»Nein, und das hätte sie bestimmt bemerkt. Sie haben es noch mit Mund-zu-Mund-Beatmung versucht und erst dann gemerkt, daß es keinen Sinn hatte.«

»Damit entfallen Zyanid, Paraldehyd, Äther, Disulfid und Nikotinsulfat. Aber das alles könnte man sowieso niemandem heimlich unterjubeln.«

»Arsen?«

»Schon eher. Die Symptome, die Sie schildern, würden ganz gut dazu passen. Nur nicht, daß er sich zwischendurch besser fühlte. Das gefällt mir gar nicht. Zu schade, daß er nicht in der Ambulanz war. Die hätten es rausgefunden.«

»Ich nehme an, da seine Frau so krank ist, wollte er keine Umstände machen«, sagte ich. »Alle hatten die Magen-Darm-Grippe. Er hat wahrscheinlich gedacht, es sei nichts weiter.«

»War es ja vielleicht auch nicht«, sagte Burt. »Aber noch etwas: Wenn es etwas war, was er gegessen hat, und wenn wir annehmen, daß der Magen-Darm-Trakt die Eintrittspforte war, dann ergibt sich ein Zeitraum, in dem sowohl chemische Umwandlungs- als auch Ausscheidungsprozesse stattgefunden haben. Mal ganz allgemein gesagt: Chemische Substanzen, die in einen lebenden Organismus gelangen, werden entweder Stoffwechselprozessen unterzogen oder ausgeschieden oder beides, was bedeutet, daß sich die Menge an nachweisbarem Gift immer weiter reduziert. Das Verdauungssystem tut sein Werk. Zu allem Überfluß kotzt der Mann die Beweismittel auch noch aus. Wenn das Gift rasch tötet, sind bei der Autopsie fast immer noch erhebliche Mengen zu finden. Daß er einbalsamiert wurde, macht es auch nicht besser. Wenn die Konservierungsflüssigkeit in das Kreislaufsystem gespritzt wird und die inneren Organe durchtränkt, schwimmen dem Toxikologen alle Felle davon.«

»Aber würde sich denn trotzdem noch etwas nachweisen lassen?«

»Wahrscheinlich schon. Wir müßten Proben von der Einbalsamierungsflüssigkeit nehmen und mit dem vergleichen, was sich an Fremdstoffen und -verbindungen in den inneren Organen findet. Ich will Ihnen sagen, was das Beste wäre, wenn es Ihnen wirklich ernst damit ist. Bringen Sie mir sämtliche Haushaltsprodukte, die Sie bei ihm zu Hause finden können. Filzen Sie den Müll auf verdächtige Essensreste. Suchen Sie nach Pillenfläschchen, Rattengift, Kakerlaken-Pulver, Putz- und Desinfektionsmitteln, Insektenvertilger und dergleichen. Ich kann ja mal mit dem Leichenbestatter reden und hören, ob er irgend etwas beizusteuern hat. Diese Leute sind ganz schön gewitzt, wenn sie erst einmal wissen, wonach man sucht.«

»Sie werden es also tun?«

»Na ja, wenn sie die Papiere unterschreibt, werden wir's einmal versuchen.«

Mich packte Erregung, zu gleichen Teilen mit Angst gemischt. Wenn ich mich irrte, würde ich ziemlich dumm dastehen.

»Warum grinsen Sie so?« fragte er.

»Ich hätte nicht gedacht, daß Sie mich ernst nehmen.«

»Ich werde dafür bezahlt, daß ich Leute im Zweifelsfall ernst nehme. Sehr oft ergibt sich der Nachweis einer Vergiftung nur dadurch, daß irgendwelche Angehörigen oder Freunde einen vagen Verdacht haben. Wir werden Morley hierher schaffen und ihn uns ansehen.«

»Und die Beerdigung?«

»Die Trauerfeier kann ruhig stattfinden. Wir lassen ihn danach herbringen und machen uns gleich dran.« Er hielt inne und sah mich forschend an. »Haben Sie schon einen Verdacht, wer es war, falls sich herausstellen sollte, daß Sie recht haben?«

»Ich habe nicht die geringste Ahnung«, sagte ich. »Ich versuche immer noch herauszukriegen, wer Isabelle Barney umgebracht hat.«

»An Ihrer Stelle würde ich mich nicht zu intensiv bemühen.«

»Wieso?«

»Weil diese Art Neugier Morley vielleicht das Leben gekostet hat.«

16

Auch wenn ich es selbst nicht glauben konnte – ich war schon wieder auf dem Weg zu den Shines. Burt Walker hatte mich beauftragt, ihm sämtliche Haushaltsprodukte zu bringen, die potentiell als Gift fungieren konnten. Louise stand draußen beim Briefkasten, als ich anhielt. Wenn sie erstaunt war, mich zu sehen, ließ sie sich nichts anmerken. Sie wartete geduldig, bis ich geparkt hatte und ausgestiegen war. Wir schlenderten wie alte Freundinnen zum Haus.

»Wo ist Dorothy?« fragte ich.

»Sie hat sich hingelegt.«

»Hat es ihr sehr zugesetzt?«

Ihr Blick war offen und ehrlich. »Meine Schwester ist ein realistischer Mensch. Morley ist tot. Wenn ihn jemand vergiftet hat, will sie es wissen. Natürlich setzt einem das zu. Wie sollte es auch nicht?«

»Es tut mir wirklich sehr leid, daß ich sie noch zusätzlich belasten muß, aber ich sehe keinen Weg, es zu vermeiden.«

»Daran können wir wohl nichts ändern. Was führt Sie wieder her?«

Ich erzählte ihr von meinem Gespräch mit dem Gerichtsmediziner. »Er scheint nicht besonders optimistisch, aber immerhin ist er willens, der Sache nachzugehen, wenn ich ihm ein paar Sachen bringe, mit denen er vergiftet worden sein könnte. Ich brauche irgendein Behältnis für das Zeug, das wir finden.«

»Wie wär's mit einem Müllbeutel? Wir nehmen immer die kleinen mit der Schnur zum Zuziehen.«

»Perfekt«, sagte ich.

Ich folgte ihr in die Küche, und wir sammelten gemeinsam alles ein, was im Entferntesten in Frage kam. Der Putzmittelschrank unter der Spüle entpuppte sich als eine wahre Fundgrube an toxischen Substanzen. Es war ernüchternd, sich klarmachen zu müssen, daß die Durchschnitts-Hausfrau tagtäglich knietief im Gift watet. Manche Artikel verwarf ich gleich, zum Beispiel den Abflußreiniger, weil ich mir sagte, daß er wohl kaum eine tödliche Dosis von diesem haarknäuelzersetzenden Teufelszeug zu sich genommen haben konnte, ohne es zu merken.

Louise hatte einen scharfen Blick und wies mich auf Produkte hin, die ich sonst womöglich übersehen hätte. In unseren Sack wanderten Backofenspray, WC-Reiniger, Silberputzmittel, Salmiak, Spiritus und ein Päckchen Ameisen-Fallen. Einen Moment lang stand mir das schiefe Bild vor Augen, wie Morley mit zurückgelegtem Kopf Ameisen-Fallen hinunterschlürfte wie eine Prozession lebender Goldfische. Etliche seiner Medikamente standen auf dem Küchenfensterbrett aufgereiht, und wir warfen auch sie in meine Halloween-Tüte.

Im Bad entnahmen wir dem Medizinschränkchen alles, was mit Morleys Namen gekennzeichnet war, sowie ein paar freiverkäufliche Arzneimittel, die in großen Mengen möglicherweise tödlich sein konnten. Aspirin, Beruhigungsdragees, Natron-Brausetabletten, ein Antihistamin-Präparat. Nichts davon wirkte besonders unheilvoll oder gefährlich. Wir inspizierten sämtliche Papierkörbe, fanden aber nichts, was auch nur im entferntesten verdächtig schien. Die Durchsuchung der Garage erbrachte ein paar Dosen und Flaschen, aber längst nicht so viele, wie ich erwartet hatte. »Er hatte es wohl nicht so mit Insektenvertilger und Düngemitteln«, sagte ich beiläufig. Louise packte gerade Terpentin und Verdünner in meinen Sack.

»Morley hat Gartenarbeit gehaßt. Das war Dorothys Sache.« Sie trat von den Borden zurück und drehte sich langsam um ihre Achse, um noch einmal das Terrain zu überprüfen. »Sieht aus, als wär's das. Ach, das Motoröl«, sagte sie. Sie wandte sich mir zu und sah mich an.

»Stecken Sie's ruhig mit hinein«, sagte ich. »Ich kann mir zwar nicht vorstellen, daß er sich eine Überdosis Sears-Extra einverleibt hat, aber möglich ist alles. Was ist mit seinem Büro? Hatte er dort im Bad auch einen Medizinschrank?«

»Daran habe ich gar nicht gedacht. Bestimmt. Warten Sie, ich suche am besten gleich die Schlüssel, wo wir schon dabei sind.«

»Bemühen Sie sich nicht. Ich kann die Frau vom Schönheitssalon bitten, mich von ihrer Seite aus reinzulassen.«

Wir gingen wieder vor das Haus, und ich nahm meine Autoschlüssel heraus. »Danke für Ihre Hilfe, Louise.«

»Lassen Sie uns wissen, was diese Leute finden«, sagte sie.

»Das wird ein Weilchen dauern. Die toxikologische Auswertung zieht sich manchmal einen Monat hin.«

»Aber die Autopsie selbst? Da müßten sie doch auch schon etwas sagen können.«

»Vor der Trauerfeier passiert sowieso nichts.«

»Sehen wir Sie dort?«

»Soweit ich es absehen kann, ja.«

Auf der Fahrt zu Morleys Büro wurde ich von Zweifeln übermannt. Das war doch einfach albern. Morley hätte niemals irgend etwas gegessen, was mit Silberputzmittel oder Entroster versetzt war. Er war zwar nicht gerade ein Epikuräer gewesen, aber er hätte es sicher gemerkt, sobald er nur den ersten Löffel Entkalker oder Möbelpolitur zu sich genommen hätte. Das mit den Medikamenten konnte ich nicht beurteilen. Keines der Fläschchen war auch nur annähernd leer gewesen, was nicht dafür sprach, daß er sich versehentlich oder auf andere Weise eine Überdosis zugeführt hatte. Zwei Mittel waren Kapseln. Daran konnte natürlich jemand herummanipuliert haben. Ich wußte ja, daß die Hintertür meistens unverschlossen oder sogar offen war. Da konnte jeder hineinspaziert sein und die Kügelchen gegen irgend etwas Tödliches ausgetauscht haben.

Ich war jetzt bei Morleys Büro angelangt und parkte in der Einfahrt. Ich ging um den Bungalow herum zur Vordertür, meinen Plastiksack mit mir schleppend wie ein verirrter Weihnachtsmann.

Beim zweiten Hinsehen wirkte das Etablissement noch trostloser als beim ersten Mal. Die Außenwände waren in leuchtendem Ostereier-Türkis gestrichen, die Fensterrahmen und Dachverzierungen rauchweiß. Diverse Reklameschilder zwischen den Schaufenster-Schneewehen verkündeten, daß dieser Salon nunmehr Jhirmack und Redken führte. Ich trat ein.

Diesmal war der Laden leer, und Betty, die wohl die Inhaberin sein mußte, saß hinten bei einem Kaffee und einer Zigarette über ihren Abrechnungsbüchern. »Wo sind dann die anderen?«

»Sie sind essen gegangen. Jeannie hat heute Geburtstag, und ich habe gesagt, ich hüte das Telefon. Was kann ich für Sie tun?«

»Ich muß noch mal in Morleys Büro.«

»Nur zu«, sagte sie achselzuckend.

Jemand hatte die Rouleaus heruntergelassen. Das Licht im Raum war gelbbraun, trübe Sonne, durch rissiges Papier gefiltert. An meine Nase drang neben dem Flair von Schimmel und Hausstaub der Geruch von alten Zigarettenkippen, vermischt mit dem Aroma von dampfendem Kaffee und frischem Rauch, das vom Salon nebenan durch das Heizgebläse herüberdrang.

Eine kursorische Durchsuchung der Schreibtisch-Schubladen und Aktenschränke erbrachte in Sachen toxische Substanzen rein gar nichts. Im Bad fand ich eine Dose Scheuerpulver, deren ganzer Inhalt aus ein paar kleinen Klümpchen bestand, die beim Schütteln wie Trockenerbsen rasselten. Im Medizinschrank war nichts außer einem halbleeren Fläschchen Verdauungspillen. Ich steckte auch diese in meinen Sack, für den Fall, daß sie mit Rattengift, zerstoßenem Glas oder Mottenkugeln versetzt waren. Nachdem ich dieses kleine Melodram nun einmal inszeniert hatte, fühlte ich mich verpflichtet, es bis zum Ende durchzuspielen. Der Mülleimer im Bad war leer. Ich ging wieder in das Büro zurück, um den Papierkorb unter Morleys Schreibtisch zu überprüfen, aber er war spurlos verschwunden. Ich sah mich verdutzt um. Ich hatte ihn doch bei meinem ersten Besuch hier gesehen.

Ich öffnete die Verbindungstür und steckte den Kopf hindurch. »Wo ist denn Morleys Papierkorb abgeblieben?«

»Draußen auf der Treppe.«

»Danke. Könnten Sie mir noch einen Gefallen tun?«

»Ich kann's versuchen«, sagte sie.

»Es könnte sich herausstellen, daß Morleys Büro Schauplatz eines Verbrechens war. Aber sicher wissen wir das erst in ein paar Tagen. Könnten Sie solange aufpassen, daß nichts verändert wird?«

»Was heißt das? Keinen 'reinlassen?«

»Ganz recht. Nichts anfassen und nichts wegwerfen.«

»Das hat Morley immer schon so gehalten«, sagte sie.

Ich schloß die Tür wieder und barg den Papierkorb von der Vordertreppe, wo sich jetzt ein Ameisen-Ho-Chi-Minh-Pfad über den Beton schlängelte. Mit spitzen Fingern pulte ich darin herum, während ich gleichzeitig Ameisen wegschnippte. Ich setzte mich auf die oberste Stufe und machte mich daran, den Korb auszukippen. Papier, Kataloge, gebrauchte Kleenex-Tücher, Styropor-Kaffeebecher. Die Pappschachtel mit dem halbaufgegessenen Backwerk war inzwischen zur Hauptnahrungsquelle der wimmelnden Ameisenkolonie geworden. Ich stellte den Karton neben mich auf die Treppe und inspizierte rasch den Inhalt. Morley mußte auf dem Weg noch eben beim Bäcker vorbeigefahren sein, sich ein kleines Nasch-Häppchen geholt und es mit hierher genommen haben. Er hatte die Hälfte gegessen und dann den Rest weggeworfen, wahrscheinlich aus schlechtem Gewissen, weil er gegen seinen Diätplan verstoßen hatte. Ich musterte das verbliebene Stück genauer, kam aber nicht dahinter, was es war. Obst schien es nicht zu sein, aber womit sonst machte man Strudel? Ich sammelte die Überbleibsel sorgfältig ein und wickelte sie in das Papier, in das die Pappschachtel ursprünglich eingepackt gewesen war.

Sonst war nichts Interessantes zu finden. Ich stopfte alles wieder in den Papierkorb zurück und stellte diesen gleich innen hinter die Tür, die ich von außen abschloß. Ich ging zu meinem Wagen und brachte meine ganze Müllsammlung zur Gerichtsmedizin, wo ich sie der Sekretärin aushändigte, damit sie sie an Burt weitergab.

Mir war nur danach, Schluß zu machen und nach Hause zu fahren. Dieser ganze Fall schlug mir auf den Magen. Ich war kaputt und deprimiert. Das einzige, was ich bisher erreicht hatte, war, Lonnies Prozeß zu demontieren. Dank meiner Bemühungen war die Aussage unseres Informanten inzwischen unsicher, und der Angeklagte selbst hatte ein Alibi. Noch mehr solcher illustren Beiträge meinerseits, und Barneys Anwalt würde die Niederschlagung des Verfahrens erwirken können. Beklemmung schnürte mir die Brust zu, und ich fühlte eine Angst tief im Bauch, wie ich sie seit meiner Grundschulzeit nicht mehr gekannt hatte. Ich wollte ja nicht jammern, aber ich merkte immer mehr, wie der Rausschmiß durch die CF mein Selbstbewußtsein unterminiert hatte. Früher hatte ich immer aus dem Instinkt heraus gehandelt. Ich war zwar während meiner Ermittlungen immer wieder mal frustriert gewesen, aber ich hatte mit einer schon fast arroganten Selbstsicherheit operiert, getragen von der festen Überzeugung, daß ich diesen Job letztlich so gut machte wie jeder andere. So verunsichert wie jetzt hatte ich mich nie gefühlt. Was sollte werden, wenn ich mich zum zweiten Mal innerhalb von sechs Wochen auf der Straße wiederfand?

Ich fuhr nach Hause und putzte wie Aschenputtel unter Amphetaminen. Das war das einzige, was meine Anspannung lösen konnte. Ich griff mir ein paar Putzschwämme und den Haushaltsreiniger und nahm das Bad oben unterm Dach in Angriff. Ich weiß nicht, wie Männer mit den Streßsituationen des Lebens umgehen. Sie spielen vielleicht Golf oder reparieren Autos oder trinken Bier und sehen fern. Die Frauen, die ich kenne (die, die nicht freß- oder kaufsüchtig sind) suchen ihr Heil im Putzen. Ich legte mit Putzlappen und Wischmop los und mähte die Keime mit üppigen Desinfektionsmittel-Dosen nieder, indem ich sämtliche sichtbaren Flächen je nachdem besprühte oder einschäumte. Was mir entkam, schlug ich zumindest kampfunfähig.

Um sechs machte ich Pause. Meine Hände rochen nach Scheuerflüssigkeit. Ich hatte nicht nur das gesamte obere Bad in einen hygienisch einwandfreien Zustand versetzt, sondern auch noch den Dachraum staubgewischt und gesaugt und die Bettwäsche gewechselt. Ich wollte mich gerade an meine Kommodenschubladen machen, als ich merkte, daß es an der Zeit war, einen Happen zu essen. Vielleicht war es sogar Zeit, ganz Feierabend zu machen. Ich nahm eine kurze Dusche und zog dann frische Jeans und einen sauberen Rollkragenpullover an. Bis zum Selberkochen ging mein Häuslichkeitsanfall dann doch nicht. Ich schnappte mir meine Umhängetasche und eine Jacke und marschierte zu Rosie.

Es bestürzte mich etwas, feststellen zu müssen, daß es genauso voll war wie am Vorabend. Diesmal war statt der Keglerinnen offenbar ein Softball-Team da – Typen in Trainingshosen und einheitlichen kurzärmligen Trikots, die hintendrauf den Namen einer örtlichen Elektro-Firma trugen. Jede Menge Zigarettenqualm, erhobene Bierkrüge und kehlige Lachsalven, wie sie der Alkohol entfesselt. Das Lokal wirkte wie einer dieser Bier-Werbespots, wo die Leute sich so höllisch gut amüsieren wie im wirklichen Leben nie. Aus der Juke-Box dröhnte ein Song-Cut, der so entstellt war, daß man ihn kaum identifizieren konnte. In dem Fernseher am einen Ende der Bar liefen die Sportnachrichten, und man sah immer neue Runden irgendeines endlosen, staubigen Stock-Car-Rennens. Niemand schenkte dem Spektakel auch nur die gerinste Aufmerksamkeit, aber der Ton war laut aufgedreht, damit er gegen das allgemeine Getöse ankam.

Rosie sah alldem mit einem zufriedenen Strahlen zu. Was war nur mit dieser Frau passiert? Sonst hatte sie niemals Lärm geduldet, sich nie als Sportler-Stammkneipe zu profilieren versucht. Ich hatte immer befürchtet, das Lokal könnte irgendwann von den Yuppies entdeckt und in einen schicken Treff für Manager und Anwälte umfunktioniert werden. Aber es wäre mir nie in den Sinn gekommen, daß ich mich hier einmal Ellbogen an Ellbogen mit einer Horde Sportschau-Süchtigen drängeln würde.

Ich entdeckte Henry und seinen Bruder William. Henry trug Bermudas, ein weißes T-Shirt und Leinenschuhe, und seine langen, braunen Beine wirkten muskulös und kräftig. William steckte immer noch in seinem Anzug, hatte aber die zugehörige Weste abgelegt. Während Henry lässig auf seinem Stuhl lümmelte, ein Bier vor sich, saß William kerzengerade vor einem Mineralwasser mit Zitronenschnitz. Ich winkte Henry zu und steuerte meine Lieblings-nische ganz hinten an. Auf halbem Weg blieb ich stehen. Henry sah mich mit einem solchen Ausdruck stummen Flehens an, daß ich mich doch für seinen Tisch entschied.

William erhob sich.

Henry schob mir mit dem Fuß einen Stuhl hin. »Möchten Sie ein Bier? Ich spendiere Ihnen eines.«

»Ich hätte lieber Weißwein, wenn es Ihnen nichts ausmacht«, sagte ich.

»Aber sicher. Kein Problem. Also Weißwein.«

Ich hätte schwören können, daß die beiden seit dem Vortag, als ich sie zuletzt gesehen hatte, einen Regressionsprozeß durchgemacht hatten. Ich sah sie förmlich mit acht und zehn vor mir. Henry bestand nur aus Ellbogen und Knien und hatte eine mürrisch-kampflustige Kleine-Bruder-Haltung am Leib. Wahrscheinlich hatte er seine ganze Kindheit hindurch unter Williams heikler und besserwisserischer Art gelitten. Vielleicht hatte ihre Mutter Henry der Obhut seines Bruders anvertraut und ihnen so eine ungewollte Nähe aufgezwungen. William schien durchaus der Typ, der seinen kleinen Bruder unter der Knute hielt und ihn piesackte, wenn er ihn nicht gerade verpetzte. Jetzt, mit dreiundachtzig, wirkte Henry gleichzeitig nervös und rebellisch, unfähig, sich anders zu behaupten als durch Clownerien und Seitenhiebe.

Er hielt Ausschau nach Rosie, während William sich wieder setzte. Ich wandte mich William zu und erhob meine Stimme, damit er mich bei dem ganzen Krach hören konnte. »Wie war Ihr erster Tag in Santa Teresa?«

»Ich würde sagen, der Tag war ganz nett. Ich hatte einen kleinen Anfall von Herzrasen ...« Williams Stimme war schwach und brüchig.

Ich legte die Hand ans Ohr, um zu signalisieren, daß ich Mühe hatte, ihn zu verstehen. Henry beugte sich zu mir.

»Wir haben den Nachmittag in der Not-Ambulanz verbracht«, schrie Henry. »War sehr lustig. So eine Art Zirkus für gratisversicherte Rentner.«

William sagte: »Ich hatte ein Problem mit meinem Herzen. Der

Doktor hat ein EKG machen lassen. Ich weiß nicht mehr, wie er diese spezielle Störung nannte ...«

»Luft im Bauch«, brüllte Henry. »Du brauchtest weiter nichts zu tun als zu rülpsen.«

William schien von Henrys Witzen nicht weiter beeindruckt. »Meinem Bruder ist jeder Hinweis auf die Vergänglichkeit des Menschen nicht geheuer.«

»Nachdem ich dich mein Leben lang vor Augen hatte, sollte ich eigentlich daran gewöhnt sein.«

Ich konzentrierte mich immer noch auf William. »Fühlen Sie sich jetzt okay?«

»Ja, danke«, erwiderte er.

»Also, ich fühle mich *so*«, sagte Henry. Er verdrehte die Augen, ließ die Zunge aus dem Mundwinkel hängen und umkrallte seine Brust.

William war kein Lächeln zu entlocken. »Möchten Sie mal sehen?«

Ich wußte nicht recht, was er meinte, bis er den Papierstreifen mit seinem EKG herauszog. »Das haben sie Ihnen mitgegeben?« fragte ich.

»Nur diesen Teil. Der Rest liegt bei meiner Karte. Ich habe meine Kranken-Unterlagen mitgebracht, für den Fall, daß ich sie brauche.«

Wie starrten alle drei auf die Borte aus Tintenlinien mit den Zacken in regelmäßigen Intervallen. Es sah aus wie ein Ozean-Querschnitt mit vier Haifischflossen.

William beugte sich dichter zu mir. »Der Arzt will mich genauestens im Auge behalten.«

»Versteht sich«, sagte ich.

»Schade, daß Sie sich nicht einen Tag frei nehmen können«, sagte Henry zu mir. »Sonst könnten wir immer abwechselnd Williams Puls kontrollieren.«

»Spotte nur, soviel du willst, aber letztlich muß jeder mit der eigenen Sterblichkeit zurande kommen«, sagte William ganz ruhig.

»Tja, hm, morgen muß ich erst mal mit der Sterblichkeit anderer

Leute zurande kommen«, sagte ich. Und zu Henry gewandt, setzte ich hinzu: »Morley Shines Trauerfeier.«

»Ein Freund von Ihnen?«

»Ein Detektiv-Kollege hier aus der Stadt«, sagte ich. »Er war früher mit dem Mann befreundet, der mich ausgebildet hat, daher kannte ich ihn seit vielen Jahren.«

»Starb er in Ausübung seiner Pflicht?« fragte William.

Ich schüttelte den Kopf. »Nicht direkt. Er hatte am Sonntag abend einen tödlichen Herzinfarkt.« Sobald es draußen war, wünschte ich, ich hätte die Klappe gehalten. Ich sah Williams Hand an seine Brust fahren.

Er sagte: »Und wie alt war der Mann?«

»Achgottchen, ich weiß gar nicht.« Natürlich log ich. Morley war gut zwanzig Jahre jünger gewesen als William. »Oho, da ist ja Rosie.« Wenn es sein muß, kann ich Munterkeit verbreiten, daß es kracht.

Rosie war gerade aus der Küche aufgetaucht und schaute quer durch die Gaststube zu uns herüber. Sie näherte sich mit entschlossener Miene. Als sie an der Bar vorbeikam, stellte sie den Fernseher leise. Henry und ich wechselten bedeutsame Blicke. Sicher dachte er das gleiche wie ich: Sie würde sich um William kümmern, und zwar ohne Pardon. Er tat mir fast schon leid. Die Juke-Box verstummte, und der Lärmpegel sank. Die Stille war eine Wohltat.

William schob seinen Stuhl zurück und erhob sich höflich. »Miss Rosie. Welch eine Freude. Ich hoffe, wir können Sie überreden, sich zu uns zu setzen.«

Ich sah vom einen zum anderen. »Sie kennen sich schon?«

Henry sagte: »Sie war vorhin schon mal an unserem Tisch, als wir gekommen sind.«

Rosies Blick wanderte zu William und senkte sich dann bescheiden. »Aber Sie sind vielleicht gerade in Unterhaltung«, sagte sie, wie immer eine Extra-Bestätigung heischend. Und das von dieser Frau, die jeden gnadenlos tyrannisierte.

»Ach, kommen Sie. Setzen Sie sich«, bekräftigte ich Williams

Einladung. Er stand noch immer und wartete offensichtlich ab, daß sie sich setzte, wozu sie jedoch keine Anstalten machte.

Henry und mich nahm Rosie kaum zur Kenntnis. Die Blicke, mit denen sie William bedachte, schwankten zwischen kokett und forschend. Jetzt musterte sie das EKG. Sie steckte die Hände unter die Schürze. »Sinus-Tachykardie«, verkündete sie. »Herz schlägt plötzlich hundertmal in Minute. Ist schreckliches Gefühl.«

William sah sie überrascht an. »Genauso ist es«, sagte er. »Ich habe erst heute nachmittag einen solchen Anfall gehabt. Ich mußte die Not-Ambulanz aufsuchen. Der Arzt dort hat diese Untersuchung gemacht.«

»Ist nichts zu machen«, sagte sie mit Genugtuung. »Habe ich gleiche Krankheit. Vielleicht ein paar Pillen. Aber sonst ist hoffnungslos.« Sie hockte sich zierlich auf die Stuhlkante. »Sitzen Sie.«

William setzte sich. »Das ist viel schlimmer als Kammerflimmern«, sagte er.

»Ist viel, viel schlimmer als Flimmern und Herzrasen zusammen«, sagte Rosie. »Zeigen Sie her.« Sie nahm den Papierstreifen an sich, rückte ihre Brille auf die Nasenspitze und beugte sich zurück, um besser sehen zu können. »Da, sehen Sie. Ist das Möglichkeit!«

William beäugte den Papierstreifen, als hätte er plötzlich eine ganz neue Bedeutung angenommen. »Ist es so ernst?«

»Schlimm. Nicht so schlimm wie meine, aber sehr ernst. Sehen Sie da? Die Wellen und die spitze Dinger?« Sie schüttelte den Kopf, die Mundwinkel abschätzig verzogen. Abrupt gab sie ihm das EKG wieder. »Werd ich Ihnen bringen einen Sherry.«

»Nein, nein. Kommt nicht in Frage. Ich nehme keine Spirituosen zu mir«, sagte er.

»Das hier Sherry ungarisches. Ist ganz was andres. Ich trinke immer selbst bei erste Zeichen von Anfall. Zack! Weg ist. Einfach so. Nix mehr Wellen. Nix mehr spitze Dinger.«

»Von Sherry hat der Arzt nichts gesagt«, wandte William skeptisch ein.

»Wollen Sie wissen, warum hat nicht gesagt? Wieviel Sie haben bezahlt für Doktor-Besuch heute? Viel Geld, wette ich. Sechzig, achtzig Dollar. Glauben Sie, er nicht scharf drauf, daß Sie wieder kommen gelaufen? Sie haben soviel Geld? Ich sage, hören auf mich, dann werden Sie sein wie neu in Handumdrehen. Probieren Sie. Wenn Sie nicht fühlen besser, Sie nicht zahlen. Gebe ich Garantie. Ich spendiere erste Sherry. Auf Kosten von Haus. Ganz umsonst.«

Er schien mit sich zu ringen, bis Rosie ihn mit stählernem Blick fixierte. Er zeigte mit Daumen und Zeigefinger etwa zwei Zentimeter an. »Vielleicht ein ganz klein wenig.«

»Schenke ich selbst ein«, sagte sie, schon am Aufstehen.

Ich hob die Hand. »Könnte ich bitte ein Glas Weißwein haben? Geht auf Henrys Rechnung.«

»Eine Runde Blutdruck-Medizin für alle«, sagte er.

Rosie ignorierte seinen Scherz-Versuch und entschwand in Richtung Bar. Ich wagte es nicht, Henry anzusehen, weil ich wußte, daß er grinsen würde. Rosie hatte es geschafft – William fraß ihr aus der Hand. Während Henry mit Spott auf ihn reagierte und ich mit Höflichkeit, behandelte Rosie den guten William mit absolutem Ernst. Ich hatte keine Ahnung, worauf sie hinauswollte, aber jedenfalls schien William durch ihre Strategie restlos entwaffnet.

»Von Spirituosen hat der Arzt nichts gesagt«, wiederholte er standhaft.

»Es wird schon nichts schaden«, steuerte ich bei, um den Ball im Spiel zu halten. Vielleicht wollte sie ihn ja betrunken machen und seine Abwehr schwächen, um ihm dann die Wahrheit zu sagen – daß er für einen Mann seines Alters gesund war wie ein Pferd.

»Ich möchte nichts tun, was der langfristigen Behandlung zuwiderläuft«, sagte er.

»Ach, Hergott noch mal. Nun trink schon«, knurrte Henry.

Ich setzte unter dem Tisch meinen Fuß auf Henrys Fuß und drückte leicht zu. Sein Gesichtsausdruck wandelte sich schlagartig. »Tja, hm, da fällt mir etwas ein. Großvater Pitts hat sich gelegentlich auch ein Gläschen genehmigt. Du erinnerst dich doch, William? Ich sehe ihn noch genau vor mir, auf der Vorderveranda, in seinem Schaukelstuhl, mit seinem Glas Black Jack.«

»Aber dann ist er *gestorben*«, sagte William.

»Natürlich ist er gestorben! Der Mann war hunderteins!«

Williams Miene verdüsterte sich. »Du brauchst nicht so zu schreien.«

»Ach, verdammt! Nicht einmal die biblischen Patriarchen sind so alt geworden wie er. Es ging ihm großartig. Er war gesund und munter. Alle in unserer Familie –«

»Hennnrrry, halt an dich«, sang ich.

Er war auf der Stelle still. Rosie kam jetzt wieder an den Tisch, ein Tablett in den Händen. Sie brachte ein Glas Weißwein für mich, ein Bier für Henry sowie zwei Likörgläser und eine kleine dekorative Flasche mit einer bernsteinfarbenen Flüssigkeit. William hatte sich wohlerzogen wieder erhoben. Er zog einen Stuhl für sie ab. Sie stellte das Tablett hin und schenkte ihm ein affektiertes Lächeln. »Ein echter Gentleman«, sagte sie, während sie ihn regelrecht anplinkerte. »Reizend.« Sie reichte mir den Wein und Henry das Bier und setzte sich dann. »Sie erlauben, bitteschön.«

»Nur eine ganz kleine Menge«, sagte er.

»Sage *ich* Menge«, verkündete sie. »Zeige ich Ihnen, wie man trinkt. So.« Sie goß das eine Gläschen randvoll mit Sherry, führte es an die Lippen, legte den Kopf in den Nacken und kippte den Inhalt hinunter. Dann tupfte sie sich zierlich die Mundwinkel mit dem Zeigefingerknöchel. »Jetzt Sie«, sagte sie. Sie füllte das zweite Likörglas und gab es William.

Er zögerte.

»Tun Sie, was sich sage«, kommandierte sie.

William tat, was sie sagte. Sobald der Alkohol seine Kehle netzte, überkam ihn ein Schauer ... ein köstlicher, unwillkürlicher Spasmus, der in den Schultern begann und rasch seine Wirbelsäule hinunterlief. »Donnerschlag!«

»Ist richtige Wort, ›Donnerschlag‹«, sagte sie. Sie musterte ihn verschlagen, und ihr Lachen war eindeutig lasziv. Sie goß sich und ihm erneut ein und kippte ihre Dosis wie ein alter Cowboy in einem John Wayne-Film. William, offenbar auf den Geschmack gekommen, tat es ihr nach. Auf seine Wangen war jetzt ein wenig Farbe getreten. Henry und ich sahen mit großen Augen zu.

»So!« Rosie klatschte mit der Hand auf den Tisch und gab sich einen Ruck. Sie stand auf und stellte die Sherry-Flasche und die beiden Gläser sorgsam wieder auf das Tablett zurück. »Morgen. Zwei Uhr. Genau wie Medizin. Ganz pünktlich. Jetzt werd' ich bringen Essen. Weiß ich genau, was gut. Kein Wort.«

Ich fühlte, wie mir das Herz in die Hose rutschte. Ich wußte, das Essen würde aus irgendeinem phantastischen Gebräu aus ungarischen Gewürzen und saturierten Fettsäuren bestehen, aber ich hatte nicht die Kraft, zu flüchten.

William sah ihr nach. »In der Tat bemerkenswert«, sagte er. »Ich glaube, ich spüre schon, wie mein Blutdruck sinkt.«

17

Ich schlief schlecht in dieser Nacht und joggte am Freitag morgen nur halbherzig. Morleys Trauerfeier war um 10 Uhr, und ich fürchtete mich davor. Es hingen immer noch zu viele unbeantwortete Fragen in der Luft, und ich fühlte mich irgendwie für die meisten verantwortlich. Lonnie würde aus Santa Maria zurückkommen, sobald die Verhandlung vorbei war. Ich hatte noch einen Stapel Zeugenvorladungen, die Morley nicht zugestellt hatte, aber es war unsinnig, mich damit auf die Socken zu machen, ehe nicht klar war, was eigentlich los war. Vielleicht würde Lonnie ja gar nicht vor Gericht gehen. Ich duschte und wühlte dann in meiner Unterwäscheschublade, auf der Suche nach einer Strumpfhose, die nicht aussah, als seien Junge Katzen die Beine hochgeklettert. Die Schublade war ein einziges Geknäule aus alten T-Shirts und einzelnen Socken. Irgendwann mußte ich mich wirklich daran machen, hier Ordnung zu schaffen. Ich zog mein Universal-Kleid an, das für Beerdigungen perfekt geeignet ist: schwarz und langärmlig und aus irgendeinem exotischen Polyestergemisch, das man ein Jahr lang irgendwo verbuddeln könnte, ohne daß es eine Knitterfalte bekäme. Ich schlüpfte in ein Paar schwarze, flache Schuhe, damit ich laufen konnte ohne zu humpeln. Ich habe Freundinnen, die auf hohe Absätze stehen, aber ich kann das nicht nachvollziehen. Ich denke mir, wenn hohe Absätze so etwas Tolles wären, würden alle Männer welche tragen. Ich beschloß, das Frühstück ausfallen zu lassen und frühzeitig ins Büro zu fahren.

Es war sieben Uhr achtundzwanzig, und mein Wagen war der erste auf dem Parkplatz. Da in das Treppenhaus kein Tageslicht hereinfiel, war es stockfinster. Das Licht der kleinen Taschenlampe an meinem Schlüsselring reichte gerade aus, um zu verhindern, daß ich stolperte und auf die Nase fiel. Im dritten Stock ließ ich mich durch die Vordertür ein. Alles war düster und kalt. Ich brachte ein paar Minuten damit zu, Lichter anzuknipsen und die Illusion zu erzeugen, daß der Arbeitstag begonnen hatte. Ich warf die Kaffeemaschine an. Als ich mein Büro aufgeschlossen hatte, verbreitete sich bereits der Duft von frischem Kaffee.

Ich warf einen Blick auf meinen Anrufbeantworter und sah, daß das Lämpchen beharrlich blinkte. Ich drückte die Abhörtaste und wurde von einem ärgerlich klingenden Kenneth Voigt begrüßt. »Miss Millhone. Ken Voigt. Es ist jetzt Donnerstag abend ... äh ... Mitternacht. Ich bekam eben einen Anruf von Rhe Parsons, die völlig außer sich ist wegen dieser Geschichte mit Tippy. Ich habe versucht, Lonnie in Santa Maria zu erreichen, aber die Vermittlung im Motel ist nicht mehr besetzt. Ich bin morgen früh ab acht im Büro, und ich wünsche, daß diese Angelegenheit bereinigt wird. Rufen Sie mich an, sobald Sie da sind.« Er nannte noch die Telefonnummer von Voigt Motors und verabschiedete sich dann mit einem Klicken.

Ich sah auf die Uhr. Sieben Uhr dreiundvierzig. Ich wählte die Nummer, die er hinterlassen hatte, bekam aber nur ein Tonband, das mir in höflichem Ton erklärte, die Niederlassung sei leider derzeit geschlossen, und mir eine Nummer für dringende Notfälle gab, weil es ja immerhin sein konnte, daß ich anrief, um mitzuteilen, das Gebäude gehe gerade in Flammen auf. Ich hatte die Jacke noch an, und es hatte wenig Sinn, mich an den Schreibtisch zu setzen. Ich konnte mich ebensogut gleich dem Donnerwetter stellen. Ida Ruth kam gerade, und ich sagte ihr, wo ich hinwollte, und überließ ihr das Feld. Ich ging wieder hinunter auf den Parkplatz und stieg in mein Auto. Ich hatte Kenneth Voigt erst ein einziges Mal gesehen, aber er war mir als jemand erschienen, der anderen gern die Meinung sagt. Mir war überhaupt nicht danach, die jüngsten Entwicklungen mit ihm zu diskutieren. Schon allein deshalb nicht, weil ich Lonnie noch nichts erzählt hatte und weil ich fand, es sei sein Job, die schlechten Nachrichten zu übermitteln. Zumindest konnte er Voigt auch gleich hinsichtlich der rechtlichen Konsequenzen beraten.

Auf dem Freeway floß noch mäßiger Verkehr, und ich war um fünf nach acht bei der Ausfahrt Cutter Road. Voigt Motors war autorisierter Vertragshändler für Mercedes-Benz, Porsche, Jaguar, Rolls-Royce, Bentley, BMW und Aston Martin. Ich parkte meinen VW und marschierte zum Eingang. Das Gebäude sah aus wie eine Südstaaten-Plantage, ein Tribut aus Glas und Beton an Stil, Eleganz und aristokratische Lebensart. Ein diskretes, handgefertigtes Schild verkündete in goldenen Lettern die Geschäftszeiten: Montag–Freitag 8.30–20 Uhr, Samstag 9–18 Uhr und Sonntag 10–16 Uhr. Ich legte die gewölbte Hand an die Rauchglasscheibe und spähte nach irgendeinem Lebenszeichen in den dunklen Räumen. Ich erkannte sechs oder sieben glänzende Automobile, und irgendwo ganz hinten brannte Licht. Rechterhand schwang sich eine Treppe nach oben. Ich klopfte mit einem Schlüssel gegen die Scheibe und hoffte, das leise Klicken würde weit genug tragen, um etwas zu bewirken.

Kurz darauf erschien Kenneth Voigt oben auf der Treppe. Er lugte über das Geländer, kam dann herunter und über den schimmernden Marmorboden auf mich zu. Er trug einen dunklen Nadelstreifenanzug, ein frischgestarktes blaues Hemd und eine dunkelblaue Krawatte. Er sah aus wie ein Mann, der es geschafft hat, eines der prosperierendsten Nobel-Autohäuser im ganzen Bezirk von Santa Teresa aufzubauen. Er machte einen Schlenker und knipste erst noch die Raumbeleuchtung an, die eine Flotte jungfräulicher Automobile illuminierte. Er schloß auf und ließ mich ein. »Demnach haben Sie meine Nachricht bekommen.«

»Ich war heute schon früh im Büro. Ich dachte mir, wir könnten uns auch gleich persönlich unterhalten.«

»Da werden Sie sich einen Moment gedulden müssen. Ich wollte gerade ein Telefonat nach New York machen.« Er ging quer durch den Ausstellungsraum zu einer Reihe identischer, an der Frontseite verglaster Bürozellen, wo während der Arbeitszeit die Geschäfte abgewickelt wurden. Ich sah, wie er sich in irgend jemandes Drehsessel niederließ. Er drückte eine Nummer, lehnte sich zurück und behielt mich im Auge, während er wartete. Offenbar nahm am anderen Ende jemand ab, denn er merkte plötzlich auf und begann gestikulierend zu reden. Er schaffte es, auch aus der Ferne noch zugeknöpft und unerbittlich zu wirken.

Vermassle bloß nichts, ermahnte ich mich. Halt dein Mundwerk im Zaum. Der Mann war Lonnies Klient, nicht meiner, und ich konnte es mir nicht erlauben, ihn gegen mich aufzubringen. Ich spazierte im Ausstellungsraum herum, in der Hoffnung, so meinen natürlichen Impuls zu bezwingen, mich aus dem Staub zu machen. Gefeuert zu werden, hatte mir einigen Schneid abgekauft. Ich konzentrierte mich auf meine Umgebung, sog die Aura der Eleganz in mich auf.

Es roch ansprechend nach Leder und Auto-Wachs. Ich fragte mich, wie es sich wohl anfühlte, genügend Kohle auf dem Konto zu haben, um mehr als zweihunderttausend Dollar für einen Wagen hinzublättern. Ich stellte mir vor, daß die Transaktion mit viel Schmunzeln und wenig Schachern vor sich ging. Wer sich einen Rolls-Royce leisten konnte, mußte ja wissen, daß es ihn eine hübsche Stange Geld kosten würde, den Fuß durch diese Tür zu setzen. Was gab es da groß zu handeln? Für welche Summe der alte Bentley in Zahlung genommen würde?

Mein Blick blieb an einem Corniche III hängen – ein zweitüriges, rotes Kabriolett. Das Verdeck war offen. Die Sitze und Polsterteile waren mit rot gepaspeltem, cremeweißen Leder bezogen. Ich sah zu Voigt hinüber. Er war von seinem Telefonat völlig in Anspruch genommen. Ich öffnete die Fahrertür des Rolls und stieg ein. Nicht übel. Eine Liste der technischen Daten steckte, auf Pergament gedruckt und in Leder gebunden, im Handschuhfach. Sie sah aus wie die Weinkarte eines teuren Restaurants. So etwas Vulgäres wie ein Preis war nirgends aufgeführt, aber ich erfuhr, daß das Leergewicht des Fahrzeugs 2430 kg betrug und das Kofferraumvolumen 0,27 m³. Ich studierte die Instrumente und Schalter am Armaturenbrett und bewunderte die Walnuß-Intarsien. Ich fuhr los, indem ich das Steuerrad hin- und herdrehte und dazu Reifenquietsch-Geräusche machte. James Bond im Tunten-Dress. Ich war gerade im Begriff, eine Haarnadelkurve in einer Bergstraße oberhalb von Monte Carlo zu nehmen, als ich plötzlich Voigt neben dem Wagen stehen sah. Ich spürte, wie mir die Röte ins Gesicht stieg. »Wirklich schön«, murmelte ich. Ich wußte, ich sagte es nur, um mich bei ihm einzuschleimen, aber ich konnte nicht dagegen an.

Er öffnete die Tür und schlüpfte auf den Beifahrersitz. Er betrachtete liebevoll das Armaturenbrett und strich dann über das geschmeidige Leder des Notsitzes. »Vierzehn Häute für jeden Corniche. Nach Geschäftsschluß setze ich mich auch manchmal hier rein.«

»Sie sind der Inhaber dieses Ladens und fahren selbst keinen Rolls?«

»Noch kann ich es mir nicht ganz leisten«, sagte er. »Ich hatte vor, mir einen zu kaufen, wenn wir diesen Prozeß gewinnen, einfach nur aus Spaß.« Sein Gesichtsausdruck war gequält. »Nach dem, was Rhe mir gesagt hat, haben Sie da in einem Hornissennest gestochert. Sie spricht davon, Sie und Lonnie zu verklagen, daß Ihnen Hören und Sehen vergeht.«

»Weswegen?«

»Keine Ahnung. Heutzutage braucht man doch keinen Grund, um jemanden zu verklagen. Weiß der Himmel, welche Folgen das für meinen Prozeß haben wird. Ihr Auftrag ist es, Zeugen heranzuschaffen. Sie hatten keine Weisung, irgendwelchen anderen Dingen nachzugehen.«

»Ich kann den juristischen Aspekt der Situation nicht beurteilen – das ist wirklich Lonnies Job...«

»Wie ist es bloß dazu gekommen? Das verstehe ich nicht.«

Bemüht, nicht in einen defensiven Ton zu verfallen, erzählte ich ihm von meinem Gespräch mit Barney und von all dem, was ich seither herausgefunden hatte. Ich setzte an, ihm die Sache mit Tippy und dem Tod des alten Mannes näher zu erläutern. Voigt ließ mich nicht weiterreden.

»Das ist doch einfach lächerlich. Völlig absurd! Morley hat monatelang an dieser Sache gearbeitet, und er ist nie auf die Idee gekommen, Tippy diese Fahrerfluchtgeschichte anzuhängen.«

»Das stimmt nicht. Er war auf der gleichen Spur wie ich. Er hatte sogar schon Fotos von dem Lieferwagen ihres Vaters gemacht, was für mich der nächste Schritt gewesen wäre. Ich habe dieses Foto der Zeugin vorgelegt, und sie hat den Wagen als das Unfallfahrzeug identifiziert.«

Er runzelte die Stirn. »Ach, Herrgott, und wenn? Nach all den Jahren hat das doch keine Beweiskraft mehr. Sie setzen Millionen aufs Spiel, und warum das alles?«

»Darum, weil ich mit Tippy gesprochen habe, und sie mir gesagt hat, daß sie es war.«

»Ich sehe nicht, wieso das von Belang sein sollte. Nur, weil David Barney behauptet, er hätte sie in der Mordnacht gesehen? Das ist doch Quatsch.«

»Sie sind daran vielleicht nicht interessiert, aber das Gericht wird es mit Sicherheit interessieren. Warten Sie nur, bis Herb Foss dahinterkommt. Er wird auf dem Zeitpunkt herumreiten, was das Zeug hält.«

»Aber wenn es doch früher war? Sie wissen doch gar nicht, ob der Zeitpunkt stimmt.«

»Doch, das weiß ich. Es gibt einen Zeugen, und ich habe mit ihm gesprochen.«

Er fuhr sich mit der Hand übers Gesicht und legte sie einen Moment vor den Mund. Dann sagte er: »Auch das noch. Das wird Lonnie gar nicht gefallen. Haben Sie schon mit ihm gesprochen?«

»Er kommt heute abend wieder. Dann werde ich mit ihm reden.«

»Sie wissen ja gar nicht, was für mich in der Sache drinsteckt. Ich habe Tausende von Dollars investiert, von alldem Schmerz und Leid gar nicht zu reden. Und das alles haben Sie zunichte gemacht. Und weshalb? Wegen irgendeiner alten Fahrerflucht-Geschichte, die sechs Jahre zurückliegt?«

»Augenblick mal. Dieser Fußgänger ist genauso tot wie Isabelle. Denken Sie vielleicht, sein Leben zählt nicht, nur weil er schon zweiundneunzig war? Sprechen Sie mit seinem Sohn, wenn Sie etwas von Schmerz und Leid hören wollen.«

Ungeduld huschte über sein Gesicht. »Ich kann mir nicht vorstellen, daß die Polizei die Sache an die Staatsanwaltschaft weiterleitet. Tippy war damals noch Jugendliche, und sie hat sich seither mustergültig geführt. Ich möchte wirklich nicht hartherzig erscheinen, aber was geschehen ist, ist geschehen. In Isabelles Fall geht es dagegen um kaltblütigen Mord.«

»Ich möchte darüber nicht diskutieren. Warten wir ab, was Lonnie sagt. Vielleicht sieht er das Ganze völlig anders. Vielleicht hat er ja eine ganz neue Strategie parat.«

»Darauf würde ich an Ihrer Stelle hoffen. Sonst kommt David Barney nämlich mit einem Mord davon.«

»Man kann nicht gut mit etwas ›davonkommen‹, was man gar nicht getan hat.«

In einem der Büros begann ein Telefon zu klingeln. Wir hielten beide unwillkürlich inne, sahen in die Richtung und warteten, daß der Anrufbeantworter in Aktion trat. Beim fünften Läuten warf Voigt einen irritierten Blick nach hinten. »O verflixt, ich muß das Ding abgestellt haben.« Er stieg aus, durchquerte hastigen Schrittes den Ausstellungsraum und riß den Hörer beim siebten oder achten Läuten ans Ohr. Als ich merkte, daß er wieder in ein längeres Gespräch verwickelt war, stieg ich aus dem Rolls und verschwand durch den Seitenausgang.

Die nächste Stunde verbrachte ich in einem Café in Colgate. Nach außen hin frühstückte ich, aber in Wirklichkeit verkroch ich mich nur. Ich wollte wieder die alte Kinsey sein ... große Klappe und einen Tritt für jeden, der ihr dumm kam. Duckmäuserisch und unsicher zu sein, war einfach ätzend.

Die Wynington-Blake-Einsegnungshalle in Colgate ist ein Allzweck-Sanktuarium, darauf angelegt, so gut wie jeder denkbaren religiösen Veranstaltung gerecht zu werden. Beim Eintreten wurde mir ein gedrucktes Programm überreicht. Ich setzte mich auf einen Platz ganz hinten und brachte ein paar Minuten damit zu, meine

Umgebung zu studieren. Der Bau war entfernt kirchenähnlich: eine Pseudo-Apsis, ein Pseudo-Kirchenschiff mit einem großen bunten Fenster aus sattfarbenen Glasziegeln. Morleys geschlossener Sarg stand vorn, flankiert von Trauerkränzen. Es gab nirgends ein religiöses Symbol – keine Engel, keine Kreuze, keine Heiligen, kein Bildnis von Gott, Jesus, Mohammed, Brahma oder sonst irgendeinem Höchsten Wesen. Anstelle eines Altars stand da ein länglicher Tisch, anstelle einer Kanzel ein Rednerpult mit Mikrophon.

Wir saßen in Kirchenbänken, aber es gab keine Orgelmusik. Das sakrale Äquivalent einer Kaufhaus-Musikberieselungsanlage umspülte uns mit gedämpften Akkorden, die vage an eine Sonntagsschule erinnerten. Trotz des weltlichen Tenors der Veranstaltung waren alle Leute feierlich-dunkel gekleidet und angemessen still und in sich gekehrt. Der Saal war voll, und die meisten Anwesenden hatte ich noch nie gesehen. Ich fragte mich, ob die Etikette wohl die gleiche war wie bei einer Hochzeit – die Freunde des Verstorbenen auf der einen Seite, die der Witwe auf der anderen. Wenn Dorothy Shine und ihre Schwester da waren, saßen sie sicher in dem kleinen Angehörigen-Alkoven vorne rechts, den Blicken der Öffentlichkeit durch eine Trennwand aus Glasziegeln entzogen.

Ich registrierte links von mir gedämpfte Unruhe und bemerkte, daß zwei ältere Herren sich vom Seitengang her in die Bank zwängten. Sobald sie sich gesetzt hatten, spürte ich einen sanften Stoß von einem Ellbogen. Ich sah zur Seite und war kurz desorientiert, als ich William und Henry neben mir erblickte. William trug einen düster-anthrazitfarbenen Anzug. Henry hatte auf seinen üblichen Shorts-und-T-Shirt-Dress verzichtet und prangte in einem ganz reputierlichen Outfit, bestehend aus weißem Hemd, Schlips, dunklem Sportsakko und etwas helleren Hosen. Und Tennis-Schuhen.

»William fand, Sie sollten in dieser schweren Stunde Beistand haben«, flüsterte Henry mir zu.

Ich beugte mich vor. Tatsächlich, William fixierte mich mit trauerschwerem Blick. »Den kann ich allerdings brauchen, aber wie kommt er darauf?«

»Er liebt Trauerfeiern«, flüsterte Henry. »Das ist für ihn wie Weihnachten. Er ist schon ganz früh aufgewacht, vor lauter Aufregung –«

William neigte sich herüber und legte den Zeigefinger auf die Lippen.

Ich stieß Henry in die Rippen.

»Tatsache«, sagte er. »Ich konnte ihn nicht davon abbringen. Er bestand darauf, daß ich mich in diese lächerliche Verkleidung werfen sollte. Ich glaube, er hofft auf eine richtig tragische Friedhofsszene, mit einer Witwe, die sich ins offene Grab stürzt.«

Etwas raschelte. Vorne war jetzt ein gesetzter Herr in einem weißen Chorgewand an das Rednerpult getreten. Unter dem Gewand blitzte ein metallic-blauer Anzug hervor, der ihn wie einen Fernsehprediger aussehen ließ. Er ordnete offenbar seine Notizen für die Trauerrede. Das Mikrophon war an, und man hörte lautes Geknister.

Henry verschränkte die Arme. »Bei den Katholiken würde das anders laufen. Da hätten sie einen Knaben in einem Kleid, der einen Weihrauchkessel schwenkt, als ließe er eine Katze am Schwanz baumeln.«

William ermahnte Henry mit einem beredten Stirnrunzeln zur Ruhe. Henry schaffte es, sich die nächsten zwanzig Minuten zu benehmen, während der kommissarische Pastor die einschlägigen Worte von sich gab. Es war offensichtlich, daß er eine Art Miet-Geistlicher war, den man für diesen Anlaß angeheuert hatte. Zweimal sprach er von Morley als »Marlon«, und einige Tugenden, die er ihm attestierte, hatten mit dem Menschen, den ich gekannt hatte, nichts zu tun. Aber wir bemühten uns alle, gute Miene zu machen. Wenn man tot ist, ist man tot, und es kann einem eigentlich egal sein, ob ein paar Lügen über einen verbreitet werden. Wir standen auf und setzten uns wieder hin. Wir sangen Choräle und beugten die Köpfe, während Gebete gesprochen wurden. Es wurden Passagen aus einer neuen Bibel-Ausgabe gelesen, in der jedes lyrische Bild und jede poetische Formulierung in banales Alltagsenglisch übersetzt war.

»Der Herr ist mein Berater. Er lädt mich ein, mich im Grünen zu erholen. Er führt mich an stille Teiche. Er baut mich seelisch auf und führt mich die rechten Wege. Und auch wenn ich durch den finsteren Wald des Todes muß, werde ich mich nicht fürchten...«

Henry sah mich konsterniert an.

Als wir endlich entlassen waren, nahm mich Henry am Ellbogen, und wir gingen zur Tür. William blieb noch zurück und stellte sich mit einer Reihe anderer Leute vor dem Sarg an, um dem Toten die letzte Ehre zu erweisen. Ehe wir auf den Korridor hinaustraten, drehte ich mich noch einmal kurz um. Ich sah William im ernsten Gespräch mit dem Geistlichen. Wir gingen durch den Vorderausgang hinaus auf die überdachte Treppe, die die ganze Breite des Gebäudes einnahm. Die Leute hatten sich in zwei Gruppen aufgeteilt. Die einen verweilten noch in der Einsegnungshalle, während die anderen sich draußen auf dem Parkplatz Zigaretten anzündeten. Schwefliger Streichholzgeruch wehte herüber. Es war richtiges Begräbniswetter, kalt und grau. Bis zum frühen Nachmittag würden sich die Wolken sicher verziehen, aber vorerst war der Himmel noch trübe.

Als ich nach rechts sah, fiel mir eine Frau ins Auge, die leicht hinkend davoneilte. »Simone?«

Sie drehte sich um und sah mich an. Ich bin zwar, was Haute Couture angeht, eine absolute Ignorantin, aber was sie da trug, konnte sogar ich identifizieren. Das zweiteilige »Ensemble« war die Kreation eines Mode-Designers, der ein Vermögen damit verdiente, Frauen unförmig, aufgetakelt und dumm aussehen zu lassen. Sie wandte sich ab und humpelte so rasch auf ihren Wagen zu, daß ihr Körper schaukelte.

Ich zupfte Henry am Arm. »Bin sofort wieder da.«

Simone rannte zwar nicht direkt, aber es war ganz offensichtlich, daß sie nicht mit mir sprechen wollte. Ich verfolgte sie strammen Schrittes und holte auf. »Simone, könnten Sie bitte einen Moment warten?«

Sie blieb stehen und ließ mich herankommen.

»Warum so eilig?«

Sie wandte sich mir zu, kalte Wut in der Stimme. »Rhe Parsons hat mich angerufen. Sie sind im Begriff, Tippys Leben zu ruinieren. In meinen Augen sind Sie eine miese Person, und ich will nicht mit Ihnen reden.«

»Hey, warten Sie. Ich habe Neuigkeiten für Sie. Ich sauge mir die Dinge doch nicht aus den Fingern. Ich werde dafür bezahlt, daß ich Ermittlungen –«

Sie fiel mir ins Wort. »Ach, ja? Was Sie nicht sagen. Und wer hat Sie bezahlt? David Barney vielleicht? Er sieht gut aus und ist wieder zu haben. Bestimmt ist er gern zu einem kleinen Handel bereit.«

»Selbstverständlich hat er nichts damit zu tun. Was haben Sie denn? Wenn sie eine Straftat begangen hat –«

»Das Mädchen war sechzehn Jahre alt!«

»Das Mädchen war betrunken«, sagte ich. »Es ist mir egal, wie alt sie war. Sie muß die Verantwortung –«

»Kommen Sie mir nicht mit diesem moralischen Geschwätz. Dafür habe ich keine Zeit«, sagte sie, schon wieder im Gehen. Sie erreichte ihren Wagen und fummelte mit dem Schlüssel herum. Sie stieg ein und knallte die Tür zu.

»Sie sind sauer, weil David Barney dadurch aus dem Schneider ist.«

»Ich bin sauer, weil David Barney ein gräßlicher Kerl ist. Ein verachtenswerter Mensch. Ich bin sauer, weil anständige Leute leiden müssen, während die übelsten Typen mit allem davonkommen.«

»Denken Sie wirklich, nur weil man jemanden nicht leiden kann, darf man getrost zusehen, wie er zu Unrecht wegen Mordes verurteilt wird?«

»Er hat Iz gehaßt.« Sie steckte den Schlüssel ins Zündschloß, ließ den Motor an und löste die Handbremse.

»Das heißt noch lange nicht, daß er sie ermordet hat. Ihnen hätte es schließlich auch nicht an einem Motiv gefehlt.«

»Mir?«

»Der Unfall, bei dem Sie verletzt wurden, war doch Isabelles Schuld, oder nicht? Soviel ich gehört habe, hat sie in betrunkenem

Zustand den Wagen in der Einfahrt stehenlassen, ohne die Handbremse anzuziehen. Ihretwegen mußten Sie die Hoffnung begraben, jemals Kinder zu bekommen. Das ist ein hoher Preis, wenn man sowieso die meiste Zeit hinter jemandem den Dreck weggeräumt hat. Das kann doch nicht spurlos an Ihnen vorüber –«

»Das ist ja lächerlich. Wegen so etwas ermordet man doch niemanden.«

»Und ob. Gucken Sie nur mal an einem x-beliebigen Tag in die Zeitung.«

»David Barney ist ein Dreckskerl. Er würde alles tun, um die Schuld von sich abzuwälzen.«

»Das weiß ich nicht von ihm. Ich weiß es von jemand anderem.«

»Von wem?«

»Dazu möchte ich mich lieber nicht äußern...«

»Jedenfalls ist es Ihre eigene Dummheit, wenn Sie das glauben.«

»Ich habe nicht gesagt, daß ich es glaube, aber der Grundgedanke ist entscheidend.«

»Und der wäre?«

»Auch andere Leute hätten ein Motiv gehabt, Isabelle den Tod zu wünschen. Wir waren alle so fixiert darauf, daß es David Barney war, daß wir in anderen Richtungen gar nicht mehr gesucht haben.«

Sie schien einen Moment sprachlos. Dann trat etwas Hintergründiges in ihren Blick. »Na gut. Wieso suchen Sie dann nicht in der richtigen Richtung?«

»Was meinen Sie?«

»Ich meine Yolanda Weidmann. Isabelle hat Peters Firma ruiniert, als sie ausgestiegen ist. Er hat ihr ihre Karriere überhaupt erst ermöglicht. Er hat einen Haufen Zeit und Geld investiert, als niemand sonst einen Finger für sie rühren wollte. Sie müssen sich klarmachen, was für eine verrückte Person Isabelle war. Sprunghaft, selbstzerstörerisch, dazu der viele Alkohol und die Drogen. Sie hatte keinen Abschluß. Sie hatte nichts vorzuweisen, ehe Peter sich ihrer angenommen hat. Er war ihr Lehrmeister, und sie hat ihn nach Strich und Faden verschaukelt. Sie hat ihn einfach sitzenlassen, nach allem, was er für sie getan hatte. Und dann noch die

Geschichte mit seinem Herzinfarkt. Das war die Krönung. Offiziell kam es vom Streß und der Überarbeitung. Aber die Wahrheit ist, daß sie ihm das Herz gebrochen hat. Darauf läuft es hinaus.«

»Aber als ich mit ihm gesprochen habe, schien er nicht sonderlich verbittert.«

»Ich habe auch nicht gesagt, daß *er* verbittert ist. Yolanda ist diejenige, welche. Sie ist eine richtige Giftspinne, eine Frau, mit der man sich nicht streiten möchte.«

»Ich höre.«

»Sie haben sie doch kennengelernt. Sagen Sie selbst.«

Ich zuckte die Achseln. »Persönlich kann ich sie nicht ausstehen. Ich war eine halbe Stunde dort, und sie hat ihn die ganze Zeit heruntergemacht. Tausend kleine Spitzen und Sticheleien, lauter Witzchen auf seine Kosten. Dann schon lieber einen offenen, handfesten Krach. Das ist wenigstens ehrlich. Sie erschien mir so ... wie soll ich sagen ... hinterlistig.«

Simone lächelte leise. »O ja, sie ist sehr raffiniert. Aber ich versichere Ihnen, unter alledem ist sie eine wahre Glucke. Sie darf ihn behandeln, wie immer sie möchte, aber wehe, jemand anderes besitzt die Frechheit! Ich finde, sie ist eine sehr plausible Kandidatin.«

»Aber die Frau muß doch mindestens fünfundsechzig sein. Es ist schwer vorstellbar, daß sie sich plötzlich aufs Morden verlegt.«

»Sie kennen Yolanda nicht. Mich erstaunt nur, daß sie's nicht schon früher getan hat. Und was ihr Alter angeht, sie ist allemal besser in Form als ich.« Sie wandte den Blick ab und straffte sich. »Ich muß los. Entschuldigen Sie, daß mir die Pferde durchgegangen sind.« Sie legte den Rückwärtsgang ein und parkte aus. Ich sah ihr interessiert nach, als sie davonfuhr.

18

Ich kehrte um und ging wieder zum Ausgang zurück. Ich sah Henry über den Parkplatz auf seinen Wagen zusteuern. Der erste Schwung der Trauergäste hatte sich bereits weitgehend zerstreut, und die, die noch drinnen geblieben waren, kamen jetzt nach und nach auch heraus. William tauchte aus den kühlen Tiefen der Einsegnungshalle auf. Er wirkte irgendwie beleidigt und verwirrt. Er stülpte sich den Hut auf den Kopf und justierte ihn so, daß er gerade saß. »Ich kapiere nicht, welche Konfession das war.«

»Ich glaube, der Gottesdienst sollte alle Optionen abdecken«, sagte ich.

Er sah über seine Schulter und musterte indigniert die Fassade. »Dieser Bau sieht aus wie ein Restaurant.«

»Na ja, wissen Sie, Essengehen ist heutzutage auch eine Art Religion«, sagte ich trocken. »Früher haben die Leute den Zehnten an die Kirche abgeführt. Heute gibt man dem Kellner zehn Prozent.«

»Ich muß sagen, das war eine stillose Trauerfeier. Bei uns in Michigan werden noch richtige Gottesdienste abgehalten. Wenn ich es recht verstehe, gibt es noch nicht einmal eine Beisetzungszeremonie am Grab. Höchst respektlos, wenn Sie mich fragen.«

»Das macht nichts«, sagte ich. »Morley hatte keine sonderlich entwickelte religiöse Ader, und er hätte wahrscheinlich nicht gewollt, daß um seinen Tod irgendein Zirkus veranstaltet wird. Außerdem ist seine Frau krank, und sie konnte vielleicht einfach nicht noch mehr verkraften.« Ich sagte nicht, daß der Leichnam vermutlich gleich zur Gerichtsmedizin geschafft wurde.

»Wo ist Henry?« fragte William.

»Ich glaube, er ist den Wagen holen gegangen.«

»Möchten Sie noch mit uns kommen? Wir werden zu Hause ein leichtes Mittagessen auf der Veranda einnehmen und würden uns freuen, wenn Sie uns die Ehre geben würden. Wir haben auch Rose eingeladen, um uns auf diese Weise für ihre Freundlichkeit zu revanchieren.«

»Ich würde gerne mitkommen, aber ich habe noch etwas zu erledigen. Ich werde etwas später vorbeischauen.«

Henry kam in seinem fünffenstrigen Coupé angerollt. Er fährt einen 1932er Chevrolet, den er als Neuwagen erworben hat. Das Auto ist akribisch gepflegt und instandgehalten, und Lackierung, Stoßstangen und Sitzbezüge sind noch original. Wenn es Williams Wagen gewesen wäre, hätte er sicher affig gewirkt. Mit Henry am Steuer wirkte er nur verwegen und sexy. Auf Henry muß man ein Auge halten, da er immer noch eine große Anziehungskraft auf Frauen aller Altersstufen ausübt, mich eingeschlossen. Ich sah, wie die Leute zuerst den Wagen und dann Henry musterten, um herauszufinden, ob er irgendein Prominenter war. Da Santa Teresa keine zwei Stunden von Hollywood entfernt liegt, leben hier etliche Filmstars. Jeder weiß das, aber es haut einen doch um, wenn man merkt, daß der Typ bei der Wagenwaschanlage, der aussieht wie John Travolta, tatsächlich John Travolta ist. Einmal wäre ich fast gegen einen Baum gefahren, weil ich Steve Martin durch Montebello fahren sah und ihn mir unbedingt ganz genau angucken wollte. Er sieht auch in Natur aus wie in Technicolor, falls es jemanden interessiert.

William stieg zu Henry ins Auto, und sie schaukelten davon. Es war immer noch nicht abzusehen, was Rosie vorhatte. Was immer sie im Schilde führte, sie war noch beim Vorgeplänkel. Aber William war mir heute schon weniger selbstfixiert vorgekommen. Wir hatten immerhin ein dreiminütiges Gespräch über die Bühne gekriegt, ohne daß auch nur ein einziges Mal von seiner Gesundheit die Rede gewesen wäre.

Ich fuhr wieder zurück in die Stadt, über den 101-Süd. Ich nahm die Abfahrt Missile und hielt mich ostwärts bis zur State Street und dann rechts. Die Axminster-Galerie, wo an diesem Abend Rhe Parsons Ausstellung eröffnet werden sollte, befand sich in einem Komplex, der außerdem das Axminster-Theater und eine Reihe kleinerer Geschäfte beherbergte. Die Galerie selbst lag an einem Fußgängerweg, der hinter den Läden entlangführte. Ich stellte meinen Wagen in einer Seitenstraße ab und nahm die Diretissima über einen öffentlichen Parkplatz. Der Eingang war durch ein handgeschmiedetes Eisenschild gekennzeichnet. Ein Kastenwagen stand mit dem Heck dicht an der Tür, und ich sah, wie zwei Männer quaderförmige Blöcke ausluden, die in dicke Umzugsdecken gehüllt waren. Die Tür stand offen, und ich folgte den Trägern ins Innere.

Der Eingang war schmal, vermutlich aus Effektgründen absichtlich verkleinert, denn ich gelangte gleich darauf in einen riesigen Raum mit fast zehn Metern Deckenhöhe. Die Wände waren knallweiß, und Lichtfluten ergossen sich durch große Oberlichter, die man geöffnet hatte, um frische Luft hereinzulassen. Eine komplizierte Konstruktion aus Zeltleinen, Schnüren und Rollen unmittelbar unter der Decke gestattete es, den Raum im Bedarfsfall abzudunkeln. Auf dem grauen Zementboden lagen Orientteppiche, und an den Wänden hingen Batiken und gerahmte abstrakte Gouachen.

Rhe Parsons beriet sich gerade mit einer Frau in einem Arbeitskittel. Offenbar ging es um die Plazierung der beiden letzten Stücke, die die Träger gerade hereinbrachten. Ich sah mich ein bißchen um, während die beiden weiter diskutierten. Tippy thronte auf einem Hocker an der hinteren Wand und begutachtete die Gesamtwirkung aus ihrer Perspektive. Rhes Ausstellung bestand aus sechzehn Stücken, die auf unterschiedlich hohen Podesten arrangiert waren. Sie arbeitete mit Gießharz und produzierte große, glatte Blöcke von einem halben Meter Kantenlänge, die auf den ersten Blick alle gleich aussahen. Ich inspizierte die fünf nächststehenden. Ich sah, daß das durchscheinende Material aus fein getönten Schichten bestand, von denen manche ein Objekt einschlossen – ein perfekt konserviertes Insekt, eine Sicherheitsnadel, ein Medaillon an einer Kette, einen Bund goldener Schlüssel. Das durchscheinende Licht erzeugte den Effekt von Eisblöcken, nur daß das Harz solide und unvergänglich wirkte. Es war nicht schwer, sich vorzustellen, wie diese Totems irgendwann einmal ausgegraben würden, zusammen mit Putzmittelflaschen, Getränkedosenlaschen und Wegwerfwindeln.

Rhe mußte mich gesehen haben, zeigte jedoch keine Reaktion. Sie trug Bluejeans und einen dicken Mohairpullover in hellen Blau- und Mauvetönen. Ihr dunkles Haar war im Nacken zusammengenommen und mit einem Band umschnürt, eine lange seidige Troddel, die ihr fast bis zur Taille hing. Tippy trug einen Overall aus leichtem Baumwollköper. Hinter dem Rücken ihrer Mutter begrüßte sie mich mit einem kurzen Fingerwedeln, das ich als »Hi« interpretierte. Es war sehr tröstlich, daß die Person, deren Leben ich angeblich ruiniert hatte, am Leben und wohlauf war und noch mit mir kommunizierte.

Rhe murmelte ihrer Mitstreiterin leise etwas zu, und die Frau drehte sich um und starrte zu mir herüber. Sie nahm ein Schreib-Board an sich und klackerte auf ihren Klotzabsätzen über den Zementboden davon.

»Hallo, Rhe.«

»Was zum Teufel wollen Sie hier?«

»Ich dachte, wir sollten uns unterhalten. Ich wollte Ihnen keine Unannehmlichkeiten bereiten.«

»Wunderbar. Ausgezeichnet. Ich werde es meinem Anwalt weitersagen.«

Aus dem Augenwinkel sah ich Tippy von ihrem Hocker hüpfen und auf uns zukommen. Rhe machte eine Handbewegung, wie man sie von Hundebesitzern kennt. Sie schnippte mit den Fingern und zeigte mit der ausgestreckten Hand in Tippys Richtung, was soviel hieß wie »Bleib da« oder »Platz«.

Aber Tippy war nicht so gut abgerichtet. Sie sagte »Mom ...« in einem Ton, der Empörung und Gekränktheit zugleich ausdrückte.

»Das geht dich nichts an.«

»Es betrifft mich doch auch!«

»Warte im Wagen auf mich, Kleines. Ich komme sofort.«

»Darf ich nicht mal zuhören?«

»Tu, was ich dir sage!«

»O Mann!« sagte Tippy. Sie verdrehte die Augen und seufzte laut, tat aber, wie ihr geheißen.

Sobald sie weg war, zischte mich Rhe eisig an: »Ahnen Sie überhaupt, was Sie da angerichtet haben?«

»Hey, ich bin hierher gekommen, um mit Ihnen zu sprechen, nicht, um mich beschimpfen zu lassen. Was habe ich denn getan?«

»Tippy hat sich *gerade* gefangen. Sie ist endlich auf dem richtigen Gleis, und da kommen Sie mit dieser aberwitzigen Behauptung.«

»Aberwitzig würde ich es nicht nennen ...«

»Lassen wir die Wortklauberei. Der Punkt ist doch, selbst wenn es stimmt, was ich sehr bezweifeln möchte, brauchten Sie es doch nicht an die große Glocke zu hängen –«

»Welche große Glocke?«

»Und außerdem – wenn Sie so fest davon überzeugt sind, daß Tippy eine Straftat begangen hat, hat sie Anspruch auf einen Anwalt. Sie hatten kein Recht, sie in die Enge zu treiben, ohne daß ich dabei war.«

»Sie ist zweiundzwanzig, Rhe. Vor dem Gesetz ist sie erwachsen. Ich will ihr nichts anhängen. Ich dachte, es gäbe vielleicht eine einfache Erklärung, und in dem Fall wollte ich sie hören. Ich habe nichts weiter getan, als mit ihr zu reden, um die Fakten in Erfahrung zu bringen, und ich habe es getan, ohne vorher zur Polizei zu gehen, was ich ohne weiteres gekonnt hätte. Wenn ich weiß, daß eine Straftat vorliegt, kann ich doch nicht einfach weggucken. Sobald ich sie decke, mache ich mich mitschuldig.«

»Sie haben sie eingeschüchtert. Sie haben ihr gedroht und sie manipuliert. Als ich nach Hause kam, war sie völlig hysterisch. Ich weiß zwar nichts über Ihr Leben, aber Sie täten sicher besser daran, sich an Ihre eigene Nase zu fassen. Sie brauchen sich hier nicht zur Richterin aufzuschwingen –«

Ich hob die Hände. »Augenblick mal. Einen Moment. Hier geht es nicht um mich. Hier geht es um Tippy, die im übrigen mit den

Realitäten wesentlich besser fertig zu werden scheint als Sie. Ich verstehe ja, daß Sie sie beschützen wollen. Das ginge mir auch so, aber wir sollten doch nicht die Fakten aus den Augen verlieren.«

»Welche Fakten? Da gibt es keine Fakten!«

»Schon gut. Lassen wir das. Ein vernünftiges Gespräch ist offenbar nicht möglich. Ich sehe das jetzt. Ich werde dafür sorgen, daß Lonnie sich mit Ihrem Anwalt in Verbindung setzt, sobald er wieder da ist.«

»Gut. Tun Sie das. Aber machen Sie sich auf alles gefaßt.«

Der Drang, das letzte Wort behalten zu wollen, war nahezu unwiderstehlich, aber ich hielt die Klappe und ging, bevor ich noch etwas sagte, was ich später womöglich bereuen würde. Als ich aus der Galerie ins Freie trat, kam Tippy auf mich zu. Sie ging neben mir her und paßte sich meinem Schritt an. »An Ihrer Stelle würde ich es lieber vermeiden, daß Ihre Mutter uns zusammen sieht.«

»Was hat sie gesagt?«

»In etwa das, was zu erwarten war.«

»Machen Sie sich nichts daraus, ja? Ich weiß, sie ist auf hundertachtzig, aber sie wird es schon packen. Sie hatte in letzter Zeit eine Menge Streß, aber das legt sich schon wieder.«

»Hoffen wir's um ihretwillen«, sagte ich. »Hören Sie, Tip, es tut mir wirklich leid, daß das passieren mußte. Ich fühle mich beschissen, aber ich wüßte nicht, wie ich es hätte umgehen können.«

»Ist doch nicht Ihre Schuld. Ich bin diejenige, die Mist gebaut hat. Ich sollte mich beschissen fühlen, nicht Sie.«

»Wie geht es Ihnen?«

»Ganz gut«, sagte sie. »Ich habe gestern abend mit einer von meinen AA-Betreuerinnen gesprochen, und sie war einfach toll. Sobald wir hier fertig sind, gehe ich noch einmal zu ihr, um mit ihr zu reden, und später am Nachmittag gehe ich dann zur Polizei.«

»Ihre Mutter hat schon recht. Es ist wahrscheinlich besser, vorher mit einem Anwalt zu reden. Er wird Sie beraten, wie Sie die Sache am besten präsentieren.«

»Das ist mir egal. Ich will es nur hinter mich bringen.«

»Trotzdem ist es sicher klüger. Außerdem wird die Polizei ohnehin wollen, daß Ihr Anwalt hinzugezogen wird, ehe Sie eine Aussage zu Protokoll geben. Möchten Sie, daß ich mitkomme?«

Sie schüttelte den Kopf. »Danke, aber das schaffe ich schon.«

»Alles Gute.«

»Ihnen auch.« Sie sah zögernd zu der Galerie hinüber. »Dann gehe ich mal besser wieder. Wir werden uns wohl heute abend bei der Vernissage nicht sehen.«

»Vermutlich nicht, aber was Ihre Mutter macht, gefällt mir gut«, sagte ich. »Rufen Sie an, wenn Sie mich brauchen.«

Sie lächelte und winkte mir im Rückwärtsgehen zu, ehe sie sich umwandte und zur Galerie zurückmarschierte.

Ich stieg in mein Auto und blieb erst einmal reglos sitzen. Mir war schwer ums Herz. Tippy war ein nettes Mädchen. Ich hätte ihr so gerne erspart, was sie jetzt durchstehen mußte. Letzten Endes würde sie es schaffen, da war ich zuversichtlich, aber mir war nicht gerade wohl dabei, sie in diese ganze Qual gestürzt zu haben. Natürlich konnte ich mir sagen, daß sie es sich selbst eingebrockt hatte, aber die Wahrheit war, daß sie immerhin sechs Jahre lang einen Weg gefunden hatte, damit zu leben. Ich konnte nur vermuten, daß Reue und Gewissensbisse sie geplagt hatten. Vielleicht gab es ja einfach keinen anderen Weg, als öffentlich Sühne zu leisten. Aber im Moment saß ich erst einmal da mit meinen Gefühlen. Ich konnte nicht noch mehr wütende Menschen verkraften. Ich hatte die Nase voll von Vorwürfen, Drohungen und Einschüchterungsversuchen. Mein Job war es, herauszufinden, was Sache war, und genau das würde ich tun.

Ich ließ den VW an, jagte ihn auf Touren und wendete verkehrswidrig. Eine Ecke weiter war ein Drugstore. Ich hielt auf dem winzigen Vorplatz und flitzte hinein, um drei Packen Karteikarten zu erstehen – einer weiß, einer grün und der dritte orange. Dann fuhr ich nach Hause. Ich hatte immer noch einen Stapel Akten aus Morleys Büro in meinem Wagen. Ich fand einen Parkplatz gleich gegenüber von meiner Wohnung. Ich raffte zusammen, was auf dem Rücksitz lag, und schwankte durchs Gartentor, bepackt wie ein Maulesel. Ich schleppte alles nach hinten in den Hof und fummelte meinen Schlüssel heraus.

In dem verglasten Verbindungsgang zwischen Henrys Haus und meinem konnte ich die kleine Lunchgesellschaft sehen. Die Dezembersonne war nur schwach, aber durch das viele Glas speicherte der Wintergarten die Wärme wie ein Treibhaus. William und Rosie steckten die Köpfe zusammen und waren offenbar in ein angeregtes Gespräch vertieft. Vermutlich ging es um Perikarditis, Kolitis oder die Gefahren der Laktose-Intoleranz. Henrys Gesicht war düster, und ich hätte schwören können, daß er schmollte – ein Verhalten, das dem Henry, den ich kannte, äußerst wenig ähnlich sah. Ich quetschte die Akten mit der Hüfte gegen den Türrahmen, während ich meine Wohnung aufschloß. Drinnen warf ich alles auf die Küchenbar. Ich drehte mich um und sah Henry hinter mir hereinkommen, in der Hand einen vollgehäuften Teller – Zitronenhuhn, Ratatouille, grünen Salat und selbstgebackene Brötchen.

»Hi, wie geht's? Ist das für mich? Sieht ja toll aus. Na, wie stehen die Aktien?«

Er setzte den Teller auf der Küchenbar ab. »Es ist nicht zu fassen«, sagte er.

»Was ist? Hat Rosie noch keinen Weg gefunden, William ein bißchen aufzumöbeln?«

Henry kniff die Augen zusammen und tippte sich mit dem Zeigefinger an die Schläfe. »Sehr witzige Frage. Endlich dämmert es mir. Wissen Sie, was sie macht? Sie flirtet mit ihm!«

»Rosie flirtet doch immer.«

»Aber William flirtet zurück.« Er zog eine Küchenschublade auf, nahm ein Messer und eine Gabel heraus und reichte sie mir, zusammen mit einer Papierserviette.

»Aber da ist doch nichts dabei«, sagte ich. Dann sah ich sein Gesicht. »Oder doch?«

»Sie essen, ich rede. Was ist, wenn etwas Ernsthaftes daraus wird? Was stellen Sie sich vor, was dann passiert?«

»Ach, hören Sie auf. Die beiden kennen sich einen Tag.« Ich kostete zuerst ein Brötchen – butterzart.

»Er bleibt zwei Wochen hier. Ich mag gar nicht daran denken, wie das die nächsten dreizehn Tage weitergehen wird, bei dem Tempo, das die beiden vorlegen«, sagte er.

»Sie sind eifersüchtig.«

»Ich bin gar nicht eifersüchtig. Ich fürchte Schlimmes. Heute morgen war er noch ganz normal. Hat einen Riesenheckmeck um seinen Stuhlgang gemacht. Und zweimal seinen Blutdruck gemessen. Er hatte irgendwelche mysteriösen Symptome, die ihn eine Stunde lang beschäftigt haben. Dann sind wir zu der Trauerfeier gegangen, und da wirkte er immer noch normal. Wir sind heimgekommen, und er mußte sich erst einmal eine Weile hinlegen. Ganz der alte William. Kein Problem, damit kann ich umgehen. Ich habe das Mittagessen gekocht, und dann erschien Rosie mit Rouge auf den Wangen. Und das nächste, was ich sehe, sind die beiden, wie sie die Köpfe zusammenstecken und kichern und sich in die Rippen stupsen wie zwei Halbwüchsige!«

»Aber das ist doch süß. Ich mag Rosie.« Ich hatte mich jetzt dem Huhn zugewandt und aß drauflos. Mir war gar nicht bewußt gewesen, wie hungrig ich war, bis ich den ersten Bissen im Mund hatte.

»Ich mag sie auch. Rosie ist prima. Sie ist großartig. Aber als *Schwägerin*?«

»Soweit wird es nicht kommen.«

»Ach, nein? Sie sollten mal da rübergehen und die beiden reden hören. Es dreht einem den Magen um.«

»Ach, Henry, Sie übertreiben wirklich. William ist fünfundachtzig. Sie ist bestimmt fünfundsechzig, auch wenn sie es niemals zugeben würde.«

»Genau das ist es ja. Sie ist zu jung für ihn.«

Ich mußte lachen. »Das ist doch nicht Ihr Ernst.«

»Es ist mein voller Ernst, und es wundert mich, daß Sie es so locker nehmen. Wenn sie sich nun in eine heiße Liebesaffaire stürzen? Können Sie sich das vorstellen, die beiden in meinem Gästezimmer?«

»Ist es das, was Sie stört? Das William womöglich ein Sexualleben haben könnte? Sie erstaunen mich, Henry. Das sieht Ihnen gar nicht ähnlich.«

»Ich finde das höchst vulgär«, sagte er.

»Er hat doch noch gar nichts gemacht! Und außerdem dachte ich, Sie wollten, daß er aufhört, dauernd um seine Gesundheit zu kreisen. Was könnte denn Besseres passieren? Dann hat er etwas anderes, worum er kreisen kann.«

Henry starrte mich an, und in seinen Gesichtsausdruck mischte sich Unsicherheit. »Sie finden das nicht anstößig? Eine Liebesaffäre in seinem Alter?«

»Ich finde das ganz wunderbar. Sie haben doch selbst noch vor gar nicht langer Zeit eine Liebesaffäre gehabt.«

»Und was ist dabei herausgekommen?«

»Sie haben es überlebt.«

»Aber er, wird er es auch überleben? Ich sehe schon vor mir, wie Rosie zu Weihnachten nach Michigan fliegt. Ich will ja nicht überheblich klingen, aber diese Frau hat keinen Stil. Sie pult sich mit einer Haarnadel in den Zähnen!«

»Ach, hören Sie doch auf, sich Sorgen zu machen.«

Sein Mund war ein verkniffener Strich, während er die Sache überdachte. »Es würde wahrscheinlich sowieso nichts nützen, etwas zu sagen. Sie würden einfach so tun, als wüßten sie gar nicht, wovon ich rede.«

Ich hielt den Mund und konzentrierte mich auf mein Essen. »Schmeckt einfach toll«, lobte ich.

»Ist noch mehr da, falls Sie noch etwas möchten«, sagte er. Er zeigte auf die Karteikarten. »Haben Sie noch zu tun?«

Ich nickte. »Sobald ich aufgegessen habe.«

Er seufzte. »Tja dann, Schluß mit dem Quatsch. Ich lasse Sie besser an Ihre Arbeit gehen.«

»Halten Sie mich auf dem laufenden.«

»Aber sicher«, sagte er.

Wir machten die üblichen Abschieds-Lippengeräusche, und er verschwand. Ich schloß die Tür hinter ihm und flitzte dann nach oben, wo ich die Schuhe von mir schleuderte und mich aus meinem

Allzweck-Kleid und der Strumpfhose pellte. Ich schlüpfte in meine Jeans, den Rollkragenpullover, Socken und Nikes. Uff.

Ich ging wieder nach unten, öffnete eine Dose Pepsi Light und machte mich ans Werk. Ich breitete das ganze Material auf der Küchenplatte aus: Morleys Akten, seinen Merkkalender, seinen Terminkalender und die Rohentwürfe für seine Berichte. Ich erstellte eine Liste aller Personen, mit denen er geredet hatte, nebst Datum und Inhalt des Gesprächs, soweit aus den Notizen ersichtlich. Ich riß den ersten Packen Karteikarten auf und begann, mir selbst Notizen zu machen und die Geschichte Stück um Stück so zu skizzieren, wie sie sich mir darstellte. Diese Methode benutzte ich immer, wenn ich an einem Fall arbeitete. Die Karten würde ich dann an mein Pinnbrett heften, damit ich sehen konnte, wie sich das Ganze ausnahm. Das hatte ich von Ben Byrd gelernt, der mir dieses Handwerk beigebracht hatte. Ich dachte, daß Ben es wohl wiederum von Morley gelernt haben mußte, der ja bis zu ihrem Zerwürfnis sein Partner gewesen war. Ich lächelte vor mich hin. Sie hatten ihre Agentur Byrd-Shine genannt – zwei Detektive von altem Schrot und Korn, mit Whiskeyflaschen im Schreibtisch und einer nie erlahmenden Leidenschaft für endlose Gin-Rommé-Partien. Ihre Spezialität waren »Ermittlungen in Eheangelegenheiten« gewesen, d. h. Seitensprünge. Damals galt Ehebruch noch als ein schockierender Verstoß gegen Moral, gute Erziehung, Anstand und Geschmack. Heute reichten solche Banalitäten nicht einmal mehr für einen Talkshow-Auftritt.

Die Karteikarten gestatteten mir vielfältige Ansätze: Zeittafeln, Beziehungsdiagramme, Bekanntes und Unbekanntes, Motive, Spekulationen. Manchmal mischte ich den Packen durch, um dann die Karten wie eine Patience auszulegen. Aus irgendeinem Grund hatte ich diese Methode schon länger nicht mehr angewandt. Es tat gut, wieder darauf zurückzugreifen. Es war entspannend und beruhigend, eine willkommene Erholungspause, in der es nur darum ging, die Fakten zu registrieren.

Ich stieg von meinem Hocker und ging zum Abstellschrank. Ich zerrte mein Pinnbrett heraus und baute es auf der Küchenplatte auf. In diesem Stadium bemühe ich mich noch nicht, die Karten irgendwie zu ordnen. Ich zensiere nicht. Ich halte mich an keinen Plan. Ich versuche einfach nur, alle Informationen festzuhalten, alles aufzuschreiben, was mir einfällt. Alles, was den Mord an Isabelle betraf, kam auf grüne Karten, Tippys Unfall auf die orangefarbenen und die beteiligten Personen auf die weißen. Ich suchte das Schächtelchen mit den Nadeln und begann, die Karten an das Brett zu heften. Als ich damit fertig war, war es Viertel vor fünf. Ich saß auf einem Küchenhocker, die Ellbogen auf die Platte und das Kinn in die Hände gestützt. Ich musterte das Gesamtbild. Es schien nicht viel herzugeben... ein wahlloses Durcheinander von Farben, ohne ersichtliches Muster.

Was erhoffte ich mir? Das fehlende Bindeglied. Den augenfälligen Widerspruch. Irgend etwas, was nicht zusammenpaßte; Bekanntes, das plötzlich in einem neuen Licht erschien, Unbekanntes, das Gestalt annahm. In Abständen nahm ich alle Karten ab, um sie dann wieder neu aufzuhängen, in einer bestimmten Reihenfolge oder wie sie kamen, mal nach diesem, mal nach jenem Prinzip gruppiert. Ich dachte an Isabelles Ermordung, ließ meine Gedanken ziellos schweifen. Wie ergötzlich mußte es für den Mörder gewesen sein, den Fortgang dieses ganzen Dramas zu verfolgen. Vielleicht hatte ja David Barneys Psychoterror diese Person überhaupt erst auf die Idee gebracht. Wenn Isabelle jetzt erschossen würde, wer geriete dann automatisch in Verdacht? Der Mörder mußte jemand gewesen sein, der David Barneys Gewohnheiten kannte, jemand, der nahe genug dabei war, um das Geschehen mitzubekommen. Aber das galt ja wohl für die meisten Leute, die Isabelle gekannt hatten. Die Weidmanns wohnten nur einen Katzensprung entfernt und ihre Schwester Simone sogar auf demselben Grundstück. Laura Barney war ebenfalls eine interessante Möglichkeit. Sie kannte sicher David Barneys Hang zu nächtlichen Jogging-Exerzitien. Auf den ersten Blick schien es, als hätte sie wenig oder nichts zu gewinnen. Ich war bisher davon ausgegangen, daß Habsucht das Motiv gewesen war, aber es gab sicher neben Geld noch andere Formen von Gewinn, die man aus einem Mord ziehen konnte. Welche perfektere Rache ließe sich denken, als die Frau umzubringen, die einem den Mann weggenommen hat, und dann noch zuzusehen, wie diesem Mann der Mord angehängt wird?

Da war irgend etwas. Ich war mir so gut wie sicher. Vielleicht ein bestimmter Blickwinkel, irgendeine bisher übersehene kleine Information, eine neue Interpretation der bereits bekannten Fakten.

Als das Telefon läutete, schreckte ich so zusammen, daß mir fast das Herz stehenblieb.

Es war Ida Ruth. »Kinsey. Ich hoffe, ich störe nicht, aber eben hat jemand von der Gerichtsmedizin für Sie angerufen, ein Mr. Walker. Ich nehme an, er hat Ihnen eine Nachricht auf den Anrufbeantworter gesprochen und es dann hier versucht. Er möchte, daß Sie ihn so schnell wie möglich zurückrufen.«

Ich klemmte den Hörer zwischen Kinn und Schulter, während ich einen Stift nahm und nach einem Block angelte. »Hat Burt Ihnen eine Nummer gesagt?«

Sie gab mir die Nummer. Sobald sie aufgelegt hatte, rief ich sein Büro an.

19

»Gerichtsmedizin. Detective Walker.«

»Hallo, Burt. Hier ist Kinsey. Ida Ruth hat mir gesagt, Sie hätten gesagt, ich solle Sie anrufen.«

»Oh, prima. Gut, daß sie Sie erreicht hat. Bleiben Sie eine Sekunde dran, ich muß eben meine Notizen suchen.« Ich hörte Papiergeraschel im Hintergrund. Er hielt die Sprechmuschel zu und ich hörte gedämpft, wie er mit jemandem redete. Dann war er wieder dran. »Pardon. Wir sind gerade mit der Autopsie fertig geworden. Demnach war die Todesursache Nierenversagen, mit Anzeichen für eine Schädigung der Leber sowie Schädigungen des kardiovakulären Systems mit daraus resultierendem Kreislaufkollaps, Tubulärnekrose –«

»Wodurch hervorgerufen?«

»Darauf komme ich gleich. Ich habe nach unserem Gespräch gestern bei Wynington-Blake angerufen. Ich habe ein bißchen mit dem Leichenbestatter geplaudert. Ich wollte ihm erzählen, was wir vorhaben, und einfach mal hören, ob ihm irgend etwas aufgefallen ist. Er sagt, als sie Morley gebracht haben, hätte er ›eine markante Gelbfärbung‹ aufgewiesen.«

»Vom Trinken?«

»Das habe ich zuerst auch gedacht, aber dann habe ich ein bißchen genauer nachgeforscht. Ich habe mir diese Haushalts- und Gartenartikel angeguckt, die Sie hergebracht haben. Dieser Gebäckrest hat mich stutzig gemacht, weil es irgend etwas Gemüseartiges war. Bei den meisten anderen Sachen konnte ich mir nicht vorstellen, daß jemand etwas davon zu sich nimmt, ohne es zu merken. Ich habe ein bißchen nachgelesen, und ich will Ihnen sagen, worauf ich gekommen bin. Die Autopsie hat es dann auch bestätigt. Schon mal was von *Amanita phalloides* gehört?

»Klingt wie eine Sex-Stellung. Was zum Teufel ist das?«

»Der grüne Knollenblätterpilz. Eine andere Möglichkeit wäre *Amanita Verna*, ein anderer Vertreter derselben Familie, auch bekannt als falscher Champignon. Beide sind tödlich. Nach den Resten dieses Backwerks zu urteilen, scheint es, als ob ihm jemand einen leckeren *Amanita*-Strudel fabriziert hätte.«

»Klingt makaber.«

»Ist es auch. Passen Sie auf. Eine Injektion von einem Fünfzigmillionstel-Gramm Phalloidin bei einer Maus führt innerhalb von zwei Tagen zum Tod. Für einen Menschen reichen etwa fünfzig Gramm Pilze.«

»Großer Gott.«

»Und jede der beiden Arten würde ziemlich genau die Symptome hervorrufen, die Morley nach Ihrer Schilderung gezeigt hat. Interessant ist vor allem, daß auf den Verzehr häufig eine sogenannte Latenzphase von sechs bis zwanzig Stunden folgt. Dann kommt es zu Übelkeit, Bauchschmerzen, Erbrechen und Durchfall und schließlich zum Herz-Kreislauf-Kollaps.«

»Das heißt, wenn ihm Samstag mittag schlecht wurde, hätte er das Zeug zwischen irgendwann am Freitag und Samstag morgen essen können.«

»Sieht so aus.«

»Wo findet man diese Teufelsdinger? Wachsen die hier in der Gegend?«

»Im Buch steht ›Nordamerika und Pazifikküste, Spätsommer und Herbst‹. Wäre schon ein bißchen spät, aber möglich ist es wohl. *Verna* kommt wohl häufig in Laub- und Nadelwäldern vor und wächst einzeln oder in Trupps oder Ringen. Ist angeblich an der Westküste selten, aber es könnte sie ja jemand von woanders mitgebracht haben. Getrocknet oder eingefroren oder so etwas. Wo haben Sie die Gebäckreste gefunden, bei ihm zu Hause?«

»Im Papierkorb in seinem Büro, draußen in Colgate. Gesehen

habe ich die Schachtel schon beim ersten Mal, als ich da war, aber ich habe mir nichts dabei gedacht, bis ich dann zum zweiten Mal rausgefahren bin.«

»Ahnen Sie, woher er sie hatte?«

»Ich bin gar nicht auf die Idee gekommen, zu fragen. Ich habe das Zeug einfach nur zu allem anderen in meinen Sack gepackt. Ich bin davon ausgegangen, daß er beim Bäcker vorbeigefahren ist und es sich selbst geholt hat. Betty, die Frau vom Schönheitssalon, sagt, er habe immer heimlich alles mögliche genascht. Er war seit einer Woche auf einer strengen Diät, aber sie hat gesehen, wie er sich Doughnuts mitbrachte und Sachen vom Chinesen und sonstige Fast food, und deshalb habe ich mich über die Bäckerei-Schachtel nicht weiter gewundert. Vielleicht hat sie ihm ja jemand gebracht und vor die Tür gelegt –«

Burt unterbrach mich. »Noch etwas. Ich sehe das gerade hier in meinen Unterlagen. Typischerweise tritt eine vorübergehende Beruhigung ein. Sie haben mir doch gesagt, daß er sich zwischendurch besser fühlte? Bei einer *Amanita*-Vergiftung sieht es manchmal so aus, als ob sich der Zustand bessert.«

»Sie meinen den Sonntagmorgen«, sagte ich.

»Genau. Aber in Wahrheit ist dann schon alles gelaufen. Das Gift zerfrißt die Leber, löst die Blutkörperchen auf und führt zu inneren Blutungen. Wahrscheinlich hatte er Blut im Stuhl und im Erbrochenen, obwohl er ja anscheinend nichts davon gesagt hat. Entweder hat er sich nichts dabei gedacht, oder aber er wollte seine Frau nicht beunruhigen. Aber selbst im Krankenhaus hätten sie ihm nicht mehr helfen können.«

»Es muß ihm doch dreckig gegangen sein. Wieso hat er keine Hilfe gesucht?« fragte ich.

»Schwer zu sagen. Der Schweregrad der Symptome hängt wohl davon ab, wieviel man von dem Zeug gegessen hat. Vielleicht hat er ja nur einmal gekostet und gedacht, es sei nicht mehr gut oder so etwas, und den Rest weggeworfen. Haben Sie Morley jemals essen sehen? Er hat regelrecht geschlungen. Hat sich noch was drauf eingebildet, wie schnell er sein Essen wegputzen konnte.«

»Dieser Jemand muß ihn gut gekannt haben«, sagte ich.

»Nicht unbedingt. Er hat ja kein Geheimnis daraus gemacht. Genau wie mit seiner Gesundheit. Er hat dauernd von seinen Herzbeschwerden und seinen Gewichtsproblemen geredet.«

»Und diese Pilze? Erkennt man die auf den ersten Blick?«

»Nur, wenn man weiß, worauf man achten muß. Ich lese Ihnen mal vor, was da steht. ›*A. verna* ist reinweiß. *A. phalloides* ist gelblichgrün bis grünlich. Die Lamellen sind bei beiden weiß und nicht an den Stiel angeheftet.‹ Blablabla. Aha. Diese Sorte Pilze wächst anfangs in einer kugeligen Hülle, von der eine häutige Scheide um die Knolle am Fuß des Stiels zurückbleibt. Beim Pilzesammeln muß man manchmal ein bißchen graben, weil diese Knolle in der Erde verborgen sein kann. Die Abbildung sieht aus wie ein Pilz, der aus einem Ei herausschießt. Außerdem ist er schleimig. Noch mehr?«

»Danke, ich habe schon ein ungefähres Bild. Wenn der Mörder einen Vorrat davon in seinem Garten hatte, ist davon wohl sowieso nichts mehr da. Was passiert jetzt?«

»Ich habe die Pastete rauf nach Foster City geschickt, ins Chemisch-Toxikologische Institut, zur Analyse. Kann ein Weilchen dauern, bis wir da etwas hören, aber ich bin ziemlich sicher, daß sich unsere Vermutung bestätigen wird. Ich habe bei der Mordkommission angerufen, aber vielleicht wollen Sie ja selbst mit Lieutenant Dolan sprechen. Glauben Sie mir, die eigentliche Arbeit kommt erst. Das Schwerste bei Mord durch Vergiften ist es, *rechtsgültig* zu beweisen, daß ein Verbrechen vorliegt. Man muß zeigen, daß der Tod durch ein Gift herbeigeführt wurde, das dem Toten vom Angeklagten heimtückisch verabreicht wurde. Und zwar so, daß ›jeder vernünftige Zweifel ausgeräumt ist‹. Wie wollen Sie in diesem Fall jemandem die Tat eindeutig nachweisen? Irgend jemand backt einen Kuchen und stellt Morley das verdammte Ding hin. Morley kommt ins Büro: ›Oh, hey, ist das für mich?‹ Höchstwahrscheinlich hat niemand gesehen, wie das Zeug dorthin gekommen ist, also läuft das Ganze auf einen reinen Indizienbeweis hinaus. Und wir haben noch nicht einmal einen Verdächtigen.«

»Ja, ich weiß«, sagte ich.

»Na ja, Sie müssen eben irgendwo anfangen. Ich werde Sie anrufen, sobald wir mehr wissen. Einstweilen würde ich an Ihrer Stelle von niemandem irgend etwas Selbstgebackenes annehmen.«

»Ich werde mich bemühen. Danke, Burt.«

Als ich auflegte, waren meine Hände kalt. In den letzten paar Monaten hatte Morley in Zusammenhang mit dem Mord an Isabelle Barney mit einer ganzen Reihe von Leuten gesprochen. Was war die Entdeckung gewesen, die ihn das Leben gekostet hatte? Offenbar etwas sehr Bedeutsames. Giftmörder gelten mit als die gerissensten und raffiniertesten Mörder, schon deshalb, weil ihre Methode Kenntnisse, Geschick, Planung und List erfordert. Man vergiftet niemanden aus einer spontanen Gefühlswallung heraus. Giftmord ist keine impulsive, spontane Tat. Das Heimtückische und Vorhergeplante qualifizieren ihn fast automatisch als besonders schwerwiegende Mordtat. Morley Shine war einer Form von Brutalität zum Opfer gefallen, die so gut wie keine äußeren Spuren hinterlassen hatte, aber sein Tod war mindestens so qualvoll gewesen wie Erstochen- oder Erschossenwerden. Ich sah einen Moment lang den Mörder vor einer Portion tödlicher Pilze sitzen und in einem Kochbuch blättern, auf der Suche nach einer appetitlichen Kleinigkeit, die Morley reizen würde. Ich sah Hände Teig ausrollen, die Füllung sachte in Butter schmoren, liebevoll die Pastete bereiten, das fertige Werk in eine Bäckerschachtel packen und zu Morley bringen. Vielleicht hatte der Mörder ja sogar bei ihm gesessen und mit ihm geplaudert, während er die tödliche Delikatesse verzehrte. Selbst wenn der Gesachmack ein bißchen seltsam gewesen war, hatte Morley vielleicht nichts gesagt. Zu ausgehungert von seiner Diät. Zu höflich, um sich zu beschweren. Und dann die Stunden, in denen er merkte, daß es ihm nicht gutging. Wahrscheinlich hatte er die Übelkeit und die Bauchschmerzen gar nicht mit der Pastete assoziiert, die er so lange vorher gegessen hatte.

Irgendwo hatte ich Pilze gesehen. Ein Bild flackerte vor meinem inneren Auge auf... Bäume... Giftpilze in einem Hexenring...

So viele Orte gab es nicht, wo das gewesen sein konnte. Bei Simone... bei dem Haus, wo David Barney zur Zeit von Isabelles

Ermordung gewohnt hatte, obwohl ich mich an das Grundstück gar nicht erinnern konnte. Es hatte am Hang gestanden, mit direktem Blick aufs Meer – kaum Bäume in der Nähe. Bei den Weidmanns. Ich war mit Yolanda auf die Terrasse hinausgegangen, wo Peter Weidmann sein Nickerchen gehalten hatte – ein gepflegter Ziergarten und dahinter ein Rasen bis zum Wald.

Ich pflückte methodisch die Karten von meinem Pinnbrett und heftete sie wieder an. Was hatte Morley gesehen, was ich nicht sah? Ich zog seinen Monatsplaner unter einem Stapel auf meiner Küchenplatte hervor. Ich begann mit dem Oktober und versuchte, ein Gefühl dafür zu kriegen, was er die beiden letzten Monate gemacht hatte. Die meisten Kästchen waren leer. Für November ebenfalls, bis auf einige wenige Eintragungen: zwei Arzttermine, ein Termin beim Friseur an einem Mittwoch nachmittag. Dieser Monat, der Dezember, war ein bißchen ausgefüllter gewesen, und es schien, als hätte er tatsächlich ein paar Befragungsgespräche geführt. Lonnie würde entzückt sein, wenn er erfuhr, daß Morley für sein Geld doch immerhin *etwas* getan hatte. Yolanda und Peter Weidmann standen zweimal da. Der erste Termin war offenbar geplatzt, denn er hatte die Zeit durchgestrichen und einen Pfeil zur gleichen Uhrzeit am gleichen Tag der folgenden Woche gezogen. Ich erinnerte mich, daß Yolanda geklagt hatte, wie lästig Morley gewesen sei. Also mußte er doch wohl öfter als einmal dort gewesen sein.

Für den ersten Dezember, Donnerstag vor einer Woche, hatte er für 1 Uhr 15 die Initialen F. V. vermerkt. Voigt? Hatte er doch mit Francesca geredet? Sie hatte mir gesagt, sie sei ihm nie begegnet. Ich hatte zwar eine Mappe mit ihrem Namen gefunden, aber sie war leer gewesen. Natürlich konnte F. V. auch ein Zeuge in einer anderen Sache sein, aber das war nicht eben wahrscheinlich. Die Privatnummer der Voigts war am oberen Rand des Kalenderblattes notiert. Hatte sie gelogen? Für den Samstag war der Termin mit Laura Barney eingetragen. Sie hatte mir selbst davon erzählt und behauptet, Morley sei nicht erschienen. Aber Dorothy hatte doch gesagt, er sei ins Büro gefahren, um seine Post zu holen. Wenn meine Theorie stimmte, mußte ihm die tödliche Pastete irgendwann zwischen Freitag nachmittag und Samstag morgen verabreicht worden sein, später wohl kaum, da ihm ja schon kurz nach dem Mittagessen schlecht geworden war. Das lohnte vielleicht eine nähere Überprüfung. Als Krankenschwester in einer Klinik kam Laura Barney bestimmt an Informationen über Gifte.

Ich schloß hinter mir ab und ging zu meinem Auto. Ich ließ den Motor an und fuhr zur Freeway-Unterführung und unter dem 101 hindurch auf den Castle, dann rechts ab auf den Granita und schließlich links ab auf den Bay Boulevard. Es war gerade kurz nach fünf Uhr, als ich die Santa Teresa Medical Clinic erreichte, die in einer angenehmen Nachbarschaft aus Klinikgebäuden und Einfamilienhäusern an einer baumgesäumten Straße lag. Ich hoffte, daß ich Laura nicht verpaßt hatte. Die Sprechstunde endete vermutlich um fünf, was bedeuten konnte, daß schon alles geschlossen und das Personal ins Wochenende verschwunden war. Ich hatte ihre Privatadresse nicht. Es wäre bestimmt möglich, sie herauszufinden, aber der Zeitverlust wäre ärgerlich. Zu meinem Erstaunen lief sie mir direkt über den Weg: den Kopf gesenkt, einen leichten Mantel über der Schwestern-Uniform, überquerte sie in ihren kreppbesohlten Schuhen flinken Schritts vor mir die Straße. Ich hupte. Sie sah ärgerlich zu mir herüber, wohl in der Annahme, ich wollte sie zurechtweisen.

Ich winkte und beugte mich zur Beifahrerseite, um das Fenster herunterzukurbeln. »Kann ich Sie kurz sprechen?«

»Ich komme gerade von der Arbeit«, sagte sie.

»Es dauert nicht lange.«

»Hat es nicht noch ein bißchen Zeit? Ich bin fix und fertig. Ich freue mich schon die ganze Zeit auf ein schönes Glas Wein und ein heißes Bad. Kommen Sie doch in einer Stunde wieder.«

»Ich muß noch woanders hin.«

Sie schaute weg. Ich sah, wie sie mit sich rang, nicht nachgeben wollte. Sie zog ein mißmutiges Gesicht und starrte auf den Gehweg.

»Es dauert höchstens fünf Minuten«, sagte ich.

»Ach, verflixt, wenn es sein muß«, sagte sie. Sie deutete mit einer Kopfbewegung auf das Haus hinter ihr, eine viktorianische Villa, die offenbar in Appartements umgewandelt worden war. »Da wohne ich. Wollen Sie nicht einen Parkplatz suchen und heraufkommen? Dann kann ich wenigstens erst noch diese Uniform und die Schuhe ausziehen. Wohnung Nummer sechs, ganz am Ende des Flurs.«

»Ich bin gleich da.«

Sie drehte sich um, stieg rasch die Eingangstreppe hinauf und verschwand durch den Vordereingang. Ich fand einen Parkplatz sechs Häuser weiter, auf der gegenüberliegenden Seite. In einem kurzen Anfall von Paranoia fragte ich mich, ob sie vielleicht in Wirklichkeit gar nicht dort wohnte. Ich sah sie im Geist in das Haus gehen und durch den Hinterausgang wieder verschwinden, ehe ich nachkommen konnte. Ich ging die hölzerne Treppe hinauf und öffnete die verglaste Tür, die in einen schummrigen Eingangsflur führte. Es war ganz still im Haus. Linkerhand befand sich eine Konsole mit einer Lampe, die noch nicht brannte. Dort lagen Poststapel und ein paar Exemplare der aktuellen Tageszeitung. Einige Türen rechts und links des Korridors waren übertapeziert. Was einst vorderer Salon und Eßzimmer gewesen war, bildete jetzt eine Wohneinheit. Dahinter schloß sich eine zweite an und ganz hinten vermutlich noch ein Studio. Drei Wohnungen, wie es schien, und wohl noch einmal drei obendrüber. Rechterhand führte eine Treppe nach oben.

Ich ging hinauf, um die Wohnung Nummer sechs zu suchen. Es war nicht gerade das heiterste aller Häuser, aber immerhin sauber. Die Tapete war offenbar neu und wohl ihres viktorianischen Flairs wegen gewählt, mit anderen Worten: saccharinsüß. Sträußchen und Flatterbänder entführten das Auge zu einem fröhlichen Reigen. Der Effekt war deprimierend, trotz aller rosa-grün-veilchenfarbenen Munterkeit.

Ich klopfte an die mit einer überdimensionalen Messingsechs gekennzeichnete Tür. Gleich darauf erschien Laura, einen Kimono in der Taille gürtend. Ich sichtete ihre weißen Schwesternschuhe auf dem Boden neben einem Postersessel, auf den sie ihre weiße Uniform geworfen hatte. Ich hörte Badewasser einlaufen, ein ziemlich eindeutiges Signal. Das Appartement bestand aus zwei sehr großen Zimmern und einem vollgepfropften Loch von Bad, wahrscheinlich die ehemalige Wäschekammer. Von der Tür aus konnte ich den Heizstrahler und den Rand einer Uralt-Badewanne sehen. Die Räume hatten hohe Decken, und das üppige Holzwerk war von jener Sorte, die irgendwie nach Schellack riecht, auch wenn sie seit vielen Jahren keinen Pinsel mehr gesehen hat. Das Ganze war sparsam möbliert, aber was sie hatte, war gediegen. Sie beobachtete mit einer Spur von Amüsement, wie ich das Wohn-Schlafzimmer musterte. »Gefällt es Ihnen?«

»Ich bin immer neugierig, wie andere Singles wohnen.«

»Wie wohnen Sie denn?«

»Auch in etwa so. Ich versuche, alles möglichst einfach zu halten«, sagte ich. »Ich habe keine Lust, nur dafür zu arbeiten, daß ich jeden Monat einen Stapel Rechnungen bezahlen kann.«

»Ich hasse es, allein zu leben. Setzen Sie sich doch.«

»Ach, ja?«

»Natürlich. Sie nicht? Es ist so einsam. Und wer möchte schon so leben?« Sie machte eine ausholende Handbewegung, die mehr meinte, als nur die materielle Umgebung. Sie ging ins Bad und drehte das Wasser ab. Erst jetzt roch ich den dampfigen Kräuterduft eines revitalisierenden Badeöls.

»Sieht doch toll aus. Außerdem sorgt doch niemand für einen, wenn man's nicht selbst tut«, sagte ich.

Sie kam wieder ins Zimmer zurück. »Na, ich hoffe doch, das stimmt nicht. Ich muß sagen, ich habe die Hoffnung noch nicht aufgegeben.«

»Zweisamkeit ist eine Illusion. Wir sind alle auf uns selbst gestellt.«

»Ach, verschonen Sie mich damit. Ich hasse diese Sprüche«, sagte sie. »Wollen Sie mir jetzt sagen, weshalb Sie hier sind?«

»Klar. Es geht um Morley Shine. Sie waren doch letzten Samstag verabredet?«

»Das stimmt. Aber er ist nicht gekommen.«

»Seine Frau sagt, er sei aber an dem Tag in sein Büro gefahren.«

»Ich war um neun dort. Ich habe eine halbe Stunde gewartet und bin dann wieder gegangen«, sagte sie.

»Wo haben Sie gewartet? In seinem Büro?«

»Draußen in der Einfahrt. Warum? Wieso ist das wichtig?«

»Wahrscheinlich gar nicht. Es ist nur wegen einer Lieferung«, sagte ich.

»Diese Schachtel von der Bäckerei?«

»Sie waren da, als sie kam?«

»Sicher. Ich saß draußen in meinem Wagen. Das Bäckereiauto hat gleich neben mir gehalten. Ein Mann ist ausgestiegen, mit diesem weißen Karton. Als er an mir vorbeikam, hat er mich gefragt, ob ich Marla Shine sei. Ich habe ihm gesagt, der Name sei Morley, und der habe sich offenbar verspätet. Der Kerl hat versucht, *mir* die Schachtel aufzudrängen, aber ich hatte schon lange genug gewartet und wollte weg. Ich hasse es, wenn man mich versetzt. Ich habe Besseres zu tun.«

»Was hat der Mann damit gemacht?«

»Mit der Schachtel? Keine Ahnung. Wahrscheinlich hat er sie vorne abgegeben. Oder er hat sie einfach vor die Tür gestellt.«

»Von welcher Bäckerei kam er?«

»Das habe ich nicht gesehen. Der Lieferwagen war rot. Vielleicht war's ja auch ein Botendienst, jetzt, wo ich drüber nachdenke. Was soll die Fragerei?«

»Morley wurde ermordet.«

Sie sagte »Ach«, und ihre Überraschung schien echt.

»Wahrscheinlich war es die Pastete in der Schachtel, die Sie gesehen haben. Ich habe gerade mit dem Gerichtsmediziner gesprochen.«

»Er wurde vergiftet?«

»Sieht so aus.«

»Was folgt daraus?«

»Ich weiß es noch nicht. Morley wußte irgend etwas. Ich weiß nicht genau, was es war, aber ich denke, ich bin dicht dran.«

»Schade, daß er Ihnen nicht hinterlassen hat, was es war.«

»In gewisser Weise hat er das. Ich weiß, wie sein Gehirn gearbeitet hat. Er und der Mann, der mir dieses Handwerk beigebracht hat, waren jahrelang Partner.«

»Wollten Sie sonst noch etwas von mir?«

»Im Moment nicht. Ich lasse Sie jetzt in Ihr Bad steigen.«

Ich fuhr zum Freeway und dann den 101 nach Norden bis zur Abfahrt Cutter Road. Ich hielt mich links und gelangte von vorn nach Horton Ravine. Ich hatte das Gefühl, daß ich die ganze Woche nichts weiter getan hatte, als zwischen Colgate, Santa Teresa-Zentrum und hier hin- und herzuflitzen. Der Nachmittag war schon grau, typisch Dezember, die Temperatur kaum noch über zehn Grad, die Art Kälteeinbruch, über die sich nur Kalifornier beschweren können. Ich parkte in der halbkreisförmigen Einfahrt und klingelte. Francesca öffnete selbst. Sie trug ein schokoladenbraunes, wollenes Hemdblusenkleid, schwarze Strumpfhosen und Stiefel und einen schwarzen, rund ausgeschnittenen Pullover wie einen Schal um die Schultern geschlungen.

Sie sagte: »Nanu, Kinsey. Mit Ihnen hätte ich zuletzt gerechnet.« Sie zögerte, den Blick prüfend auf mein Gesicht gerichtet. »Stimmt etwas nicht? Sie sehen so komisch aus. Gibt es schlechte Neuigkeiten?«

»Ja, die gibt es, aber damit will ich Sie jetzt nicht belasten. Haben Sie einen Moment Zeit? Ich muß kurz mit Ihnen sprechen.«

»Sicher. Kommen Sie doch rein. Guda ist noch eben ein paar Sachen einkaufen gegangen. Ich wollte gerade im Kaminzimmer Kaffee trinken. Lassen sie mich schnell einen Becher holen, dann können Sie mir Gesellschaft leisten. Scheint ja ziemlich widerlich zu sein, da draußen.«

Es ist überall widerlich, dachte ich. Ich folgte ihr in die Küche, die ganz in Schwarz-Weiß gehalten war und an drei Seiten riesige Fenster hatte. Die Frontseiten der Geräte waren schwarz, ebenso wie die der Küchenschränke, die aus glänzendem Lackholz bestanden. Die Arbeitsplatten waren aus Edel-Kunststoff, schneeweiß und fugenlos, die Hängeborde und Accessoires aus blankem Aluminium. Die einzigen Farbtupfer waren knallrote Geschirrtücher und Topfhandschuhe. Sie nahm einen Becher aus dem Schrank und bedeutete mir mit einer Kopfbewegung, daß wir durch das Eßzimmer ins Kaminzimmer gehen könnten. »Nehmen Sie Sahne und Zucker? Steht beides drüben auf dem Tablett. Es ist aber auch Magermilch da, wenn Sie die lieber mögen.«

»Sahne ist okay«, sagte ich. Ich wollte ihr im Moment noch nichts von Morley erzählen. Sie sah mich über die Schulter forschend an, offensichtlich irritiert durch mein Verhalten. Schlechte Neuigkeiten sind eine Last, die anscheinend nur leichter wird, wenn man sie teilt.

Die Wände des Kaminzimmers waren birkenholzgetäfelt, die Sitzmöbel mit sattelfarbenem Leder bezogen. Sie ließ sich wieder auf dem Ledersofa nieder, wo sie offenbar schon vorher gesessen hatte. Sie war gerade dabei, ein Buch zu lesen, einen gebundenen Roman von Fay Weldon, den sie, dem Lesezeichen nach zu urteilen, fast durchhatte. Es war Ewigkeiten her, daß ich das letzte Mal einen Tag blaugemacht und mich mit einem guten Buch unter einer warmen Decke eingeigelt hatte. Eine behäbige Kaffeekanne stand auf der einen Seite des Messingtischchens. Sie goß Kaffee in den Becher und reichte ihn mir. Ich nahm ihn mit einem gemurmelten »Danke«, das sie mit einem unsicheren Lächeln quittierte. Sie zog ein Kissen auf ihren Schoß und hielt es umfaßt wie einen Teddy.

Ich registrierte, daß sie mich nicht weiter drängte, ihr zu sagen, weshalb ich da war. »Ich habe mir Morleys Terminkalender angesehen. Seinen Notizen zufolge hat er letzte Woche mit Ihnen gesprochen. Das hätten Sie mir sagen sollen, als ich Sie danach gefragt habe.«

»Oh.« Sie hatte immerhin soviel Anstand, rot zu werden, und ich sah, daß sie unschlüssig war, wie sie reagieren sollte. Sie mußte wohl befunden haben, daß es nichts brachte, an ihrer Lüge festzuhalten. »Ich hatte wohl gehofft, Sie bräuchten es nicht unbedingt zu erfahren.«

»Würden Sie mir bitte erzählen, was wirklich los war?«

»Es ist mir sehr peinlich, aber ich habe ihn selbst angerufen, gleich am Donnerstag morgen, und die Verabredung ausgemacht.«

Schweigen. Ich sagte: »Und?«

Sie zog die eine Schulter hoch. »Ich war wütend auf Kenneth. Ich hatte etwas entdeckt... etwas, wovon ich nichts wußte...«

»Nämlich?«

»Gleich. Sie müssen den Kontext verstehen...«

Ich brannte darauf. Das Wörtchen »Kontext« fällt immer dann, wenn es darum geht, Fehlverhalten zu rechtfertigen. Man braucht nicht vom »Kontext« zu reden, wenn man etwas Richtiges getan hat. »Ich höre.«

»Mir ist endlich klargeworden, wie satt ich die ganze Sache mit Isabelles Ermordung habe. Ich habe die Nase voll von diesem Thema und dem ganzen dramatischen Drum und Dran. Das ist jetzt sechs Jahre her, und Kenneth kann bis heute noch von nichts anderem reden. Ihr Tod, ihr Geld, ihr Talent, ihre Schönheit. Die Tragik. Er ist völlig besessen von dieser Frau. Er liebt sie tot mehr, als er sie lebendig je geliebt hat.«

»Nicht unbedingt...«

Sie redete weiter, als hätte ich nichts gesagt. »Ich habe Morley erzählt, daß ich Iz gehaßt habe, daß ihr Tod für mich ein Freudenfest war. Ich habe einfach alles ausgespuckt, diesen ganzen emotionalen... Müll. Das Verrückte ist, als ich dann später noch mal darüber nachgedacht habe, ist mir klargeworden, wie verdreht mein ganzes Verhalten war. Und Kenneths auch. Ich meine, schauen Sie uns doch an. Das ist doch eine höchst neurotische Beziehung.«

»Und zu diesem Schluß sind Sie gekommen, nachdem Sie mit Morley geredet hatten?«

»Das hat auch zu der Einsicht beigetragen, daß ich da dringend herausmuß. Wenn ich je gesund werden will, muß ich mich von Ken trennen und lernen, zur Abwechslung mal auf eigenen Füßen zu stehen –«

»Und da haben Sie beschlossen, ihn zu verlassen. Letzte Woche erst?«

»Eigentlich – ja.«

»Also hatte es nichts mit Ihrer Krebserkrankung vor zwei Jahren zu tun?«

Sie zuckte die Achseln. »Das hat sicher auch eine Rolle gespielt. Es war wie so eine Art Erwachen. Plötzlich ist mir aufgegangen, was ich da tue. Bis ich mit Morley geredet habe, dachte ich wirklich, ich sei glücklich verheiratet. Aufrichtig. Ich dachte, es sei alles bestens. Naja, mehr oder weniger jedenfalls. Danach ist mir klargeworden, daß das alles nur eine Illusion war.«

»Muß ja ein sehr intensives Gespräch gewesen sein«, sagte ich.

Ich wartete einen Moment, aber sie war in Schweigen versunken.

»Was heißt ›mehr oder weniger‹?« fragte ich.

Sie sah mich an. »Was?«

»Möchten Sie mir erzählen, was Sie entdeckt haben? Sie sagten, Sie hätten etwas herausgefunden, was Sie wütend gemacht hat. Und wenn ich Sie recht verstehe, haben Sie sich deshalb überhaupt erst mit Morley in Verbindung gesetzt.«

»Oh, ja, natürlich. Ich habe im Arbeitszimmer aufgeräumt, und dabei bin ich auf Belege über Zahlungen gestoßen, von denen Ken mir nichts erzählt hatte.«

»Bankbelege?«

»So ähnlich. Eine Aufstellung in einem Abrechnungsbuch. Er hat jemandem ... nun ja ... finanzielle Zuwendungen zukommen lassen.«

»Finanzielle Zuwendungen«, wiederholte ich verständnislos.

»Ja, Sie wissen schon. Regelmäßige monatliche Barzahlungen. Und zwar schon seit drei Jahren. Als guter Geschäftsmann hat er darüber natürlich Buch geführt. Er hat wohl nicht gedacht, daß mir diese Einträge jemals in die Hände fallen könnten.«

»Was soll das? Hat Kenneth eine Geliebte?«

»Das habe ich zuerst auch gedacht, aber es ist in gewisser Weise schlimmer.«

»Francesca, würden Sie bitte aufhören, um den heißen Brei herumzureden, und mir erzählen, was Sache ist?«

Sie brauchte erst Anlauf. »Das Geld ging an Curtis McIntyre.«

»An *Curtis?*« fragte ich. Das überstieg mein Fassungsvermögen. »Weshalb?«

»Das wollte ich auch wissen. Als er nach Hause kam, habe ich ihn sofort zur Rede gestellt.«

Ich starrte sie an. »Und was hat er gesagt?«

»Er sagt, es sei so eine Art Resozialisierungshilfe. Ein kleiner Zuschuß zu seiner Miete. Ein paar Dollar, damit er wenigstens die eine oder andere Rechnung bezahlen könne. So in der Art.«

»Warum sollte er so etwas tun?« fragte ich.

»Ich habe keine Ahnung.«

»Wieviel?«

»Bis jetzt etwa dreitausendsechshundert Dollar.«

»Na, das fehlt gerade noch«, sagte ich. »Ich habe schon Schuldgefühle, weil ich Dinge zutage gefördert habe, die Lonnie in dieser Prozeßsache Knüppel zwischen die Beine werfen, und jetzt muß ich auch noch hören, daß der Kläger den Hauptbelastungszeugen ausgehalten hat. Wenn Lonnie das hört! Der wird wahnsinnig!«

»Das habe ich Ken auch gesagt. Aber er schwört, er habe dem Jungen nur helfen wollen.«

»Ist ihm denn nicht klar, wie das aussieht, wenn es ans Licht kommt? Es sieht aus, als hätte er Curtis für seine Aussage bezahlt. Glauben Sie mir, Curtis ist auch so schon nicht der Glaubhafteste. Wie sollen wir ihn als unparteilichen Zeugen verkaufen, der nur seiner Bürgerpflicht nachkommt?«

»Ken findet nichts dabei. Er sagt, Curtis habe Probleme gehabt, einen Job zu finden. Ich nehme an, Curtis hat ihm gesagt, er müsse vielleicht weggehen und es woanders versuchen. Kenneth wollte sicherstellen, daß er verfügbar ist –«

»Dafür sind Zeugenvorladungen da!«

»Mich brauchen Sie nicht anzuraunzen. Ken schwört, es sei nicht so, wie es aussieht. Curtis sei zu ihm gekommen, nachdem David freigesprochen –«

»Ach, hören Sie auf, Francesca. Was soll denn ein Geschworenengericht davon halten? Was für ein Zufall. Curtis' Aussage kommt zufällig dem Mann zugute, der ihm seit drei Jahren Geld gibt...« Ich hielt inne. Irgend etwas an der Art, wie sie das Kissen umklammerte, veranlaßte mich, sie genauer zu mustern. »Und weiter?«

»Ich habe das Abrechnungsbuch zu Morley gebracht. Ich hatte Angst, Kenneth könnte es vernichten. Deshalb habe ich es Morley gegeben, damit er es aufbewahrt, bis ich wüßte, was ich tun wollte.«

»Wann war das?«

»Daß ich das Buch gefunden habe? Das muß Mittwoch abend gewesen sein. Ich habe es am Donnerstag mit zu Morley genommen, und als Kenneth dann nach Hause kam, hatten wir einen Riesenkrach...«

»Wußte er, daß Sie es an sich genommen hatten?«

»Ja, und er hat getobt. Er wollte es wiederhaben, aber ich konnte es ihm ja nicht geben.«

»Wußte er, daß Sie es Morley gebracht hatten?«

»Das habe ich ihm nicht gesagt. Er könnte höchstens selbst darauf gekommen sein, aber ich wüßte nicht, wie. Wieso fragen Sie?«

»Weil Morley ermordet wurde. Jemand hat ihm eine Pastete mit Giftpilzen gebacken. Ich habe die weiße Bäckereischachtel in seinem Papierkorb gefunden.«

Sie sah mich fassungslos an. »Aber Sie denken doch nicht, daß *Ken* es war.«

»Ich will es so sagen: Ich habe Morleys Büros durchsucht, das offizielle und das bei ihm zu Hause. Da war nirgends ein Abrechnungsbuch, und von den Akten fehlte die Hälfte. Ich bin bisher davon ausgegangen, daß seine Wirtschaft einfach schlampig war oder daß er Lonnie betrogen hat und ihm Dinge in Rechnung stellte, die er nie getan hatte. Inzwischen frage ich mich, ob nicht jemand diese Unterlagen gestohlen hat, um zu vertuschen, daß etwas anderes fehlte.«

»Kenneth würde so etwas niemals tun. Auf keinen Fall.«

»Was passierte am Donnerstag, als Sie ihm das Buch nicht zurückgeben konnten? Hat er davon abgelassen?«

»Er hat mich immer wieder danach gefragt, aber ich habe nichts gesagt. Dann hat er gemeint, es sei auch egal, weil es ja kein Verbrechen sei. Wenn er Curtis Geld leihen würde, sei das eine reine Privatsache.«

»Aber kommt Ihnen das nicht merkwürdig vor? Da zahlt Kenneth Geld an Curtis McIntyre, dessen Zeugenaussage zufällig David Barney belastet, was wiederum rein zufällig Kenneth Voigt nützt. Ist das nicht eine erstaunliche Symmetrie? Oder vielleicht war es ja auch Erpressung. Hey, das ist überhaupt ein Gedanke.«

»Erpressung womit?«

»Mit dem Mord an Isabelle. Darum dreht sich das Ganze doch.«

»Er hätte Isabelle niemals getötet. Er hat sie viel zu sehr geliebt.«

»Das sagt er jetzt. Aber wer weiß, was er damals empfunden hat?«

»Das würde er nie tun«, sagte sie, nicht sonderlich überzeugt.

»Wieso nicht? Isabelle hat ihn wegen David Barney verlassen. Was könnte ihm da eine größere Genugtuung sein, als sie umzubringen und *David* den Mord anzuhängen?«

Ich ließ sie mit ihrem Kissen sitzen. Sie hatte den Zipfel so lange gezwirbelt, daß er aussah wie ein Karnickelohr.

20

Auf dem Weg nach Colgate hielt ich, um zu tanken. Dieses Hin und Her durch die Stadt summierte sich allmählich auf einmal Idaho und zurück, und ich bereute schon, daß ich Lonnie kein Kilometergeld berechnete. Es war gerade kurz nach achtzehn Uhr und zäher Verkehr, vor allem in der Gegenrichtung, stadteinwärts. Vor den Bergen hingen Wolken wie eine Lage Mull.

Ich steuerte in Richtung Voigt Motors und versuchte, abzuschätzen, ob Kenneth Voigt mir die Wahrheit sagen würde. Wie sein Verhältnis zu Curtis auch sein mochte, es war Zeit, ein wenig Tacheles zu reden. Wenn ich aus Kenneth nichts herausbekam, würde ich mir Curtis vorknöpfen. Auf dem Parkplatz vor dem Autohaus quetschte ich meinen VW zwischen einen Jaguar und einen Porsche. Ich ging durch den Vordereingang hinein und ignorierte die Verkäuferin, die eilfertig auf mich zukam, und stapfte die breite Treppe hinauf, zu der Galerie von Büroräumen, die den oberen Flur säumte – Kreditabteilung, Buchhaltung. Offenbar mußte das Verkaufspersonal ausharren bis zum Geschäftsschluß um 20 Uhr. Das Büropersonal hatte es etwas besser: Hier war man dabei, Feierabend zu machen. Kenneths Bürotür trug seinen Namen in fünf Zentimeter hohen Messinglettern. Seine Sekretärin war eine Frau von Anfang fünfzig, mit blondgebleichtem Haar, obgleich sie die einschlägige gesetzliche Altersgrenze dafür bereits überschritten hatte. Die Zeit hatte zwischen ihren Augen einen Sorgenwulst aufgeworfen. Sie räumte gerade ihren Schreibtisch auf, packte Unterlagen weg, steckte Bleistifte und Kugelschreiber ordentlich in einen Keramikbecher.

Ich sagte: »Hi. Ist Mr. Voigt da? Ich hätte ihn gerne kurz gesprochen.«

»Sind Sie ihm nicht eben auf der Treppe begegnet? Er ist vor zwei Minuten gegangen, aber vielleicht hat er auch den Hinterausgang genommen. Kann ich etwas für Sie tun?«

»Ich glaube nicht. Können Sie mir sagen, wo er seinen Wagen stehen hat? Vielleicht erwische ich ihn ja noch.«

Ihr Gesichtsausdruck hatte sich geändert, und sie sah mich jetzt mißtrauisch an. »Worum geht es denn?«

Ich würdigte sie keiner Antwort.

Ich huschte aus der Tür, ging rasch den oberen Flur hinunter und guckte unterwegs kurz in jeden Raum einschließlich der Herrentoilette. Ein erschrockener Mann im Business-Anzug war gerade am Abschütteln. Ach, Gott, wie praktisch. Wenn es auf dieser Welt so etwas wie Gerechtigkeit gäbe, hätten wir Frauen diese kleinen Baumeldinger, und die Männer müßten sich damit abplagen, Papier auf Klobrillen zu breiten. Ich sagte: »Uuups. War wohl verkehrt«, und schloß die Tür wieder. Ich fand die Hintertreppe jenseits einer Tür mit der Aufschrift »Notausgang«. Ich hastete, zwei Stufen auf einmal nehmend, hinunter und auf den Parkplatz hinaus, aber dort war von Ken nichts zu sehen und ich sah auch keinen Wagen wegfahren.

Ich ging zurück zu meinem VW und fuhr vom Parkplatz aus nach links, den Faith Boulevard hinunter, Richtung Upper State Street. Curtis McIntyres Motel war nur eine Meile entfernt. Dieser Stadtteil bestand aus Schnellrestaurants, Wagenwaschanlagen, Elektro-Discounts und diversen kleinen Einzelhandelsgeschäften, zwischen die sich hier und da ein Bürohaus zwängte. Hinter dem Cutter Road-Einkaufszentrum kam rechts die Auffahrt zum Freeway Richtung Norden. Die State Street zweigte links ab und verlief ein, zwei Meilen parallel zum Highway.

Das Thrifty Motel lag kurz vor der Kreuzung, wo die zweispurige Schnellstraße, die in die Berge im Norden führt, die State Street schneidet. Ich fuhr nach links auf den Motelparkplatz und nahm den unbenutzten Stellplatz vor Curtis' Zimmer. Die meisten

Räumen entlang des L waren hellerleuchtet, und in der Luft hing ein deftiger Geruch nach Gebratenem, eine aromatische Mischung aus Speck, Hamburgern, Schweinekoteletts und Bratwurst. Außerdem konkurrierten Fernsehnachrichten und dröhnende Country-Musik um den Luftraum. Curtis' Fenster waren dunkel, und mein Klopfen zeigte keine Reaktion. Ich versuchte es nebenan. Der Mann, der mir aufmachte, mußte in den Vierzigern sein und hatte leuchtend blaue Augen, einen Topf-Haarschnitt und einen Bart wie ein Haarfilz, den man aus einer Bürste gezupft hat.

»Ich suche Ihren Nachbarn. Haben Sie ihn zufällig gesehen?«

»Curtis ist weggegangen.«

»Ahnen Sie vielleicht, wohin?«

Der Typ schüttelte den Kopf. »Bin nicht sein Aufpasser.«

Ich nahm eine Geschäftskarte und einen Stift heraus und schrieb Curtis eine kleine Notiz, daß er mich so bald wie möglich anrufen solle. »Könnten Sie ihm das hier geben?«

Der Typ sagte: »Wenn ich ihn seh'.« Er schloß die Tür wieder.

Ich nahm noch eine Karte, kritzelte noch einmal denselben Wortlaut darauf und steckte sie hinter die metallene 9 an Curtis' Tür. Das Motelschild blinkte unermüdlich, während ich über den Parkplatz auf das Büro zusteuerte. Es verkündete in flirrendem Grün *Thrifty Motel* und machte ein Geräusch wie Fliegen, die gegen ein Fliegenfenster surren. Das verglaste Büro war offen, und innen an einer der Scheiben lehnte ein *belegt*-Schild in roten Lettern auf weißem Grund.

Der Anmeldetressen war nackt und kahl und nicht besetzt. Die Tür im Hintergrund stand einen Spalt offen, und in den Räumen, die üblicherweise dem Manager vorbehalten sind, brannte Licht. Er sah offensichtlich eine Wiederholungsfolge irgendeiner Seifen-Serie, denn immer wieder erscholl begeistertes Konserven-Gelächter. Jeder dritte Lacher war besonders laut, und man konnte sich leicht ausmalen, wie der Toningenieur an seinem Mischpult saß und die Hebel bediente: rauf und runter und rauf und runter und *weit* rauf und wieder runter.

Auf dem Tresen stand ein kleines Schildchen mit der Aufschrift

»H. Stringfellow, Geschf. Bitte läuten« neben einem altertümlichen Klingelknopf. Ich bimmelte, was mir einen herzhaften Lacher seitens des unsichtbaren Publikums eintrug. Mr. Stringfellow kam durch die Tür geschlurft und zog sie hinter sich zu. Er hatte schneeweißes Haar und ein hageres, glattrasiertes Gesicht mit rosiger Haut und einem markanten Kinn, das aussah, als sei es chirurgisch vergrößert worden. Er trug ausgebeulte braune Hosen und ein kackbraunes Nylonhemd mit einem gelben Schlips. »Alles voll«, sagte er. »Probieren Sie's ein Stück weiter die Straße hinunter.«

»Ich suche kein Zimmer. Ich suche Curtis McIntyre. Haben Sie eine Ahnung, wann er wiederkommt?«

»Keine Ahnung. Jemand kam und hat ihn abgeholt. Ich glaube jedenfalls, es war ein Mann. Der Wagen fuhr vor, und weg war er.«

»Sie haben den Fahrer nicht gesehen?«

»Nö. Hab' auch den Wagen nicht gesehen. Ich war gerade hinten am Arbeiten und hab' es nur hupen hören. Gleich darauf hab' ich Curtis am Fenster langgehen sehen. Nur' weil ich zufällig durch die Tür geguckt hab'. Dann hat eine Autotür geknallt, und der Wagen ist weggefahren.«

»Wann war das?«

»Eben gerade. Ist vielleicht fünf oder zehn Minuten her.«

»Gehen seine Anrufe hier über den Hauptapparat?«

»Gibt keinen Hauptapparat. Er hat ein Telefon auf seinem Zimmer. So wird alles extra gezählt, und ich brauch' mich nicht damit zu befassen. Ich will nicht so tun, wie wenn ich's mit einer erstklassigen Kundschaft zu tun hätt'. Lumpengesindel, die allermeisten, aber das geht mich nichts an. Solang wie sie das Geld ordnungsgemäß im voraus zahlen.«

»Ist er da gewissenhaft?«

»Besser als die meisten. Sind Sie seine Bewährungshelferin?«

»Nur eine Bekannte«, sagte ich. »Wenn Sie ihn sehen – könnten Sie ihm ausrichten, er soll mich anrufen?« Ich nahm noch eine Karte heraus und kringelte meine Telefonnummer ein.

Ich schloß meine Wagentür auf und wollte gerade einsteigen, als mich ein kleines Teufelchen stupste und darauf aufmerksam machte, daß das da genau vor meiner Nase Curtis McIntyres Tür war. Das Schloß wirkte ganz solide, aber das Fenster gleich daneben war offen. Der Spalt war zwar nur eine Hand breit, aber der Holzrahmen des Fliegengitters war unten verzogen und soweit abgewölbt, daß ich meine zarten Fingerchen hineinzwängen konnte. Ich brauchte nur das Fliegengitter herauszudrücken, das Fenster ein Stückchen hochzuschieben, hineinzugreifen und die Türverriegelung zu lösen. Auf dem Parkplatz war niemand, und der Fernsehlärm würde jedes Geräusch übertönen. Ich war die ganze Woche über eine mustergültige Staatsbürgerin gewesen, und was hatte es mir eingebracht? Die Sache würde sowieso nie vor Gericht kommen, was machte es da schon aus, wenn ich ein bißchen gegen die Gesetzte verstieß? *So* eine große Sache ist ein simpler Einbruch ja nun auch wieder nicht. Ich wollte ja nichts stehlen. Ich wollte nur einen klitzekleinen Blick hineinwerfen. Das ist die Art von Gedanke, mit der mir mein kleines Teufelchen zu kommen pflegt. Schäbige Argumente, aber schrecklich verlockend. Ich schämte mich, aber bevor ich es mir noch einmal überlegen konnte, war ich schon dabei, das Fliegengitter herauszulösen und meine unartigen kleinen Finger durch die Öffnung zu schieben. Und ehe ich mich's versah, war ich in seinem Zimmer. Ich machte das Licht an. Ich konnte nur hoffen, daß Curtis nicht hereinspaziert kam. Ich war mir nicht sicher, ob es ihn stören würde, wenn ich sein Zimmer filzte. Ich hatte vor allem Angst, er könne auf die Idee kommen, ich stellte ihm nach.

Seine Mutter wäre sicher vor Scham in den Boden versunken, wenn sie gesehen hätte, wie er hauste. »Heb' deine Kleider auf«, kam in seinem Sprachschatz nicht vor. Der Raum war ohnehin schon nicht sonderlich groß, etwa dreimal drei Meter, mit einer winzigen Kochnische – einer Kombi-Kühlschrank-Koch-Spüle, die vor Dreck starrte. Das Bett war ungemacht und barg weiter keine großen Überraschungen. Ein kleiner Schwarz-Weiß-Fernseher stand auf einem der Nachttischchen, das er, der besseren Sicht wegen, von der Wand abgerückt hatte. Elektrokabel schlängelten sich als Stolperfallen über den Fußboden. Das Bad war klein und mit muffigen Handtüchern drapiert. Er schien auf Seife mit eingebackenen Schamhaaren zu stehen.

Aber mir konnte es schließlich egal sein, wie es bei ihm aussah. Was mich interessierte, war der wackelige Holzschreibtisch. Ich machte mich daran, ihn zu durchsuchen. Curtis hielt wohl nichts von Banken. Er bewahrte sein Geld lose in der obersten Schublade auf. Ein ganz hübsches Sümmchen. Wahrscheinlich dachte er sich, marodierende Räuberbanden würden sich nicht unbedingt das Zimmer 9 im Thrifty Motel vornehmen. Zwischen dem Geld lagen, kunterbunt dazwischengestopft, diverse Rechnungen: Gas, Telefon, Sears, wo er ein paar Klamotten erstanden hatte. Unter den Sichtfenster-Couverts entdeckte ich einen dickeren Selbstklebe-Umschlag, der für die Versendung von Schecks bestimmt war. Name und Adresse des Absenders waren auf der Verschlußklappe vorgedruckt: Mr. und Mrs. Peter Weidmann. Aha, das war interessant. Ich stellte das kleine Lämpchen schräg und hielt den Umschlag so dicht an die Birne, daß das Papier fast ankokelte. Das Kuvert hatte ein blödes Sternchenfutter, so daß ich den Inhalt nicht erkennen konnte. Glücklicherweise weichte die Hitze der Glühbirne jedoch den Kleber auf, und durch vorsichtiges Pulen gelang es mir, die Klappe zu öffnen.

Drinnen steckte ein Scheck über vierhundert Dollar, auf Curtis ausgestellt und von Yolanda Weidmann unterzeichnet. In der Zeile »Verwendungszweck« stand nichts, und der Umschlag enthielt auch keinerlei persönliche Mitteilung. Woher kannte sie Curtis, und weshalb schickte sie ihm Geld? Bei wie vielen Leuten kassierte dieser Mensch noch ab? Von Kenneth und Yolanda zusammen strich er fünfhundert Dollar im Monat ein. Noch ein paar edle Spender, und das war besser als ein regulärer Job. Ich steckte den Scheck zurück und verschloß den Umschlag wieder. Sonst enthielten die Schubladen nichts Besonderes. Noch ein letzter Rundum-Kontrollblick, und ich knipste das Licht wieder aus. Ich linste um die Vorhangkante. Auf dem Parkplatz war kein Mensch zu sehen. Ich entriegelte die Tür, schlüpfte hinaus und zog sie hinter mir wieder zu.

Ich umging den Freeway und fuhr auf kleinen Straßen zurück nach Horton Ravine. Die Lower Road war dunkel, da die wenigen Laternen zu weit auseinander standen, um sie ausreichend zu beleuchten. Das Licht, das bei den Weidmanns brannte, wirkte wie eine Art Minimal-Beleuchtung, die man anläßt, damit Einbrecher woanders hingehen. Die Lampe über der Tür brannte, aber in der Einfahrt stand kein Wagen. Ich ließ den Motor laufen, während ich klingelte. Als ich überzeugt war, daß niemand zu Hause war, stieß ich rückwärts wieder aus der Einfahrt und stellte den Wagen um die Ecke in der Esmeralda Street ab. Der Wachdienst von Horton Ravine würde in regelmäßigen Abständen vorbeikommen, aber ich dachte, daß ich doch ein Weilchen unbemerkt bleiben würde. Ich öffnete das Handschuhfach und nahm die Stablampe heraus. Soweit ich wußte, hatten die Weidmanns weder einen Elektrozaun noch einen großen, geifernden Dobermann. Ich zog meine Jacke aus einem Haufen Krempel auf dem Rücksitz, schlüpfte hinein und schloß den vorderen Reißverschluß. Auf zu einer kleinen Giftpilz-Pirsch.

Ich näherte mich dem Haus zu Fuß und leuchtete den Weg vor mir mit der Taschenlampe ab. Das Licht über der Tür gab einen sanftgelben Schein, der am Rande des Gartens allmählich in tiefes Dunkel überging. Ich schlich um das Haus herum zu der hinteren Terrasse, wo zwei grelle Scheinwerfer ungebetene Gäste abschreckten. Ich überquerte die Terrasse und stieg die vier flachen Stufen zum Ziergarten hinunter. Das Polster auf Peters Liegesessel war zusammengefaltet, wohl um es vor weiterem Verwittern zu schützen. Im Laufe der Jahre hatte die Sonne den Markisenstoff zu einem craquelé-artigen Grau gebleicht. Ich sah, daß die Oberseite derzeit Schnecken als Tummelplatz diente.

Das Gras war frisch gemäht. Ich konnte die überlappenden Längsbahnen erkennen. Wo ich die Pilze gesehen hatte, war nichts. Ich überquerte den hinteren Grundstücksteil und versuchte, mich an die Anordnung der Hexenringe zu erinnern. Einige Pilze hatten einzeln gestanden, andere in Gruppen. Jetzt hatten die rotierenden Messer des Rasenmähers alles eingeebnet. Ich hockte mich hin und ertastete zerhäckselte, fleischige Materie, weißlich auf dem dunklen Gras. Aus dem Augenwinkel sah ich eine Bewegung... ein Schatten auf der hellen Fläche. Yolanda war da, kam durch das nasse Gras auf die Stelle zugestapft, wo ich kauerte. Sie trug wieder einen zweiteiligen Velours-Jogginganzug, diesmal in Magentarot. Ihre Laufschuhe schienen von lauter kleinen Reflektorstreifen zu blitzen – auf dem makellosen Oberleder klebte abgemähtes Gras.

»Was haben Sie hier zu suchen?« Ihre Stimme war leise, und in dem Schummerlicht wirkte ihr Gesicht grau und matt. Ihr platinblondes Haar war steif wie eine Perücke.

»Ich suche die Pilze, die neulich hier standen.«

»Der Gärtner war gestern da. Ich habe ihn das ganze Stück mähen lassen.«

»Was hat er mit dem abgemähten Zeug gemacht?«

»Wieso fragen Sie?«

»Morley Shine ist ermordet worden.«

»Das tut mir leid.« Es klang formell.

»Ach, wirklich?« fragte ich. »Ich dachte, Sie konnten ihn nicht besonders leiden.«

»Ich konnte ihn überhaupt nicht leiden. Er roch wie jemand, der trinkt und raucht, was ich gar nicht billige. Aber Sie haben mir immer noch nicht erklärt, was Sie auf meinem Grund und Boden wollen?«

»Sagt Ihnen *Amanita phalloides* etwas?«

»Eine Art Giftpilz, nehme ich an.«

»Die Sorte Giftpilz, an der Morley gestorben ist.«

»Der Gärtner wirft die Abfälle dort drüben auf einen großen Haufen. Wenn er groß genug ist, lädt er ihn auf seinen Lastwagen und bringt ihn zur Müllkippe. Wenn Sie wollen, können Sie gern das kriminaltechnische Labor bitten, das Zeug abzufahren.«

»Morley war ein guter Detektiv.«

»Das bezweifele ich nicht. Was hat das damit zu tun?«

»Ich habe den Verdacht, daß er ermordet wurde, weil er hinter die Wahrheit gekommen ist.«

»Die Wahrheit über Isabelles Tod?«

»Unter anderem. Würden Sie mir vielleicht sagen, wieso Sie Curtis McIntyre einen Vierhundert-Dollar-Scheck geschickt haben?«

Sie schien verdattert. »Wer hat Ihnen das gesagt?«

»Ich habe den Scheck gesehen.«

Sie schwieg volle dreißig Sekunden, in einem normalen Gespräch eine sehr lange Zeit. Dann sagte sie zögernd: »Er ist mein Enkel. Auch wenn Sie das gar nichts angeht.«

»Curtis?« sagte ich so fassungslos, daß es sie offenbar kränkte.

»Sie brauchen das gar nicht in diesem Ton zu sagen. Daß der Junge kein Engel ist, weiß ich wahrscheinlich besser als Sie.«

»Entschuldigung, aber ich wäre nie und nimmer darauf gekommen, daß Sie mit ihm verwandt sein könnten«, sagte ich.

»Unsere einzige Tochter starb, als er zehn war. Wir hatten ihr versprochen, ihn nach besten Kräften zu erziehen. Curtis' Vater war leider ein hoffnungslos verkommener Mensch, kriminell und asozial. Er hat sich aus dem Staub gemacht, als Curtis acht war, und seither haben wir nichts mehr von ihm gehört. Wenn Natur gegen Erziehung steht, ist die Natur eben einfach stärker. Oder aber wir haben in irgendeinem entscheidenden Punkt versagt...« Ihre Stimme verlor sich.

»Ist er so in die ganze Sache hineingeraten?«

»Welche Sache?«

»Er soll doch als Zeuge in dem Zivilprozeß gegen David Barney aufgefahren werden. Haben Sie je mit ihm über den Mord gesprochen?«

Sie rieb sich die Stirn. »Ich glaube schon.«

»Können Sie mir sagen, ob er zu der Zeit bei Ihnen gewohnt hat?«

»Ich sehe nicht, wofür das wichtig sein sollte.«

»Wissen Sie zufällig, wo er im Moment ist?«

»Ich habe keine Ahnung.«

»Irgend jemand hat ihn vorhin in seinem Motel abgeholt.«

Sie sah mich starr an. »Bitte, sagen Sie mir, was Sie wollen, und lassen Sie mich dann in Frieden.«

»Wo ist Peter? Ist er da?«

»Er wurde heute am späten Nachmittag ins Krankenhaus eingeliefert. Er hatte wieder einen Herzinfarkt. Er liegt auf der kardiologischen Intensivstation. Wenn es nicht zuviel verlangt ist, würde ich jetzt gerne hineingehen. Ich bin nur kurz nach Hause gekommen, um einen Bissen zu essen. Ich muß noch ein paar Anrufe erledigen und dann wieder zurück ins Krankenhaus. Diesmal sind sie nicht sicher, ob er's schafft.«

»Tut mir leid«, sagte ich. »Das habe ich nicht geahnt.«

»Das ist jetzt nicht von Belang. Gar nichts ist von Belang.«

Ich sah verlegen zu, wie sie über den Rasen zurückstapfte und ihre Schuhe drüben auf der Terrasse feuchte Abdrücke hinterließen. Sie wirkte zusammengeschrumpft und alt. Ich hatte die dumpfe Vorahnung, daß sie zu den Frauen gehörte, die ihrem Lebenspartner binnen weniger Monate in den Tod folgten. Sie schloß die Hintertür auf und trat ins Haus. Das Küchenlicht ging an. Sobald sie verschwunden war, überquerte ich meinerseits den Rasen. Meine Taschenlampe erfaßte hier und da ein paar weiße Schnipsel. Ich hockte mich hin und fegte mit der Hand einen Klumpen Gras beiseite. Darunter lag eine Mini-Portion Pilzhäcksel – wahrscheinlich noch nicht einmal ein Teelöffel voll. Daß es sich um *A. phalloides* handelte, schien nicht gerade wahrscheinlich, aber im Namen der Gründlichkeit zog ich ein gefaltetes Papiertaschentuch aus meiner Jackentasche, um die Probe sorgsam einzupacken.

Ich ging zu meinem Auto zurück. Ich war irgendwie aufgewühlt. Ich glaubte, jetzt einigermaßen sicher zu wissen, wie Curtis in die Sache hineingeraten war. Entweder hatte er irgendwelchen Knastklatsch aufgeschnappt und sich nach dem Freispruch an Kenneth Voigt herangemacht, oder aber Ken hatte von den Weidmanns erfahren, daß Curtis mit David Barney in der Zelle gesessen hatte. Vielleicht hatte er selbst Curtis den Vorschlag mit der Aussage gemacht. Ich bezweifelte, daß Curtis selbst schlau genug war, einen solchen Plan auszuhecken.

Ich saß in meinem Auto in der dunklen Seitenstraße. Ich kurbelte das Fenster herunter, damit ich die Grillen hören konnte. Die feuchte Luft an meinem Gesicht war belebend. Die Vegetation am Straßenrand verströmte dort, wo ich sie zertreten hatte, einen würzigen Geruch. Im Sommer vor meinem zweiten High School-Jahr hatte ich (wenn auch nur kurz) als Betreuerin in einem Ferienlager gearbeitet. Ich war damals fünfzehn gewesen – voller Optimismus, noch nicht im Stadium des Herumhängens, Rebellierens und Kiffens. Wir waren losgezogen, um ein »Nachtlager« zu veranstalten, das ganze Team vom Tagescamp, ich mit den neunjährigen Mädchen im Schlepptau. Es lief alles ziemlich gut, bis wir uns schlafen legten. Da stellte sich heraus, daß der Baum, unter dem wir unsere Schlafsäcke ausgerollt hatten, ein einziges Nest von Weberknechten war, die sich jetzt auf uns herunterfallen ließen. Plopp, plopp. Plopp, plopp. So ein Gekreische hatte die Welt noch nicht gehört. Bestimmt hatte ich den armen kleinen Mädchen einen Todesschrecken eingejagt...

Ich sah in den Rückspiegel. Hinter mir bog ein Wagen um die Ecke, bremste ab und hielt neben mir. Er trug das Zeichen des Wachdiensts von Horton Ravine. Vorne saßen zwei Männer, von denen der eine jetzt eine helle Leuchte auf mein Gesicht richtete. »Haben Sie Schwierigkeiten?«

»Alles bestens«, sagte ich. »Ich wollte gerade losfahren.« Ich ließ den Wagen an, legte den Gang ein und rollte langsam auf dem Randstreifen vorwärts, bis ich vor ihnen auf den Asphalt hinüberziehen konnte. Ich fuhr in gemächlichem Tempo zum Ausgang von Horton Ravine, wobei mir die beiden Typen in ihrem Streifenwagen demonstrativ folgten. Ich nahm wieder den Freeway, mehr aus Verzweiflung als in irgendeiner konkreten Absicht. Was sollte ich tun? Von den Spuren, denen ich nachgegangen war, hatten sich die meisten im Sand verloren, und bevor ich nicht mit Curtis geredet hatte, konnte ich nicht sicher sein, was wirklich los war. Ich hatte ihm hinterlassen, er solle mich anrufen. Also blieb mir wohl nichts anderes übrig, als nach Hause zu fahren, damit ich wenigstens erreichbar war, falls eine meiner Botschaften zu ihm durchdrang.

Es war viertel nach acht, als ich bei mir zu Hause ankam. Ich schloß hinter mir ab und knipste im unteren Raum das Licht an. Dann verfrachtete ich die Pilzschnipsel aus dem Papiertaschentuch in einen Gefrierbeutel. Ich suchte in der Küchenschublade nach einem dicken Filzstift, kennzeichnete den Beutel mit einem nicht sehr kunstvollen Totenkopfemblem und packte ihn in den Kühlschrank. Ich schälte mich aus meiner Jacke, setzte mich auf einen Hocker und studierte das Pinnbrett mit der orange-grün-weißen Karteikartenlandschaft.

Es war ein bedrückender Gedanke, daß sich da womöglich genau vor meiner Nase etwas Wichtiges verbarg – etwas, das Morley das Leben gekostet hatte, weil er darauf gekommen war. Was konnte es sein? Ich ließ meinen Blick die eine Kärtchenreihe hinaufwandern und die nächste wieder hinunter, versuchte, mir den mutmaßlichen Gang der Ereignisse zu vergegenwärtigen. Ich stand auf, wanderte im Zimmer auf und ab, kam wieder zurück und musterte erneut das Brett. Ich ging zur Couch, legte mich rücklings darauf und starrte an die Decke. Denken ist harte Arbeit, deshalb sieht man so selten Leute, die es tun. Die Unruhe packte mich wieder, und ich stand auf, ging an den Eßplatz zurück und überflog, auf die Ellbogen gestützt, noch einmal das Pinnbrett.

»Bitte, Morley, komm schon, hilf mir«, murmelte ich.

Oh.

Ha, da war eine kleine Unstimmigkeit, der ich bisher weiter keine Beachtung geschenkt hatte. Laut Regina Turner vom Gipsy Motel war Noah McKell um 1 Uhr 11 nachts angefahren worden. Aber Tippy war erst um circa 1 Uhr 40 an der Kreuzung San Vicente und 101 aufgetaucht, eine halbe Stunde später. Wieso hatte sie bis dorthin so lange gebraucht? Es waren doch sicher nur vier oder fünf Minuten vom Gipsy bis zu der Abfahrt. Hatte sie erst noch einen Kaffee getrunken? Getankt? Sie hatte gerade einen Menschen totgefahren, und nach Davids Aussage war sie sichtlich verstört gewesen. Es war schwer vorstellbar, was sie eine halbe Stunde lang getrieben haben sollte. War sie einfach nur ziellos durch die Gegend gefahren? Ich konnte mir zwar nicht denken, wofür die Antwort wichtig sein sollte, aber sie herauszubekommen, war sicher nicht weiter schwierig.

Ich griff zum Telefon und drückte die Parsonssche Nummer. Ich starrte auf mein Pinnbrett, während es am anderen Ende läutete.

Acht, neun. Oh, klar, Freitag abend. Das hatte ich ganz vergessen: Rhes Ausstellungseröffnung in der Axminster-Galerie. Ich holte das Telefonbuch hervor und suchte die Nummer heraus. Diesmal nahm schon beim zweiten Läuten jemand ab, aber im Hintergrund war so ein Krach, daß ich kaum etwas verstand. Ich preßte die andere Hand auf mein freies Ohr und konzentrierte mich ganz auf das, was aus dem Hörer kam. Ich fragte nach Tippy, erzielte jedoch erst eine Reaktion, als ich mein Ansinnen mit doppelter Lautstärke und Frequenz wiederholte. Der Typ am anderen Ende meinte, er würde sie holen. Ich wartete, hörte Gelächter und Gläserklirren. Hörte sich an, als hätten sie dort weit mehr Spaß als ich...

»Hallo?«

»Hallo, Tippy? Hier ist Kinsey. Hören Sie, ich weiß, es ist ein ungünstiger Moment, aber ich habe gerade noch einmal darüber nachgedacht, was in der Nacht geschah, als Ihre Tante ermordet wurde. Kann ich Ihnen kurz ein paar Fragen stellen?«

»*Jetzt?*«

»Wenn irgend möglich. Mich interessiert die Zeit zwischen Ihrem Unfall und dem Moment, als Sie David gesehen haben. Was war da?«

Schweigen. »Ich weiß nicht. Na ja, ich bin zu meiner Tante gefahren, aber sonst nichts.«

»Sie waren bei Isabelle?«

»Ja. Ich bin hingefahren. Ich war so durcheinander und wußte nicht, was ich tun sollte. Ich wollte ihr erzählen, was passiert war, und sie bitten, mir zu helfen. Wenn sie gesagt hätte, ich soll zurückfahren, hätte ich's getan. Ich schwör's.«

»Könnten Sie bitte lauter sprechen? Wann war das?«

»Gleich nach dem Unfall. Ich wußte, ich hatte den Mann erwischt. Da bin ich davongerast und direkt zu ihr gefahren.«

»War sie da?«

»Ich glaube schon. Das Licht brannte...«

»Das Licht über der Tür war an?«

»Ja, klar. Ich habe geklopft und geklopft, aber sie ist nicht heruntergekommen.«

»War der Spion noch heil?«

»Ich habe nicht darauf geachtet. Nachdem ich geklopft hatte, bin ich ums Haus herumgegangen, aber es war alles zu. Also bin ich wieder in meinen Wagen gestiegen und nach Hause gefahren.

»Über den Freeway?«

»Klar. Ich bin an der Little Pony Road draufgefahren.«

»Und am San Vicente wieder runter.«

»Ja, genau«, sagte sie. »Wieso, ist etwas?«

»Nein, nichts weiter. Es grenzt den Todeszeitpunkt genauer ein, aber ich wüßte nicht, was das ausmachen sollte. Jedenfalls vielen Dank. Und wenn Ihnen noch was einfällt, rufen Sie mich doch bitte an.«

»Klar. War's das?«

»Vorerst ja«, sagte ich. »Sind Sie schon bei der Polizei gewesen?«

»Nein, aber ich habe mit der Anwältin geredet, und sie geht gleich morgen früh mit mir hin.«

»Gut. Halten Sie mich auf dem laufenden. Wie ist die Eröffnung?«

»Ganz toll«, sagte sie. »Die Leute sind total begeistert. Sie flippen richtig aus. Mom hat schon sechs Objekte verkauft.«

»Großartig. Freut mich für sie. Ich hoffe, sie verkauft ihre Sachen tonnenweise.«

»Ich muß jetzt gehen. Ich rufe Sie morgen an.«

Mein Abschiedsgruß ging bereits ins Leere.

Das Telefon klingelte, ehe ich die Hand zurückgezogen hatte. Ich schnappte den Hörer, in der Annahme, Tippy sei noch etwas eingefallen. »Hallo?«

Ein seltsames, atmendes Schweigen, dann eine Männerstimme: »Hey, Kinsey?« Dann wieder das Geatme.

»Ja.« Ich kniff die Augen zusammen, preßte wieder die Finger auf das andere Ohr und horchte jetzt so angestrengt auf die Stille wie eben auf das fröhliche Getöse. Der Typ weinte. Nicht laut. Es war die Sorte Weinen, die herauskommt, wenn man die Tränen zu unterdrücken versucht. Die Luft suchte sich einen Umweg um seine Stimmbänder herum. »Kinsey?«

»Curtis?«

»Mm-hmm. Ja.«

»Was ist los? Ist da jemand bei Ihnen?«

»Mir geht's gut. Wie geht's Ihnen?«

»Curtis, was ist? Ist da jemand bei Ihnen?«

»Ganz recht. Hören Sie, weswegen ich anruf' – können wir uns treffen und über etwas reden?«

»Wer ist es? Sind Sie okay?«

»Können wir uns treffen? Ich muß Ihnen was sagen.«

»Was ist los? Können Sie mir sagen, wer bei Ihnen ist?«

»Kommen Sie zum Vogelschutzgebiet, dann erklär ich's Ihnen.«

»Wann?«

»Gleich, wenn's geht.«

Ich mußte mich rasch entscheiden. Ich konnte ihn nicht mehr länger hinhalten. Der Mithörer würde unleidlich werden. »Okay. Wird aber ein Weilchen dauern. Ich liege schon im Bett und muß mich erst anziehen. Ich komme so schnell wie möglich hin. Kann aber zwanzig Minuten dauern.«

Die Leitung erstarb.

Es war noch nicht neun, aber das Vogelschutzgebiet war abends ziemlich gottverlassen. Es lag in einer Süßwasserlagune an einer wenig frequentierten Stichstraße zwischen Freeway und Strand. Der Parkplatz für zwanzig Wagen wurde in der Regel von Touristen benutzt, die auf der Jagd nach einem »Motiv« waren. Auf der anderen Straßenseite stand ein Gasthaus, das aber im Moment nicht bewirtschaftet war. Allein und unbewaffnet würde ich da nicht hingehen. Ich griff wieder zum Telefon, rief beim Polizeirevier an und verlangte Sergeant Cordero.

»Bedaure, aber die kommt erst morgen früh um sieben wieder.«

»Können Sie mir sagen, wer bei der Mordkommission Dienst hat?«

»Ist das ein Notfall?«

»Noch nicht«, sagte ich schnippisch.

»Ich kann Sie mit dem diensthabenden Einsatzleiter verbinden.«

»Vergessen Sie's. Schon gut. Ich versuch's woanders.« Ich

drückte auf die Gabel und klemmte den Hörer zwischen Kinn und Schulter, während ich in meinem privaten Adreßbuch blätterte. »Woanders« war bei Sergeant Jonah Robb, einem Beamten der Vermißtenabteilung der Stadtpolizei von Santa Teresa. Wir hatten ein sporadisches Verhältnis gehabt, das von den Launen seiner Frau diktiert worden war. Die beiden lebten in einer hochdramatischen Uralt-Ehe. Sie hatten sich mit dreizehn in der siebten Klasse kennengelernt und seither, meiner persönlichen Meinung nach, nicht viel dazugelernt. Camilla pflegte ihn in Abständen zu verlassen – gewöhnlich ohne Vorankündigung oder Erklärung und unter Mitnahme beider Töchter sowie des gesamten Betrages auf dem gemeinsamen Bankkonto –, worauf Jonah schwor, dies sei endgültig das letzte Mal. Während einer dieser ehelichen Turbulenzen hatte ich die verwaiste Bühne betreten. Ich war die zweite Besetzung, eine Rolle, die mir, wie ich bald feststellte, überhaupt nicht lag. Schließlich hatte ich den Kontakt abgebrochen. Ich hatte fast ein Jahr nicht mehr mit Jonah gesprochen, aber er war immer noch jemand, von dem ich glaubte, daß ich in der Not auf ihn zählen konnte.

Es meldete sich eine Frau mit einer Schlafzimmerstimme, vermutlich Camilla oder ihre derzeitige Vertretung. Ich fragte nach Jonah und hörte, wie der Hörer weitergereicht wurde. Sein »Hallo« klang ziemlich groggy. Mein Gott, diese Leute gingen noch früher ins Bett als ich. Ich nannte meinen Namen, was ihn etwas wacher zu machen schien.

»Was ist los?« fragte er.

»Ich störe dich wirklich ungern, Babe, aber ein kleiner Ganove namens Curtis McIntyre hat gerade bei mir angerufen und mich gebeten, so schnell wie möglich ins Vogelschutzgebiet zu kommen, um mit ihm zu reden. Ich vermute, jemand hat ihm eine Pistole an die Schläfe gehalten. Ich brauche Rückendeckung.«

»Hast du eine Ahnung, wer bei ihm ist?«

»Das weiß ich noch nicht, und die Sache ist zu kompliziert, um sie dir am Telefon zu erklären.«

»Hast du eine Waffe?«

»Die liegt in meinem Büro in Lonnie Kingmans Kanzlei. Ich will noch schnell hinüberfahren, um sie zu holen. Das dauert höchstens fünfzehn Minuten, dann sause ich hinunter zum Strand. Kannst du mir beistehen?«

»Na ja, ich glaube schon.«

»Ich würde ja jemand anderen bitten, aber mir fällt niemand ein.«

»Schon gut«, sagte er. »Ich bin in fünfzehn Minuten da. Ich fahre ein Stück weiter und komme dann zu Fuß zurück. Dort unten gibt es jede Menge Deckung.«

»Das ist es ja gerade, was mir Sorgen macht«, sagte ich. »Paß auf, daß du nicht über die Kerle stolperst.«

»Keine Bange. Ich kann solche Typen riechen. Bis gleich.«

»Danke«, sagte ich. Dann legte ich auf.

Ich schnappte mir meine Umhängetasche und meine Jacke mit den Wagenschlüsseln und klopfte mir innerlich auf die Schulter, weil ich so umsichtig gewesen war, den VW noch vollzutanken. Das bißchen Zeit, das mir blieb, würde ich brauchen, um zuerst zum Büro und von dort aus wieder zurück zum Vogelschutzgebiet zu fahren. Wer immer bei Curtis war – er würde sehr gereizt reagieren, wenn ich nicht pünktlich auftauchte. Ich fuhr schneller, als es das Gesetz erlaubte, hielt aber mit einem Auge im Rückspiegel Ausschau nach getarnten Polizeiwagen. Ich konnte nur hoffen, daß ich die Pistole gleich finden würde. Ich war schließlich erst vor fünf Wochen umgezogen und hatte meinen Kram in hastig gepackten Kartons von der California Fidelity zu Lonnie Kingmans Kanzlei geschleppt. Die Pistole hatte ich nicht mehr gesehen, seit ich sie im Mai erstanden hatte. Ich hatte die Notwendigkeit zuerst nicht einsehen wollen, aber ich wußte, daß jemand meinen Namen ganz oben auf seiner Abschußliste stehen hatte. Als ich dann kapiert hatte, daß ich Hilfe brauchte, war ein Privatdetektiv namens Robert Dietz in mein Leben getreten. Nachdem ich mich erst einmal der Tatsache gestellt hatte, daß mein Leben in akuter Gefahr war, hatte ich endgültig jeden gut-staatsbürgerlichen Ehrgeiz fallenlassen. Dietz hatte darauf bestanden, daß ich mir statt meiner 32er Davis eine Heckler & Koch zulegte. Das verdammte Ding hatte mich ein Vermögen gekostet. Jetzt, wo ich darüber nachdachte, war ich mir auch gar nicht mehr sicher, wo die Davis steckte.

Ich ließ den Wagen vor der Kanzlei auf der Straße stehen und verstaute meine Umhängetasche unter dem Fahrersitz. Es war so gut wie niemand unterwegs, und alle umliegenden Bürogebäude waren schon dunkel, verrammelt und verriegelt. Ich ging durch die dunkle Toreinfahrt nach hinten zu dem kleinen Parkplatz. Lonnies Mercedes war nicht zu sehen, aber aus seinem Büro oben im dritten Stock fiel Licht auf den Asphalt. Na, wunderbar. Er war wieder da. Ich hatte zwar jetzt nicht die Zeit, ihm alles zu erklären, aber es würde sicher nicht schwer sein, ihn dazu zu bringen, mich zu begleiten. Trotz seines ganzen professionellen Habitus' ist Lonnie im Grunde seines Herzens ein Draufgänger. Die Aussicht, im Dunkeln durch die Büsche zu schleichen, würde ihn sicher begeistern.

Ich arbeitete mich mit Hilfe des kleinen Taschenlämpchens an meinem Schlüsselbund das stockfinstere Treppenhaus hinauf. Im dritten Stock schien das Licht, das Lonnie vorne in der Anmeldung angemacht hatte, auf den Flur hinaus. Ich ging am Vordereingang vorbei und nahm die Abkürzung durch die nicht beschilderte Tür. Ich sah kurz nach rechts zu Lonnies Tür, die gleich neben meiner lag.

»Hey, Lonnie? Geh' nicht weg. Ich brauche deine Hilfe. Ich komm' gleich rüber und erzähl's dir.«

Ich öffnete, ohne auf Antwort zu warten, meine Tür und knipste das Licht an. Mein Büro hatte früher einmal als Teeküche für das Personal gedient, und die ehemalige Speisekammer war jetzt mein Wandschrank. An der hinteren Wand standen fünf Kartons übereinander, alles Dinge, die ich hier offensichtlich noch nicht gebraucht hatte. Ich konnte mich nicht einmal erinnern, was da drin war. Es gibt Leute, die sagen, wenn man zwei Jahre nach einem Umzug noch eine unausgepackte Kiste hat, sollte man am besten die Heilsarmee anrufen und das verdammte Ding abschleppen lassen. Ich hatte ganz umsichtig auf jeden der Kartons »Bürokram« geschrieben. Ich zerrte jetzt einen hervor, riß das breite braune Klebeband ab und fummelte die Deckelklappen auf. Diese Kiste enthielt meine sämtlichen Einkommenssteuerunterlagen. Ich versuchte es mit der nächsten und stieß auf Rechnungskram. Ah, da. Die Heckler & Koch lag ganz oben auf, noch in ihrem Kästchen, die zwei Schächtelchen mit Winchester Silvertips gleich darunter.

Ich setzte mich auf den Boden und packte die Pistole aus. Ich nahm ein Munitionsschächtelchen heraus, öffnete es und entfernte das kleine weiße Styroporpolster. Dann lud ich eine Patrone nach der anderen ins Magazin. Als Dietz und ich endlich im Waffengeschäft gestanden hatten, war der nächste erbitterte Streit um die Frage entbrannt, welches Modell ich nehmen sollte: die P7 mit neun Schuß oder die P9S mit zehn. Jeder darf dreimal raten, welche teurer war. Ich war sowieso schlechter Stimmung gewesen, unkooperativ und stur. Die P7 sollte schon über dreizehnhundert Dollar kosten. Ich hatte an der P9S bekrittelt, sie sei mir viel zu sehr Kanone. Damit meinte ich natürlich, zu teuer, was Dietz auch gleich haarscharf erriet.

Ich hatte gesagt: »Verdammt. Manchmal kann ich doch wohl auch meinen Kopf durchsetzen.«

»Du setzt deinen Kopf sowieso öfter durch, als gut ist«, hatte er gesagt. Jetzt wünschte ich, er hätte ein paarmal mehr die Oberhand behalten, vor allem in der Frage, ob ich mit nach Deutschland gehen sollte ...

Das Licht in meinem Büro ging plötzlich aus, und ich saß im Stockdunkeln. Das Büro hatte kein Außenfenster, und ich sah daher nicht mehr die Hand vor Augen. War Lonnie einfach gegangen? Vielleicht hatte er mich ja nicht kommen hören, dachte ich. Ich schob das Magazin in die Waffe und schlug es mit der flachen Hand hinein. Wenn man sich im Dunkeln zurechtfinden muß, gilt das gleiche wie bei der Flucht aus einem brennenden Gebäude: Man halte sich möglichst in Bodennähe. Ich steckte die Knarre in meinen Hosengurt und krabbelte ohne Rücksicht auf meine Würde zur Tür. Das war allemal besser, als gegen die Möbel zu rumpeln, aber es würde nicht sehr beeindruckend aussehen, wenn das Licht plötzlich wieder anginge. Meine Bürotür stand offen, und ich spähte in den Flur hinaus. Sämtliche Lichter in der Kanzlei waren erloschen. Was zum Teufel hatte er gemacht, mit einer Gabel in der Steckdose gebohrt? Alles lag in tiefem Dunkel. Ich sagte: »Lonnie?«

Stille. Wie hatte er nur so schnell verschwinden können?

Ich hätte schwören können, daß da eben ein leises Geräusch in der Gegend von Lonnies Büro gewesen war. Ich hatte das Gefühl, daß ich nicht allein war. Es war so ruhig in der Kanzlei, daß die Stille von sonst nicht hörbaren Geräuschen zu schwirren schien. Trotz der nachtschwarzen Finsternis schloß ich die Augen, in der Hoffnung, besser hören zu können, wenn ich meinen Gesichtssinn ausschaltete. Ich ging in die Hocke und kauerte in meiner Tür, genau gegenüber von den beiden Schreibtischen, wo tagsüber Ida Ruth und eine weitere Sekretärin namens Jill ihren Platz hatten.

Wer war noch da? Und wo? Nachdem ich nun schon zweimal meine glockenhelle Stimme hatte erschallen lassen, wußten mit Sicherheit alle Beteiligten, wo ich mich befand. Ich duckte mich tief und robbte los, in Richtung der Lücke zwischen den beiden Schreibtischen jenseits des drei Meter breiten Flures.

Jemand schoß. Der Knall war so laut, daß ich einen Satz machte wie eine Katze, eine dieser wundersamen Bewegungen, bei denen sich alle vier Gliedmaßen gleichzeitig vom Boden zu lösen scheinen. Adrenalin schoß durch meine Adern. Ich merkte nicht, daß ich schrie, bis ich es hörte. Das Herz hämmerte mir im Hals, und meine Hände kribbelten von der plötzlichen Blutwallung. Ich mußte mich nach vorne geworfen haben, denn ich fand mich genau da wieder, wo ich hingewollt hatte, zusammengeduckt, die eine Schulter gegen Ida Ruths Schubladenuntersatz gelehnt. Ich preßte die Hand auf den Mund, um das Atemgeräusch zu ersticken. Ich horchte. Der Schütze feuerte offenbar aus Lonnies Büro, ein strategisch günstiger Punkt, weil er mir von dort den Weg zur Anmeldung und zum Vordereingang abschneiden konnte. Es blieb mir nichts als der Rückzug nach hinten, den breiten Flur hinunter, der jetzt links von mir lag. Bis zu dem unbeschilderten Ausgang zum Treppenhausflur waren es etwa fünf Meter. Wenn ich diese Tür erreichte, konnte ich mich dort hinducken, probieren, ob sie offen war, und dann ... nichts wie raus. Prima Plan. Ausgezeichnet. Ich mußte nur bis dorthin kommen. Das Problem war, daß ich Angst hatte, die Strecke ohne irgendeine Art von Deckung zu riskieren. Wo war Ida Ruths Rollen-Schreibtischstuhl? Das könnte gehen ...

Ich streckte vorsichtig die Hand aus und grabbelte auf dem Fußboden nach dem Stuhl. Ich berührte ein Gesicht. Meine Hand zuckte zurück, und meiner Kehle entfuhr ein Laut, als ich nach Luft schnappte. Da lag jemand auf dem Fußboden, gleich neben mir. Ich erwartete schon, daß eine Hand auf mich zuschießen und mich packen würde, aber nichts passierte. Ich streckte den Arm wieder aus und tastete. Fleisch. Ein schlaffer Mund. Ich fühlte das Gesicht ab. Glatte Haut, kräftiges Kinn. Ein Mann. Für Lonnie war er zu dünn, und daß es John Ives oder der dritte Anwalt Martin Cheltenham war, glaubte ich nicht. Es konnte eigentlich nur Curtis sein, aber was zum Teufel machte er hier? Er war noch warm, aber seine Wange klebte vor Blut. Ich legte meine Hand auf seinen Hals. Kein Puls. Ich befühlte seinen Brustkorb. Er regte sich nicht. Sein Hemd war vorne naß. Er mußte von hier aus angerufen haben. Wahrscheinlich hatte ihn jemand gleich danach erschossen, in Erwartung meines Kommens. Dieser Jemand kannte mich besser, als ich gedacht hatte ... gut genug, um zu wissen, wo ich meine Pistole liegen hatte ... gut genug, um zu wissen, daß ich mich niemals zu einem abgelegenen Treffpunkt begeben würde, ohne vorher hier vorbeizukommen.

Ich tastete hinter mich und stieß auf eine der robusten Rollen von Ida Ruths Stuhl. Ich blinzelte angestrengt ins Dunkel, als mir plötzlich ein anderer Gedanke kam. Wenn ich ein funktionierendes Telefon fand, konnte ich 911 wählen und es einfach nur bei der Notrufzentrale klingeln lassen. Auch wenn ich nichts sagte, würde der Computer meine Adresse anzeigen, und sie würden jemanden schicken, um nachzusehen. Hoffte ich.

Ich richtete mich soweit auf, daß ich auf Knien über die Schreibtischplatte neben mir linsen konnte. Jetzt, da meine Augen sich allmählich an das Dunkel gewöhnten, konnte ich verschiedene Abtönungen unterscheiden: das dunkelanthrazitfarbene Rechteck eines Türrahmens, die Quaderform eines Aktenschranks. Ich tastete mit der Hand über die Tischplatte, ganz, ganz behutsam, um nur ja nirgends anzustoßen, bloß nichts umzuwerfen. Ich fand das Telefon. Ich hob vorsichtig den ganzen Apparat an und bugsierte ihn über die Schreibtischkante auf den Boden. Ich hob den Hörer ein bißchen an und tastete mit dem Zeigefinger nach der Gabeltaste. Ich führte den Hörer ans Ohr und ließ die Taste langsam los. Nichts. Kein Freizeichen. Kein Lämpchen.

Ich spähte wieder über den Tisch und versuchte, das Dunkel zu durchdringen. Keine Bewegung, keine schamhafte Silhouette in Lonnies Tür.

Ich zog langsam die Pistole aus dem Hosengurt. Ich hatte die H&K noch nie in einem geschlossenen Raum abgefeuert. Ich war mit Dietz noch ein paarmal auf dem Schießstand gewesen, ehe er abgereist war. Er hatte mich in allen möglichen Schußpositionen gedrillt, bis ich mich geweigert hatte, mich noch länger von ihm herumkommandieren zu lassen. Normalerweise achtete ich ziemlich gewissenhaft darauf, im Training zu bleiben, aber in letzter Zeit war ich schlampig gewesen. Zum ersten Mal ließ ich an mich heran, wie sehr mich die Trennung deprimiert hatte. Vergiß es, Kinsey, reiß dich zusammen. Es war beruhigend, die Pistole in der Hand zu spüren. Zumindest war ich meinem Gegner nicht wehrlos ausgeliefert. Ich entsicherte.

Ich hörte jetzt Atemgeräusche, aber es konnten auch meine eigenen sein.

Ich bereute, daß ich nicht in meinem vergleichsweise sicheren Büro geblieben war. Mein Telefon hing an einem eigenen Anschluß und funktionierte vielleicht noch. Wenn ich es schaffte, über den Flur in mein Büro zurückzukommen, konnte ich wenigstens die Tür zuschließen und den Schreibtisch davorschieben. Dann brauchte ich nur noch bis zum Morgen durchzuhalten. Die Putzkolonne würde bestimmt schon früh kommen. Vielleicht würde ich ja auch schon eher gerettet werden, wenn jemand auf die Idee kam, daß ich hier war. Ich dachte an Jonah. Er würde beim Vogelschutzgebiet warten und sich fragen, was los war. Was würde er tun, wenn ich nicht auftauchte? Wahrscheinlich würde er denken, er hätte mich mißverstanden und sei am falschen Ort. Aber die Angabe *Vogelschutzgebiet* war doch wohl unmißverständlich. Es gab dort nur einen Parkplatz. Ich hatte ihm gesagt, ich würde erst noch hier vorbeifahren, um meine Pistole zu holen, aber er hatte sich so verschlafen angehört. Wer wußte schon, was bei ihm hängengeblieben war und ob es ihm einfallen würde, nach mir zu suchen.

Ich zog Ida Ruths Stuhl näher heran und duckte mich dahinter. Den Stuhl als Schutzschild mitschleppend, kroch ich in Richtung der unbeschilderten Tür. Es krachte ein zweites Mal. Die Kugel schlug mit solcher Wucht in das Polster, daß es mir die Plastiklehne genau ins Gesicht schlug. Ich konnte gerade noch einen Schrei unterdrücken, als mir das Blut aus der Nase schoß. Den Stuhl mit mir ziehend, krabbelte ich rückwärts auf die Ausgangstür zu. Ich tastete mich die Türfüllung hinauf, bis ich den Knauf berührte. Abgeschlossen. Wieder krachte ein Schuß. Ein Holzsplitter flog an meinem Gesicht vorbei. Ich drückte mich an die Wand und kroch, die Fußleiste als Bahnmarkierung nehmend, den Fußboden entlang. Ich betete, der Teppichboden möge sich auftun und mich schlucken. Der nächste Schuß schrammte meine rechte Hüfte. Es fühlte sich an, als ob jemand ein riesiges Streichholz an mir anzündete. Ich machte wieder einen Satz, und vor Pein und Verblüffung entfuhr mir ein kurzer Schrei. Der stechende Schmerz sagte mir, daß ich getroffen war.

Ich wälzte mich auf die andere Seite des Flures. Mein einziger Schutz war jetzt das Dunkel. Aber wenn meine Augen sich daran gewöhnten, taten es die meines Gegners auch. Ich feuerte auf Lonnies Tür. Ich vernahm einen kurzen Überraschungslaut. Ich feuerte noch mal und robbte hastig rückwärts den Flur hinunter in Richtung Küche. Meine rechte Hinterbacke brannte, und glühende Funken schossen mein rechtes Bein und meine rechte Flanke hinauf. Ich krabbelte unbeholfener als ein sechs Monate altes Baby. Ich klammerte mich an die Wand und fühlte, wie mir die Tränen kamen, nicht vor Trauer, sondern vor Schmerz.

Ich maße mir gar nicht erst an, die Abläufe im menschlichen

Gehirn erklären zu wollen. Ich weiß natürlich, daß die linke Gehirnhälfte verbal, linear und analytisch operiert und die kleinen Probleme des Lebens durch logisches Denken löst. Die rechte Hälfte dagegen arbeitet eher intuitiv, bildhaft, sprunghaft und spontan und liefert die plötzlichen Aha-Erlebnisse und die Antworten auf Fragen, die man sich vielleicht drei Tage vorher gestellt hat. Dafür gibt es keine Erklärung. Wie ich jetzt so im Dunkeln an der Wand kauerte, die Pistole in der Hand, die Lippen fest aufeinandergepreßt, um nicht loszuschreien wie ein kleines Mädchen, wußte ich plötzlich mit absoluter Sicherheit, wer da auf mich schoß. Und es machte mich stinksauer. Als der nächste Schuß fiel, drückte ich mich flach auf den Boden. Ich brachte die Pistole mit beiden Händen in den Anschlag und schoß zurück. Vielleicht war es ja Zeit, mich zu offenbaren. »Hey, David?«

Stille.

»Ich weiß, daß Sie's sind«, sagte ich.

Er lachte. »Ich habe mich schon gefragt, ob Sie's rauskriegen.«

»Es hat ein bißchen gedauert, aber ich bin daraufgekommen«, sagte ich. Es war gespenstisch, so im Dunkeln mit ihm zu reden. Ich konnte mir sein Gesicht nicht recht vorstellen, und das irritierte mich.

»Wie denn?«

»Mir ist aufgefallen, daß da eine Lücke war, zwischen dem Moment, als Tippy den Fußgänger angefahren hat, und ihrer Begegnung mit Ihnen.«

»Ergo?«

»Ergo habe ich sie angerufen und gefragt, wo sie in dieser halben Stunde war. Es stellte sich raus, daß sie zu Isabelles Haus gefahren war.«

Wieder herrschte Schweigen.

Ich fuhr fort: »Sie hatten Isabelle gerade erschossen, als Sie Tippy die Einfahrt entlangkommen hörten. Während sie an der Tür klopfte, sind Sie hinten auf die Ladepritsche gestiegen. Tippy hat Sie mitgenommen, als sie wieder losfuhr. Sie brauchten weiter nichts zu tun als zu warten, bis sie abbremste. Sie springen auf der

Beifahrerseite ab und schlagen dabei mit der Faust gegen den Wagen. Tippy biegt links ab, und Sie liegen da auf der Straße, unter den Augen des Reparaturtrupps drüben auf der anderen Seite.«

»Genau. Und Mr. Durchschnittsbürger höchstpersönlich ist mein Zeuge«, ergänzte er jetzt.

»Und Morley? Warum mußten Sie ihn umbringen?«

»Soll das eine Scherzfrage sein? Der alte Schnüffler saß mir im Nacken. Als ich am Mittwoch mit ihm gesprochen habe, war er kurz davor, zwei und zwei zusammenzuzählen. Ich wußte, wenn ich ihn nicht schleunigst aus dem Weg räumte, war ich geliefert. Die Unterlagen beiseite zu schaffen, war dann ein Klacks. Was den Papierkram anging, war er ja ziemlich schlampig.«

»Woher hatten Sie die Knollenblätterpilze?«

»Aus dem Weidmannschen Garten. Die Dinger haben mich überhaupt erst auf die Idee gebracht. Ich bin nachts zu ihnen rübergegangen und habe ein Dutzend davon gepflückt und meiner Köchin eine kleine Zulage bezahlt, damit sie eine schöne Pastete daraus macht. Sie kann doch *Amanita* nicht von ihrem Arsch unterscheiden. Ein Glück für sie, daß sie das Zeug nicht erst abgeschmeckt hat.«

»Das muß ich Ihnen lassen: Sie sind ganz schön clever«, sagte ich, während mein Gehirn fieberhaft arbeitete. Hinter mir endete der Flur links um die Ecke in einem kleinen Wurmfortsatz, an dem auf der einen Seite der Kopierraum und auf der anderen die Teeküche lag. Wenn ich bis hinter die Ecke kam, war ich zwar aus der Schußlinie, aber dafür würden sich ein paar andere Probleme stellen, von denen ich nicht wußte, ob ich sie lösen konnte. Erstens würde ich selbst kein übersichtliches Schußfeld mehr haben, und zweitens würde ich in der Falle sitzen. Aber in der Falle saß ich so auch. Die Küche hatte ein kleines Fenster. Wenn ich bis dorthin kam, würde ich mit etwas Glück die Scheibe herausschlagen und um Hilfe schreien können. Vielleicht hatte ja keiner unser kleines Duett für zwei Pistolen gehört. Wenn ich ihn dazu bringen konnte, weiterzureden, würde er es vielleicht nicht mitkriegen, wenn ich meine Position wechselte. »Ich finde es erstaunlich, daß Ihnen nicht irgendwann unterwegs ein Fehler unterlaufen ist«, sagte ich. Solange ich hier in der Klemme saß, konnte ich ebensogut versuchen, ihn ein bißchen auszuhorchen.

Zögernd sagte er: »Einer ist mir unterlaufen.«

»Echt? Wann?«

»Einen Abend habe ich mich mit Curtis besoffen und dann mein großes Maul nicht halten können. Ich kann es immer noch nicht fassen, daß mir das passiert ist. Sobald es raus war, wußte ich, daß ich ihn irgendwann beseitigen mußte.«

»Großer Gott«, sagte ich. »Soll das etwa heißen, daß er tatsächlich einmal die *Wahrheit* gesagt hat?«

Barney lachte im Dunkeln. »Ganz und gar. Er dachte, das müßte sich doch irgendwie zu Geld machen lassen. Er ist direkt zu Ken Voigt marschiert und hat es weitergetratscht. Und Voigt hat prompt angefangen, ihm Geld zu geben, um ihn sich als Zeugen zu sichern. Dieser Idiot.«

Ich schloß die Augen. Voigt *war* ein Idiot. So wildentschlossen, seinen Prozeß zu gewinnen, daß er seine eigene Glaubwürdigkeit riskierte. »Und was ist mit mir? Steckt hinter dieser ganzen Sache hier irgendeine Absicht, oder tun Sie das alles nur aus Jux?«

»Wenn Sie's genau wissen wollen: Ich will Sie dazu bringen, Ihre Munition zu verschießen, damit ich Sie dann erledigen kann. Ich habe Curtis mit einer H&K erschossen, so einer wie die, die Sie da haben. Für Sie werde ich die Achtunddreißiger nehmen, die ich bei Isabelle benutzt habe, und die werde ich ihm dann in die Hand drücken. Auf diese Weise wird es aussehen, als hätte er Sie erschossen –«

»Und ich ihn«, vollendete ich seinen Satz. »Schon mal was von Ballistik gehört? Sie werden herauskriegen, daß die Kugel nicht aus meiner Waffe stammt.«

»Bis dahin bin ich weg.«

»Schlau.«

»Sehr schlau«, sagte er, »was man von den meisten Leuten nicht behaupten kann. Die Menschen sind wie Ameisen. So eifrig, so vollauf mit ihrer kleinen Welt beschäftigt. Gucken Sie sich einmal einen Ameisenhaufen an. So ein Gekrabbel. Man sieht genau, daß das aus der Ameisenperspektive alles furchtbar wichtig scheint. Ist es aber nicht. In Wirklichkeit ist es völlig schnuppe. Sind Sie schon einmal auf eine Ameise getreten? Haben Sie schon einmal eine mit dem Daumen zerquetscht? Da leidet man doch nicht weiter unter Gewissensbissen. Man denkt, ha, erwischt. Und genauso ist das bei Menschen auch.«

»Du meine Güte. Das ist ja wirklich tiefsinnig. Ich schreibe mit.«

Das brachte ihn auf die Palme, und er feuerte zwei Kugeln ab, die sich rechts von mir in den Teppichboden bohrten. Ich zahlte sie ihm beide heim, einfach nur aus Daffke.

»Sie sind so naiv«, sagte er. »Sie halten sich für ungeheuer abgebrüht, aber Sie haben sich so leicht übertölpeln lassen –«

»Keine voreiligen Schlüsse«, sagte ich. Ich glaubte, seinen Kopf in Lonnies Tür auftauchen zu sehen. Ich schoß noch zweimal.

Er verschwand. »Daneben.«

»Sehr bedauerlich.« Ich zog das Magazin heraus und zählte die Patronen per Fingerspitzengefühl. Die ganze schöne Munition drüben in meinem Büro.

»Irgendwelche Probleme da drüben?«

»Ich habe mir einen Fingernagel abgebrochen.«

Er schwieg einen Moment. »Seien Sie sparsam mit Ihrer Munition. Sie haben nur noch einen Schuß.«

»Quatsch. Ich habe noch zwei.«

Er lachte ins Dunkel. »Na, klar. Nichts da.«

Ich schwieg. Dann sagte ich: »Was macht Sie da so sicher?«

»Ich kann doch zählen.«

Ich ließ kurz den Kopf auf den Boden sinken und sammelte meine letzten Kräfte. Zeit, in die Gänge zu kommen, dachte ich. Ich streifte meinen linken Schuh ab und stellte ihn vorsichtig vor mir auf den Boden. Dann streifte ich den rechten ab, wobei mir vor brennendem Schmerz in der Hüfte die Augen wegkippten. Ich fühlte, wie sich eine seltsame Taubheit über meiner einen Seite ausbreitete, und bekam es nicht auf die Reihe, wie sich Schmerz und Garnichts ein und dieselbe Nervenbahn teilen können. »Es waren erst sieben«, sagte ich.

»Es waren *acht.*«

»Meine ist zehnschüssig«, sagte ich bedächtig. Ich begann, vorsichtig auf die Flurecke zuzurobben.

»Zehnschüssig. So ein Schwachsinn. Sie sind ein verlogenes Stück«, sagte er.

»Ach, ja? Was für eine Waffe haben Sie denn?«

»Eine Walther. Achtschüssig. Ich habe noch zwei.«

»Nein, haben Sie nicht. Sie haben noch einen. Ich kann auch zählen, Mr. Maulheld.« Ich schob mich, mit dem Fuß nach hinten tastend, zentimeterweise rückwärts, immer näher an die Ecke heran. David Barney schien meine Positionsveränderung nicht zu bemerken.

»Mich können Sie nicht verarschen. Ich habe meine Hausaufgaben gemacht. Ich weiß alles über Sie.«

»Zum Beispiel?« fragte ich. Ich erreichte die Ecke und schob mich um sie herum, bis nur noch ein Stück von meinem Oberkörper auf der Flurseite war. David Barney war jetzt etwa zehn Schritt von mir entfernt. Ich lag auf der rechten Seite, und meine Jeans waren blutdurchtränkt. Ich sah an mir herunter. Meine Hüfte glühte. Ich stemmte mich auf den einen Ellbogen hoch. Ich hatte mit meinem vollen Gewicht auf meinem Schlüsselbund gelegen und dadurch die kleine Taschenlampe aktiviert, die wie ein abgeplattetes Oval geformt war und auf Druck reagierte. Ich zog vorsichtig die Schlüssel aus meiner Jeanstasche und fummelte das Lämpchen vom Ring. Dann schob ich die Schlüssel seitwärts von mir, voller Angst, sie könnten klimpern.

»Zum Beispiel Ihre Lügerei. Da sind Sie doch mächtig stolz drauf.«

»Woher wissen Sie das?«

»Man kommt eben herum. Es ist wirklich erstaunlich, was man im Gefängnis so alles aufschnappt.«

»Ich wette, Sie sind auch kein Waisenknabe, was das Lügen angeht«, sagte ich. »Wahrscheinlich haben Sie neun Schuß.«

Er schien tatsächlich geschmeichelt. »Wer weiß?« sagte er.

»Wieso wußten Sie so genau, daß ich hierher kommen würde?« Ich stemmte mich auf Hände und Knie hoch.

»Haben Sie das noch nicht kapiert? Sie haben Curtis doch selbst gesagt, daß Sie Ihre Pistole hier liegen haben. Deshalb habe ich dafür gesorgt, daß er Sie zum Vogelschutzgebiet bestellt. Ich wußte, daß Sie da niemals ohne Ihre Knarre hingehen würden.«

Bring' es hinter dich, sagte ich mir. Ich richtete mich in eine halbe Hockposition auf, wie ein Läufer am Start. In meinem Hintern zuckte Schmerz.

Ich hörte ihn hinter mir sagen: »Sind Sie noch da?«

Ich antwortete nicht.

»Wo sind Sie?«

Ich hinkte auf meinen bestrumpften Füßen, so schnell ich konnte, zum Eingang der Teeküche. Von dem Licht draußen war der Raum dumpfgrau erhellt. Ein Blick sagte mir, daß es hier kein Versteck gab. Ich machte kehrt und hastete zum Kopierraum gegenüber. Ich schlich mich in die entfernteste Ecke und kauerte mich neben den Kopierer, den Rücken zur Wand. Das rechte Bein zu beugen tat so weh, daß ich die Zähne fest zusammenbeißen mußte. Ich schaffte es, mich hinzusetzen, die Pistole in der rechten Hand und das Taschenlämpchen in der linken. Meine Hände waren glitschig vor Schweiß und meine Finger kalt.

»Kinsey?« Aus dem Flur. Gleich würde er dahinter kommen, wo ich war, und mir nachsetzen.

Ich saß zwischen Kopierer und Wand gequetscht, die Knie angezogen. Ich wollte so wenig Angriffsfläche wie möglich bieten, aber hier in diesem Eckchen zu hocken, war vielleicht doch nicht die beste Idee. Eine Kugel, und es würde mich gleich ganz erwischen.

»Hey!« sagte er. »Ich rede mit Ihnen.« Ich hörte, daß er sich noch immer in der Gegend von Lonnies Büro befand. Der Mann war eindeutig sauer.

Ich versuchte, leiser zu atmen.

Er schoß.

Trotz des Flures und der Ecke zwischen uns fuhr ich zusammen. Nummer acht. Wenn er wirklich nur acht Schuß hatte, war ich fein raus. Hatte er neun, war ich geliefert. Wenn er erst einmal dahinter kam, wo ich steckte, war ich eine leichte Beute. Es war zu spät, anderswohin zu flüchten. Ich merkte, wie mir der kalte Schweiß ausbrach, dieses flaue Gefühl, das einen überkommt, bevor man ohnmächtig wird. Ich rieb meine Wange an meinem Ärmel. Angst legte sich über mich in eisigen Schwaden, strich mein Rückgrat entlang.

Das Gefühl, gleich zu sterben, ist gleichzeitig trivial und schrecklich, absurd und unendlich schmerzlich. Das Ich klammert sich ans Leben. Das Selbst läßt los, bereit zum freien Fall, bereit, sich davonzuschwingen. Wenn ich etwas bedauerte, dann die schlichte Tatsache, daß ich nicht mehr mitbekommen würde, wie alles ausging. Würden William und Rosie sich wirklich ineinander verlieben? Würde Henry neunzig werden? Würde Lonnie das ganze Blut je wieder aus seinem Teppich kriegen?

So vieles, was ich nicht gemacht hatte. So vieles, was ich nie mehr würde machen können. Blöd, einfach so zu sterben, aber auf der anderen Seite, warum nicht?

Ich holte zweimal tief Luft, versuchte mit aller Kraft, klar im Kopf zu bleiben. Draußen in der kleinen Diele, ziemlich nah, hörte ich David Barneys Stimme. »Kinsey?« Er sah in die Küche, genau wie ich es eben getan hatte, und sah, daß es dort kein Versteck gab. Wahrscheinlich hatte er die Räumlichkeiten schon erkundet, während er auf mich gewartet hatte. Ihm mußte klar sein, daß nur noch der Kopierraum blieb. Ich hörte sein flaches Atmen.

»Hey. Sind Sie da drin? Jetzt wird sich zeigen, wer von uns der größere Lügner ist. Habe ich noch einen Schuß, oder habe ich keinen mehr?«

Ich sagte nichts.

»Und wie steht's mit der Dame? Sie behauptet, sie hat noch zwei. Lügt sie, oder sagt sie die Wahrheit?«

Meine Hände zitterten so heftig, daß ich die Pistole nicht ruhig halten konnte. Ich zielte in Generalrichtung Tür und schoß.

Sein »Oh« war schmerzerfüllt. Er gab einen Summlaut von sich, der mir sagte, daß ich ihn getroffen hatte und daß es weh tat. Gut. Jetzt waren wir zu zweit. Er schlufte in den Raum. »Macht neun«, sagte er. Seine Stimme klang grimmig und lächerlich und theatralisch. Er veralberte mich. »Sind Sie bereit, aus diesem Leben zu scheiden?«

»Bereit ist übertrieben, aber überrascht wäre ich auch nicht.« Ich hielt die kleine Taschenlampe in der linken Hand und drückte fest darauf. Sie gab nur ein klitzekleines Licht, aber es reichte, daß ich ihn sehen konnte. »Und Sie?« sagte ich. »Überrascht?« Ich feuerte aus nächster Nähe auf ihn und studierte dann den Effekt.

Es war sehr lehrreich. Wenn im Film auf jemanden geschossen wird, haut es ihn entweder einen halben Meter zurück, oder er kommt weiter auf einen zu, als wäre nichts, raus aus der Badewanne, hoch vom Fußboden, manchmal schon so durchsiebt, daß das Hemd rot gesprenkelt ist. In Wirklichkeit ist es so: Wenn jemand getroffen wird, tut es höllisch weh. Das konnte ich jetzt mit eigenen Augen verfolgen. David Barney blieb keine andere Wahl, als mit dem Rücken an der Wand hinunterzugleiten und da zu sitzen und über das Leben nachzudenken. Auf seiner linken Brustseite bildete sich ein naßroter Fleck, der sein Hemd ruinierte und seine Miene von blasierter Selbstgefälligkeit in konsterniertes Starren umschlagen ließ.

Ich musterte ihn einen Moment und sagte dann: »Ich habe ja gesagt, ich habe zehn.«

Aber es schien ihn nicht zu interessieren. Ich rappelte mich auf die Füße, wobei ich einen klebrigen Handabdruck auf dem Kopierer hinterließ. Ich ging hinüber zu der Wand, an der er lehnte. Ich beugte mich hinunter und nahm ihm die Pistole ab, die er mir widerstandslos überließ. Ich prüfte das Magazin. Eine Patrone steckte noch darin. Sein Blick war jetzt leer, und seine Finger öffneten sich langsam, als er sein Leben fahren ließ. Etwas, das mir vorkam wie eine Motte, flatterte ins Dunkel davon. Ich humpelte hinaus auf den Flur und leuchtete mit meinem Taschenlämpchen die Wand ab, bis ich den Feuermelder fand. Ich schlug die Glasscheibe ein und zog den Hebel.

Nachwort

Jetzt, da ich wieder sitzen kann, sollte ich wohl noch ein paar Kleinigkeiten nachtragen. Inzwischen hat das neue Jahr angefangen, und die stürmische Romanze zwischen Rosie und William dauert unvermindert an. Henry hat alles mögliche angedroht, von Hungerstreik bis zu Handschellen, aber vergebens. Ich verstehe seine Besorgnis – William wird immer eine schwere Prüfung bleiben –, aber es ist doch etwas Wunderbares, Liebe aus nächster Nähe mitzuerleben.

Die Polizei hat Tippy Parsons an die Staatsanwaltschaft verwiesen, wo sie ein langes, offenes Gespräch mit einer Juristin führte. Ich hatte gedacht, ihr jugendliches Alter zur Zeit des Unfalls würde als mildernder Umstand gewertet werden, aber am Ende lief es darauf hinaus, daß die Verjährungsfrist für fahrlässige Tötung im Straßenverkehr bereits abgelaufen war. Als Hartford McKell hörte, daß der Fahrer gefunden war, bestand er darauf, mir einen Scheck über die fünfundzwanzigtausend Dollar auszustellen, obwohl Tippy weder verhaftet noch rechtskräftig verurteilt worden war. Ich nahm das Geld. Ich hatte die Arbeit gemacht, warum nicht auch den Lohn einstreichen? Jetzt muß ich mir nur noch überlegen, was ich damit anfange. Aber im Moment steht erst einmal der Frühling vor der Tür, und das Leben ist wunderbar.

Mit ergebenstem Gruß,
Kinsey Millhone

Die Autorin möchte folgenden Personen für ihre Hilfe danken: Stephen Humphrey, RA Sam Eaton, Dr. jur. B. J. Seeboll, RA John Mackall, RA Debra Young, Joe Driscoll vom Ermittlungsbüro, Joe Driscoll & Partner, Lieutenant Terry Bristol und Sergeant Carol Hesson vom County Sheriff's Department, Detective Lawrence Gillespie von der gerichtsmedizinischen Abteilung des Santa Barbara Sheriff's Department, Eric S. H. Ching, Debbie Davison von KEYT-TV, Richard Dodge von der Firma Far West Gun & Supply, Charles Sunderlin, leitender Produktmanager bei Heckler & Koch, George E. Rush, Florence Michel, David Elder und Carter Blackmar.